Todas las veces que me enamoré de ti

Chloe Santana

Todas las veces que me enamoré de ti

SUMA de letras

Papel certificado por el Forest Stewardship Council®

Primera edición: julio de 2023

Travessera de Gràcia, 47-49. 08021 Barcelona

Printed in Spain – Impreso en España

ISBN: 978-84-9129-825-0
Depósito legal: B-9428-2023

Compuesto en Mirakel Studio, S. L. U.

Impreso en Rodesa
Villatuerta (Navarra)

SL98250

Para aquellos que persiguen sus sueños sin miedo al fracaso y saben que cada derrota es otra oportunidad para levantarse

La fama es peligrosa, su peso es ligero al principio, pero se hace cada vez más pesado el soportarlo y difícil de descargar.

HESÍODO

Leo

Hace tres años

Era principios de julio y en el cielo despejado brillaba un sol intenso. Estábamos tumbados muy cerca de la orilla y la espuma de las olas me bañaba los dedos de los pies. Cogí un puñado de arena. La primera vez que vine a Benalmádena le dije a mi padre que odiaba este lugar. No era la típica playa de arena rosa de Tarifa, donde solíamos ir cuando mi madre todavía vivía con nosotros. Muchas cosas cambiaron cuando ella se marchó a perseguir sus sueños, y desde entonces llevábamos quince años veraneando aquí.

Con el paso del tiempo, aprendí a enamorarme de sus espetos y del paseo marítimo. También a convivir con los guiris alemanes que se ponían colorados de beber cerveza y con los mosquitos adictos a mi sangre. A mi hermana, sin embargo, nunca le picaban. Este año, Clara había venido a pasar el verano con nosotros. La pobre tenía sentimientos encontrados. Disfrutaba de mi compañía, le caía bien a mi padre e intentaba ganarse el afecto de mi hermana, pero lo pasaba fatal con la alergia que le causaba un viento cálido llamado terral.

—Será mejor que nos vayamos —dijo, y se levantó para recoger la toalla—. Ya sé que te quedas embobado mirando el mar. Siempre se te ocurren las mejores letras cuando estás en la playa, pero, como siga un minuto más aquí, te vas a quedar sin novia.

No exageraba. Tenía los ojos hinchados como dos pelotas de tenis y le moqueaba la nariz. Clara y yo llevábamos seis meses juntos. Empezamos a salir en segundo de bachillerato. Juntos compartimos un montón de primeras veces. El sexo, el carnet de conducir y nuestra primera cogorza. Era la chica más guapa de mi clase y no me lo pensé dos veces cuando me pidió que fuera su compañero para un trabajo de Economía. Aquella misma tarde nos enrollamos en el sofá de la casa de sus padres. Me gustaba Clara porque era fácil estar con ella. Me apoyaba como si mis sueños fueran posibles y siempre estaba de mi parte. Era la novia perfecta.

—No quiero quedarme sin ti. —Le di un beso en la frente y cargué con su bolsa de playa—. He quedado con el grupo dentro de media hora en el local. Así me da tiempo a ensayar. Tú puedes irte al apartamento. Mi padre ha salido de cañas con unos colegas y puedes ver la serie de hombres lobo que te gusta. Y luego pasamos la noche juntos, te lo prometo.

—Es de vampiros. *Crónicas vampíricas* —respondió, y me acordé de que ya me lo había repetido varias veces, pero Clara sabía que vivía en mi mundo y me quería tal y como era—. Prefiero quedarme con vosotros si no os importa tener público. Me gusta escucharos tocar.

—Eres nuestra única *groupie.* ¿Por qué iba a importarnos?

—No sé si me gusta ser vuestra *groupie.* Tu hermana lo dice en tono despectivo.

—Ya sabes cómo es Gabi. —Le resté importancia—. Está acostumbrada a ser el centro de atención. Le gustaba ser la única chica en un grupo de tíos. Ya se le pasará el mosqueo. Además, tiene quince años. Es una cría.

Le pasé un brazo por encima de los hombros y la aparté de la carretera. En aquella zona los coches circulaban a toda velocidad. Cruzamos por el paso de peatones cuando el semáforo se puso en rojo. Clara olía a sal y arena y tenía muchas ganas de acostarme con ella, algo complicado teniendo en cuenta que veraneábamos en un estudio cuya única habitación era la de mi padre. A nosotros nos tocaba el sofá y a Gabi la cama nido. Así que aprovechábamos las noches en las que ellos se ausentaban para tener un poco de intimidad. A decir verdad, tampoco nos faltaban oportunidades porque a mi padre le iba la marcha y Gabi tenía amigos hasta debajo de las piedras. Además, el hecho de que pudieran pillarnos le añadía un punto morboso.

—Es solo que no lo entiendo. Yo soy una negada para la música y ella tiene una voz alucinante. No podría hacerle sombra ni aunque lo pretendiera. Soy una futura maestra.

—Una futura maestra muy sexy.

Le mordí el lóbulo de la oreja y a ella se le escapó una risa floja, pero luego se apartó e intentó ponerse seria.

—No sé por qué le caigo tan mal. Lo digo de verdad. Habla con ella, por favor. Me gustaría que fuéramos amigas.

Asentí para cambiar de tema. Conocía de sobra a mi hermana y no existía la menor posibilidad de que se hiciera amiga de Clara. Yo tampoco entendía por qué no la tragaba, pero Gabi había decidido que no la soportaba desde el primer momento que la vio. Y cuando a Gabi se le metía algo en la cabeza…

Quizá era porque estábamos muy unidos y la veía como a una intrusa. Qué se yo. Pero seguía queriendo a mi hermana con toda mi alma y era tan protector con ella que a veces me comportaba como su padre. Porque el nuestro se lo consentía todo. Era su niña mimada. No le ponía límites. Y, en cuanto Gabi cruzó el peligroso umbral de la adolescencia, comenzó a mostrar los primeros signos de rebeldía. Faltaba a clase, se fijaba en chicos mayores y tenía complejo de diva. Aun así, adoraba a mi hermana pequeña. Se había criado sin madre y con un padre que quería que fuera la próxima Hannah Montana. Tenía que protegerla. Era mi deber.

Ensayábamos en la sala común de un complejo de apartamentos en primera línea de playa. El típico sitio de veraneo para familias con niños y jubilados que se habían establecido en la Costa del Sol. A los vecinos no les importaba siempre que cumpliéramos con el horario y tocáramos los sábados por la noche para ellos. Y nosotros estábamos encantados de tener un público tan entusiasta. Las abuelas eran las mejores. Nos vitoreaban como si fuéramos los Beatles.

Los cuatro veraneábamos en el mismo sitio desde hacía un montón de años. Axel era un año mayor que yo y nos hicimos amigos cuando nos tropezamos en la piscina. Nos bastó cruzar un par de frases. Cuando cumplí ocho años ya éramos inseparables y Benalmádena empezó a tener su encanto porque añoraba a mi amigo del verano. Cuatro años después conocimos a Pol, que tenía la misma edad que mi hermana. Axel y yo nos acercamos a buscar de dónde venía el sonido de una batería y descubrimos a un chiquillo de nueve años que la tocaba con furia y un talento impropio para su edad. Después se nos unió Gabi, que se hizo la dura durante unos minutos, pero se notaba a la legua que estaba deseando formar parte del proyecto.

Crecimos juntos. La música nos unió. Éramos como la típica familia que vive en partes remotas del país y se reúne una vez al año para celebrar la Navidad. Nos gustaba estar juntos y exprimíamos cada segundo al máximo. Solo era un sueño, pero era un sueño de puta madre.

Aquella tarde el primero en llegar fue Axel. El bajista. Era de un pueblo de Guipúzcoa y venía todos los veranos con sus abuelos. Sabía que sus padres fallecieron en un accidente de tráfico porque a su *amona* se le escapó una vez. Él jamás hablaba del tema. Era alto, desgarbado e introvertido. Si yo estaba en mi mundo, él vivía en otro planeta. Acababa de terminar su formación en el conservatorio y había empezado a estudiar Traducción e Interpretación. Era un cerebrito y mi mejor amigo.

—Siento el retraso —se disculpó, a pesar de ser el primero en llegar—. Estaba ayudando a mi prima con unas clases de italiano por Skype. ¿Y los demás?

—Tarde, como siempre. Ya sabes cómo son.

Gabi apareció diez minutos después. Llevaba unos shorts, sandalias y la parte superior del biquini. Había crecido y me cabreaba cómo la miraban los hombres. A ella, por el contrario, le encantaba llamar la atención. Aunque no tuviera ni idea de lo peligroso que era despertar semejante atracción en el sexo opuesto siendo tan joven. Solo era una cría. Y, si yo se lo explicaba, ella hacía oídos sordos.

—Hola, Axel. —Le dio un beso en la mejilla—. ¿Por qué tengo la impresión de que sigues creciendo?

—Quizá tengas razón. La edad a la que se estanca el crecimiento de los varones es a los veintiún años, y yo tengo diecinueve. Aunque, la última vez que me medí, seguía en el metro noventa y dos.

—¿Y tú cuánto mides, Leo? —Antes de que pudiera responderle, Gabi clavó una mirada burlona en Clara—. Seguro que Clara lo sabe mejor que tú. Total, no se despega de ti en todo el día. Se sabrá hasta la talla de tu rabo.

Clara suspiró. No era la clase de persona que entraba al trapo con una adolescente de quince años. Menos mal.

—Tengamos la fiesta en paz —le pedí en voz baja a Gabi.

—Ella no debería estar aquí. El grupo es cosa de cuatro. A no ser que quiera aplaudir y lanzarnos ropa interior. Entonces puede quedarse.

—Es un local de ciento diez metros —intervino Axel, y se recolocó las gafas sobre el puente de la nariz—. Yo creo que hay espacio para todos.

—Si a Axel le parece bien… —Gabi tenía debilidad por él. No se gustaban. Él jamás se habría fijado en una menor y mi hermana solo lo veía como un amigo. Pero lo respetaba. Era una de las pocas personas a las que tenía en cuenta, quizá porque lo veía transparente y noble—. Que se quede.

—Gracias, Gabi. Es un detalle por tu parte permitirme estar aquí —respondió Clara con ironía.

Mi hermana le dedicó una sonrisa falsa. En ese momento apareció Pol, nuestro batería, y la expresión de Gabi cambió. Tenía también quince años y la habilidad de comportarse como alguien mayor. Era la despreocupación en persona. Un ligón que causaba furor entre las chiquillas de su edad. Sus padres eran unos ricachones barceloneses que no veían con buenos ojos que «se juntara con nosotros y perdiera el tiempo con tonterías como la música». Pero a Pol se la sudaba lo que ellos pensaran. No lo decía yo, lo repetía él cada vez que tenía la menor oportunidad. Le encantaba llevarles la contraria y mascullaba que prefería estar muerto antes que trabajar en el bufete de su familia.

—A buenas horas —se quejó mi hermana.

Pol la ignoró a propósito, le estrechó la mano a Axel, me dio una palmada en la espalda y dos besos en la mejilla a Clara. Los ojos de Gabi echaron chispas cuando comprendió que había pasado de ella. A eso, desde luego, no estaba acostumbrada.

—Clara, estás guapísima.

Gabi resopló.

—¿Podemos ensayar ya? Me piro en una hora.

—No te cabrees. —Pol se volvió hacia ella con una sonrisa arrogante—. Si te portas bien, luego te hago un poco de caso.

—Vete a la mierda.

—A ensayar —sentenció Axel interponiéndose entre ellos porque adivinaba que se avecinaba la tragedia. Tampoco había que ser un lince para darse cuenta. Gabi y Pol se picaban desde que se conocieron. Ella le preguntó cómo se llamaba y él le hizo una ahogadilla en la piscina. Desde entonces, competían por ver quién dejaba en evidencia al otro. Al principio era divertido presenciar cómo dos críos se peleaban por cualquier chorrada. Últimamente no me hacía tanta gracia. Pol era demasiado Pol. Gabi era demasiado Gabi. Y estaban en esa edad en la que las hormonas se revolucionan y todo ese rollo.

—Antes de ensayar, he pensado que deberíamos ponerle un nombre al grupo —dije. Todos me miraron extrañados. No sé por qué ponían esas caras. Me sentí decepcionado porque no me esperaba semejante reacción—. Menudo entusiasmo.

Pol se encogió de hombros.

—Me parece bien. ¿Has pensado en algo?

—Debemos decidirlo entre todos.

Gabi resopló de nuevo. Le encantaba hacerlo cuando algo le producía hastío. Aquel verano no estaba tan centrada en el grupo como de costumbre. Por lo visto, tenía sus propios planes.

—En serio, tengo prisa. Elegid cualquiera.

—Si quieres podemos elegir «Mierda». ¿Te gusta? —respondí ofuscado—. ¿Por qué tienes tanta prisa? Pensé que te gustaba estar aquí, nadie te obliga a quedarte.

—Yo no he dicho que no me guste estar aquí. Es solo que me parece una tontería ponerle nombre a algo que tiene fecha de caducidad. ¿Qué tal «Efímero»? Es lo que vamos a durar. Un suspiro. Porque, en cuanto cumpla los dieciocho, me piro a Londres o a París. Quiero ver mundo. Lamento deciros que os vais a quedar sin vocalista.

—Ya encontraremos a otra que sepa cantar sin desafinar. Tampoco tienes tanto talento —la provocó Pol.

—Habla por ti. Lo mío es natural. ¿Cuánto has tenido que ensayar para no sonar como un mono amaestrado que toca los platillos?

—No empecéis —les pidió Axel con su habitual tono conciliador, y luego se volvió hacia Gabi—. Somos amigos. Puede que tengas razón y esto solo sea una forma de pasar el tiempo durante el verano. Pero nos gusta. A las cosas buenas hay que ponerles nombre.

—Vale —terció Gabi, que en ese momento se miraba las uñas pintadas de azul turquesa—. No se me ocurre nada. Tú eres el de las letras, Leo. Lo tuyo es componer.

Fruncí el ceño. Le había estado dando vueltas al tema, pero no me había venido ninguna idea buena a la cabeza. Gabi señaló a Axel.

—Axel, estudias un montón de idiomas. Eres un empollón. ¿De verdad no hay ninguna palabra chula en uno de tus pesados diccionarios? Lo que sea. Acabemos con esto cuanto antes. Dentro de una hora he quedado con Jota y no pienso llegar tarde por vuestra culpa.

Vaya, así que por eso tenía tanta prisa. Las miraditas cargadas de intención dedicadas al socorrista de la piscina habían dado sus frutos. Me puse enfermo solo de imaginármelo con mi hermana. Aquel tipo era un pulpo y yo deseaba cortarle los tentáculos.

—Tú sabes que ese va a lo que va, ¿no? —le dijo Pol.

—Espero que a lo mismo que yo —respondió Gabi con atrevimiento.

Me froté la cara. En aquel momento, me habría gustado estar en cualquier otro sitio y no escuchando los comentarios de mi hermana pequeña sobre la posibilidad de perder la virginidad con el socorrista de la piscina. Sabía que tarde o temprano echaría un polvo y no sería yo quien le cortase el rollo, pero prefería estar al margen. Me sentía incómodo y me salía la vena protectora.

—Tío, dile algo. —Pol me dio un codazo.

Hablar con Gabi era como hacerlo con la pared. Había salido a nuestra madre. Un espíritu libre que hacía lo que le daba la gana. Llevarle la contraria era peor porque entonces la alentabas. Además, ¿quién era yo para decirle cuándo y con quién podía acostarse? Ser hombre no me daba derecho a decidir sobre su vida sexual, pero quizá sí podía brindarle un buen consejo. Al menos le hablaría de la importancia de utilizar preservativo. Qué cojones, le compraría una caja y le explicaría que, si aquel imbécil la obligaba a hacer algo con lo que no se sintiera cómoda, tenía derecho a decirle que no en cualquier momento.

—Pues ahora que sacas el tema, sí que hay una expresión que... —Axel abrió un libro enorme llamado *Introducción al japonés*—. La leí el otro día. Estaba por...

—¿Ahora hablas japonés? —pregunté impresionado.

—Solo un par de palabras. Es muy complicado.

—Alucino. Yo no paso del «Hello, my name is Gabriella» —respondió mi hermana.

—El típico cliché de la chica mona y tonta —la picó Pol.

—El típico cliché del chulo que no se come una rosca. Y, antes de que abras esa bocaza, las abuelas del complejo no cuentan, Pol.

Clara, sentada con la espalda pegada a la pared, empezó a reírse. A mí también se me escapó una sonrisa. Puede que esos dos se llevaran a matar, pero no tenía de qué preocuparme mientras mi hermana supiera cómo defenderse. Tenía agallas. Ojalá también se mostrara firme con Jota. Algo me decía que sí. Mi hermana era de las que llevaban la voz cantante.

—¡Aquí está! —exclamó Axel con un tono más emocionado de lo normal—. *Yūgen*.

—*Yūgen* —repitió Gabi—. Suena guay. ¿Qué significa?

—*Yū* significa «tenue» o «borroso» y *gen*, «misterioso» u «oscuro». Algo así como «un sentido profundo y misterioso de la belleza del universo». Los japoneses lo utilizan para referirse a emociones o sentimientos que son inexplicablemente profundos y demasiado misteriosos como para describirlos. Es decir, el poder de apreciar la belleza a través de la evocación.

Todos lo miramos como si acabara de hablar en otro idioma. Menos Pol, que se dobló por la mitad y empezó a reírse. Tuve ganas de estrangularlo porque Axel era muy inseguro.

—Profundas son las ganas que tengo de hacerme una paja cuando me despierto por la mañana —bromeó Pol.

Axel levantó la vista del libro y carraspeó incómodo. No debería sentirse intimidado por las chorradas que salían de la boca de un quinceañero con ínfulas de grandeza, pero era el introvertido del grupo y Pol siempre conseguía que se ruborizara.

—Sigue, Axel. No dejes que este idiota te corte el rollo —lo alentó mi hermana.

Gabi fulminó a Pol con la mirada, y este se metió las manos en los bolsillos y bajó la cabeza hacia su entrepierna. Ella puso los ojos en blanco, se llevó dos dedos al interior de la boca y fingió una arcada. Si no estuviera convencido de que Pol tenía buen fondo, le habría partido la cara en ese instante. Un error teniendo en cuenta que Gabi y Pol eran como el perro y el gato y que era el mejor batería que conocía, además de ser un buen chaval cuando no pretendía ir de gracioso o tirarle los tejos a mi hermana pequeña.

—Alan Watts lo definió bastante bien en uno de sus libros.

—¿Y ese quién es? —preguntó Gabi.

—Un filósofo británico. —Axel pasó las páginas hasta que encontró el fragmento que buscaba. Se aclaró la voz—. «Ver el sol ponerse detrás de una colina cubierta de flores, andar por un inmenso bosque sin pensar en el regreso, pararse en la orilla y contemplar un barco que desaparece tras islas lejanas, contemplar el vuelo de los gansos salvajes, vistos y perdidos entre las nubes». Es decir, *yūgen*.

Todos nos quedamos en silencio. Axel cerró el libro y me miró con gesto inquisitivo. Sabía que ellos me veían como a una especie de líder que se encargaba de tomar las decisiones más importantes, pero no me parecía bien que recayera en mí todo el peso de dar la aprobación al nombre del grupo.

—Me gusta —dijo de repente Clara—. Si os interesa mi opinión. Suena diferente. Exótico. Fácil de recordar.

—Estoy con la *groupie* —dijo Gabi deseando largarse.

—Mola —añadió Pol.

Axel sonrió y me miró esperanzado. Yo también sonreí. Solo era un nombre, pero parecía el principio de algo. Quizá había que ponerle nombre a los sueños para que fueran más tangibles. Puede que a las cosas que merecen la pena hubiera que bautizarlas para que se convirtieran en algo real.

—Parece que todos estamos de acuerdo. —Cogí la guitarra y empecé a tocar—. Yūgen. Podría funcionar.

No tenía ni idea de lo que se avecinaba. Parecía un sueño imposible. Como viajar a la luna o ganar la lotería. Bonito de imaginar y difícil de alcanzar. Siempre fui un soñador, pero ni en mis mejores fantasías habría adivinado lo que se nos venía encima. A partir de ese momento, nuestra vida daría un giro de ciento ochenta grados y el nombre que elegimos para aquella banda de chavales se convertiría en la palabra que corearían las masas. Empezaba nuestro momento de gloria. Pero la gloria, como todo lo bueno de esta vida, tiene una parte oscura.

Fragmento de la entrevista a los componentes de Yūgen. Revista *¡Viva la Música!*

La banda llega puntual a la suite del hotel. Dentro de cinco horas, embarcarán en un avión con destino a Lisboa. Leo y Axel, los mayores del grupo, solo tienen veintiuno y veintidós años y su carrera ya ha alcanzado la cima. Primero conquistaron España y ahora comienzan a sonar en toda Europa. Portugal, Italia, Francia, Grecia o Países Bajos. Ningún lugar se les resiste. Acaban de ganar el Premio Rockbjörnen otorgado por el periódico sueco Aftonbladet *en la categoría de mejor grupo extranjero del año.*

LEO: Fue una completa sorpresa. No nos lo esperábamos.

POL: Un poco sí. Los suecos nos adoran. Llenamos el estadio Gurmanson Arena.

GABI: Göransson Arena. *[Lo corrige la vocalista del grupo. En su tono hay un deje de crispación].*

Axel, el bajista, se mantiene en un discreto segundo plano. A la periodista que realiza esta entrevista le parece un grupo de amigos de toda la vida que han triunfado en lo que les gusta. Cada uno con una personalidad marcada. Es evidente que Leo, guitarrista y compositor del grupo, es el que lleva la voz cantante para relacionarse con la prensa. Es educado, amable y sabe quedar bien. Su hermana Gabi es harina de otro costal. Adicta a los escándalos y las redes sociales, no se esfuerza un ápice en ser agradable y se muestra tal cual es. Supongo que no puedo culparla. Acaba de cumplir diecinueve años y se ha convertido en el ídolo musical de una generación. Se encoge de hombros cuando le digo que tiene más de veintinueve millones de seguidores en Instagram. Actualmente es la mujer con más fans en esta red social en España, incluso por encima de una conocida actriz de una serie juvenil de Netflix.

G: Solo es un número.

Pol interviene en ese momento. Es el carismático del grupo. Cada mes se lo relaciona con una nueva conquista amorosa. ¿Qué hay de cierto en ello? Él ni confirma ni desmiente, pero es evidente que está encantado de gustar.

P: Que no te engañe su indiferencia. Está orgullosa de tener tantos seguidores.

G: Si tú lo dices...

Les pregunto cómo llevan la fama. El éxito les sobrevino de golpe hace tres años y desde entonces se han convertido en un fenómeno de masas. A Leo le propusieron escribir una canción para la cabecera de una serie. Así empezó todo. De cero a cien en cuestión de segundos. Luego vinieron el disco, los festivales y todo lo demás. El éxito los arrolló como un huracán inesperado.

L: A veces es complicado, pero lo llevamos lo mejor que podemos. La vida te cambia y quien diga lo contrario miente. Al final te acostumbras a que todos te miren cuando caminas por la calle.

Axel: Nunca te acostumbras del todo. *[Responde con voz queda antes de sumirse en su mutismo habitual].*

P: A mí me encanta. No digo que no tenga sus cosas malas, pero ni en mis mejores sueños habría imaginado lo que nos iba a pasar. Somos unos afortunados por vivir de lo que nos gusta.

L: Por supuesto. Todo se lo debemos a los fans. A cada persona que nos escucha en Spotify o asiste a uno de nuestros conciertos. Lo que tenemos es gracias a ellos. Nunca me cansaré de agradecérselo.

Leonardo Luna es la voz de la razón. Nadie lo culparía si la fama se le hubiera subido un poco a la cabeza, pero, a pesar de ser el compositor de una de las bandas más prometedoras de los últimos tiempos, lo único que parece haber cambiado en su vida es la cifra de la cuenta corriente. Sigue saliendo con su novia de toda la vida y no tiene pensado irse de Sevilla, su ciudad natal. Aunque, con el ajetreo de la banda, tampoco es que esté mucho tiempo en el mismo sitio. Con toda seguridad, su padre, Andrés Luna, lo preparó a él y a su hermana para lo que estaba por venir. Andrés es el mánager del grupo. Fue vocalista de una banda de rock que tuvo cierto éxito a finales de los ochenta, hasta que desapareció del mapa. Los hermanos Luna admiten que su padre les contagió el amor por la música.

L: Nos ha enseñado todo lo que sabemos. No era el típico padre que nos leía un cuento antes de irnos a la cama. Él nos cantaba. Me enseñó a tocar la guitarra cuando tenía seis años. Mi hermana ha heredado su voz. Es su ojito derecho.

Gabriella Luna esboza la primera y única sonrisa de la entrevista. Se nota que los hermanos se adoran. Quizá la clave del éxito radique en que son una piña. Más que amigos, el grupo ha formado una familia, ya que se conocen desde que eran niños.

P: Aquellos veranos en Benalmádena, quién lo habría dicho...

A: Éramos unos críos. Me gusta haberlo conseguido con vosotros. De lo contrario, no tendría ningún sentido.

P: Eres un sentimental. *[Le da un apretón cariñoso en el brazo].*

Les pregunto si se llevan tan bien como parece, porque todos sabemos que incluso en las mejores familias hay peleas de vez en cuando. Me parece captar una mirada de soslayo entre Gabi y Pol. Durante todos estos años, han circulado rumores que afirman que son más que amigos, pero ellos siempre lo han negado. El historial romántico de ambos parece confirmar que entre ellos solo hay amistad.

L: Son mi familia.

Todos asienten. Les pregunto por una posible separación. Gabi pone los ojos en blanco, Axel sacude la cabeza y Pol me mira como si me hubiera vuelto loca. Por lo visto, la amistad de la que alardean es muy real.

L: Funcionamos mejor juntos. Es algo que tenemos muy claro.

Le pregunto a Gabi qué hay de cierto acerca de la noticia en la que se la relaciona con Diego Gómez, el actor de la serie de moda. La ahora exnovia de Diego emitió un comunicado en Twitter en el que culpó a la vocalista de Yūgen de interponerse en su relación. Por lo visto, pilló unas conversaciones de WhatsApp un tanto subidas de tono de su novio con la cantante. Gabi me dedica una mirada tensa y se levanta del sofá.

G: No voy a hablar de eso.

Después de abandonar la habitación del hotel, su hermano intenta quitarle hierro al asunto.

L: No hablamos de nuestra vida privada. En cuanto haces algún comentario, se abre la veda. Somos músicos profesionales. En realidad, si la gente nos conociera, se daría cuenta de que somos muy aburridos.

1
Nura

Mi plan perfecto para un sábado por la noche no es llevar a mi hermana pequeña a un concierto. Odio las aglomeraciones. Pero aquí estoy. Fue su regalo de cumpleaños y se lo merece. Mis padres dijeron que me excedí demasiado, pero soy de las que piensan que el dinero está para gastarlo y no hay nada que me produzca más placer que invertirlo en las personas a las que más quiero. Además, Aisha acaba de cumplir trece años, es la mejor estudiante de su clase y hace una semana aprobó el nivel B2 de inglés. Es cariñosa, noble y responsable. Puedo permitirme este pequeño lujo. No soy millonaria, pero tampoco me va mal.

Aisha está nerviosa, al igual que el grupito de nueve jóvenes con el que hemos coincidido en el camerino. Algunas están llorando y otras dan saltitos de emoción. Una de ellas lleva una pancarta con purpurina en la que se puede leer: POL, TE QUIERO. ERES EL MEJOR. Dios mío, quiero que esto acabe pronto para largarme a mi apartamento y acurrucarme en el sofá con un libro en el regazo.

El único requisito para estar aquí es venir acompañado de un mayor de edad y pagar la entrada vip, que vale un ojo de la cara y dudo que merezca la pena. A realista no me gana nadie, qué le vamos a hacer. Ni siquiera conozco el grupo. Lo único que sé de él es que a mi hermana le encanta y está loquita por el batería. Dice que es rock indie, pero yo estoy convencida de que es música comercial con letras mediocres. El paquete que he adquirido incluye asiento en primera fila, *merchandising*, acceso a un *lobby* exclusivo (aquí estamos, en un camerino de cartón con una bandeja de cruasanes rancios y una docena de botellas de agua), una fotografía con el grupo y una charla de quince minutos cuando termine el concierto.

Aisha me agarra la mano con fuerza. Le suda la palma. Se me pasa el mosqueo cuando la miro. Sus ojos desprenden pura felicidad. Me recuerda a mí cuando mi editor me llamó a las siete de la tarde hace un año y medio para comunicarme que había ganado el certamen literario al que me presenté sin ninguna pretensión. Estaba en mitad de la calle y comencé a gritar como una loca. La gente me miraba extrañada, pero me trajo sin cuidado.

—¿Qué les voy a decir? —Antes de que pueda responder, comienza a hablar de carrerilla—. Nada personal. No soy su amiga, lo sé. Quiero causarles buena impresión. ¿Les caeré bien?

—Seguro que sí.

Me abstengo de decirle lo que pienso. Es una banda famosa y están acostumbrados a estos encuentros con los fans. Mañana no se acordarán de mi hermana, pero no tengo por qué arruinarle el momento.

—A lo mejor no debería haberle traído ningún regalo. Estará cansado de recibir baratijas, pero leí en un foro del club de fans que es sagitario y un poco supersticioso.

Aisha se guarda en el bolsillo el paquetito envuelto en papel de seda. Sé lo que es porque la acompañé al centro comercial a comprarlo. Una pulsera de cuero trenzado con el símbolo de sagitario y una amatista, la piedra de la suerte de este signo, o eso fue lo que aseguró la vendedora de la tienda.

Por supuesto que Polcomosellame tirará la pulsera a la basura en cuanto salga del estadio olímpico. Ni siquiera recordará el nombre de mi hermana cuando se haga la siguiente foto con la siguiente chiquilla ilusionada que lo espera con ansiedad. Pero finjo lo contrario porque quiero que Aisha viva una experiencia inolvidable.

—Le va a encantar. Es un regalo muy chulo.

—¡Tú qué vas a decir! —exclama riéndose—. Eres mi hermana mayor. Para ti soy la mejor del mundo. Deberías haber traído uno de tus libros firmados. Axel, el bajista, es un gran lector. O eso dicen.

No tiene redes sociales y se sabe muy poco de él. Pero en un reportaje que les hicieron en Formentera lo pillaron leyendo a Ken Follett. Sus libros son más largos que el *Quijote*. Te podrías hacer publicidad.

—No he venido a hacerme publicidad.

Ni a endosarle a un grupo de pop de tres al cuarto un libro que seguramente olvidarán en la mesita de noche de alguna habitación de hotel.

—Tampoco te hace falta —responde Aisha—, pero sigo creyendo que a veces eres un poco estirada.

—¡Oye!

Le pellizco el brazo y ella se parte de risa. Compruebo la hora. No quiero dejar a Aisha sola, pero necesito ir al baño con urgencia. Así que la animo a unirse al grupito de chicas que se asoman al palco y comienzan a corear lo que canta el público del estadio: «¡Gabi Luna, como tú no hay ninguna!». Qué desperdicio de creatividad adolescente. Me froto la cara. Solo son dos horas de concierto. He sobrevivido a cosas peores.

—Vuelvo en dos minutos.

—¡No tardes! El concierto está a punto de empezar. En serio, lo vas a flipar. Ya sé que piensas que no merece la pena, pero es porque no los has escuchado. Son buenísimos.

Salgo del camerino en dirección al servicio que nos han asignado. Seguro que mi madre habría podido acompañar a Aisha al concierto. Qué pena haber pospuesto mi cita con el chico de Tinder. Es muy mono y dice que le encantan los deportes de riesgo, aunque quizá solo lo ha puesto en su perfil para resultar más interesante. Como los que salen abrazados a un perro que luego resulta ser de su prima y tienen alergia a las mascotas, pero saben que parecen de fiar si posan con un cachorrito. Bah, no entiendo por qué la gente no va de frente. Con lo fácil que sería escribir: «Voy buscando un polvo sin compromiso. Y luego, si nos gustamos, ya lo vamos viendo». Pero en internet la sinceridad brilla por su ausencia y a la peña le encanta jugar a ser otra persona. Tampoco es que yo esté muy obsesionada con encontrar al amor de mi vida. Solo quiero divertirme. Creo que el amor llega cuando no lo buscas. En el momento más inesperado. Es absurdo emparejarse con alguien que no está hecho para ti solo porque somos seres sociales y alguien dijo que debemos buscar a nuestra media naranja. Porque yo me siento la mar de completa y no necesito que nadie venga a rellenar mis imperfecciones.

Salgo del lavabo individual y le doy un portazo a algo o, mejor dicho, a alguien, porque emite un gruñido. Cierro la puerta y miro con gesto de disculpa al chico. Tendrá mi edad. Alto, pelo castaño y mirada amable. Es guapo. No el típico guapo que llama la atención, pero sí tiene algo. Sobre todo, porque sus rasgos varoniles resaltan en la piel bronceada.

—Perdón, no te he visto.

—Culpa mía por no mirar por dónde voy.

Se acaricia el brazo.

—¿Te has hecho daño?

—Qué va. Suerte que soy diestro.

—¿En serio? —pregunto sintiéndome culpable.

El chico balancea el brazo izquierdo para demostrarme que se encuentra perfectamente.

—Tranquila, es mi brazo inservible. Solo soy bueno con el brazo derecho.

«¿Bueno en qué?».

Me acerco al lavabo y coloco las manos debajo del grifo. Noto que me mira de reojo y frunce el ceño. Parece intrigado. Sonrío para mis adentros. Sé la reacción que provoco en los hombres. No es porque sea una belleza despampanante, sino porque en esta ciudad no están acostumbrados a las mujeres negras. Llamo la atención, lo quiera o no. A algunos les parezco exótica y otros me llaman «bombón» o «piel de ébano» como si fuera un cumplido. Gilipollas hay en todos lados y en Sevilla no iba a ser menos.

—¿Has venido a ver el concierto? —pregunta con curiosidad.

—Pues claro. ¿Qué te crees que estoy haciendo aquí?

Está agachado y mi primer impulso es pegarle una patada porque pienso que está intentando mirar por debajo de mi falda, pero luego me doy cuenta de que está buscando algo. Parece desesperado. Doy por hecho que trabaja aquí porque esta zona es exclusiva para los empleados y los que hemos pagado la entrada vip. No lo he visto en el camerino, así que será un trabajador del estadio. Pobrecillo. Quizá un componente del grupo echa en falta una pertenencia y lo va a culpar a él.

—¿Qué buscas?

—La púa de una guitarra. —Se pone de pie y se sacude los pantalones vaqueros—. Aquí no está.

—¿Te va a caer una bronca? —intuyo, y él enarca una ceja—. Supongo que los artistas pueden ser un poco excéntricos. Seguro que puede tocar con otra púa, y, si no, que hubiera sido más cuidadoso con sus cosas. No es culpa tuya.

—Quizá las prisas y el estrés lo han hecho ser más despistado de lo normal.

—Estrellas del rock, siempre tienen una excusa para todo.

—Vienes acompañando a alguien, ¿no? —Lo da por hecho. En su tono hay un deje de ironía que me obliga a sonreír. Me ha pillado.

—A mi hermana pequeña. Es su regalo de cumpleaños.

—Eres una hermana muy generosa. El pase vip es caro.

—Solo espero que merezca la pena —respondo con desdén—. Le hace muchísima ilusión y lleva pidiéndolo un año. Ojalá que no se tropiece con la típica banda de idiotas egocéntricos que ni siquiera la miran a la cara cuando ella les habla.

Se le cambia la expresión.

—Dales un voto de confianza.

Echo un vistazo a mi reloj de muñeca. Ya han pasado más de cinco minutos. Este tipo es majo, pero tengo que largarme porque Aisha estará que se sube por las paredes.

—Uy, soy una maleducada. Ni siquiera me he presentado. Soy Nura, y debería irme ya porque el concierto está a punto de empezar y no quiero dejar sola a mi hermana.

—Tranquila, no va a empezar sin el guitarrista.

Me quedo congelada cuando capto su sonrisa burlona. Entonces lo pillo. La púa de la guitarra es suya. Mierda, acabo de conocer al guitarrista del grupo. Lejos de estar irritado, parece divertido por mi metedura de pata. Porque la he metido hasta el fondo. Acabo de soltar pestes de su grupo. Me rasco la nuca y aprieto los labios. Generalmente sé cómo salir airosa de una situación, pero en este momento me gustaría mimetizarme con la pared. No se me ocurre nada que decir para arreglarlo. Sería una chorrada si no tuviera que volver a verlo, pero luego voy a reencontrarme con él en el *backstage* y no me apetece que sea grosero con Aisha solo porque su hermana mayor es una bocazas.

—Verás… —comienzo a decir, y luego opto por ser sincera porque no tengo nada mejor que ofrecerle—. Como habrás podido adivinar, no soy fan de vuestra banda.

—No me digas.

No está enfadado. Quizá se está divirtiendo a mi costa, pero supongo que es mejor que haberlo cabreado. Sospecho que el ego de un artista es enorme. Sé de lo que hablo. Soy escritora y las malas críticas a veces me sientan como el culo.

—Voy a intentarlo de nuevo. Me llamo Nura y he venido a acompañar a mi hermana al concierto de su banda favorita de la que, por cierto, no sé nada. Encantada de conocerte, mmm…

Se ríe en voz baja. Para mi sorpresa, me tiende la mano. Le doy un apretón rápido.

—Leo.

—Leo, si te he ofendido con mis comentarios, te pido disculpas. No ha sido con mala intención. Me estaba desahogando porque…

—Te gustaría estar en cualquier otro sitio menos aquí —adivina sin perder la sonrisa—. Espero que disfrutes del concierto. Danos una oportunidad. No digo que vaya a ser lo mejor que hayas escuchado en tu vida, pero quizá te guste.

«Lo dudo».

—¡Por supuesto! —exclamo con una emoción más falsa que un billete de treinta euros. Se está dando la vuelta cuando le toco el hombro y me mira con los ojos entornados. No debería haberlo hecho. Sigue siendo una estrella del rock. O del pop. Y a los famosos no les gusta que los toquen, por muy majos que sean—. ¿Puedo pedirte un favor?

—Depende de qué se trate —responde más serio.

—Es una tontería. —Lo tranquilizo, no vaya a ser que piense algo raro—. Mi hermana le ha comprado un regalo al batería del grupo. No sé si tenéis prohibido aceptar regalos por algún tipo de protocolo de seguridad o algo por el estilo, pero se pasó tres horas buscando el regalo perfecto y para ella sería muy importante que él lo aceptara.

—Cuenta con ello.

—Gracias.

—No hay de qué.

Leo abre la puerta y me deja un poco descolocada cuando la sostiene para que salga primero. Al pasar por su lado, me llegan unas notas de su perfume. Huele bien, pero no sabría decir a qué.

—¡Mucha mierda! O lo que sea que se les desee a los artistas.

Leo sonríe de nuevo. Eso sí ha sido sincero. Parece que lo intuye. Me mira con sus profundos ojos castaños clavados en mí.

—¿Cómo se llama tu hermana?

—Aisha.

Leo asiente, como si estuviera memorizando el nombre, y luego se despide con un gesto de mano.

—Hasta luego, Nura.

Me ruborizo sin poder evitarlo cuando lo veo alejarse caminando con seguridad. Lo he juzgado sin conocerlo de nada y ha sido muy amable conmigo. Siempre me ha irritado que la gente tenga prejuicios y ahora resulta que yo también los tengo.

El público grita enardecido cuando la banda aparece en el escenario. Agradezco estar refugiada en el palco, porque no soportaría dejarme arrastrar por la masa de gente enloquecida. Reconozco a Leo, a la derecha de una chica rubia y bajita que debe de ser la vocalista. Son cuatro jóvenes que no son mayores que yo y, sin embargo, el público corea sus nombres como si fueran los Beatles.

Me pregunto lo que se siente al estar en el centro del escenario con miles de ojos pendientes de ti. ¿Adrenalina? ¿Emoción? ¿Pánico?

No tengo ni idea, pero seguro que no se parece a lo que experimento cuando una cola ordenada de lectores espera en una de mis firmas de libros. Menos mal que nadie me para por la calle. No lo soportaría.

Aisha se agarra a la barandilla y da saltitos de emoción. Sus ojos están vidriosos cuando la vocalista comienza a cantar. Tiene un buen directo. No puedo negarlo. Una voz ronca, ligeramente varonil, pero a la vez con un cariz erótico. Consigue llegar a las notas altas y se luce en los registros bajos. Me recuerda a Miley Cyrus versionando «Jolene». Hipnótica al estilo de Lana del Rey. Y todo ese torrente sale de una chiquilla rubia y diminuta que se come el escenario.

—Es una pasada, ¿a qué sí? —Las lágrimas le corren por las mejillas. Me pregunto si algún lector llorará al leer mis libros. De miedo, tal vez, teniendo en cuenta el género que escribo.

—Es muy buena.

Aisha dice algo, pero no logro escucharla porque el público está cantando el estribillo de la canción.

—¿¡Qué!?

—¡Las letras son increíbles! —me grita al oído—. Su hermano es el compositor. ¡Ese! El de la guitarra. ¿A que está bueno? Ya sé que objetivamente es más guapo que Pol, pero el batería tiene algo que me vuelve loca. ¿Has visto sus brazos tatuados? ¡Me encantan los chicos tatuados! Tiene un rollazo… ¡No me mires así!

«Su hermano».

«El guitarrista».

«Leo».

Siento un cosquilleo desconcertante en el estómago. No quiero ser como estas chiquillas del palco que vitorean a sus ídolos y estarían dispuestas a saltar de un puente si ellos se lo pidieran, pero siento un regocijo extraño y sonrío para mis adentros.

Yo lo conozco, ja. He hablado con él. Y mientras todo el mundo canta una canción que yo no me sé, clavo la vista en el escenario hasta centrarla en él. Me fijo en sus dedos y en la destreza con la que se mueven por las cuerdas de la guitarra. Menudo embustero, sabe utilizar ambas manos. Me pregunto si tocará con esa habilidad a las mujeres que pasan por su cama o será de esos energúmenos que se limitan a buscar su propio placer. Me fijo en su expresión concentrada. Una profunda arruga en la frente cuando hace un solo con la guitarra. Se luce. Lo disfruta. Lo da todo. Y luego cierro los ojos y me dejo llevar. Me concentro en la letra de la canción:

Tengo miedo de buscar y no encontrarme,
de perderme en esta inmensidad de gloria y carne.
Todos me hablan, gritan y nadie dice nada.

Me siento tan rodeada…
de ruido, de cenizas y promesas esclavas.
Me siento tan rodeada…
de palabras vacías y fama.

Tengo miedo de estar y no sentir nada.
De callar por el qué dirán.
De hablar, aunque me falten las ganas.

Me siento tan rodeada…
de ruido, de cenizas y promesas esclavas.
Me siento tan rodeada…
de palabras vacías y fama.

—¿Cómo se llama esta canción? —le pregunto a mi hermana.

—«Ruido y cenizas». Es una de mis favoritas. No esperabas que fuera a gustarte, ¿eh? —Aisha me da un codazo suave—. Te lo dije.

—No está mal. —Me hago la dura.

Regreso al camerino a buscar una botella de agua. Sacudo la cabeza cuando compruebo que Aisha se ha olvidado la mochila en una butaca. Es una despistada. Estoy cansada de decirle que no puede dejar sus pertenencias olvidadas por ahí. Entonces algo llama mi atención. Está semienterrado en el borde del cojín. Lo cojo con dos dedos y se me escapa una sonrisa. Es la púa de una guitarra. Hay un nombre grabado: «Leo».

2
Leo

Ha sido un buen concierto. Tocar en mi ciudad natal siempre me sube el ánimo. Se suele decir que nadie es profeta en su tierra, pero la verdad es que Gabi y yo nos sentimos muy queridos en Sevilla.

Echaba de menos mi hogar. Puedes alojarte en hoteles de cinco estrellas y visitar los lugares más paradisiacos del mundo, pero no hay nada comparable a la sensación de deshacer las maletas y tumbarte en tu cama.

El público sigue vitoreándonos cuando salimos del escenario. Tengo las manos agarrotadas y estoy deseando darme una ducha. Axel también parece agotado. El único que actúa como si pudiera soportar tres horas más de concierto es Pol, y sospecho que es porque se ha metido algo. Pero la última vez que intenté hablar con él me mandó a la mierda y aprendí la lección: no te metas donde no te llaman. Aunque me duela, no se puede ayudar a quien no quiere.

Gabi lo ha dado todo y esa ovación final ha sido más que merecida. La balada con inicio a capela siempre es un triunfo en los conciertos y por eso la dejamos para el cierre. La escribí para ella. En realidad, todas mis canciones están pensadas para el registro vocal de mi hermana, aunque bien podría cantar por Raphael o Bruno Mars y la tía conseguiría salir airosa. Gabi tiene una voz alucinante. Puede caer bien, regular o fatal, pero nadie puede negar que le sobra el talento. Lo suyo es de otro planeta.

Mi padre ya nos está esperando en el camerino. Le frota la espalda a Axel, le revuelve el pelo a Pol y me guiña un ojo. En cuanto nos ha prestado un poco de atención, estrecha con fuerza a Gabi. Ella se ablanda y sonríe. Estoy convencido de que nos quiere a ambos por igual, pero ella siempre fue su preferida. La estrella destinada a brillar. El diamante en bruto. La niña con voz de terciopelo rasgado y ojos azules.

—Un concierto fantástico, chicos. —Nos felicita. Ya tiene el termo preparado para Gabi: té caliente con jengibre, anís estrellado y miel. Ella pone cara de asco—. Tómatelo. Sabes que tienes que cuidar tu voz.

Gabi obedece de mala gana. Las únicas órdenes que acepta de mi padre son las referentes al cuidado de su voz. Por lo demás, siempre hace lo que le da la gana. En eso es la mejor. Pero los masajes, las visitas al naturópata, las clases con el profesor de canto y las ocho horas de sueño con la almohada perfumada de lavanda sí las acata. Creo que lo hace porque su voz es lo único de lo que se siente orgullosa —por mucho que vaya de diva— y tiene un pánico atroz a perderla. Para asustarla, mi padre le pone ejemplos de cantantes que perdieron la voz por no mimarla lo suficiente.

—¿Qué tal he estado? —pregunta insegura—. Creo que he desafinado en la segunda estrofa de la balada. Siempre me pongo nerviosa cuando se hace el silencio.

—Has estado maravillosa —la tranquiliza mi padre.

No ha desafinado, tiene razón. Le tiende un paño tibio empapado en eucalipto para que se cubra la garganta. Me gustaría reprenderla por haber cambiado la frase de una canción, pero sé que no es el momento. Quizá más tarde, cuando estemos los dos solos. Ha querido lanzarle una indirecta a ese tal Diego, el actor con el que se lio. Y, en vez de cantar: «Te escribo mensajes esperando que los respondas», ha dicho: «No te escribo mensajes porque ya no me importas». Ya me imagino los hilos de Twitter que elucubrarán al respecto. Después que no se queje si la ponen a parir o hacen comentarios mezquinos sobre su vida privada. Si les das carnaza a los buitres, te despedazan. Ya debería haber aprendido la lección.

—Entonces ¿he estado bien? —insiste buscando nuestra opinión.

—Más que bien —dice Axel.

—Perfecta —añado para que se quede tranquila.

Gabi busca la mirada de Pol, que en ese momento está ocupado con el móvil. Ella necesita que le demos nuestra aprobación, al menos en lo relativo a los conciertos. En ese aspecto es muy insegura y todos tendemos a sobreprotegerla. Mi madre dice que no es bueno tenerla entre algodones, pero qué sabrá ella si lleva ausente la mayor parte de nuestra vida.

—¡Pol! —exclama irritada.

—Que sí, pesada. Has estado brillante. A tu lado, Adele es una mera principianta.

Gabi arroja el paño sobre la mesita con ademán indignado. No soporta que Pol la ignore o no la tome en serio. Lo de estos dos no es ni medio normal. Son como el perro del hortelano.

—Vamos, chicos. Ya tendréis tiempo de relajaros. —Mi padre nos hace un gesto para que nos levantemos—. Tenéis el *meet and greet* con los fans.

Todos nos ponemos en pie menos Gabi. Ella se limita a cruzarse de brazos con expresión de desagrado. Me entran ganas de cogerla de los hombros y obligarla a levantarse. Uf, ¿quién se cree que es? ¿Beyoncé?

—No quiero ir —dice, por si no nos hubiera quedado bastante claro—. Id vosotros. La mayoría son crías.

—¿Y tú qué eres? —se burla Pol.

—Tenemos la misma edad —le recuerda con aspereza—. En todo caso, somos dos críos.

—Habla por ti. Yo sí cumplo con mis obligaciones.

Gabi aprieta los dientes, pero el comentario de Pol consigue que se ponga de pie. Mi padre le frota los hombros y ella se aparta airada. Está molesta porque no se ha salido con la suya.

—No me gustan los *meet and greet*. ¿Por qué tenemos que hacerlos?

—Porque dan dinero y os hacen parecer más cercanos al público —le explica mi padre—. Solo serán quince minutos.

Le pediría que fuera amable, pero eso sería como rezar para que ocurriese un milagro. A veces creo que es mejor que no venga. Nos hace quedar como una banda de estirados. ¿Qué fue lo que dijo la chica del servicio? «La típica banda de idiotas egocéntricos». Sí, eso fue lo que nos llamó. Se me escapa una sonrisa cuando la recuerdo. No estoy acostumbrado a que no me reconozcan y su reacción me hizo bastante gracia. Desde luego, se nota que le sobra carácter.

—Pol… —Le pongo una mano en el hombro—. Tengo que pedirte un favor.

—Lo que sea, tío.

—Hay una chica que se llama Aisha y va a darte un regalo. No sé qué será, pero finge que te encanta, ¿vale? Es importante para ella.

—Lo que es importante para mis fans es importante para mí.

Gabi nos adelanta y suelta una risilla burlona. Los dos pasamos de ella.

—Vale, solo era eso. Le hará ilusión que recuerdes su nombre.

—¿Cómo es?

«Ya empezamos».

—No lo sé. Me he tropezado con su hermana en el servicio y ella me lo ha pedido.

—¿Su hermana está buena? —Al ver mi cara, añade con ironía—: Venga, tío, ya sé que eres monógamo, pero tienes ojos en la cara. ¿O también tienes prohibido mirar?

—Supongo —respondo para que me deje tranquilo.

Es guapa, sí. No voy a negar que le eché un vistazo rápido cuando me ignoró por completo. Lo hice motivado por la curiosidad de que no me reconociera. Boca carnosa y ojos ligeramente rasgados. Es una mujer llamativa y sé que a Pol le va a encantar en cuanto la vea. Ella no es fan de nuestro grupo, lo dejó bastante claro. De todos modos, Pol nunca ha tenido ningún problema para ligar. Incluso cuando no habla el mismo idioma de la chica, se las ingenia para resultar encantador. No sé cómo lo hace, pero le funciona.

La veo en cuanto entramos en el camerino. Es alta, curvilínea y tiene el pelo rizado, cortado por encima de los hombros. Es imposible que pase desapercibida. Iba a acercarme a saludarla porque quiero preguntarle si ha disfrutado del concierto, pero un grupito de veinteañeras me acorrala en cuanto cruzo la puerta. Ahora no tengo escapatoria. Firmo autógrafos, me hago fotos y tengo la pequeña charla de rigor con cada una de ellas. A mis compañeros no les va mejor que a mí. Axel lo pasa fatal porque es muy introvertido y más de una vez le hemos tenido que quitar de encima a alguna fan un poco pesada. Recuerdo cómo se ruborizó cuando una pelirroja comenzó a coquetear descaradamente con él y le metió su número de teléfono en el bolsillo del pantalón. Axel me contó avergonzado que ella le rozó la polla y luego le guiñó un ojo.

Gabi se limita a sonreír con falsedad para salir bien en las fotos, firmar algún autógrafo y responder con monosílabos cortantes. Pol es el único que se lo pasa bien.

—Sé simpática con ellas —le pido a mi hermana señalando en dirección a Nura y a la que supongo que debe de ser su hermana.

—¿Por?

—Porque te lo pido yo.

Gabi se encoge de hombros y accede de mala gana a mostrarse más amable de lo normal cuando Aisha le pide una foto. Pero su nivel de simpatía tiene un límite muy bajo y enseguida se larga. Le hago un gesto disimulado a Pol para que sepa de quién se trata, aunque él está demasiado ocupado comiéndose con los ojos a Nura. Por el amor de Dios, este tío no tiene límites.

—Tú debes de ser Aisha. —Le da dos besos que ella recibe con evidente desconcierto—. Me han dicho que tienes un regalo muy especial para mí.

Presto atención a lo que sucede entre ellos mientras atiendo a un par de fans que me piden un autógrafo para su prima. Lo firmo mientras pongo la oreja. No soy un cotilla, pero esto, por alguna razón inexplicable, me interesa.

—Nura. —Lo saca de su error y rodea a su hermana con un brazo—. Ella es Aisha, mi hermana pequeña.

—Un nombre precioso. ¿De dónde es?

—Es un nombre árabe. Significa «llena de vitalidad» —responde con voz trémula la niña—. Te he traído un regalo. ¿Puedo dártelo? No debes aceptarlo por compromiso, pero...

—Muchísimas gracias, Aisha. Es un honor que hayas pensado en mí. —Pol rasga el envoltorio y pone cara de sorpresa. Ya no está fingiendo—. ¿Es un amuleto?

—¡Sí! —exclama Aisha emocionada por haber acertado—. Un amuleto de la suerte para tu signo del zodiaco. La piedra es una amatista. Transmite energía positiva y dicen que es buena para aliviar los dolores de cabeza. No sé si tienes dolores de cabeza, espero que no.

—¿Me la pones?

Aisha se ruboriza y sonríe ilusionada. Le tiemblan las manos cuando le abrocha la pulsera. Pol se muestra encantador con la niña, aunque es obvio que la que le interesa es su hermana mayor. Incluso se anima a enseñarle los tatuajes de los brazos cuando ella le pregunta por su significado.

—Espero que lo hayáis pasado bien.

—Mi hermana no es fan de vuestro grupo. Me ha acompañado, pero se lo ha pasado genial. ¿A que sí?

—Ha estado bien —responde Nura, a la que no parecen gustarle las conversaciones forzadas. Cuando su hermana le da un codazo, añade con tono educado—: Me han gustado las letras.

—Leo es un guitarrista y compositor de la hostia. ¡Leo! —me llama Pol.

Por fin tengo una excusa para integrarme en la conversación. Reconozco que lo estaba deseando. Quiero conocer la opinión de Nura. Me vendrá bien la crítica de una persona que no es fan del grupo.

—Dice que le gustan tus letras.

—Mi hermana es muy exigente —añade Aisha, y me mira un tanto cohibida—. Es escritora. Ha ganado un premio.

—Aisha —le pide su hermana con voz tensa—, no les interesa.

—Nos interesa —miente Pol, que lo único que ha leído en su vida es la etiqueta del champú—. ¿Qué género escribes?

—Novela de terror.

—Muy gore —nos explica Aisha con orgullo—. A su lado, Stephen King es un terrón de azúcar.

—Aisha... —Nura pone los ojos en blanco—. Es mi hermana y tiene que hacerme la pelota porque le he regalado la entrada. No le hagáis caso.

Quiero preguntarle el título del libro porque me ha picado la curiosidad, pero un puñado de fans me rodea y pierdo el hilo de la conversación. Un guardia de seguridad informa a los fans de que se ha acabado el *meet and greet*, y una azafata los acompaña a la salida y les entrega una bolsa con *merchandising* de la banda. Me quedo solo y, de repente, alguien me toca el hombro. Para mi sorpresa, es Nura. Está a punto de decirme algo cuando la azafata la agarra del brazo.

—Tienes que irte.

—Tranquila, Míriam. Ella y su hermana pueden quedarse todo el tiempo que quieran.

Míriam frunce el ceño y se aleja en dirección a la puerta. No está acostumbrada a que hagamos excepciones en el *meet and greet*. De hecho, nunca las hacemos. A lo lejos, Pol me guiña un ojo porque cree que he retenido a Nura para que él tenga la oportunidad de ligar con ella.

—Solo será un segundo —se disculpa, y luego se mete la mano en el bolsillo trasero de la falda. Doy por hecho que va a sacar su teléfono.

—¿Quieres una foto conmigo?

—No. —Su respuesta me deja bastante cortado—. En realidad, quería devolverte esto. Lo he encontrado por casualidad.

—¡La púa!

El desconcierto por el rechazo pasa a un segundo plano. Noto una emoción extraña cuando nuestras manos se rozan. Un chispazo de electricidad. Un calorcillo que me recorre la punta de los dedos. Nura tiene la piel muy suave y achaco la sensación que me ha producido a la euforia por haber recuperado la púa.

—Estaba en esa butaca.

—Sí, estuve ahí sentado tocando hace cuatro horas. Ya la daba por perdida, gracias.

—No hay de qué. ¿Cuánto dura la púa de una guitarra? —pregunta con curiosidad.

—Depende del uso. Esta tiene casi un año. Compré una caja con mi nombre grabado antes de firmar nuestro primer contrato discográfico. Esta es la última que me queda. Pensarás que soy un exagerado, pero creo que me da suerte.

—Para nada. —Me enseña una cadena de plata en forma de herradura que lleva colgada del cuello. Intento no mirarle el escote—. Me lo regaló mi mejor amigo, que fue quien me animó a presentarme al certamen literario el día que acababa el plazo. Desde entonces no me la he quitado.

Sonreímos. Sus ojos de tono chocolate me miran con un destello de simpatía, como si hubiera decidido concederme el beneficio de la duda. Por lo visto me he ganado su aprobación.

—¿Has disfrutado del concierto? Sé sincera. Me interesa tu opinión.

—Ha sido mejor de lo que me esperaba —responde, y no sé si es un sí o un no—. Me ha gustado «Ruido y cenizas». Y un par más que no recuerdo cómo se llaman.

—Fue una de las primeras canciones que escribí.

—Tus letras son…

—¡Aquí estáis! —Pol llega con Aisha cogida de la mano—. La escritora y el compositor. Si él no estuviera pillado, haríais buena pareja.

Nura y yo nos miramos con incomodidad. A ninguno nos ha hecho gracia la broma.

—Pero tú no estás pillado —le suelta Aisha con atrevimiento—. Y mi hermana tampoco.

Pol le dedica a Nura una mirada cargada de intenciones y ella se tensa.

—Entonces ¿te apuntas a una copa? —le lanza a bocajarro.

—Tengo que cuidar de mi hermana. —Lo rechaza con educación.

Pol no se da por vencido. Está acostumbrado a salirse con la suya y se ha fijado en Nura.

—¡Yo también puedo ir! —exclama Aisha.

—Son las dos de la mañana y tengo que llevarte a casa. —Nura le da la mano a su hermana pequeña y la mira de una forma que no acepta réplicas. Aisha suspira—. Otra vez será. Ha sido un placer, chicos.

—El placer es mío. —Pol le da dos besos.

Como no quiero ser un maleducado, también la beso en las mejillas. Nura huele a vainilla y su olor me trastoca los sentidos. Un olor dulce que contrasta con un carácter fuerte. Me separo un poco aturdido y me rasco el codo con disimulo para aparentar una normalidad que no siento. El corazón me late acelerado. «¿Qué cojones ha sido eso?».

—Tío... —Pol me da un guantazo cuando las hermanas se marchan—. Si no te conociera y tuvieras novia, diría que te ha molado.

—No digas gilipolleces.

—Yo no te culpo. Está tremenda.

—Te has picado porque ha pasado de ti.

—Pues sí.

Nos reímos. La vida sigue su rumbo y me siento mejor conmigo mismo. Solo ha sido atracción física. No es para tanto. A lo largo de mi vida, me he sentido atraído por algunas mujeres y nunca he cruzado la línea porque no merecía la pena. ¿Para qué? Tengo a Clara. Quiero a mi novia. Me gusta la vida que comparto con ella. Fin de la película que me he montado en la cabeza.

Solo quiero ir directo a casa y dormir. Estoy agotado después de una gira que ha llegado a su fin. Horas interminables de aeropuertos, habitaciones de hotel y comida para llevar. Parece guay, pero a la larga terminas cansándote y echas de menos el puchero de tu abuela y la rutina de tumbarte en el sofá y ver una peli.

Clara y yo no vivimos juntos. No tendría mucho sentido porque apenas paso por casa y me siento muy a gusto en la de mi padre.

La compró hace tres años, cuando firmamos nuestro primer contrato discográfico. Pensé que Gabi echaría a volar en cuanto ganara pasta porque siempre ha sido muy rebelde, pero resulta que los dos nos sentimos cómodos en casa. Pasamos demasiado tiempo fuera y cuando regresamos a Sevilla lo único que queremos es hacer piña. Además, ya tendré tiempo de mudarme a vivir con Clara. Ella está trabajando a media jornada en una academia mientras oposita a maestra de primaria. Ese siempre ha sido su sueño.

Hoy no ha podido venir al concierto. Hace una semana, su abuelo tuvo un infarto del que se está recuperando y esta mañana le han dado el alta en el hospital. Iban a celebrarlo con una cena en familia a la que me habría encantado asistir. Cuando sucedió, me pilló en Barcelona y cogí un vuelo de ida y vuelta solo para acompañarla durante unas horas porque ese mismo día tenía que actuar. ¿Qué otra cosa podía hacer? Adoro a la familia de Clara y sus padres me quieren como a un hijo. Son la familia estructurada y numerosa que me habría gustado tener. El matrimonio de sus padres es sólido, tienen tres hijos y un montón de primos, sobrinos y tíos que se reúnen con frecuencia. Yo solo tengo a mi padre y a Gabi. A mi madre no puedo contarla porque es como una especie de tía política a la que ves de vez en cuando y te llama por compromiso para felicitarte el cumpleaños.

Clara me envía un mensaje cuando el chófer está a cinco kilómetros de la urbanización privada en la que vivimos. Debería morirme de ganas de verla y por eso siento una punzada de culpabilidad cuando leo su mensaje.

Clara

¡Ey! ¿Ya has llegado? ¿Vienes a verme?

Yo

Estoy muerto. Necesito llegar a mi casa y darme una ducha.

Clara

¿Y si me recoges y paso la noche contigo?

No quiero ser una basura de novio, así que le pido al chófer que dé la vuelta para recoger a Clara. Gabi resopla y comienza a protestar. Mi padre le pide que se calle. Ella responde que soy el perrito faldero de Clara y que siempre hago lo que dice. Y luego termina diciendo: «Tienes menos personalidad que un zapato». Como me tiene hasta los huevos, le suelto que al menos «yo no soy el segundo plato de un capullo con novia». Me tira del pelo. La llamo niñata. Mi padre zanja la discusión gritando: «¡Parad ya!». Nos miramos de reojo y me arrepiento de haber metido el dedo en la llaga. Sé que está dolida por lo que sucedió con el imbécil ese. Estiro el brazo y le cojo la mano. Es mi manera de pedirle perdón. Al principio se resiste, pero al final estrecha mi mano y susurra: «Te quiero, tonto».

Clara me abraza por detrás cuando salgo de la ducha. Ella es mi hogar. La amiga a la que acudo cuando necesito un consejo. La novia que me consuela cuando estoy agobiado. La que me envía fotos de su sobrina porque sabe que adoro a esa pequeñaja.

—Qué bien hueles.

Entierra la cabeza en mi pelo húmedo. Noto que sonríe. Pongo mis manos sobre las suyas. No tenemos una relación apasionada. Ni de película. Con ella todo es calma. Me gusta que seamos previsibles. Sé que quiere ser madre joven y ya me ha dejado caer un par de veces que le gustaría irse a vivir conmigo. Me planteo mi vida con Clara y sé que será buena. Matrimonio estable, hijos y un golden retriever correteando por el jardín de nuestra casa. Es lo que siempre he querido.

—Te he echado de menos… —dice con voz melosa, e intenta quitarme la toalla que llevo atada a la cintura—. ¿Y tú a mí?

Clara palpa mi entrepierna. No estoy duro. Estoy agotado. Es imposible tener una erección cuando te pesan los párpados.

—Muchísimo. —Le aparto las manos con delicadeza. Ella aprieta los labios y me dedica una mirada decepcionada—. Lo siento, estoy cansado. Entiéndeme. Te lo compensaré mañana.

—Vaaale.

Sé que ese «vaaale» significa que está mosqueada, aunque va a dejarlo pasar porque en los últimos tres meses nos hemos visto siete días contados. No quiere que nuestra primera noche juntos comience con una discusión. No me la merezco. Odio la sensación de herir a alguien que quiero a pesar de que no lo hago a propósito. Pero sucede, ¿no? A veces dañamos a las personas que queremos y no podemos hacer nada para remediarlo. Es como si te tropezaras con un jarrón que se cae al suelo y se rompe en pedazos. No lo has hecho a posta, pero no volverá a ser igual por mucho que te esfuerces.

Odio esa sensación.

Con todas mis fuerzas.

Y últimamente me persigue.

Es una tontería, lo sé. Todo el mundo sabe que Clara y yo estamos hechos el uno para el otro. A mi padre le cae de maravilla. Axel dice que aspira a encontrar algo como lo que yo tengo con Clara. Incluso Pol admite que a veces siente un poco de envidia de nosotros. Excepto Gabi, a la que nunca le ha caído bien. Una vez me encaré con ella y le pregunté qué diantres le había hecho Clara. Ella me miró como si me hubiera vuelto loco.

—Nada.

—¿Y entonces qué problema tienes con ella?

—No tengo ningún problema con ella. No me gusta para ti, eso es todo. Es buena persona y te quiere. Nunca lo he puesto en duda.

No era la respuesta que esperaba y jamás volví a sacar el tema. En fin, quién entiende a mi hermana.

Estoy abrazado a Clara y son las tantas de la madrugada, pero no puedo dormir. Así que me levanto, camino de puntillas y voy directo al piano que hay en el salón. Levanto la tapa y finjo tocar sin llegar a rozar las teclas. No quiero despertar a nadie. Cojo una libreta y apunto algunas frases sueltas. Me estoy volviendo loco. Cuando estoy trabajando no veo el momento de llegar a casa y disfrutar de un merecido descanso. Pero, en cuanto llego, la creatividad me desborda hasta que necesito sacar todo lo que tengo dentro.

Pablo Picasso dijo: «Aprende las reglas como un profesional para poder romperlas como un artista».

Soy un artista.

Soy un profesional.

Pero no soy la clase de hombre que rompe las reglas ni corre riesgos. Sé que quien no arriesga no gana, pero yo ya he ganado suficiente. El único problema es que me siento lleno y a la vez vacío, y no sé cómo arreglarlo.

3
Nura

Han pasado casi tres semanas desde que acompañé a Aisha al concierto, pero ella lo sigue recordando como si fuera ayer. A mis padres los tiene aburridos. Mis hermanas están cansadas de oírla cacarear por teléfono. Y nadie se lo dice porque es la niña pequeña.

—¡Todavía no puedo creerme que pasaras de Pol!

Estamos comiendo arroz *jollof* con pollo, un plato típico de la cocina de Nigeria. Es una ocasión especial porque nuestra dieta es mediterránea, pero mi padre echa de menos su tierra y de vez en cuando nos obsequia con comida de su país natal. Como todos los domingos, he venido a almorzar con ellos. En parte porque me apetecía verlos, y en parte para ahorrarme el típico sermón de mi madre sobre lo poco que los visito.

—¿Quién es Pol? —pregunta mi padre.

—¡El batería de Yūgen! Jo, papá. ¡Si no paro de nombrarlo! —se queja Aisha—. Estuvo ligando con Nura, pero ella no le hizo ni caso.

—Tu hermana tendrá sus razones —dice mi padre.

Mi padre es un hombre tranquilo que rara vez se altera. Con cuatro hijas y una esposa de la que dice que he heredado el mal carácter, ha aprendido a ver, oír y callar. Pero, cuando habla, solo es para decir verdades como templos.

—Tu hermana jamás saldría con el batería de una banda de pop —interviene mi madre.

Odio cuando hace eso, dar por hecho que siempre haré tal o cual cosa. Como cuando se sorprendió de que estudiara Filología

Hispánica en lugar de Medicina, y puso el grito en el cielo. O aquella vez que me largué de erasmus a Roma y se limitó a poner cara de desaprobación porque las dos sabíamos lo que pensaba al respecto. O el verano pasado, cuando decidí independizarme y preguntó entre dientes: «¿Qué necesidad tienes de irte de casa cuando eres tan joven? ¿Acaso te falta algo aquí?». Soy una constante fuente de decepciones para ella. No importa que haya ganado un importante certamen literario y que la crítica me haya encumbrado como la nueva promesa del género de terror. Nada es suficiente para ella. Sobre todo si se sale de la línea recta que ha trazado para sus hijas. Supongo que muy en el fondo no puedo culparla porque hasta el último momento no dije que no seguiría la tradición familiar. Mi abuelo materno fue cirujano, mi padre fue médico internista y posteriormente profesor de Medicina en la universidad. Mi madre es una reputada oncóloga infantil y la directora de la planta oncológica de un hospital de Sevilla. Mi hermana mayor, Amina, vive en Barcelona y es cirujana cardiovascular. Y Dan, mi otra hermana, es patóloga forense. Soy la nota discordante. A mi padre no parece importarle, pero mi madre es harina de otro costal.

—¿Qué tal llevas tu próximo libro? —se interesa mi padre.

—Bien.

—No ha escrito ni una palabra. —Aisha se parte de risa, pero a mí no me hace ni pizca de gracia—. Lo llaman bloqueo del escritor.

No estoy bloqueada. Sé lo que me pasa, el problema es que no quiero afrontarlo, a pesar de que mi editor me llame todas las semanas para preguntarme qué tal voy. Al principio me animaba, pero últimamente me está presionando. Ya hace más de un año que se publicó mi primer libro. El mercado editorial es volátil. Hoy eres alguien y mañana yaces olvidado por la siguiente promesa literaria del momento. No soy Tolstói o Gabriel García Márquez. Sé que pasaré de moda si no publico algo nuevo.

—Deberías tomarte unas vacaciones para despejar la mente —sugiere mi madre—. ¿Por qué no te vas a Tarifa con Jorge?

Le dedico mi mirada de «no te metas en mi vida, mamá», pero ella la ignora deliberadamente y añade que todos los artistas necesitan unas vacaciones con vistas al mar cuando les falta la inspiración. Me entran ganas de decirle que qué sabe una oncóloga sobre la vida artística, pero me contengo justo a tiempo.

—Pilar… —le pide mi padre.

—¿Ahora ya no puedo dar mi opinión, Usman? ¡Yo solo digo que Jorge es un buen chico!

—A todos nos cae bien Jorge y ya sabemos que es un buen chico. Seguro que Nura también lo sabe.

Jorge es mi mejor amigo y a mis padres les encantaría que entre nosotros hubiera algo más. Nos conocemos desde que teníamos seis años. Éramos inseparables compañeros de travesuras y nos defendíamos mutuamente cuando alguien nos gritaba «¡negro!» o «¡vete a tu país!». Me encantaría verlo de esa manera, pero no puedo. Sus padres y los míos son íntimos amigos, y la madre de Jorge es la madrina de Aisha. Todos serían felices si empezáramos a salir juntos. Sé que con Jorge todo sería sencillo, pero ¿desde cuándo he hecho de mi vida algo sencillo? Con lo bien que se me da complicármela. Es más, si le añades el sexo a la relación que tenemos, tampoco sería tan diferente. De todas formas, Jorge es como un hermano. Y punto.

Todavía recuerdo el día que nos conocimos. Acabábamos de mudarnos a Sevilla y yo no lo llevaba del todo bien. Aisha todavía no había nacido, mi hermana Dan tenía doce años y Amina, mi hermana mayor, se quedó en Barcelona porque acababa de cumplir los dieciocho y empezó a estudiar Medicina en la universidad de allí. Nos mudamos a Sevilla porque a mi madre le ofrecieron el cargo que hoy, a sus sesenta y cinco años, todavía desempeña, y mi padre aceptó el puesto de profesor en la universidad para seguirla, a pesar de que nunca tuvo especial ilusión por la docencia. Mi madre es una de esas mujeres que se niega a jubilarse porque, aparte de ser la mejor en su trabajo, también le apasiona. A diferencia de mi padre, que se jubiló hace un par de años y al que le hicieron una gran fiesta de despedida en la universidad.

Cuando nos instalamos en el barrio de los Remedios, tenía seis años y estaba acostumbrada a hablar catalán. Sevilla fue un shock. Principalmente, porque en Barcelona, con una población negra más amplia, estaba acostumbrada a pasar desapercibida. Sin embargo, aquí era la niña negra y despertaba curiosidad allá donde iba. Lo odiaba con todas mis fuerzas. Las miradas que me dedicaba la gente, a menudo amables, cuando iba cogida de la mano de mi madre para acompañarla al supermercado o a la iglesia. De vez en cuando, alguna señora mayor nos paraba y le preguntaba a mi madre si el proceso de adopción había sido muy complicado. Antes de que ella pudiera responder, yo intervenía: «¡No soy adoptada! ¡He nacido en España!». Mi madre me pellizcaba el brazo y luego le explicaba a la señora entrometida de turno que Usman, mi padre, era de Nigeria. Nunca entendí por qué no perdía los nervios y se empeñaba en dar tantas explicaciones. «Yo no les pregunto a mis compañeros de clase de dónde son», le recriminaba. «Dan por hecho que soy extranjera o adoptada porque soy negra», insistía cuando ella no me prestaba atención. Después de mucho tiempo comprendí que a mi madre le dolía tanto como a mí, pero aparentaba indiferencia para que yo no me sintiera un bicho raro. También comprendí que le echaba la culpa a esta ciudad porque llegué con una edad en la que los niños se dan cuenta de esos pequeños detalles que antes ignoran por su inocencia: las miradas de reojo en la parada del autobús o los cuchicheos en voz baja en el patio del recreo. Quizá por eso, a mis padres les pareció buena idea que me relacionara con un chico de mi edad que se sentía tan fuera de lugar como yo. Así llegó Jorge a mi vida. Vivíamos en la misma calle y nuestros padres se hicieron amigos porque jugaban al dominó en un bar del barrio.

Estaba sentada en el escalón de la entrada del portal mientras mi madre charlaba con una vecina. Le tiré del dobladillo del vestido para que me diera las llaves porque estaba deseando subir a casa y devorar *Kika Superbruja detective*, el libro que me había regalado mi abuela. A los seis años ya era una lectora adelantada y leía todo lo que caía en mis manos. Tenía pocos amigos y los personajes de mis libros los reemplazaban. De hecho, me caían mejor que la mayoría de la gente que conocía. Mi madre me ignoró por completo y resoplé. En ese momento lo vi. Un chaval de mi edad. Negro y con unos enormes ojos castaños. Me sonrió. Fruncí el ceño.

—¡Hola! —exclamó sin perder la sonrisa.

—Hola —respondí un tanto cortada. Por aquel entonces, mis habilidades sociales eran prácticamente nulas. En mi defensa, diré que estaba en una ciudad nueva y apenas conocía a nadie. No tenía con quién practicar el arte de ser simpática.

—Soy Jorge. ¿Quieres ser mi amiga?

Me puse de pie y sacudí la cabeza con vehemencia.

—No. —El chico fue a abrir la boca, pero me adelanté—. ¿Por qué debemos ser amigos? ¿Porque los dos somos negros?

Jorge abrió los ojos como platos. No se esperaba aquella reacción y me dio un empujón. Luego salió corriendo mientras yo lo observaba con cara de resentimiento. Mi madre zanjó la conversación con la vecina de manera apresurada y me cogió del brazo. Me metió de un tirón en el portal y no me dirigió la palabra hasta que nos encerramos en el ascensor. Era una madre estricta, pero jamás me echaba la bronca en público. Para ella las apariencias lo eran todo.

—Nura Yusuf Benjumea, ¿no tienes modales? ¿Cómo se te ocurre hablarle de ese modo a Jorge?

Me encogí de hombros. No estaba para nada arrepentida.

—Papá dice que no debo mentir. Solo le he dicho lo que pensaba.

Mi madre apretó los labios y me dedicó una mirada severa.

—Jorge estaba siendo amable contigo. No puedes ir por ahí hiriendo los sentimientos ajenos. La sinceridad tiene un límite. Estás castigada.

—¡Pero...!

—Ni una palabra más —sentenció, y supe que no tenía la menor oportunidad de que me levantara el castigo—. Jorge solo ha sido amable. Sus padres lo adoptaron hace un año y no se está adaptando del todo. Su madre pensó que le vendría bien tener una amiga.

«Una amiga negra con la que no se sienta tan raro», pensé para mis adentros. Pero, como era lista y sabía lo que me convenía, mantuve la boca cerrada. Tenía seis años y me daba igual el color de la piel de mis amigos. Pensé que mi madre lo entendería porque ella era blanca y mi padre negro, pero parecía obsesionada con que me relacionara con personas que tuvieran mi mismo tono de piel. Como si por el hecho de ser negros estuviéramos obligados a llevarnos bien. Como si eso nos hiciera tener algo en común.

—Le has hecho daño. —Salimos del ascensor y mi madre suavizó el tono—. Estaba llorando. Espero que eso te haga reflexionar.

Me sentí un poco culpable. En los libros, los villanos siempre hacían llorar a los protagonistas de buen corazón. Yo no quería ser una villana. De eso nada.

Estuve todo el día encerrada y aburrida en mi habitación, con la vista clavada en el techo y la esperanza de que mi madre se ablandara, pero era más dura que una roca y apenas me dirigió la palabra durante la cena. Mi padre, el blando del matrimonio, me explicó que ser sincera no me daba carta blanca para decir lo primero que se me pasara por la cabeza. «La sinceridad es aceptable cuando alguien te pide tu opinión. De lo contrario, el mundo no tiene por qué saber siempre lo que piensas», dijo antes de arroparme en la cama. Luego le pedí que me leyera un libro. Mi padre, indeciso, observó la puerta cerrada, como si temiera que mi madre fuera a aparecer en aquel instante con su expresión de pitbull.

—Me ha prohibido leer, pero no que alguien me lea un cuento —dije con una sonrisa pícara.

—Eres más lista que el hambre.

Me salí con la mía y me quedé dormida en la parte en la que el príncipe rescataba a la princesa. Algún día, pensé, yo escribiría una historia en la que las princesas se salvaran solas y no fueran estúpidas damiselas en apuros que esperan al príncipe azul.

A la mañana siguiente, descubrí que Jorge y sus padres habían venido a desayunar a casa. Me sentí avergonzada porque llevaba puesto el pijama de Winnie the Pooh. De haberlo sabido, me habría puesto los vaqueros con tachuelas y la sudadera de los *Power Ran-*

gers. Agaché la cabeza cuando nuestras miradas se encontraron. Aquello había sido una encerrona de mi madre para que hiciéramos las paces. Ella me dio un empujoncito en dirección a Jorge.

—Nura, ¿no tienes nada que decirle a Jorge?

—Sí —respondí de mala gana, y lo miré a los ojos—. Lo siento.

Mi padre me guiñó un ojo y los adultos lo dejaron estar. Se sentaron en torno a la mesa para desayunar churros con chocolate. Entonces me acerqué a Jorge y le susurré al oído:

—Te he pedido perdón porque mi madre me ha obligado.

Él se apartó y respondió en voz baja:

—Y yo te pedí ser mi amiga por mis padres. No me caes bien.

—Ni tú a mí.

Los dos nos retamos con la mirada y nos sentamos uno frente al otro. Él me pegó la primera patada por debajo de la mesa. Yo se la devolví con toda la fuerza que pude. Cuando nadie nos prestaba atención, él me tiró un churro. Yo le saqué la lengua. Y, cuando nos miramos, empezamos a reírnos hasta que nos dolió la barriga. Así fue como empezó nuestra amistad. Nadie la forzó. Las cosas buenas suceden sin que las busques. Nos volvimos inseparables y, diecisiete años después, sigue siendo mi mejor amigo.

Me levanto del sofá en cuanto llaman al telefonillo de casa de mis padres. Estaba deseando largarme. No es que no disfrute de su compañía, pero mi paciencia con respecto a mi madre tiene una duración bastante limitada. En el momento en el que empieza con sus consejos —en realidad, críticas— sobre la forma en la que debo vivir mi vida, me pongo a la defensiva. Sé que mi padre lo pasa mal y por eso vengo a almorzar una vez a la semana desde que me independicé. Es mi manera de demostrarles que me importan y decirles que necesito mi espacio.

—Son Paula y Jorge. He quedado con ellos para merendar.

—Pásalo bien, cariño. —Mi padre me besa en la mejilla.

—Creí que ibas a ayudar a tu hermana con su examen de Literatura —protesta mi madre.

—Ayer estuvo en mi casa y ya estudió bastante. —Aisha me lo agradece con la mirada. Es domingo y es una adolescente. Debería estar fuera divirtiéndose con sus amigas. Mi madre la presiona demasiado para que sea perfecta, y no tiene ningún sentido porque es la mejor de su clase. Supongo que intenta con ella lo que no pudo conseguir conmigo—. Aisha va a bordar el examen. Le vendrá bien salir para despejarse.

—¿El día antes de un examen? —replica mi madre con tono censurador.

—Mujer, deja que le dé el aire —dice mi padre, que siempre se pone de nuestra parte.

Mi madre suelta un suspiro resignado.

—Una hora y media —concede de mala gana.

Aisha salta del sofá y corre en dirección a la puerta. Mi madre me lanza su típica mirada de «al final siempre te sales con la tuya». Sonrío con inocencia porque es la mejor forma de lidiar con ella.

—¿Vendrás el domingo que viene a la iglesia? Mariano te echa de menos.

Mariano es el párroco. Me cae bien. No es el típico cura intransigente al que le gustan los sermones, pero hace varios años que decidí dejar de asistir a la iglesia. No le encuentro ningún sentido teniendo en cuenta que mi fe brilla por su ausencia. No sé si creo en algo. Ni siquiera sé si creo en mí misma.

—Dale recuerdos de mi parte —opto por decir, porque sé que mi madre no va a dejarlo estar. Se resignó con la Medicina, pero sigue empeñada en que sea una católica practicante.

—Podrías darte una vuelta por la rifa solidaria y donar alguno de tus libros firmados.

—¿A qué se destinarán los fondos?

—¿Qué importancia tiene a qué vayan destinados? —Contengo un comentario irónico porque para mí sí la tiene—. Es un acto benéfico. Tú ve y punto. Amina viene la próxima semana y acudirá toda la familia. Estaría bien contar con tu presencia para variar.

—Me lo pensaré.

Es mi forma de terminar la conversación. No lo voy a pensar. Ya he decidido que paso de ir.

—Saluda a Jorge de nuestra parte. E invítalo a almorzar el domingo que viene. Hace mucho que no lo vemos.

—¡Se lo diré!

—Eso espero. —Ya estoy cerrando la puerta cuando la escucho decir—: Nunca haces lo que te pido. Es tu deporte favorito.

Aisha se está riendo cuando entramos en el ascensor. Le doy un tirón de pelo. Ella se mira en el espejo. Es muy presumida. Ha heredado lo mejor de nuestros padres. Los ojos azules de mamá y el porte atlético de mi padre. Es la más alta y guapa de nosotras, de eso no hay duda. Cuando nació, mi abuela materna la sostuvo en brazos y dijo emocionada: «No es negra, es mulata como Jennifer Lopez». Fue la primera vez que vi a mi madre perder los nervios. Tuvieron una discusión enorme que acabó con reproches y lágrimas. Yo no me lo tomé mal. Sé que fue un cumplido en boca de una anciana que no entiende que decirle a una persona negra que no es tan negra es en realidad un insulto. Para mis abuelos siempre fue difícil y lo disimularon lo mejor que pudieron. Nunca me sentí menos querida en su casa. De hecho, lo mejor de mudarnos a Sevilla fue que pude pasar más tiempo con ellos. Adoro a mis abuelos, a pesar de que a veces meten la pata y consiguen sacar de quicio a mi madre. A lo mejor por eso los quiero tanto.

—Mamá no pierde la esperanza de que seas la novia de Jorge.

—Soñar es gratis.

—El otro día los oí hablar de ti. Le decía a papá que está convencida de que estás enamorada de Jorge, pero eres demasiado orgullosa para admitirlo.

No me sorprende lo que dice. Mi madre cree que todas mis elecciones han sido para llevarle la contraria. Estudiar Filología Hispánica, independizarme, abandonar mi fe. Pero mi mundo no gira alrededor de decepcionarla. No lo hago a propósito. Es un talento que tengo y del que no me siento orgullosa.

—¿Y papá qué dijo?

—Papá te defendió. Eres su preferida. Siempre te defiende.

—¡No soy su preferida!

Aisha pone los ojos en blanco. Sale dando saltitos del ascensor y saluda a Paula y Jorge cuando se encuentra con ellos. Está contenta porque hoy puede ser una adolescente normal.

—¿Qué tal el concierto? —pregunta Jorge.

—¡Fue el mejor momento de mi vida! —exclama eufórica—. Pol es más guapo en persona, y también es supermajo. Axel es más alto y apenas habla. Gabi fue muy simpática, no sé por qué la gente dice que es una borde. Y Leo es tan encantador como todos cuentan.

«Leo».

Sonrío cuando me acuerdo de él. Me cayó bien. Me descolocó que no fuera la típica estrella del rock por la que lo tenía. Y es muy guapo.

—Pero la tonta de mi hermana estropeó la ocasión de irnos de copas con ellos.

—En todo caso, tú beberías zumo de piña —bromea Paula.

—¡Lo digo en serio! Pol estaba ligando con ella y la muy estirada no le hizo ni caso.

—Ese Pol liga con todo lo que se mueve. —Y no me gusta. Si Leo hubiera ligado conmigo, le habría hecho más caso. Pero dejó de interesarme cuando me enteré de que tiene pareja. No me fijo en los tipos con novia—. ¿Nos vamos?

Paula y Jorge vienen en dos patinetes eléctricos de alquiler, así que cojo el móvil y desbloqueo con el código QR uno libre. Escucho a Aisha decir que soy igual de estirada que mi madre y que en el fondo chocamos tanto porque nos parecemos un montón. Le digo que ya ha perdido diez minutos haciendo el tonto y se marcha corriendo. Apenas tiene una hora y veinte minutos de libertad adolescente. No debería desperdiciarla diciendo gilipolleces.

Nos movemos en patinete por la ciudad hasta llegar al Starbucks que hay en la avenida de la Constitución. Paula y Jorge se quejan porque dicen que el café de aquí es un asco, pero a mí no me gusta el café y hoy me tocaba elegir sitio. Y resulta que me flipa el Frappuccino de vainilla de Starbucks. Podría sobrevivir a base de frappuccinos y sándwiches de mantequilla de cacahuete con mermelada de fresa.

—En serio, tienes un problema con la vainilla —dice Jorge.

Estamos sentados en una mesa de la segunda planta. Me gusta venir a este sitio a escribir. Puedes pedir una bebida y permanecer durante horas sin que nadie te moleste. A cambio tengo unas vistas maravillosas de la gente que camina por la calle. Turistas con mochilas en la espalda, universitarios con los cascos de música puestos o ciclistas que esquivan a los peatones. Me imagino quiénes son y qué secretos que ocultan.

—No tengo un problema con la vainilla. Exageras.

—Tienes un cajón abarrotado de la colonia de vainilla de The Body Shop por si alguna vez dejan de fabricarla —apostilla Paula—. Cuando algo te gusta, eres obsesiva.

—Lo que tú digas.

Hablamos de todo y de nada. Jorge y yo éramos una piña hasta que Paula se unió a nosotros. Cuando por fin accedimos a dejarla entrar, ella bromeó diciendo que era como si un yogur de coco se hubiera colado por error en un pack de yogures de fresa. Yo creo que encaja a la perfección con nosotros. La conocí en la universidad durante mi primer año. Nos hicimos amigas en cuanto cruzamos un par de frases, y luego le presenté a Jorge. Ya han pasado cinco años y los tres somos uña y carne.

Jorge estudió Periodismo y trabaja de becario en un periódico deportivo en el que espera que lo hagan fijo. Paula está opositando para ser profesora de Lengua en un instituto, y mientras da clases por siete euros la hora a un puñado de críos. Se fueron juntos de alquiler y me ofrecieron irme con ellos cuando decidí independizarme. Creí que se lo tomarían fatal cuando les confesé que prefería vivir sola, pero me conocen lo suficiente para saber que valoro demasiado mi independencia. Soy una loba solitaria. Ellos viven con dos estudiantes de intercambio y saben que jamás me habría adaptado a compartir las baldas del frigorífico o mi contraseña de Netflix. Soy demasiado rara para compartir piso con otras personas. A veces me da por escribir a las cuatro de la mañana o hacer un maratón de Harry Potter y me ofende que alguien me dirija la palabra. Soy esa clase de persona a ratos asocial y que valora cada centímetro de su espacio. Pero, si te quiero de corazón, me tendrás para toda la vida.

—¿Qué tal llevas las opos? —le pregunto a Paula.

—Tengo la impresión de que nunca las voy a aprobar. Últimamente pienso que estoy perdiendo el tiempo y que debería aceptar el puesto a jornada completa en la academia.

—Si lo aceptas, no tendrás tiempo para estudiar, y lo sabes. Solo es una mala racha —intento animarla.

—Está de bajón porque ha roto por enésima vez con Lola —dice Jorge.

Paula pone mala cara.

—¡Tía! ¿Por qué no me lo has dicho? ¿Cuándo habéis roto? —me preocupo.

—Hace un par de días...

—Pero volverán la semana que viene. Lola solo tiene que descolgar el teléfono para tenerla comiendo de su mano. ¿A que sí? —la sermonea Jorge.

—Vete un poquito a la mierda.

—Lola no nos gusta —digo con suavidad, y le cojo la mano a Paula—. Pero te apoyamos sea cual sea tu decisión. Ya sabes que no tenemos nada en contra de ella.

—Odiamos a todo aquel que te haga sufrir, es así de sencillo. Y ella hace contigo lo que le viene en gana. ¡Te está utilizando! Vamos, Nura, díselo tú, que a ti siempre te hace más caso. —Ante mi silencio sepulcral, Jorge se enfurece y da rienda suelta a esa bocaza que tiene—. La primera vez que te dejó fue después de que la llevaras de viaje a París. Con todos los gastos pagados, obviamente. Y ahora te deja después de haberle regalado la entrada para ir a ver a Vetusta Morla. Blanco y en botella, Paula.

—Yo creo que Paula es mayorcita para darse cuenta de según qué cosas —intervengo, y coloco mi mano encima de la de mi amiga.

Ella me mira agradecida y desvío la conversación hacia un tema menos incómodo. Opino lo mismo que Jorge, pero sé que no sirve de nada intentar abrirle los ojos a alguien que quiere tenerlos cerrados. Paula es lista. Tarde o temprano se dará cuenta de que Lola la está utilizando. Es ridículo que la presionemos para que corte definitivamente con ella. Está enamorada hasta las trancas y la primera y última vez que le dije que Lola no la quería estuvo casi tres semanas sin hablarme. Aprendí la lección y recordé las palabras de mi padre: «La sinceridad es aceptable cuando alguien te pide tu opinión. De lo contrario, el mundo no tiene por qué saber siempre lo que piensas». He aprendido a apoyar a mi amiga sin decidir por ella. Puedo no estar de acuerdo con las decisiones que toman las personas a las que quiero y permanecer a su lado. En eso consiste la amistad, dar sin esperar nada a cambio y estar en los buenos y malos momentos.

—¿Qué hacéis esta noche? Hay una película coreana en versión original con subtítulos que me muero de ganas de ver —dice Jorge.

—Yo hoy no puedo. Es el cumpleaños de mi padre. Pero, aunque pudiera, ni muerta me apunto a ese rollazo —responde Paula.

—¿Y tú? —Me mira esperanzado.

—Si me lo hubieras dicho con más tiempo... —me disculpo—. Me apunto mañana.

—¿Tienes un plan mejor para esta noche que ver una peli coreana conmigo? —bromea.

—¡Vas a mojar! —exclama Paula tan alto que todos los clientes de Starbucks ya se han enterado—. ¿Con el buenorro de Tinder?

Me aparto el pelo de la cara y noto que a Jorge se le cambia la expresión. Estoy ignorando lo evidente y sé que hago mal. La verdad es que me siento incómoda porque mis temores se están haciendo realidad. Intento cambiar de tema, pero Paula me lo impide.

—¿El cachas con gafitas y rollazo? —insiste.

—Que sí, pesada.

—No te hagas la mojigata conmigo. No te pega nada.

—Ten cuidado —dice Jorge con voz queda—. En internet hay un montón de pirados. Deberías quedar en un sitio público antes de...

—Vale, papá —me cachondeo.

Pero a Jorge no le hace gracia y pone la excusa de haber quedado con su hermana para acompañarla a comprar un regalo para su novio. En cuanto se ha ido, Paula sacude la cabeza y pone cara de pena.

—Tía, está colado por ti. Si no sientes lo mismo, díselo de una vez. Menudo mal rollo os traéis últimamente. Casi prefiero quedar por separado con vosotros.

—Eres tú la que ha sacado el tema de la cita de Tinder.

—Porque te vas a acostar con otro. Que lo asuma de una vez. ¿O hacemos como si no tuvieras vida sexual? En serio, habla con él.

—¿Y no debería hablar él conmigo? Es decir, a lo mejor solo se está comportando como un buen amigo que se preocupa por mí. Puede que solo sean fantasías tuyas. Imagínate que le digo que no siento lo mismo y él me mira como si fuera una imbécil. Paso.

—Nura —Paula me observa sin pestañear—, con lo lista que eres, y no quieres darte cuenta de que Jorge está enamorado de ti. Lo puedo llegar a entender. Es tu mejor amigo y no deseas perderlo. Pero yo lo supe en cuanto os conocí. Jorge es un pibón y ha podido estar con miles de tías, pero al final corta con ellas por un puñado de excusas baratas.

—No voy a hablar con él. No tengo nada que decirle.

—¿No te mola un poco? —Ante mi expresión tajante, ella pone las manos en alto—. Solo digo que sois guapos, hacéis buena pareja, tenéis un montón de cosas en común y a vuestros padres los haríais muy felices. ¿Por qué es tan descabellado?

—Porque para mí es como un hermano.

Paula se muerde el labio.

—Pobre Jorge. Podría tener a cualquier chica y quiere a la única que no le hace ni caso. Si no fuera lesbiana, me ofrecería a consolarlo.

—Yo creo que podemos seguir siendo buenos amigos. Ya se enamorará de alguien que sí le corresponda.

—Y las ranas vuelan, tú te casarás con el buenorro de Tinder y Lola y yo adoptaremos un gato y nos iremos a vivir juntas.

Las dos nos reímos.

—¿Por qué das por hecho que no puedo ir en serio con el tipo de Tinder?

—Porque eres una quisquillosa. Le sacas defectos a todos los tíos que se te acercan. En serio, tienes un imán para ligar y has salido con un montón de chicos interesantes. Que conste que el problema lo tienes tú y no ellos.

—¡Serás guarra! —Paula se parte de risa y yo finjo estar ofendida durante unos segundos—. ¿Tú también crees que soy una estirada?

—Estiradísima como la pija de tu madre.

Tengo ganas de matarla, pero luego recuerdo una frase que leí en alguna parte: «Toda mujer reniega de su madre hasta que llega un momento en su vida en el que descubre que se parece mucho a ella».

Pero Paula se equivoca. Yo no soy mi madre. Soy Nura Yusuf Benjumea, una mujer libre e independiente que todavía no ha encontrado al amor de su vida.

Fragmento de la revista *¡Escándalo!*

Gabi Luna olvida a Diego Gómez con un atractivo desconocido en el reservado de una discoteca de Sevilla. ¡Mira las fotos de la pillada!

Gabriella Luna, vocalista de Yūgen, acaba de ser cazada en actitud más que cariñosa con un atractivo desconocido en el reservado de una discoteca. Se rumoreaba que Diego Gómez, el famoso actor de la serie *Siempre jóvenes*, había dejado a su novia y compañera de reparto, con la que llevaba un año saliendo, por la cantante después de que esta le lanzara una indirecta en su último concierto. El público se dio cuenta de que Gabi había cambiado una frase de la letra de una canción. ¿Diego se dio por aludido y decidió hacerle más caso por miedo a perderla?

Cuatro días después del concierto, Gabi y Diego fueron pillados saliendo de la casa que el artista tiene en Zahara de los Atunes. Ninguno de los dos hizo declaraciones al respecto, pero Mara, la exnovia de Diego, no ha tardado en pronunciarse en Twitter con unas declaraciones que sin duda aluden a la cantante: «Quieres lo que otras tienen y, cuando lo consigues, vas a por el siguiente. Vas de feminista, pero te encanta hacer daño a otras mujeres».

Dicen las malas lenguas que el desconocido con el que Gabi fue pillada en la discoteca es un profesor de canto de la ciudad, casado y padre de dos hijos. Los fans de la cantante la defienden alegando que es una mujer libre, pero las críticas parecen haberle afectado y el otro día se encaró con los periodistas cuando la estaban esperando a la entrada de su urbanización. «¡Idos a la mierda!», les gritó. Sea cual sea su versión de la historia, es evidente que podría aprender modales de su hermano. Leo Luna, guitarrista y compositor de la banda, es la voz de la razón. Amable y cercano con la prensa, tiene una relación estable con su novia de toda la vida y no se le conoce ni un escándalo. Gabi Luna, ¿por qué no aprendes de tu hermano?

4
Leo

Gabi está furiosa. Y, cuando mi hermana se enfada, es insoportable. Lleva desde ayer encerrada en su habitación y ha hecho privada su cuenta de Instagram. Siempre hace lo mismo cuando se cabrea. Teniendo en cuenta que la siguen casi treinta millones de personas, no tiene el menor sentido. Pero es su forma de gritarle al mundo: «¡Que os jodan!». Como cuando ayer se encaró con los periodistas que la esperaban a la entrada de la urbanización y los mandó a la mierda mientras les enseñaba el dedo corazón. En aquel momento no intenté razonar con ella porque no habría servido de nada. Mi hermana es la clase de persona con la que no debes hablar cuando está en caliente. Necesita respirar profundamente, quedarse a solas y escuchar música a todo volumen. Aunque creo que ya le he dado unas horas de cortesía.

—¿Dónde vas? —le pregunto a mi padre.

Se ha echado colonia y gomina en el pelo. No hace falta que me diga a dónde va. Habrá quedado con Carmen, su novia desde hace dos años y una mujer con más paciencia que una santa.

—He quedado con Carmen. Por cierto, os manda saludos. Puede que esta semana venga a cenar.

Mi padre no se merece a Carmen y los dos lo sabemos. Es la primera relación larga que tiene desde que rompió con mi madre hace diecisiete años. La pobre tiene la esperanza de no ser su segundo plato, pero mi padre solo le hace caso cuando se siente solo. Es un quinceañero encerrado en el cuerpo de un hombre de cincuenta años. O quizá estoy siendo demasiado benévolo al compararlo con un quinceañero, porque a esa edad yo no les daba falsas esperanzas a las chicas.

—¿Y Gabi?

—Encerrada en su cuarto —responde mientras se mira en el espejo. Pero no era eso lo que le estaba preguntando. Él entiende a qué me refiero y fuerza una sonrisa—. Ya se le pasará. Ya sabes cómo es. De todo hace un drama.

Intento no perder los nervios. Me saca de mis casillas que mi padre se preocupe tanto por cuidar la voz de mi hermana e ignore lo más importante: sus sentimientos. Gabi es más vulnerable de lo que la gente piensa. Solo tiene diecinueve años y es una de las mujeres más famosas de España, pero en el fondo solo es una cría asustada que va de rebelde.

—Podrías hablar con ella. Preguntarle qué tal se encuentra.

—No serviría de nada. —Acaba de coger las llaves y se dirige a la puerta—. Necesita su espacio. Ya vendrá a nosotros cuando se le haya pasado el mosqueo.

Antes de que pueda replicar, ya se ha largado. Suelto un suspiro. Como siempre, me toca lidiar con los trocitos rotos de la autoestima de mi hermana. Soy su hermano mayor y ella es la persona más importante de mi vida, así que no es molestia. Pero me fastidia que mi padre sea tan buen mánager y tan poco paternal. La voz de Gabi es lo primero para él. Su salud mental, por el contrario, es algo que no le interesa porque está demasiado ocupado con su segunda juventud. En serio, me tocó la lotería cuando nací: una madre ausente y un padre que vive su sueño a través de nosotros. A veces me entran ganas de mandarlos a la mierda, hacer las maletas y llevarme a Gabi muy lejos. Pero me contengo porque no soy la clase de persona que pierde los nervios.

—Gabi... —Llamo a la puerta de su habitación y a cambio recibo un silencio sepulcral—. Gabi, sé que no estás dormida. ¿Puedo pasar?

—¡Déjame en paz!

Sé que ha estado llorando. Se le nota en la voz. Además, cuando llora escucha a Adele en bucle hasta que termino cogiéndole manía. Y eso que Adele me encanta.

—Voy a tocar el piano. —Opto por cambiar de estrategia—. ¿Te apuntas?

Abre la puerta después de unos segundos. Tiene los ojos hinchados y lleva puesto un chándal gris. Parece Chenoa después de la ruptura con David Bisbal. Contengo la broma porque sé que me ganaría un tortazo.

—Bueno. —Esboza una sonrisa débil—. Pero cantamos juntos. Apenas tengo voz.

Gabi y yo cantamos juntos desde que éramos pequeños. No tengo una gran voz. Ni punto de comparación con ella. Pero a Gabi le gusta cantar conmigo y dice que tengo un aire a Melendi. Cuando sugerí que tal vez pudiera acompañarla en el escenario de vez en cuando, mi padre puso mala cara y dijo que me limitara a hacer lo que se me da bien. «Tú eres el guitarrista y el compositor, y tu hermana es la estrella del escenario. Cada uno a lo suyo». En aquel momento no me importó porque pensé que tenía razón. Aunque hoy, no sé por qué, siento que tengo una espinita clavada en el orgullo.

Toco las primeras notas de «Te necesito», una de sus canciones preferidas de Amaral y que por alguna razón siempre la pone de buen humor.

—«Oh, oh... Cómo quieres que me aclare... si aún soy demasiado joven... para entender lo que siento..., pero no para jurarle... al mismísimo ángel negro...». —Me da un codazo para que la acompañe. Noto que enseguida se anima en cuanto escucha mi voz.

—«Te necesito... como a la luz del sol... en este invierno frío... pa darme tu calor...».

Cuando terminamos de cantar, la rodeo con un brazo y le doy un beso en la sien. Gabi apoya la cabeza en mi hombro. Me doy cuenta de que está llorando. Tengo ganas de salir a la calle y liarme a hostias con los periodistas y todos los que la critican sin conocerla. No es perfecta, lo sé. Pero ni falta que le hace. Es mi hermana y la quiero con todo mi corazón.

—Te quiero mucho —le recuerdo por si se le ha olvidado.

—Y yo —musita, y se le escapa un hipido.

Se queda pegada a mí y no sé si pasan minutos u horas. Cuando se tranquiliza, se aparta, levanta la cabeza y me mira con una mueca sarcástica. Ahora viene la parte fea. Los dos lo sabemos.

—Venga, suéltalo ya. Lo estás deseando.

No le pregunto por Diego. Sé que perdió el interés por él en cuanto se metió en su cama y descubrió que es un imbécil. Ya le eché la bronca por cambiar la letra de la canción y ella reconoció que se había equivocado. «Te prometo que no volveré a hacerlo», dijo. Y no la creí porque sé que su siguiente novio hará o dirá algo que sacará su vena impulsiva.

—He visto las fotos —comienzo con cautela.

Gabi aprieta los dientes y me observa sin decir nada. Me refiero a las fotos del reservado de la discoteca en las que sale con Paco, su profesor de canto y un antiguo amigo de mi padre. No me entra en la cabeza que Gabi haya tenido algo con él. Paco lleva veinte años casado y tiene dos hijas que a veces vienen a jugar a nuestra casa. En serio, a mi hermana se le ha ido la pinza. Sus caprichos deberían tener un límite. Y Paco... Paco es gilipollas.

—¿En serio das por hecho que he tenido algo con Paco? —Está dolida cuando habla—. Para qué concederme el beneficio de la duda, ¿no? Si me tiro a todo lo que se mueve. Tú también pensarás que soy una guarra.

—Gabi, yo no...

Mi hermana se levanta. No está enfadada. Está herida y tiene los ojos empañados por las lágrimas. De repente me siento como una mierda. Soy igual o peor que esa carroña de periodistas. Debería habérselo preguntado en vez de darlo por hecho, pero ya es demasiado tarde para intentar arreglarlo.

—Esas putas fotos no dicen nada. Pensé que me conocías mejor que nadie. Jamás tendría algo con Paco. Lo conozco desde que era una niña y lo veo como a un segundo padre. Lo invité a tomar algo después de un ensayo y pensé que estaríamos más tranquilos en un reservado.

Me llevo las manos a la cabeza. Estoy terriblemente avergonzado.

—Gabi, no hace falta que digas más…

—Se le derramó una cerveza y cogí un puñado de servilletas para secarle los pantalones. Sí, lo sé, en la foto parece que le estoy tocando la polla. Una foto de lo más oportuna para que todo el mundo dé por hecho lo que no es. ¿Y qué importa lo que yo diga si ni mi propio hermano me cree?

—Sí te creo.

—¡Hasta que no te lo he explicado has creído que era capaz de acostarme con Paco! ¡Con Paco! Tiene la edad de papá y he hecho de canguro de Ángela y Bea. En serio, Leo…

Gabi está hecha polvo y retrocede cuando intento tocarla.

—Lo siento.

—Da igual —murmura, pero los dos sabemos que no es verdad—. Ya es agua pasada. Dentro de una semana nadie se acordará del tema. Solo tengo que dejarlo correr, ¿no? Mantener la boquita cerrada. Por eso llevo todo el día sin actualizar mis redes sociales. Porque la tentación de decir lo que pienso es taaan grande y me quedaría taaan a gusto.

La conozco y sé que existe esa posibilidad. No sería la primera vez que mi hermana hace un directo en el que manda a la mierda a alguien. La última vez insultó a una cantante puertorriqueña que la mencionó en Twitter y dijo que cuando cantaba «parecía que se estaba follando el micro». No es que la tipa no se lo mereciera, pero mi hermana no debería haber entrado al trapo y mucho menos haberle respondido: «Yo por lo menos follo, pero tú ni eso con la cara de orco de Mordor que tienes». Hasta hubo un *hashtag* en Twitter, #Gabilunavslaorca. La mayoría se puso de parte de Gabi porque la otra fue la primera en meterse con ella, pero eso no la libró de la bronca que le eché por participar en semejante pantomima. Al final, la cantante puertorriqueña consiguió lo que buscaba, ganar un minuto de gloria a costa de mi hermana.

—No hagas ninguna declaración, por favor —le pido en un intento de protegerla de sí misma—. Tú lo has dicho. Dentro de una semana se olvidarán del tema. Irán a por el siguiente escándalo y ya no hablarán de ti.

—No tengo tu sangre fría.

—No es sangre fría, Gabi. Simplemente se trata de ser conscientes de quiénes somos. La vida nos cambió hace tres años. Tenemos que asimilarlo nos guste o no. Ahora tenemos que ir con precaución y cuidar a dónde vamos y con quién nos relacionamos, porque todo el mundo tiene un móvil y ya has visto lo que puede suceder si no te andas con ojo.

—O sea que tengo que vivir con miedo de que alguien me haga una puta foto. —Alza la voz y suelta un gruñido—. No me da la gana, Leo. Tú eres tú, y yo soy yo.

—No me digas.

—Ser famosa no me quita el derecho a vivir la vida. Y yo quiero disfrutarla, no contemplarla. Eso te lo dejo a ti.

—¿Perdón?

Gabi se ríe con desgana y yo me tenso. No me gusta por dónde va. No entiendo por qué narices tiene que atacarme cuando yo solo me preocupo por ella y estoy intentando ayudarla. Y mi padre, mientras tanto, pasa del tema y es el bueno de la película. Conclusión: soy gilipollas.

—No quiero discutir contigo —dice con un tono más suave—. No soy tan perfecta como tú, Leo. Tú siempre lo haces todo bien. Respetas a tu novia, respetas a la prensa y respetas a los fans. Pero yo no soy un robot fabricado para respetar los códigos sociales. Lo fastidio todo, me enfado y me arrepiento porque soy humana y tengo diecinueve años. Tengo sentimientos. ¿Y tú, Leo? ¿Cuándo fue la última vez que hiciste lo que te dio la gana sin pensar en las consecuencias? Sé que debería ser como tú, pero entonces no sería yo misma. ¿No tienes la impresión de que la vida se te escapa mientras haces lo que los demás esperan de ti?

Tengo un nudo en la garganta y no sé qué responder. Gabi se acerca, se pone de puntillas y me da un beso en la mejilla.

—No me hagas caso. Puedo ser muy venenosa cuando me enfado. Da igual. Estoy furiosa porque siento que a todo el mundo le importo una mierda.

—Eso no es verdad.

—Solo os tengo a papá y a ti. —Se seca las lágrimas con el puño de la sudadera—. Pensaba que Paco era mi amigo, pero ayer me envió un wasap en el que me dejó caer que será mejor que no nos veamos durante un tiempo. Por lo visto, su mujer está enfadada con él. No hicimos nada malo. ¡Nada! Creía que le caía bien a Tamara, pero seguro que me ve como el resto de la gente. Una niñata egoísta capaz de acostarse con su marido.

—Estará agobiada por el qué dirán, eso es todo. Dentro de un par de semanas los tendremos por aquí. Vendrán a almorzar con las mellizas y todo volverá a ser como antes.

—Ya nada volverá a ser como antes —responde con tristeza—. Tú mismo lo has dicho. La vida nos cambió hace tres años. Y a veces no me gusta ser Gabi Luna. Pero solo es un mal día. Se me pasará.

Mi hermana se dirige a la cocina, abre el frigorífico y coge una cerveza. Me pregunta si quiero una, pero se me ha cerrado el estómago. De repente, me siento vacío y no puedo evitar darle vueltas a lo que ha dicho. No tiene razón. Somos muy diferentes y vemos la vida desde ángulos opuestos. Pero en mi cabeza se repite la misma frase: «¿No tienes la impresión de que la vida se te escapa mientras haces lo que los demás esperan de ti?». Me duele porque ha dado en el clavo. A veces tengo esa sensación. Y no es algo agradable, sino que me oprime y desconcierta porque quiero controlarlo todo y no puedo. Porque quiero ser perfecto y en el fondo no lo soy.

Correr es el segundo deporte que más me relaja. El primero es el surf, pero hace mal tiempo y no me apetece conducir hasta Tarifa. Necesito soltar todo el estrés, por eso voy en dirección al parque de María Luisa. Me encanta este lugar. Me pilla un poco lejos, pero solía venir aquí cuando vivíamos en un bloque de pisos del barrio del Porvenir. Primero íbamos a ver a las palomas de la plaza de América. Gabi lloraba a moco tendido cuando yo le echaba un puñado de semillas en la coronilla y las palomas le picoteaban el pelo. Yo me partía de risa, mi padre la cogía en brazos y nos llevaba andando hasta la zona donde se alquilaban esas bicicletas tándem. Él pedaleaba como un mulo, Gabi gritaba: «¡Más deprisa, papi, te pesa el culo!» y yo extendía los brazos sin ser consciente de que aquello era la felicidad en estado puro.

Qué tiempos aquellos...

Cuando somos niños, no sabemos lo afortunados que somos. Ni tampoco que los Reyes Magos son padres a los que les cuesta llegar a fin de mes, pero hacen todo lo posible para que sus hijos no pierdan la ilusión. O lo bonito que es merendar un bocadillo de chocolate y jugar al *Monopoly* sin darte cuenta de que tu padre te deja ganar todas las partidas. Luego vamos perdiendo poco a poco esa inocencia, como la llama de una vela que se consume lentamente, y crecemos creyendo que dominaremos el mundo y nos independizaremos a los dieciocho para hacer lo que nos dé la gana. Hasta que te conviertes en adulto y echas de menos aquella época en la que tu padre te ponía una tirita en la rodilla porque te habías caído del tobogán. Porque papá siempre estaba ahí para solucionar tus problemas mientras tú, pobre iluso, pensabas que te ibas a comer el mundo.

Tuvimos una infancia feliz, de eso no tengo duda. Una infancia en la que aprendimos a amar la música sin saber que se nos estaba preparando para ser estrellas. Una infancia donde éramos una piña y mi padre nos mentía cuando decía que nuestra madre estaba demasiado ocupada trabajando fuera de casa. Una infancia maravillosa, y luego vino todo lo demás.

Me gusta el olor y la paz que se respira aquí. Atarme las zapatillas y correr bajo la sombra de las higueras, los algarrobos y los cipreses. Perderme entre los turistas, las parejas que se besan en el césped y los niños que caminan de las manos de sus madres. Estoy escuchando Scorpions a todo volumen. Ignoro a la gente. Sobre todo, deseo con todas mis fuerzas ser ignorado. Y soy libre durante veinte minutos, hasta que el cielo se tiñe de gris y un trueno parece partirlo en dos. Al principio son cuatro gotas y después comienza a llover con furia. Corro en dirección a mi lugar favorito del parque para resguardarme de la tormenta.

Mi refugio se encuentra en la isleta de los patos. Se trata de un estanque en el que hay una isla a la que se accede por un puentecillo de piedra. En un extremo hay un templete hexagonal y de estilo árabe que parece sacado de un cuento. Un lugar perfecto para cobijarme de la lluvia.

Me sacudo el pelo empapado mientras mi respiración vuelve a la normalidad. Podría comprar un billete e irme bien lejos, porque solo me apetece estar solo. Gabi no es la única que necesita su espacio cuando se enfada. La diferencia es que yo no estoy enfadado con el mundo, sino conmigo mismo por una razón que no comprendo.

Estoy estirando los gemelos cuando alguien entra en el templete. Mi primer impulso es pedirle que se largue porque yo he llegado primero y no quiero tener compañía, una reacción ridícula teniendo en cuenta que es un lugar público. Espero que no sea la típica fan pesada porque ahora no tengo ganas de ser simpático.

Ella está de espaldas y flexiona las rodillas un par de veces antes de estirarse. No me ha visto, pero siento una presión extraña en el pecho cuando la reconozco. Alta, cintura estrecha y caderas redondas. La ropa de deporte acentúa sus curvas. Reconocería esa media melena afro en cualquier parte. Es la persona a la que menos esperaba ver. Y, por alguna razón indescifrable, me alegro de que sea ella. No es una fan. Solo es...

—¿Nura?

Ella se sobresalta al escuchar su nombre. Se lleva una mano al pecho y se da la vuelta muy despacio. La he asustado. Abre los ojos cuando me ve. Está sorprendida.

—¡Leo!

—Hola —decimos a la vez, y luego volvemos a hablar al mismo tiempo—: ¿Qué haces aquí?

Nos reímos como dos idiotas.

—Vale, tú primero —me pide con una sonrisa que le ilumina la cara.

Una sonrisa de mil voltios que le dibuja dos hoyuelos en las mejillas.

—Estaba corriendo.

—Y yo.

Es obvio. Los dos estamos vestidos con ropa de deporte y mojados por la lluvia. La única diferencia es que a ella las mallas ajustadas le sientan mejor que a mí.

—Parece que a los dos nos gusta este sitio.

—¿Te confieso algo? —Se muerde el labio y no puedo evitar mirarle la boca—. Esperaba estar sola.

—Yo también.

—¿Me voy? —bromea—. Tú has llegado antes.

—Ya estás tardando.

Nos reímos de nuevo. Creo que tiene la risa más bonita que he escuchado en mi vida. Estoy desvariando. Habré cogido frío después de la carrera y la tormenta. Se apoya en la barandilla y extiende el brazo para tocar la lluvia. Las gotas de agua le acarician la muñeca.

—Llueve como…

—Si se fuera a acabar el mundo —digo.

—Oye. —Intenta ponerse seria, pero la media sonrisa la traiciona—. Deja de acabar mis frases o voy a pensar que te has metido en mi cabeza.

—No eres fácil de descifrar.

—¿No? Mi madre dice que soy transparente. Por lo visto, cuando algo no me gusta se me nota en la cara.

—Y, si no, ya te encargas de decirlo. —Recuerdo nuestro encuentro en el servicio del concierto—. Que conste que no te guardo rencor.

—¡Menos mal! He pensado mucho en mi metedura de pata.

—Mentirosa.

Echa la cabeza hacia atrás y se ríe más fuerte. Sus ojos rasgados se achinan hasta que casi los cierra. Su risa es contagiosa y me invade el buen humor. Quería estar solo, pero ahora no lo estoy y no me disgusta. De hecho, me gusta estar con ella. Pero no estoy ligando, ¿no? No, joder. Solo estoy siendo simpático. No tengo prohibido ser simpático con una chica muy guapa.

—Bueno, vale, no pensé en ello porque noté que no le habías dado importancia. —Se da la vuelta y apoya los codos en la barandilla—. Qué raro verte por aquí.

—¿Por?

—Porque es uno de los parques más concurridos de la ciudad y tú eres famoso. ¿No te da palo que la gente te moleste? Si yo saliera a correr y me persiguieran para hacerme una foto, probablemente me entrarían ganas de estamparles el móvil en la cara.

—Mira, ya te pareces en algo a mi hermana —digo, y no sé si eso es del todo bueno—. Solía venir a correr al parque cuando vivía por la zona. Después pensé que llamaría demasiado la atención, pero un día me calcé las zapatillas y no sucedió nada. Paso desapercibido entre el resto de corredores y ciclistas. La gente va a su bola. No soy tan importante.

—Un alivio, supongo. Cuando salgo a correr, me apetece desconectar.

—Igual que a mí.

—Te he cortado el rollo. —Finge poner cara de pena—. Lo siento.

—Para nada. Sienta bien hablar con alguien que te trata como una persona normal.

—¿Y no lo eres? ¿Acaso eres un extraterrestre o algo por el estilo?

—Ya me entiendes.

—No.

La miro. Está hablando en serio. La mayoría de la gente lo entiende o finge entenderlo. Me gusta hablar con ella porque es clara y dice lo que piensa. No se las da de algo que no es. Y me siento entre intimidado y fascinado. Tiene una personalidad arrolladora.

—A ver, eres famoso, lo pillo. Tiene que ser agobiante ir por la calle y que la gente te reconozca y murmure. Hasta ahí, lo comprendo. Pero sigues siendo normal. ¿O tienes tres piernas? —Dedica una mirada socarrona a mi entrepierna y me sonrojo sin poder evitarlo.

—Resulta que no todo el mundo me trata con sinceridad cuando me conoce.

—¿Intentan impresionarte?

—Sí.

—¿Caerte bien?

—Sí.

—Puf… —Cabecea y se pone pensativa—. Lo nuestro no va a funcionar. Mis habilidades sociales son nulas. De hecho, uno de mis mayores talentos es resultar antipática. Por eso tengo pocos amigos. Pero, oye, me quieren un montón. Mejor calidad que cantidad, ¡eh!

—Resultar antipática no sé, pero se te da bien ir de listilla. Además, no somos amigos. —Hace un puchero y me río. Esta chica es imposible—. Somos dos personas que han coincidido por…

—¿El destino?

—Si lo quieres llamar así…

—Vale, pues ya que el destino nos ha reunido por segunda vez, me apetece pasar el rato. ¿Sabías que este templete se llama Pabellón de Alfonso XII? Aquí el rey declaró su amor a María Mercedes. Sería romántico de no ser porque el matrimonio fue concertado.

Entorno los ojos. Con que esas tenemos. Cree que soy un idiota.

—¿Me estás poniendo a prueba? Alfonso XII se enfrentó al Gobierno y a su propia madre para casarse con ella. Estaba loco por su prima.

—Alguien prestaba atención en las clases de Historia.

—Ella murió a los cinco meses de casarse y él no se separó de su lado en su lecho de muerte. Dicen que el rey nunca lo superó. Fue el gran amor de su vida.

—Vale, te estaba poniendo a prueba —admite de mala gana—. Hablemos de otra cosa. Menuda historia tan triste.

—¡Si la has sacado tú! ¿No serás la típica escritora que va de intelectual? Porque entonces soy yo el que te dice que nuestra relación no tiene futuro.

—No la tiene. Me llamo Nura y Repelente es mi apellido. La culpa la tienen los libros. Mi amor platónico es míster Darcy. Tengo las expectativas demasiado altas con el género masculino.

«No me cabe la menor duda».

—¿Qué género escribes? Espera. —Le tapo la boca antes de que pueda hablar—. Tu hermana dijo que a tu lado Stephen King parece un terrón de azúcar. Escribes terror. Ahora todo encaja.

—¿Perdona? —replica cuando aparto la mano.

Siento un hormigueo que me recorre los dedos. Me agarro la muñeca. No-estoy-ligando-con-ella. Ni hablar.

—Los escritores sois un poco presumidos y a los de terror os gusta intimidar. Tú deberías saberlo mejor que nadie. Conocerás a muchos escritores.

—Y tú conocerás a muchos músicos.

—Sí.

—Pues yo no conozco a tantos escritores. Hace un año que publiqué mi primer libro y no me ha dado tiempo a hacer colegas de profesión.

—¿Por tus nulas habilidades sociales o porque no te has esforzado?

—Ambas —admite con una sonrisilla—. Y los escritores no somos presumidos, solo tenemos ego. Igual que los músicos.

—Eso no es...

No me deja acabar la frase.

—Después del concierto, querías la aprobación de la única persona que no era fan de tu grupo. Si eso no es tener ego...

Joder, es rápida. Intento ofrecerle una respuesta que esté a su altura, pero me fastidia porque tiene algo de razón. No quería su opinión, sino su aprobación. Deseaba con toda mi alma que hubiera disfrutado del concierto.

—Te gustó. Eso dijiste. —Me hago el digno.

—Más de lo que esperaba. Pero tampoco te flipes. No sois los Rolling Stones.

Joder. Pongo cara de «acepto tu crítica porque soy muy maduro y humilde», pero en el fondo me entran ganas de estrangularla por ser tan sincera. Estoy acostumbrado a que me bailen el agua y me digan lo que quiero oír. Esta experiencia es nueva para mí.

—¿Ves?, caigo fatal. No digas que no te lo advertí.

—No, no. Tienes todo el derecho del mundo a…

—¡Venga! —Hunde un dedo en mi costado y me sobresalto—. Te has picado. No pasa nada. ¿No te resulta agotador ser amable y educado el cien por cien del tiempo? ¿Qué tienes en las venas, sangre u horchata?

—Sé aceptar las críticas.

—¡Y yo! La primera vez que me hicieron una mala crítica, me lo tomé superbién. Pensé: «Qué persona tan sincera. Debería agradecer que haya comprado mi libro y se haya tomado la molestia de escribir una reseña de una estrella con el título "Mierda" escrito en mayúsculas. Es un detalle por su parte».

—¿En serio esa fue tu primera crítica negativa?

—Ajá. —Asiente y se lleva una mano al pecho como si siguiera dolida—. Si lo hubiera tenido delante, le habría arrojado el libro a la cara. «¡Aquí tienes tu mierda!», le habría gritado.

Me da la risa floja. Es de lo que no hay.

—Un poco sí que me he picado —admito entre dientes—. No somos los Rolling Stones, pero sé que somos buenos.

—Yo no he dicho lo contrario. —Levanta los brazos en son de paz—. Y me gustaron las letras. Ese mérito no te lo quita nadie.

—Gracias.

Nura me observa sin pestañear. Me siento invadido y pequeño. Como si pudiera ver a través de las capas de mi piel. Como si fuera capaz de abrir un espacio que tengo cerrado con llave.

—¿Siempre eres tan correcto?

—¿Me estás llamando bienqueda?

—Sí —responde sin vacilar—. No te lo tomes a mal. Me parece guay. Es una forma de ser bastante acertada teniendo en cuenta que eres un personaje público. Así te evitas polémicas. Pero conmigo puedes ser tú mismo. No iré corriendo a contarle tus secretos a un periodista.

—Eso es lo que dicen todos.

—Supongo.

—No estoy diciendo que tú seas una chivata.

—¡Deja de ser tan políticamente correcto! —Me zarandea por los hombros—. Relájate, ¿vale? Estamos pasando el rato mientras amaina la tormenta.

—¿Cómo se titula tu libro?

—¿Me lo preguntas por compromiso o te lo vas a leer de verdad?

—Lo voy a leer. —Estoy siendo sincero. Ahora me pica la curiosidad—. Pero solo lo hago en plan vengativo. Le sacaré mil fallos porque soy un lector exigente. Para devolvértela por lo que me dijiste en el concierto.

—Uy, no eres capaz.

—¿Que no?

Ella me mira con escepticismo.

—Dirás que te gusta para no herir mis sentimientos. O mi ego. Llámalo como quieras.

—Si no me gusta, te lo haré saber.

—*El campamento.* ¿Con qué seudónimo vas a escribir tu crítica? ¿Utilizas Goodreads?

Me saco el móvil del bolsillo y ella me mira intrigada. Voy a hacer algo mejor que dejarle una crítica anónima en alguna página de internet.

—Graba tu número.

—¿En serio? —Su voz tiene un ligero temblor. La he pillado desprevenida y me gusta la sensación de ser el que toma las riendas por primera vez desde que nos conocemos.

—No todos los días tengo la oportunidad de conocer a una escritora y comentar su libro con ella. Me estoy aprovechando de ti. Si no te importa, obviamente.

—¡Para nada! —Coge mi teléfono y escribe su número—. Pero sé sincero, por favor. Odio a la gente falsa. Si me mientes, lo sabré.

—De acuerdo.

Recupero mi móvil y guardo el número en mi agenda. Me meto el teléfono en el bolsillo cuando intenta echar un vistazo a la pantalla para saber con qué nombre la he guardado. «Escritora Repelente». Se lo merece por ir de lista.

—Seré sincero. A no ser que quieras tirarme el libro a la cabeza.

Se ríe.

—Tiene cuatrocientas cincuenta y dos páginas. Te haría daño. Luego no quiero que tus fans me persigan por la ciudad por haber desfigurado la bonita cara de su ídolo.

La tormenta no nos concede tregua. Llueve con tanta furia que parece que el estanque va a desbordarse. Nura se frota los brazos para entrar en calor.

—¿Tienes frío?

—¿Tú no?

—Llevo un cortavientos impermeable.

—Has sido más listo que yo. Salí sin mirar el tiempo.

Me desabrocho la cremallera del chubasquero y Nura abre los ojos cuando me quito la camiseta térmica que llevo puesta. Me repasa con la mirada y asiente como dándome su aprobación. Finjo que no me impresiona su descaro y vuelvo a abrocharme el cortavientos.

—Toma. Póntela. Está seca.

—Gracias, pero no deberías haberte tomado la molestia.

—Venga, me doy la vuelta.

—Uy, creo que eres demasiado educado para mirar incluso si no te dieras la vuelta.

Pero me muero de ganas y sé que no está bien. Porque tengo novia y acabo de guardar el número de teléfono de una completa desconocida. Escucho la fricción de la ropa sobre su piel. Me digo que es completamente normal sentir atracción física. No soy un robot como dijo Gabi. Soy humano, y los humanos tenemos sentimientos. No está prohibido sentir mientras no traspase la línea. Jamás le faltaría el respeto a Clara. No soy esa clase de chico.

—Ya puedes darte la vuelta. —Nura me mira agradecida—. Estoy en la gloria.

Se arrebuja dentro de la camiseta. Parece hecha a medida para ella. Es extraño sentir que algo mío queda mejor en ella. Como si le hubiera pertenecido toda la vida.

—¿Te la tengo que devolver o puedes prescindir de ella porque eres millonario?

—Te la puedes quedar.

No vamos a volver a vernos. Ya lo he decidido. Nura es peligrosa y yo nunca me arriesgo. Ella me mira. Yo la miro. Y algo arde en mi interior. Algo desconocido y primitivo. Me fijo en el pequeño lunar que tiene en la mejilla izquierda. Me acerco a ella, que entreabre los labios como si me estuviera tentando. A lo mejor son alucinaciones mías. Huele a lluvia y vainilla, una combinación fascinante y que me deja atontado.

—Tienes un lunar en la mejilla. —Se la acaricio sin poder evitarlo, es la piel más suave que he tocado en mi vida—. No me había fijado.

—Pues lleva ahí toda la vida.

Dejo caer la mano. No debería haberlo hecho. Esto, sea lo que sea, no está bien. Nura se aparta de mí y asoma la cabeza fuera del templete.

—¡Ha dejado de llover!

Siento un poderoso alivio porque por fin vamos a separarnos. Los dos salimos del templete y caminamos juntos hacia la salida. Cojo las llaves del coche y veo que ella consulta su móvil. Está comprobando el horario del autobús.

—¿Has venido en coche? —pregunto sabiendo la respuesta.

—No.

—¿Vives muy lejos?

—En Torneo, delante del puente de la Barqueta. Pero no hace falta que me acerques —me dice adelantándose a mi propuesta—. El autobús llega dentro de cinco minutos.

—No me importa.

—A mí sí. —Esboza una sonrisa educada—. Ha sido una sorpresa agradable volver a verte.

—Igualmente.

No sé si despedirme con dos besos, pero algo me dice que es mejor no hacerlo. Meto las manos en los bolsillos. Quiero decir algo. Me gustaría prolongar este momento y al mismo tiempo acelerarlo. Me inquieta no ser el dueño de la situación. Pero…

—Deberías irte. Va a empezar a llover de nuevo y no querrás que te pille de camino al coche.

Estoy un poco decepcionado porque tenga tantas ganas de librarse de mí.

—Cierto. —Levanto el brazo para despedirme—. Adiós, Nura.

—Adiós, Leo.

Me alejo de la parada de autobús y resisto el impulso de volverme. Me pregunto si me estará mirando. Algo me dice que no. Tengo la impresión de que no le he causado el mismo efecto devastador. Porque yo me siento como si un tornado hubiera desmoronado los cimientos de la existencia sólida que he ido construyendo ladrillo a ladrillo. Lo sé, es una locura. Menos mal que yo nunca cometo locuras.

5
Nura

Estoy almorzando con Paula en el Taj Mahal, un restaurante hindú que a las dos nos encanta. Hemos pedido pollo en salsa dulce de coco, nata y azúcar; gambas en salsa de cilantro, y arroz basmati con cebolla y especias. De postre, helado casero de azafrán y pistacho y una porción de tarta de queso con sabor a rosas. Me recuesto en la silla y me acaricio la barriga. Estoy más hinchada que un globo. Si estuviera en mi casa, me desabrocharía el botón de los vaqueros y me ganaría una mirada reprobatoria de mi madre. Ella es la clase de persona que considera de mal gusto comer hasta reventar. Pero su lista de cosas de mal gusto es interminable.

—No sé cómo lo haces para no engordar. Yo soy un yoyó. En cuanto me salto la dieta, subo dos kilos —se queja Paula—. Te odio por ser guapa y delgada, ¿vale? Y encima eres un pelín estirada.

—Hasta que me conoces y me coges cariño. —Paula se ríe—. Mi secreto se llama correr diez kilómetros diarios. Podrías acompañarme algún día. Tus dietas milagro no sirven si no haces ejercicio. Y el *zapping* no cuenta.

—Qué cabrona. —Paula me tira la servilleta—. Todavía no me puedo creer que coincidieras otra vez con el guitarrista de Yūgen. De haber sabido que ibas a hacerte su amiga, os habría acompañado al concierto.

—¿Desde cuándo escuchas su música?

Paula me mira como si me hubiera escapado de otro planeta.

—Todo el mundo escucha su música. La ponen a todas horas en la radio. Aunque la que me mola es su hermana. ¿Es tan guapa en persona?

—Lo es. —Recuerdo que tiene cara de muñeca y unos preciosos ojos azules—. Pero si yo te parezco estirada...

—Dicen que es una borde.

—Le firmó un autógrafo a Aisha y se hizo una foto con ella. No puedo decir que fuera antipática, pero se notaba a la legua que no quería estar allí.

—¡Y tú eres amiga de su hermano! Tía, qué fuerte.

—No somos amigos.

—¿Se lo has contado a tu hermana?

—Ni se te ocurra decírselo a Aisha. Se montará una película y se pondrá en plan pesada. Hemos coincidido dos veces, eso es todo. Casualidades de la vida. Seguro que ya se ha olvidado de mí.

Han pasado ocho días desde que nos reencontramos en el parque de María Luisa. Me gustó volver a verlo porque fue inesperado y compartimos una charla agradable. Leo es un buen tipo. Majo, guapo e inteligente. Pero solo estaba siendo amable conmigo. No va a leerse mi libro. Eso lo tengo muy claro. Causar buena impresión forma parte de una personalidad muy estudiada. Me pregunto quién será el verdadero Leo. Reconozco que me encantaría saber de él de nuevo, pero luego recuerdo que tiene novia y que siento una fuerte atracción cuando lo tengo cerca. Mejor dejar las cosas como están.

—¿Y qué hay de tu ligue de Tinder? —pregunta Paula con tono jocoso—. No me contaste qué tal os fue.

Resoplo. Me encantaría hablar de otra cosa, pero sé que Paula no va a dejarlo estar hasta que le cuente todos los detalles morbosos.

—La cena estuvo bien. Noté que no iríamos en serio desde el primer momento, pero pensé que podíamos funcionar en la cama. Me entró por los ojos y me invitó a hacer *puenting*. Me moló el rollo que se traía, y una hora y media después nos fuimos a su piso. —Paula me escucha emocionada y decido abreviar el relato para dar por zanjado el tema—. Se saltó los preliminares y terminó en cuatro minutos. No fue el peor polvo de mi vida, pero casi.

—Qué palo, tía.

Me encojo de hombros. He tenido varios rollos y he visto de todo. Chicos con los que emocionalmente no he congeniado, pero con los que tenía química y mantuve una relación sexual hasta que uno de los dos se hartó. Tíos con los que no conecté ni emocional ni sexualmente. Y luego están los pesados de turno, que no pillan las negativas a pesar de que soy educada y tajante. Este es uno de ellos.

—Voy a tener que bloquearlo. Metí la pata al darle mi número de teléfono, pero hablar por la aplicación es un fastidio. Supuse que lo entendió cuando me preguntó si me quería quedar a dormir y, después de vestirme a toda prisa, le dije que tenía cosas que hacer. Nadie tiene cosas que hacer un martes a las tres de la mañana.

—¿Y te sigue hablando?

—Todos los días me escribe: «Hola, guapa. ¿Quedamos esta noche?».

—Uf, Nura. Debe de ser agotador ser irresistible para el sexo opuesto. Menuda cruz llevas encima —contesta con ironía.

—Ja, ja. No tengo suerte. No consigo pillarme de nadie. Me encantaría enamorarme hasta las trancas de alguien, pero no sucede. Ni siquiera en el colegio tuve uno de esos amores platónicos de los que todo el mundo habla.

—¿Te has parado a pensar que quizá eres muy exigente?

—No soy exigente —respondo ofuscada—. Soy... yo. No voy a cambiar por nadie. No quiero que nadie cambie por mí. Solo quiero averiguar lo que es el amor. Es lo único que envidio de mi madre, ¿sabes? Se nota que está enamorada de mi padre y él la ama con locura.

—Quieres querer a alguien con toda tu alma.

—Pues sí —respondo sin vacilar—. No debería llamarse amor si no te sacude de la cabeza a los pies, te alcanza en el centro del pecho y luego te lanza tan alto que cuando aterrizas lo haces en un lugar diferente al de partida.

—*Orgullo y prejuicio* te hizo mucho daño. —Me da una palmadita afectuosa en la mano—. La mayoría de las relaciones no son tan pasionales. A veces el amor comienza con una amistad.

—Tú estás muy enamorada de Lola.

—¿Y qué he conseguido con eso? Hace tres días me llamó y solo necesitó decir «te echo de menos» para que yo me plantara en su portal quince minutos después. Eso es el amor. ¿Lo quieres? Te lo regalo.

—Un día llegará alguien que te quiera tanto como tú a Lola. Y te olvidarás de ella. Tienes la capacidad de entregarte al cien por cien. Eso me parece bonito. Por eso eres mi mejor amiga, tonta.

Paula parpadea repetidas veces para contener las lágrimas, aunque no lo consigue porque en el fondo es una sentimental. Ha visto *La vida de Adèle* cientos de veces y en todas llora con el final. No se lo digo mucho, pero soy muy afortunada de ser su amiga. Siempre que la necesito deja todo lo que está haciendo y viene a buscarme. No es amor, pero sí una amistad sincera y desinteresada.

Después del almuerzo, me voy caminando a casa. Está a dos kilómetros y medio de distancia, pero me apetece dar un paseo para bajar la comida. Cuando llego, lleno el cuenco de comida de los gatos y me preparo una infusión de manzanilla. Soy adicta a los tés. Los descubrí en mi época de exámenes universitarios cuando todos mis compañeros bebían café o Coca-Cola. Nunca me ha gustado ninguno de los dos, me vuelven hiperactiva. Así fue como descubrí que la teína me funcionaba para mantenerme despierta.

Pienso en llamar a Jorge. Lo echo de menos y hace bastantes días que no nos vemos. Sé que está raro conmigo. No estoy ciega ni soy estúpida. Pero no sé cómo enfrentar esta situación tan violenta sin herir sus sentimientos o perder su amistad. Puede que no lo quiera como él necesita, pero lo quiero mucho. Como Harry a Hermione. ¿Por qué no puede ser suficiente?

Ojalá los problemas desaparecieran si los ignoras. Cierras los ojos, te olvidas del tema y la vida sigue su curso como si no hubiera sucedido nada. Deberíamos nacer con la posibilidad de reiniciar el sistema, como un ordenador que se formatea y se queda nuevo después de infectarse de un virus. Qué bonito y fácil, ¿verdad?

Lo voy a llamar y que sea lo que Dios quiera. Tengo una buena excusa. Mi madre todavía no me ha perdonado que no fuera a la rifa solidaria de la parroquia. Para ella no fue suficiente que donara un par de libros firmados. Sigue dándome la lata con el tema y sé que la aplacaré si llevo a Jorge a almorzar mañana. Tengo un motivo para llamar a mi amigo. A él le gusta estar con mis padres.

—¡Hola! —digo ilusionada cuando descuelga al primer toque.

—¡Ey! —responde, y siento un gran alivio cuando noto que el mal rollo entre nosotros se ha disipado—. Lamento no haber podido ir a almorzar con vosotras. Me ha tocado trabajar horas extras en el periódico, pero no me queda otra si quiero que me hagan fijo. ¿Qué te cuentas?

—Nada importante. Te llamaba para invitarte a almorzar mañana en casa de mis padres. Me salvas la vida si vienes. Mi madre está en plan gruñona porque no fui a esa rifa de la parroquia.

—¿Qué te costaba ir?

Uf, olvidaba que Jorge siempre se pone de parte de mi madre.

—No me apetecía. Estaba escribiendo. —No es del todo mentira. Mi intención era escribir, pero me pasé una hora mirando la pantalla en blanco antes de darme por vencida y poner una serie de Netflix. La intención es lo que cuenta, ¿no?

—No sé si quiero ir —responde para mi sorpresa—. Es un poco incómodo soportar las indirectas de tu madre para que te pida salir.

—No son indirectas. Ella lo dice bastante claro, por si somos tontos y no lo pillamos. —Jorge se ríe—. Para eso están los amigos, ¿no? Venga, hazme el favor. Y luego te invito a ese sitio de los gofres que tanto te gusta.

—Que conste que acepto por el gofre.

—¡Gracias!

—Oye… —La voz de mi amigo se tensa—. Siento haber sido tan seco. Estaba agobiado por el trabajo y por eso no he quedado contigo. Lo que te dije sobre tu cita con el chico de Tinder estuvo fuera de lugar. Pero solo me preocupo por ti.

—Lo sé. —Le resto importancia—. ¿Te recojo mañana a la una o me pasas a buscar tú?

—Tú, por favor. Tengo el coche en el taller.

Después de despedirme de Jorge y beberme el té, salgo a correr y regreso bañada en sudor. Tengo la camiseta térmica de Leo guardada en un cajón del armario. La lavé porque mi olor estaba mezclado con el suyo. Me pareció que estaba mal que nuestros olores se mezclaran de una forma tan íntima. Ahora huele a suavizante, pero, cuando cojo el pijama y la veo doblada en el cajón, entierro la nariz en la camiseta y frunzo el ceño. Sigue oliendo a él. Por alguna misteriosa razón, el olor de Leo se ha apoderado de la camiseta. Me gusta muchísimo cómo huele. Siempre he pensado que el olor de un hombre es un poderoso afrodisiaco. Como el pelo de una mujer o las sonrisas que sugieren sexo duro. Me follaría el olor de Leo, lo digo en serio. Rociaría mi almohada con su aroma y dormiría la mar de a gusto. Uf, estoy fatal de la cabeza. Cierro el cajón. Estoy enfadada conmigo misma. ¿Desde cuándo tengo la mentalidad de una adolescente con las hormonas revolucionadas?

Son las diez de la noche cuando me siento en el sofá. He cenado una ensalada con queso feta después de darme una ducha e intentar en vano escribir algo. Ni una palabra. Mi cerebro se niega a cooperar. No lo entiendo. Antes escribía a cualquier hora del día. En la parada del metro o en la cafetería del centro. Cualquier excusa era buena: relatos para el colegio, poesías para antologías, historias cortas que presentar a concursos literarios o al taller de escritura creativa de la universidad. Y ahora siento que me he quedado vacía. Como si me hubieran abierto en canal para robarme toda la creatividad. ¿Y si no vuelvo a escribir? Me encantan los retos, pero no sé cómo enfrentarme a la página en blanco. Tengo miedo. En mi bandeja de entrada hay un email de mi editor que no he leído porque sé lo que dice. No me reconozco.

Uf...

Estoy a punto de ver el primer episodio de una serie basada en un libro de Stephen King cuando recibo un wasap. Tengo toda la intención de ignorarlo, pero se trata de un número desconocido y me pica la curiosidad. Me ha enviado una foto. Arrugo el entrecejo. ¿Quién será? Soy escritora de suspense y terror. Esto no puedo dejarlo pasar.

Es una foto de mi libro. Solo una foto. Siento un escalofrío. Espero que no sea de algún lector desequilibrado que ha averiguado mi número de teléfono y pretende acosarme. Es uno de mis mayores miedos junto a los murciélagos. *Misery*, la película protagonizada por Kathy Bates y que la hizo ganadora de un merecidísimo Óscar, me provocó pesadillas cuando la vi por primera vez. Annie, que está más loca que una cabra, descubre que su escritor favorito ha matado a Misery —la protagonista de una serie de libros—, y decide secuestrarlo para obligarlo a resucitarla. Cuando le confesé a mi madre que tenía pesadillas, ella me miró disgustada y dijo: «Ni que tú fueras a ser escritora, Nura». Tenía once años.

Pero ya no soy una niña ni una cagona. Voy a tomar las riendas de la situación. Por eso me envalentono y respondo:

Yo

¿Quién coño eres?

La respuesta me alivia y me estremece a partes iguales. Esto sí que no me lo esperaba.

Desconocido

Perdón, soy Leo. 😅 No me acordaba de que no tenías mi número. Debería habértelo dicho antes de enviarte la foto.

Yo

¡Leo! Haberlo dicho antes. Pensé que eras un lector pirado o algo por el estilo. Me has asustado. 😖

Guardo su número en mi agenda. Siento un cosquilleo nervioso en el estómago. No me lo puedo creer. ¡Es Leo! Y, por lo que parece, se ha leído o se está leyendo mi libro. Guau.

Leo

¿Asustarte a ti? Permíteme que lo dude. No tienes sentimientos. Página 122. Te has cargado al perro. ¿Cómo has podido asesinar a Buster? 😭

¡Ups! Buster. Es el perro de la protagonista de mi novela. Recibí un montón de críticas por haberlo matado. Sin embargo, en la historia se suceden un montón de muertes crueles y sangrientas y nadie se queja. Pero todos lloraron por el perro. He aprendido la lección; jamás mataré a otro animal en mis libros. Con los personajes, no obstante, puedo hacer lo que me dé la gana.

Yo

Era la única forma coherente de que Mónica pudiera escapar de la cabaña en la que la habían encerrado.

Es la pura verdad. Yo también le cogí cariño a Buster, el san bernardo de la protagonista. Pero, cuando ella consigue abrir la cerradura de la cabaña en la que un asesino en serie la ha encerrado, Buster corre en dirección contraria a su dueña. Ella intenta salvarlo en vano, y el resto te lo puedes imaginar. De ese modo, Mónica se salva por los pelos.

Leo

Sigo sin perdonártelo. Tiene toda la lógica para la trama, pero a mí no me engañas. No te gustan los perros. Asesina. 😳

Me parto de risa. Asur y Nínive ponen mala cara porque acabo de despertarlos. Estaban durmiendo plácidamente en un extremo del sofá. Sin pensármelo, les hago una foto y se la envío a Leo.

Yo

Me encantan los animales, idiota.

Leo

Ahora todo tiene sentido. Eres más de gatos.

La cosa cuadra.

Yo

¿?

Leo

Todo el mundo sabe que los escritores tenéis gatos. Y los villanos de las películas y de las series también.

Yo

¿Estás diciendo que soy mala?

Leo

Depende. ¿Vas a volver a matar a algún pobre animal en uno de tus libros?

Sonrío. No. Y, de todos modos, no creo que sea capaz de volver a escribir algo.

Yo

En primer lugar, señor crítico literario, no tengo la menor intención de sacrificar a otro animal por la protagonista de turno. Y, en segundo lugar, si me tuvieras delante, no me dirías que soy mala. En persona eres demasiado educado. 😆

Leo

Eso me ha dolido.

Yo

¿Por dónde vas?

Leo

Espera, hay más. Página 145. Sebas es el personaje más odioso que me he echado a la cara. Por su culpa muere un montón de gente. Es un cobarde capaz de sacrificar a su mejor amigo para salvar el pellejo.

Yo

Está inspirado en alguien que conozco.

Leo

¡No fastidies! Lo sabía. Parece demasiado real. Es un personaje que has bordado.

Lo sé. Me siento muy orgullosa de Sebas. Tomé la decisión de basarlo en mi primo Pablo cuando tuvimos una de nuestras grandes discusiones. Mi primo Pablo me cae como el culo, pero es demasiado tonto para sospechar que Sebas está inspirado en él. Pablo es pedante, falso y soberbio. Vamos, una joyita. Mi tía Carmen no se merece tener a semejante energúmeno por hijo, aunque me vino como anillo al dedo para perfilar a Sebas. Es más odiado que el villano del libro. Fue mi venganza por haberme dicho que solo era una cría con ínfulas y que nunca llegaría a nada en la vida. Ahí lo llevas, Pablito.

Leo

¿Puedo preguntar en quién está inspirado?

Yo

Mi boca está cerrada. Se dice el pecado, pero no el pecador.

Leo

Así que lo de «cualquier parecido con la realidad es pura coincidencia» te lo saltaste a la torera.

Yo

Ya ves. Si me cuentas alguna anécdota suculenta, no te prometo que no vaya a utilizarla en un libro. Los escritores somos unos vampiros ávidos de buenas historias. Estás advertido.

Leo

Me andaré con ojo.

Página 207. Mónica los tiene bien puestos. Lleva la mitad del libro lloriqueando y huyendo, pero ya ha comprendido que nadie irá a salvarlos. No tiene cobertura. El pueblo más cercano está a veinticinco kilómetros y el psicópata les ha pinchado las ruedas del coche. Me gusta que se ponga en plan Lara Croft vengativa.

Yo

Lara Croft vengativa. Nunca lo había escuchado. 

Leo

Página 320. Sabía que lo bueno iba a durar poco. Ya solo quedan Mónica, Manu (que tengo la impresión de que caerá pronto porque está cojeando), Raúl y Gloria. Me pregunto por qué no remató al psicópata después de haberlo golpeado con el bate de béisbol. Lo dejó inconsciente. Si lo hubiera hecho, todos se habrían salvado. Entiendo que tenías que alargar la trama, pero me resultó el típico cliché del que siempre se abusa en las pelis o libros.

Vaya, vaya…, alguien se está vengando tal y como dijo que haría. Se me escapa una sonrisa. Me gusta que critique mi trabajo. Lo está haciendo con franqueza y razones objetivas. Ojalá tuviera la oportunidad de charlar con más lectores críticos.

Yo

¿No te estarás vengando de mí porque dije que no erais los Rolling Stones?

Leo

Ja, ja. No. ¡Lo juro! Reconozco que la tentación fue enorme, pero he disfrutado mucho del libro.

Yo

La escena que comentas fue un quebradero de cabeza. Me planteé lo que dices, pero no me parecía coherente que Mónica fuera capaz de rematar a sangre fría al malo. Aunque sea un psicópata que se lo merece, ella es una chica muy bondadosa que está acostumbrada a curar a los demás. Es enfermera y su trabajo es su pasión. Pensé que, si lo remataba con el bate de béisbol, estaría traicionando a su personaje porque lo que intenta es sobrevivir. ¿Te vale como excusa?

Leo

Sí, tiene todo el sentido.

Página 406. Lo sabía. Manu se ha sacrificado por sus amigos. Su cojera ralentizaba al grupo. Me ha parecido un gesto noble. Momentazo épico cuando, para distraerlo, grita: «¡Ven a por mí, cabrón!». Tuve ganas de entrar en el libro y abrazarlo cuando Gloria se separó llorando de él. Al final le demostró que la amaba. No era tan cretino como parecía.

Yo

Me costó escribir esa escena.
Manu es mi personaje favorito.

Leo

¿Y aun así lo mataste?

Yo

El trabajo es el trabajo.

Leo

Me das miedo. 😮
Página 422. Gloria se está desangrando y Raúl se ha desmayado por el golpe en la cabeza. Mónica se queda cara a cara con el psicópata. Menudo forcejeo. Al final los tiene bien puestos. Pensé que no sería capaz, pero consigue subirse al coche del psicópata y lo atropella antes de que él dispare a Raúl. Cómo no, la policía aparece cuando ya está todo el pescado vendido. También es un cliché, pero uno bien manejado. No me esperaba que el psicópata fuera el hermano de Raúl. El que parecía tonto y siempre estuvo enamorado de Mónica. ¡Menudo *plot twist* cuando le quitan la máscara! Pobre Raúl, va a necesitar terapia psicológica después de descubrir que su hermano ha intentado matarlos.

Yo

¿Qué te ha parecido el final?

Leo

Justo y muy acorde con lo que pasa en el libro. Gloria y Mónica hacen las paces. Me alegro por ellas. Creo que la relación de Mónica y Raúl está abocada al fracaso, pero me gusta cuando ella lo acompaña a la clínica de salud

mental y le dice: «Siempre me tendrás». ¿Acabarán siendo
amigos o algo más? Quién sabe…
En definitiva, me lo he bebido en dos días. Ha sido adictivo.
Tienes mucho talento. Enhorabuena.

Me pongo colorada cuando leo el mensaje. Me muerdo el labio. No es la primera crítica buena que recibo, pero me agradan cuando son de personas cercanas. A Leo lo conozco poco, pero me importa su opinión.

Yo

¡Gracias! ¿Sabes? Pensé que te habías olvidado de mí.
Ya había dado por hecho que no leerías mi libro.

Leo

Te dije que lo haría. Lo compré hace un par de días en una
librería de Castilleja. He estado bastante liado. Tuvimos un
par de entrevistas, grabamos una colaboración, fuimos
a una sesión de fotos y a una firma de discos con parada
en varias ciudades de Andalucía. He estado muy liado,
desconfiada. 😉

Yo

¿Cómo me tienes grabada en el móvil?
Desembucha. Intenté mirarlo, pero te lo guardaste
en el bolsillo antes de verlo.

Leo

Lo sé. No quería que me pegaras. Primero te tenía grabada
como «Escritora Repelente» y, cuando llegué a la parte en
la que el perro muere, lo cambié por «Justicia para Buster».

Yo

Increíble…

Leo

Ahora te tengo guardada como «Escritora Terrorífica».
Una pregunta curiosa: ¿no tienes pesadillas cuando escribes?
Porque yo estoy acojonado después de haber terminado tu
novela.

Yo

Los psicópatas no van a las urbanizaciones de los famosos a hacer de las suyas.

Leo

Me quedo más tranquilo... Va, responde a mi pregunta.

Yo

No tengo pesadillas. Siempre me ha gustado la literatura de terror. Uno de mis sueños es conocer a Stephen King.

Leo

Y, si alguien te cae mal, le escribes un personaje y lo matas, ¿no?

Yo

No me quiero acostumbrar a ese gran placer.

Me río. Tengo la sospecha de que él también se está riendo. Es divertido hablar con él. La conversación fluye sin que tenga que esforzarme. No me suele suceder con frecuencia.

Leo

¿Cuándo saldrá tu próximo libro?

Yo

Por ahora no lo sé.

Leo

¿De qué va?

Respiro profundamente. No debería confesarme con Leo, pero él también es un artista. Y rara vez me siento cómoda con alguien, así que...

Yo

No estoy escribiendo nada.

Leo

Venga ya. ¿Eres de esos escritores que no hablan de su novela hasta que ya ha salido a la venta?

Yo

Qué va. Hace un año que se publicó mi libro. Empecé una historia y la borré cuando llevaba cincuenta páginas. Estoy en blanco.

El móvil se me cae de las manos cuando Leo me llama. Observo la pantalla un pelín confundida y recojo el teléfono del sofá. Asur me observa con resentimiento porque le he dado en el rabo. No me puedo creer que me esté llamando, pero hace unos minutos tampoco me podía creer que me hubiera enviado un mensaje.

—¿Sabes lo que hago cuando no estoy inspirado? —dice en cuanto descuelgo—. Voy a la playa. Siempre me funciona. No sé por qué, pero mirar el mar saca algo que tengo dentro.

Mi madre también me recomendó lo mismo.

—Gracias por el consejo. Lo tendré en cuenta.

—Mola oír de nuevo tu voz.

Se me acelera el pulso y sé que es una tontería.

—Quizá te haga caso y vaya a Tarifa.

—¿Por qué a Tarifa?

—Mis padres tienen un piso. Me encanta Tarifa.

—A mí también. Suelo ir allí a hacer surf.

—¿Por eso estás tan bronceado?

—Qué va, lo heredé de mi padre. Me gusta hacer surf en invierno. En verano la playa está más masificada y me resulta imposible.

—Pobre estrella del rock.

—Ja, ja —responde cuando le vacilo—. Así que creías que era un lector acosador.

—En plan *Misery* —puntualizo.

—Argh, no fastidies. ¿Te ha pasado alguna vez? No me refiero a que te secuestren, sino a que alguien te envíe mensajes raros.

—Qué va.

—No tienes redes sociales.

—¿Me has buscado en Instagram? —bromeo.

—Sí, me picaba la curiosidad. Tenía la impresión de que no tendrías redes. Solo utilizas Twitter y te limitas a responder mensajes de tus lectores y retuitear sobre causas sociales. ¿Vas de escritora seria o valoras tu intimidad?

Me gusta que intente vacilarme. Me lo paso muy bien hablando con él.

—No soy Pérez-Reverte, listillo. Es más por eso de valorar mi intimidad. Pensé en hacerme Instagram, pero descarté la idea porque hay que actualizarlo a menudo.

—En Instagram puedes fingir que eres simpática, ¿no lo sabías? Es muy fácil. Te prometo que no te va a costar un gran esfuerzo.

Contengo una carcajada.

—Mi editor dice que no hace falta que me lo haga. Por lo visto, ser misteriosa encaja con el perfil de escritora de terror. Es otra técnica de publicidad que funciona. No hables de lo que no sabes, Einstein. Además, ¿quién ha dicho que quiera ir de algo que no soy? Yo no soy una bienqueda, Leo.

—La madre que te… —Deja sin terminar la frase y se ríe—. Acojonas, eso es verdad. No en plan «tengo la impresión de que me vas a clavar un tenedor en el ojo», sino más bien «tengo que andarme con cuidado contigo si no quiero quedar como un imbécil».

—No creo que seas un imbécil.

—¡Gracias!

—No hay de qué —respondo, y agradezco no tenerlo delante para que no pueda ver que estoy sonriendo—. ¿Y tú estás escribiendo alguna canción?

—Me he tomado un par de semanas de descanso. Lo necesitaba.

—No me puedo imaginar lo agotadora que debe de ser tu vida.

—¿Intentas sonsacarme para escribir un libro sobre un guitarrista al que acaban descuartizando?

—Podría ser.

—Si vas a escribir sobre un guitarrista, al menos prométeme que saldrá ileso.

—¡No puedo prometerte tal cosa! —exclamo riendo—. Aunque, de momento, no entra en mis planes que un guitarrista sea el protagonista de mi próximo libro. Quiero que sea una mujer. Y no te escaquees, ya hemos hablado suficiente de mí. ¿Qué hay de ti?

—No hay mucho que contar. Aparte de trabajar, he hecho maratón de Parque Jurásico y he salido a correr. Eso es todo.

—¿Tu vida es estresante? —insisto sin saber por qué.

—A veces.

—¿Cómo de estresante?

—Supongo que depende del día. ¿Por qué lo preguntas?

—Porque tú me has preguntado si tenía pesadillas y quiero saber más cosas de ti.

—Tenía curiosidad.

—Yo también.

—Mi vida es complicada si dejo que lo sea.

—¿En qué sentido?

—Quiero seguir haciendo las mismas cosas que antes. Echar gasolina, tomarme unas cañas en el bar con mis colegas o ir al cine. Pero sé que mi vida ha cambiado y la única forma de que no me afecte es aceptarlo. Ahora dejo que el chófer eche gasolina, quedo con mis amigos en sus casas y alquilo las películas por internet.

—Adaptarse o morir.

—Así es.

Hablamos de todo y de nada. Y, cuando quiero darme cuenta, son las cinco de la mañana y no entiendo por qué ninguno de los dos ha cortado la conversación. Me gusta hablar con Leo. Se nota que a él también le gusta hablar conmigo. Y eso, teniendo en cuenta quién es y quién soy yo, es un grave problema.

6
Leo

Ayer me quedé hablando por teléfono hasta las seis menos cuarto de la madrugada con Nura. Me cuesta recordar de qué hablamos porque tratamos un montón de temas. El tiempo se me pasó volando. Como si, en vez de dos extraños, fuéramos dos amigos que se conocen desde la infancia. Es fácil hablar con ella. Es… guay.

—¡Eh, dormilón! —Me despierto sobresaltado cuando se abre la puerta de mi habitación—. ¡Se te han pegado las sábanas!

Me froto los ojos y tardo cinco segundos en reconocer a Clara. Intento sonreír, pero estoy agotado. No sé qué hora es, aunque estoy convencido de que ya debería haber salido de la cama. Siempre me despierto antes de las nueve de la mañana y salgo a correr en ayunas. Luego desayuno huevos revueltos con café, tostadas y zumo de naranja. Hoy quería sentarme delante del piano porque mis vacaciones se han terminado. Es hora de componer.

—Buenos días —digo con voz raspada.

Clara se sienta en el borde de la cama y me da un beso.

—Son las doce y media. Tú nunca te despiertas tan tarde. ¿Qué estuviste haciendo anoche?

Me desperezo y clavo la mirada en la pared. No puedo decirle la verdad. ¿Cómo le voy a contar que estuve hablando por teléfono con Nura hasta las tantas de la madrugada? Si lo dices tal cual es, suena fatal. Pero no hicimos nada malo. Solo charlamos.

—Estaba componiendo y me acosté muy tarde.

Clara me mira a los ojos. Parece que no me cree, pero enseguida lo deja estar. Sabe que cuando compongo pierdo la noción del tiempo.

—¿Has escrito una canción nueva? ¿Puedo escucharla? —pregunta entusiasmada.

—No es buena. La descarté.

Me siento muy culpable por volver a mentirle. No me reconozco. Clara y yo jamás nos mentimos. Tenemos una relación muy sana. Ahora mismo siento que no me la merezco y tengo la necesidad de compensarla de alguna manera.

—¿Te apetece dar un paseo por la urbanización?

—Me apetece... —Clara mete la mano dentro de las sábanas y busca mi entrepierna—. Otra cosa...

—Clara... —Le cojo la mano—. Mi padre está preparando el sofrito de la paella y mi hermana siempre entra sin llamar. Y los chicos están a punto de llegar.

Pone mala cara.

—Leo, tenemos veintiún años. No quiero que seamos esa clase de pareja, ¿vale? Todo sería más fácil si te independizaras. Tienes dinero. Llevamos tres años y medio saliendo juntos. ¿Cuál es el problema? Si no quieres que viva contigo, podría quedarme los fines de semana. Al menos tendríamos intimidad.

—No digas eso. —Le acaricio la mejilla—. Claro que quiero que vivas conmigo.

—¿Cuándo? —Se desespera.

—Cuando termine de grabar el siguiente disco. Ya sabes cómo es mi vida. Apenas paro en Sevilla. Sé que te sentirías sola si no estuviera contigo en casa.

—Ya me siento sola.

Clara se levanta y se abraza a sí misma. Me siento como una mierda porque soy consciente de que le estoy haciendo daño sin proponérmelo. Este no soy yo. ¿Qué mosca me ha picado?

—Estaba deseando verte, pero estás raro desde que llegaste a Sevilla. ¿Qué te pasa? ¿Has conocido a alguien mientras estabas por ahí? Sé sincero.

—¿Qué? ¡No! —Me levanto de la cama y le sostengo la cara—. Yo nunca te engañaría con otra.

—Ya lo sé. —Clara parece contener las lágrimas a duras penas—. No es lo que te he preguntado. Solo quiero saber si has conocido a alguien que te haya hecho dudar.

Le sostengo la mirada con esfuerzo. Tengo un nudo en la garganta. He conocido a Nura. La chica del lunar en la mejilla y la sonrisa de un millón de voltios. Pero ella y yo no somos... En fin, no es esa clase de relación. No he hecho nada malo. Nunca le sería infiel a Clara. No quiero ser ese tipo de chico. No lo soy.

—No —respondo al fin.

Clara suspira aliviada.

—Vamos a dar ese paseo.

Me visto con lo primero que encuentro en el armario. Tengo el estómago revuelto y una sensación de culpabilidad que me oprime el pecho. Necesito hablar de esto con alguien. Tal vez lo haga con Axel. Es el típico amigo que sabe escuchar. Hoy vienen a almorzar a casa. Mi padre los ha invitado a comer su famosa paella de marisco. Como mánager, mi padre insiste en reforzar la unión del grupo y, pese a que Axel y Pol viven en ciudades diferentes, suelen visitarnos a menudo porque son parte de nuestra familia. Todos somos uña y carne, aunque Gabi y Pol tengan sus más y sus menos. Además, estarán Iris y Nico, los hermanos de Pol. Me ha sorprendido que se apunten. Iris es un poco especial, pero tanto ella como Pol harían cualquier cosa por Nico. Por lo visto, Iris está de paso por Sevilla y Nico estaba deseando ver a Pol. Todos adoramos a Nico. Estamos dando un paseo por la urbanización y me siento algo mejor cuando Clara me coge de la mano. Saludamos a los vecinos. Aquí me siento a salvo. Mi vecino de al lado es un famoso presentador de Canal Sur. En la calle de atrás vive un torero con el que me llevo bien a pesar de que aborrezco la tauromaquia. Una pareja de cirujanos plásticos me saluda mientras pasean a un beagle. Dentro de la urbanización soy otro más. Se han acostumbrado a nuestra presencia porque aquí el dinero sobra y no somos los únicos famosos. Es un gran alivio.

Le pregunto a Clara por su abuelo y ella responde que está deseando verme. Tengo que tocarle algo de Paco de Lucía. Le encanta. Me dice que tenemos que ir al cumpleaños de su sobrina y pensamos en el regalo.

—¿Qué tal está Gabi? —Sé que lo pregunta por educación.

Jamás han congeniado. Ya he aceptado que nunca lo harán. Clara se ha dado por vencida y se limita a mantener una relación fría aunque cordial con mi hermana. No es culpa suya. Se ha esforzado más de lo que le corresponde.

—Mejor. Aunque sigue molesta porque ni Paco ni Tamara quieren saber nada de ella. Se siente herida.

—¿Que ella se siente herida? —Clara sacude la cabeza sin dar crédito—. Tu hermana vive en otro mundo.

—¿Por qué lo dices? —pregunto desconcertado.

—Leo, has visto las fotos.

—Están manipuladas.

Clara me mira de una forma que me molesta.

—No eres imparcial cuando se trata de tu hermana.

—Ni falta que me hace. La creo y punto. Si ella dice que no pasó nada con Paco, no tengo por qué desconfiar. Podrá tener mil fallos, pero no es una mentirosa. No tiene esa necesidad de quedar bien con todo el mundo.

—En eso te doy la razón. Gabi siempre hace lo que quiere, y, si alguien sale herido, ni siquiera se esfuerza en pedir disculpas. Ella es así.

—Clara —digo irritado—, estás hablando de mi hermana.

—Lo sé, pero eres muy ingenuo. Le vendría bien un poco de mano dura. Se ha metido en medio de un matrimonio.

—¿En serio? —replico estupefacto—. Ese comentario machista no te pega. Y ya te he dicho que Gabi no ha tenido nada con Paco. ¡Lo ve como a un padre!

Clara tuerce el gesto. No me cree. Me pone de mal humor que dude de mi hermana. Sé que no son las mejores amigas del mundo, pero para mí es importante que me apoye en esto. No me esperaba semejante reacción.

—Por favor, retira lo que has dicho. Ya es bastante ofensivo leer según qué cosas en boca de personas que no la conocen. Que tú lo hagas es la gota que colma el vaso.

—Leo, ya sé que es tu hermana pequeña… —Clara se acerca e intenta tocarme el brazo, pero me aparto enfadado.

—Retíralo —insisto indignado—. Para mí es importante que estemos juntos en esto.

—¿Y qué hay de lo que es importante para mí? —se queja alzando la voz más de lo que me gustaría—. ¡Leo! ¿Qué hay de mí? ¿Eh? Todo no gira a tu alrededor porque seas el novio famoso. Yo también tengo mis sueños. Quiero ser madre joven. Quiero irme a vivir contigo. Pero me olvido de mis deseos y trato de entenderte. Siempre te apoyo. ¿Y ahora me dices que soy mala por decir lo que pienso de tu hermana?

—Clara, estás mezclando las cosas. No metas a Gabi en nuestros problemas.

—Así que tenemos problemas. Por fin hablas claro.

—Yo no… —Me froto la cara. Estoy confundido y agotado—. Todas las parejas tienen problemas.

—¿Sabes qué? Hoy no tengo ganas ni fuerzas para fingir que soy la novia perfecta. Despídeme de los demás. Seguro que se te ocurrirá alguna excusa. Se te dan fenomenal.

—¡Clara!

Ella se aleja a toda prisa. Debería ir a buscarla, pero no me apetece. Sé que no vamos a llegar a ningún entendimiento. Últimamente no soy el novio que se merece, lo sé y asumo mi parte de culpa. Pero estoy cabreado y desganado. Ha insultado a mi hermana. Por ahí no paso.

Doy un largo paseo antes de regresar a mi casa porque no quiero que se me note que he discutido con Clara. A los veinte minutos, decido que ya he tenido tiempo suficiente para enfriarme. Estoy entrando por la puerta del jardín cuando recibo un wasap. Doy por hecho que es Clara. Quizá ha cambiado de idea y quiere hacer las paces. No sé si quiero arreglarlo con ella, pero me siento culpable por haberle mentido y decido responder a su mensaje.

Mi corazón se salta un latido.

Es Nura. O, mejor dicho, Escritora Peleona. Le cambié el nombre antes de acostarme.

Escritora Peleona

Lo he visto y me he acordado de ti. 😂

Sonrío. Es un meme de un san bernardo con los ojos entrecerrados y una sonrisa malévola que posa delante de una calculadora mordida. Dice: «Cuando haces algo malo y no te arrepientes de nada». Lo pillo enseguida. El san bernardo es calcado a Buster, el perro que muere en su libro.

Yo

Voy a crear un hilo en Twitter titulado #JusticiaParaBuster. Quien avisa no es traidor. Luego no te quejes cuando empieces a recibir críticas.

Escritora Peleona

Las críticas me ponen mucho.

Yo

Háztelo mirar. Escribes historias de miedo y asesinas a personajes a sangre fría. Creo que voy a bloquearte.

Escritora Peleona

No soy tan mala. Sobrevivieron tres de trece. Es más del 4 por ciento. Fui generosa. Por norma general, en las novelas y películas de terror solo se salva el prota de turno.

Yo

Eres un alma demasiado cándida para este mundo cruel. Lo digo en serio. ¿Tengo que preocuparme? ¿De dónde sacas tus ideas? 😟

Escritora Peleona

De mi imaginación.

Yo

La gente normal no imagina esas cosas.

Escritora Peleona

La gente normal es aburrida.

—¿Con quién hablas? —Pol intenta echar un vistazo por encima de mi hombro.

Me guardo el móvil en el bolsillo trasero del pantalón. Me ha pillado desprevenido. Pol entorna los ojos y esboza una sonrisa socarrona.

—¿Quién es Escritora Peleona?

—Nadie.

—Ya... —dice con tono jocoso—. ¿No estarás haciendo algo malo?

—¿Qué dices? —respondo con la voz crispada—. Es una colega escritora. Estaba hablando con ella de su libro.

Pol se queda pensativo y me arrepiento de haber hablado de más. Él conoció a Nura en el concierto y sabe que es escritora. Como empiece a unir los puntos, voy a tener un grave problema. Menos mal que Gabi aparece en ese momento para salvarme el culo.

—¿Y Clara?

—No se encontraba bien y se ha marchado a su casa. Me ha pedido que la disculpéis.

—Qué pena. Todos la vamos a echar mucho de menos —contesta mi hermana con evidente sarcasmo.

Pol me mira y pone cara rara, pero no dice nada. Creo que sospecha algo. No es la clase de amigo que metería mierda en mi relación, aunque sí puede ser muy bocazas sin proponérselo. Y no quiero que Clara vea cosas donde no las hay. No estamos pasando por nuestro mejor momento. Clara es mi ancla. La que me obliga a tener los pies en el suelo y le da a mi vida la normalidad que necesita. Lo de Nura solo es amistad platónica. Sin más.

—¡Gabi! —exclama Nico, y llega corriendo hacia ella.

Pol me mira y se encoge de hombros. Los dos sonreímos. Nico es el hermano mayor de Pol. Tiene treinta años y nació con una discapacidad intelectual. Tiene la mentalidad de un niño de doce y dice que Gabi es su mejor amiga. Físicamente es un hombre alto y robusto con cara de bonachón que nos encandila a todos con su amabilidad e inocencia.

—¡Te he echado mucho de menos! —Nico abraza a Gabi con fuerza y ella pone cara de dolor.

—¡Yo sí que te he echado de menos! —Se acaricia la espalda con disimulo—. No tenía con quien jugar a la Wii. Eres el único que me gana. Jugar con Leo es un rollo. Es malísimo.

Nico sonríe con orgullo.

—Somos invisibles cuando ella aparece —se queja Pol, pero es evidente que está fascinado por la relación que Nico se trae con Gabi—. Al fin y al cabo, ¿quién soy yo? ¿El hermano que ve de vez en cuando?

—Porque nunca apareces por casa —lo acusa Iris, y acto seguido me tiende la mano—. Hola, Leo.

—Hola, Iris. Me alegro de verte.

Ella esboza una sonrisa falsa. Iris es la hermana mediana de Pol. Todos nos sentimos un poco intimidados en su presencia. Pol la llama despectivamente Doña Perfecta porque es la clase de hija que sus padres siempre han querido. Se ha graduado en Derecho y está terminando un máster de Abogacía. Se va a encargar del bufete de sus padres. Es algo que debería aliviar a Pol, pero tengo la impresión de que se la tiene jurada a su hermana porque ella no se esfuerza en disimular el rechazo que le causamos. Nunca nos ha tomado en serio. De todas formas, mientras venga a visitarnos con Nico, soy capaz de fingir que me cae de puta madre.

—¿Qué tal están papá y mamá? —pregunta Pol por educación.

Iris se aparta un mechón rubio de la cara. Se quita las gafas de sol para mirarlo. No es una mirada amable. Es una joven sofisticada y altiva. A su lado, mi hermana es un ángel caído del cielo.

—Lo sabrías si los llamaras por teléfono. ¿Sabes lo que es, Pol? Ese trasto que tienes guardado en el bolsillo y del que no te despegas ni un minuto.

—Tranqui, Doña Perfecta. Relájate por una vez en tu vida. Estás en Sevilla y hace buen tiempo. Echa un polvo o haz turismo. Te vendrá bien.

Iris lo fulmina con la mirada, pero lo deja estar cuando Nico se coloca entre ambos y me pide que les haga una foto de familia. «¡Tengo los mejores hermanos del mundo!», exclama ilusionado. Iris y Pol sonríen con hipocresía y se apartan en cuanto disparo. Es como si se tuvieran alergia. Nunca los entenderé. Esa rivalidad, o lo que sea que se traen, no tiene ningún sentido.

Entramos en la casa. Nico y Gabi se suben al sofá para iniciar una lucha de cojines. Gabi se parte de risa cuando Nico le da con el cojín en la cara y grita «¡Esto es la guerra!» antes de coger otros dos y abalanzarse sobre él. Iris pone mala cara y Pol le susurra algo al oído. Ella se relaja un poco y va directa a la mesa. Axel está ayudando a mi padre en la cocina mientras él le cuenta la anécdota sobre cómo conoció a Paul McCartney. Todos hemos escuchado esa historia miles de veces, pero Axel es demasiado educado para decírselo.

—Él me dijo que había escuchado una de mis canciones y que tenía mucho talento —se jacta mi padre. Antes oía sus anécdotas con fascinación, pero ahora soy adulto y sé que miente. Probablemente nunca conoció a Paul McCartney—. Pero lo dejé cuando Leo nació. Eran otros tiempos. No podía andar de aquí para allá con un hijo pequeño. Pensé en retomarlo cuando fuera mayor, pero entonces nació mi pequeñina y supe que ser padre era el mejor trabajo de mi vida. No estaba destinado a ser cantante. Estaba destinado a ser vuestro mánager.

—Y eres el mejor mánager que podríamos tener —responde Axel.

Detesto su falsa modestia. Antes era un crío y no me daba cuenta de ello. Ahora ya me he cansado de que repita constantemente que fuimos un lastre para su carrera musical. Lo hace con sutileza, pero siempre lo deja caer. «¿Qué carrera?», me entran ganas de espetarle. Pero me contengo porque no quiero herir sus sentimientos. No triunfó en la música, pero sí es un buen padre.

Criar a un hijo no es una tarea sencilla. Estoy seguro de ello. Y algunos padres prolongan sus sueños frustrados en el futuro de sus hijos. Les endosan una responsabilidad que no les corresponde. Les dicen que son los mejores porque ellos no pudieron serlo.

«Eres especial».

«No desaproveches tu talento».

«Puedes triunfar si te esfuerzas lo suficiente».

Durante mi adolescencia, viví agobiado por cumplir las expectativas de mi padre. Sentía que le debía demasiado y me horrorizaba defraudarlo. Hasta que un día descubrí que su empeño por convertirnos en músicos a toda costa en realidad formaba parte de una personalidad un tanto narcisista. No me malinterpretes, quiero a mi padre con todo mi corazón, pero me pregunto si habría puesto tanto tesón en nuestra carrera si él hubiera triunfado en la música. Sinceramente, tengo mis dudas.

—¡Menos mal que alguien me valora! —dice mi padre—. Leo y Gabi nunca me agradecen lo suficiente todo lo que hago por vuestras carreras. Vais a ser conocidos mundialmente. Yūgen sonará incluso en Norteamérica.

—¡Yupi! —se burla Gabi.

—Lo digo en serio —insiste mi padre—. Estoy diseñando una buena estrategia comercial con los de la discográfica. Confían en vosotros. Los tenemos comiendo de la palma de la mano. Es normal teniendo en cuenta todo el dinero que les hacemos ganar.

—Un momento, lo de cruzar el charco, ¿no deberías haberlo consultado antes con nosotros? Todavía tenemos que componer el próximo disco. Estamos agotados después de la gira. Necesitamos descansar. Axel apenas ha visto a sus abuelos y seguro que Pol…

—Todo éxito conlleva un sacrificio —me corta mi padre. Axel lo ayuda a llevar la paella a la mesa—. Vais a ser más famosos que los Beatles.

No sé si quiero ser más famoso. Me basta con lo que tengo. De hecho, a veces me sobra. La fama no es fácil de gestionar. Ya tengo bastante con ser conocido en España y parte de Europa. Me gustaría poder irme de viaje a Nueva York y pasar desapercibido por la calle. ¿Es mucho pedir que mi padre nos consulte las decisiones importantes?

—Tienes que empezar a componer. Conozco a un par de compositores que estarían encantados de ayudarte. No tienes por qué hacerlo solo. La mayoría de los artistas delegan su trabajo en profesionales.

—No.

Mi voz suena más crispada de lo normal y todos me miran. Aprieto los puños. Gabi me mira preocupada. Sabe que algo va mal.

—Me gusta componer las letras de la banda. ¿O también me vas a quitar eso?

Mi padre enarca las cejas, desconcertado por mi reacción, y luego se ríe para quitarle hierro al asunto.

—Tampoco te pongas así. Estás estresado. Ha sido una gira muy larga. Deberías irte de vacaciones con Clara. Por cierto, ¿dónde está mi nuera favorita?

Aprieto el tenedor hasta que me lo clavo. Gabi me da una palmadita en la rodilla y cambia de tema. Me abstraigo de la conversación. Estoy muy lejos. En otro planeta. Pienso que solo es un mal día. Todos tenemos días malos. Por eso regreso a la conversación y bromeo con los demás. No quiero ser la oveja negra de la familia. No soy esa persona. Leonardo Luna es el guitarrista correcto que nunca se equivoca y siempre mantiene los pies en la tierra.

Me escaqueo en cuanto termina el almuerzo. Gabi y Nico están jugando una partida de tenis en la Wii e Iris escucha con evidente sopor la anécdota de cómo mi padre rechazó hacer una colaboración con Marta Sánchez porque según él «no estaban en la misma onda». Pol está en el jardín fumando un cigarro mientras habla por teléfono con una tal Patri. Estoy saliendo por la puerta trasera cuando Axel me para.

—¿Te puedo acompañar?

—No sé a dónde voy. Me apetece dar una vuelta.

«Estar solo».

—Quiero hablar contigo.

—Vale —respondo desganado—. Pero estoy de un humor de perros y no quiero pagarlo con mi mejor amigo.

—No me digas.

Axel me conoce demasiado bien. Salimos de la urbanización sin cruzar palabra. Caminamos por las calles en dirección a ninguna parte, hasta que paramos delante de un bar en el que sé que estaremos tranquilos. Pedimos dos cervezas y nos sentamos en una mesa alejada. Quique, el dueño, me conoce y sabe que me gusta pasar desapercibido.

—¿Qué te pasa? —Axel va directo al grano.

Mi amigo es reservado, pero no es la clase de hombre al que le gusta andarse por las ramas. Un tipo parco en palabras. Cuando habla es porque tiene algo importante que decir.

—Te diría que nada, pero no me creerías. He discutido con Clara. Estaba deseando volver a Sevilla, y ahora me siento desbordado.

—Todos nos sentimos desbordados. El último año ha sido una locura. Te pasa algo más.

—Que mi padre me saca de quicio —digo entre dientes.

—¿Tu padre o nuestro mánager?

—Ambos, pero supongo que no es el único problema que tengo. Las cosas con Clara no van bien. Estamos pasando una mala racha. Hoy me he cabreado con ella porque ha criticado a mi hermana. Ya sabes, por lo de las fotos.

—Leo, no eres de piedra. Ha criticado a Gabi y tú has saltado. Es normal. Seguro que podéis solucionarlo si os sentáis a hablar. Clara te quiere. Tú la quieres. ¿Cuál es el problema?

—No lo sé —respondo cabizbajo.

—¿Quieres estar con ella?

—Sí —digo sin pensar, porque es la respuesta correcta—. Me abruma la monotonía. No me hagas caso. ¿Podemos hacer como si esta conversación no hubiera existido? Creo que estoy agobiado y lo estoy pagando con todo el mundo.

—La monotonía es normal en una relación de más de tres años. El Leo que conozco no se comería la cabeza por eso. Se llevaría a su novia a unas vacaciones a las Maldivas y volvería renovado. Aquí hay algo más que no me estás contando.

No puedo engañarlo. Me quedo pensativo. Axel me mira expectante.

—Sabes que puedes contármelo. Antes prefiero que me corten un brazo que traicionar nuestra confianza.

—Me siento culpable —digo a bocajarro—. Conocí a una chica en el *meet and greet* del último concierto. Conectamos. La cosa se quedó ahí, pero me encontré con ella cuando salí a correr. Anoche estuve charlando con ella por WhatsApp hasta casi las seis de la mañana.

—¿Eso es todo?

—¿Te parece poco? —respondo abochornado.

Axel tiene la reacción más inesperada. Se ríe.

—Tío... —dice intentando contener la risa—. Ni siquiera os habéis besado. Solo has tonteado un poco con una chica.

—No está bien.

—No. —Me da la razón—. Pero no has llegado a más. Llevas tres años y medio con Clara y estáis pasando por una mala racha. Tú lo has dicho. Eres listo y sabes lo que quieres. No vuelvas a ver a esa chica. Lo que sientes es curiosidad. Es algo nuevo. Se te pasará en cuanto pongas distancia. Ya lo verás.

Deseo con todas mis fuerzas que Axel tenga razón. Pero, en el fondo de mi alma, no creo que sea el interés por algo desconocido. Es una poderosa e irreflexiva atracción que saca algo muy primitivo de mí. El problema es que, por primera vez en mi vida, tengo ganas de romper las reglas. De saltar al vacío. De cruzar la línea. Y no me reconozco.

7
Nura

Guardo el móvil en el bolso cuando comprendo que Leo no va a contestarme. Menuda forma tan brusca de cortar la conversación. Ni siquiera sé por qué le he enviado ese ridículo meme del san bernardo. Vale, sí lo sé. Lo he visto y me he acordado de él. Ha sido algo impulsivo. Además, estaba aburrida porque mi madre le ha hecho un interrogatorio a Jorge sobre la operación de cadera de su abuela. Es oncóloga, pero eso no le impide dar su opinión sobre la profesionalidad de sus compañeros. Ella es mejor que nadie. Qué se le va a hacer.

Mi madre ha estado dedicándome miradas censuradoras mientras me mensajeaba con Leo. Para ella utilizar el móvil en la mesa es de mala educación. Debería escribir una lista con todas sus normas de protocolo porque soy experta en saltármelas.

—Ah, qué honor. Vuelves a estar entre nosotros —dice con tono sarcástico.

—La comida estaba deliciosa, papá. —La ignoro a propósito.

Mi madre tensa la mandíbula. Apuesto que ya me estaría gritando si Jorge no estuviera delante. Ella siempre mantiene la compostura cuando tenemos invitados.

—Gracias, cariño —responde mi padre—. La receta es nueva. ¿Creéis que le he echado demasiado picante a la salsa?

—Para nada —dice Jorge, y contengo una sonrisa porque sé que está mintiendo. Ha bebido mucha agua y noté que se le saltaban las lágrimas cuando probó el chile.

—Le estaba diciendo a Jorge que debería cambiar de periódico si no le hacen una buena oferta —interviene mi madre—. Tengo un conocido que estaría encantado de entrevistarte.

—Tu amigo trabaja en un periódico local —interrumpo porque ya sé por dónde va.

—¿Y qué? Jorge ganaría más y tendría un trabajo estable. Ya no se vería obligado a compartir piso y ganaría experiencia. Dentro de unos años lo tendrían en cuenta para el puesto que siempre ha deseado.

No quiero perder los nervios, pero no soporto que intente dirigir la vida de todas las personas que hay a su alrededor. Ya sabemos que es perfecta. Una triunfadora. La mejor en lo suyo. Respetada por los médicos y valorada por los pacientes. El salón está lleno de diplomas académicos y ramos de flores de padres agradecidos.

—No recuerdo que Jorge te haya pedido consejo, mamá.

Mi madre me mira ofendida.

—Pero te lo agradezco, Pilar. Es un detalle por tu parte —dice Jorge antes de que se fragüe la tragedia.

—De todos modos, si cambias de opinión, ya sabes que puedes llamarme. Para nosotros eres como un hijo —añade mi madre con suavidad, aunque sus ojos echan chispas en mi dirección—. Solo queremos lo mejor para ti. Igual que queremos lo mejor para nuestras hijas.

Respiro profundamente. No voy a perder los nervios. Mi padre lo está pasando mal y Aisha me pega una patada por debajo de la mesa para que mantenga la boca cerrada. Lo he pillado. En cuanto terminamos el postre, me llevo a Jorge de casa de mis padres. Él quería quedarse a jugar una partida de ajedrez con mi padre, pero yo no soportaba un minuto más encerrada allí. De lo contrario, me habría enzarzado en una discusión de las gordas con mi madre. «Hacéis una pareja estupenda y tendríais unos hijos guapísimos», ha soltado sin venir a cuento. «Y los dos sois de letras. Sin duda, tenéis mucho en común», ha concluido por si no nos había quedado claro.

—¡No sé cómo la soportas! —exclamo cuando salimos del portal.

—No seas exagerada.

—Tu madre no es tan metomentodo como la mía. Ir a tu casa es un regalo. Solo tengo que sentarme a almorzar y nunca me permiten ayudarlos a poner la mesa o fregar los platos.

—Igual que a mí.

—Ya, pero… —Freno porque siento la necesidad de que me comprenda. Me fastidia que siempre se ponga de parte de mi madre. No es justo—. ¡Tu madre no me dice que debería salir contigo!

—Mi madre estaría encantada de que fuéramos novios.

—¡Pues es más disimulada que la mía! Y nunca me ha ofrecido un trabajo que no le he pedido. Si no fuera médica, podría ser sargento. ¡La sargento de hierro! A su lado, la teniente O'Neill se queda en pañales.

—Has mezclado dos películas —bromea.

—Eres demasiado bueno. —Me cojo de su brazo porque voy poco abrigada y empieza a refrescar—. No te pediré que vuelvas a venir. Es una tortura por la que no debería pasar ningún amigo por mucho que me aprecie.

—Te aprecio demasiado para negarme. —Jorge me quita la hoja de un naranjo que se me ha caído en el pelo. Sus ojos castaños me miran con una ternura que me conmueve—. Te aprecio mucho, Nura.

—Ya lo sé. —Se me escapa una risilla incómoda y le doy un empujón—. El sentimiento es mutuo, idiota. Por cierto, ¿sigues queriendo un gofre?

—No me queda espacio en el estómago después de la tarta de chocolate de tu padre, pero no le digo que no a un café. Eso sí, te mato si sugieres que vayamos a Starbucks. Mejor vamos al bar que hay dos calles arriba.

—Un café. Eres buena gente y sales barato. No te merezco.

—Por curiosidad, ¿con quién hablabas durante el almuerzo? Te he visto sonreír.

Lo pregunta como si nada, pero sé que está celoso. Tarde o temprano voy a tener una conversación incómoda con mi mejor amigo. Nadie me libra de ello.

—¿Con otro chico de Tinder?

—Eh… —No puedo hablarle de Leo. A Paula se lo he contado, pero sé que Jorge pondría el grito en el cielo. No quiero que piense que estoy tonteando con un guitarrista que tiene novia. No es mi estilo ni es lo que pretendo. Así que opto por mentirle—. Sí, otro tío de Tinder. Pero no hablemos de mí. ¿Cómo te fue la cita con la chica de la cafetería?

Me refiero a la camarera que trabaja en el bar que hay frente a su trabajo. Jorge me dijo que sabía que le gustaba porque ella no paraba de ponerle ojitos. Hace tres días ella le escribió su número en el tíquet. Una forma bastante directa de ligar. Esa chica merece todo mi respeto.

—No la he llamado.

—¿¡Por qué!?

Estoy deseando que la llame. Que se enamore de una buena chica que lo haga muy feliz. Que me vea solo como una amiga y volvamos a ser los mismos de siempre. Los que se van de cañas, se hacen fotos haciendo el payaso y discuten sobre Tarantino o los hermanos Cohen.

—No sé.

—Dijiste que es guapa.

—No salgo con todas las chicas que me parecen guapas.

—¿Por qué no? Por algo se empieza.

—Tal vez lo haga —responde indeciso—. Lo haré si tú prometes empezar tu nuevo libro.

—Trato hecho. —Me envalentono y le tiendo la mano.

Jorge me mira con evidente recelo.

—Me tienes que enviar una foto del primer capítulo. Así sabré que has cumplido tu parte del trato.

—De esta noche no pasa. —Es una promesa que me hago a mí misma—. Sé que puedo hacerlo.

Son las diez y media de la noche. Me he dado una ducha, me he embadurnado con mi crema hidratante de vainilla de The Body Shop y he cenado un sándwich de aguacate, tomate y huevo duro mientras veía un capítulo de *Friends*. Phoebe y Joey siempre me ponen de buen humor. Ya estoy lista para la acción.

Vivo en un piso de alquiler con vistas al río Guadalquivir y el puente de la Barqueta. Fue amor a primera vista. El alquiler no es barato, pero puedo permitírmelo porque soy una mujer de pocos lujos que ganó un cuantioso premio literario. Para mí era indispensable que el salón y el despacho dieran al exterior. En cuanto vi la pequeña terraza, me imaginé escribiendo con vistas al río en uno de esos días soleados de primavera. Lo único que he hecho ahí ha sido fumarme un porro e invitar a Paula a unas cañas.

Ya va siendo hora de ser productiva.

—Asur, quita de ahí —le ordeno.

Mi gato me dedica una mirada desdeñosa. Está sentado encima del teclado de mi portátil y no tiene la menor intención de obedecerme. Nínive, por el contrario, está roncando en una de las dos camitas que les compré para el despacho. Son de Harry Potter y está dentro de la que tiene bordado el escudo de Gryffindor.

—Podrías aprender de tu hermana. —Cojo al gato y lo meto dentro de la cama—. Tenías que ser de Slytherin.

«Se acabó perder el tiempo».

Entrelazo los dedos y estiro los brazos. Luego observo con determinación la pantalla del ordenador. Pude hacerlo una vez. Voy a hacerlo de nuevo. Solo tengo que escribir la primera palabra y el resto saldrá rodado. Llevo escribiendo toda la vida. Siempre he sentido que tengo demasiados pensamientos dentro de mí. Escribir me ayuda a librarme de ellos y a conectar de una forma íntima con cada lector. Nura es antipática y selectiva, pero la Nura escritora recibe con los brazos abiertos a cualquiera que desee perderse entre las páginas de su libro.

Sé lo que tengo que hacer. Hace tiempo descubrí que soy una escritora de brújula. Alguien que se deja llevar por una idea inicial y permite que los personajes tomen el control de la historia. Solo necesito una imagen de la que partir. Con *El campamento* fue fácil. Estaba corriendo mientras escuchaba AC/DC y me vino a la cabeza la imagen de una chica que huía despavorida por un bosque perdido. «¿De dónde huye?», me pregunté. «De un campamento», me respondí de inmediato. «Ha ido a pasar el fin de semana con sus amigos, pero ella no tiene ni idea de que caerán uno a uno a manos de un psicópata que parece tener algo muy personal en contra de ellos...».

—Bien. —Respiro profundamente y rozo el teclado con los dedos—. Querido cerebro, solo te pido que me des una imagen.

«Una familia que viaja en coche».

Podría funcionar. No es la típica familia perfecta. El matrimonio está en crisis. Tienen tres hijos. Se han quedado atrapados por la nieve en una carretera secundaria. El matrimonio discute. El hijo pequeño comienza a llorar. El mediano está demasiado ocupado buscando cobertura. La mayor pone los ojos en blanco. De repente, observa algo a través del cristal empañado por el frío. Hay una cabaña a lo lejos...

—¡No! —exclamo irritada y borro el puñado de palabras que he escrito—. Demasiado típico. No me gusta.

Una familia atrapada por una tormenta de nieve. «¿En serio, Nura? ¿No se te puede ocurrir algo mejor?». Al menos algo que no esté tan visto.

Apoyo la cabeza en el escritorio y cierro los ojos. Nada. Parece que todas mis buenas ideas se han esfumado. Pulso la tecla «p» hasta llenar tres renglones. Tengo un email en la bandeja de entrada. Es de mi editor. No puedo seguir ignorándolo y tal vez sea el empujoncito que necesito para empezar la historia. Lo leo con una creciente inquietud.

Querida Nura:

¿Qué tal estás? Quería felicitarte porque volvemos a reimprimir. Ya vamos por la novena edición. ¡Es todo un éxito teniendo en cuenta que la tirada inicial fue bastante grande! ¿Te acuerdas de cuando temías que el libro no pasara de la primera edición? Te dije que *El campamento* se vendería solo. Tengo un gran instinto y sabía que no me equivocaba contigo. Por cierto, la edición en bolsillo saldrá a finales del mes que viene. Recuerda que tienes el simposio en Madrid y que participarás en una mesa literaria con otros escritores del género de terror. El aforo ya está completo y Bea te enviará los billetes del AVE y la reserva del hotel. Será una excelente ocasión para volver a vernos en persona y hablar de tu nuevo libro. ¿Cómo lo llevas? ¿De verdad no puedes adelantarme nada? Si no estuviera acostumbrado a trabajar con escritores excéntricos, diría que vas de farol. Pero los escritores, sobre todo los que os dedicáis al suspense y al terror, siempre sois muy misteriosos y celosos de vuestra obra.

¿Crees que podrás enviarme los primeros cinco capítulos antes de Navidad? El equipo de prensa ya está pensando en una estrategia de promoción, y creemos que principios de verano sería una buena fecha para el lanzamiento.

Quedo a la espera de tu respuesta,

Adrián

«Mierda».

No debería haberlo leído. Faltan tres meses para Navidad y no he escrito ni una palabra. Sí, vale, le mentí para quitármelo de encima. Estaba agobiada porque no paraba de presionarme y necesitaba un respiro. Y ahora quiere lanzar a principios de verano un libro que ni siquiera sé de qué va.

Tengo ganas de llorar. O de gritar. Incluso de romper algo. Observo la bola de nieve que hay sobre mi escritorio. La tentación es enorme. Me la regaló mi hermana y es la única razón para no lanzarla contra la pared. Dentro hay un flamenco rosa y en la base hay una frase: «Persigue tus sueños».

—Vete a la mierda.

Alguien debería liquidar a los que se dedican a diseñar artículos con frases positivas, lo digo en serio. No hay nada peor que una frase de autoayuda cuando sientes que tu vida profesional se va a pique. Pero lo peor no es eso, sino la sensación de que no te estás esforzando lo suficiente para salir a flote. El problema es que no tengo ni idea de cómo hacerlo. Porque, si alguien me lanzara un flotador, estoy convencida de que me daría en la cabeza y terminaría ahogándome.

Quizá soy la clase de escritora que solo publica un libro. Ya sabes, como Emily Brontë con *Cumbres Borrascosas*. Pero al menos ella sí tenía una buena excusa: falleció. Fue una pobre incomprendida que murió demasiado joven y yo no le llego ni a la suela de los zapatos. A lo mejor debería buscarme otro trabajo, porque es evidente que no puedo vivir eternamente de las rentas de mi primer libro. El dinero se me terminará y no estoy dispuesta a regresar a casa de mis padres. De eso nada.

Nunca, en toda mi vida, me he sentido tan insegura. Ojalá pudiera hablar con alguien que me comprendiera. Un artista con la sensibilidad suficiente para ponerse en mi piel. De repente, pienso en Leo y en la profundidad de las letras de sus canciones. Pongo mala cara. No voy a recurrir a él. Ha pasado de mí y soy demasiado orgullosa para hablarle de nuevo.

Lo sé. Soy una persona complicada y a veces tengo la impresión de que acabaré sola.

El problema de la soledad es que hay una gran diferencia entre la escogida y la no deseada. La primera te convierte en alguien independiente y que sabe apañárselas solo, y la segunda te muestra que no hay nada peor que sentirse indefenso cuando lo único que necesitas es una persona que te diga: «Hola, estoy aquí».

8
Leo

Estoy tumbado en la cama mientras le doy vueltas a la cabeza. Sé que debo hacerle caso a Axel. Por eso he cortado abruptamente la conversación con Nura y agradezco que ella no me haya vuelto a escribir. Necesito hacer algo productivo. Me levanto de la cama con la intención de componer y en ese momento llaman a la puerta de mi habitación.

—Leo, ¿puedo pasar?

Es Gabi. Ella siempre entra sin llamar. Le pasa algo.

—Claro.

Entra y se sienta en el borde de la cama. Me mira con una mezcla de pena y culpabilidad. Ojalá no haya hecho una de las suyas. Hoy no estoy de humor para lidiar con sus meteduras de pata.

—¿Qué pasa?

—Creo que la he cagado —dice arrepentida—. Yo solo quería arreglar las cosas. Te lo juro.

—¿Qué has hecho?

—He llamado a Tamara.

El alivio se apodera de mí. Pensé que habría escrito cualquier gilipollez en Twitter o algo por el estilo.

—Vale, la has llamado. ¿Qué le has dicho? ¿Por qué tienes esa cara?

—Porque pensé que todo se solucionaría si le explicaba que no había pasado nada entre Paco y yo. Di por hecho que me creería, pero apenas me ha dejado hablar. Me ha dicho que no volviera a llamarla justo antes de gritarme que yo tengo la culpa de todo.

Me siento a su lado. Gabi tiene los ojos vidriosos y está abochornada. No sé qué decir. Reconozco que no me esperaba la reacción de Tamara. Pensé que sería más comprensiva con mi hermana. Al fin y al cabo, nos conoce desde que éramos unos críos.

—Lo siento, Gabi. —Es lo único que se me ocurre.

Ella se mira las manos. No estoy acostumbrado a verla tan rota. Por norma general, mi hermana se enorgullece de sus errores. Tiene el descaro de presumir de ellos. No dudaba de ella, pero su actitud termina de demostrarme que está tan afectada porque dice la verdad y nadie la cree.

—¿Tú piensas que ha sido culpa mía? —pregunta con voz temblorosa—. Puede que tengas razón. Debería aprender a guardar las apariencias. Como ese refrán que dice que tan importante es ser bueno como parecerlo. Fui una idiota al llevar a Paco al reservado. Parece lo que no es. Tendría que haber sido más lista.

—No —respondo categórico porque no quiero que se vea a sí misma de esa forma—. Tú eres auténtica, Gabi. Brillas con luz propia. No finjas ser quien no eres. Me partirías el corazón.

Gabi sonríe con debilidad y apoya la cabeza en mi hombro. Voy a tomar cartas en el asunto. Se acabó lo de quedarse al margen y ser el joven correcto que nunca rompe un plato.

Estoy en la avenida Torneo, en el pub irlandés en el que he quedado con Paco. Dice que aquí estaremos tranquilos porque conoce al dueño. He tenido que insistir bastante porque no paraba de ponerme excusas. No lo entiendo. Paco es uno de los mejores amigos de mi padre. Somos casi familia. ¿A qué viene la actitud de Tamara? ¿Por qué Paco está ignorando a Gabi?

Lo veo al fondo del pub. Tiene una jarra de medio litro a la que le quedan un par de tragos. No se levanta para saludarme. Tiene mal aspecto. No se ha afeitado y parece cansado, como si llevara varias noches sin dormir.

—¿Una cerveza?

—No, gracias.

—Invito yo —insiste. Levanta la jarra y llama al camarero. Me percato de que está bastante ebrio—. Otra para mi amigo.

—Mejor una Coca-Cola —digo.

El camarero vuelve a dejarnos solos. Paco se pasa la mano por la barba. Lo veo mal y me pregunto si he cometido un error. A lo mejor debería haber quedado con él dentro de un par de semanas. Pero ver a Gabi destrozada me ha obligado a reaccionar.

—¿Qué tal estás?

—Hecho un asco. —Extiende los brazos para mostrar lo evidente—. Como puedes ver.

El camarero regresa con la Coca-Cola y la cerveza. Reprimo el impulso de decirle a Paco que ya ha bebido suficiente. Tiene cincuenta años. Ya es mayorcito. Además, dudo que se lo tomara bien. No reconozco al tipo que tengo delante. Paco siempre ha sido un hombre prudente y razonable.

—Tamara me ha echado de casa.

—Lamento oír eso.

—Dice que no quiere ni verme. Me puso una maleta en la puerta. —Le da un trago largo a la cerveza—. Si la hubieras visto... ¡Estaba hecha una furia!

—Puedes explicárselo.

—Explicárselo —repite con una mueca sarcástica—. ¿Qué quieres que le explique?

—La verdad. No ha pasado nada. Tamara lo entenderá. En las fotos parece otra cosa, pero ya sabemos cómo son los periodistas. Yo puedo hablar con ella. Gabi lo ha intentado, pero tu mujer no...

—¡Dile a tu hermanita que no se meta donde no la llaman! —grita, y me deja estupefacto.

—Paco —digo con voz queda—. Ha sido un malentendido. Tranquilízate.

—Un malentendido. —Se ríe entre dientes—. Tu hermanita pequeña no es tan santa como crees.

—Ha sido un error venir aquí. —Hago ademán de ponerme de pie—. Ya hablaremos cuando estés sobrio.

—¡Estoy perfectamente! —Me agarra del brazo y escupe al hablar—. Tu hermana es quien me ha destrozado la vida. Tamara dice que tengo la mirada sucia. ¡No es mi culpa! Todos sabemos cómo es Gabi.

—¿Perdón?

Me tenso. Paco me suelta, aunque está demasiado borracho para dejarlo estar y yo estoy demasiado furioso para pedirle que pare. Pero necesito saber lo que opina de mi hermana. Una emoción violenta me recorre la columna vertebral.

—Siempre me abraza cuando se despide de mí. Es muy cariñosa. Yo no… En fin, soy un hombre y tengo ojos en la cara. Me lo estaba poniendo en bandeja. No sabía que le fueran mayores, pero…

—Para —le ordeno con los dientes apretados.

Ya he oído bastante. Si no se calla, voy a cometer una locura. Me levanto con intención de marcharme, pero Paco sigue hablando como si no me hubiera escuchado.

—Aquella tarde, en el reservado, se disculpó cuando me tiró la cerveza encima. Pero yo sabía lo que iba buscando. Tamara dice que se me nota en la cara que babeo por esa niñata. Pero tu hermana es una putita y ya no es una niña. Me he alejado de ella porque, si la vuelvo a ver, mucho me temo que…

Mi cuerpo reacciona antes que mi cerebro. Mi puño impacta en su nariz. Es un golpe seco que produce un sonido muy desagradable. Paco se cae de espaldas y aterriza en el banco. Le sangra la nariz. Comienza a llorar como un niño pequeño. Me miro los nudillos ensangrentados. Pero no es suficiente. Se me ha ido la cabeza. Respiro con dificultad y lo cojo por la camisa. Lo voy a matar. ¿Cómo se le ocurre hablar así de mi hermana? ¿Cómo se atreve a verla con esos ojos de depravado?

—¡Te voy a partir la cara!

—Chaval… —Alguien me pone una mano en el hombro. Es el camarero—. Será mejor que te vayas.

En ese momento, soy consciente de dónde estoy. De los clientes curiosos que me observan. Suelto a Paco y lo miro con un profundo desprecio. Salgo del pub a toda prisa y paso por delante de una chica que lo ha grabado todo con el móvil. Le grito que se meta el teléfono donde le quepa. Me falta el aire cuando salgo a la calle. Estoy temblando. No recuerdo dónde aparqué el coche. Estoy fuera de mí. La cabeza me va a estallar.

Algunos curiosos salen del pub y me señalan. Me han reconocido. Cuchichean. Hay móviles por todas partes. Nunca he sufrido un ataque de ansiedad, pero esto se le parece bastante. Me llevo la mano al pecho. Creo que voy a desmayarme. ¿Dónde demonios he aparcado el puto coche? Lo único que puedo ver es el puente de la Barqueta. Estoy en la avenida Torneo. Y entonces recuerdo quién vive aquí. Todo lo que quiero es desaparecer del mapa y soy incapaz de pensar con claridad. Me tiemblan las manos cuando cojo el móvil y la llamo.

—¿Estás en tu casa? —pregunto a bocajarro.

—Sí, pero...

—Dime tu número.

—El siete. Vivo en el último piso en...

Corro hacia el número siete y comienzo a llamar a todos los telefonillos como un loco. La puerta se abre con un chasquido. Subo corriendo por las escaleras. Solo necesito refugiarme en algún sitio. Escucho su voz distante a través del teléfono, pero no le presto atención porque estoy demasiado ocupado huyendo de lo que acabo de hacer.

9
Nura

—¡Leo! —Me sobresalto cuando abro la puerta y lo veo ahí plantado—. ¿Estás bien?

Intenta hablar, pero no puede. Estoy tan sorprendida que lo dejo pasar sin hacer más preguntas. Está fuera de sí. Entra en la cocina y comienza a dar vueltas. Camina con la espalda encorvada y los puños cerrados. Me mira. Abre la boca y vuelve a quedarse callado. Me da miedo incluso tocarlo. Me muerdo el labio y lo miro asustada. ¿Qué diantres le ha pasado? ¿Por qué está en mi casa?

—Leo… —digo con un hilo de voz sin atreverme a acercarme a él—. Me estás asustando.

En ese momento reacciona. Me mira avergonzado. Hay una emoción violenta en sus ojos. Tiene el pelo revuelto y la frente perlada de sudor. No lo reconozco, pero sé que necesita mi ayuda.

—Lo siento —dice con voz temblorosa—. Yo no… no quería asustarte. No recuerdo dónde he aparcado el coche. He visto el puente. Sabía que vives aquí. Necesitaba refugiarme en algún sitio. Me iré dentro de unos minutos, pero no me eches, por favor.

Me lo pide con tanta angustia que me produce una inesperada sensación de ternura. Quiero ayudarlo. No sé qué le ha pasado, pero ha acudido a mí por otra casualidad del destino. Por supuesto que no voy a echarlo de mi casa.

—Tranquilo. —Lo toco con cautela y respiro aliviada cuando él no se aparta. Le pongo una mano en la espalda—. Te voy a preparar una tila.

Enciendo el hervidor de agua eléctrico y cojo la taza de Voldemort. Coloco dos bolsitas de té y la lleno hasta arriba. El pecho de Leo sube y baja. Tengo que hacer algo para que se calme porque me está poniendo nerviosa. Señalo los dos taburetes que hay junto a la encimera.

—¿Quieres sentarte?

Leo se desploma sobre uno de ellos. Le ofrezco la taza y nuestras manos se rozan. Me mira. Siento una emoción desconcertante en el pecho. Me apoyo en la encimera y lo observo con una mezcla de curiosidad y preocupación.

—¿Te apetece contarme qué ha pasado? —pregunto con tacto—. Si quieres. De lo contrario, puedes beberte la tila y quedarte todo el tiempo que necesites hasta que te sientas mejor.

—¿De verdad no vas a exigirme que te lo cuente? —Está atónito.

—No quiero que me expliques algo que no quieres. No soy así.

—Pero me he presentado en tu casa sin avisar. Prácticamente te he invadido.

—Vamos... —Me río para quitarle importancia—. Te he abierto porque me ha dado la gana. Nadie me ha obligado. ¿O crees que me intimidas?

Mi comentario le saca una media sonrisa muy breve.

—Desde luego que no.

Le da un sorbo a la tila. Al levantar la mano, observo sus nudillos. Los tiene enrojecidos y manchados de sangre. Me agarro a la encimera de la cocina porque me sobreviene un mareo.

—¡Estás sangrando!

—Ah, esto. —A él se le cambia la expresión—. No es mía.

Salgo de la cocina y voy directa al baño. Regreso al cabo de unos segundos con el botiquín. Leo parece aliviado.

—¿Qué?

—Pensé que ibas a llamar a la policía.

Lo miro con los ojos entornados. ¿Por qué llamaría a la policía? Si se ha peleado con alguien, habrá tenido una buena razón. Lo conozco poco, pero sé que no es la clase de hombre que inicia una pelea.

—Deberías desinfectarte la herida, aunque la sangre no sea tuya... —Aparto la mirada de su mano y le entrego un bote de agua oxigenada—. Y también tendrías que ponerte un poco de hielo.

Busco un paño limpio y luego abro el cajón del congelador para coger un par de cubitos de hielo.

—¿Te da miedo la sangre?

—Asco.

—No me lo puedo creer. Has escrito una novela de terror en la que las víctimas mueren de formas muy desagradables. Y déjame decirte que eres bastante explícita y sanguinaria.

—Lo gore vende —respondo sin querer entrar en detalles con respecto a mi fobia a la sangre—. Y no es lo mismo. Lo que sucede en mi imaginación no es real. Pero tu mano sí es muy real.

Leo me devuelve el bote y le entrego el paño helado. Está medio sonriendo. Me cruzo de brazos y enarco una ceja. Su boca se ensancha un poco. Lo justo para que sepa que se encuentra mejor. Tiene una sonrisa muy atractiva que resplandece en su cara bronceada.

—¿En serio no me vas a preguntar con quién me he peleado?

—De acuerdo, Leo. —Suspiro con desgana—. Te has portado mal. ¿A quién le has zurrado?

—Me sorprende que me hayas dejado entrar y que no me hayas montado una escena. Eso es todo.

—Debería haberte dejado en la calle.

—Una persona razonable lo habría hecho y habría llamado a la policía.

—No eres peligroso —digo convencida—. Y yo nunca he sido razonable.

—Menos mal. Porque necesitaba un refugio y eres la única persona capaz de no hacer esta situación más violenta de lo que ya es.

—¿Eso ha sido un cumplido? —bromeo.

—Solo he sido sincero. —Leo observa mi cocina con detenimiento. Se fija en los muebles pintados de azul a la tiza. A mi madre por poco le dio un infarto cuando vio lo que hice, pero yo estoy muy orgullosa de mi obra. El azul es un color que me encanta y a esta cocina le hacía falta un poco de alegría. La decoración de estilo rústico era una horterada. Lo arreglé con una mano de pintura, un suelo de vinilo y una cortina con estampados de cactus—. Me gusta tu cocina. Es muy tú.

—Lo sé. Tiene rollo.

—Eres la humildad en persona. —Señala la colección de tazas de Harry Potter que tengo colocadas sobre una balda—. ¿Te gusta Harry Potter?

—No, las tengo ahí porque me horroriza. —Pongo los ojos en blanco—. ¿Y a quién no le gusta?

—A mí.

—No puede ser. ¡A todo el mundo le gusta Harry Potter!

—La fantasía juvenil no es lo mío. No he visto las películas ni me he leído los libros.

—¿Qué? —Intento arrebatarle la taza y él casi se ríe—. No te mereces beber de mi taza favorita. Ver las películas sin haber leído los libros tiene un pase, pero admitir con descaro que no has hecho ni una cosa ni la otra… Para que lo sepas: soy la mayor fan de J. K. Rowling que puedes encontrar en el mundo. Mi casa es una especie de templo en honor a su obra. Si lo sé, no te dejo entrar.

—¿Tan grave es?

—De juzgado de guardia.

Leo une las palmas de las manos para fingir que me pide disculpas. Sus nudillos ya no tienen tan mala pinta.

—¿Te duele?

—No.

—¿Los hombres siempre tenéis esa necesidad de haceros los duros?

—Me duele un poco —admite abochornado—. Y no me siento orgulloso de lo que he hecho. Qué narices. Sí que me siento orgulloso. El problema es que el local estaba abarrotado de clientes y una chica me ha grabado con el móvil. Ya estará subido a internet.

—¿Quieres que compruebe Twitter?

—No —responde sin pensar—. Quiero olvidarme del tema. Además, todavía no me ha sonado el móvil. Nadie se ha enterado de nada. Por el momento. ¿Me enseñas tu casa?

—Esto no es el parque de atracciones. Si quieres divertirte, vete a Isla Mágica.

—Siento curiosidad.

—Bueno, en ese caso... —Salgo de la cocina y él me sigue—. Te advierto que la lujosa mansión en la que vives no tiene ni punto de comparación con mi acogedor piso de sesenta y cinco metros cuadrados. Lo mío es estilo natural. No se puede comprar con dinero.

—No te hagas la víctima. Vives sola en una de las zonas más exclusivas de la ciudad. Aquí el alquiler roza los mil euros. No vayas de humilde.

—El veneno que te he echado en el té está haciendo efecto. —Señalo la estancia. Solo es un salón, pero él lo observa con una fascinación que me divierte. Es una habitación cuadrada y pintada de verde agua con un sofá burdeos repleto de cojines con diversos estampados. Encima de la mesa extensible hay un elefante de madera tallado a mano, y debajo una alfombra con la cara de Frida Kahlo—. Lo sé. Soy la leche.

Leo agarra un cojín con la cara de Harry Potter.

—Tienes una obsesión enfermiza.

—Aún no has visto toda mi colección. —Le arrebato el cojín y lo devuelvo a su sitio. No me gusta que toquen mis cosas—. Y por aquí se va a mi despacho.

—El lugar donde asesinas a personajes que están basados en personas que conoces.

—Exacto. —Abro la puerta y él pasa primero—. Tú hazme alguna putada y ya verás cómo me las gasto.

—¿Todas las habitaciones están pintadas de un color diferente?

—Obviamente.

—¿Por qué?

—Es aburrido pintar todas las habitaciones del mismo color.

—¿Sabes lo que es la armonía? ¿La decoración nórdica? ¿El menos es más?

—Mi madre es toda una experta. Puso el grito en el cielo cuando le enseñé el piso. Ella quería llevarme de compras a Zara Home y a Maisons du Monde. Si tu casa es blanca, fría y enorme, no quiero verla.

—No te he invitado.

—¡He dado en el clavo! ¿A que sí?

Leo me ignora y recorre mi despacho hasta que me siento un poco invadida. No estoy acostumbrada a traer invitados a casa. Me gusta estar sola y Jorge y Paula vienen muy poco. Ni siquiera Aisha se ha quedado a dormir. La pared del despacho está pintada de un tono melocotón que me encanta y que mi madre catalogó como «cutre». Hay una estantería enorme repleta de libros que cubre por completo una de las paredes. Enfrente, un escritorio de color caoba, y encima un pobre cactus que nunca me acuerdo de regar. Mi preciada colección de Harry Potter ocupa una vitrina de cristal a la que Leo se acerca para echar un vistazo. Tengo todas las varitas, los muñecos Funko, los libros, las películas y una colección de bolas de nieve.

—No exagerabas.

—Yo nunca exagero.

Leo se sobresalta cuando algo peludo le roza la pierna. Es Nínive y está buscando mimos. La gata ronronea cuando Leo se agacha para acariciarla entre las orejas. Asur sale de su cama, se acerca a Leo y comienza a levantar el lomo en señal de advertencia. Es el macho de la casa y no le gusta que le roben protagonismo. Leo se pone de pie y levanta los brazos en son de paz.

—Tranquilo, lo he pillado. Este ha salido a ti. —Leo me dedica una mirada acusadora y burlona—. ¿Cómo se llaman?

—Asurbanipal y Nínive. A Asurbanipal no le gusta que acaricien a su hermana. Es celoso y muy posesivo. Solo la quiere para él.

—¿Asurque?

Resoplo.

—Asurbanipal, pero todos lo llaman Asur porque nadie se acuerda de su nombre. Y no le has caído bien. Te está vigilando.

—Me andaré con ojo. Supongo que no puedo acariciarlo.

—Ni se te ocurra.

—Es un nombre muy raro, pero supongo que tiene algún sentido.

—Asurbanipal fue el último gran rey de Asia. Se jactaba de que sabía leer y escribir, algo bastante insólito en aquella época. Era un gran fanfarrón, pero creó la primera gran biblioteca. La biblioteca de Nínive.

—Creía que la primera biblioteca fue la de Alejandría.

—Todo lo que tiene que ver con Alejandro Magno opaca el resto de acontecimientos de la historia. Nínive es menos conocida, pero en realidad fue la primera de todas. Estaba compuesta de tablillas de arcilla sistemáticamente ordenadas y su descubrimiento a mediados del siglo XIX ayudó a descifrar la escritura cuneiforme.

—Dos nombres muy apropiados para los gatos de una escritora. Son atigrados e idénticos. ¿Cómo los distingues?

—Si te fijas, Nínive tiene una mancha negra en la punta de la cola.

Leo entorna los ojos y Asur se planta delante de Nínive y lo desafía con su mirada felina.

—Da igual, el que tiene mala leche es Asur. Ya no volveré a confundirlos. ¿Los adoptaste?

—Los encontré en un contenedor de basura. Acababa de mudarme y los escuché maullar. No tenían ni un mes. Los críe con biberón. Solo me iba a quedar con uno y quería dar al otro en adopción, pero fui incapaz de separarlos cuando crecieron. Lo sé. Tengo un corazón que no me cabe en el pecho.

—Lo que tienes es un morro... —Afloja otra media sonrisa y observa a los gatos con compasión—. No entiendo que haya gente capaz de tirar a un ser vivo a un contenedor. Yo siempre he querido tener un perro.

—¿Y por qué no tienes uno?

—Porque apenas paro en casa. No sería responsable por mi parte.

—Pero tienes novia. Ella podría cuidar de él.

Leo se tensa cuando la nombro y su reacción me desconcierta.

—No vivimos juntos.

No digo nada porque no es asunto mío. Leo se acerca a la vitrina de Harry Potter y señala mi colección de figuras. Asur lo persigue como si fuera a robar algo.

—¿Cómo se llaman estos muñecos?

—¡Son Funko! ¿De qué planeta te has escapado?

Leo se encoge de hombros y sale del despacho. Se queda plantado en el pasillo con las manos metidas en los bolsillos. Observa con intriga las dos puertas cerradas. Una corresponde a mi habitación y la otra al baño.

—¿Y tu dormitorio?

—Ahí solo entran los tíos con los que quiero follar. —Leo se sobresalta—. Tú te vas a quedar con las ganas.

—Eres imposible.

Se ha sonrojado. Contengo una sonrisa de satisfacción porque no quiero herir su orgullo. Tampoco hace falta. Además, es mentira. Nunca traigo a desconocidos a mi piso. Prefiero follar en otra parte. Así no saben dónde vivo si no quiero repetir.

—¿Quieres que me vaya? —pregunta de repente.

—¿Quieres irte?

—No —responde con franqueza—. No mentí cuando te dije que no recuerdo dónde he aparcado el coche. Me da pánico salir a la calle y encontrarme con los periodistas. Y no estoy seguro de querer irme a casa.

—Puedes quedarte todo el tiempo que quieras.

—No quiero molestarte.

—Ya es tarde. —Al ver la cara que pone, le guiño un ojo—. Te estaba vacilando.

—Nunca sé cuándo hablas en serio, Nura.

—Ahora estoy hablando en serio. —Intento ponerme seria, pero me parto de risa—. Lo siento. Estoy hablando en serio, pero me hace gracia la cara que pones. Pareces un perrito apaleado. ¿Te quieres relajar? Nadie te va a hacer daño en mi casa. Y, si alguien lo intenta, se las tendrá que ver conmigo. Hice kárate de pequeña y me expulsaron a las tres semanas. Soy cinturón negro de mala leche.

—¿Es eso cierto o es otra de tus bromas?

—Es muy cierto. Se llamaba Joaquín y era un año mayor que yo. Me expulsaron y mis padres se negaron a apuntarme a otro deporte de contacto. Solo tenía nueve años. Fue una experiencia muy traumática.

—Pobre Joaquín.

—¿Te pones de su parte? ¡Ni siquiera has escuchado mi versión!

—Ni falta que hace. ¿Qué pudo hacerte?

—¿Y qué te ha hecho a ti el tío al que le has pegado? ¿Mirarte mal?

—Llamar puta a mi hermana.

Me tapo la boca con las manos. Leo pone mala cara. Uf, tengo el don de la importunidad.

—No es culpa tuya —dice con suavidad—. Solo has preguntado.

—Me gustaría no haberlo hecho. ¿Quieres hablar de ello? ¿O mejor hacemos como si no hubiera pasado?

—¿Sabes? —Leo camina con determinación hacia el sofá y señala la televisión—. Quiero ver Harry Potter contigo. Me has convencido.

Menuda forma de escaquearse. Leo me pide permiso para sentarse. Le digo que puede hacerlo si no aplasta ningún cojín con el culo. Se queda azorado, me río y aparto un par de cojines para hacerle hueco. Me da igual que solo quiera *ver* una peli para distraerse. Siempre es un buen momento para Harry Potter.

Leo no ha hablado durante toda la película, pero yo no he dejado de hacer comentarios. No puedo evitarlo. Aplaudo entusiasmada cuando Harry se sube por primera vez a la escoba y recupera la recordadora de Neville Longbottom. Imito a Hermione cuando corrige a Ron con su voz de sabelotodo y dice: «Es "leviooosa", no "leviosaaa"». Y me río como si fuera la primera vez que la veo (ya he perdido la cuenta) cuando Harry le mete la varita dentro de la nariz a un trol que se ha colado en el servicio de las chicas. «A partir de esta escena —le digo a Leo—, los tres se hacen inseparables».

Estoy sonriendo cuando termina la película. Leo me mira de reojo sin decir nada. Me muerdo el labio. Soy lo peor. Seguro que se la he fastidiado. Jorge dice que soy la clase de persona que te hace *spoiler* y luego te pide disculpas. Pero Paula tiene razón: cuando algo me gusta, soy obsesiva. Lo vivo al límite.

—Te he dado la película.

—No. ¿Por qué lo dices?

—¡No he parado de comentarla! Era la primera vez que la veías. Debería haber dejado que la disfrutaras. No he podido evitarlo. Es mi favorita de la saga. Todas tienen algo especial, pero esta es la más infantil y me produce mucha nostalgia. Cuando la vi por primera vez, todavía no había aprendido a leer con fluidez, y me prometí que aquel verano lo haría solo para llevarle ventaja a las pelis. Tenía ocho años cuando se publicó el último libro y doce cuando se estrenó la última peli. Crecí con Harry, Ron y Hermione. Lo siento, estoy hablando demasiado. Pensarás que es una película para niños...

—Me ha flipado.

—¿En serio? —Abrazo mi cojín de Harry y lo observo con un deje de suspicacia—. ¡Di la verdad!

—¿Te imaginas que existiera el *quidditch?* O los unicornios. O una escuela de magia separada por casas.

—J. K. Rowling se inspiró en un colegio de Edimburgo. Vivía allí cuando escribió *La piedra filosofal.* No recuerdo el nombre del colegio, pero a los alumnos los dividen por casas y pueden conseguir puntos según su rendimiento académico. Además, practican deportes como el críquet o el tenis. Es un colegio privado y muy elitista, pero se conceden becas para los alumnos que han perdido a sus padres. Ya sabes, como le sucedió a Harry. Y, por si fuera poco, J. K. utilizó varios nombres del cementerio de Greyfriars. El de Voldemort, por ejemplo, está inspirado en una de sus tumbas.

—Vaya... —Leo se frota la cara, probablemente aturdido por la cantidad de datos que acabo de ofrecerle—. Eres una empollona. Como Hermione.

—¡Qué va! Mi personaje favorito es la profesora McGonagall. Además, solo lo sé porque viajé a Edimburgo e hice la ruta inspirada en Harry Potter.

—¿Te gustaría conocer a J. K. Rowling?

—¿Bromeas? ¡Es uno de mis mayores sueños! Y a Stephen King, obviamente. Son mis mayores referentes literarios. Luego están Jane Austen, Edgar Allan Poe, Mary Shelley…, pero esos no cuentan porque están muertos. —Me rugen las tripas y me pongo de pie. Son más de las diez de la noche—. ¿Tienes hambre? No soy una gran cocinera, aunque puedo deleitarte con mi especialidad, sándwiches de beicon con queso fundido. Está mal que yo lo diga, pero te prometo que no probarás nada igual.

—¿Puedo ayudarte?

—No. —Le pongo una mano en el pecho cuando está a punto de levantarse—. Eres mi invitado. De eso nada.

—Técnicamente a un invitado se lo invita. Yo me he colado en tu casa.

—¿Has entrado por la ventana?

—Ya me entiendes.

—¿Una cerveza?

—Vale.

Mientras preparo los sándwiches, le digo a Leo que ponga lo que quiera en la tele. Reconozco un fragmento de *La vida es bella*. Cojo dos cervezas mientras los sándwiches se doran en la sartén. Regreso al salón y le entrego una.

—No soporto esa película.

—Has dicho que pusiera lo que quisiera. Y es una obra maestra.

—Lo sé. Una obra maestra lacrimógena. —Aparto los ojos de la película porque ha llegado el momento en el que el protagonista le dice a su hijo que están en un juego y el primero que gane mil puntos conseguirá un tanque de verdad. Pero no puede llorar, pedir comida o ver a su madre porque entonces perderá puntos—. Uy, ¡los sándwiches!

Tengo los ojos vidriosos cuando regreso a la cocina. Las películas dramáticas deberían estar prohibidas. Ya hay suficiente drama en el mundo. Crímenes violentos, guerras y enfermedades sin cura.

No quiero una película dramática con la que llorar a moco tendido. Pero, cuando estoy triste, soy esa clase de persona que ve *Memorias de África* y llora amargamente con su final. ¿Por qué los seres humanos tenemos esa ridícula necesidad de saborear la tragedia ajena cuando las cosas nos van mal? Ni idea. Sería un buen estudio para una facultad de Psicología.

Cuando regreso con los sándwiches, Leo ya ha cambiado de canal. Me siento a su lado y nuestras piernas se rozan. Estoy tentada de preguntarle qué colonia usa, pero tengo la impresión de que no olería igual en otro hombre. Además, sería una pregunta rara.

—Está riquísimo.

—El secreto está en dorarlo con mucha mantequilla a fuego lento. Es una bomba calórica, pero un día es un día.

En ese momento, a Leo comienza a sonarle el móvil. Es el sonido inconfundible de un bombardeo de WhatsApp. Coge el móvil, observa la pantalla y se le cambia la expresión. No me hace falta preguntarle por qué pone esa cara. El vídeo ya está colgado en internet y sus conocidos le estarán preguntando por el tema.

—No se acaba el mundo. —Es lo único que se me ocurre decir para intentar animarlo—. ¿Qué más da lo que piensen un puñado de personas que no te conocen de nada?

—Me importa.

—No debería.

—Ni siquiera sabes lo que he hecho.

—Le has pegado un puñetazo a alguien porque ha llamado puta a tu hermana. Yo habría hecho lo mismo.

—Pero yo no…

—Tú no eres como yo —termino la frase—. Pero eres humano, y los humanos a veces cometemos errores. Aunque déjame decirte que pegarle a un capullo que insulta a tu hermana no me parece un error. ¿Deberías haberlo ignorado? Sí, habría sido lo más sensato. Pero dime que no has sentido un gran alivio cuando lo has puesto en su sitio.

—Sí y no. —Leo se vuelve y me mira resignado—. Si el camarero no me hubiera frenado, creo que se me habría ido de las manos. No me siento orgulloso, pero tampoco me arrepiento. ¿Has visto las fotos?

—¿Qué fotos?

—Las fotos en las que mi hermana aparece secándole el pantalón a Paco.

—No sé de qué fotos me hablas. No te ofendas, pero no me interesa la vida de los famosos.

—Mejor. Si hubiera más gente como tú, mi hermana no andaría tan rayada con el tema. Paco es un amigo de la familia. Lo conocemos desde que éramos unos críos. Ha sido el profesor de canto de mi hermana desde que ella tenía cinco años. La ayuda a cuidar la voz y esas cosas. Su mujer y sus hijas suelen venir a nuestra casa a almorzar, y Gabi a veces hace de niñera de las mellizas. Para mí eran parte de mi familia.

—Y Paco ha...

—Ha llamado puta a mi hermana. —Leo habla con una rabia impropia de él—. Al principio pensé que era otro capricho de Gabi, pero me sentí como una mierda cuando ella me contó que le había derramado una cerveza encima y solo le estaba secando los pantalones. En las fotos parece que ella le está tocando..., ya sabes...

—Lo entiendo.

—El caso es que mi hermana está bastante afectada y Paco y su mujer no querían saber nada de ella. Pensé que era un malentendido y que podía arreglarlo, así que esta tarde quedé con Paco para hablar del tema. Lo último que esperaba es que la acusara de buscarlo. Dice que ella se le insinuaba cuando era cariñosa con él y le daba un abrazo. ¡Joder! Mi hermana es muy cariñosa con la gente que aprecia. No sé si estoy más enfadado con Paco por mirarla de esa manera o conmigo mismo por haber dudado de Gabi en un primer momento.

—Lo importante es que ahora confías en ella.

—Gabi se va a quedar hecha polvo cuando le cuente la verdad. Es más sensible de lo que todos piensan.

—¿Quieres un consejo?

—Tú siempre eres sincera. ¿Por qué no?

—El peor insulto que puede recibir una mujer es puta. Si somos independientes, se nos llama putas. Si somos mujeres sexualmente liberadas, se nos llama putas para tratar de reprimirnos. Si estamos seguras de nosotras mismas, se nos llama putas. Puta es la palabra que utiliza la sociedad para hacernos sentir pequeñitas. Y un hombre en el que tu hermana confía y aprecia la ha llamado puta. Un cerdo que le dobla la edad y debería verla como a una hija. Ella no tiene la culpa de que Paco la vea con esos ojos de depravado. Y si es tan sensible como dices… En fin, va a ser un palo para ella.

—El vídeo ya está rulando por internet. Me preguntará por la pelea.

—No tienes por qué decirle la verdad. Te has peleado con Paco y eso no puedes negarlo, pero no tiene por qué saber que ha sido por ella.

—No me gusta mentir a mi hermana.

—Es omitir la verdad. O, si te sientes mejor, una mentira piadosa. No es delito si mientes para proteger a las personas que quieres. Todos lo hacemos para no herir sus sentimientos. Hace tres semanas mi amiga Paula fue a la boda de su prima. Me habría encantado que me pidiera consejo sobre su vestido, pero un día después me mandó las fotos. El naranja le queda fatal. ¿Y qué le dije? «¡Ibas guapísima!». Decir la verdad no siempre es la mejor opción. Sobre todo si al hacerlo hieres los sentimientos de una persona que te importa. Y te lo dice alguien que nunca sabe mantener la boca cerrada.

—Gracias por el consejo.

No tengo claro que Leo vaya a seguirlo, pero he intentado ayudarlo. Si yo fuera Gabi, preferiría no saber la verdad. La verdad no siempre es el camino correcto. A veces hay que tomar un desvío llamado empatía si no quieres romperle el corazón a alguien.

10
Leo

La casa de Nura es ecléctica. Vibrante. Apasionada. Cálida. Los muebles están restaurados y tienen un toque *vintage*. Hay color y optimismo por todas partes. La armonía brilla por su ausencia y, sin embargo, todo parece colocado de una despreocupada forma estratégica. Cada cojín del sofá. Las fotos familiares apiñadas sobre el aparador. Las dos estanterías con figuritas de los lugares que ha visitado. El enorme cuadro pintado a brochazos que hay colgado de la pared.

—¡Cuidado! —me grita cuando cojo el elefante de madera que hay sobre la mesa extensible—. Me lo regaló mi padre. Mi abuelo se lo talló cuando vivían en Nigeria. Fue de las pocas cosas que se trajo en la maleta cuando vino a España.

—¿Te lo regaló cuando te independizaste?

—Sí. —Sonríe con orgullo y me lo quita de las manos para dejarlo donde estaba. Lo he pillado. No volveré a tocar nada—. Mis hermanas montaron en cólera. Dicen que soy su preferida. Chorradas. A ellas también les hizo un regalo cuando se independizaron. Me contó que en África los elefantes simbolizan la longevidad y la sabiduría. Y, si tiene la trompa hacia arriba, la buena suerte. Mi madre dijo que me vendría bien porque siempre me ando metiendo en líos. Es una exagerada.

—¿En líos de qué tipo?

—Hace muchos años pasé varias horas en un calabozo. Fue una tontería de adolescente. Aparte de las típicas borracheras y de un par de peleas con una profesora del instituto, no hay nada más que contar. Soy una persona decente. Lo juro.

Me encantaría preguntarle por qué fue a parar a un calabozo, pero me da que no respondería a mi pregunta. Nura es sincera cuando le apetece. No es la clase de persona que te muestra su mejor parte para caerte bien. No tiene esa necesidad.

—¿Y ese cuadro?

—Es horroroso, pero lo pintó Amina, mi hermana mayor. Hace un par de años se apuntó a un curso de pintura. Es increíble que una cirujana a la que apodan Manos de Oro sea tan mala con los pinceles. Aun así, quería tener algo suyo y ella me regaló su primer cuadro.

—No es tan feo.

—Venga ya. —Nura me da un golpecito con el hombro—. Es como si se hubiera tragado un cubo de pintura y lo hubiera vomitado sobre el lienzo. Pero le tengo cariño. Cuando lo miro, la veo a ella. Vive en Barcelona y la echo mucho de menos. Y la alfombra me la regaló Dan, mi otra hermana. Sabe que me encanta Frida Kahlo y la compró en un mercadillo de segunda mano. Aisha me regaló la bola de nieve que tengo en el escritorio. Y mi madre... —Señala con desgana la cesta de mimbre que hay junto al aparador—. La compró en Zara Home y sé que le costó más de lo que vale. Se supone que es decorativo y sirve para guardar las mantas, pero yo la utilizo para los libros que tengo pendientes de leer.

Hay una pila que sobresale de la cesta. Se nota que es una gran lectora. Hay libros por todas partes. Apilados sobre el brazo del sofá, debajo de la mesa y amontonados en una esquina. Señalo una foto del aparador.

—¿Tu familia?

—Sí. —Ella se levanta y coge la foto para enseñármela. Hay un hombre negro; dos mujeres negras con el pelo liso; Aisha; una mujer rubia, alta y de aspecto desabrido, y Nura poniendo cara de payasa—. Mi padre Usman, mi madre Pilar, Amina, Dan y Aisha. Aquí no salen mis sobrinas porque todavía no habían nacido.

—¿Cuánto te llevas con tus hermanas?

—Tengo veintitrés años. La mayor me saca quince y la mediana nueve. Y a Aisha, la pequeña, le saco diez años. ¿Por qué me miras así?

—Pareces mayor.

—¿Tan mal me conservo? Qué cara más dura. Vienes a mi casa y me llamas vieja. Solo te saco dos años.

—Dentro de poco cumplo veintidós. Te conservas estupendamente —digo, y automáticamente me arrepiento—. Quiero decir que no estás mal. A ver, que tienes buen aspecto. Es decir, que tú no...

—Por favor, sácame de dudas.

—Lo que quería decir es que pareces mayor porque derrochas seguridad en ti misma.

—Me lo dicen siempre. Vaya, que soy una soberbia.

—Te conozco poco, pero no me pareces soberbia. Das la impresión de tener las ideas muy claras.

—Uy, si tú supieras...

Señalo la foto porque la conversación me resulta muy personal. Pero Nura es la clase de chica con la que todo se vuelve personal.

—Parecéis una familia muy unida.

—Lo somos. —Se queda pensativa y está a punto de decir algo, pero recupera la foto y la deja en su sitio—. Ya sabes, con sus más y sus menos, como todas las familias.

Me mira como si esperara que comentara algo al respecto. No, es algo más que eso. Me observa con un deje de recelo, como si creyera que voy a hacer algún tipo de apreciación. No sé qué espera que diga. Yo solo veo una familia numerosa y normal. Nada reseñable o fuera de lo común aparte del evidente retintín con el que se refiere a su madre, pero yo no soy el más indicado para hablar del tema porque también tengo mis rencillas con mi padre.

—¿Y qué hay de ti? —pregunta con interés.

—Ya conoces a mi hermana.

—Estáis muy unidos.

—Sí.

—Yo también estoy muy unida a mis hermanas. Sobre todo, a Aisha, quizá porque es la pequeña y tengo una necesidad irracional de protegerla.

—Los hermanos mayores y su instinto de protección enfermizo. Te comprendo perfectamente. —Me señalo los nudillos y ella asiente—. Somos como guardaespaldas.

—Yo no soy la guardaespaldas de mi hermana. Quiero que cometa errores y aprenda de ellos, y ahí estaré para ayudarla a levantarse si me necesita.

—¿Y no te da miedo que sufra?

—Me daría más miedo que caminara de puntillas por miedo a tropezar. La vida no es una carretera recta y asfaltada. Hay curvas, socavones y precipicios. De los errores se aprende más que de las victorias.

—Si puedes evitar equivocarte, ¿para qué correr el riesgo?

—Porque la vida sin riesgos es previsible, y lo previsible es aburrido.

—No estoy de acuerdo. Lo previsible es seguro.

—Ya sé que no estás de acuerdo conmigo. Somos muy diferentes —dice con naturalidad—. ¿Cómo son tus padres?

—Mi padre es el mánager de la banda. Hace todo lo posible para que lleguemos a lo más alto. Y a mi madre la vemos poco. Se marchó cuando Gabi tenía un par de meses. La maternidad no era para ella. Tenía otros sueños.

—Vaya, lo siento. ¿La has perdonado?

La pregunta me pilla desprevenido y no sé qué responder.

—No le guardo rencor, pero me gustaría entenderla.

—Es imposible entender las decisiones ajenas cuando las nuestras hubieran sido muy distintas. Creo que no tienes que entenderla. Supongo que solo te queda aceptar que no estuvo ahí como madre. Y perdonarla o no. Perdonar es un acto generoso y voluntario. Nadie te puede obligar a hacerlo.

Necesito cambiar de tema. Nunca hablo con nadie de mi madre. Ni siquiera con Clara. Gabi y yo solemos fingir que no existe hasta que reaparece por sorpresa y nos reunimos con ella como quien va a una boda por compromiso. Pero con Nura es fácil hablar de cualquier cosa. Quizá porque te escucha sin juzgar y da consejos que no espera que cumplas. Es una buena persona. Intensa y directa. Auténtica a rabiar.

—¿Por qué te peleaste con Joaquín?

—¿Eh?

—El niño del kárate. Dijiste que te expulsaron por pelearte con él.

—Ah. —Nura echa la cabeza hacia atrás y se ríe. Su risa siempre consigue levantarme el ánimo. Es una risa grave, profunda y muy femenina—. Seré breve. Me miró mal desde el primer día que puse un pie en la clase. Al principio lo dejé pasar. Lo ignoré cuando a los tres días me tiró del pelo. Le pedí que me dejara en paz cuando al quinto día me señaló y cerró el puño con gesto amenazador. Nunca he sido de las que van buscando problemas, pero tampoco los evito si me encuentran. Un día me dejó encerrada en el baño. Sabía que había sido él, así que cuando salí le grité que era un idiota. Y él respondió en voz baja y mirándome a los ojos: «No puedes practicar kárate porque estás sucia. Eres negra. Báñate hasta que te conviertas en una niña blanca». No recuerdo cómo reaccioné. Solo sé que el profesor tuvo que separarnos. Me había abalanzado sobre él y le estaba pegando como una fiera mientras Joaquín lloraba. Intenté explicarme, pero él lo negó. Dijo que me lo había inventado todo y como tampoco había testigos…

—Lo siento.

—Ya han pasado más de quince años. Lo tengo superado. —Le resta importancia—. Y mis padres me creyeron. Eso me tranquilizó, pero no me libró de la bronca de mi madre. Dijo que no podía reaccionar violentamente cuando alguien me insultara. Discrepancia de opiniones. Yo tenía otra forma de ver la vida. Si alguien te ofende, lo pones en su sitio. Así de sencillo.

—¿Fue difícil crecer siendo una niña negra en España?

Me arrepiento en cuanto la pregunta sale de mi boca, pero Nura no se molesta. Se encoge de hombros. Era sincera cuando dijo que ya lo ha superado.

—Un poco.

No quiero seguir preguntándole. No quiero que piense que el color de su piel la define para mí. Porque Nura es demasiado... Joder, no sé explicarlo. Demasiado. Sí, es demasiado. Demasiado espontánea. Demasiado libre. Demasiado especial para ignorarla, aunque sepa que no debería estar en su casa. Pero aquí estoy. Y me gusta mucho estar con ella.

Tiene el pelo recogido en dos moños, lleva un vestido ajustado de tela vaquera, ni una gota de maquillaje y dos enormes pendientes de aros. No le hace falta más para ser preciosa. Porque es diferente. Es una tía guay. Estoy convencido de que es la tía más guay que he conocido en mi vida. Y tengo miedo.

—¿Has vuelto a escribir?

Nura entierra la cabeza en un cojín de Freddy Krueger.

—Ni una palabra —responde despegando la cara del cojín y abrazándolo con fuerza—. Lo he intentado. Estoy vacía. No tengo buenas ideas. Es una sensación rara. Escribir es lo único que se me da bien. Llevo haciéndolo desde que aprendí a leer. No me costaba trabajo.

—Porque eras menos exigente y lo hacías por placer.

A ella se le iluminan los ojos.

—¡Sí! —Asiente con la cabeza—. ¡Tienes razón! Antes escribía sin ninguna pretensión. Quizá ese es el problema.

—Te puede la presión.

—Qué decepción. Pensé que era más dura.

—¿Y por qué tienes que ser dura?

—No me has entendido. Siempre que escribo lo hago para mí misma. No pienso si le gustará al público. O, al menos, nunca me preocupaba si el libro iba a ser un éxito o no. Pensé que seguía siendo la misma. Me irrita que la opinión de los lectores pueda influir en lo que quiero escribir. No soy tan insegura, o eso creía.

—Tierra llamando a Nura: las personas podemos tener momentos de inseguridad. Bajones, días malos, malas rachas... Ya sabes, lo normal. Pero los dos sabemos que vas a escribir otro libro. Es lo que te gusta y tú misma has dicho que es lo que sabes hacer.

Nura me pilla desprevenido cuando me da un abrazo. Me cuesta reaccionar cuando envuelve mi cuello y me estrecha con fuerza. Huele a vainilla. Siempre huele a vainilla. No debería sentirlo con tanta intensidad, pero mi piel se calienta al entrar en contacto con la suya. Sus pechos presionados contra mi cuerpo. Su pelo haciéndome cosquillas en la mejilla. Antes de que pueda rodearla por la cintura para corresponder el abrazo, ella ya se ha apartado. Tiene las mejillas coloradas y un brillo extraño en los ojos.

—Gracias —musita—. Es lo que necesitaba oír.

—No hay de qué. —Estoy nervioso e incómodo, pero ella no. Solo está agitada y emocionada—. Deberías ir a la playa.

—El mar no va a solucionarlo.

—Claro que sí.

—No soy de esas personas a las que les encanta la playa. Odio que la arena se me pegue a la piel o que los niños pisoteen mi toalla. La playa me estresa.

—Estás chiflada. A todo el mundo le relaja la playa.

—Yo no soy como todo el mundo.

—No me digas… —Sacudo la cabeza y digo lo primero que siento—. Un día te llevaré a la playa y cambiarás de opinión.

—Leo… —Se pone inesperadamente seria—. No prometas cosas que no puedes cumplir.

—¿Por qué?

—Porque tienes novia.

Es como si me hubiera echado un cubo de agua fría por encima. Necesito defenderme.

—No tengo prohibido tener amigas.

—No sé si quiero ser tu amiga.

Ahora es como si me hubiera abofeteado. Porque yo sí quiero ser su amigo. Necesito seguir viéndola al igual que necesito respirar, comer o salir a correr.

—No eres tan antipática como finges. Solo es un mecanismo de defensa. Te tengo calada.

Nura endereza la espalda. Creo que me he pasado. Nunca sé cuál es su límite porque es una persona que parece no tenerlos.

—¿Te he molestado?

—Estoy cansada.

Compruebo el reloj. Solo son las once y media de la noche. Es una forma bastante elegante de echarme de su casa. Tampoco puedo quejarme. Me ha abierto la puerta, ha sido amable conmigo, me ha preparado la cena y me ha escuchado sin juzgar. Ya le he robado bastante tiempo. Aunque, si por mi fuera, le robaría hasta el último segundo porque las horas se me pasan volando cuando estoy con ella.

Me levanto del sofá y ella hace lo mismo.

—Gracias por todo.

—No ha sido para tanto.

—Te necesitaba —admito con voz queda—. Y tú has estado ahí.

Nura me acompaña hasta la puerta. Nos quedamos mirándonos y tengo la impresión de que en el fondo ninguno de los dos tenemos ganas de separarnos del otro. Pero solo es una impresión. Soy incapaz de averiguar lo que hay dentro de su cabeza.

—¿Te acuerdas de dónde aparcaste el coche?

—Creo que a un par de calles atrás, pero ya no estoy tan nervioso. Lo encontraré.

—Envíame un mensaje cuando llegues a casa. —Antes de que pueda hacer alguna broma, ella se me adelanta—. Eres famoso y no estás mal. No quiero que te atraquen o te violen. Mi imaginación es demasiado truculenta y no podría dormir.

—Pero este es un barrio tranquilo, ¿no?

—Hace un par de días atracaron a una señora a plena luz del día. Fue una auténtica salvajada —me vacila—. Adiós, Rocky Balboa.

Bajo por las escaleras mientras me voy riendo. Ella ya ha cerrado la puerta. Es imposible. La chica más rara y fascinante que me he echado a la cara.

Lo primero que hago antes de bajarme del coche es cambiar el nombre con el que tenía guardada en la agenda a Nura y escribirle un mensaje. Al final el coche estaba aparcado en un callejón sin salida y he tardado más de quince minutos en dar con él. Intento ser ingenioso porque tengo la necesidad de impresionarla. Sé que es ridículo. Tengo novia y no debería preocuparme lo que una chica piense de mí, pero con Nura todo es más. «Intensidad» es la palabra perfecta que siento cuando estoy con ella.

Yo

Sano y salvo. Ya puedes dormir tranquila. 😉

Nura

Descuida, no ibas a robarme el sueño. Además, estoy leyendo antes de irme a la cama. Es una costumbre que nunca traiciono.

Yo

¿Qué estás leyendo?

Nura

Un invitado inesperado, de Shari Lapena.

Yo

Me encanta Shari Lapena, pero ese no lo he leído. Avísame si te gusta.

Nura

Buenas noches, Leo. Y no te rayes ni des demasiadas explicaciones. Es tu vida y puedes hacer lo que quieras con ella. Es un consejo de amiga.

Yo

Buenas noches, Nura. Y gracias por lo de esta noche.

No sé si voy a seguir su consejo. Por un lado, estoy tentado de hacerle caso porque así me ahorraría bastantes quebraderos de cabeza. Pero el Leo al que todos conocen y están acostumbrados no actuaría de esa forma. ¿Quiero seguir siendo ese Leo? Ese es el quid de la cuestión. No sé si quiero ser ese chico perfecto que siempre acata las normas y nunca se equivoca. Porque ser perfecto conlleva una gran responsabilidad que ya no tengo ganas de asumir.

Sé que el vídeo circula ya por internet. Mi teléfono no ha parado de vibrar. Tengo mensajes de Pol, Axel, Clara, varios amigos, los de la productora y un montón de compañeros de profesión. Debería estar agobiado, pero en realidad siento un profundo hastío.

—¡Al fin apareces! —Gabi abre la puerta antes de que meta la llave en la cerradura—. ¿Se puede saber dónde estabas y qué demonios has hecho?

—¿Qué eres, mi madre?

Gabi se queda perpleja cuando paso por su lado y voy directo a la cocina para coger una cerveza. Me sigue con los ojos entrecerrados y los brazos en jarra. No la culpo. Mi reacción la ha pillado desprevenida.

—¿Por qué te has peleado con Paco? —exige saber—. Hasta papá se ha quedado flipado. Se ha ido a ver a Carmen para despejarse. Mi móvil está ardiendo y no sé qué decirle a la gente. ¡Leo! ¿Me estás escuchando?

—No les digas nada.

—Pero... —Gabi frunce el ceño y se interpone en mi camino antes de que pueda rodear la barra americana—. Quiero saber por qué le has pegado un puñetazo a Paco. La verdad. ¿Ha sido por mi culpa? El vídeo es de malísima calidad y no se escucha nada, pero se os reconoce perfectamente.

Ante mi silencio, Gabi estalla.

—¿Qué coño me estás ocultando? ¿Le has pegado a Paco porque no quiere volver a verme? A mí me encantaría retomar la relación con su familia, pero si les ha podido la presión de la prensa... supongo que no puedo culparlos. —Ante mi expresión tensa, Gabi enarca una ceja—. ¿O hay algo más? Leo, quiero que me digas la verdad. Si he tenido algo que ver con la pelea, me gustaría...

—Estoy cansado —la interrumpo con brusquedad—. El mundo no gira a tu alrededor. Me he peleado con Paco por algo que no tiene que ver contigo. No te des tanta importancia.

Gabi se echa a un lado cuando la miro con dureza.

—¡Eh! —Me sigue a mi habitación—. ¿Qué te pasa? Tú no eres así.

—¿Así como? —Me coloco delante de la puerta para demostrarle que no quiero tener compañía.

—Así de impulsivo.

—A lo mejor sí.

Cierro la puerta y lo último que veo es la expresión de sorpresa de mi hermana. Para mi alivio, no llama a la puerta ni la abre. Lo ha pillado. Quiero que me deje en paz. Quiero que todos me dejen en paz.

Me despierto a las cuatro de la mañana por culpa de una discusión que va subiendo de tono. Reconozco las voces de mi padre y mi hermana. Están hablando de mí. Es imposible no escucharlos a pesar de que no me interesa lo más mínimo. Mi padre dice que va a hablar seriamente conmigo. Mi hermana le advierte que no es el momento. Mi padre responde que no sabe qué mosca me ha picado. Mi hermana termina diciendo que en nuestra familia no hay nadie normal: «¿Por qué Leo iba a ser una excepción?». Mi padre está sulfurado, se le nota en la voz, y dice que se va a la cama porque está deseando que termine el día. «Ahora resulta que mis dos hijos son expertos en darme quebraderos de cabeza», sentencia antes de encerrarse en su habitación.

A la mañana siguiente sé que no puedo seguir ignorando las consecuencias de mis actos. Enciendo el móvil. Anoche lo apagué antes de acostarme porque el sonido me estaba volviendo loco. Primero abro el mensaje de Axel, ya que tengo la impresión de que será el más sorprendido y benévolo. Echar la bronca no es su estilo.

Axel

¿Estás bien?

Ese es mi mejor amigo. El mismo que se preocupa por mí y no por lo que los demás piensen de mí. Me tocó la lotería cuando lo conocí.

Yo

Irritado por haber perdido los nervios,
pero aliviado en el fondo.

Axel

Sé que tuviste un buen motivo para hacer lo que hiciste. Tú nunca te peleas con nadie. ¿Ha sido por Gabi?

Yo

Sí, pero no se lo digas a ella. Le partiría el corazón.

Axel

Tranquilo, quedará entre nosotros. ¿Cómo vas a manejar la situación? ¿Quieres escribir algún comunicado?

Yo

No.

Axel

¿Estás seguro?

Yo

Sí.

Axel

No te reconozco, pero respeto tu punto de vista.
Si cambias de opinión, cuenta conmigo. Y, si no,
que les den. Dentro de unas semanas ya no se acordarán
del tema. ¿Tenemos que preocuparnos de que ese tipo
te demande?

No lo había pensado. Contemplo la posibilidad, pero estoy casi convencido de que Paco no va a emprender acciones legales contra mí. Entonces tendría que admitir en un juicio lo que dijo de mi hermana. Lo asqueroso y depravado que es. Su mujer jamás volvería a mirarlo a la cara. Él tiene más que perder que yo; y, si me llevara a juicio, pagaría con gusto la multa. Ha sido un placer partirle la nariz por haber insultado a mi hermana.

Yo

No tenemos que preocuparnos.

Axel

De acuerdo. Llámame si me necesitas. Estoy en Guipúzcoa, pero pillo un vuelo y estoy allí en un par de horas. Te quiero, tío.

Yo

Saluda a tus abuelos de mi parte.

Axel

Mi amona dice que vengas cuando quieras. Te hará marmitako. Sabe que te encanta.

Yo

Tu amona es la hostia.

Después de hablar con Axel, le toca el turno a Pol. De él me puedo esperar cualquier cosa. Es un cínico y un bromista. Casi nunca se toma la vida en serio, pero es un buen amigo y sé que estará preocupado por mí. Aunque tenga una forma muy peculiar de demostrar su afecto.

Pol

Tío, ¿eres el del vídeo?
Lo acabo de ver seis veces. Sí, eres el del vídeo.
¡Menudo derechazo! Ja, ja, ja.
Ahora en serio, ¿qué ha pasado? Es una pregunta estúpida. Sé lo que ha pasado. Has defendido a tu hermana. Ole tus huevos. Que hablen lo que quieran. Has hecho lo que tenías que hacer. Que se vaya a tomar por culo. Estoy en Barcelona, pero, si estuviera en Sevilla, te invitaba a tomar unas cañas y te diría que no te rayes.

Yo

No le cuentes nada a Gabi. Le he dicho que no tenía nada que ver con ella.

Pol

Soy un bocazas, pero hasta ahí llego. Además, aunque nos llevemos mal, sabes que por tu hermana soy capaz de arrancarle la cabeza a cualquiera que la mire mal.

Tranquilo, soy una tumba. Suerte con Clara. Estará flipando.
No me gustaría estar en tu pellejo.

Mierda. ¡Clara! Casi me había olvidado de ella. Tengo varios wasaps y seis llamadas perdidas. Estará que trina. Respiro profundamente antes de leer sus mensajes. Me temo lo peor.

Clara
Leo, por Dios, ¿qué has hecho? ¡El vídeo está en todas partes! Ya sé que quieres a tu hermana, pero pelearte en público no tiene justificación. Tú no eres así. Mi novio no es una persona violenta.
Te estoy llamando. Cógeme el teléfono.
CÓGEME EL PUTO TELÉFONO.
De acuerdo, llámame cuando madures.
Y, para que te quede claro, no solo estoy enfadada contigo, también estoy muy preocupada y asustada. He llamado a tu padre, a tu hermana..., y nadie tiene ni idea de dónde estás. Supongo que no me coges el teléfono porque crees que voy a echarte la bronca, pero yo solo quiero saber que estás bien. Soy tu novia...

Me siento como una basura después de leer sus mensajes. Clara no se merece que la ignore. Debería haberla llamado antes de que el vídeo viera la luz. Explicarle lo que había sucedido y prepararla para lo que estaba por venir, pero fui un cobarde. Sabía que pondría el grito en el cielo. No estaba preparado para lidiar con una persona que no iba a entenderme. Aunque esa persona sea mi novia.

Sé que debo llamarla. No se merece un simple wasap. Ya me he portado bastante mal con ella. Sigo indignado por lo que dijo de Gabi, pero eso no me resta ni un ápice de culpa. Mientras ella estaba preocupada por mí, yo estaba en casa de una chica por la que me siento muy atraído viendo *Harry Potter y la piedra filosofal.* No tengo justificación.

—Hola —digo avergonzado en cuanto descuelga el teléfono.

—Leo, ¡menos mal! —Su alivio solo hace que me sienta más culpable—. Anoche Gabi me avisó de que habías llegado a casa. Pensé en ir a verte, pero me advirtió que no estabas de humor. ¿Qué tal estás?

—Bien.

—Cómo vas a estar bien… —dice apenada—. Conmigo no hace falta que finjas.

—Vale, no estoy bien. Siento que te hayas enterado por Twitter. Debería haberte avisado antes.

—Habría sido un detalle por tu parte, sí. —Noto su decepción—. Pero eso ya da igual. Puedo ir a tu casa y ayudarte a escribir un comunicado para redes sociales. También deberías llamar a Paco para pedirle disculpas.

—No voy a escribir un comunicado y mucho menos voy a llamar a Paco —respondo con determinación.

Se hace un tenso silencio y lo único que escucho es la respiración agitada de Clara al otro lado de la línea. Hasta que estalla.

—No estás hablando en serio.

—No insistas, por favor. Ya he tomado una decisión.

—Te estás dejando llevar por la rabia. Tómate un par de días para pensar y lo verás todo con perspectiva. —Ante mi silencio, añade con tono categórico—: Tú no eres así.

—No voy a disculparme por algo que no siento ni voy a escribir un comunicado para quedar bien con un puñado de personas a las que en el fondo les importo una mierda. Que piensen lo que quieran. Me trae sin cuidado.

—No te reconozco.

—Solo necesito que me apoyes en esto —le pido desesperado—. Sé que no he estado a la altura contigo.

—¡No me digas! Mira, Leo, estoy cansada de luchar por lo nuestro. De repente, no sé quién eres. Me gustaba que fueras la clase de hombre del que nunca me sentiría avergonzada. Y ahora ni siquiera sé qué decir a mis padres. ¿Qué se supone que tengo que contarles? ¿Qué tuviste un mal día y en el fondo estás muy arrepentido? Quiero que lo reconsideres.

—No puedo —respondo con sinceridad—. Y no quiero.

—Dios... —Sé que Clara está al borde de las lágrimas, pero no puedo ser otra persona para hacerla sentir mejor—. ¿Qué nos está pasando?

Tengo un nudo en la garganta. Ojalá tuviera la respuesta correcta, pero no sé qué decirle. En el fondo, la pregunta no es «¿Qué nos está pasando?», sino «¿Qué me está pasando?». Porque ya no soy el mismo hombre del que se enamoró.

—Leo...

—Lo siento.

—¡No me digas que lo sientes! —exclama, y rompe a llorar—. Dime que me quieres. Dime que soy la mujer de tu vida. Dime que el futuro que nos prometimos no se va a truncar porque de repente no sabes lo que quieres. Porque yo estoy segura de que eres el hombre de mi vida. Quiero vivir contigo y formar una familia. Lo sabes.

—Lo sé.

—¿Y tú qué quieres?

—Te quiero.

—No sé si lo dices en serio.

—Te quiero —repito, pero me lo estoy diciendo a mí.

Quiero a Clara. Quiero lo que tenemos. Pero el amor no debería costar y yo hago un gran esfuerzo cuando le repito una y otra vez que estoy enamorado de ella.

Revista *¡Aquí Hay Tema!*

La redactora de esta noticia casi se cae de espaldas cuando ha visto el vídeo que está revolucionando las redes sociales. «Un segundo... ¿Ese es Leo Luna?». El mismísimo guitarrista de Yūgen, la banda del momento, y hermano mayor de la siempre polémica Gabi Luna. Pero, en esta ocasión, Leo ha decidido adelantar a su hermana por la derecha, ¡y de qué manera!

¿Sabéis quién es el hombre al que Leo derriba de un puñetazo? ¡El mismo con el que Gabi fue cazada en actitud cariñosa en el reservado de una discoteca! Fuentes de su entorno comentan que el desconocido es en realidad un amigo íntimo de la familia Luna. Está casado y es el profesor de canto de Gabi. ¿O le enseñaba otras cosas? No queremos ser mal pensados, pero quizá la pelea tuvo algo que ver con lo sucedido en el reservado...

Hemos hablado con la joven que grabó el vídeo. Según ella, Leo estaba muy alterado y se comportó de forma agresiva. Os ofrecemos un fragmento de su testimonio: «Estaban discutiendo y entonces Leo le pegó un puñetazo. El dueño lo echó del local. Antes de irse, Leo me gritó de malas maneras que me metiera el móvil por donde me cupiera. Me he llevado un chasco. Pensé que era un hombre cercano y simpático. Ha perdido una fan».

Cielo, no eres la única que se ha llevado una desagradable sorpresa con Leo. Todos lo teníamos por la voz de la razón. Un joven humilde y educado que siempre tenía palabras amables para la prensa. Pero Leo no ha querido responder a las preguntas de los periodistas que lo esperaban en la entrada de su urbanización. Así no, Leo. Quizá Gabi no es la oveja negra de la familia. Puede que haya aprendido de su hermano. Ya sabéis lo que dicen: de tal palo, tal astilla.

El guitarrista y compositor no ha hecho declaraciones al respecto. Muchos de sus fans están desencantados con la actitud del artista. «Se me ha caído un mito», «Leo Luna es igual de chabacano que su hermana», «A todos los famosos se les sube la fama a la cabeza» son algunos comentarios en Twitter. Para otros, sin embargo, lo sucedido no pone en tela de juicio el talento de Luna. La polémica está servida. ¿Y vosotros qué pensáis? ¿Es Leo Luna un lobo con piel de cordero?

11
Nura

Sigo sin poder escribir, así que ocupo mi tiempo saliendo a correr, quedando con Paula y Jorge y leyendo un libro tras otro. No he vuelto a hablar con Leo. Me muero de ganas, no voy a mentir, pero hay un par de cosas que me frenan: tiene novia y estoy acostumbrada a que los tíos vayan detrás de mí. Lo sé, suena a egocéntrica de mucho cuidado.

¿Soy egocéntrica? Tal vez, aunque en realidad lo achaco a la inseguridad que me genera todo lo relacionado con él. No es solo atracción física. Sé que él también se siente atraído por mí. No soy idiota. Tenemos química. Esa clase de conexión inesperada y mágica que no se puede entrenar. Pero está pillado, y yo no soy el segundo plato de nadie. Fin de la historia.

Ojalá fuera tan fácil. En el fondo, me muero de ganas de escribirle un wasap. Sé que lo estará pasando fatal. Me gustaría preguntarle qué tal está. Saber de él. Mensajearnos hasta las tantas de la madrugada y sonreír antes de irme a la cama porque me gusta hablar con él. La gente se equivoca. Todo el mundo piensa que el sexo es peligroso, pero resulta inofensivo comparado con las palabras. Las palabras son peligrosas. Las palabras te conectan a otra persona, algo que trasciende cualquier clase de atracción física y pasajera. El sexo, comparado con una conversación distendida en la que las palabras fluyen sin esfuerzo, no tiene ni punto de comparación.

Estoy regresando de mi carrera matutina cuando recibo una llamada de Dan, mi hermana mediana. Dan tiene treinta años y está embarazada de seis meses. Dan es una mujer increíble. Trabaja como forense en la policía criminalística. Mi madre puso el grito en el cielo cuando descubrió que iba a encargarse de los muertos en vez de cuidar de los vivos. Pero ella estudió Medicina, es una forense muy respetada y acaba de recibir un ascenso. El embarazo terminó de aplacar a mi madre. Además, mi hermana es la clase de persona centrada y razonable que nunca eleva la voz. Es decir, la hija de la que mi madre se siente orgullosa.

—¡Hola! —exclamo jadeando.

—Ay, Dios, ¿no estarás…?

—¡No! —Me río y me apoyo en un banco para estirar los cuádriceps—. Estaba corriendo.

—¿Estabas corriendo o te estabas corriendo?

Dan también tiene un gran sentido del humor que jamás muestra delante de nuestros padres. Recibimos una educación católica que la convirtió en una chiquilla pudorosa y tímida. No se liberó hasta que cumplió los veintiocho, se independizó y conoció a Jack, su primer y único novio. Es un afroamericano que trabaja como inversor en bolsa y se mudó a Sevilla porque se enamoró perdidamente de ella.

—Ojalá me estuviera corriendo.

—¿Por qué siempre tienes que ser tan cochina? —Finge poner el grito en el cielo, pero sé que mis chistes verdes le hacen gracia.

—¿Pretendes que me crea que te preñó el Espíritu Santo? Seguro que Jack y tú probasteis todas las posturas del *Kama-sutra* antes de…

—¡Para! Me estoy poniendo colorada por tu culpa y tengo una reunión dentro de diez minutos. No quiero que piensen que estoy deseando cogerme la baja. Pienso trabajar hasta que no pueda con mi cuerpo.

A Dan le apasiona su trabajo. De hecho, me fue de gran utilidad para escribir *El campamento.* Nada como tener una hermana forense que te resuelva todas las dudas siniestras que te surgen durante el proceso creativo. Todavía nos reímos al recordar la cara que puso cuando le pregunté cuánto tiempo tardaría en morir desangrado un varón de metro ochenta y dos al que le arrancaran un brazo de cuajo. Dan me miró con cara de susto y dijo: «¿Tengo que preocuparme o es para una de tus historias?». Respiró aliviada cuando le contesté que estaba escribiendo un libro. Después me explicó el proceso con todo lujo de detalles mientras mi madre nos miraba horrorizada y comentaba entre dientes: «Si vas a ser escritora, al menos podrías decantarte por la novela histórica o la romántica. La gente pensará que estás mal de la cabeza».

—¿Tu ginecólogo está de acuerdo? —pregunto preocupada. Las mujeres de mi familia somos exigentes. Una herencia materna de la que no me siento del todo orgullosa porque las personas exigentes son menos felices. ¿Quieres un ejemplo? Homer Simpson. Un tonto feliz.

—Nura, yo también soy médico. Y tu padre, y tu hermana mayor, y mamá...

—¡Ya, ya lo sé! Todos sois médicos menos la rarita de la familia.

—No eres rara, eres especial.

—Es lo mismo.

—Suena mejor. Bueno, no nos vayamos por las ramas. Te llamaba para que me acompañes a comprar el carrito del bebé. Ya va siendo hora de que empiece con las compras. Dijiste que me lo ibas a regalar, pero quiero que sepas que no pienso aprovecharme de ti. Buscaré algo económico y seguro para el bebé.

—No soy una tacaña. Quiero que compres el carrito que más te guste.

—Eres demasiado generosa. ¿Te viene bien esta tarde o estás ocupada escribiendo? Sé que los escritores tenéis vuestras rutinas y momentos de inspiración y no quiero interferir en tu trabajo.

—¡Esta tarde me viene perfecto!

Cualquier excusa es buena para no sentarme delante del ordenador y comprobar que soy una inútil.

—¡Genial! Así podremos hablar de tus dudas. Echo de menos que me preguntes con qué herramienta se puede seccionar una pierna y hacer un corte limpio. Eres de las pocas personas con las que puedo hablar de mi trabajo. Papá se pone a temblar, Aisha es demasiado joven y mamá dice que es repulsivo.

—Ya sabes cómo es mamá…

—Sé que no has escrito ni una palabra —dice con tacto.

—Uf, en esta familia no hay secretos.

—Esperaba que me lo contaras. Hablaremos de ello esta tarde, ¿vale?

—Vale —respondo con la boca pequeña.

No quiero hablar de mis problemas profesionales. Lo único que quiero es olvidarme de ellos. Qué fácil sería guardar los problemas en una caja, cavar un hoyo y ponerlos bajo tierra. Por desgracia, la mierda siempre termina saliendo a la superficie.

Quedar con Dan siempre me pone de buen humor. Es la hermana comprensiva y dispuesta a echar un cable. Amina es demasiado perfecta y parecida a mi madre, y Aisha es muy joven; pero con Dan siento que puedo ser yo misma sin miedo a cagarla.

—¿Ya sabéis qué nombre le vais a poner?

—Si es niño, estamos entre Pablo y Carlos. Si es niña, nos gustan Elsa y Alicia.

—¡Pablo no! —exclamo indignada.

Dan observa embelesada un mono de fresas estampadas con la frase «I love mom» bordada en el pecho. Yo quiero regalarle el que tiene la cara de Chuck Norris guiñando un ojo y dice: «Este niño es duro de pelar», pero sé que jamás se lo pondría al bebé.

—Ya eres mayorcita para tenerle tanta inquina a tu primo.

—Es un idiota.

Y machista, racista, homófobo y un escritor frustrado, pero me callo porque sé que obtendría un sermón sobre poner la otra mejilla, aceptar a los demás con sus defectos y todo ese rollo. No soporto a mi primo, y todos lo defienden porque es hijo único y perdió a su padre cuando era un niño. Pero ser huérfano de padre no le da derecho a tratar mal a los demás.

—Pórtate bien en la comida. —Se refiere al almuerzo del domingo al que asistirán mi tía y mi primo. Es el cumpleaños de mi tía y la quiero demasiado para faltar. Dan me mira con ternura y añade—: Por favor.

—Lo intentaré.

—Eres buena chica. —Dan me pellizca la mejilla como solía hacer cuando era una niña—. Voy a probarme estos pantalones premamá y luego vamos al sitio que hay en la esquina.

Se refiere a la tienda de liquidación en la que todos los artículos están al 50 por ciento. En cuanto entra en el probador, voy directa a la caja y le guiño un ojo al dependiente. Quiero darle una sorpresa a Dan. Se le ha iluminado la cara cuando ha visto un carro de capota en color crema y azul marino. Luego ha comprobado el precio en la etiqueta y se ha ruborizado. Le he preguntado si le gustaba y ella ha respondido que prefería mirar en otra tienda. Es demasiado modesta para pedirme que se lo compre, y yo la quiero demasiado para no regalárselo a mi futuro sobrino o sobrina. Me encantaría saber el sexo del bebé, pero Dan y Jack quieren que sea una sorpresa.

—¡Nura! —Mi hermana se lleva las manos a la cabeza cuando sale de la tienda y me encuentra metiendo el carro en el maletero del coche—. ¡Te has pasado!

—Ni se te ocurra decir que es demasiado. Los regalos no se devuelven.

Mi hermana intenta darme un abrazo, pero la abultada barriga se lo impide. Al final me rodea los hombros con un brazo y me da un beso en la mejilla.

—Te noto rara. ¿Es por el libro?

—Sí.

Dan se aparta y me mira sin pestañear. No me gusta cómo me mira.

—¿No estarás enamorada?

—¡Qué dices!

—Hoy estás más callada de lo normal.

—Estoy pensativa porque necesito que se me ocurra una buena idea. Eso es todo. ¿De quién me iba a enamorar?

—De un chico estupendo —responde sin dudar—. Un chico de buen corazón y que te quiera con locura.

—Ni se te ocurra mencionar a Jorge.

—¿Jorge? —Mi hermana me mira como si hubiera perdido la cabeza—. Jorge tiene buen corazón y te quiere, pero el amor solo merece la pena si es correspondido. Eres demasiado intensa para conformarte con algo que no te llena. Tú te vas a enamorar hasta caer rendida.

—Si tú lo dices…

—Querida hermanita, no haces las cosas a medias. Cuando escribes, lo entregas todo. Por eso todavía no has empezado tu nuevo libro. Cuando alguien te cae mal, le haces la cruz. Y, cuando quieres, lo haces con todo tu corazón. Por eso sé que el día que te enamores te va a cambiar la vida.

Estoy irritada cuando llego a mi piso. Me encanta estar con Dan, pero no puedo parar de darle vueltas a nuestra conversación. Paula me dijo que soy demasiado exigente y ahora mi hermana me suelta que voy a enamorarme de un chico de buen corazón que me querrá con locura. ¡Y que soy demasiado intensa para conformarme con algo que no me llena y por eso caeré rendida!

¡Lo que hay que oír! Yo no quiero caer rendida a los pies de nadie. Me gustaría enamorarme, sí, pero no en plan tragedia romántica a lo *Romeo y Julieta* o *Cumbres Borrascosas.* Yo quiero reírme hasta que me duela la barriga y llegar a casa con hambre y que mi novio me haya preparado lasaña para cenar. Tampoco pido tanto.

Se acabó. Necesito echar un polvo. Estoy estresada y leí en alguna parte que el sexo ayuda a liberar tensiones. Voy directa al perfil de un chico de Tinder al que le tenía echado el ojo. Hicimos *match*, pero lo dejé estar porque no me apetecía conocer a nadie. Se llama Álex, tiene los ojos verdes y cara de morboso. Le pregunto si le apetece que nos veamos en persona. Sé que va a decir que sí. Siempre dicen que sí. No es porque yo sea irresistible, no soy tan creída, sino porque ningún hombre soltero que haya conocido y esté en una aplicación para ligar desaprovecha la oportunidad de echar un polvo. Estoy preparando la cena cuando Álex responde que está disponible mañana por la noche. Entonces recibo un mensaje de Leo y mi corazón se salta un latido.

Leo.

Ay, Leo.

¿Qué voy a hacer contigo?

Leo

Lo he visto y he pensado en ti.

Es una tira de cómic de un gato asomado a la ventana con aspecto melancólico que dice: «¡Estoy tan solo! ¿Estoy condenado a vivir aislado? ¿Algún día se acabará esta soledad?». En la siguiente viñeta su dueño se acerca y lo acaricia. El gato se vuelve y grita: «¡Que no me toques, coño!».

Yo

¿En mí? Todos saben que soy un amor. La próxima vez que te presentes en mi casa sin avisar, no pienso cocinarte mi sándwich de beicon y queso. Ni mucho menos permitir que te sientes en mi sofá y veas Harry Potter.

Por cierto, Asur te manda recuerdos.

Le hago una foto a Asur, que está roncando panza arriba en el sofá. En ese instante se despierta y me fulmina con la mirada. Parece que lo ha hecho a propósito para salir con cara de mala leche.

Leo

¿A quién habrá salido el gato?

Yo

Soy una dueña orgullosa. No me ofendes.

Leo

Ni lo pretendo. No quiero que me asesines en uno de tus libros. 😅

Yo

¿Por qué me escribes?

Leo

Tú no te andas por las ramas...

Yo

Sabes que no.

Leo

Echaba de menos hablar contigo.

Yo

Se me van a caer las bragas. Guau, casi me desmayo de la emoción. ¿Sabes que no necesitas la excusa de un meme para enviarme un mensaje?

Leo me llama por teléfono. Me parto de risa, ya se ha picado. Dejo que suene durante unos segundos, aunque solo me estoy haciendo la chula. Yo también he echado de menos hablar con él y ha sido toda una sorpresa que me enviara ese meme. Una sorpresa muy muy agradable.

—Un cactus es más simpático que tú —dice en cuanto descuelgo—. A ver, lista, ¿cómo debería haber iniciado la conversación?

—Con un «hola» habría bastado. Pero me ha gustado el meme.

—¿Y entonces por qué te quejas?

—Porque, si no te tomara el pelo, no sería yo. ¿Cómo lo llevas?

—De maravilla —responde con ironía—. Los periodistas hacen acampada en la entrada de mi urbanización y llevo varios días sin salir a correr. La gente me da consejos que no he pedido, los de la discográfica me han enviado un email muy formal a modo de advertencia y tengo ganas de mandar a la mierda a todo el que se cruza en mi camino. Por lo demás, bien. Resulta que el mundo no se ha acabado. Tenías razón.

—¿Qué tal está tu hermana?

—Te hice caso. No le he contado la verdad. Sospecha algo, pero lo ha dejado estar porque estoy de mal humor y no está acostumbrada.

—Se me da fatal animar a la gente. No sé qué decir… ¿Podría ser peor?

—Podría.

—Si te sirve de consuelo, yo tampoco he tenido un buen día. Sigo sin escribir.

—No me sirve de consuelo. Me alegraría que hubieras empezado tu libro. Sería una buena noticia.

—Entonces dejemos nuestros problemas aparcados y charlemos de otra cosa.

—¿De qué quieres hablar?

—A ver… —Pienso en algo con lo que distraernos—. Dime tus tres películas favoritas. Las primeras que te vengan a la cabeza. No vale pensar. ¡Rápido!

—Joder, qué presión. —Leo se queda callado un par de segundos antes de responder—: *La vida es bella*, *Mejor imposible* y *El padrino*.

—Un momento… *¿La vida es bella?*

—Sí, ¿qué pasa?

—El otro día la quitaste.

—Porque tú me lo pediste.

—¡Qué tío con más poca personalidad!

—Será posible… —replica entre indignado y divertido—. Intentaba ser educado porque estaba en tu casa. En serio, lo tuyo es muy fuerte. Te toca.

—*El patriota*, *La milla verde* y *El paciente inglés* —respondo sin dudar.

—Qué raro —dice con ironía—. Escribes terror y te gustan las películas en las que muere gente. Eres la maldad en persona. ¿Lo sabías?

—No quería desperdiciar mi talento.

Nos reímos.

—Te voy a contar un secreto, pero te mataré si se lo cuentas a alguien —le advierto.

—Puedes confiar en mí. No quiero correr el riesgo.

—No quería ver *La vida es bella* porque siempre lloro con esa película. Los dramones prefiero vivirlos en solitario.

—¿Te da vergüenza que te vean llorar? —pregunta intrigado.

—Sí.

—¿Por?

—No sé, porque sí. Cambiemos de tema.

—Me toca elegir la pregunta —dice emocionado. Se nota que se lo está pasando bien con nuestra charla sin sentido. Yo también la estoy disfrutando—. Tus tres películas favoritas de Disney. Necesito saber si nuestra amistad tiene futuro.

—Ya te dije que no quiero ser tu amiga.

—Embustera —me suelta con atrevimiento—. ¿Y entonces por qué me coges el teléfono?

Tiene razón. No tengo ninguna excusa, así que decido ignorar su segunda pregunta.

—*Mulán*, *Brave* y *Enredados*.

—Y luego el previsible soy yo.

—¿Disculpa?

—Te van las princesas guerreras. Era de esperar teniendo en cuenta que vas sobrada de mala leche. Aunque lo de *Enredados* me ha dejado un poco descolocado. *Frozen* es mejor.

—*Frozen* es un truño y está sobrevalorada. *Enredados* o *Vaiana* le dan tres mil vueltas, pero son menos conocidas.

—Porque tú lo digas.

—A ver, crítico de cine, ¿cuáles son las tuyas?

—*El rey león*, *Aladdín* y *Tarzán*.

—Qué clásico eres. —Suelto una risilla—. Diría que me sorprendes, pero estaría mintiendo. Eres más antiguo que la Biblia.

—Ya no se hacen películas como las de antes. Sabes que tengo razón. A los grandes clásicos de Disney no les hacían falta tantos efectos especiales —dice con tono nostálgico—. Si todos los libros del mundo fueran a arder en una hoguera y solo pudieras salvar uno, ¿cuál sería?

—¿Solo uno? ¡No es justo! No puedo…

—Yo lo tengo clarísimo.

—Porque no amas los libros tanto como yo.

—Ya, tú fuiste la que inventó el alfabeto —se burla—. Yo salvaría *Matar a un ruiseñor.*

—Es una buena elección.

—¿Y tú? —pregunta con curiosidad, y luego añade con sorna—: No vale elegir Harry Potter. Son siete.

—No iba a decir Harry Potter. Creo que… —Frunzo el ceño porque es una decisión muy complicada. Al final elijo un libro que releo todos los años—. *Orgullo y prejuicio.*

—Vaya…

Está sorprendido y me gustaría saber por qué.

—¿Qué problema tienes con *Orgullo y prejuicio?*

—Es una novela romántica.

—Ni se te ocurra infravalorar el género romántico. No soporto a los esnobs literarios.

—No sé lo que es un esnob literario ni tengo nada en contra de la novela romántica. Pensé que serías más del rollo de Paul Auster o Virginia Woolf. Ya sabes, la clase de autores que todo el mundo encumbra.

—Jane Austen fue una gran autora.

—Y «orgullo» y «prejuicio» son dos palabras que te definen.

—Voy a colgar.

—Ahí tienes el orgullo.

—Eres tonto.

—Y ahí van tus prejuicios.

Me muerdo el labio. ¡Será posible! Acabo de caer en su trampa. Yo, la que siempre tiene una réplica perfecta para cualquier debate.

—Soy un poco orgullosa —admito de mala gana—. Es uno de mis peores defectos. Pero no soy una persona prejuiciosa. De eso nada.

—¿Y el día que nos conocimos? —me recuerda con tonillo acusador.

—Estaba irritada porque fui de acompañante a un concierto que no me interesaba. Eso no cuenta. A todos se nos va la boca. Además, si fuera prejuiciosa, el otro día no te habría abierto la puerta de mi casa.

—Tienes razón. Pero también creo que me dejaste entrar porque tenías ganas de verme. Te gusta estar conmigo.

—Eres tú el que me ha llamado. —Me hago la digna.

—Porque echaba de menos hablar contigo. Ya te lo he dicho.

—¿Debería sentirme halagada?

—Eres demasiado orgullosa para sentirte halagada por haber despertado mi interés. ¿De qué color es tu habitación?

Me quedo callada y sopeso sus palabras. Acaba de admitir que he despertado su interés. En cierto modo debería sentirme halagada, pero en realidad siento que estoy haciendo algo malo. No, no es exactamente eso. Más bien es como si estuviera caminando de puntillas por una cuerda a varios metros del suelo. Sé que corro el riesgo de tropezar y caer al abismo, pero la tentación de llegar al otro extremo es demasiado grande para ignorarla.

—¿A ti qué te importa de qué color es mi habitación?

—Curiosidad.

—¿De qué color es la tuya?

—Blanca.

—¡Lo sabía! —exclamo triunfal—. Todo nórdico, impersonal y ordenado. Menudo rollo. A mi madre le encantaría.

—Mi padre contrató a un diseñador. El blanco transmite paz.

—El blanco es aburrido. Mi habitación es de color...

—Rojo.

—¿Cómo lo has sabido? —pregunto impresionada.

—Intuición. El rojo es el color de las emociones. Transmite pasión, energía y calor. Te pega.

—No sé si eso es bueno. Es el color de las emociones intensas. Del todo o nada. Corres peligro conmigo. Quizá deberías colgar. Tú eres demasiado cauto para relacionarte con alguien tan temperamental como yo.

—Mientras no me mates en uno de tus libros...

—Ni siquiera te darías cuenta. A mi primo Pablo ni se le ha pasado por la cabeza que Sebas esté inspirado en él. ¡Mierda! —Me tapo la boca con la mano izquierda. Se me ha escapado.

Leo se ríe. Me tumbo bocarriba en el sofá. No me lo puedo creer. Era mi gran secreto. Siempre he pensado que mi madre sospecha, pero no hemos hablado del tema. Cuando se leyó mi libro, esbozó una media sonrisa enigmática y dijo: «Sebas me recuerda a alguien», pero lo dejó estar. Fue la primera vez que sentí que mi madre y yo compartíamos una broma.

—Conque tu primo Pablo…

—Ni se te ocurra contarlo por ahí —le pido agobiada—. Es un secreto. Se pondría hecho una furia si se entera. Sería su oportunidad para hacerse la víctima delante de toda mi familia. Me la tiene jurada.

—¿Tan horrible es?

—Sebas a su lado es un santo. Mi primo es inmaduro, egoísta, envidioso y mezquino.

Me he quedado tela de a gusto.

—¿Y qué opina tu familia?

—Todos hacen la vista gorda porque Pablo es huérfano de padre. El marido de mi tía murió de servicio cuando él tenía tres años. Fue algo terrible. Era policía e iba de paisano cuando dos menores de edad entraron a atracar en un supermercado. Logró salvar la vida de la cajera, a la que habían apuntado con una pistola, pero le pegaron un tiro en el pecho y murió desangrado antes de que llegara la ambulancia.

—Joder, menuda tragedia.

—Le dediqué mi libro. Dicen que fue un gran hombre. Me acuerdo muy poco de él, pero mi tía Carmen no lo ha superado y soy la hija que siempre le habría gustado tener. Es lo que dice. Quería tener otro hijo y le habría encantado que fuera niña. Pablo no me soporta y esa es una de sus múltiples razones.

—Te tiene un poco de pelusilla.

—Eso creo. Quiere ser escritor y se cabreó cuando gané el premio. Un par de meses después, me enteré de que él también se había presentado. Como quiero mucho a mi tía, le pedí a Pablo que me diera una copia de su manuscrito para hacérsela llegar a mi editor por si pudiera estar interesado en publicarlo o por si podía darle algún consejo que lo ayudara a mejorar como escritor. Pablo accedió de mala gana y tres meses después dejó de hablarme. En el fondo, es un alivio porque nunca lo he tragado, pero creo que me echa la culpa de no haber triunfado.

—Eso no tiene ningún sentido.

—¡Lo sé! —exclamo indignada—. Pero es hijo único y perdió a su padre. Se lo consienten todo. Yo siempre soy la mala de la película.

—Nura, te lo digo como amigo —dice con suavidad—. Sé que tienes razón, pero eres demasiado directa. Puede que las formas te hagan perder la razón.

—No voy a negar que soy muy impulsiva. La última vez que nos peleamos, lo llamé «frustrado sin talento». Se me va la boca cuando me cabreo. No lo puedo evitar.

—Tampoco es para tanto. Me esperaba algo peor.

—También le dije que se engominaba el pelo como si lo hubiera lamido una vaca y que a su lado Belén Esteban era la Cervantes de nuestra época.

—¡Nura! —Le entra la risa—. Y te extraña que tu familia se ponga de su parte...

—Pobre tía Carmen. Le encantaría que nos llevásemos bien, pero la hipocresía no está hecha para mí. Si no trago a alguien, se me nota en la cara. Además, él siempre me provoca primero. Te lo juro.

—Te busca porque sabe que vas a responderle. Con lo lista que eres, ¿por qué entras al trapo?

—No puedo evitarlo. Además, no quiero seguir hablando del lerdo de mi primo. ¿Has escrito alguna canción?

—Un par de estrofas sueltas.

—¿Me las cantas?

—Lo mío no es cantar.

—Pues dilas.

—No.

—¡Venga ya! —No me puedo creer que sea tan misterioso—. Yo no tendría ningún problema en enseñarte un par de capítulos de mi próximo libro, pero ya sabes que no he escrito nada. ¿Por qué no me las recitas? Un trocito.

—No quiero.

—No sabía que fueras tan posesivo con tus creaciones.

—Lo soy.

Tengo la impresión de que no está siendo sincero, pero lo dejo estar porque no soy la clase de persona que agobia a otra para que diga o haga algo en contra de su voluntad. Creo en la libertad. A lo mejor Leo no confía del todo en mí. Solo soy una conocida. Una especie de amiga o algo por el estilo. La chica con la que habla por teléfono hasta las tantas de la madrugada.

—Son las tres de la mañana. —Me sorprendo al ver la hora. El tiempo se me pasa volando con él—. Ay, estoy muerta de sueño.

—Te dejo descansar.

—¡No, espera! ¿Puedes tocarme algo de música? Me encantaría escuchar algo tuyo antes de irme a dormir. Si no te importa.

—Mi padre y mi hermana no están, así que no tengo problema en hacer ruido. ¿Piano o guitarra?

—¿Sabes tocar el piano? ¡Entonces piano!

—¿Alguna preferencia en especial?

—Toca lo que quieras.

—Voy a poner el altavoz.

Me levanto del sofá para ir directa a la cama. Me acurruco dentro de las sábanas y dejo el teléfono sobre la almohada. Comienza a sonar una melodía triste. Cierro los ojos y me imagino a Leo tocando en penumbras en un inmenso salón acristalado con vistas a un jardín con piscina. Sus dedos largos se deslizan con facilidad por las teclas del piano. Tiene su característica arruga de concentración en la frente. Los ojos entrecerrados y la boca ligeramente abierta. Sus manos acarician el teclado como si fuera las curvas de una mujer.

—¿Te has quedado dormida? —pregunta en voz baja cuando termina de tocar.

Estoy sonriendo.

—No. Te estaba imaginando tocar.

—¿Y qué cara ponía?

—Tu cara de concentración, porque te gusta lo que haces y te olvidas de todo cuando tocas. Buenas noches, Leo. Gracias por tocar para mí. Ha sido precioso.

—Buenas noches, Nura.

Me pesan los párpados y me quedo dormida al cabo de unos segundos. Sueño con la espalda bronceada de un hombre. Sus músculos relajados mientras sus brazos flotan sobre el teclado de un piano. Y pienso, aunque sé que es ridículo, que ha compuesto esa canción para mí.

12
Leo

Ayer tuve una conversación bastante tensa y desagradable con mi padre. Hablamos de Paco. No postergué el tema porque sea un cobarde, sino porque sabía que a mi padre le dolería descubrir que su mejor amigo tenía unas intenciones tan asquerosas con su hija. Pero mi padre nunca deja de sorprenderme...

—Tenemos que hablar —le dije cuando Gabi salió a dar una vuelta.

Mi padre estaba respondiendo varios emails de trabajo y tardó más tiempo del debido en prestarme atención. Supe que era su forma de vengarse por haberlo estado evitando los últimos días. Es extraño descubrir que un padre puede ser orgulloso con sus hijos, pero me he ido dando cuenta con el paso del tiempo. No le gusta que le llevemos la contraria en los temas profesionales.

—Cometiste un error —respondió mi padre—. No es propio de ti. Me lo habría esperado de tu hermana.

—Eso no es el tema. —No pensaba disculparme por haberle pegado un puñetazo a Paco. Seguía pensando que se lo merecía—. Tu amigo es un cerdo. Dice que Gabi se le ha estado insinuando. No quiero que vuelva a pisar esta casa, y mucho menos a estar cerca de mi hermana.

—Gabi necesita un buen profesor que la ayude a cuidar su voz —fue toda su respuesta.

Me quedé a cuadros y expulsé el aire por las fosas nasales. A lo mejor necesitaba tiempo para gestionar lo que le había contado.

No era plato de buen gusto descubrir que tu mejor amigo se ha estado fijando en tu hija.

—¿Me has escuchado? Paco es un cabrón. Papá, ese tío es un miserable.

—Es amigo de la familia desde…

—¡Me importa una mierda! —Estallé—. Es tu hija. ¿Te da igual? ¿O solo te importa su voz y el dinero que puede generarte?

Mi padre se sobresaltó y su expresión se transformó en una mezcla de estupor e indignación. Me sentí un poco culpable. Sabía que nos quería. Quizá me había pasado.

—¿Cómo puedes decir eso? Lo he dado todo por vosotros. Os conseguí vuestro primer contrato. Me peleé con el guardaespaldas de aquel productor de la serie para que escuchara tu canción y os diera una oportunidad. Todo lo que he hecho ha sido por vuestra carrera.

—No solo somos una carrera, papá.

—La música es lo que más te importa. Te he ayudado a alcanzar tu sueño y nunca me lo has agradecido.

—Hay cosas más importantes que la música. Está la familia. Y te juro que no me quedaré de brazos cruzados si Paco vuelve a acercarse a mi hermana. Tú eres su padre. Deberías dar la cara por ella.

—Conozco a mis hijos —respondió con tono sombrío—. Tu hermana a veces puede ser caprichosa. Seguro que Paco malinterpretó sus intenciones porque ella es…

—Cuidado con lo que vas a decir —le advertí con una furia que me estaba calentando la sangre.

—Tu hermana es como tu madre —dijo al fin con tono despechado—. Un espíritu libre. No me malinterpretes, hijo, por el amor de Dios. Estoy convencido de que Gabi no quería nada con Paco. Pero él es un hombre de cincuenta años con una carrera acabada que le da clases a una chiquilla que ha llegado a lo más alto. A lo mejor no era deseo, sino admiración.

—Ni se te ocurra justificarlo. —Estaba atónito y lo miré, por primera vez en mi vida, con desprecio—. Me avergüenza que seas mi padre. Menos mal que Gabi no tiene ni idea de esto. Para mí se ha acabado la conversación.

—Leo, estás sacando las cosas de quicio —me dijo, pero ya me estaba dirigiendo a la puerta. Iba a salir a correr. Era eso o gritarle un par de dolorosas verdades que tenía clavadas en el alma—. Clara me llamó el otro día. Dice que estás muy raro y que cree que la estás engañando con otra. Yo le respondí que tú nunca harías algo así, pero si quieres hablar del tema…

Tensé los hombros y salí dando un portazo. Me parecía terrible que un padre no defendiera a su hija a capa y espada. Siempre lo había idolatrado. Aunque, claro, teniendo en cuenta que lo comparaba con una madre ausente, él ganaba por goleada. Ya era hora de asumir que no tenía un padre perfecto y de dejar de agradecerle que nos hubiera criado cuando nuestra madre se largó.

Estamos en los estudios de Canal Sur, la televisión autonómica de Andalucía. Nos han invitado a un homenaje dedicado a una de las copleras más famosas de España. Axel ha viajado desde Guipúzcoa y Pol desde Barcelona. La idea es que se instalen en casa para ensayar antes del concierto benéfico que tenemos en Madrid. Nos vendrá bien pasar tiempo juntos y planificar el próximo disco.

Nos toca salir al escenario dentro de diez minutos. Gabi está de mal humor porque no le apetecía participar en este homenaje, pero yo creo que hacemos bien en actuar en la televisión andaluza. La banda surgió en Benalmádena y Andalucía forma parte de nuestras raíces musicales. Además, como sevillanos le debemos un respeto a nuestra tierra.

—No sé por qué papá ha aceptado que participemos en este homenaje. Ni siquiera nos pagan —se queja.

Mi padre y yo cruzamos una mirada desde la otra punta del camerino. No hemos vuelto a dirigirnos la palabra desde ayer. Gabi me preguntó y le dije que habíamos discutido por discrepancias profesionales. Ella lo defendió y argumentó que papá es un gran mánager y que no debería criticar su trabajo. Me entraron ganas de responderle que es un buen mánager y un padre de mierda, pero logré contenerme.

—No seas tan pija —le dice Pol, y se pone a su lado para mirarse en el espejo. No sé quién es más presumido de los dos—. Tampoco nos pagan por tocar en el concierto de Madrid.

—Estarán Maroon 5 y Rosalía. No es lo mismo. ¡Quita! —Le da un empujón para acaparar el espejo—. Me estaba mirando yo. Este camerino es demasiado pequeño para cuatro personas.

—A mí me gusta participar en este homenaje. El presentador me cae bien y vamos a cerrar la gala. Y a mis abuelos les encanta ese programa... ¿Cómo se llama? El de los niños. Lo vemos por internet.

—*Menuda noche* —digo.

—¡Ese! —exclama Axel.

Gabi se vuelve hacia nosotros. Lleva un top transparente ceñido y un brasier de encaje negro. Los ojos con su habitual delineado oscuro, el pelo ondulado y unos vaqueros rotos con unas botas azul eléctrico de tacón de aguja. Gabi está orgullosa de ser un icono de estilo. Hace tres meses una revista española la nombró una de las diez jóvenes más influyentes en la moda. Arrancó la página y la enmarcó para colgarla en su habitación.

—¿Este top me hace buenas tetas? —pregunta.

Axel está bebiendo una Coca-Cola y por poco se atraganta. Mi amigo clava la vista en el suelo y finge estar muy interesado en las baldosas. Mi padre le está dando instrucciones al de sonido y no la escucha. Solo quedamos Pol y yo. Me rasco la nuca y guardo silencio. Me niego a responder a esa pregunta. Pero Pol no tiene tanta vergüenza.

—Están estupendas.

—¡Tío! —Le doy una colleja.

Pol pone cara de santo.

—¿Qué? Intentaba ser amable —se excusa, pero, por su sonrisa socarrona, sé que no lo siente en absoluto. Se aclara la voz y añade con fingida seriedad—: Gabi, estás preciosa.

—¡Gracias! —exclama con una sonrisa triunfal y luego nos dedica una mirada desdeñosa a Axel y a mí—. Qué difícil es recibir un cumplido en un grupo de tres tíos. ¿Por qué os cuesta tanto decirme algo bonito?

—Porque eres mi hermana.

—Porque te veo como a una hermana —musita Axel.

—Estoy buenísima. —Gabi se lo dice a sí misma mientras se mira en el espejo. En ese momento, un operador de la cadena nos comunica que es nuestro turno. Gabi extiende el brazo para tocar nuestras manos. Es un ritual que practicamos antes de salir al escenario. Todos extendemos el brazo—. ¡Vamos a petarlo!

Sonrío. Estos son los momentos que merecen la pena. Pequeños instantes que resumen la felicidad. Tocar con mis amigos, salir a correr hasta que me falta el aire o tocar el piano para una chica muy especial que me escucha tumbada en su cama.

La actuación es todo un éxito. Gabi admite que ha sido un poco soberbia al infravalorar la televisión de nuestra comunidad. Tiene la autoestima por las nubes porque el público la ha vitoreado más que al resto de cantantes y los del catering la han agasajado con cruasanes rellenos de Nutella. La Nutella es su perdición. Ahora estamos almorzando en María Trifulca, un restaurante con vistas al río Guadalquivir. Nos han reservado en exclusiva un pequeño salón para que podamos disfrutar de la comida sin interrupciones.

—¿Os acordáis de aquel vecino de la urbanización de Benalmádena que llamó a la policía porque le rompimos la ventana mientras jugábamos al fútbol? —rememora Axel.

—Cómo olvidarlo. Pol estrelló la pelota contra la ventana de su cocina. Eres buen batería, pero te habrías muerto de hambre si hubieras querido ser futbolista —le digo.

—En realidad… —Gabi se sonroja—. Yo rompí la ventana.

—¡Venga ya! —exclamo atónito.

—Papá me había echado la bronca porque la noche anterior llegué muy tarde. Pensé que, si le contaba que había sido yo, me castigaría sin salir durante el resto del verano. Iba a confesar, pero Pol cargó con la culpa para salvarme el culo.

Axel y yo miramos a Pol, que se encoge de hombros.

—Lo bueno de tener unos padres estirados y ricos es que creen que el dinero lo soluciona todo. Le pagaron el arreglo de la ventana al vecino y nunca me lo echaron en cara. Para ellos era peor que me juntara con vosotros.

—Somos una mala influencia para ti —bromeo.

—Yo soy la mala influencia. —Se jacta, aunque todos sabemos que no es verdad. Pol es un buen tío. Tiene sus vicios y me encantaría enderezarlo, pero también tiene un gran corazón—. Que se jodan. Me dijeron que no llegaría a nada, que me moriría de hambre siendo el batería de un grupo. ¡Miradme ahora, cabrones!

—No hables así de tus padres —lo censura Axel—. Los padres siempre quieren lo mejor para nosotros. Al principio, a mis abuelos no les hacía gracia que me hiciera músico. Pensaron que acabaría cayendo en las drogas o algo por el estilo.

—Tú la única droga que has probado es el espray que te chutas para la alergia —bromea Pol.

Todos nos reímos. Es verdad. Pobre Axel. Lo pasa fatal con la alergia y hace un par de años tuvimos que llevarlo a Urgencias porque se intoxicó con una tarta de queso que contenía cacahuetes. Es alérgico a un montón de cosas. Entre ellas, a la interacción social.

—Al menos él es un tío sano —lo acusa Gabi.

—Al menos yo no monto numeritos cada dos por tres.

—Tus críticas son poesía para mis oídos, guapo.

—Lo mismo te digo, princesa.

Gabi lo fulmina con la mirada y él le lanza un beso. Axel y yo pasamos del tema porque ya estamos acostumbrados a sus tiras y afloja. Lo mismo se quieren que se odian. Lo mismo se protegen que se tiran los trastos a la cabeza. Ha sido así desde que se conocieron siendo unos críos.

—Me muero de ganas de ensayar. —Pol golpea las manos sobre la mesa—. ¿Has compuesto algo nuevo?

—Se pasa tooodo el santo día al piano —se queja Gabi—. Está más inspirado que nunca. Pero no me deja ver sus canciones.

—Mañana empezaremos con la primera.

Es la que compuse hace un par de meses. Lo demás todavía no puedo enseñárselo. Me siento un tanto inseguro. Es raro porque sé que es buena, pero temo que me juzguen cuando lean la letra.

—Tengo que irme. —Me levanto antes de que llegue el postre.

—¿En serio, tío? ¿No íbamos a esa discoteca de moda? —Pol me coge del brazo para intentar detenerme.

—Déjalo. Ha quedado con su dueña.

—Gabi —le digo irritado.

—Peeerdón, con su novia.

Es verdad. Es el cumpleaños de la sobrina de Clara y no puedo faltar. Además, no la veo desde que hablamos por teléfono. Tengo que arreglarlo con ella. Me siento culpable y confundido, y albergo la esperanza de que hablándolo se me pase.

—Salúdala de nuestra parte. —Me pide Axel, y me mira como si supiera lo que hay dentro de mi cabeza.

—De mi parte no la saludes —dice Gabi.

—Eres un encanto. —Le doy un beso en la coronilla y me despido de ellos.

Debería morirme de ganas de ver a mi novia, pero cuando salgo del restaurante siento una creciente inquietud. Como si fuera a la guerra o a una batalla perdida. Como si cargara con el peso del mundo sobre mis hombros.

Sé que todas mis dudas tienen que ver con Nura. Si no la hubiera conocido, probablemente seguiría estancado en una relación que no me llena del todo, pero me hace sentir seguro. Con Clara me siento a salvo y es fácil estar con ella. Aunque ahora estoy hecho un puto lío. Pues sé que soy un cabrón cuando hablo con Nura y finjo que solo somos amigos, pero soy demasiado egoísta para renunciar a ella porque me hace sentir muy bien. Jodidamente bien.

Acabo de descubrir una cosa.

El amor y la amistad se parecen mucho. Si te enamoras de alguien, le entregas tu corazón. Si haces un amigo, confías en él y esperas que no te traicione. El mundo es un lugar mejor si hay amor y amistad en él.

No puedo sentirme culpable cuando estoy con Nura.

No quiero sentirme culpable de lo que siento por Nura.

¿Ilusión?

¿Amor?

¿Amistad?

¿Acaso no son prácticamente iguales si eliminas el sexo de la ecuación?

Y, en ese momento, siento un puñado de emociones contradictorias en el centro del pecho. Me gusta estar con ella. Me gusta hablar con ella. Me gusta acostarme a las tantas de la madrugada mientras nos enviamos mensajes de texto. Me gusta la sensación de ser importante para otra persona y descubrirlo en pequeños detalles. Porque, por primera vez en mucho tiempo, siento que con ella puedo ser yo mismo. Tengo algo muy bueno con otra mujer y no quiero dejarlo escapar. ¿Soy egoísta por ello? ¿Soy mala persona si admito que conocer a Nura es lo más emocionante que me ha pasado en los últimos años?

13
Nura

—¿Puedo dejar fuera los cartones de leche para colocar la tarta? —pregunto al comprobar que no hay hueco en ningún estante del frigorífico.

—Claro, tesoro —responde mi tía Carmen.

Dejo los cartones sobre la encimera y coloco la tarta. Cuando cierro la puerta de la nevera, me encuentro con la mirada inquisitiva de mi primo. Está de brazos cruzados mientras todo el mundo arrima el hombro. Tiene cara de memo. Con su pelo engominado hacia atrás y su chalequito de punto por encima de los hombros. Ni siquiera se ha ofrecido a ayudarme.

—¿Has comprado la tarta? —pregunta con tono acusador.

—Sí.

Sé lo que está intentando, pero hoy no lo va a conseguir. Le prometí a Dan que me portaría bien. Además, quiero seguir el consejo de Leo. Sé que soy lo bastante lista para no entrar en su juego de provocaciones.

—Dijiste que te ibas a ocupar de la tarta.

—Y eso he hecho. Acabas de ver cómo la he metido en el frigorífico.

—Pero es comprada. —Pablo se recoloca las gafas sobre el puente de la nariz—. No es lo mismo.

—Es de plátano, dulce de leche y nata. La tarta favorita de tu madre. Y de la mejor pastelería de Sevilla. No tiene nada que envidiarle a una casera.

—Permíteme que lo dude. Debería haberse encargado la abuela. Sus tartas de manzana huelen a gloria y no llevan ni la mitad de aditivos que esa tartita que has comprado.

«Tartita».

Un tartazo es lo que yo le metía en la cara. Ganas no me faltan. Me imagino abriendo el frigorífico y estampándole la tarta en esa cara de idiota que tiene. Siempre me han caído bien los hombres con gafas. Sin ir más lejos, Harry Potter fue mi primer novio literario. Pero, cada vez que veo a Pablo, me entran ganas de convertirme en su malvado primo Dudley. Sería un auténtico placer partirle las gafas. Un placer con el que solo voy a fantasear porque he decidido que hoy voy a ser una buena chica.

—No me importa que la tarta sea comprada. Lo que cuenta es la intención —dice mi tía.

Luego me da un abrazo y las mejillas de mi primo se tiñen de rojo. Lo suyo es digno de estudio. Si Freud lo hubiera conocido, se habría frotado las manos. Tiene la absurda necesidad de acaparar a su madre. Complejo de Edipo. No lo entiendo. Yo envolvería a la mía con un lazo y se la regalaría por Navidad.

—Este vestido es una pasada. Te queda genial. —Mi tía me observa con ese candor que la caracteriza—. ¿De dónde es?

—Desigual.

—Desigual vino ella de fábrica… —murmura Pablo en voz baja, pero, como lo tengo al lado, lo escucho perfectamente.

Me muerdo los carrillos y finjo que no lo he oído. Pablo es el típico que te pega patadas por debajo de la mesa y te insulta cuando nadie está presente, pero tiene la capacidad de ser un santo delante de los demás. San Pablito. Supongo que es su único talento.

—¡A comer! —anuncia mi padre.

Está en la terraza preparando la barbacoa. A la cocina llega el olor del chorizo asándose a la parrilla. Cuando voy a pasar por la puerta, Pablo me da un codazo y me adelanta. Sé que lo ha hecho a propósito. Ya es la tercera afrenta, pero no soy una cría susceptible. Voy a dejarlo pasar. Es el cumpleaños de mi tía y no quiero arruinárselo.

Está casi toda la familia. Mis abuelos maternos, mis padres, mi hermana Aisha, Dan y su marido Jack, mi tía y mi primito del alma. Todos comentan que es una pena que Amina no haya podido venir, pero tenía una cirugía de trasplante de corazón a la que obviamente no podía faltar. Mi hermana mayor se instaló en Barcelona cuando terminó la carrera. Su intención era trasladarse a Sevilla después de aprobar el MIR, pero le surgió un buen trabajo y se quedó allí. A mis padres les dolió tenerla lejos, aunque yo la comprendí. Barcelona es la ciudad en la que nacimos y en la que estudió la carrera. Allí se sentía muy cómoda. Cuando se casó y tuvo a las mellizas, era evidente que su sitio estaba allí y no aquí.

—¿Qué tal llevas tu nuevo libro, Nura? —pregunta mi abuela.

Mi abuela es el miembro de mi familia que más orgulloso está de que sea escritora. No es de extrañar, porque fue profesora de Lengua y Literatura en un instituto. Dice que somos las ratitas de biblioteca en un clan de médicos. Mi abuelo, mi tía Carmen, que es médico de familia, y mis padres y hermanas. Al menos no me siento tan mal porque comparto mi vocación con alguien de mi sangre. Mi primo no cuenta, por supuesto.

—Estoy en ello. —Aparto los espárragos del plato con disimulo—. Quiero hacer algo diferente.

—Pero ¿seguirás en tu misma línea o vas a cambiar de género?

—Seguiré con el terror.

—La editorial se lo exige. Lo comercial vende —interviene mi primo.

«¿Y tú qué sabes?», estoy a punto de espetarle.

—¿Tú no te habías presentado al mismo certamen literario? —Opto por utilizar una de sus pullas sibilinas—. ¡Ah, por eso entiendes tanto sobre literatura comercial! Lástima que no te cogieran…

Vale, no ha sido del todo sibilina, pero se lo tiene merecido por llevar todo el día buscándome. Como se suele decir, quien busca encuentra. Pues aquí me tienes, majo.

Mi mirada se cruza con la de Dan. En sus ojos hay un brillo conciliador que me apacigua. Le prometí que me portaría bien y pienso cumplir mi palabra. Además, mi madre ya está poniendo cara de cabreo y no quiero que me amarre a la pata de la mesa.

—En realidad, habría desperdiciado mi talento si me hubieran cogido —responde Pablo con tono pomposo—. El terror no es lo mío. Me he dado cuenta de que me siento más cómodo con la prosa posmoderna.

Tengo que hacer un gran esfuerzo para no reírme en su cara. Este no tiene ni idea de lo que es la prosa posmoderna, pero lo dejo estar para que la sangre no llegue al río.

—Sería maravilloso que te dejaras caer por el club de lectura que tenemos en la biblioteca. —Mi abuela vuelve a dirigirse a mí y mi primo aprieta los dientes. No soporta que lo ignoren—. A los lectores les encantaría conocerte y charlar contigo. Una no puede presumir todos los días de tener una nieta escritora que ha ganado un premio de cien mil euros.

—Mamá, hablar de dinero en la mesa es de mal gusto. —La censura mi madre.

Uf, ni con su propia madre se corta a la hora de dar lecciones de educación.

—¡Qué mal gusto ni ocho cuartos! ¿Vendrás, Nura?

—Por supuesto, abuela.

—Deberías darte prisa y publicar algo nuevo. Ya sabes que el mercado editorial es muy volátil. ¡No querrás caer en el olvido! —interviene Pablo.

Sonrío con falsedad.

—Gracias por el consejo. Como ya he dicho antes, estoy en ello. Explorando nuevos horizontes.

—Qué interesante. ¿Y en esos nuevos horizontes tus personajes son sádicamente torturados? Desde mi punto de vista, eres muy explícita. No quiero que te lo tomes a mal. Solo es una crítica constructiva. De escritor a escritor. Ya sabes, para ayudarte a mejorar.

Lo miro fijamente a los ojos. Qué morro tiene. ¡Si él todavía no ha publicado nada! ¿Cómo se atreve a darme lecciones? Los dos nos presentamos al mismo certamen literario y descartaron su obra.

Tengo que morderme la lengua para no decirle todo lo que pienso. Estoy al borde de sufrir una apoplejía. Lo juro.

—Soy fiel a mi estilo. No es que no respete tu crítica, pero prefiero construir mi carrera con base en mi propio criterio. De hecho, no me ha ido tan mal descuartizando personajes y asesinándolos con puñaladas por la espalda. A lo mejor deberías seguir mis pasos. —Le guiño un ojo y él se pone rojo de ira—. En el sentido literario, Pablo. No pienses mal.

—Nura, por favor —dice mi madre con tono sombrío.

—Lo digo porque los escritores tenemos mucha imaginación —añado con inocencia.

—Desde luego —responde mi primo. Sé que, si no tuviéramos público, estaríamos discutiendo acaloradamente en lugar de estar lanzándonos dardos envenenados.

Lo mío con mi primo es como la rivalidad que se traía Quevedo con Góngora o Charlotte Brontë con Jane Austen, pero con una sutil diferencia: ellos tenían talento y mi primo es un cenutrio. Dios, cómo me gustaría decírselo a la cara.

Después de que mi tía sople las velas, ayudo a recoger la mesa. Mi primo está demasiado ocupado charlando con mi abuela sobre el Siglo de Oro y Calderón de la Barca. Siempre encuentra una excusa para escaquearse de las tareas domésticas. Me he quedado sola en la cocina y estoy metiendo los platos en el lavavajillas. Por un lado, me siento orgullosa de mi muestra de autocontrol. Por otro, creo que aquello que callas termina pudriéndote por dentro. Pero he tomado una buena decisión. Es el cumpleaños de mi tía. No podía estropeárselo. Y en el fondo me alegro de haber ignorado las pullas de mi primo.

Estoy metiendo un cuenco dentro del lavavajillas cuando noto una presencia detrás de mi espalda.

—Me ha dicho un pajarito que no tienes inspiración.

Respiro profundamente. Es Pablo. Estamos solos y me va a costar contenerme. Tener público enfría a cualquiera, pero me lo está poniendo en bandeja. Cierro la puerta del lavavajillas y me vuelvo hacia él con cara de pocos amigos. Mi paciencia tiene un límite.

—Tu pajarito te ha informado mal.

—Entonces estás trabajando en algo.

—No es asunto tuyo —respondo irritada—. Verás, soy muy celosa de mi obra. Uno de mis mayores miedos es que un escritor sin talento me robe el manuscrito en el que estoy trabajando.

Pablo se sobresalta y me mira con rabia.

—¿Estás hablando de mí?

—¿Te has dado por aludido? —Me llevo una mano al pecho—. No era mi intención. Tú nunca estás en mis pensamientos, Pablito.

—No me llames Pablito.

—No te enfades, primo. Aunque te cueste aceptarlo, tenemos la misma sangre. —Asiento con expresión condescendiente porque soy consciente de que eso lo va a cabrear más—. Ya sé que las diferencias físicas son más que evidentes, pero nuestras madres son hermanas. Quiero a mi tía. Haznos un favor y no me lo pongas más difícil.

—No empieces con el rollo del racismo —me espeta, y ahora soy yo la que se sobresalta—. Ya sé que somos primos. Te crees la mejor. Naciste pensando que eras especial. Baja a la tierra, prima. Solo ganaste el certamen porque la editorial tenía que cumplir con el sistema de cuotas para tener reputación de editorial progre.

—¿Cómo dices? —Me tiembla la voz.

Noto que me hierve la sangre. Pablo tuerce una sonrisa maligna.

—Vivimos en la época de lo políticamente correcto. Las becas a mujeres, las leyes de cuotas, él, ella y *elle*, la sirenita negra. ¿Me sigues? —Ante mi silencio Pablo se envalentona y vuelve a la carga—. Eres una mujer negra. Fuiste un regalo demasiado tentador para la editorial. Nura Yusuf. Con ese nombre tu libro se vende solo. No son tontos. Menudo marketing. Llevas toda la vida haciéndote la víctima por ser negra y ahora resulta que te han regalado un premio por tu color de piel.

—¡Serás hijo de puta!

—Tranquila, prima. —Pablo levanta los brazos y pone cara de estupor—. Solo estamos hablando.

En ese momento, la cocina se llena de gente. Mis abuelos me observan perplejos. Aisha se tapa la boca con las manos. Dan sacude la cabeza con resignación. Mi tía Carmen tiene cara de pena. A mi padre es evidente que le gustaría estar en cualquier otro lugar. Y mi madre…

—¡Nura! —Se interpone entre nosotros como si se me hubiera pasado por la cabeza agredir a mi primo. Esto es ridículo. Me dedica una mirada censuradora y de decepción que se me clava en el corazón. De repente, tengo ganas de llorar—. Pídele perdón a tu primo ahora mismo.

—¿Que yo le pida perdón? —replico atónita.

—Lo siento, tía. Ha sido culpa mía. Nura no se ha tomado bien una crítica que le he hecho sobre su libro. Debería haber mantenido la boca cerrada, pero solo quería ayudarla —dice Pablo con una falsedad que me deja alucinada.

—¿Cómo puedes ser tan mentiroso? —le grito hecha una furia—. ¡Eres un gilipollas!

—Nura. —Mi madre me agarra del brazo para alejarme de mi primo—. Haz el favor de callarte.

—¡No quiero callarme! ¡Yo no soy como tú! —Tengo los ojos vidriosos, pero hago un gran esfuerzo para reprimir las lágrimas porque no pienso llorar delante de ella. No se lo merece—. Yo no soy la que responde con educación cuando dan por hecho que su hija es adoptada y viene de África. O la que castiga a su hija por decirle a la vecina que es negra y no un «dulce chocolatito». ¡Me importa una mierda tu educación y tu necesidad de guardar las apariencias! ¿En qué mundo vives? ¿Por qué tienes que ser de piedra?

Mi madre se aleja de mí y sé que le he hecho daño. Me da igual. Ella también me ha herido. En el fondo, sabe cómo es Pablo. Sabe que yo jamás lo insultaría si él no me hubiera provocado. Pero la necesidad de ser perfecta la anula como ser humano. Y me duele. Joder. Me duele muchísimo porque nunca la había necesitado tanto.

—Nura, hija —mi padre habla con tono calmado y a la vez firme—, no le hables así a tu madre.

—¿Tú también?

Me aparto de él cuando intenta tocarme. Dan trata de detenerme cuando cojo el abrigo y voy directa a la puerta. Me dice algo, pero no llego a escucharla porque ya estoy bajando las escaleras de dos en dos. Soy independiente, testaruda y temperamental, aunque eso no impide que a veces me sienta sola. Y delante de ellos me he sentido muy sola. Ha sido peor que eso. Me he sentido incomprendida. El problema es que la única persona que creo que podría comprenderme es aquella a la que sé que no debo acudir. A veces el mundo puede ser un lugar muy complicado.

Para mí el sexo está intrínsecamente relacionado con mis sentimientos. Follo si estoy triste. Follo si estoy excitada. Follo si necesito una vía de escape. Y, en este momento, me voy a volver loca si no escapo de este batiburrillo que tengo en la cabeza.

No es la primera vez que me siento sola, desamparada o incomprendida. Ni tampoco es la primera vez que mi madre me da la espalda o me juzga sin concederme la posibilidad de explicarme. Me siento una estúpida porque Pablo me ha dado donde más me duele. Odio ser tan transparente. Me fastidia que el color de mi piel sea un arma arrojadiza que los demás puedan utilizar para hacerme daño. Porque soy negra, soy mujer y estoy orgullosa de ello. Aunque los estereotipos y el canon de belleza en el que me he criado me lo hayan puesto tan difícil. Lo que me cabrea es que mi madre le reste importancia a mi dolor: «No dejes que te afecte» o «No importa lo que digan los demás» son sus dos frases preferidas. Pero ¡sorpresa!, me afecta y a veces me duele. Porque debajo de mi piel negra hay músculos, huesos y sangre.

Me trae sin cuidado encajar en el mundo porque creo que el mundo es vasto y hay espacio para todos. Pero no soporto la idea de reprimir mis sentimientos. No quiero vivir en una sociedad en la que la felicidad y la risa se celebren, pero el dolor y las lágrimas se repriman porque causan incomodidad ajena. Tengo derecho a sufrir, a llorar y a no sentirme culpable por ello. Porque, si tengo que encajar en un molde de perfección fabricado para agradar a todos, entonces no sería yo misma. Y creo que no hay nada más terrible que fingir ser otra persona para gustar a los demás.

Álex, el chico de los ojos verdes y cara de morboso, me responde después de un par de minutos. Le he preguntado si puede adelantar la cita. Habíamos quedado esta noche, pero necesito una distracción. Quiero tener un orgasmo. Es todo lo que necesito.

Álex

Salgo del curro en media hora. ¿Nos vemos en paseo Colón? Trabajo cerca y podré llegar pronto.

Estoy a veinte minutos a pie de allí. Me vendrá bien dar un paseo. Quizá Álex sea el chico del que me habló Dan. Alguien que me quiera con todo su corazón y del que me enamore hasta caer rendida. ¿Por qué no?

14
Leo

El cumple de mi sobrina es el típico cumpleaños infantil. Hay tarta de chocolate, patatas fritas, refrescos, un puñado de padres y un grupito de niños que juegan y se pelean al mismo tiempo. Lucía tiene seis años, así que la he visto crecer. Ella dice que soy su tío favorito, pero todos sabemos que en parte se debe a que salgo por la tele y se lo cuenta con orgullo a sus compañeros de clase. Yo no tengo ningún problema. Es mi única sobrina y la quiero con todo mi corazón.

Cuando llevas saliendo tres años y medio con una persona, hay dos probabilidades: que su familia acabe convirtiéndose en la tuya o que los evites con cualquier excusa porque no los soportas. Con mi familia política me tocó la lotería. Gloria y Carlos, los hermanos de Clara, me quieren como a un hermano más, y sus padres son los mejores suegros que uno podría desear. Los adoro. Me encantan las reuniones familiares en las que se sientan en torno a la mesa y se toman el pelo los unos a los otros. No quiero renunciar a ellos. Sé que resulta egoísta. Joder, es egoísta. Pero me encanta estar aquí. Me gusta que mi suegra prepare fideuá cuando vengo a almorzar porque es mi plato favorito. O que mi suegro me pida que lo ayude a colgar un cuadro porque él tiene miopía. Disfruto yendo de birras con mi cuñado y me alegra que Gloria me considere una persona de confianza a la que puede contarle que su marido le ha sido infiel y no sabe si quiere darle una segunda oportunidad.

Soy uno de ellos y, al mismo tiempo, sé que si corto con Clara seré el ex que le rompió el corazón. Hay lazos de sangre con los que no se puede competir. A pesar de nuestra unión, tengo muy claro que saldré de sus vidas si mi relación con Clara se termina. Porque cuando rompes con tu pareja, no solo renuncias a ella, sino a todas las cosas que teníais en común.

—Tío Leo, ¿ya te vas? —Lucía se pone de puntillas para darme un beso en la mejilla. Aprieta contra su pecho al bebé llorón que le he hemos regalado—. Te quiero mucho. Ven pronto a verme. Quiero que juguemos a las casitas.

—Eso está hecho, princesa.

Me despido de toda la familia. Clara pone los ojos en blanco cuando prolongo la conversación con su hermano. Sé que está impaciente por que nos quedemos a solas. Yo, por el contrario, hago todo lo posible por retrasar el momento. No va a ser agradable. He tomado una decisión. O eso creo. No es fácil dejar ir a una persona que ha sido importante en tu vida. El cariño, la amistad, la costumbre... Todo influye. Pero ella no se merece que la quieran a medias. Sería un egoísta si le ofreciera las migajas de un amor que hace agua por todas partes.

—¿Nos vamos? —Clara se cuelga de mi brazo—. ¡Me lo llevo! Sé que teníais muchas ganas de verlo, pero soy su novia y me pertenece.

Está bromeando. Fuerzo una sonrisa y creo que ella lo nota. Antes de venir a casa de su hermana, le he dicho que teníamos que hablar. Ella ha respondido que hablaríamos cuando terminara el cumpleaños porque no quería que su familia notara que había llorado. «Por tu culpa», le faltó decir. Dios, odio la idea de que Clara llore por mi culpa.

—¿A dónde vamos? —pregunta cuando nos subimos en el coche.

—Me gustaría hablar a solas contigo.

—Podemos ir a mi casa. Mis padres no volverán hasta tarde.

Quizá sea lo mejor. Voy a dejarla en un lugar seguro después de romperle el corazón. La observo de reojo. Se está mordiendo las uñas. Quiero alargar el brazo y ponerle la mano sobre la rodilla para que se tranquilice. Pero ¿qué puedo decir? ¿Cómo te disculpas por no querer a alguien? Sí que la quiero. Dios. La he querido mucho. Nuestra relación nunca ha sido turbulenta, complicada o explosiva. Hemos sido buenos amigos. Hemos tenido buen sexo. Hemos hecho planes de futuro porque veíamos la vida de la misma forma. He sido feliz a su lado, pero ahora tengo la impresión de que solo me conformo con una relación estable que sé que no va a complicarme la vida.

Permanecemos en silencio hasta que entramos en su casa. Clara enciende la luz y camina hacia su habitación. La sigo. Se sienta en el borde de la cama y me mira asustada. Me siento como una mierda.

Tengo un nudo en la garganta. No sé ni por dónde empezar. Creo que esto es lo más difícil que he hecho en mi vida. Dicen que, cuando una relación se rompe, sufre más quien es dejado. Pero ¿alguien se pone en la piel de la persona que debe dar el paso? Porque no es plato de buen gusto tener delante a tu novia y explicarle con todo el tacto posible que ya no sientes lo mismo. Es una putada. Una putada de las gordas.

—Clara...

—Vas a cortar conmigo. —Ella se tapa la cara con las manos y rompe a llorar.

Me derrumbo. Clara me ha sostenido en muchos momentos de mi vida. Cuando estaba estudiando una carrera que no me llenaba. Cuando me agobiaba que mi padre me exigiera tanto. Cuando me enfadé porque me pidieron que cambiara las letras de algunas canciones para ser más comercial. Siempre ha estado ahí. A mi lado. Sin esperar nada a cambio. Queriéndome con todo su corazón. Me siento en deuda con ella.

—¿Por qué, Leo? —musita con un hilo de voz.

Me arrodillo para quedar a su altura. Pongo mis manos sobre sus rodillas, pero ella entrelaza nuestros dedos. Me mira con los ojos empañados por las lágrimas y me hace dudar porque no soporto hacerle daño. Porque quiero volver a ser ese chiquillo entregado a la música y que veía la vida de una forma más simple.

—¿Qué he hecho?

—Tú no tienes la culpa. Tú no has hecho nada.

—¿Has conocido a otra?

—No te he engañado con nadie —respondo, y siento que no es del todo verdad. Mis manos no han tocado a otra mujer, pero mi mente sí ha fantaseado con ello—. No me he acostado con otra mujer.

—Eso no es lo que te he preguntado, Leo.

Guardo silencio. ¿De qué serviría hablarle de Nura? Solo le haría más daño. Eso es lo último que quiero.

—Leo...

—Yo... —Tengo ganas de abrazarla y llorar con ella. Me siento completamente perdido cuando la miro. Mi Clara. Con sus ojos verdes y su buen corazón. Haciéndose pequeñita por mi culpa—. Podemos ser amigos...

Clara suelta mis manos y se levanta de la cama. Me da la espalda. Tiembla. Está llorando. Me pongo de pie y le toco el hombro. Llora con más fuerza. Me quiero morir.

—Te quiero —consigue decir entre sollozos—. Dime qué tengo que hacer para que vuelvas a mí.

—Ya... ya no siento lo mismo, Clara. —Me cuesta un gran esfuerzo pronunciar esas palabras.

Ella se vuelve con brusquedad y busca mis labios con desesperación. Intento rechazarla. La sostengo por los hombros con firmeza. Ella me empuja contra la pared y lleva una mano a mi entrepierna. Intenta masturbarme.

—Solo es una mala racha —me dice con ansiedad—. Lo superaremos.

—Clara, no me hagas esto, por favor —le suplico agobiado—. No me lo pongas más difícil. Sé que es lo mejor para los dos.

Clara entierra la cabeza en mi pecho y me abraza. No puedo negarle un abrazo. La envuelvo con mis brazos y la siento tan vulnerable que me rompe el alma. Porque yo le estoy haciendo esto. Es mi culpa. Ojalá tuviera la opción de amarla con todas mis fuerzas. No lo dudaría. Si pudiera medicarme para quererla como se merece, me tomaría una caja entera de pastillas. Tendría una vida con ella e intentaría hacerla feliz.

—Es lo mejor para ti. —Levanta la cabeza y me mira a los ojos con un deje de esperanza—. Sin ti no sé vivir. Por favor, no me dejes.

—Clara, por Dios, no digas eso.

—Es la verdad.

Me está haciendo chantaje emocional. Lo sé. Pero también sé que se está haciendo diminuta y frágil. Como una muñeca de porcelana. No sé si cree lo que dice. No sé si lo dice en serio. Solo sé que tengo miedo. Mucho miedo.

La responsabilidad de no herir los sentimientos de una persona que te importa es abrumadora. A veces es imposible no hacer daño a las personas que queremos. Y nos aferramos a ellas, aunque la relación haga agua por todos lados. Como una barca que se hunde y a la que te encaramas por puro instinto de supervivencia. Es absurdo, sí. Pero ¿desde cuándo el ser humano es razonable?

—Podemos darnos un tiempo… —sugiero con tal de hacer la separación más fácil.

—Calla. —Apoya su boca contra la mía—. Te voy a recordar por qué estamos hechos el uno para el otro.

Me besa con un deseo que me conmueve. Recuerdo nuestra primera vez. Recuerdo todas nuestras primeras veces. Siento una mezcla de nostalgia y pena porque me gustaría recuperar lo perdido. Antes de que sea consciente de lo que está sucediendo, Clara me coge de la mano y me lleva a la cama. Podría decir que me resisto, pero no se lo impido. Se coloca a horcajadas sobre mí y me baja la bragueta. Jadea. Cierro los ojos. Le digo a mi cuerpo que la ame. Le digo a mi cabeza que esto es lo mejor para mí. Pero, cuando terminamos, no siento absolutamente nada y sé que he cometido un grave error. Porque solo estoy prolongando una relación que ya está muerta.

15
Nura

Álex es simpático. Tiene treinta años y es un hombre que sabe lo que quiere. Eso me atrae. Me dice que no leyó ni una palabra de mi perfil porque le gustó mi foto y eso le bastó. Admite sin tapujos que busca sexo sin compromiso, pero no huye de una relación estable si encuentra a una mujer por la que sienta algo más. Parece intrigado cuando le cuento que soy escritora. Sé que no es una profesión habitual y respondo con naturalidad a las preguntas de costumbre. Él es contable. «No es un trabajo divertido, pero se me dan bien los números», dice. Le cuento que yo me fijé en él porque tiene cara de morboso. Se ríe y me pregunta si quiero comprobarlo. Respondo que ya estamos tardando en ir a su casa. «¿Por qué no a la tuya?», pregunta. «Porque comparto piso y mis compañeros han montado una fiesta», miento. «Entonces a la mía —decide—, pidamos un taxi».

Los dos vamos buscando lo mismo. En cuanto abre la puerta, no tarda ni tres segundos en quitarme la ropa. Tiene prisa y me molesta. Le digo que vaya despacio porque tengo la intención de correrme. «Si no me vas a hacer disfrutar, me largo a mi casa», le advierto. Álex me mira impresionado y se tumba en la cama. Me pregunta qué quiere que haga. Le digo que ya lo iremos viendo. Dice que no va a acostarse con una mujer que parece estar enfadada, y respondo que he tenido un mal día y puede que él me lo alegre. No me equivoqué al decir que tenía cara de morboso, porque Álex se sube encima de mí y descubro que le gusta que le susurren palabras sucias al oído. Me caliento cuando me aparta el pelo de la cara y deja un reguero de besos cálidos por mi cuello. «Me pones mucho», murmura antes de morderme. Cierro los ojos y me dejo llevar. Los preliminares no están mal. El tío se lo curra. Pienso que con un poco de práctica podemos congeniar. El sexo es bueno cuando hay confianza y a nosotros nos falta. Casi me corro. No es culpa suya. Me digo que no es culpa suya. Es culpa mía porque busco en el sexo lo que me falta en la vida.

Álex me pide que me quede cuando recojo mi ropa desperdigada por el suelo. Le digo que no me apetece dormir en casa de un desconocido. «Pero si nos hemos acostado», responde con una sonrisa ladina. Le digo que eso no cambia nada. Él me dice que le gustaría volver a verme, y añade un «Me gustas mucho» cuando salgo de su habitación.

No sé si volveré a verlo.

No sé si quiero.

Aunque últimamente no tengo nada claro. A lo mejor debería darle una segunda oportunidad.

Se me han pegado las sábanas. No soy una persona a la que le guste madrugar. Cuando iba al colegio, mi madre tenía que llamarme tres veces antes de subir la persiana de mi habitación y quitarme el edredón. Yo refunfuñaba «cinco minutos más» y me tapaba la cara con la almohada. Entonces ella me lanzaba una de sus miradas exasperadas y yo me levantaba de un salto.

Mi madre.

Uf, menuda bronca tuvimos ayer. Aunque, en realidad, ella se mantuvo en silencio mientras yo despotricaba hasta quedarme a gusto. Fue como si todas las palabras que llevaba enterradas en el alma salieran a borbotones. No pude hacer nada por impedirlo. Una parte de mí todavía continúa furiosa porque ella me dejó en evidencia al exigirme que le pidiera disculpas a mi primo. Pero, por otro lado, me siento avergonzada y quiero hacer las paces con ella. Nunca hemos tenido una relación fácil. Es obvio. Siempre la he considerado una buena madre. De las que te ponen paños tibios en la frente para bajar la fiebre o te ayudan con los deberes de Matemáticas. Pero nos falta confianza. Y me duele, no puedo evitarlo.

Me froto los ojos. Son las once menos cuarto de la mañana. Tengo un par de mensajes de Álex que no sé si quiero contestar. Lo de anoche no estuvo mal. Podríamos tener una de esas relaciones sexuales que no sabes si tienen futuro. Creo que disfrutaría más si repitiéramos. No sé por qué la gente idealiza las primeras veces si suelen ser una mierda. El sexo bueno es aquel en el que reconoces el mapa de la piel de la otra persona. Sabes lo que le gusta y lo que no. Y eso solo se consigue con la práctica.

Dejo el móvil sobre la mesita de noche. Creo que voy a quedarme todo el día en casa. Quizá vea esa versión de *Orgullo y prejuicio* protagonizada por Keira Knightley. Es mi favorita, aunque la miniserie de Colin Firth también es muy buena. ¿Keira Knightley o Colin Firth? Difícil elección. Los dos me gustan. Haré palomitas y me acurrucaré en el sofá con mis gatos. No tengo ánimo de abrir el portátil y enfrentarme a una página en blanco que me gana la partida.

Maldito Pablo.

«Llevas toda la vida haciéndote la víctima por ser negra y ahora resulta que te han regalado un premio por tu color de piel».

Me levanto de la cama y abro la puerta del armario. Se acabó. Voy a salir a correr. De lo contrario, me volveré loca. Necesito expulsar de mi cabeza las palabras de mi primo. No son verdad. Sé que solo lo dijo para hacerme daño. El problema es que lo consiguió porque me tocó la fibra sensible. Dicen que no ofende quien quiere, sino quien puede. Pero, cuando te clavan un alfiler en una herida encarnada, es imposible no sentir dolor. Me estoy poniendo las mallas cuando me llaman por teléfono. Doy por hecho que son los de la compañía telefónica. Llevan toda la semana bombardeándome a llamadas. A eso lo llamo acoso telefónico. Se van a enterar. Descuelgo sin comprobar el número.

—No quiero una segunda línea de móvil, estoy satisfecha con mi tarifa de datos y me tenéis hasta el higo.

—¿De verdad no quieres pagar menos por tu tarifa de móvil? —bromea una voz que reconozco de inmediato—. Hola, Nura.

Me pongo colorada y se me escapa una sonrisa.

—Hola, Leo.

—¿Te pillo en mal momento? No quiero tentar a la suerte.

—Iba a salir a correr. —Me siento en la cama, pongo el altavoz y me ato los cordones de las zapatillas—. ¿Qué quieres?

—Menuda casualidad. Por eso te llamaba. Yo también voy a salir a correr y me preguntaba si te apetecería acompañarme.

—Siempre corro sola.

—Vale —responde un tanto decepcionado—. En ese caso no te molesto más. Que tengas una buena carrera.

—No, espera. —No sé por qué cambio de opinión en el último momento—. ¿Nos vemos en el parque? En la Plaza de España.

—Llegaré en quince minutos.

—Te espero allí.

A casi todo el mundo le gusta el parque en primavera, con sus naranjos en flor y las calles repletas de vívidos colores. Pero yo lo prefiero a finales de otoño, justo cuando está a punto de empezar el invierno. Por la mañana las puntas de las ramas de los árboles se tiñen de escarcha y las pisadas crujen sobre el manto de hojas secas. Es un paisaje renacentista, lúgubre y solitario. El lugar perfecto para una escritora de terror en decadencia.

—¡Vamos, Leonardo! —Lo adelanto cuando ya llevamos nueve kilómetros—. No sabía que fueras tan blandengue.

Bajo el ritmo hasta que me alcanza.

—No sabía que fueras tan competitiva. Bah, sí que lo sabía.

—Por eso me gusta correr sola. —Troto a su lado. Tiene la frente perlada de sudor y respira con dificultad—. No me gusta que me ralenticen, pero me siento culpable si te dejo atrás.

—Por mí no te cortes.

—Pensé que eras más deportista. Tienes pinta de estar en forma. Vaya decepción.

—Nura, llevamos más de quince kilómetros.

—Eso no es… —Compruebo mi pulsera *smartwatch*. Tiene razón. Hemos corrido quince kilómetros en cincuenta y nueve minutos. He superado mi marca y ni siquiera me he dado cuenta. No me extraña que Leo esté hiperventilando—. Deberíamos descansar.

—Da todas las vueltas que quieras al parque. Yo voy a estirar. No quiero cortarte el rollo, *superwoman*.

—Estaba estresada —me justifico porque no quiero hacerle sentir mal. Me ha seguido el ritmo con mucha dignidad—. Cuando corro pongo la mente en blanco. No se trata tanto de forma física, sino de impedir que la cabeza te traicione.

—Lo que tú digas. No vuelvo a salir a correr contigo. Ya he aprendido la lección.

Me apoyo en su hombro para estirar el cuádriceps y él hace lo mismo conmigo. Le saco la lengua y él pone los ojos en blanco. Debería apestar a sudor, pero no huele mal. O será que estoy mal de la cabeza porque su olor me gusta demasiado. Ya se le ha pasado el enfado. Por lo que veo, Leo no es la clase de hombre que se pone a la defensiva porque una mujer es mejor que él en algo. Está por encima de esas chorradas masculinas.

—¿Por qué estabas estresada?

—Te lo cuento mientras almorzamos.

—Solo es la una menos cuarto.

—Quiero un bocadillo. Tú pídete lo que quieras. No he desayunado. Solo he tomado un batido de plátano antes de entrenar y estoy famélica.

—Cualquiera lo diría por cómo corrías. Parecía que ibas a perder el tren.

—El expreso de Hogwarts, ¿te imaginas?

—No quiero ir a un sitio muy concurrido.

Tenía un par de bares en mente, pero lo entiendo perfectamente. Si yo fuera él, tampoco me gustaría plantarme en un lugar repleto de personas que me interrumpen mientras intento mantener una conversación.

—Vale, voy al quiosco del parque. Podemos sentarnos en ese banco. En esta zona no hay casi nadie. ¿Qué quieres?

—Una Coca-Cola.

Se mete la mano en el bolsillo para coger la cartera.

—Ni se te ocurra.

Leo no se atreve a llevarme la contraria y se sienta en el banco. Regreso a los diez minutos con dos latas de Coca-Cola y un bocadillo de lomo y queso. Ya le he dado tres mordiscos cuando me siento a su lado.

—¿Tenías tanta hambre que no has podido esperar? —bromea.

—Era eso o comerme una de tus piernas. No me mires así. Jamás te tocaría un brazo. Sé que los necesitas para tocar la guitarra.

—Qué considerada.

—Qué va, lo hago por egoísmo. Me gustó escucharte tocar. ¿Qué canción era?

—«Claro de luna» de Debussy.

—¿Me vas a tocar más cosas?

Muerdo el bocadillo y entrecierro los ojos cuando saboreo el queso. Al abrirlos, me percato de que Leo está sonriendo de manera socarrona. Lo acabo de pillar. Yo también sonrío.

—Me refiero al piano, imbécil.

—Por supuesto. Todas las noches, cuando no puedas dormir, me llamas y toco exclusivamente para ti. No tengo nada mejor que hacer.

—¿Eso es un no?

—¿Tú que crees? Si quieres escucharme tocar, paga la entrada como todo el mundo.

—No voy a volver a acompañarte a correr. Y tampoco eres Szpilman de *El pianista*. No te vengas arriba.

—Me encanta esa película. —Leo extiende los brazos y finge tocar el piano—. Y no te hagas la entendida. No tienes ni idea de música.

—Eso es verdad —respondo con humildad—. Por eso me conformo contigo.

—¡Oye!

Leo me tira de un rizo. Le hundo un dedo en el costado porque sé que justo ahí tiene cosquillas. Se sobresalta y me lanza una mirada de advertencia para que no siga. Contengo a duras penas la risa. Estoy deseando abalanzarme sobre él y hacerle cosquillas hasta que me suplique que pare.

—Este bocadillo está demasiado bueno para perder el tiempo contigo.

—Tienes una obsesión con el queso, la vainilla y Harry Potter. Tú no estás bien de la cabeza.

—Soy una mujer con buen gusto.

—¿Por eso estás conmigo?

—Contigo he hecho una excepción.

Leo enrolla un dedo en otro de mis rizos como si fuera un muelle. Hago una bola de papel con el envoltorio del bocadillo y lo tiro a la papelera. Rebota contra el borde antes de entrar dentro del cubo.

—¡Canasta!

—Un tiro increíble.

—Deja de tocarme el pelo.

—A todo el mundo le gusta que le toquen el pelo. —Antes de que pueda protestar, añade con tono burlón—: Sí, ya, tú no eres como todo el mundo.

—Te voy a hacer cosquillas como sigas tocándome el pelo.

—No tengo cosquillas.

—Tú te lo has buscado.

Me abalanzo sobre él y lo pillo desprevenido. Leo se cae bocarriba en el banco. Me encaramo encima de él y comienzo a pincharle el costado con los dedos. Me grita que pare y la risa lo traiciona. «¡Ríndete!», le grito con los ojos brillantes de diversión. Vuelve a tirarme del pelo. Le hago más cosquillas. Forcejeamos como si fuéramos un par de críos que se están peleando en el patio del colegio. Respiro con dificultad por culpa del esfuerzo y tengo las mejillas ardiendo cuando me desplomo encima de él. No ha sido a propósito. He perdido el equilibrio cuando ha movido la pierna. Termino con las manos en su pecho y la cara pegada a su cuello. Su olor me gusta más que el del guiso de carne en salsa de mi padre. Y eso que siempre repito cuando hace caldereta. Pero es que Leo huele… huele a gloria. Huele a que me lo follaría aquí mismo sin importarme que a la pareja de abuelitos que está sentada a tres bancos de distancia le diera un infarto. Huele a un montón de cosas que estoy deseando descubrir. A la caja de Pandora que nunca debió ser abierta. Huele a tentación y a la promesa de que merecerá la pena. Una de sus manos descansa sobre la curva de mi cintura y la otra sobre mi pelo. El calor de las yemas de sus dedos traspasa mi ropa y me quema la piel. Noto los latidos acelerados de su corazón mezclándose con los míos. Nos quedamos inmóviles y en silencio. Siento calor, deseo y unas ganas contenidas que me destrozan.

—Me estás aplastando —murmura con un hilo de voz.

—¡Perdón! —Me aparto completamente avergonzada. Sé que él también lo está por la forma en la que evita mirarme. Para romper el hielo, digo con falso tono gruñón—: No vuelvas a tocarme el pelo o atente a las consecuencias, Leonardo.

—No me llames Leonardo. Solo me llama así mi madre.

—¿No te gusta tu nombre?

—Me lo puso por Leonardo da Vinci. Es italiana. Lo único que hizo por nosotros fue elegir nuestros nombres.

—A mí me encanta mi nombre. Mi padre eligió los de todas sus hijas. Quería que tuviéramos nombres nigerianos. Fue su único capricho.

—¿Qué significa tu nombre?

—Creo que significa «ligera».

—No te pega nada. Tú eres complicada.

—¡Muchas gracias!

—Si lo prefieres, digo que eres compleja y así resulta más halagador.

—No necesito que me halagues. Y, para que lo sepas, Leonardo me parece un nombre precioso. ¿De qué ciudad de Italia es tu madre?

—De un pueblo de la Toscana que se llama San Gimignano.

—Me encantaría visitar la Toscana. Debe de ser increíble. ¿Has estado allí?

—No —responde con brusquedad, y sé que no quiere hablar de nada que esté relacionado con su madre—. ¿Por qué estabas estresada?

Bonita forma de cambiar de tema. Pero sé que me vendrá bien hablar con alguien. Le cuento lo sucedido en el cumpleaños de mi tía sin escatimar en detalles. No quiero que me dé la razón como a los locos. Necesito que sea sincero. Leo me escucha sin interrumpirme hasta que termino de hablar.

—¿De verdad crees que te dieron el premio por ser una mujer negra?

—No.

—¿Y por qué estallaste de esa manera?

—Porque… —Pienso la respuesta, pero en el fondo no la tengo del todo clara—. No lo sé. Me sacó de mis casillas. Se pasó todo el día provocándome y fue la gota que colmó el vaso. Y no me siento mal por haberle gritado a él. Me siento fatal por haber gritado a mi madre. Uf, me saca de quicio. Pero es mi madre y la quiero, ¿sabes?

—¿Qué es lo que tanto te molesta de tu madre?

—Ay, tendría que hacerte una lista y no creo que lo entendieras. Siempre le ha restado importancia a mis sentimientos. Para ella las apariencias lo son todo. A veces me pregunto por qué se casó con un hombre negro si sabía que algunas personas murmurarían a sus espaldas. Mis abuelos tardaron bastante tiempo en aceptar a mi padre. Daban por hecho que se había casado con mi madre para conseguir la nacionalidad. Una soberana tontería porque le faltaban solo tres meses para que se la dieran. Estudió Medicina en la Universidad de Nigeria y estuvo tres años como residente en la ciudad de Jos. Luego consiguió una beca para completar sus estudios en la Universidad de Barcelona. Trabajó como médico residente, se especializó en Medicina Interna y se enamoró de mi madre. Él solo accedió a casarse cuando le dieron la nacionalidad por llevar muchos años residiendo de manera legal en España. Fue su manera de demostrar a mis abuelos que no la quería por los papeles.

—¿Y dices que las apariencias lo son todo para tu madre? —pregunta perplejo.

—Sé lo que parece, pero es lo que me ha demostrado. Cuando mi hermana Amina era adolescente, la llevaba a la peluquería para que le desrizaran el pelo. Recuerdo que ella lloraba y lo pasaba fatal porque la peinaban con una crema que olía a petróleo y una vez le quemaron el cuero cabelludo. Hizo lo mismo con mi hermana Dan, pero yo me negué a occidentalizar mi físico cuando llegó mi turno. Me sentía cómoda con mi pelo. ¿Por qué tenía que ocultarlo para parecerme al ideal de belleza caucásico que venden en la tele o en las revistas femeninas? Si alguien me insultaba por ser negra, ella le restaba importancia. Muchos han dado por hecho que soy cubana, brasileña o estadounidense, porque para ellos era impensable que una mujer negra hubiera nacido en España. ¡Y mucho menos que mis padres también fueran españoles! Entonces les explotaba la cabeza. Y si se lo contaba a mi madre solía decirme: «¿Qué más te da lo que digan los demás? Mantén la cabeza erguida e ignora los comentarios de la gente, Nura».

—Lo siento, Nura.

—¿Qué sientes exactamente? —pregunto con suavidad, pero ya sé la respuesta.

—Siento que te hayan hecho daño.

—¿Por qué? Apenas me conoces.

—Porque me importas.

Leo me mira de una forma extraña. Arranco una brizna de hierba mientras intento fingir que lo que acaba de decir no me afecta.

—¿Te suelen importar las desconocidas?

—No —responde sin pensar—. Pero contigo todo es diferente.

—¿En qué sentido?

—En un sentido que jamás admitiría en voz alta.

Nos quedamos en silencio. No sé qué responder a eso. Leo se pasa la mano por el pelo. Está nervioso.

—Siento que te hayas tropezado con gilipollas racistas —dice para salir del paso. Entonces sé que vamos a hacer como si no hubiera sucedido. Como si no se hubiera dejado llevar.

—Racistas hay en todos lados. Lo que me duele es no haber tenido una madre que se pusiera en mi piel y que le restaba importancia a mi dolor, como si no fuera válido.

—¿Y si solo lo hace para protegerte? —responde con tacto—. Puede que sea su forma de intentar ayudarte. No lo sé. No la conozco.

—No quieres conocerla.

—Quiero conocerlo todo de ti.

Lo miro a los ojos y siento un calor inesperado en el vientre. Leo me mira confundido y con una sinceridad que me abruma. No sé si quiero que lo conozca todo de mí. Pero, al mismo tiempo, me encantaría mostrarme tal cual soy para descubrir si me acepta. Si acepta a la mujer complicada, impulsiva y temperamental. Porque nunca he sentido tanto deseo de desnudarme delante de un hombre para decirle: «Esta soy yo, y no soy perfecta».

16
Leo

—No para de sonarte el móvil.

Nura no hace amago de sacarlo del bolsillo.

—Si es mi padre, no quiero hablar con él. Si es mi hermana, está embarazada y no quiero discutir con ella. Y si es mi madre... En fin, no tengo el día.

Nunca había conocido a alguien tan directo. No es la clase de persona que se calla lo que piensa ni oculta lo que siente. Me abruma y me atrae a partes iguales. Hace un momento, cuando estaba encima de mí haciéndome cosquillas, he sentido unas ganas tremendas de besarla. Por eso le he dicho que me estaba aplastando. Porque soy un maldito cobarde que no se atreve a romper con su novia para no hacerle daño. Porque busco cualquier pretexto para quedar con Nura porque me flipa estar con ella.

—A lo mejor es tu primo y quiere pedirte disculpas —bromeo para intentar sacarle una sonrisa.

Funciona. Sonríe con picardía. Nura es la mujer del millón de sonrisas. La sonrisa sarcástica. La sonrisa espontánea. La sonrisa amplia y que le forma un hoyuelo en cada mejilla. Y con cada sonrisa conquista una parte de mi corazón.

—Si mi primo me llama para pedirme disculpas, te juro que me corro del gusto.

Casi me atraganto con la Coca-Cola. ¿Por qué tiene que ser tan espontánea? Me encanta que lo sea. Con ella no sé a lo que atenerme porque cada día es una nueva aventura. Como subirse a una montaña rusa con giros, caídas en picado y subidones de adrenalina.

—¿Lo perdonarías?

—Depende —responde pensativa—. Si me pide perdón de corazón, lo aceptaría sin más. Si lo hace para quedar bien, le diría que se lo puede meter por donde le quepa.

—¿Y cómo vas a saber si te pide perdón de corazón o no?

—Esas cosas se notan. Además, nunca va a suceder. No me soporta y cuando me provoca lo hace a propósito. Dudo que se arrepienta de ello. Las personas inteligentes saben reconocer cuándo han metido la pata, pero él es demasiado lerdo para darse cuenta. No debería hablar así de alguien que lleva mi sangre, ¿no? Mi madre diría que es de mal gusto.

—No soy el más adecuado para juzgarte. Hace unos días tuve una discusión con mi padre. De niño lo idolatraba porque nos crio cuando mi madre se marchó.

—Era su deber. Que tu madre no haya estado a la altura no significa que le debas nada a tu padre por haber actuado como tal.

—He llegado a esa conclusión con el paso de los años.

—Qué lento eres.

Al ver la cara que pongo, Nura me da una palmadita en el muslo y luego me mira con una expresión cercana a la ternura.

—Venga, Leo. Te estaba tomando el pelo, no te enfades. Las familias son complicadas. ¿Qué te ha pasado con tu padre?

Le resumo la situación. Nura es demasiado transparente para ocultar lo que piensa cuando le digo que mi padre no defendió a mi hermana. Se le nota en la cara a pesar de que guarda silencio.

—Di algo.

—¿Qué quieres que diga?

—Le restó importancia a lo sucedido. ¿Cómo pudo hacerlo? Paco llamó puta a mi hermana. Ese tío es uno de los mejores amigos de mi padre y ha venido a comer cientos de veces a nuestra casa. Cuando Gabi era una niña, se sentaba en su regazo y le pedía que le leyera un cuento. Me pongo enfermo de solo imaginar que él la veía de otra forma. Y mi padre ni se inmutó. ¡Joder!

—Debe de ser un palo descubrir que un hombre en el que confías ve a tu hija pequeña de esa forma. No creo que exista una reacción perfecta para una circunstancia semejante. No nos educan para que nos enfrentemos a ese tipo de situaciones. Quizá tu padre está furioso o decepcionado consigo mismo por no haberse dado cuenta. A lo mejor necesita tiempo para asimilarlo.

—Has puesto mala cara cuando te lo he contado. Solo estás siendo condescendiente para que no me sienta peor.

—¿Crees que soy una persona falsa?

—No —respondo sin dudar.

—Entonces créeme cuando te digo lo que pienso, porque soy la clase de persona que es muy sincera cuando le piden su opinión. Entiendo que estés enfadado con tu padre. Por eso te estoy dando un motivo para que te pongas en su lugar. Si quieres, te digo lo que deseas oír para que te quedes más satisfecho.

—De acuerdo, señorita sincera. Entiendo tu punto de vista. Me he sorprendido porque pensé que serías más crítica.

Nura se encoge de hombros.

—No me gusta juzgar a las personas sin conocerlas. Puede que tengas razón y tu padre sea un capullo que necesita triunfar a través de vosotros para sentir que ha hecho algo grande con su vida. O puede que se sienta superado por lo que le contaste y no haya sabido gestionarlo. ¿Cómo quieres que lo sepa?

—¿Tú qué harías?

—Tener otra conversación con él cuando las cosas se enfríen.

—¿Harás lo mismo con tu madre?

—Debería —responde sin vacilar—. Pero no sé si voy a ser capaz. Cuando hablo con mi madre siempre vuelan los reproches. Qué difícil es lidiar con la familia, ¿eh? En los anuncios las idealizan. Ya sabes, esos en los que los niños cenan guisantes y se van a la cama antes de las nueve, los padres se disfrazan con tutús y tienen todo el tiempo del mundo para jugar a las casitas con sus princesas, y los bebés con pañales tienen las mejillas sonrosadas y duermen durante toda la noche. ¿Quién diantres escribe esos anuncios?

—Un extraterrestre.

Nura se saca el móvil del bolsillo. El sonido es constante y ya no puede ignorarlo más. Desbloquea la pantalla y su expresión es inescrutable. No sé si está animada o sorprendida. Me pregunto quién será. Y sé que no debería preguntármelo porque no es asunto mío.

—¿Alguien de tu familia?

—No. —Escribe una respuesta y vuelve a guardarse el móvil—. Un chico.

—¿Tienes novio?

—Sabes que no.

—Pero estás conociendo a alguien.

—Conozco a mucha gente.

—Ya me has entendido.

Nura me mira directamente a los ojos. Sé que no debería seguir, pero tengo una punzada de celos. No tengo derecho a sentirlos. Lo sé. Pero los celos, como el amor o el odio, son imposibles de controlar. No puedo elegir no sentirme celoso. Porque, si pudiera, te aseguro que lo haría.

—Un tío de Tinder que conocí la otra noche.

—No sabía que utilizaras Tinder.

—No sabía que tuviera que darte explicaciones —responde molesta—. Leo, yo no te pregunto por tu novia. No es asunto mío.

—Tienes razón. No tienes que darme explicaciones.

—Ya sé que no tengo que dártelas.

—Lo que quiero decir es que me ha picado la curiosidad —estoy mintiendo como un bellaco—. Olvídalo, ¿de acuerdo?

—Bien.

—No te enfades.

—No estoy enfadada —dice, y sé que lo está—. Pero no entiendo nuestra relación. Un día te presentas en mi casa, otro me envías un meme de un gato y al siguiente me invitas a correr. No quiero ser la chica con la que te desahogas cuando tienes un mal día.

—¿Crees que te estoy utilizando? —pregunto indignado.

—Creo que no sabes lo que quieres. Tengo la impresión de que estás confundido porque te sientes muy bien cuando estás conmigo. De acuerdo, el sentimiento es mutuo. Me siento jodidamente bien cuando estoy contigo.

—¿Y entonces cuál es el problema si los dos disfrutamos de nuestra compañía?

—Tienes novia y sé que le estás ocultando que te ves conmigo. No quiero saber nada de ella —responde levantando los brazos—. No tengo la menor intención de liarme contigo. Y sé que tú, aunque te mueras de ganas, tampoco vas a hacerlo. Eres un tío legal. Se te nota en la cara. Así que, dime, ¿por qué me buscas si esto no va a ninguna parte?

—Tienes una autoestima enorme. Para el carro. ¿Que yo me muero de ganas de tener algo contigo?

—Sí.

—Estás equivocada.

—Qué va. —Se levanta—. Será mejor que me vaya. Me caes genial, Leo. Lo digo en serio. Me gusta muchísimo hablar contigo. El tiempo se me pasa volando cuando estamos juntos, y sé que a ti te ocurre lo mismo. Y precisamente por eso no deberíamos seguir viéndonos. Esto no va a acabar bien.

—No te entiendo.

Me pongo de pie. Tengo el pulso acelerado. No quiero que se vaya, pero sé que tampoco puedo pedirle que se quede. Maldita sea, quiero que se quede.

—No va a acabar bien para alguno de los dos. Lo sé.

—Explícate.

—Yo pensaba que la amistad entre un hombre y una mujer era posible, pero resulta que mi mejor amigo está enamorado de mí. Lo que teníamos ya no es lo mismo. Era precioso y ahora se ha estropeado. Prefiero quedarme con tu recuerdo. Y sonreiré cuando te recuerde, te lo prometo.

—No te preocupes, no voy a enamorarme de ti —le digo irritado—. No eres tan irresistible ni tan fascinante como tú crees.

—¿No? Qué alivio. Porque yo a ti sí te encuentro fascinante.

—Nura… —Me tapo la cara con las manos. Tengo ganas de gritar—. No te sigo. Eres rara de cojones. Pero me gusta que lo seas.

Y me encanta charlar contigo hasta las tantas de la noche porque siento que me comprendes. Obviamente no te voy a presionar para que seas mi amiga. Así que si quieres irte…

—Me voy a Tarifa.

—¿Eh?

—Que me voy a Tarifa.

—Ya te he oído, pero no entiendo qué relación guarda con lo que te acabo de decir.

—Soy impulsiva y acabo de decidir que me apetece muchísimo ir a la playa. Dices que quieres ser mi amigo. Vente conmigo. ¿Has traído el coche? Vámonos ya. Mis padres guardan una llave de repuesto debajo del felpudo. Podemos pasar la noche allí. Me apetece ver el mar y descubrir si eres capaz de convencerme de que la playa merece la pena. ¿Te apuntas?

—¿Ahora?

—Ahora.

—Yo no…

—¿Tú no qué?

Me resulta irresistible cuando sonríe de esa manera. Es esa seguridad que desprende. Las ganas de comerse el mundo y no pedir disculpas por no dejar nada para los demás.

—Yo no me voy de viaje sin planearlo. Se supone que esta tarde debería ensayar con el grupo.

—Pues no vengas.

Nura se aleja caminando con paso resuelto. Se va a Tarifa porque le ha dado un arrebato. Ella es así. Pero yo no soy así, aunque me muero de ganas de serlo. O quizá llevo demasiado tiempo siendo un impostor que vive de prestado en este cuerpo. No lo sé.

—¿Lo dices en serio?

Nura se para y responde sin volverse.

—Ay, Leo. ¿Vienes o qué? Si te estás haciendo el interesante, no te pega nada. ¿Cuándo fue la última vez que hiciste algo sin pensar?

No me acuerdo. Por eso la sigo y me dejo llevar por mi instinto.

Todavía no me puedo creer que vayamos de camino a Tarifa. Nura quería conducir mi coche, pero he preferido no arriesgarme. Teniendo en cuenta que es atrevida e impulsiva, me la imagino adelantando por la derecha y pisando el acelerador cuando los semáforos se ponen en ámbar. Por hoy ya he corrido suficientes riesgos. Ella sube el volumen de la radio y tararea una canción de Lorde. Tiene una voz horrible. Me mira de reojo y sonríe como si estuviera orgullosa de ello.

—¿Siempre veraneas en Tarifa? —pregunto.

—En verano iba todos los meses con mi familia. Luego cumplí los dieciocho y me limité a ir un par de semanas. Tarifa me encanta, pero hay demasiados lugares por descubrir. El verano pasado hice el Interrail con mis amigos Jorge y Paula.

—¿Jorge es el amigo que dices que está enamorado de ti?

Ella asiente con expresión ceñuda. Se nota que no es la clase de persona que se siente halagada por un sentimiento que no puede corresponder.

—Sé que debería enfrentar la situación. Mi amiga Paula dice que no puedo huir eternamente del tema. Pero me resulta muy violento. ¿Qué le digo?

—Que no sientes lo mismo.

—¡No me digas! —Apoya la cabeza en la ventanilla y cierra los ojos—. Nos conocemos desde que éramos unos críos. Sé que nada volverá a ser lo mismo. Por eso no he sacado el tema. No soy una cobarde. Me da pánico herir sus sentimientos y que no vuelva a ser capaz de mirarme a la cara.

—Tú puedes ser muchas cosas, pero no una cobarde…

—Lo soy cuando me pongo delante del ordenador y no escribo ni una palabra.

Antes de que pueda animarla, exclama:

—¡Tu canción! —Sube el volumen de la radio—. Qué voz tan bonita tiene tu hermana. ¿Cómo fue la primera vez que escuchaste una canción vuestra en la radio?

—Estaba tomando una caña en el bar de debajo de mi piso y le pedí al camarero que subiera el volumen. Me dio vergüenza decirle que era mi grupo. Estuve todo el día flotando en una nube.

—Cuando mi editor me llamó para comunicarme que había ganado el premio, le colgué el teléfono.

—Por qué será que no me sorprende...

—¡Pensé que era alguien gastándome una broma! Ya sé que es lo que se suele decir, pero no me lo esperaba. Estaba en el último año de carrera y me presenté porque Jorge me animó. No tenía expectativas de ningún tipo.

—Yo siempre tuve expectativas.

—¿Siempre quisiste ser músico?

—Sí —respondo con nostalgia—. Desde que mi padre me enseñó a tocar la guitarra. Estaba estudiando el primer curso de ADE cuando nos dieron la oportunidad de grabar el disco. La carrera era mi plan B. ¿Y tú cuándo supiste que querías ser escritora?

—Te lo contaré después, con un par de copas de más.

—¿Y eso?

—Porque te vas a reír de mí.

«Me voy a reír contigo —pienso para mis adentros—, siempre contigo».

17
Nura

Leo aparca el coche en el garaje subterráneo y luego subimos a la tercera planta. Le explico que mis padres compraron este apartamento como residencia de verano. Tiene dos habitaciones y un pequeño balcón con vistas a la playa de Los Lances. Me agacho para levantar el felpudo y pongo cara de horror.

—¿Dónde está la llave? ¡Debería estar aquí!

—No fastidies. —Leo se apoya en la pared y suspira resignado—. Quiero darme una ducha. Me dijiste que podría cambiarme de ropa. Apesto a sudor.

No es verdad. Huele a tío sudado y buenorro. Me muerdo el labio y finjo una expresión arrepentida. Leo es demasiado bueno para echármelo en cara. Él es así. Y me gusta la bondad que desprende porque es auténtica. Le enseñó la llave y respira aliviado.

—Te iba a matar.

—¿Tú? —pregunto con escepticismo—. Vaya cara has puesto. Si tenías ganas de matarme, no se te notaba en absoluto. Eres un falso.

—Y tú una listilla. —Leo entra en el apartamento detrás de mí—. ¿Puedo ir al baño? Por favor, dime que hay agua caliente.

—Mis padres siempre tienen una bombona de repuesto. Y hay ropa de mi cuñado en el armario de la habitación contigua. Calculo que tenéis la misma talla.

—¿Seguro que a tu cuñado no le importará?

Después de repetirle un puñado de veces que Jack no va a molestarse porque le coja prestados una sudadera y unos vaqueros, Leo se encierra en el baño. Estoy convencida de que tiene la misma talla que mi cuñado. Además, es la clase de hombre al que todo le queda bien. La tentación de abrir la puerta y verlo desnudo es demasiado grande, así que salgo al balcón y me apoyo en la barandilla. No sé qué diantres hago aquí con él. Vale, sí lo sé. Cometer una locura. Al fin y al cabo, soy experta en meter la pata. Aquí estoy, en la residencia de verano de mis padres con un chico que tiene novia. Estoy corriendo un gran riesgo. Lo sé. Pero me gusta estar con Leo y en el parque traté de hacerlo cambiar de opinión. Somos adultos. Quiero averiguar si podemos ser amigos, aunque en el fondo sé que es imposible ser amiga de un hombre por el que te sientes tan atraída.

Leo sale del baño al cabo de quince minutos. La sudadera negra de Jack le sienta mejor que a él. Tiene el pelo húmedo y la expresión relajada. Me encantaría darme una ducha con él. Pegar la espalda contra la pared de azulejos mientras él recorre mi cuerpo con su lengua.

—Qué vistas tan bonitas.

—Sí —respondo un tanto turbada, y espero que no se haya percatado de que lo estaba mirando como una pervertida—. Pero yo prefiero Punta Paloma. No está tan masificada y es un paraíso. No tiene nada que envidiar a las playas del Caribe que publicitan en las agencias de viajes.

—Lo sé. A veces voy allí a hacer surf. De haber sabido que vendríamos a Tarifa, me habría traído la tabla y el traje de neopreno.

—Es lo malo de juntarse conmigo. Soy de las que piensan que los planes improvisados son los mejores.

—Contigo no sé a lo que atenerme.

—Exacto. Luego no digas que no te lo advertí. ¡Qué frío! —Vuelvo a entrar en el salón y él me sigue—. Me encanta Tarifa, pero el viento de levante es muy molesto.

—¿Qué tenemos aquí? —Leo se acerca a la mesa del comedor. Sé lo que ha captado su atención. Coge una fotografía y la observa con una sonrisa burlona. En la foto salgo con un ojo morado abrazando a mi hermana Aisha—. ¿Qué te pasó?

—Tenía catorce años y complejo de Tarzán. Mi hermana se puso a llorar porque un gatito se había quedado atrapado en la rama de un árbol. Le dije que iría a buscar a nuestros padres para que lo rescataran, pero un chico de la urbanización me dijo que no tenía valor de subirme al árbol y cogerlo yo.

—Y tú no podías permitir que te subestimara.

—Estaba en plena edad del pavo y quería impresionar a Fede, que era el chico que me gustaba. Así que trepé por el árbol y conseguí agarrar al gato. Pero el muy bribón me arañó los brazos antes de descender por mi espalda, saltar a la rama más baja y caer de pie en el suelo. Yo perdí el equilibrio, me disloqué la muñeca y aterricé con la cara. Ahí tienes el resultado.

—Y estarás orgullosa.

—¡Menuda bronca me echó mi madre! —Lo recuerdo y rompo a reír—. Estuve castigada una semana, pero conseguí llamar la atención de Fede. Le di mi primer beso y nos hicimos novios. Duramos tres semanas. No estábamos hechos el uno para el otro. A él le gustaba jugar a la Play y yo prefería intentar colarme en las discotecas con un carnet falso. Siempre fui por delante de los chicos de mi edad.

—Tienes un morro… —Leo deja la foto sobre la mesa—. ¿Qué ha sido de Fede?

—Seguimos siendo amigos. Me lo encuentro cuando vengo en verano. Ahora es informático. El año pasado me formateó gratis el ordenador. Es buena gente. Un poco soso, pero su novia me cae genial. Se leyó mi libro y dijo que era lo mejor que había leído en su vida. O es un pelota o ha leído muy poco.

—Eres más mala… —Leo coge otra foto. Tengo que hacer un gran esfuerzo para no pedirle que no toque nada. Lo he invitado y no tiene ningún sentido que le prohíba curiosear un poco—. ¿Tus sobrinas?

—Sí. Tienen seis años. No las veo tanto como me gustaría porque Amina vive en Barcelona. Se quedó allí cuando nos mudamos a Sevilla.

—¿Naciste en Barcelona? —pregunta sorprendido—. ¿Hablas catalán?

—Nos mudamos cuando yo tenía seis años. Al no haberlo practicado, he olvidado muchas palabras y expresiones. Pero creo que me defiendo con cierta dignidad. En mi última firma, durante el día de Sant Jordi, hablé con los lectores en una mezcla de catalán y español.

—¿Te costó adaptarte a tu nueva ciudad?

—Al principio la odiaba —le confieso avergonzada, porque no me siento orgullosa de haber prejuzgado una ciudad de la que ahora estoy enamorada—. Daba por hecho que la gente me miraba mal por mi color de piel, y en Barcelona tenía a mis amigos del colegio. En realidad, estaba creciendo y ya me daba cuenta de que algunas personas me miraban más de lo normal. No era el cambio de ciudad, sino el ir madurando. Si mi madre me acompañaba, las mujeres me miraban con ternura, hacían cumplidos sobre lo mona que era y me preguntaban si me acordaba de África. Como si África fuera un país y todas las personas negras viniéramos de allí. Y, si iba acompañada de mi padre, algunos nos miraban por encima del hombro y daban por hecho que habíamos llegado a España en patera. La culpa no la tenía Sevilla, obviamente. Pero yo empezaba a darme cuenta de esas miradas condescendientes o cargadas de prejuicios raciales y le eché la culpa a mi nueva ciudad. Menos mal que la tontería se me pasó con el tiempo. Ahora sé que no podría vivir en otro sitio.

—¿Tus padres? —Leo señala una foto de la época en la que se conocieron. Ni mis hermanas ni yo habíamos nacido todavía—. Tu madre es una belleza.

—Una belleza clásica. Aisha es quien más se le parece físicamente, Amina es un clon de su cerebro y Dan es la hija obediente y sensata, una calcomanía de mi padre. Yo no sé a quién he salido. Es como si me hubieran puesto en mi familia por error. ¿Y si se equivocaron en el hospital y les dieron el bebé de otros? He leído mucho sobre el tema. En un hospital de Logroño intercambiaron por error a dos bebés que nacieron el mismo día. Sucedió en 2002 y una de las afectadas se dio cuenta por unas pruebas de ADN. Exigió una indemnización de tres millones de euros. Imagínate la cara de esos padres.

—La querrían igualmente —responde sin dudar—. Además, no digas tonterías. Tienes los ojos de tu padre. Y en esta foto sales con el ceño fruncido de tu madre.

—¡Qué dices! —Le quito la foto y me percato de que tiene razón. Mi padre me contó que, el día que se tomó esta fotografía, ella estaba protestando porque él insistió en dar un paseo por el centro de Barcelona a pesar de que el cielo estaba cubierto de nubarrones negros. Una tormenta les cayó encima y se refugiaron en una pequeña iglesia. Estaban calados hasta los huesos y mi madre se puso hecha una furia. Él le pidió a un desconocido que les hiciera la foto, de ahí la expresión irritada de mi madre. Cinco minutos después, le pidió matrimonio y ella lloró emocionada antes de responderle que sí. Me cuesta imaginar a mi madre llorando de emoción. Devuelvo la foto a su sitio y digo con tono categórico—: Yo no frunzo el ceño.

Leo apoya su pulgar en mi frente. Un intenso calor se apodera de mi cara y se concentra en las mejillas.

—Justo ahí. Es una arruga vertical. Las cejas se te curvan hacia abajo y se te achinan los ojos. Es tu cara de mala leche. Eres rara hasta para fruncir el ceño.

Observo con mayor atención la foto de mis padres. Es la misma arruga de mi madre. Siento una inesperada sensación reconfortante que me acaricia todo el cuerpo. Siempre he pensado que no teníamos nada en común. Da igual si lo único que nos une es nuestro mal carácter.

—Quizá chocáis porque sois muy parecidas.

—Bueno, tampoco te pases. —Acaricio el cristal de la fotografía—. Parecen muy enamorados. Y lo están. Como en las pelis. Cuando de pequeña me enfadaba con mi madre, me encerraba en mi habitación y pensaba: «¿Cómo es posible que mi padre soporte a esta ogra?». Pero eso es el amor.

—¿Enamorarte de un ogro como en *Shrek*?

—No, tonto. —Le doy un empujoncito y dejo mi mano sobre su brazo—. El amor es enamorarte de los defectos y las virtudes de la otra persona. Vivir sabiendo que el mundo es un lugar mejor porque te gusta acurrucarte con ella en el sofá o comprarle chocolate cuando tiene un mal día. Aceptar sus defectos porque en el fondo la hacen única y tú aprendes a quererlos, ya que entiendes que nadie es perfecto y, aun así, esa persona te lo parece.

—Deberías escribir una novela romántica.

—No me hagas caso. ¿Qué sabré yo? Nunca me he enamorado.

—Ya te llegará la hora.

—Mis hermanas dicen que el pobre al que le toque aguantarme tendrá el cielo ganado.

—Yo creo que será afortunado.

Me llevo una mano al pecho de forma sobreactuada, pero en realidad estoy un poquito emocionada porque lo ha dicho en serio. No debería emocionarme, pero eso díselo a mi corazón. Hace demasiado tiempo que va por libre.

—Qué cosas más bonitas me dices —respondo con tono burlón, y Leo pone los ojos en blanco—. Me voy a la ducha. Me habrás dejado agua caliente, ¿no?

—Ni una gota.

—No te atreverías.

—Me tienes por un hombre demasiado decente.

—Qué va. Pienso que eres un bienqueda. Ya te lo dije.

Leo está despotricando y diciendo que soy una sinvergüenza cuando cierro la puerta del baño. Por supuesto que me ha dejado agua caliente. Se ha dado una ducha rápida porque es la clase de persona que jamás abusaría de la hospitalidad de los demás. En el fondo me da rabia que sea tan íntegro. ¿Qué quiere de mí? ¿Por qué me he tenido que fijar en un tío fiel y legal?

Me visto con lo primero que encuentro en el armario. Unos vaqueros de hace dos años y un grueso jersey de lana. Soy presumida y me gustaría maquillarme, pero dentro del mueble del baño solo hay un neceser de mi madre con su base de maquillaje, que obviamente no sirve para mi tono de piel, y una barra de pintalabios de un tono rojo que no me favorece. Así que me conformo con echarme colorete y un poco de brillo labial. Además, ¿a quién quiero impresionar? No es una cita con un ligue de Tinder. Solo es Leo. Quizá ese sea el gran problema.

Cuando salgo del baño, todavía sigue observando las fotografías de mi familia como si quisiera desentrañar algún misterio. No sé por qué está tan fascinado. Somos una familia normal. ¿O soy yo quien lo seduce? La idea de parecerle cautivadora me resulta muy agradable. Todo lo que le dije en el parque iba en serio. Pero al mismo tiempo…

—¿Nos vamos? —pregunto.

—¿A dónde?

—A la playa.

—¿Quieres bajar a la playa y dar un paseo?

—Quiero ir a Punta Paloma.

Su expresión se ilumina. No creo en las casualidades, pero pienso que es una preciosa que a los dos nos encante esa playa. Somos muy diferentes, aunque encajamos cuando estamos juntos.

—¿Cogemos el coche? Hay más de diez kilómetros de distancia.

Le enseño las llaves del trastero. Tengo otra idea.

18
Leo

Hacía años que no montaba en bici. Lo mío es correr mientras escucho música a todo volumen. Antes de irnos, hemos parado en el supermercado que hay cerca de la urbanización para comprar unos sándwiches y varias latas de cerveza. Nura me adelanta por la izquierda. Pedalea en una bicicleta de paseo celeste con la típica cesta de mimbre. Es la de su hermana pequeña, y yo estoy utilizando la de su padre. El viento le revuelve el cabello y se ríe porque hace un minuto ha estado a punto de chocarse con una farola al esquivar a un perro que se había soltado de la correa de su dueño. A mí no me ha hecho tanta gracia. Pensé que se mataba y se me ha parado el corazón durante un segundo.

—¿Cómo era la letra de la cabecera de *Verano azul?*

—No tenía letra. ¿En qué mundo vives? —Aprovecho para adelantarla por el carril bici.

Si llega a ser más competitiva, hubiera nacido a los seis meses.

—¿En serio? Yo creía que tenía letra. Oye, ¡no te vengas arriba! Entiendo que tu orgullo está herido porque te machaqué en la carrera, pero tú tienes la bicicleta de montaña de mi padre y yo la que mi hermana pequeña heredó de mi hermana mayor. Es una reliquia de la familia. No puedo ir más deprisa.

—Excusas. Por cierto, Chanquete muere en la serie. Por si no lo sabías. ¿A quién le pesa el culo ahora, listilla?

Comienzo a silbar la melodía y ella me acompaña. Hoy es día de levante y aminoro la marcha porque estamos pedaleando en sentido contrario al viento. Nura me adelanta por el carril izquierdo en cuanto reduzco la velocidad. Sacudo la cabeza sin dar crédito.

—¡Por mí no te cortes, Induráin! Incluso con esta reliquia puedo ir más rápido que tú.

—Pero si he reducido la velocidad para que me siguieras el ritmo...

Estoy tentado de adelantarla para ponerla en su sitio, pero no quiero provocar un accidente. Seguro que nos enzarzaríamos en una persecución y llegaríamos jadeando a la playa. No es plan. No me importa dejarla ganar. Ella es feliz. Me gusta hacerla feliz. El sol nos da de cara y ella entrecierra los ojos. Está sonriendo como si fuera el mejor día de su vida. Porque ella exprime cada segundo al máximo. Vive como si el mundo se fuera a acabar en un par de horas. No sé si eso me gusta o me da miedo.

—¡Te gané! —Estira las piernas para frenar y se baja de la bicicleta—. Eres oficialmente un perdedor con un disco de oro.

—De platino —la corrijo con orgullo antes de bajar de la bicicleta—. Y tu recochineo es de mal gusto.

—Ay, ¡te pareces a mi madre!

—Seguro que no es tan mala como la pintas.

En esta época del año la playa está casi desierta. Dejamos las bicicletas aparcadas en la arena y caminamos hacia la orilla. Nura se quita las zapatillas y los calcetines y hunde los pies en la arena mojada. Aprieta los labios y extiende los brazos.

—¡Está helada!

Se queda observando el horizonte. Este lugar es espectacular. Es una playa virgen sin las comodidades de una playa turística. No hay chiringuitos, aseos ni duchas. Es el precio que pagar por la paz que se respira. Aunque lo último que siento cuando estoy cerca de Nura es paz. El sol se refleja sobre la arena fina y dorada. Las enormes dunas parecen sacadas del desierto del Sáhara. La espuma baña la orilla y se funde con el agua cristalina. Hoy el mar está embravecido y sería una gran ocasión para subirme a la tabla de surf y surcar las olas. En ese instante, justo cuando me estoy imaginando con el traje de neopreno puesto, Nura apoya la mejilla en mi hombro y dice:

—Qué bonito. Desde aquí se puede ver la costa de Marruecos.

Tiene razón. A pesar del intenso vendaval, el cielo está despejado y la costa marroquí parece engañosamente cerca. Como si se pudiera llegar a ella con unas cuantas brazadas. Pienso entonces en las personas que arriesgan su vida y la pierden en busca de un futuro mejor porque alguien les ofreció un puñado de promesas vacías.

—¿Cómo vas a ver la costa de Marruecos si tienes los ojos cerrados? —La miro de reojo y no puedo contener el impulso de acariciarle la mejilla. Su piel es más suave que la seda. A ella se le escapa un suspiro trémulo.

—No necesito abrir los ojos para verla. —Esboza una mueca burlona—. Lo esencial es invisible a los ojos.

—Te habría quedado genial si no fuera una frase de *El principito.*

—¿Quién es ahora el listillo?

Nura se aparta de mí y abre la mochila. Estoy a punto de pedirle que se quede conmigo porque me encantaría abrazarla, pero sé que estaría fuera de lugar. Tira una toalla en la arena y se sienta encima con las rodillas abrazadas contra el pecho.

—Seguro que eras el típico empollón que estudiaba para los exámenes un par de semanas antes.

Me siento a su lado. La toalla es demasiado pequeña para los dos y tenemos que estar muy pegados. Es la excusa que me pongo para no sentirme culpable cuando nuestras piernas se tocan. Me pasaría toda la vida tocándola y sintiéndome culpable por ello.

—Esa eras tú. A mí no me engañas.

—Me has pillado. Pero yo estudiaba por obligación. Mis hermanas mayores fueron estudiantes brillantes y necesitaba estar a su altura.

—¿Te han dicho alguna vez que eres muy competitiva?

—Un montón de veces.

—No me extraña. —Apoyo la mano sobre la toalla y rozo sus dedos. Ninguno aparta la mano—. Para tu información, fui un estudiante del montón. De aprobados raspados y algún que otro notable. No destacaba.

—Porque era tu plan B.

—Exacto. Me matriculé en la universidad por si no me comía un rosco en la música.

—Eres tan... —Nura arruga la frente—. Sensato.

—Ser sensato no es malo.

—Para nada. —Se tumba bocarriba y me acaricia sin querer el muslo—. Yo estudié en el Lycée Français. No tenía muchos amigos, pero he de admitir que en parte me lo buscaba. Nadie quiere ser amigo de una niña que está a la defensiva las seis horas de clase. Me portaba mal a propósito porque quería que me cambiaran de colegio para estar con mi amigo Jorge.

—¿Y te saliste con la tuya?

—Por supuesto que no. Allí estudiaron mi madre, mi tía y mis hermanas mayores. Es una tradición familiar. Yo creo que la enseñanza pública no tiene nada que envidiar a la privada, pero mis padres tienen pasta y mi madre fue muy categórica. Y mi padre... Supongo que, como él lo tuvo tan difícil, solo quería darnos lo mejor. Ahora me arrepiento de no haber sabido valorar el esfuerzo que hicieron por mí.

—¿Qué dices? —Me pongo de lado para mirarla a los ojos—. Te graduaste en Filología Hispánica y has ganado un premio literario. Has triunfado. Claro que has aprovechado la oportunidad que te dieron. Cualquier padre se sentiría orgulloso de tener una hija como tú.

Nura se tumba sobre su costado para mirarme. No parece convencida. Tiene las pestañas tupidas y los ojos de una gata salvaje. Cada vez que la miro, descubro algo nuevo. Primero fue el lunar de su mejilla, y ahora el cuello de cisne y las clavículas de diosa. Algunos rizos le caen por la frente y tengo que contener el impulso de tocarle el pelo. Me encanta su pelo con olor a vainilla.

—Y seguro que sabes hablar francés.

—*J'aime tes yeux et la gentillesse avec laquelle ils regardent tout ce qui les entoure.*

Su acento francés es ronco y seductor. Me quedo intrigado porque no entiendo ni una palabra. Viniendo de ella me podría esperar cualquier cosa, pero tengo la impresión de que es algo bueno.

—¿Qué has dicho?

—Eres tonto del culo.

—Va en serio.

—He dicho que me gustan tus ojos y la amabilidad con la que miran todo lo que te rodea.

—Solo son marrones.

—No son solo marrones —responde categórica—. Son profundos y…

—¿Y qué?

No puedo resistir el impulso de tocarle un rizo. Enredo mi dedo pulgar en un mechón de su pelo y lo observo fascinado.

—No me toques el pelo.

—No me hagas cosquillas, por favor. —Suelto el rizo y la miro expectante—. ¿Profundos y qué más?

—Misteriosos.

—Yo no soy misterioso. Se me ve venir de lejos. Tú eres la misteriosa porque nunca sé por dónde vas a salir.

—Eso no es ser misteriosa, sino imprevisible.

—Sí eres misteriosa. Para mí eres un misterio —insisto, y sé que no debería haberlo dicho—. ¿Cuándo decidiste que querías ser escritora?

—Me faltan las dos copas de más.

—¿Te sientes culpable porque en tu familia todos son médicos menos tú?

Me mira perpleja.

—No. —Está siendo honesta—. No me siento culpable.

—Los padres de mi amigo Pol dirigen un prestigioso bufete de abogados en Barcelona. Lo fundó su bisabuelo, luego lo heredó su abuelo y después el padre de Pol. Su hermana es la que va a continuar con el legado familiar. Él finge que no le afectan las críticas de su familia, pero en el fondo está cabreado con ellos. Por eso te lo he preguntado.

—Hubo un tiempo en el que me sentí desubicada, pero nunca culpable. Me daba miedo contárselo a mis padres porque estudié el Bachillerato de Ciencias para seguir con la tradición familiar, aunque en el fondo sabía que aquello no era lo mío. Mi padre no dijo nada cuando terminé la selectividad y elegí Filología Hispánica. Mi madre me preguntó por qué diantres había sacado matrícula de honor en el Bachillerato de Ciencias y bordado la selectividad si no pretendía estudiar Medicina. Me encogí de hombros y respondí: «Para que veas que puedo, pero no quiero hacerlo». Me aterraba no dar la talla, pero no quería salirme de mi camino. ¿Me entiendes? —Asiento sin pestañear y ella prosigue más tranquila—. En mi familia todos son brillantes. Mi padre fue un gran médico antes de convertirse en un prestigioso profesor universitario, mi hermana mayor es una reputada cirujana cardiovascular, mi hermana mediana es forense y acaba de recibir un ascenso, y mi madre es... alucinante. Tiene sesenta y cinco años y sigue trabajando como directora de una planta de oncología infantil. Necesitaba demostrarles que sí podía. Me abruma lo inteligentes que son. No quería ser la tonta de la familia.

—Sabes de sobra que eres muy lista.

—Una persona lista no necesita demostrar que lo es.

—Puede que fuera complejo de inferioridad o necesidad de aprobación.

—Tal vez —responde pensativa—. Me hubiera gustado sincerarme antes con ellos. Cuando tenía ocho años, mi hermana mayor vino a pasar la Navidad con nosotros. Se encerraba en su cuarto y yo, como la mocosa entrometida que era, me moría de ganas de saber lo que hacía allí dentro. Un día entré sin llamar y la pillé diseccionando una rana. Fue... ¡Puaj! Todavía lo recuerdo y me entran arcadas. Me puse histérica y comencé a llorar y a gritar.

—¿Qué gritabas?

—Te lo puedes imaginar. —Se tapa la cara con las manos. Es la primera vez que la veo avergonzarse—. Maltratadora de animales, asesina... Le dije de todo. ¡Tenía ocho años! Yo no tenía ni idea de que los estudiantes de Medicina experimentan con animales para sus prácticas. Aquella experiencia me traumatizó. Como te rías, te meto un puñado de arena en la boca.

—Por eso la sangre te da tanto asco.

—Sí… —Su expresión me demuestra que está hablando muy en serio—. Pensé que lo superaría con el paso del tiempo. Yo quería ser médica. Vale, no quería. Solo quería que mis padres se sintieran orgullosos de mí, pero a los ocho años descubrí que jamás estudiaría Medicina y me lo callé hasta que cumplí los dieciocho.

—Sigo intrigado por el momento en el que descubriste que querías ser escritora.

—Todo a su tiempo.

—¿Es mal momento para decir que tengo hambre? Porque después de la anécdota de la rana…

—Te voy a contar un secreto. —Se acerca más y me roza el lóbulo de la oreja con la boca—. Siempre estoy hambrienta.

Nos sentamos para devorar los sándwiches. Nura pone cara de asco cuando le da un sorbo a la cerveza.

—La cerveza está caliente. En las películas estadounidenses queda guay, pero está malísima.

—En las películas estadounidenses almuerzan pizza con un vaso de leche y mojan las patatas fritas en el batido. Y en las fiestas hay barriles de cerveza y los vasos de plástico siempre son rojos. Qué sabrán ellos.

—Y las animadoras de instituto aparentan veintitantos y la líder siempre es la novia del *quarterback*.

—Pero luego hay una chica invisible que está perdidamente enamorada de él…

—Y entonces él hace una apuesta con sus amigos: «Puedo ligarme a esa empollona». Pero al final termina enamorándose perdidamente de ella. Después ella lo descubre, se hace la dura durante unos días hasta que lo perdona y acaban siendo felices para siempre.

—Me encantan las películas estadounidenses —le confieso.

—¡A mí también!

Cogemos las latas de cerveza y brindamos.

—¡Por las pelis estadounidenses!

—¡Por nosotros! —responde ella—. Y por nuestros dramas familiares.

Después de la comida damos un paseo por la playa. Nura se queja de que la arena mojada se le ha pegado a los pies y no puede ponerse las zapatillas. Le digo que se la sacuda con la toalla y ella responde que sigue teniendo arena entre los dedos.

—Eres muy remilgada.

—Te lo dije. No me gusta la playa.

—Nadie te pidió que te quitaras los zapatos. —Le tapo la boca para que no proteste—. Y cambiarás de opinión cuando atardezca. No hay nada más bonito que ver la puesta de sol en la playa.

Nura refunfuña que prefiere tener los pies secos antes que contemplar un atardecer, pero sé que en el fondo solo lo dice para llevarme la contraria. A lo lejos, hay un padre volando una cometa con su hijo.

—Me encantan las cometas. La mayoría de los niños juegan a hacer castillos de arena, pero yo me negaba a sentarme en el suelo con el bañador húmedo. Por eso mi padre siempre traía una cometa y la volábamos juntos. Mi padre es genial. Te caería bien. Y no lo digo porque sea mi padre, te lo juro.

—Ahora vuelvo.

—¿A dónde vas?

Nura se queda parada y me observa sin dar crédito. Cinco minutos después, regreso con la cometa que el hombre estaba volando con el niño. Nura parpadea impresionada. Es una cometa triangular de color rojo, amarillo y naranja. Intenta enmascarar su sonrisa y se hace la dura, pero no cuela.

—¿Le has quitado la cometa a un niño?

—Ya se iban.

—Qué fuerte. Estaba jugando con su padre. Y luego la mala soy yo...

—Me la han regalado cuando les he dicho que a mi novia le hacía ilusión volar una cometa el día de su cumpleaños. —Le miento, y ella abre los ojos de par en par—. Venga, cógela. Lo estás deseando.

Nura acepta la cometa e intenta volarla. En realidad, no eran padre e hijo, sino tío y sobrino. Y han estado encantados de venderme la cometa cuando les he preguntado si podía comprársela. El niño ha dicho que prefería ir a comer a McDonald's, y el tipo se ha encogido de hombros y ha aceptado mi dinero. Ahora Nura tiene su cometa y yo he pagado un precio desorbitado por ella.

—¡Mira cómo vuela! —exclama ilusionada antes de que la cometa caiga en picado y se estrelle contra mi cabeza—. ¡Ostras!

Pierdo el equilibrio y termino de rodillas en la arena. Me llevo una mano a la coronilla. Me ha hecho bastante daño. Nura se tapa la boca con la mano e intenta no reírse. Pone cara de arrepentida y musita:

—Lo siento. No ha sido a propósito.

Escupo la arena que me ha entrado en la boca. Nura se dobla por la mitad y se parte de risa. Luego se acerca para darme un par de golpecitos en la espalda hasta que se me pasa el acceso de tos.

—¿Estás bien?

—Casi me sacas un ojo.

Se le escapa otra carcajada. Pongo mala cara, pero al final yo también termino riéndome.

—Pensé que eras una experta en volar cometas.

—Yo no he dicho eso. Dije que mi padre siempre traía una. Yo lo ayudaba a volarla, pero él hacía casi todo el trabajo.

—No es tan difícil.

—Lo es. Una racha de viento la ha derribado.

—Mira y aprende, novata.

Extiendo los brazos y desenrollo poco a poco la tanza. Le explico que hay que adaptarse al movimiento del viento mientras la cometa sube y alcanza altura. «A veces hay que tirar de la cuerda para recuperar el control. Con suavidad y sin movimientos bruscos», le explico. Nura agarra la cometa con manos temblorosas. Me coloco detrás de ella y guío sus movimientos. Mi piel roza la suya. Dos cuerpos que fingen no estremecerse por el contacto del otro. Su olor a vainilla me atonta por unos segundos y la cometa está a punto de estrellarse contra el suelo. Le toco el codo para que lo suba unos centímetros.

—¿Cómo la vamos a llamar? —pregunta ilusionada.

—¿Le quieres poner nombre a la cometa?

—¡Pues claro!

—Halley —digo el primer nombre que se me viene a la cabeza—. Como el cometa que se aproxima a la Tierra cada setenta y cinco años.

—Y luego dices que eras de aprobados raspados. Embustero...

Sí, soy un embustero. Pero no porque haya mentido sobre mis calificaciones escolares, sino porque me acerco más de lo necesario a Nura para ayudarla a volar la cometa. Pongo una mano sobre su cintura y la otra sobre su muñeca. Mi piel, mi sangre, todo mi cuerpo se revoluciona cuando entra en contacto con el suyo. Su pelo ondea al viento y me hace cosquillas en la mejilla. En ese instante, siento que todo encaja. Como si su cuerpo y el mío estuvieran hechos el uno para el otro. Como si fuéramos las dos últimas piezas de un puzle. El corazón se me va a salir del pecho cuando confirmo algo que ya sé: estar con Nura es un riesgo que estoy dispuesto a correr. Porque ¿qué sería de la vida si no nos arriesgamos a vivirla con la intensidad que se merece?

19
Nura

Está atardeciendo. Un sol anaranjado, como la yema de un huevo, se esconde muy despacio detrás del mar. Mientras tanto, Leo y yo estamos sentados en la toalla y nos quejamos del sabor amargo de la cerveza caliente, pero seguimos charlando y bebiendo. Hablamos de todo. De nuestras películas y libros favoritos y de nuestras mejores anécdotas. De su primer concierto y de mi primera firma de libros. Estoy un poco achispada, aunque no lo suficiente para echarle la culpa al alcohol de nuestra cercanía física. Mi brazo sobre el suyo. Mi rodilla recostada sobre su muslo. El intenso calor que invade cada centímetro de mi piel.

—Ya llevas dos copas de más.

—Y tú.

—Prometiste que me contarías cómo supiste que querías ser escritora.

—Ah, eso… —Echo la cabeza hacia atrás y me apoyo sin querer en su hombro. No me aparto porque me gusta apoyarme en él. Leo es la cuerda de seguridad de una tirolina. El cinturón del coche. Las rejas de una ventana. Tengo la impresión de que con él no me puede suceder nada malo y, al mismo tiempo, siento la intensa necesidad de saltarme las normas. Le cuento mi pequeño secreto. Ese que jamás le he confesado a nadie porque me daba vergüenza—. Tenía diez años y acababa de leer *Harry Potter y el cáliz de fuego.* Los tres primeros libros son más infantiles, pero a partir del cuarto la historia va madurando a medida que Harry y sus amigos crecen. Con diez años yo estaba acostumbrada a los finales felices. No quiero hacerte *spoiler* por si ves la película, pero sucede algo horrible. Un personaje que me encantaba muere. Cuando llegué a ese capítulo, arrojé el libro contra la pared y rompí a llorar. Monté tal drama que mi madre entró en mi habitación y pensó que me había roto una pierna. Le dije que me diera la dirección postal de J. K. Rowling porque pensaba escribirle una carta. Mi madre se empezó a reír y yo me puse hecha una furia. Le aseguré que buscaría su dirección en Google para decirle que era una escritora horrible. Estaba triste y enfadada y juré que jamás volvería a leer un libro de Harry Potter. Por supuesto, me leí el siguiente al cabo de un par de meses cuando se me pasó el disgusto.

—Pero no entiendo…

—Espera —le ordeno, y él se calla—. A los diez años decidí que quería ser escritora. ¿Sabes cómo superé el final de *El cáliz de fuego?* Escribí uno alternativo para que el libro terminara como a mí me habría gustado. Luego lo encuaderné y se lo leí a mi hermana mayor. Era un bodrio, pero ella me dijo que era una maravilla y yo me sentí tan orgullosa que a partir de entonces no paré de escribir historias. Pensé: «No importa que un libro tenga un mal final porque yo puedo mejorarlo». Y luego llegué a la conclusión de que tampoco importaba que tuviera pocos amigos porque en mis historias podía ser pirata, astronauta o una superheroína que salvaba el mundo y a la que todos adoraban. Escribir me ayudó a sentirme más segura. Es curioso porque los universos que creaba no eran reales, pero la sensación era increíble. Ya puedes reírte.

Leo me mira y no sé si está haciendo un gran esfuerzo para no reírse o si mi historia lo ha enternecido.

—¿Al final le enviaste la carta?

—No logré averiguar dónde vivía, pero en su página web había una dirección de correo electrónico y le escribí. En el primer email le dije que había perdido una lectora y que era una escritora sin sentimientos. —Leo se ríe—. Luego me arrepentí y le envíe otro en el que le pedía disculpas y le decía que era una gran inspiración para mí y que soñaba con conocerla. Nunca me respondió. Pero no se lo tengo en cuenta, seguro que es una mujer muy ocupada.

—¿Te das cuenta de que querías escribir finales felices y en tu libro la palma un montón de gente?

—¡Tenía diez años! —me defiendo—. Luego descubrí a Bram Stoker, las hermanas Brontë, Shakespeare, Agatha Christie... No puedo evitarlo, me encantan las novelas oscuras y cargadas de misterio. En la universidad tenía claro que, si escribía algún libro, sería de suspense o terror; pero siempre pensé que era un sueño imposible y que acabaría siendo profesora en un instituto. Y el resto ya lo sabes.

—Menos mal que no fuiste profesora.

—¿Por?

—Pobres chavales.

—¿Cómo dices? —Le doy un empujoncito, pero Leo no se lo esperaba y pierde el equilibrio. Termina bocarriba en la arena y lo señalo con un dedo—. Retíralo ahora mismo. Estoy convencida de que habría sido una gran profesora. Les habría transmitido mi pasión por la literatura.

—No tienes paciencia.

—Eso... —Estoy a punto de contradecirlo, pero comprendo que tiene razón—. Es verdad. De buena se han librado.

—Tienes otras cualidades.

—¿Cuáles? Regálame los oídos. Acabas de romperme el corazón.

—Eres pasional, original y se nota que te encanta lo que haces.

—Lo que hacía.

Leo se incorpora y coloca sus manos sobre mis hombros. Me destenso cuando me da un masaje. Se me escapa un suspiro placentero. Su respiración cálida me acaricia la nuca. No me puedo creer que me esté dando un masaje. Se le da de lujo. Me pregunto qué otras cosas sabrá hacer con las manos, aparte de tocar la guitarra, acariciarme la mejilla o masajearme los hombros. Seguro que muchas. Cosas calientes y que me derretirían.

—Volverás a escribir.

—Ojalá tengas razón.

Sus dedos se deslizan desde mis hombros hasta mi cuello. Tiene las manos cálidas, grandes y suaves. Me muerdo el labio y agradezco que no pueda verme la cara. Estoy en la gloria. La oscuridad se cierne sobre nosotros mientras él me acaricia por encima del jersey.

—Estoy seguro —dice muy convencido—. Encontrarás una idea. La inspiración te llegará cuando menos te lo esperes.

—Leo… —murmuro con los ojos cerrados—. No pares, porfa.

—Solo un poquito más.

—Lo haces muy bien.

—Eso lo dices porque nunca te han dado un masaje.

—¿A ti sí?

—Voy una vez al mes. Es bueno para liberar tensiones.

—Qué pijo eres.

—Habló la que estudió en el Lycée Français y nació en una familia con mucha pasta. ¿Dónde viven tus padres?

—En un ático de los Remedios. —Antes de que pueda hacer un comentario previsible, le digo—: No vayas de humilde. ¿Cuánto dinero tienes en el banco?

—Ni lo sé ni me importa.

—Eso solo lo dice la gente a la que le sobra el dinero.

—Se acabó el masaje.

—¡No!

Pero Leo ya me ha quitado las manos de encima. Estoy a punto de agarrarle las muñecas para que continúe. Está anocheciendo y el viento se convierte en una brisa helada que levanta remolinos de arena, pero ninguno de los dos quiere irse. Estamos muy cómodos juntos. No hace falta que él me lo diga porque esas cosas se notan.

—Estás helada.

—Un poco.

Leo me frota los brazos para que entre en calor.

—¿Quieres que nos vayamos?

—Todavía no. Quiero ver las estrellas.

—Te daría mi sudadera, pero entonces me quedaría sin nada.

—Da igual.

—Te vas a congelar. Vamos, levanta. Voy a coger la toalla.

—No quiero sentarme en el suelo.

—No seas tan fina. No te pega.

De mala gana, acepto su mano para ponerme de pie. Noto un chispazo de electricidad cuando nuestros dedos se tocan. No sé si él también lo ha sentido. Está demasiado ocupado sacudiendo la toalla que luego me coloca encima de los hombros con una delicadeza que me acaricia el corazón.

—¿Mejor?

—Sí —respondo de mala gana—. Pero sigo sin querer sentarme en el suelo.

Leo se desploma en la arena y extiende las piernas. Le da igual mancharse. Me mira de reojo y sonríe porque sabe que voy a ceder. No tiene ningún sentido hacerme la dura, así que me siento a su lado y clavo la mirada en el cielo. Está anocheciendo y titilan las primeras estrellas.

Al final he terminado tumbada sin remilgos sobre la arena. El cielo está cuajado de puntos brillantes que centellean en la oscuridad. Estamos bañados por la tenue luz de las estrellas y la media luna gris. Me gusta estar en penumbras con él. Hablar a media voz mientras contemplamos el manto de estrellas y nos sentimos resguardados porque aquí nadie puede reconocernos o culparnos.

—Qué bonitas son las estrellas. Esto no se ve en la ciudad.

—Al final te va a gustar la playa. Te lo dije.

—Pero tú no me has traído. He sido yo quien te ha invitado.

—¿Y quién conducía el coche?

—Una tortuga.

—Será posible…

—Venga, Leo. No pasabas de cien en la autopista.

—Soy un conductor prudente. Por eso no te dejé llevarlo a ti. Sabía que eres la típica conductora impaciente que siempre circula por el carril izquierdo.

—No te piques. —Pongo mi mano sobre la suya. Sé que está sonriendo. Señalo un grupo de estrellas—. ¿Cómo se llamará esa constelación?

Su brazo se apoya sobre el mío y me estremezco de placer.

—Ni idea.

—Ojalá estuviera acompañada de un chico que tuviera conocimientos de astronomía y me contara una historia sobre las constelaciones, de esas que quedan de lujo en una novela romántica.

—Ojalá estuviera con una chica que no se las diera de lista.

Me río. Entierro la mano libre en la arena y con la otra le acaricio los nudillos. La arena está fría y su mano, caliente. Su mano siempre está caliente.

—*Touché*.

—¿De dónde vendrá ese término?

—Es una expresión francesa que proviene de la esgrima y se utiliza para indicar que el adversario te ha tocado con el florete. No me mires así. Estudié en un colegio privado donde las clases se impartían en francés.

—Eres igual de sabelotodo que Hermione.

—Harry no habría llegado muy lejos sin ella.

—*Touché* —responde, y añade con tono divertido—: Listilla.

—Es mejor ser una listilla que ir de listilla.

Está a punto de llevarme la contraria, pero le recuerdo que soy muy competitiva y estoy deseando iniciar una guerra de cosquillas. Nos reímos. Podría pasarme toda la vida en esta playa contemplando un puñado de puntos brillantes en el cielo y riéndome con Leo. No importa que desconozcamos el nombre de las estrellas que nos alumbran. Porque con él la vida me parece más bonita y lo anodino se vuelve extraordinario.

20
Leo

¿Los momentos mágicos viven para siempre en la memoria? Algo me dice que sí. Porque, cuando sea un anciano, sé que recordaré este instante con un pellizco de añoranza en el centro del pecho. No quiero renunciar a esta sensación, la de sentirme invencible al lado de otra persona. Ni a la certeza de que nuestros destinos están tan entrelazados que solo somos dos gotas de agua deslizándose por la ventanilla de un coche hasta que terminan formando una sola.

Pero está refrescando y ella está congelada. Además, el tiempo se nos ha pasado volando y estamos muertos de hambre. No me puedo creer que llevemos varias horas aquí. Hablando. Hurgando sin pudor en la vida del otro. Me tiene fascinado.

Montamos en las bicicletas y paramos en un puesto de perritos calientes. El vendedor me reconoce y me pide una foto. Nura insiste en pagar, pero se lo impido. Nos sentamos en un banco alumbrado por una farola de luz mortecina e intermitente. Nura le da un bocado al perrito y el kétchup le salpica los vaqueros.

—¡Mierda!

Cojo un par de servilletas e intento limpiar la mancha, pero solo consigo extenderla por la tela. Nura se encoge de hombros y sigue comiendo. Cuando me percato de que le estoy tocando el muslo, aparto la mano de golpe. Ella me guiña un ojo.

—¿A que estoy más dura que una piedra?

—Pse, tampoco es para tanto —miento acalorado.

—Hago sentadillas y corro todos los días. Estoy más dura que el acero, chaval.

—¿Eso quién lo dice?

—Yo —responde con aplomo, y añade con tono arrogante—: El último tío con el que me acosté dijo que tenía unas piernas de *top model*. Yo creo que son mi mejor atributo femenino.

No quiero saber nada acerca de los tíos con los que se enrolla. No es asunto mío. Debería importarme una mierda que ligue por Tinder y tenga unas piernas kilométricas. Pero eso no impide que las mire de reojo y me imagine cómo sería tenerlas enrolladas alrededor de mi cintura mientras me hundo dentro de ella.

—Leo, ¿estás bien?

—Sí, ¿por?

—Te has quedado blanco. ¿No habrás cogido frío?

¿Frío? Lo que tengo es un calor y una mente traicionera que me juega malas pasadas. Joder, tengo novia. No debería estar aquí con Nura. No debería fantasear con ella, sino estar en el sofá de mi casa acurrucado con mi chica mientras vemos una reposición de *Modern Family*. Pero no me apetece estar con Clara porque sé que ya no estoy enamorado de ella. Y me siento como una basura porque debería haber roto con una buena chica con la que he compartido más de tres años de mi vida. Es lo mínimo que se merece.

¿Qué cojones estoy haciendo?

¿Qué me estás haciendo, Nura?

—Leooo. —Nura sacude la mano delante de mis ojos—. ¿Sigues conmigo? ¿De verdad que te encuentras bien?

—Perfectamente.

—Vale —responde un tanto indecisa, y acto seguido se levanta—. Te voy a llevar a un sitio que te va a encantar.

—Creo que deberíamos...

—Vamos, Leo. —Nura me obliga a ponerme de pie—. ¡Te va a flipar!

Nura tira de mí en dirección a las bicicletas. De repente, estoy molesto con ella. No, con ella no. Con ella no podría enfadarme, y, si lo hiciera, probablemente se me pasaría a los cinco minutos. Estoy cabreado conmigo porque soy un capullo.

—¿Por qué siempre pareces tan segura de todo? —Entrelazo nuestros dedos y tiro de ella para que frene—. ¿Tu seguridad es real o solo una fachada para impresionar a los demás?

Nura enarca una ceja.

—¿Te parezco la clase de persona que necesita impresionar a los demás?

—Tal vez.

—¡Mentiroso!

Intento ponerme serio, pero la media sonrisa me traiciona. Ella, en cambio, sonríe de oreja a oreja porque sabe que lleva razón. Le encanta llevar razón.

—Tú vas por libre. Pero las personas que van por libre a veces se estrellan.

—Hoy no. —Tira de mí y la sigo porque en el fondo me pica la curiosidad—. Vamos a ir a un sitio que es una pasada.

—Un sitio en el que no voy a pasar desapercibido.

—No eres tan importante, Leo.

—No soy importante, soy famoso. A mis amigos de toda la vida les incomoda ir conmigo a sitios públicos. No los culpo. La gente me mira y espía nuestras conversaciones. No es agradable.

—Yo no soy tu amiga de toda la vida. Solo soy una chica que va a llevarte a un lugar en el que vas a pasártelo en grande. Hazme caso.

—Te he acompañado a la playa. Te estoy haciendo caso.

—Buen chico.

—No te pases.

Nura se sube a la bicicleta. Espero que el lugar merezca la pena, porque no me apetece firmar autógrafos o hacerme fotos. No me ha importado hacerme una con el vendedor del puesto de perritos porque estábamos solos. Pero, si hubiera habido más gente, de repente me habrían acorralado y la normalidad se habría esfumado. Me gusta pasar desapercibido y echo de menos las ventajas de ser una persona anónima que no está obligada a guardar las apariencias.

Pedaleamos durante tres kilómetros a un ritmo tranquilo hasta que Nura frena delante de un local con un destartalado cartel de neón. Debe de ser una broma. Ella se baja de la bicicleta. La miro con incredulidad. No es una broma. Ha perdido el juicio. No pienso entrar ahí.

—Un karaoke. —Estoy perplejo—. ¿Va en serio?

—Un karaoke repleto de guiris con una media de edad de cincuenta años. Me encanta este sitio. El dueño es muy enrollado. Te prometo que no te van a molestar.

Me froto la cara. Nura vive en otro mundo. Ya sé que hasta hace unas semanas no conocía a mi grupo y que mi fama no la impresiona, pero todos no son como ella. Ojalá lo fueran. Mi vida sería más fácil.

—Nura, soy guitarrista de una banda que acaba de dar una gira por España y parte de Europa.

—Los karaokes son para dar el cante. ¿Qué te apuestas a que nadie te pide un autógrafo?

—No es por darme aires de grandeza, pero siempre hay alguien que termina reconociéndome. Me pasa siempre.

—Yo no he dicho que no vayan a reconocerte, señor importante. —Me da un empujoncito para que entre, pero me niego a moverme del sitio—. He dicho que no van a molestarte. Aquí la gente viene a desafinar y a pasarlo bien. Relájate, Leo.

—Yo no desafino.

—Tú no desafinas, tú eres más famoso que Freddie Mercury y a tu lado Chopin era un aficionado. Vamos a hacer una cosa. —Se remanga el jersey y pone cara de dura—. Si alguno de estos guiris se acerca para pedirte una foto, lo espantaré a puñetazos. Tú eres heredero de Mozart y yo soy prima hermana de Chuck Norris. ¿Qué te parece?

—Que estás como una cabra.

—Prefiero estar loca que ser una aburrida. —Nura me coge de la mano y me mira a los ojos sin pestañear—. Confía en mí, porfa.

No es justo. Si me lo pide, no puedo negarme. Creo que no puedo negarle nada y sé que lo que siento por ella no es sano. Quizá solo sea una obsesión pasajera. Un capricho del que terminaré cansándome. Pero en el fondo tengo la impresión de que Nura y yo estamos destinados a ser importantes en la vida del otro.

Estoy acojonado y no tiene nada que ver con el karaoke. Es un lugar anclado en los años ochenta. Una bola disco alumbra el local y al fondo hay un escenario con varios micrófonos. No ha mentido cuando ha dicho que la media de edad rondaba los cincuenta. De hecho, yo diría que los setenta y largos. Hay un grupo de jubiladas de pelo oxigenado y piel anaranjada que beben margaritas y hablan en voz alta. Creo que son inglesas.

—Voy a pedir dos cervezas mientras tú te sientas a esa mesa del fondo y rezas un par de padrenuestros para que nadie te reconozca —se burla de mí—. ¡Qué dura es tu vida!

Me dirijo a la mesa más solitaria del local con los hombros encorvados y cara de susto. Nura se acerca a la barra y el camarero, un hombre de unos cincuenta y tantos, la abraza en cuanto la reconoce. Charlan durante unos minutos que se me hacen eternos y en los que descubro, para mi asombro, que ella tenía razón. Aquí nadie parece darse cuenta de quién soy. Estoy a punto de cantar victoria cuando una señora mayor, con una boa de plumas fucsia alrededor del cuello, se acerca a mí. Me temo lo peor.

—Joven, ¿te apuntas a cantar con nosotras? —Señala a sus dos amigas, que me saludan con efusividad desde el otro extremo del local. Tiene acento británico y me mira esperanzada—. Nos falta una persona para el cuarteto de ABBA.

—Lo siento, en otra ocasión.

—Nos toca dentro de cinco minutos. Por si cambias de opinión.

La señora se aleja con su boa de plumas mientras a lo lejos sus dos amigas me miran decepcionadas. Nura regresa en ese momento con dos jarras de cerveza.

—¡Dios mío! ¿No me digas que esas jubiladas inglesas se han intentado aprovechar de ti?

—Les falta una persona para su cuarteto de ABBA y me ha preguntado si quería unirme a ellas. No me ha reconocido.

—¿Cómo está tu orgullo? ¿Te doy un paracetamol o ya se te ha pasado el disgusto?

—Ja, ja. —Me río con sequedad—. Todavía queda mucha noche.

—¿No te gusta ABBA?

—No es mi estilo. Y, para que lo sepas, el gigante del fondo me está poniendo ojitos.

—Le habrás gustado. Eres mono y tienes cara de niño bueno. Aunque, en mi opinión, te lo tienes muy creído y eres un pelín estrecho. —Le da un largo trago a la cerveza y la deja encima de la mesa—. No puedo permitir que las jubiladas se queden sin su cuarta integrante. La del pelo teñido de rojo tiene mala cara. Yo diría que le quedan tres telediarios. ¿Y si esta es su última oportunidad de brillar en un escenario?

—¡Nura! —exclamo horrorizado, pero la risa me traiciona. Es lo peor—. Vas a ir al infierno.

—Espero que en el infierno haya cerveza fría, queso parmesano y tíos con tableta de chocolate. —Me guiña un ojo—. Ahora vuelvo, señor importante. Ponte las gafas de sol, no vaya a ser que alguien te reconozca.

Que Nura no tiene vergüenza ni sentido del ridículo es algo que ya sabía, pero de todas formas me lo paso en grande escuchándola desafinar. Se abraza a las jubiladas inglesas como si las conociera de toda la vida y grita hasta desgañitarse. Una de ellas le coloca una boa de plumas verde alrededor del cuello y Nura se contonea al ritmo de la música. No pretende ser sexy, pero lo es. Y tanto que lo es.

—¡Esta canción se la dedico a mi amigo Leonardo! —Me señala y me muero de la vergüenza cuando todos me miran—. «Friday night and the lights are low, looking out for a place to go...».

Nura y las jubiladas lo dan todo, y el público del karaoke, compuesto por un grupo de alemanes al borde del coma etílico, un puñado de japoneses escandalosos, una excursión del Imserso y el dueño del local, aplaude y las vitorea. Nura sacude la cabeza y se contonea de forma sensual mientras canta:

Anybody could be that guy
night is young and the music's high
with a bit of rock music
everything is fine
you're in the mood for a dance.

Cualquiera podría ser ese tipo
la noche es joven y la música está alta
con un poco de música rock
todo está bien
estás de humor para un baile.

Si no supiera que le encanta hacer la payasa, creería que me está lanzando una indirecta porque me mira mientras canta. Me pongo de pie para aplaudir cuando la actuación termina. Nura y las jubiladas se cogen de las manos y hacen una reverencia al público enardecido por la música y el alcohol. Regresa caminando con una sonrisa, las mejillas coloradas y la boa de plumas verde alrededor del cuello.

—Enhorabuena. Una actuación épica.

Nura se desploma en la silla de enfrente y se termina la cerveza de un trago.

—La del pelo rojo se llama Daisy y me ha dado su número de teléfono por si quiero salir de marcha con ellas. Están celebrando el divorcio de su amiga Velma. Si no espabilas, te cambio por ellas. Son más fiesteras que tú.

—Desde luego.

—¿No te animas a cantar?

—Lo mío es tocar la guitarra.

—Ya, verás... Resulta que estamos en un karaoke. Aquí hay micrófonos, no instrumentos de música. Si me dices que tienes pánico escénico, me caigo de espaldas.

—Voy a por otra ronda. —Me levanto para escaquearme—. ¿Tú quieres una cerveza?

—Obvio.

El camarero me atiende con naturalidad cuando le pido un par de cervezas. Después de servírmelas, me mira fijo y me temo lo peor. Respiro profundamente. Me va a tocar firmarle un autógrafo para su hija y responder con una sonrisa educada a las preguntas de rigor.

—Una chica increíble, ¿verdad? —Señala en dirección a Nura.

Me ruborizo porque he vuelto a creerme la última Coca-Cola del desierto. No sabía que fuera tan vanidoso. Luego me relajo de inmediato. Sienta bien ser anónimo por un día.

—Sí, lo es.

—La conozco desde que era así de pequeñita. —Levanta la mano un par de palmos del suelo—. Solía acaparar el micrófono y cantaba todas las canciones de las Spice Girls. Menudo genio manejaba. Su padre tenía que subirse al escenario y cogerla en brazos para que el resto de los clientes pudiera cantar.

—Sigue teniendo carácter.

—Invita la casa —dice cuando saco la cartera—. Cuídala. Vale oro.

—Lo haré.

Nura me mira con interés cuando llego a la mesa.

—¿De qué hablabas con Agus?

—Conque las Spice Girls, ¿eh?

—«If you wanna be my lover...» —comienza a cantar—. Sí, ¿qué pasa? También me gustaban los *Power Rangers* y *Karate Kid*.

—Yo era más de *El príncipe de Bel-Air*.

—«Al oeste en Filadelfia crecía y vivía sin hacer mucho caso a la policía...» —canturrea, y luego me guiña un ojo—. Canta algo. No seas soso.

—Cuando me termine la cerveza.

—Cómo te gusta hacerte de rogar. ¿Lo estás pasando bien?

Lo pregunta preocupada. Lo estoy pasando más que bien.

—Sí.

—Me alegro.

—Tenías razón. ¿Satisfecha? No soy tan importante.

—No es tu público. Tampoco te hagas mala sangre.

—Qué va, estoy encantado. Sienta bien ser normal. No, no tengo tres piernas ni nada por el estilo. Ya me empiezo a saber de memoria tus chistes, listilla.

—Tendré que inventarme otros. ¿Qué vas a cantar? ¿Una tuya?

—No. —Termino la cerveza y me pongo de pie. Nura aplaude encantada—. Hoy solo soy un chico que viene a cantar al karaoke.

Nura me observa sin pestañear cuando me subo al escenario. Lo tengo muy claro. No es una elección difícil porque me encanta esta canción. Obviamente no tengo pánico escénico, pero es la primera vez que canto en público. Solo lo he hecho delante de los míos. Sé que no tengo una gran voz. No soy Gabi. No tengo su talento natural para llegar a las notas altas ni su tono grave y rasgado. Pero la música es mi gran pasión y me olvido de todo cuando canto la primera estrofa.

Lucha de gigantes
convierte
el aire en gas natural.
Un duelo salvaje advierte
lo cerca que ando de entrar
en un mundo descomunal.
Siento mi fragilidad.

Vaya pesadilla,
corriendo
con una bestia detrás.
Dime que es mentira todo,
un sueño tonto y no más.
Me da miedo la enormidad
donde nadie oye mi voz.

Deja de engañar,
no quieras ocultar
que has pasado sin tropezar.

Monstruo de papel,
no sé contra quién voy.
¿O es que acaso hay alguien más aquí?

Creo en los fantasmas terribles
de algún extraño lugar,
y en mis tonterías para
hacer tu risa estallar.

En un mundo descomunal
siento tu fragilidad.

Deja de engañar,
no quieras ocultar
que has pasado sin tropezar, oh.
Monstruo de papel,
no sé contra quién voy.
¿O es que acaso hay alguien más aquí?

Estoy colorado cuando termina la canción y el público se pone de pie para aplaudirme. Nura se mete dos dedos en la boca para silbar. No deja de aplaudir hasta que regreso a la mesa. Entonces lo hace con más fuerza.

—¡Leonaaardo! ¡Leonaaardo!

—Vale, vale. Tampoco ha sido para tanto —digo ruborizándome hasta las orejas.

—¡Qué dices! Ha sido precioso. No sabía que cantaras tan bien. Pensé que tu hermana era la voz del grupo.

—Es la voz del grupo.

—Pero tú tienes una voz impresionante.

—Gracias.

—Hablo en serio. A todos les ha encantado.

—Es un karaoke de aficionados.

—¿Nunca has querido cantar algún tema? ¿Ni siquiera colaborar con tu hermana?

—Sí —admito con voz queda.

Ella me mira extrañada.

—¿Y por qué no lo has hecho?

—Porque mi padre piensa que cada integrante del grupo tiene su cometido. Gabi es la solista. No es discutible. Me dijo que lo mío son las composiciones y la guitarra. Sé que tiene razón. No tengo ni punto de comparación con mi hermana.

—Pero... —Nura se muerde el labio, algo impropio de ella porque siempre dice lo que piensa—. Nada. No quiero meterme donde no me llaman.

—No, adelante, di lo que piensas.

Ella parece indecisa, pero al final lo suelta.

—Me da pena que te veas de esa forma. La voz de tu hermana es alucinante, pero la tuya es muy especial. Sé que no debería decir esto, pero en este momento tu padre me cae fatal. Lucha por lo que quieres si de verdad sientes que merece la pena.

—Yūgen es Gabi.

—Yūgen son tus letras y en el fondo lo sabes. Sin ánimo de restarle mérito a tu hermana ni a tus compañeros. —Nura estira los brazos y coge mis manos. Me mira con una ternura que me sorprende—. Canta si es lo que te gusta. Hazlo por mí.

—No me pidas eso, Nura —respondo agobiado—. Por ti haría cualquier cosa.

21
Nura

Si no estuviera tan achispada, las palabras de Leo se me habrían subido a la cabeza. Bueno, vale, entre tú y yo, se me han subido a la cabeza. Ahora estoy flotando en una nube de serotonina. Si tuviera que escoger una palabra para definir lo que tengo con Leo, esa sería «química». Porque tengo la impresión de que juntos funcionamos mejor. Sé que es una locura y que debería mantener los pies en el suelo, pero todo me parece tan bonito cuando él entra en la ecuación...

«Por ti haría cualquier cosa».

Quiero preguntarle hasta dónde llegaría por mí. Quiero escuchar que por mí sería capaz de todo. Y quiero creerlo, soñar despierta y amanecer con él en mi cama.

Nunca me han gustado los halagos baratos. De hecho, me pongo de mal humor cuando los hombres me regalan los oídos. No me gusta que me digan lo que quiero escuchar para conseguir mi cuerpo y ganar un billete directo a mi corazón. Pero con Leo mi cabeza funciona de una forma contradictoria y el corazón me traiciona. Es una sensación intensa a la que no estoy acostumbrada. Un sentimiento que me aterra y me fascina a partes iguales.

—¿Nos vamos?

—Tampoco tenemos otra opción. El dueño está a punto de cerrar.

Tiene razón. Agus está limpiando las mesas, pero me conoce desde que era una niña y es demasiado educado para cortarnos el rollo. Parecemos una pareja que ha venido a pasarlo bien al karaoke.

Y lo hemos pasado más que bien. Lo sé porque Leo no quiere irse ni yo tampoco. Si nos vieran desde lejos, seríamos los típicos jóvenes que se están conociendo y creen que tienen todo el futuro por delante para ser felices. Aunque nuestra realidad no podría ser más distinta. Porque él tiene novia y yo jamás saldría con el guitarrista de una banda de rock. No estamos destinados a estar juntos.

—¡Adiós, Agus!

—Espera, Nura. —Agus se acerca a nosotros con cara de circunstancias y se dirige a Leo—. No quiero molestarte, pero llevo un rato pensando de qué me sonaba tu cara. Eres el guitarrista del grupo que le encanta a mi hija. Fue a veros al concierto que disteis en Cádiz. ¿Te importaría hacerte una foto conmigo y firmarle un autógrafo? No se lo va a creer.

—Por supuesto.

Agus me da su móvil y les hago un par de fotos. Una vez que Leo le firma un autógrafo para su hija, salimos del karaoke. Resoplo en cuanto cruzamos la puerta porque me fastidia no haberme salido con la mía. Él esboza una sonrisa fanfarrona.

—Enhorabuena, campeón.

—Le he escrito una dedicatoria muy bonita. ¿Quieres saber lo que ponía?

—No me interesa.

—No te mosquees. Casi ganas.

—No estoy mosqueada...

—Te enfadas con facilidad. —Leo me tira de un rizo y le lanzo una mirada de advertencia—. ¿Te han dicho alguna vez que estás muy guapa cuando te enfadas?

—Un montón de veces.

—Qué creído te lo tienes.

—¡Habló el ídolo de masas!

Me gusta que me vacile y disfruto un montón con nuestros piques. Me apoyo en la fachada del karaoke. Estoy cansada. Ha sido un día agotador y son las tantas de la madrugada, pero podría alargar este momento porque Leo es un chute de energía que me mantiene con los ojos muy abiertos.

—¿Por qué *Lucha de gigantes*? —pregunto con curiosidad.

—Es una de mis canciones favoritas. Nunca he entendido del todo la letra, pero siempre quise componer algo así de grande. Es una canción repleta de especulaciones. Algunos dicen que se refiere a la adicción del cantante, aunque él explicó años después que aludía a una de sus grandes pasiones, la astrofísica.

—Somos seres diminutos en un universo infinito. O algo así, ¿no?

—Qué curioso. —Leo se planta delante de mí y me mira a los ojos. Tiene las pupilas dilatadas y ganas de tocarme. Lo sé porque sus manos están metidas dentro de los bolsillos y he descubierto que es un gesto de autocontrol—. Yo también me siento diminuto cuando estoy contigo.

—Anda ya. Con lo alto que eres. Rondarás el metro ochenta.

—Hablo en serio.

Leo saca las manos de los bolsillos y las apoya en la pared, justo a cada lado de mi cabeza. Sus pulgares me rozan las mejillas y su boca está a escasos centímetros de la mía. Nuestras respiraciones se mezclan en un cóctel ardiente y peligroso. Se me eriza el vello de los brazos y mi mirada se clava en sus labios.

—¿Te hago sentir pequeño?

—Sí —responde con una vulnerabilidad muy sincera.

—¿Por qué?

Pongo mis manos sobre su pecho, pero no para apartarlo, sino para atraerlo más hacia mí. Apoyo mi frente sobre la suya y él suspira. Está haciendo un gran esfuerzo para controlarse.

—Porque me descolocas.

—¿En el buen sentido?

—En todos los sentidos.

Deslizo mis manos desde su pecho hasta su abdomen. Está más duro que una piedra. Pero lo que de verdad me excita es que se muestra sin aristas. Estoy segura de que Leo no es la clase de hombre que se hace el valiente para captar mi interés. Solo es un chico emocional y asustado que está lidiando con sus dudas mientras intenta ser sincero consigo mismo.

—No sé si eso es bueno.

—Yo tampoco —admite con voz ronca antes de rozar mi boca con timidez—. Pero estoy cansado de luchar contra lo que siento por ti.

Me muero de ganas de dejarme llevar. Qué fácil sería cerrar los ojos e inclinar la cabeza. Me está pidiendo permiso para besarme y ardo en deseos de concedérselo. Mi mente es un hervidero de dudas y nunca he estado tan asustada. Se me aflojan las rodillas cuando levanto los brazos para rodearle el cuello. Justo entonces, algo capta mi atención y se me escapa un grito. Leo se sobresalta y se aparta avergonzado.

—¡La bicicleta!

—¿Qué? —pregunta desconcertado.

—La bicicleta de mi padre.

Señalo la farola en la que debería estar atada. Alguien ha roto el candado y se la ha llevado. Leo se pasa una mano por el pelo. Parece agobiado y decepcionado porque acabo de rechazarlo. No ha sido mi intención. O quizá sí. De repente he tenido una excusa para frenar lo que podría haber sido una locura. Ahora me arrepiento. ¿Desde cuándo huyo de las locuras si son el motor que mueve mi mundo?

—Al menos han dejado la bicicleta de tu hermana… —Intenta ver el lado positivo.

—Normal. Es una reliquia.

Me abrazo a la cintura de Leo mientras él pedalea con esfuerzo. Le advierto que voy a estrangularlo si nos caemos, pero la bicicleta es muy antigua para soportar el peso de dos personas y él hace lo que puede. Además, no estoy incómoda. Tengo la poca vergüenza de meter las manos dentro de su sudadera para acariciarle el abdomen. Está calentito, duro y huele de maravilla. El paraíso debe de ser un lugar muy parecido a este momento. Dos personas que se gustan viajando en la misma bicicleta mientras comienza a chispear. Las primeras gotas de agua me salpican la cara y apoyo la mejilla en su espalda. Sonrío sin poder evitarlo.

—¿Podría ser peor? —se queja.

Comienza a llover con intensidad y me parto de risa. Leo sacude la cabeza y también se ríe. Lo abrazo con más fuerza cuando la bicicleta derrapa por el asfalto mojado. Me dice que lo voy a asfixiar, pero coloca su mano izquierda sobre las mías para que no suelte el agarre.

—No quiero que te caigas, tonta.

—Tonto tú —respondo con una sonrisa.

Mis pechos se aplastan contra su espalda. Me pregunto si estará tan excitado como yo. Si, a pesar de la lluvia que nos cala hasta los huesos, sentirá que le hierve la piel. Cuando llegamos a la urbanización, bajamos de la bicicleta y subimos corriendo hasta la tercera planta. Estamos empapados y exhaustos cuando abro la puerta.

—Voy a por unas toallas.

Entro en el baño, cojo dos toallas limpias y regreso al salón. Leo se ha quitado los zapatos y la sudadera. Me gustaría quitarme el jersey, pero llevo un sujetador de encaje semitransparente y estaría fuera de lugar. Aunque lo que ha estado a punto de suceder antes también ha estado fuera de lugar. Me quito los zapatos y me envuelvo en la toalla de algodón. Intento apartar la mirada de Leo cuando se seca el torso. Un puñado de pecas le cruza los omoplatos. Se me seca la boca y voy directa al sofá. Ojalá no hubiera sido tan idiota. Debería haberlo besado. Dios, me muero de ganas de hacerlo y me da igual si me convierto en una mala persona por pensar solo en mí misma.

—Necesito entrar en calor. —Me arropo con la toalla.

«Y se me ocurre una forma muy placentera de conseguirlo».

—¿Hay café o chocolate?

—Puede que haya algo en la despensa. Mi hermana mayor estuvo aquí hace cuatro semanas.

—Voy a cotillear. —Leo se seca el pelo con la toalla y me guiña un ojo—. Con tu permiso.

Lo oigo abrir las puertas de los armarios de la cocina hasta que exclama:

—¡Bingo! Hay un cartón de chocolate a la taza para microondas.

—¿Está caducado?

—No.

Aprovecho que está preparando el chocolate para quitarme el jersey empapado y echarme por encima de los hombros una manta que hay doblada sobre el sofá. Leo regresa con dos tazas de humeante chocolate caliente y me tiende una. Pego la manta contra mi pecho antes de cogerla.

—Un look muy favorecedor.

—Gracias, pero es que a mí todo me queda bien.

Soplo para enfriar el chocolate. Leo se ríe. Su risa consigue disipar mis nervios y me pongo de buen humor. Me pregunto si las cosas siempre funcionarán así entre nosotros. Intensas, desbordantes e imprevisibles.

—Está riquísimo —digo cuando ya llevo la mitad.

—Y caducado.

Dejo la taza sobre la mesita baja y pongo cara de asco.

—¿Me estás vacilando?

—Solo lleva caducado un par de semanas.

—¡Leo!

Él se termina el chocolate sin inmutarse.

—Lo que no te mata te hace más fuerte.

—Yo sí que te voy a matar si me pongo enferma.

—Lleva azúcar y un montón de aditivos. No va a pasar nada.

—Te mataré si tengo gastroenteritis. Te lo juro.

—«Fecha de consumo preferente» y «Fecha de caducidad» no son lo mismo. Para ser tan empollona, no sabes nada de la vida.

Le tiro un cojín y él lo esquiva.

—Tengo el estómago muy delicado.

—No te hacía tan remilgada, princesita —se burla de mí—. ¿De verdad no te lo vas a acabar?

Sacudo la cabeza con vehemencia. Él no tiene reparos en coger mi taza y acabarse el resto del chocolate. Observo sus labios, apoyados justo donde estaban los míos. No puedo resistir el impulso de estirar el brazo y borrarle una mancha de chocolate que tiene sobre el labio inferior. Cuando estoy a punto de retirar la mano, Leo me agarra de la muñeca y chupa mi pulgar. Su gesto es lo más erótico que me ha pasado en la vida. Se me escapa el aire por la boca y la manta resbala unos centímetros por mis hombros.

—Menuda locura —digo con un hilo de voz.

Mi hombro derecho queda al descubierto. Leo me recorre la piel desnuda con los ojos. Hay un deseo tan visceral en su mirada que me consume por completo.

—Contigo me vuelvo loco.

—No, Leo. —Envuelvo mis brazos alrededor de su cuello y lo atraigo hacia mí—. Yo te vuelvo loco.

Leo abre la boca para decir algo, pero la cierra de inmediato. Clava una mirada hambrienta en mis labios. Está respirando de manera acelerada. Sus pupilas se dilatan mientras libra una batalla interior consigo mismo. Quiere besarme. Está borracho, mojado y tan excitado como yo. Porque somos dos jóvenes que desean probarse mutuamente para saber si lo que sienten es tan bueno como promete ser.

—Tranquilo. —Inclino mi cabeza hasta rozar sus labios y él se estremece—. Yo también siento lo mismo.

La manta se cae cuando Leo me besa y todo, absolutamente todo, explota por los aires. El deseo contenido, las ganas, la química. Me besa como si quisiera absorber cada centímetro de mis labios y aun así no fuera suficiente para él. Nos separamos un centímetro para tomar aliento. Me estremezco de placer cuando me muerde el labio inferior. Pierdo la cabeza cuando abro la boca y nuestras lenguas se enredan. Porque este beso es tan jodidamente bueno…

El calor me atraviesa la piel en el momento en el que su mano derecha se apoya en mi cadera. Se me escapa un gemido y él murmura que soy absolutamente perfecta. Le pido que me toque antes de volver a besarlo. Su mano izquierda me roza el costado y desciende lentamente por mi cintura. Me agarro a sus brazos porque besarlo me da vértigo, pero renunciar a hacerlo me produce todavía más vértigo.

Me han besado muchos hombres, pero este beso no se parece en nada a otros. Es intenso. Categórico. Me acelera el corazón hasta que creo que voy a desplomarme. Luego me percato de que Leo se ha tumbado encima de mí. Sus manos sostienen mis mejillas con firmeza como si creyera que voy a escaparme. Ay, Dios, si no quiero ir a ningún sitio. Noto su erección entre mis muslos. Está tan excitado como yo y, aun así, se las ingenia para que no sea un beso sucio o simplemente sexual. Esto es algo más que el morbo de lo prohibido. Significa que encajamos de una forma deliciosa y que ambos ya intuíamos, pero es justo lo que nos faltaba para descubrirlo.

Leo entierra su mano en mi pelo y me da besos cortos. Cálidos. Húmedos. Le acaricio los antebrazos y respiro con dificultad entre beso y beso; no me importa quedarme sin respiración porque lo que siento es demasiado bueno para dejarlo escapar.

—Hueles a vainilla. —Entierra la cabeza en mi pelo y aspira como un animal.

—Y tú hueles...

Para ser escritora, las palabras se quedan atrapadas en un cerebro que se niega a pensar con claridad. Le muerdo la barbilla, el cuello y cualquier parte de su cuerpo que esté al alcance de mi boca. Leo me acaricia el lóbulo de la oreja con los labios. Me derrito y me vuelvo loca. Abro las piernas y las coloco alrededor de sus caderas. Apoyo mis talones sobre su trasero y arqueo la pelvis para demostrarle que quiero más. De repente, Leo se sobresalta y se aparta un poco. Lo miro desconcertada y lo beso. Él se congela y me mira con una mezcla de vergüenza y culpabilidad que me rompe el corazón. Leo cierra los ojos y sacude la cabeza.

—¿Qué cojones estoy haciendo?

Su rechazo es como una losa que me aplasta el orgullo. Pero no solo se trata de eso. Ahora lo único que quiero es cubrirme y estar sola porque Leo ni siquiera soporta mirarme a la cara.

—Lo siento —murmura, y me tiende la manta para que me tape—. Dios, Nura, lo siento. No debería haberte besado. No puedo...

—Nadie tiene por qué saberlo. —Me pongo de pie y aprieto la manta contra mi pecho. No nos miramos—. Fingiremos que no ha pasado.

Leo se tapa la cara con las manos. Está temblando. Una parte de mí se muere de ganas de abrazarlo y pedirle que no se martirice por lo que acaba de suceder. La otra tiene que esforzarse para no echarlo a patadas del apartamento.

—Me voy a la cama —digo con una frialdad que no siento—. Tú puedes dormir en la otra habitación.

—Nura, espera. —Comienzo a alejarme cuando añade—: No quiero que pienses que…

Me encierro en la habitación de mis padres sin ganas de escuchar lo que iba a decirme. «¿No quiero que pienses que te he utilizado?» o «¿No quiero que pienses que soy un mal tío?». No me importa. Porque lo único que siento es un profundo dolor que me atraviesa el cuerpo.

Ojalá no hubiera conocido a Leo.

22
Leo

Tengo un intenso dolor de cabeza cuando me despierto. Estuve hasta las tantas de la madrugada dando vueltas en el sofá, pero debí quedarme dormido cuando estaba amaneciendo. Lo último que recuerdo es ver los primeros rayos de sol colándose por la ventana. Durante mis horas de insomnio, tuve que luchar contra la tentación de llamar a la puerta del dormitorio. No para enrollarme de nuevo con ella —sé que Nura me habría rechazado sin contemplaciones—, sino para mirarla a los ojos y pedirle disculpas.

Me armo de valor y voy a la habitación en la que debe de estar durmiendo. Solo son las diez y media de la mañana. Habré dormido tres horas y estoy fatigado. Pero no pienso echarle la culpa al alcohol. Le abriré mi corazón. Le diré lo que siento y le explicaré, si quiere escucharme, por qué no fui capaz de terminar lo que empecé anoche. Necesito que me entienda.

—Nura… —Llamo a la puerta y no obtengo respuesta—. ¿Puedo pasar?

Silencio.

Sé que está enfadada. Anoche le hice daño. Primero la besé y luego la rechacé cuando ella intentó ir a más. Me asusté. Me acojoné porque entendí que se me había ido de las manos. De lo contrario, me habría acostado con ella y no podría volver a mirarme en un espejo sin sentir asco de mí mismo. Y no es porque Nura no me guste. Dios, me vuelve loco, pero tengo novia y ella no se merece que la traicione.

—Nura, voy a entrar. Tengo que hablar contigo y luego, si quieres, me echas.

La habitación está vacía y la cama, hecha. El corazón me da un vuelco porque presiento que se ha largado. Anoche le estuve dando vueltas a la cabeza. Total, era incapaz de conciliar el sueño. Pensé que sería mejor dejar que las cosas se enfriaran antes de hablar con ella. Pero no soy un cobarde que tira la piedra y esconde la mano. No quiero que ella piense eso de mí.

—¿Nura?

Abro todas las puertas del apartamento antes de comprender que se ha marchado. Tuvo que irse en cuanto me rendí al cansancio. Entonces veo la nota que hay sobre la encimera de la cocina:

> Volveré en autobús a Sevilla. Cuando cierres, deja la llave debajo del felpudo. Creo que no deberíamos volver a vernos. Por favor, no me llames ni me envíes mensajes. Es lo mejor para ambos.
>
> NURA

Salgo corriendo del apartamento, cierro con llave y la dejo en su escondite. Quiero alcanzar a Nura y conduzco a toda prisa hacia la estación de autobuses. Aparco en doble fila y observo la pantalla de información. El próximo autobús con destino a Sevilla sale dentro de cuatro horas y el anterior partió hace quince minutos. Doy una vuelta por la estación y rezo para que no se haya subido a ese autobús. Necesito hablar con ella. Tenemos que aclararlo. Esto no puede acabar así. No soporto que piense que soy un capullo.

—¿Eres Leo Luna? —Una chica me agarra del brazo y abre los ojos de par en par cuando me reconoce—. ¡Sí que eres tú!

—Disculpa, tengo un poco de prisa.

—¡Nerea, ven! ¡Es Leo Luna!

Un grupito de adolescentes corre en mi dirección. Miro a mi alrededor para buscar a Nura, pero en torno a mí se forma un corrillo que me nubla la vista. Alguien me pone un teléfono delante de los ojos. No estoy de humor para fotos. Me abro paso y me largo de allí de camino a mi coche. He perdido a Nura y a cambio he ganado una multa de aparcamiento.

Me encierro dentro del coche y marco su número de teléfono. Necesito hablar con ella. Salta el contestador. Respiro profundamente y le escribo un mensaje. Me da igual lo que dijera la nota. Estaba dolida y la entiendo. Tenemos que hablar. Lo mejor para ambos no es que rompamos el contacto. Al menos no para mí. Pero parece ser que Nura no piensa lo mismo y me llevan los demonios cuando descubro que me ha bloqueado en WhatsApp. Es oficial, no quiere saber nada de mí.

Mientras conduzco de vuelta a Sevilla, lo voy teniendo más claro. Al principio no puedo parar de darle vueltas a lo que ha sucedido en Tarifa. A las caricias en la playa, a las miradas del karaoke y a nuestro beso en el sofá. Pero esto tiene más que ver conmigo que con Nura. Ella solo ha sido el detonante. Lo que necesitaba para darme cuenta de que estaba estancado en una relación que no me hacía feliz.

Todo el mundo habla del proceso de enamoramiento. Se escriben libros. Se ruedan películas. Todas acaban con el «felices para siempre». Nadie te cuenta que a veces la chispa se apaga. Enamorarse es maravilloso. Desenamorarse asusta porque cuesta admitir que debes romper ese vínculo que te une a otra persona.

El amor es cálido y te hace sentir a salvo cuando es correspondido. El desamor es como ese náufrago interpretado por Tom Hanks que regresa a casa después de estar varado en una isla desierta y descubre que aquello a lo que llamaba hogar ya no es lo mismo. Puede intentar convencerse de que si se esfuerza lo suficiente todo volverá a encajar. Pero, al igual que un jarrón roto tiene grietas, aunque se unan sus piezas, una relación que se apaga se enfriará por mucho que se intente avivar la llama. Tarde o temprano, lloverá y los intentos por mantener el fuego no tendrán sentido.

Clara es una persona fundamental en mi vida. Pero no estoy enamorado de ella porque la quiero de otra forma. La quiero como quiero a Axel o a Pol. Un amor fraternal e inofensivo. Porque si me necesitara estaría ahí para ella. Pero no es amor. Ella no se merece que la quieran a medias. Ni yo tampoco merezco continuar en una relación que no me llena.

Clara se sorprende cuando aparezco sin avisar delante de la puerta de su casa. Baja los escalones del porche y me da un abrazo. Me pongo rígido e intento corresponderla, pero soy incapaz de besarla cuando ella busca mis labios. Por eso aparto la cara.

—Leo, ¿dónde estabas? Los chicos dicen que teníais un ensayo y que te has largado sin avisar. No contestabas a sus llamadas. Yo no quería agobiarte, pero…

—Tenemos que romper —digo con firmeza, a pesar de que lo último que quiero es hacerle daño—. Sé que últimamente me he portado fatal contigo. He sido un novio de mierda y no tengo justificación. Pero, por favor, no me lo pongas más difícil. Ya he tomado una decisión.

—Leo… —Clara intenta sonreír, pero su expresión se congela en una mueca de pavor—. No sabes lo que dices.

—Sí lo sé.

—No. —Ella sacude la cabeza con vehemencia—. Estás pasando una mala racha. Sé que estás agobiado. Podríamos darnos un tiempo como sugeriste y luego…

—Clara… —La miro a los ojos y contengo las lágrimas. No soporto partirle el corazón, pero sé que no hay otra forma—. Ya no te quiero.

Ella retrocede impactada y se tropieza con el bordillo. La sostengo por los hombros para que no se caiga. Sus ojos se llenan de lágrimas y se zafa para que la suelte.

—Me estás haciendo daño.

—Lo sé —respondo agobiado—. Y lo siento.

—Me importa una mierda que lo sientas.

—Te mereces a alguien mejor que yo.

—No intentes decir algo vacío solo para hacerme sentir mejor. Se te da de lujo quedar bien con todo el mundo. Pero has cambiado. Así que solo quiero que me digas una cosa… —Clara me mira a través de las lágrimas—. ¿Me dejas por otra?

—No.

Y es verdad. No la dejo por Nura. La dejo porque ya no estoy enamorado. Hablarle de Nura no tiene sentido porque solo le haría más daño.

—Vale. —Clara se seca las lágrimas con el puño del jersey—. Te quiero, Leo. Si dentro de dos semanas me pidieras que volviese contigo porque te has arrepentido, los dos sabemos que te perdonaría. Me daría igual que te hubieras acostado con otras. Así de enamorada estoy de ti.

No sé qué decir, así que guardo silencio. Porque eso no va a pasar. No voy a arrepentirme de una decisión que es irrevocable.

—Solo te pido que no me llames. Ni siquiera para preocuparte por mí. Porque entonces me haré ilusiones y no podré pasar página.

—De acuerdo —respondo, y sé que eso me va a costar un gran esfuerzo. Pero aceptaré su decisión porque es lo único que puedo hacer por ella.

—Tampoco llames a mi familia. Sé que los quieres y que te quieren, pero son mi familia. Tú tienes la tuya. Apóyate en ellos, o no. Me da igual.

Sé que lo dice para hacerme daño y la entiendo. Por supuesto que la entiendo. Solo espero que con el paso del tiempo recapacite y me permita tener una relación cordial con su familia. Me gustaría ver de vez en cuando a Lucía. Adoro a la niña.

—Yo… yo no te deseo nada malo —titubea antes de subir las escaleras del porche—. Lo digo en serio.

—Lo sé.

—Me encantaría darte un abrazo de despedida. —Levanta un brazo cuando estoy a punto de acercarme a ella y sacude la cabeza—. Pero sé que sería incapaz de soltarte y no quiero montar un espectáculo. Así que…

—Me voy —digo apenado.

—Sí.

—Adiós, Clara.

—Adiós, Leo.

Estoy mareado cuando subo al coche. Tengo la garganta atenazada por las lágrimas. Romper con Clara es lo más difícil que he hecho nunca. Sé que le he hecho daño, pero hay ocasiones en las que es imposible no herir los sentimientos de las personas que te importan. De lo contrario, ella se habría conformado con un hombre que no la ama. Eso es injusto para ambos. Y me duele. Es una sensación terrorífica. Estoy asustado porque acabo de dejar atrás una parte muy importante de mi vida.

Cuando entro en mi casa, el primero al que me encuentro es a mi padre. Parece aliviado de verme y agradezco que no diga nada. Gabi, por el contrario, no es tan benévola. Va directa hacia mí con los brazos en jarra.

—¿Dónde coño te habías metido? —exige saber.

—Por ahí —respondo evasivo porque lo último que me apetece es hablar del tema. Pol y Axel están perplejos. No es para menos.

—¡Por ahí! —exclama indignada—. Menudos huevos tienes. ¿Tú de qué vas? Eres el primero que se cabrea cuando somos impuntuales.

—No estoy de humor para uno de tus numeritos —respondo con apatía—. Necesito dormir.

—Tío, nos has dejado tirados —se queja Pol.

—Te estábamos esperando —dice Axel.

—Lo sé.

—Estábamos preocupados. —La voz de Axel se suaviza—. Al menos podrías habernos enviado un mensaje.

—Sé que debería haber avisado y haber respondido a vuestros wasaps. Pero no tengo el día. Os lo explicaré mañana.

No tengo la menor intención de explicarles que mi cabeza está hecha un puto lío. Lo único que quiero es encerrarme en mi habitación para estar solo. Acabo de cortar con mi novia y la chica que me gusta no quiere ni verme. Soy incapaz de mantener una conversación civilizada en este momento.

23
Nura

Hace dos semanas que estuve en Tarifa con Leo y todavía estoy afectada por lo sucedido. Solo he hablado del tema con Paula porque me sentía muy avergonzada y tampoco soy la clase de persona que expone abiertamente sus sentimientos. Sobre todo porque todavía me siento muy vulnerable. Supongo que por eso le dejé una nota. Me pareció más fácil huir que enfrentarme a la realidad. Porque la verdad es que me sentí usada por Leo. No es agradable que el chico que te gusta se divierta un poco contigo antes de decidir que no eres lo bastante buena para él. O antes de que se sienta culpable porque acaba de acordarse de que tiene una novia de la que sigue enamorado. Vete a saber. Yo lo único que tengo claro es que Leo me gustaba de verdad. No estoy enamorada, pero sí bastante colgada. Y me fastidia porque es la primera vez que me sucede.

—Me ha utilizado —le confieso a mi amiga—. Creo que solo se estaba divirtiendo conmigo porque tiene una vida monótona. Le entraron dudas, le atraigo sexualmente y decidió pasarlo bien. Pero se arrepintió en el último momento y comprendió que su relación merece más la pena. A ver, no lo culpo. No cambias una pareja estable por un polvo de una noche con una chica a la que acabas de conocer, aunque me dijo que quería ser mi amigo. Es un cobarde que no sabe ir de cara.

—Te gusta de verdad. —Paula está perpleja.

Suspiro. ¿Para qué negar lo evidente?

—Sí —admito de mala gana—. Me gustaba y me ha decepcionado. Menos mal que no he vuelto a saber de él.

—Tía, no es por ponerme de su parte, pero tampoco le diste muchas opciones. Te largaste, le escribiste una nota, lo has bloqueado en WhatsApp y le has restringido las llamadas. El chaval ha captado la indirecta y solo está respetando tu decisión.

—No soy el segundo plato de nadie —respondo airada.

—¿Y si se controló porque quería hacerlo bien? Puede que solo quisiera aclarar las cosas con su novia antes de enrollarse contigo. A lo mejor es un tipo legal.

—Yo creo que solo estaba cachondo.

—Y tú estás enfadada porque el tío que te mola está saliendo con otra. —Antes de que pueda ponerme a la defensiva, añade con tono conciliador—: Al menos has vuelto a escribir.

—¡Sí! —exclamo triunfal, y sin poder creérmelo del todo.

Sucedió el día que llegué de Tarifa. Por la noche no podía dormir y decidí volcar mi frustración en la pantalla en blanco del ordenador. El resultado me emocionó. Desde entonces no he parado de escribir. Cuarenta y cinco mil palabras y una historia que promete. Incluso me animé a llamar a mi editor para darle la buena noticia. Le envíe los dos primeros capítulos y me dio la enhorabuena. Llevo catorce días sobreviviendo a base de Coca-Cola y comida basura porque no puedo dejar de escribir. Paula dice que tengo cara de loca y por eso me ha sacado de casa.

Después de despedirme de mi amiga, me cambio de ropa para asistir a la confirmación de mi hermana Aisha. Soy la única de la familia que no está confirmada por la Iglesia. Pero también soy la única que no es médico y tiene discusiones monumentales con su madre. La confirmación será algo muy íntimo. Estarán mi tía con mi «queridísimo primo», mis abuelos, mis hermanas, mi amigo Jorge, sus padres y un par de amigas de Aisha. Le sugerí a mi madre la posibilidad de invitar a Paula, pero ella se mostró muy tajante al respecto. «Paula no es de la familia», repuso. Quise responderle que Jorge, técnicamente, tampoco. No me molesta que mi amigo esté invitado, pero me irrita el empeño de mi madre en emparejarnos. No soporto que intente controlar mi vida. Somos muy diferentes y debería asumirlo de una puñetera vez.

Después de la misa vamos a merendar a una cafetería cercana. Mi madre apenas me dirige la palabra y Jorge me anima a charlar con ella. Sé que debería pedirle disculpas por mi salida de tono en el cumpleaños de mi tía. Desde entonces no hemos hablado del tema. Mi familia funciona de esa manera: cuando hay un problema, saltamos por encima. Sigo pensando que yo llevaba razón, pero perdí las formas. Así que me tocará ceder, agachar la cabeza y pedirle disculpas. Tampoco creo que sea el fin del mundo. Soy perfectamente capaz de pedir perdón cuando me equivoco. En el fondo, el perdón libera a la persona que lo pide y a la persona que lo recibe. Sobre todo si es sincero.

—Pasa de él —dice Jorge.

Se refiere a mi primo Pablo, que no para de mirarme de soslayo. En realidad, lo estoy ignorando. En este momento mi primo es la menor de mis preocupaciones. Pero, como no quiero tentar a la suerte, salgo a la terraza y me encuentro con Amina, mi hermana mayor. Está fumando mientras vigila a mis sobrinas. La imagen me deja perpleja porque no sabía que fuera fumadora. Ha venido desde Barcelona con toda su familia para asistir a la confirmación de Aisha.

—Señora doctora, el tabaco es perjudicial para la salud. Podrías predicar con el ejemplo —bromeo.

Amina expulsa una bocanada de humo. Al igual que Dan, tiene el pelo largo y completamente liso. Creo que solo la he visto un par de veces con la melena rizada y está preciosa. Pero no es asunto mío que mis hermanas mayores hayan optado por desrizarse el pelo.

—¿Desde cuándo fumas?

—Desde los dieciocho años —responde para mi incredulidad—. Empecé en la universidad. Siempre se lo he ocultado a mamá porque no quería que me soltara un sermón. Pero el verano pasado me pilló fumando a escondidas.

—¿Y cómo reaccionó?

—Dijo que ya lo sabía y que era bastante mayorcita para intentar ocultarle cosas.

—Siempre va un paso por delante —añado asombrada. Es la pura verdad. Cuando era niña, mi madre me advirtió que el tabaco y el alcohol eran vicios tan horribles como las grasas trans o un estilo de vida sedentario, y que más me valía evitarlos si quería vivir más de sesenta años—. ¿Te acuerdas de Adrián?

—¡Cómo no me voy a acordar! Salí con él los dos primeros años de universidad. Qué rápido pasa el tiempo. ¡Maya! ¡Nía! ¿¡Queréis estaros quietas!? —Mi hermana reprende a sus hijas porque están intentando subirse a un árbol—. No sé a quién me recuerdan…

Esbozo una media sonrisa de satisfacción y Amina pone los ojos en blanco. Mis sobrinas son dos crías revoltosas que nunca inventan nada bueno.

—¿Por qué a mamá no le caía bien Adrián? Era majo, guapo y muy listo. Me llevó a Isla Mágica y se montó conmigo en todas las atracciones infantiles. Tenía más paciencia que un santo.

Amina se extraña ante mi pregunta. No es para menos. De eso hace ya bastantes años y es la primera vez que saco el tema. Pero llevo mucho tiempo dándole vueltas a un asunto que me tiene desconcertada y necesito saber su opinión.

—Sí, era encantador, pero lo nuestro no cuajó. Son cosas que pasan. Luego conocí a Enric, nos enamoramos y el resto ya lo sabes.

Enric, mi cuñado y el padre de mis sobrinas, es un hombre encantador. Fue adoptado por un matrimonio de Badalona y es un hombre negro y muy apuesto. Se conocieron cuando los dos eran residentes del mismo hospital. Ambos son cirujanos y parecen hechos el uno para el otro.

—¿Por qué mamá prefiere que nuestras parejas sean hombres negros? —pregunto a bocajarro.

A mi hermana se le cae el cigarro de la boca. Me mira sin pestañear y con las cejas enarcadas. Desde luego, no es la pregunta que esperaba. Hay que reconocer que se me da fenomenal sorprender a la gente. Pero mi familia ya debería estar acostumbrada a mis salidas de tono.

—¿Crees que Adrián no le gustaba porque era blanco? Nura, eso es una tontería. Mamá es…

—Blanca.

—Lo que dices no tiene ningún sentido.

—A mamá le encantaría que saliera con Jorge.

—Porque os conocéis desde niños, es tu mejor amigo y sus padres son íntimos de la familia. Además, Jorge es guapísimo, educado y muy noble. Es normal que le agrade la idea de que vayáis en serio.

—Yo creo que Jorge le gusta porque es negro.

—¡Nura! —Mi hermana me mira sin dar crédito—. Me parece que estás cabreada con mamá y solo estás buscando una excusa para prolongar tu enfado. Habla con ella y soluciónalo de una vez. Todos sabemos que Pablo puede ser un imbécil y que mamá es muy estricta, pero eso no te da derecho a estallar como lo hiciste.

—No te estaba hablando de eso —insisto enfurruñada—. Te estaba preguntando por Adrián. Él siempre se portó fenomenal con nuestra familia e hizo todo lo posible para caerle bien a mamá, pero ella no lo tragaba. ¿Por qué?

—¡Y yo qué sé! Pregúntaselo a ella. —Amina me lanza una mirada de advertencia—. Pero ni se te ocurra insinuar que tiene algo en contra de las parejas mixtas. Porque te recuerdo que nuestro padre es negro y nuestra madre blanca. La vas a cabrear.

—Yo creo que es por eso.

—No te sigo.

—A mamá siempre le ha dolido que den por hecho que somos adoptadas cuando vamos de su mano. O que la gente haga comentarios racistas, aunque no sean malintencionados. Estuvo un tiempo peleada con la abuela cuando dijo que Aisha era mulata. Pero es una mujer muy correcta y jamás demuestra sus sentimientos en público. Por eso estoy convencida de que prefiere que tengamos parejas negras. Cree que para nosotras será más fácil si nuestra pareja tiene nuestro mismo color de piel porque así podrá entendernos. De esta forma se evitará que pasemos por situaciones tan incómodas y violentas como las que tuvo que vivir ella.

Amina se queda pensativa durante unos segundos.

—Nunca lo había visto de esa manera… —admite a regañadientes—. Quizá tengas razón. Pero, por si acaso, no saques el tema.

—Eso es lo que me molesta de esta familia —respondo irritada—. En vez de limpiar el polvo, lo ocultamos debajo de la alfombra.

—Ay, Nura, como en todas las familias.

No sé si todas las familias escurren el bulto, pero estoy cansada de tener esta relación tan tensa con mi madre y voy a hablar con ella. Aprovecho que se ha quedado sola para acercarme.

—¿Podemos hablar?

Mi madre me mira con esa expresión tan rígida y típica suya. Nunca sabes qué le pasa por la cabeza. Es el problema de ser tan perfecta. Su fachada te impide conocerla a fondo.

—No es el momento. No vamos a discutir en la confirmación de tu hermana.

—No quiero discutir. Quiero hablar.

—Cariño, hazme un favor. Hace mucho que la familia no se reúne al completo. Tu hermana, mis nietas y mi yerno han venido desde Barcelona. Si quieres arreglarlo, pídele disculpas a tu primo y demos el tema por zanjado.

—En serio, mamá... —Sacudo la cabeza sin dar crédito—. Tienes razón. No es el momento.

¡Que nadie me diga que no lo he intentado! Porque estaba dispuesta a dar mi brazo a torcer y pedirle perdón por mi salida de tono. Pero ¿disculparme con mi primo? Ni de coña. Es un idiota narcisista y envidioso. Por ahí no paso.

Sé que todas las familias son complicadas. Jorge y Paula también tienen sus más y sus menos con las suyas. Pero ¿por qué es tan difícil ser sincero con tus padres? No debería ser complicado abrirle el corazón a la mujer que te trajo al mundo. Y, sin embargo, desnudar mis sentimientos me resulta muy complejo porque siempre tengo la impresión de que voy a decepcionarla.

—¡Ya he decidido qué quiero que me regales por mi confirmación! —exclama Aisha a mi espalda.

Me vuelvo hacia ella con una fingida cara de desaprobación.

—¿También tengo que hacerte un regalo por tu confirmación? Menudo morro.

—Eres mi hermana favorita.

—No te va a servir de nada.

—Quiero ir contigo a Madrid este fin de semana.

—¿A Madrid? ¿Por qué? Te vas a aburrir como una ostra. Tengo el congreso de escritores.

—Pero podemos ir al parque de El Retiro y al Museo del Prado cuando tengas un hueco. ¡Porfa!

Me desconcierta que Aisha quiera ir al Museo del Prado, pero en el fondo es una adolescente a la que le encanta hacerse fotos en sitios de moda para subirlas a Instagram. Supongo que puedo ceder. Mi hermana pequeña es obediente y buena estudiante. Se lo merece.

—Si a mamá y a papá les parece bien...

—¡Voy a convencerlos!

Aisha corre a decírselo a mis padres y la observo perpleja. No me puedo creer que un viaje a Madrid le haga tanta ilusión. Ya ha estado un par de veces en la capital y no mostró demasiado interés. Pero tiene trece años y le encantan las redes sociales. Supongo que lo ve como una oportunidad para hacerse un reportaje fotográfico. En fin, no me importa hacer de fotógrafa. No puede salir nada malo de eso.

24
Leo

Estoy cortando el césped en el jardín cuando escucho barullo dentro. Al principio doy por hecho que Gabi se está peleando con mi padre. Hace un par de días, volvió a montar otro pequeño escándalo en Twitter. Justo cuando todos se estaban olvidando de mi pelea con Paco, ella decidió ser *trending topic*. Le respondió a una fan que la acusaba de hacer *playback* en los conciertos y la discusión fue subiendo de tono. Mi hermana se puso hecha una furia porque hubo un mensaje que fue retuiteado más de tres mil veces. El tuit en cuestión era el siguiente:

> @anonimo2714: La voz de Gabi Luna es tan soberbia como su ego. Es la cantante más prometedora e insoportable de España. Qué pena de chica. Con lo grande que podría ser, y es una experta en sabotearse a sí misma.

Cortar el césped me relaja, pero con semejante discusión no puedo mantener la mente en blanco. Así que me bajo del cortacésped y entro por la puerta trasera. Doy por hecho que me va a tocar mediar entre mi padre y Gabi, por eso lo último que espero es encontrarme a mi exnovia. Clara está rompiendo todas las partituras que hay sobre el piano mientras Gabi intenta detenerla y mi padre, sentado en el sofá, tiene los ojos abiertos como platos.

—Clara... —musito asombrado.

En cuanto pronuncio su nombre, ella se queda petrificada y me señala con un dedo. Gabi me mira asustada y me hace un gesto para que me vaya. Pero no pienso huir de mi exnovia, aunque la situación me haya pillado desprevenido.

—¿Se puede saber qué ha...?

—¡Eres un cabrón! —grita sin dejar que termine la frase—. ¡Embustero! ¡Miserable!

Coge todas las partituras y me las lanza a la cara. Los trozos de papel caen delante de mis ojos. Tengo un nudo en el estómago porque me he pasado dos semanas encerrado en casa sin dejar de componer. Menos mal que he memorizado las letras. Pero me perturba ver algo tan íntimo aniquilado de una manera tan salvaje.

—Cálmate, por favor.

Clara me da un empujón antes de que pueda tocarla. Me quedo paralizado y sin saber qué hacer. Ella agarra un trozo de papel y lo zarandea delante de mis ojos. Su expresión es una mezcla de resentimiento y rabia. No la reconozco.

—«La chica del lunar en la mejilla... —lee con voz temblorosa, y se me corta el cuerpo— con los ojos rasgados, boca de diosa y olor a vainilla».

Intento arrebatarle la letra de la canción, pero ella retrocede y estira el brazo. Gabi y mi padre nos observan atónitos. Estoy abochornado porque algo tan personal esté saliendo a la luz de una forma tan violenta. Se suponía que nadie debía leer esa canción. Ha tenido que encontrarla en mi habitación.

—Para —le pido con un nudo en la garganta—. Por favor.

—¡Hay más! —Suelta una carcajada, pero las lágrimas resbalan por sus mejillas—. ¡Esta es la mejor parte!: «Su piel es un refugio embriagador de borracheras... puestas de sol en la playa...».

—No es...

—¿No es lo que parece? —Clara rompe el papel en varios pedazos y luego los pisotea—. Porque parece que te has follado a otra y luego le has escrito una canción.

—No me he acostado con otra —digo con vehemencia.

—Que te jodan —me espeta, y le da un empujón a mi hermana cuando ella intenta cogerla del brazo. Clara me pone un dedo en el pecho y me mira con resentimiento—. ¡Tres años y medio contigo y nunca me has escrito una canción! ¡Jamás! Decías que lo que teníamos era privado y que escribir sobre ello era vulnerar nuestra intimidad. Que tus canciones no trataban de amor, sino de otros temas que también afectan a los jóvenes. ¿Y ahora me engañas con otra y le escribes una canción? ¡Vete a la mierda!

No sé qué responder a eso. Técnicamente solo fueron unos besos, pero me parece que lo que hice con Nura fue peor que acostarme con ella. Le desnudé mi corazón. Conectamos de una forma muy especial. Y Clara tiene razón. A ella jamás le escribí una canción. Por eso me limito a quedarme callado y respeto su rabia. Si quiere insultarme o desahogarse, aguantaré el tipo.

—¿Sabes qué es lo peor? Que me siento como una idiota. Le conté a mis amigas que me habías dejado y ellas intentaron convencerme de que era porque había una tercera persona. ¡Y yo te defendí y me peleé con ellas! Les dije que tú eras íntegro, leal y que jamás me engañarías. Que antes de tirarte a otra tendrías el valor de decírmelo a la cara porque tú no eres esa clase de hombre. Pero eres un puto cobarde que no es capaz de…

—Se acabó. —Gabi se interpone entre nosotros y sostiene a Clara de los hombros—. Voy a prepararte una tila. No me obligues a llamar al guardia de seguridad de la urbanización.

Clara me mira enfurecida, aunque se deja arrastrar por mi hermana. Quiero seguirlas, pero Gabi sacude la cabeza y le leo los labios:

—Vete.

Me siento como una mierda cuando obedezco sin rechistar. Sé que no es el momento de hablar con Clara. Está fuera de sí y solo lo empeoraría. Pero espero que me conceda la oportunidad de explicarme con el paso del tiempo. Tiene razón, he sido un cobarde. Lo mínimo que se merecía era la verdad, aunque le hubiera dolido. De esa forma, ahora no me estaría mirando como si fuera el peor hombre que se ha echado a la cara.

Alguien llama a la puerta de mi habitación y me sobresalto. Respiro aliviado cuando Gabi asoma la cabeza. Se cruza de brazos y me mira como si fuera algo peor que la escoria.

—¿Tú de qué vas?

—Pensé que te alegrarías de que rompiera con Clara. De hecho, cuando te lo conté dijiste que era una noticia estupenda —respondo agobiado, y añado con tono crítico—: Y siempre te cayó como el culo. La tratabas fatal.

—¡Hay una gran diferencia entre cortar con ella y ponerle los cuernos! —exclama indignada—. Yo pensaba que tú eras uno de esos tíos legales que siempre va de frente. Joder, Leo. Una ya no se puede fiar ni de su propio hermano.

—No me he acostado con otra. —Ante su expresión escéptica, suspiro y me veo obligado a aclararlo—. Solo fueron unos besos. Me sentí culpable y decidí cortar con Clara. Si no le dije toda la verdad fue porque no quería hacerle más daño.

—¡Los tíos siempre pensáis con la polla! —Mi hermana se sienta en el borde de mi cama. Está casi tan enfadada como mi exnovia—. Por eso nos dejaste tirados en el ensayo. Estabas con ella.

—No me siento orgulloso. No lo hice bien.

—Nadie espera que seas perfecto, pero Clara no se merecía que le rompieras el corazón. ¡Lo sé! —exclama cuando estoy a punto de interrumpirla—. Me caía fatal. ¿Sabes por qué? Porque nunca te vi realmente enamorado de ella. No eras feliz a su lado. Sabía que no estabas con ella por lo que sentías, sino por lo que podía ofrecerte. Estabilidad, una relación sin altibajos, una familia perfecta a la que recurrir... Por eso no la podía ni ver. Porque en el fondo ella también lo sabía, pero no lo quería ver. Estaba cabreada con vosotros. Contigo por ser un conformista de mierda y con ella por tener tan poco amor propio. Pero, en el fondo, a ella la puedo disculpar porque está enamorada de ti. El amor te nubla el juicio.

—¡Muchas gracias, Gabi! —Me levanto de la cama y le doy una patada a un cojín que me encuentro tirado en el suelo—. Ya sé que lo he hecho fatal. No hace falta que me lo restriegues por la cara. Tú también la cagas a menudo y yo siempre estoy ahí para consolarte. No me esperaba una palmadita en la espalda, pero al menos no me hagas sentir como una mierda.

Gabi se levanta y me da un abrazo. Un abrazo de los nuestros. Fuerte y fraternal. Respiro aliviado porque era lo que necesitaba. Me frota la espalda hasta que me tranquilizo.

—Lo siento, tienes razón. —Se aparta para darme un beso en la mejilla—. Clara estaba muy afectada. Se ha bebido dos tilas antes de irse y le he pedido un taxi. Me ha dado mucha pena. Se presentó sin avisar y me preguntó si podía ir a tu habitación a recoger un par de cosas que se había dejado olvidadas. Al cabo de unos minutos, salió hecha una furia y comenzó a golpear el piano. Creo que ha partido algunas teclas.

—Da igual.

—Imagino que necesitaba confirmar lo que ya sospechaba. Por eso ha venido sin avisar.

—Debería habérselo dicho cuando corté con ella —respondo avergonzado—. No esperaba que nadie leyera esa canción. Al menos todavía.

—Es buena, por lo poco que he leído. —Mi hermana me mira con curiosidad—. ¿Estás conociendo a una chica? ¿Cómo es?

—Se acabó.

—No puede ser. ¡Le has escrito una canción!

—No sé por qué lo he hecho.

Sí lo sé. Porque no puedo parar de pensar en ella. Se ha metido dentro de mi cabeza. Está en mi piel, en mis células y en cada centímetro de mi cuerpo. Ojalá pudiera sacármela de dentro, pero no puedo. Cada vez que me siento delante del piano, Nura se me viene a la cabeza y se adueña de las letras de mis canciones.

—Le has escrito una canción porque te gusta.

—Sí, pero ya da igual. También la fastidié con ella. No quiere saber nada de mí y no la culpo.

—¿Y si la buscas? ¿Y si le explicas que has cortado con tu novia?

—No es una buena idea. Tú no la conoces.

—No sé, Leo. Si tanto te gusta, deberías ir a por ella.

25
Nura

Tengo mala cara durante el resto de la tarde. No lo hago a propósito. Soy la clase de persona a la que se le nota si está feliz o irritada. Mi padre dice que soy más transparente que el cristal. Para colmo, mi primo no para de mirarme de reojo y tengo que hacer acopio de todo mi autocontrol para no cruzar los metros que nos separan y gritarle: «¿Tengo monos en la cara?». Por eso me pilla desprevenida cuando se acerca. Estaba sumida en mis pensamientos y no lo he visto venir.

—Hola.

—¿Vienes a provocarme porque no hay público? —pregunto con ironía.

—No es eso.

—No estoy de humor, Pablito. De hecho, tengo un mal día y ni siquiera me soporto a mí misma. Así que si vienes buscando guerra…

—Vengo en son de paz —dice colorado como un tomate.

Me río porque no me lo creo. Es un falso y siempre me está lanzando pullas.

—Lo dudo. No nos soportamos. Vamos a dejar de fingir. No hace falta. Ahora no tienes público.

—Oye, que vengo de buenas. Lo juro. Lo que pasa es que es muy complicado hablar contigo porque siempre te pones a la defensiva.

—¿No será porque tú me buscas? O a lo mejor es porque soy una negra sin talento que va de víctima, ¿no?

—Yo no quería...

—Creo que sobras, Pablo. —Jorge aparece en ese momento y se pone a mi lado—. Es la confirmación de Aisha. No es el momento.

—Quería hablar con mi prima. —Al ver que Jorge no se mueve del sitio, suelta un bufido. Pablo no soporta no salirse con la suya, pero esta vez se da por vencido—. Venga, hasta luego. Eres muy rencorosa, Nura.

Sacudo la cabeza sin dar crédito.

—Será posible...

Jorge me acaricia el hombro.

—Ya se ha ido.

—Menos mal —digo, y no me quedo tranquila hasta que desaparece de mi vista—. Gracias por venir a rescatarme. Sabes que mi paciencia tiene un límite y ya me estaba tocando la moral.

—¿Tú tienes paciencia?

—La justa y necesaria.

Jorge se ríe y luego me da la mano para que lo acompañe fuera.

—¿Crees que nos echarán de menos si nos escaqueamos? —pregunta.

—Qué va. Ya hemos hecho acto de presencia. Además, si nos vamos, nuestros padres pensarán que hemos ido a enrollarnos y estarán encantados.

Jorge intenta sonreír y sé que acabo de meter la pata. Es imposible que nuestra relación siga siendo normal. Cada día la tensión entre nosotros va en aumento. De hecho, ya no me siento cómoda si Paula no nos acompaña. Me da miedo hacerle daño y me veo obligada a cohibirme para no herir sus sentimientos. Paula dice que me estoy echando encima una responsabilidad que no me corresponde. La verdad es que no sé cómo manejar esta situación. Porque quiero a Jorge como si fuera un hermano. Me encantaría que siguiéramos siendo amigos y tengo la impresión de que estoy luchando contra un imposible.

—¿Te hace un mexicano? —sugiero para cambiar de tema—. Han abierto un sitio nuevo en el que hacen unos nachos buenísimos.

Te invito por haberme librado de mi primo. Podemos llamar a Paula. Le encanta la comida mexicana.

—Vale. —Jorge frena y me mira a los ojos—. Pero, antes de que vayamos, hay algo que quiero decirte. Le he estado dando vueltas y...

—¡También hay algo que quiero decirte! —lo interrumpo agobiada—. ¡He vuelto a escribir!

Jorge me mira sorprendido.

—Nura, eso es fantástico.

—¡Lo es! —Retomo el paso y él se ve obligado a seguirme—. Lo que me recuerda que hicimos una promesa. Si yo volvía a escribir, tú le pedías una cita a la camarera. Y nuestras promesas son sagradas.

Jorge pone mala cara. Sé que lo último que le apetece es tener una cita, pero yo tengo la esperanza de que se interese por una chica. Si se enamora de otra persona, volverá a verme como a una amiga. Todo será como antes y yo podré vivir sin el temor constante de que vaya a declarárseme en cualquier momento.

—¿No te estarás marcando un farol?

—Le he enviado los dos primeros capítulos a mi editor. Le ha gustado y yo estoy muy satisfecha.

—¿De qué va?

—Terror psicológico.

—No seas tan misteriosa. *El campamento* lo fui leyendo mientras lo escribías. ¿No puedes enviarme algunos capítulos para que les eche un vistazo?

—No.

Jorge está perplejo. Siempre le he enseñado sin tapujos todo lo que escribo, pero noto que este proyecto es diferente y más personal. Solo le envié los primeros capítulos a mi editor para que me dejara en paz. Me siento como una madre primeriza que no permite a nadie coger a su bebé. Sé que es una locura, pero necesito disfrutar de esta experiencia en solitario hasta que la novela se publique.

—¿Por qué? —pregunta intrigado.

—Porque... —Me muerdo el labio. Hablar de ello sería confesar un montón de sentimientos que tengo enterrados en lo más profundo de mi alma. Ni siquiera los he compartido con Paula. Me da vergüenza—. Es un libro diferente. Más introspectivo.

—¿No es una historia coral al estilo de *El campamento?*

—El protagonista es un hombre y está narrada en primera persona. —Ya he dicho demasiado.

—Pensé que tenías clarísimo que tus protagonistas siempre serían mujeres.

—Tuve una corazonada. —Le resto importancia—. Ya sabes que soy muy impulsiva.

—Adelántame algo. No me dejes en ascuas.

—El prota es guay. Aunque a veces no lo soporto, toma decisiones con las que no estoy de acuerdo y me entran ganas de estrangularlo.

—Qué raros sois los escritores.

En ese momento, me llaman por teléfono y me alegro de que sea Paula. No me apetece seguir hablando de mi libro. Apenas es un embrión que se va desarrollando en mi cabeza. No quiero recibir opiniones que puedan influir en el proceso creativo. Esta vez no. En *El campamento* me dejé aconsejar por mis amigos, pero esta historia es más personal. Mía.

Escribir es un trabajo solitario y muy íntimo. Los personajes se adueñan de tu cerebro y te susurran palabras al oído. Convives con ellos hasta que se convierten en parte de ti misma. A algunos les coges cariño, a otros, manía y a los más privilegiados los colocas en un altar. Hasta que un día llega el momento de despedirte de ellos y escribes la palabra «FIN». Solo entonces estás preparada para que la historia llegue a las estanterías de un puñado de lectores que tal vez se emocionen, sufran o se decepcionen con tus palabras. Pero lo más importante de publicar un libro es la satisfacción personal de saber que has escrito la historia que querías.

26
Leo

El avión está a punto de despegar y ya he abierto el libro. Apenas hay una hora de distancia a Madrid, pero odio volar y por eso siempre busco algún pasatiempo con el que entretenerme. Gabi y los demás se burlan de mi pánico a las alturas. No importa que volemos en cómodos asientos de primera clase y que una azafata nos agasaje con bebidas y aperitivos durante todo el vuelo. Es superior a mí.

Al menos estaré entretenido mientras evito pensar que el avión se estrellará en cuanto despegue. Voy por el tercer libro de Harry Potter. Empecé a leer la saga después de cortar con Clara. Me he bebido los dos primeros en un par de semanas. Son adictivos. Al principio los compré porque quería tener un tema de conversación con Nura. Tenía la esperanza de que ella recapacitaría y me desbloquearía en WhatsApp. Entonces le hablaría de *La piedra filosofal* y de las diferencias entre los libros y las películas. Luego le sugeriría que podríamos quedar en persona para tener un debate, y el resto saldría rodado. Podríamos terminar lo que empezamos en aquel sofá.

Joder. Me estoy volviendo loco.

Sé que debería estar afectado por mi ruptura con Clara, pero en realidad no la echo de menos. A ver, sí que me siento fatal por cómo han terminado las cosas entre nosotros. A nadie le gusta que lo vean como un cabrón y espero que el tiempo enfríe su rabia. Tal vez, con el paso de los meses, podamos mantener una conversación civilizada y ella me perdone. Quiero tenerla en mi vida.

Pero ¿a quién quiero engañar? Echo de menos a Nura. Su olor. Su piel. Su boca. Su forma de sonreír. El sonido grave y ronco de su risa. Su arruga vertical en la frente. Sus salidas de tono. Nuestras charlas hasta las tantas de la madrugada. Me muero de ganas de verla y respetar su decisión se ha convertido en una tortura. Pero no quiero ser el típico pelmazo que acosa a una chica que no quiere ni verlo. Me lo dejó bastante claro con la nota y, por si me quedó alguna duda, me bloqueó para que no pudiera llamarla. ¿Qué se supone que debo hacer? ¿Presentarme de improviso en su casa? Yo no soy así. A ver, lo hice una vez, pero fue sin pensar.

Dios, esto es más grave de lo que creía. Ni siquiera se trata de deseo. El deseo es pasajero y puedes contenerlo. Ser fiel es fácil si admites que puedes sentirte sexualmente atraído por otras personas, pero que no vas a traicionar a tu pareja porque lo que tenéis es mejor que un polvo. El problema no es la atracción. El problema es que he leído Harry Potter en dos semanas para tener algo en común con ella.

Leí Harry Potter por ella.

Quería tener un tema de conversación con ella. Y gustarle.

Quería resultarle interesante.

Quería tener una excusa para hablar con ella porque mis sentimientos van más allá del deseo. Y, cuando por fin lo comprendo, me asusto porque por primera vez en mucho tiempo no tengo la situación controlada.

¿Y ahora qué hago?

—Tío, eso es un libro para niños —se burla Pol.

—Tú qué sabrás —respondo indignado—. Lo único que has leído son los posts de Instagram.

—Y los tuits incendiarios de Gabi —dice con ganas de gresca, pero mi hermana está demasiado ocupada haciéndose un selfi y no le presta atención—. Oye, Gabi, ¿entonces haces *playback* o ya le ha quedado claro a la peña que eres la puta ama?

Gabi le enseña el dedo corazón. Pol se parte de risa antes de señalar mi libro.

—No hace falta que leas un libro para críos. El avión no se va a estrellar. —Al mencionar la posibilidad se me corta la respiración.

Pol se señala el rostro—. ¿Tú has visto esta cara? Todavía me queda mucha guerra por dar. Sería un desperdicio que la palmara tan joven.

—Y luego yo soy la egocéntrica… —murmura Gabi—. Deja en paz a mi hermano. Está rayado porque hace un par de días Clara se presentó en casa para montarle un pollo.

—¿En serio, tío? Pensé que habíais acabado de buen rollo.

—¿Por qué no te callas, Gabi? —le recrimino irritado.

—Yo creo que acabaréis volviendo —interviene Axel—. Hacíais buena pareja. No puedes tirar tres años y medio a la basura.

—Hacían una pareja de mierda —responde Gabi—. Está mejor solo.

Intento centrarme en la lectura, pero ellos se ponen a discutir sobre mi situación sentimental. Qué curioso. Yo ni siquiera me entiendo, pero todos son capaces de ponerse en mi piel. Cada uno tiene una teoría al respecto. Gabi está encantada de que haya cortado con Clara. Pol piensa que he tomado una buena decisión porque tengo veintiún años, solo me he acostado con una chica y la fidelidad está sobrevalorada. Pol es un zoquete. Y Axel está convencido de que se me ha ido la cabeza y me arrepentiré en cuanto comprenda que he dejado escapar a una chica estupenda. Por supuesto que Clara es estupenda, pero ¿qué tendrá que ver una cosa con la otra?

—Yo sigo pensando que lo arreglarán. Tres años pueden resultar monótonos, pero al final se dará cuenta de que Clara era la mujer de su vida.

Hablan como si yo no estuviera delante. Tenso los hombros y paso de página. Me están tocando la moral. No sabía que mi vida sentimental fuera de dominio público.

—Si Clara fuera la mujer de su vida, él no se habría largado a Tarifa con otra chica —le suelta Gabi.

—¿Con qué chica? —pregunta Pol.

—¿Te refieres a la chica de la que me hablaste? —Axel está perplejo—. ¿Has cambiado a tu novia de siempre por una chica a la que apenas conoces?

—¡Eh! —protesta Pol—. ¿Qué me he perdido? ¿De qué chica estáis hablando?

—De la chica del *backstage.* La escritora a la que conoció en el *meet and greet* del concierto de Sevilla. Se han estado viendo y mi hermano está loco por ella. Hasta le ha compuesto una canción.

—¡Eres una bocazas! —exclamo furioso—. ¿¡Te quieres callar!?

—¡Lo sabía! —Pol aplaude emocionado—. Te dije que te había molado. Se te notaba en la cara. Pero, tío, ¿le has puesto los cuernos a Clara? Te podrías haber esperado antes de catar a semejante pibón.

—No hables así de ella. —Me froto la cara. Esta conversación es una pesadilla—. No le he sido infiel a Clara.

—Un beso sí es una infidelidad —señala Gabi con tono acusador.

—Cállate de una vez. Eres una chivata.

—¡Vamos! ¡Vamos! En este grupo no hay secretos. Además, un beso no es infidelidad —responde Pol.

—Tú qué vas a decir —añade Gabi con tono desdeñoso—. Eres un guarro.

—Si quieres te demuestro lo guarro que soy.

Pol le pone ojitos y Gabi finge una arcada.

—Paso. No me van los que se lo tienen tan creído. Mucho prometer y poco meter.

—Me has partido el corazón —responde Pol con tono jocoso, y luego se vuelve hacia Axel—. ¿Tú qué opinas?

—¿De qué exactamente?

—¡De qué va a ser! ¿Leo le ha sido infiel a Clara?

—¿Podéis dejar el tema? —insisto cabreado—. Me estáis tocando los huevos.

Axel me mira con desaprobación y me entran ganas de decirle que no tiene derecho a juzgarme. Qué sabrá él. Nunca ha tenido una relación seria, por mucho que insista en que le encantaría conocer a una chica y enamorarse perdidamente.

—La infidelidad empieza desde el momento en el que te vas de viaje con una chica por la que te sientes atraído.

—Perdona, colega, pero, si todos fuéramos tan correctos como tú, el mundo sería un coñazo —le dice Pol, y luego me guiña un ojo—. Has hecho bien. La vida son tres ratos. No la desperdicies haciendo lo correcto si puedes elegir lo que te hace feliz.

—Y Clara que sufra las consecuencias. ¡Qué bonito! —comenta Axel con desaprobación.

—Clara me cae de puta madre, pero tendrá que aprender a vivir sin Leo. Ya se le pasará. Tío... —Pol me tira un cacahuete cuando intento centrarme en el libro—. Si tanto te gusta ese pibón de escritora, ve a por ella. ¿O te vas a quedar con la duda de saber lo que podría haber sucedido entre vosotros?

Finjo estar absorto en el libro, pero en realidad le doy vueltas a la pregunta que me ha hecho. Sin que sirva de precedente, Pol tiene razón. Puedo hacer lo correcto y respetar la decisión de Nura o puedo llamar a su puerta y preguntarle si quiere darme una segunda oportunidad. Llevo demasiado tiempo siendo la versión perfecta que los demás esperan de mí. Ha llegado la hora de mostrarme tal cual soy. No tiene sentido caminar por la vida con una máscara para gustar a los demás. Sobre todo, si te olvidas de ser tú mismo y en el fondo aborreces esa fachada de perfección que has construido.

El ruido es ensordecedor cuando la furgoneta nos deja en la puerta trasera del estadio. Hay un grupo de fans que ya nos está esperando. Nunca sé cómo sucede, pero siempre descubren por qué puerta vamos a entrar, en qué hotel nos hospedamos o a qué hora sale nuestro vuelo.

Axel no ha dejado de darme la brasa desde que salimos del aeropuerto y nos instalamos en el hotel. «Solo espero que no te estrelles. Has dejado a una chica maravillosa por un ligue de una noche», me dijo. Intenté explicarle que no veo a Nura de esa manera y que de todas formas tampoco influyó en mi decisión de romper con mi ex. Al final terminé discutiendo con él porque no sabe nada de mi relación con Clara. Sé que Axel solo se preocupa por mí, pero estoy cansado de dar explicaciones.

Gabi está radiante y deseosa de subirse al escenario. Quiere coincidir con el vocalista de Maroon 5. No ha parado de sugerirle a mi padre que hable con el mánager del grupo estadounidense, y mi padre le ha asegurado que hará todo lo posible para que podamos colaborar en un futuro. Es un gran mánager, pero como padre a veces deja mucho que desear. No ha hecho ningún comentario sobre mi ruptura con Clara. Ni siquiera me ha preguntado qué tal estoy. Para él, la música es lo primero.

Y Pol va puestísimo. Solo sé que cuando ha entrado en la habitación del hotel era una persona y cuando ha salido, otra. Tiene las pupilas dilatas y un tic nervioso en la pierna izquierda. Sospecho que ha mezclado todo el contenido del minibar con cualquier porquería que le ha vendido uno de sus colegas. Pol tiene mogollón de colegas. Antes de subirnos a la furgoneta, le he preguntado qué se ha metido y él se ha limitado a esbozar una sonrisa ausente antes de responder: «Tranquilo, tío, yo controlo». Cuando se lo he contado a mi padre, le ha restado importancia: «Ya sabes cómo es Pol. Al final lo da todo en el escenario». Pero tengo la impresión de que hoy no está en condiciones. Espero equivocarme.

Pol salta de la furgoneta antes de que el conductor aparque. Extiende los brazos y se lanza en dirección a los fans. El guardia de seguridad le pide que se calme porque se está poniendo en peligro. Gabi sale del coche y camina hacia la entrada ignorando deliberadamente a los que llevan horas esperándonos. Axel se muestra más amable y accede a firmar algún autógrafo. Pol reparte abrazos y besos a diestro y siniestro. Algunas chicas lo agarran y él se ríe cuando le rasgan la camiseta. El de seguridad se empieza a cabrear y le pide a mi padre que lo controle porque él no puede hacer nada si Pol se expone de esa manera.

—¡Pol! ¡Pol! ¿Te acuerdas de mí?

Al principio es otra voz más, hasta que me giro para agarrar a Pol y susurrarle al oído que deje de hacer el tonto. Entonces la veo. La reconozco de inmediato porque soy incapaz de olvidar todo lo que me recuerda a ella. Es Aisha, la hermana pequeña de Nura. No entiendo qué está haciendo aquí e intento acercarme a ella, pero el guardia me lo impide.

—La situación se está descontrolando. Se ha corrido la voz y empiezan a venir más personas. Tenéis que entrar o de lo contrario no os puedo asegurar que lleguéis a tiempo al concierto.

Sé que debo facilitarle el trabajo y acepto sin rechistar. Saludo a Aisha con la mano y ella abre mucho los ojos, como si estuviera sorprendida de que me acuerde de ella. No hay ningún adulto a su alrededor y me extraña porque solo es una cría. Algo me dice que debo cuidar de ella.

—La chica de la sudadera roja —le digo al guardia—. Puede entrar en el camerino. Es una amiga.

Espero que Nura no se enfade conmigo, pero no quiero que una menor de edad esté expuesta a semejante caos. Es una niña y está en otra ciudad. No me perdonaría que le sucediera algo malo. Cuando cruzo la puerta del estadio, el corazón se me acelera. No es por la actuación, sino porque de repente contemplo la posibilidad de que Nura esté en Madrid. Y tengo tantas ganas de verla...

27

Nura

El congreso de escritores ha sido todo un éxito. He disfrutado del debate con el resto de mis compañeros y me he alegrado cuando la mayoría de las preguntas de los lectores estaban relacionadas con mi próximo proyecto. Hace un par de semanas, esa perspectiva me habría agobiado. Pero ahora que he vuelto a escribir estoy muy emocionada.

Incluso he conocido a Sebastián Argüelles, un escritor de romance que me ha tenido cautivada durante su exposición. Es guapo y tiene una legión de lectores. Cuando le han preguntado qué hay de real en sus libros, ha respondido: «Es curioso. A los escritores de novela romántica siempre nos hacéis esa pregunta. ¿Os imagináis que le preguntáramos a Nura Yusuf si en sus ratos libres tiene afición por descuartizar cadáveres?». Estaba entre el público y me he puesto colorada porque no me lo esperaba. Entonces Sebastián, que tiene bastante labia, me ha sonreído y ha dicho: «Por favor, Nura, no te ofendas. Estoy convencido de que eres una persona muy decente, pero estuve dos días sin dormir después de leer tu libro».

Y ahora estoy hablando con él. Es un tipo sociable y se nota que le intereso. Me gusta gustar y los hombres que tienen iniciativa. Sebastián es atractivo, buen conversador y, por la forma en que me mira, se nota que está deseando echar un polvo. Yo también. No he vuelvo a tener nada con nadie desde que besé a Leo. Quiero quitármelo de la cabeza. Si pudiera encontrar a Aisha para decirle que me espere en nuestra habitación... ¿Dónde diantres se ha metido?

No la veo desde que empezó la firma de libros. Me dijo que estaría dando una vuelta por el congreso y le pedí que no se alejara demasiado.

—Eres más guapa en persona. La foto no te hace justicia.

—¿Ahora es el turno de los halagos?

—Con esa cara y ese cuerpo, te podría estar halagando toda la vida. Pero me he cortado porque no quiero que parezca que voy a saco.

—Vas a saco.

Sebastián esboza una sonrisa peligrosa. Sabe que es muy atractivo y que triunfa entre el sexo opuesto. Es la clase de hombre que sabe jugar bien sus cartas.

—De acuerdo —admite sin tapujos—. Cuando algo me gusta, voy a por ello. Y tú me gustas. No iba a desperdiciar la oportunidad de captar tu atención. ¿Te ha molestado que te señalara durante el debate? Porque no era mi intención ofenderte.

—Me ha pillado desprevenida. Es evidente que tienes muchas tablas.

—Tengo treinta y nueve años y hace once que publico. Ya estoy curtido en exponerme a la gente. Pero a ti tampoco se te da mal. Le irás cogiendo el tranquillo. Parecías algo nerviosa, aunque se nota que te apasiona lo que haces.

—Vaya… —respondo con un deje de desconfianza—. Eres encantador, Sebastián, muy atractivo y escribes novela romántica. Sabes lo que tienes que decirle a una mujer para que caiga rendida a tus pies.

—Los dos sabemos que no vas a caer rendida a mis pies. Pero me gustas y quiero pasarlo bien contigo. No soy de los que prometen algo que no están dispuestos a dar. Tengo la impresión de que vamos buscando lo mismo. ¿Qué me dices?

Miro a mi alrededor para buscar a Aisha. Frunzo el ceño. No voy a negar que la posibilidad de acostarme con Sebastián es muy tentadora; pero estoy preocupada por mi hermana, y no sé si es buena idea tener sexo con un hombre cuando no puedo quitarme a otro de la cabeza.

—Que no tengo ni idea de dónde se ha metido mi hermana —respondo irritada, y cojo el teléfono para llamarla—. Tiene trece años.

—¿Quieres que te ayude a buscarla?

—No, déjalo. No creo que ande muy lejos.

Sebastián está decepcionado, pero no es de los que insisten.

—Aquí tienes mi número. Llámame si te apetece, ¿vale?

Cojo su tarjeta y me la guardo en el bolsillo. No lo entiendo. Aisha les suplicó a mis padres que le permitieran venir conmigo a Madrid, pero ha estado distraída durante todo el viaje. Solo se ha hecho un par de fotos en El Retiro y se ha aburrido como una ostra en el Museo del Prado. Creo que aquí hay gato encerrado.

No me coge el móvil. Respiro profundamente. Esto es impropio de ella. Mi hermana es responsable y nunca desobedece a sus mayores. Estoy que trino cuando me salta el contestador. Voy al mostrador para preguntarle al recepcionista si la ha visto. Cuando le enseño una foto, la reconoce de inmediato.

—Se marchó hace media hora.

—¿Se fue con alguien? —pregunto asustada.

—La vi coger un taxi, pero no sé si iba acompañada.

Estoy mareada cuando salgo del congreso. No me puedo creer que mi hermana me esté haciendo esto. Mis padres me van a matar si le sucede algo, está bajo mi responsabilidad. Estoy preocupadísima porque ahora caigo en la cuenta. Lleva todo el día sin despegarse del móvil y se apartaba de mí cuando intentaba echar un vistazo. Pensé que estaría hablando por WhatsApp con algún chico que le gusta y lo dejé estar. No soy la clase de hermana mayor que no le da un poco de libertad a su hermana pequeña, pero ahora me arrepiento. Me va a oír.

No sé a dónde ir. ¿Qué hago? Estoy a punto de parar un taxi para pedirle que recorra la ciudad de punta a punta cuando me cruzo con dos chicas que están hablando acaloradamente. Su conversación capta mi atención.

—¡Sí, tía! ¡Qué pena habernos quedado sin entradas! Me moría de ganas de ver a Yūgen.

—¡Y yo! Ya no volverán a Madrid…

—Disculpad. —Ponen mala cara cuando las interrumpo—. ¿Yūgen está en Madrid?

—Pues claro. ¿En qué mundo vives? Esta noche dan un concierto benéfico.

Mi viaje a Madrid.

Yūgen da un concierto en la capital.

Mi hermana es fan de la banda.

No necesito sumar dos más dos. Busco la dirección del concierto en Google y paro el primer taxi que veo. Voy a matarla. No me puedo creer que se haya escapado para ir al concierto de una banda de rock.

Estoy agobiada cuando llego al estadio. No sé cómo voy a entrar. De hecho, ni siquiera sé si Aisha está dentro. Quizá se ha gastado todos sus ahorros en comprar una entrada o solo ha venido para verlos de cerca. Recorro el exterior del estadio y paro a todas las chicas que se parecen a mi hermana. Estoy hiperventilando y a punto de llamar a la policía cuando un gorila me agarra por el hombro. Doy por hecho que va a pedirme que me aparte de la puerta y me vuelvo para gritarle que me quite las manos de encima.

—¿Eres Nura?

Lo miro extrañada.

—Eh... sí.

—Tu hermana te está esperando en el camerino. Por favor, acompáñame.

—¿Está bien? —pregunto al borde de las lágrimas—. ¿Por qué está en un camerino? ¿Ha hecho algo malo? ¿Ha intentado colarse en el concierto? Por favor, no llame a la policía. Es menor de edad y está medio enamorada del batería de la banda. Ya sabe cómo son las adolescentes...

—Yo solo sé que tengo órdenes de cuidar de su hermana. Me han pedido que no le falte de nada, y que, si veía aparecer a una chica que se pareciera a usted, la invitara a entrar en el camerino. Por favor, si es tan amable de acompañarme...

—Sí, claro —respondo ruborizada.

Sigo al guardia de seguridad mientras algunos fans que hacen cola en la puerta me señalan y se quejan por el trato de favor. No entiendo nada y, al mismo tiempo, tengo la impresión de que Leo tiene mucho que ver en esto. No hay otra explicación.

«Dios, Leo…».

No puedo creer que vaya a reencontrarme con él. Cuando camino por el pasillo, el corazón me late desbocado y comprendo que es inevitable. He intentado mantener a raya mis sentimientos, pero el destino se empeña en reunirnos y ya no sé si quiero ponerle trabas a lo que siento.

28
Leo

Tengo la impresión de que va a suceder algo terrible antes de subir al escenario. Iris y Nico, los hermanos de Pol, han venido desde Barcelona para visitarlo. Es evidente que Iris preferiría estar en cualquier otra parte, pero Nico es su debilidad y por él es capaz de ceder. Frunce el ceño cuando se percata del estado hipernervioso de Pol.

—¡Nicooo! —exclama Pol, y abraza a su hermano—. Doña Perfecta te ha traído al concierto. ¡Menudo detalle!

—No la llames Doña Perfecta —le pide su hermano—. No le gusta.

A Nico se le ilumina la cara cuando ve a Gabi. Se está terminando de retocar el maquillaje y ella le sonríe. Nico camina hacia ella con cierta torpeza y le entrega un ramo de margaritas.

—¡Oh, Nico! —Gabi entierra la nariz en las flores—. Me encantan las margaritas.

—Lo sé. Me lo dijo mi hermano.

Gabi y Pol intercambian una breve mirada. De repente, Pol comienza a aplaudir, se cuelga del marco de la puerta y se balancea como un mono. Iris lo observa con expresión tensa. Su comportamiento está fuera de lugar.

—Te vas a hacer daño, hermanito —le dice Nico.

—¡Soy indestructible! —responde Pol, y aterriza de un salto en el suelo. Luego se acerca a su hermano y le revuelve el pelo—. ¿Para mí no has traído ningún regalo, granuja?

—No… —Nico se sonroja—. La sorpresa era venir a verte.

Pol se ríe de una forma desmesurada.

—Lo que hacen un par de tetas…

—Córtate un poco, tío. —Axel le da una palmada en la espalda, pero su tono es firme.

Iris se acerca a mí con cara de pocos amigos. Ya sé lo que va a decir.

—¿Qué coño se ha metido? —exige saber.

—Ni idea. No soy su padre.

—Si lo llego a saber, no venimos.

Respiro profundamente antes de perder el control.

—Tu hermano necesita ayuda —le digo en voz baja—, pero yo no puedo ayudar a alguien que no se deja.

—Sois amigos —me recrimina.

—Y tú eres su hermana.

Iris me fulmina con la mirada antes de agarrar a Nico y decirle que se van al palco vip para ver el concierto. Antes de marcharse, mantiene una breve conversación con Pol de la que no llego a escuchar nada, pero que puedo intuir.

—Es una bruja —dice Pol en cuanto se marcha.

—Cálmate —le ordeno—. ¿Estás en condiciones de subir al escenario?

—¡Tío! —Los ojos de Pol están desorbitados—. ¿Qué os pasa a todos? ¡Sois unos muermos! ¡Vamos a reventar este estadio!

Antes de que pueda detenerlo, Pol sale disparado por el pasillo y se escuchan los vítores del público. Ya no hay marcha atrás. Axel y yo intercambiamos una mirada de preocupación. Gabi se mira por última vez en el espejo. No es tonta, pero hace caso omiso a lo que sucede porque quiere brillar en el mismo escenario en el que han tocado artistas internacionales de la talla de Maroon 5 o Katy Perry.

—Todo saldrá bien —me anima Axel, pero no lo noto del todo convencido—. No es la primera vez que toca estando puesto.

Deseo con todas mis fuerzas que tenga razón.

Lo que sucede en el escenario es surrealista y ninguno de nosotros estaba preparado para ello. La primera canción suena descoordinada por culpa de la batería. Es como si Pol hubiera decidido ir por libre. La voz de Gabi, siempre impecable, tiembla porque la melodía no la acompaña. Al principio la mayoría del público no se da cuenta y disfruta de la actuación. Luego, una minoría empieza a quejarse del sonido.

No sé qué hacer para salvar la situación. Estoy sudando a mares y espero alguna instrucción por el pinganillo. Lo único que escucho es una discusión entre mi padre y los técnicos de sonido. Y luego todo sucede a cámara rápida. Durante la segunda canción, Pol se marca un solo con la batería y Gabi se ve obligada a dejar de cantar. Axel intenta acercarse discretamente a Pol para pedirle que pare, pero este trata de incorporarse, farfulla algo y se desploma sobre la batería. Los platillos y los bombos se caen al suelo y el estadio se queda en silencio durante unos segundos.

Hay momentos en la vida en los que te gustaría volverte invisible. Este es uno de ellos.

Gabi, acostumbrada a los aplausos del público, se queda paralizada cuando comienzan a abuchearnos. Al principio son un puñado de silbidos. Luego hay gritos. Nos dicen de todo. No son palabras amables. Alguien arroja una lata de Coca-Cola y me salpica los vaqueros.

Axel ayuda a Pol a levantarse. Este se zafa de malas maneras y se dirige al público para increparlo. Estoy bloqueado y observo la escena como si no fuera conmigo. Gabi se tapa la cara con las manos y sale del escenario. Cuando consigo reaccionar, Axel y mi padre están sacando a rastras a Pol. Cojo el micrófono, pido disculpas y digo que nuestro batería ha sufrido una bajada de tensión. Es una mentira de mierda, pero no se me ocurre otra cosa para arreglar la situación.

El camerino es un caos.

Todos están discutiendo mientras mi padre intenta mediar sin éxito. Gabi está furiosa y suelta una retahíla de palabrotas. Axel se desploma sobre un sillón y sacude la cabeza sin dar crédito. Como líder de la banda, debería decir algo elocuente que calmara los ánimos. Pero permanezco en silencio, con los puños cerrados y un sudor frío que me recorre la espalda. De repente lo comprendo: luchas con uñas y dientes para llegar a lo más alto, pero un simple tropiezo te puede hacer retroceder varios peldaños.

—¡Eres un egoísta de mierda! —le grita Gabi.

Pol suelta un bufido.

—No ha sido para tanto. Me he tropezado, el público es gilipollas. Podría haber vuelto a empezar si Axel no me hubiera sacado a rastras del escenario.

—¡No le eches la culpa a Axel! Nos has dejado a todos en ridículo. ¿De qué vas?

—Me lo dice la experta en escándalos. Nuestro *community manager* no da abasto con tus caprichitos. No eres la más indicada para echarme cosas en cara.

Gabi se pone roja de rabia.

—Yo al menos soy una profesional en el escenario. Nos has dejado en evidencia. Y todo porque eres un adicto de mierda incapaz de tocar la batería si no vas fumado o puesto de algo.

—¡No soy ningún adicto!

Gabi coge un cojín y se lo tira a la cara. Pol está hecho polvo y no logra esquivarlo. Se chillan. Pol coge el cojín y camina hacia ella mientras lo zarandea y le grita un montón de barbaridades. De repente, Nico se interpone entre ellos con los brazos extendidos.

—¡Deja en paz a mi chica! —le ordena a su hermano.

Pol suelta el cojín y se ríe. No es una risa agradable. Tengo ganas de partirle la cara.

—¿Tu chica? Solo le das pena. No se fijaría en ti ni aunque fueras el último hombre del mundo. Espabila de una vez, Nico. A Gabi le das pena, ¡pena!

—¡Pol! —grita Iris.

—Que te den, Doña Perfecta. Nadie sabe qué haces aquí. Eres insoportable.

Nico rompe a llorar y se encierra en el cuarto de baño. Gabi va detrás de él y llama a la puerta. Intenta consolarlo, pero no atiende a razones. Axel coge un cigarro, lo enciende y le da una calada. Mi padre suelta un discurso al que nadie presta atención. Y entonces las veo.

Aisha con los ojos abiertos de par en par y cara de susto. Detrás de ella, Nura la sostiene por los hombros y su expresión reprobatoria me parte el alma. Lo ha visto todo. Nunca, en toda mi vida, me he sentido tan avergonzado. De todas las personas del mundo, tenía que ser ella. Quiero decir algo que justifique lo que acaba de ver, pero no se me ocurre nada. Quiero explicarle que Pol no es mala persona, sino que tiene un problema y se le ha ido de las manos. Quiero contarle tantas cosas que las palabras se me atascan en la garganta cuando nuestras miradas se cruzan. Entonces Nura le dice algo a su hermana antes de acercarse a mí. El corazón se me va a salir del pecho.

—Hola.

—Hola —respondo avergonzado—. Siento que hayáis tenido que ver esto.

—¿Puedo intentar hablar con él?

No entiendo a qué se refiere hasta que señala la puerta del cuarto de baño. Siento un tremendo alivio porque, lejos de juzgarme, lo único que pretende es ayudar.

—Claro, eres escritora. Se te dan bien las palabras.

—Haré lo que pueda.

Gabi tiene las mejillas empapadas por las lágrimas. Está apoyada en la puerta del cuarto de baño y le dice a Nico que nada de lo que ha dicho Pol es verdad. Pero Nico responde que quiere estar solo y que no quiere ser amigo de una chica a la que le da pena. Gabi me mira desconsolada y luego frunce el ceño cuando se fija en Nura.

—¿Y tú quién eres? —le espeta.

—Alguien que intenta ayudar.

Mi hermana la observa con un deje de recelo, pero Nura consigue ganarse su confianza en cuestión de un par de minutos. Porque Nura es la clase de persona que desprende seguridad en sí misma y, por tanto, resulta contagiosa. Le hace algunas preguntas y le promete que hará todo lo posible para que Nico salga del baño. Al final, Gabi se aparta de la puerta y me observa de reojo. Sé lo que piensa. Se ha dado cuenta de que Nura es la chica de la que le hablé.

—¿Nico? —Nura llama a la puerta con suavidad.

—¿Quién eres?

—Soy una amiga de Leo.

—No quiero hablar contigo. No te conozco.

—Lo sé, y por eso creo que es una buena razón para que charlemos. Así tendremos la oportunidad de conocernos. Me ha dicho Gabi que eres fan de Harry Potter. Hace mucho tiempo que no hablo con un verdadero fan de Harry Potter.

—Solo lo dices para que abra la puerta.

—¡Qué va! Mi casa favorita es Gryffindor, pero cuando hice el test de My Wizarding World descubrí que soy una *ravenclaw.* ¿Te lo puedes creer? ¡Me llevé una gran decepción!

—Ravenclaw no está mal. Es la casa de los listos.

—¿Y cuál es tu casa?

—¡Hufflepuff! —exclama con orgullo—. La casa de Newt Scamander.

—Uhm…, no te creo.

—¿Por qué dices eso?

—Porque un *hufflepuff* de verdad es justo y leal. Y, si lo fueras, deberías abrir la puerta. Yo no te he hecho nada.

Estoy a punto de decirle a Nura que no lo presione demasiado, pero entonces escucho una risilla que proviene del interior del baño.

—¡Eres una fan de Harry Potter de verdad!

—¡No tienes ni idea! Díselo, Leo. Tengo una gran colección en mi casa.

—Es cierto —intervengo.

—Cuando quieras puedes venir a verla.

—¿Cuál es tu personaje favorito? —pregunta intrigado.

—La profesora McGonagall.

—Mi personaje favorito es Hermione.

—Es un personaje muy guay. Tengo una foto de cuando fui al museo de cera de Madame Tussauds. ¿Te gustaría verla? Pero necesito que abras la puerta. De lo contrario, no puedo enseñártela.

Nico espera unos segundos y al final abre la puerta unos centímetros.

—Solo tú.

En cuanto Nura entra, la puerta vuelve a cerrarse. Gabi y yo pegamos la oreja a la puerta para escuchar la conversación.

—¿Por qué estás triste? —pregunta Nura.

—Gabi no quiere ser mi novia. No le gusto. Soy un bicho raro.

—Yo creo que le gustas mucho. Eres uno de sus mejores amigos.

—Porque le doy lástima.

—No le das lástima. Tu hermano estaba enfadado y no lo decía en serio.

—Pero soy diferente.

—¿Y qué? Ser diferente no es malo. En realidad, te hace especial. Mírame a mí.

—¿Tú también das lástima a los demás? —pregunta confundido.

—A algunos les he producido desprecio o curiosidad. Pero lo importante no es cómo te vean los demás, sino cómo te ves a ti mismo. Gabi te quiere mucho. Como Harry a Hermione, ¿sabes? Así de importante eres para ella.

—Tú eres lista y guapa como Hermione.

—Es el cumplido más bonito que me han hecho en la vida. ¿Te puedo dar un abrazo?

—Sí —responde con timidez—. Hueles a vainilla.

Gabi y yo nos apartamos de la puerta antes de que se abra. Nico esboza una media sonrisa cuando mira a Gabi. Ella extiende los brazos y él se acerca a ella tímidamente. Cuando se abrazan y mi hermana le dice «Te quiero mucho, grandullón», respiro aliviado y miro a Nura agradecido.

29

Nura

—Gracias —dice avergonzado.

No tiene por qué estarlo. Sé lo que ha sucedido en el escenario. Aisha y yo lo hemos visto desde el palco. No ha sido culpa de Leo. En el fondo, ni siquiera creo que haya sido culpa de Pol. Es evidente que tiene un problema y espero que encuentre la ayuda que necesita.

—Soy yo la que tiene que darte las gracias. —Señalo con la cabeza en dirección a mi hermana, que está sentada al lado de Axel—. Me he llevado un susto de muerte. Gracias por cuidar de ella.

—No sabía si te enfadarías por dejarla entrar en el camerino, pero pensé que sería mejor que dejarla fuera del estadio. Me pareció raro que no estuviera acompañada de un adulto.

—Se ha escapado. Se suponía que quería venir conmigo a Madrid para acompañarme al congreso de escritores, pero era una excusa para venir a veros. Está obsesionada con Pol.

—Veamos el lado positivo, acaba de descubrir que es un imbécil. Seguro que ya no le mola tanto.

—Oye… —Alargo el brazo para tocarlo, pero me lo pienso mejor y lo dejo caer—. Ha sido una situación violenta para todos. No ha sido culpa tuya. Sé que piensas que te he juzgado, pero lo que he visto no significa nada para mí. Al menos, nada malo que tenga que ver contigo.

Leo me mira a los ojos. Tiene las manos metidas en los bolsillos. Parece nervioso. Lo pongo nervioso. El sentimiento es mutuo, sobre todo después de lo que sucedió en aquel sofá.

—En serio, gracias por cuidar de mi hermana. Me entró el pánico. Menos mal que le pediste al guardia que cuidara de ella. Aisha me ha dicho que han sido muy amables con ella. Ha cenado y ha estado en el palco. No se lo merece, pero menudo alivio he sentido.

—No seas muy dura con ella.

—No tienes ni idea de lo dura que puedo ser cuando me enfado.

En cuanto las palabras salen de mi boca, Leo y yo intercambiamos una mirada de circunstancias. Él agacha la cabeza y yo aprieto los labios. Por supuesto que lo sabe. Lo expulsé de mi vida con una nota.

—Tenemos que hablar. —Leo me toca el brazo y me sobresalto.

Solo es un contacto efímero. Sus dedos sobre mi codo. Siento cómo el calor traspasa la tela y me atraviesa la piel. Me pregunto si siempre será así entre nosotros. Intenso y ardiente. No sé si podré soportarlo. Me he enfrentado a un puñado de atracciones sexuales muy intensas, pero Leo Luna está en el número uno de la lista. Estoy convencida de que el universo lo fabricó para excitarme.

—No, Leo —respondo categórica—. Me he quedado porque quería agradecértelo en persona. Pero tenemos que irnos. Es mejor así.

—Para mí no es mejor así —dice con voz queda—. Me moría de ganas de verte. He respetado tu decisión, aunque me estaba volviendo loco porque quería hablar contigo.

Es sincero. Su honestidad me desarma porque no estoy preparada para un chico como Leo. Alguien que no va de duro y acepta sin tapujos que me ha echado de menos. Me resulta irresistible. Y lo odio por ello, porque tiene novia y no quiero ser el segundo plato.

—Pero, ahora que te tengo delante… —añade con aplomo—, solo te pido que me des la oportunidad de explicarme. Por favor.

—No quiero que te expliques. Prefiero dejar las cosas como están.

—Estás dolida. —Su sinceridad me abruma—. Y lo entiendo.

—Tú no tienes ni idea de cómo me siento.

—Puedes explicármelo.

—No me apetece.

—Nura, solo te pido cinco minutos.

—Cinco minutos pueden ser peligrosos cuando se trata de nosotros.

Leo se sonroja y tengo ganas de comérmelo a besos. No es un chico malo. Lo sé. Por eso no quiero complicarle la vida. Él tiene una relación estable. Y yo estoy convencida de que nunca seré capaz de ser la novia de alguien. Soy demasiado independiente para ofrecerle lo que necesita.

—Te debo una disculpa —insiste.

—No la necesito. —Me encojo de hombros como si no me importara—. Los dos somos mayorcitos. No me has roto el corazón, Leo. Tampoco te flipes.

—Aunque vayas de dura, sé que te he hecho daño —responde sin vacilar—. ¿Dónde te alojas?

Aisha aparece en ese momento. Por su expresión de naturalidad, sé que no ha escuchado nada de nuestra conversación. Al menos no la parte importante. Entonces ella decide responder por mí:

—Nos alojamos en el Eurostars. ¿A que es una coincidencia? Axel me ha contado que estamos en el mismo hotel y que podemos volver con vosotros en la limusina. ¡Nunca he viajado en una! —exclama emocionada.

—Por supuesto. Os llevamos —dice Leo.

Aprieto los dientes. No me hace ni pizca de gracia, pero no tengo otra opción si no quiero levantar las sospechas de mi hermana. Por eso me dejo llevar cuando Leo me pone una mano en la espalda para conducirme hacia la puerta. Quiero gritarle que me quite las manos de encima. No tiene derecho a tocarme. No quiero sentir que mi cuerpo se revoluciona por un simple roce y, al mismo tiempo, quiero suplicarle que no deje de tocarme porque me gusta demasiado que lo haga.

Maldita atracción.

Maldita, estúpida y poderosa atracción que me convierte en la mujer más irracional de este planeta.

—Me acuerdo de ti —dice Pol, y me señala con un dedo. Está recostado sobre la ventanilla y tiene los ojos entrecerrados—. Eres la chica del concierto de Sevilla.

—Pol... —le advierte Leo con tono serio.

Pol levanta las manos y se ríe. Una chica rubia y de aspecto engreído que está sentada a su lado lo mira de reojo como si fuera un excremento. Leo me ha explicado que ella y Nico son los hermanos de Pol.

—La famosa Nura... —murmura Gabi con tonillo.

Me percato de que Leo le aprieta el brazo a su hermana para que lo deje estar. No soy la clase de persona que se avergüenza con facilidad, pero reconozco que la situación me hace sentir incómoda.

—¿Has leído el libro de mi hermana? —pregunta Aisha con inocencia.

Pol se parte de risa.

—Gabi lo único que lee es la revista *Vogue*.

—Cállate, Pol. Por hoy ya has hecho suficiente el ridículo —le espeta su hermana.

—A sus órdenes, Doña Perfecta.

Pol se lleva la mano a la frente y finge hacer un saludo militar. Su hermana tensa los hombros y aprieta los labios. No parece el alma de la fiesta, aunque teniendo en cuenta el comportamiento de su hermano, comprendo su actitud.

—Nura es tan fan de Harry Potter como yo —dice Nico emocionado. Tiene la cabeza apoyada sobre el hombro de Gabi y me dedica una sonrisa tan sincera que me llega al corazón—. Ella es una *ravenclaw* y yo soy un *hufflepuff*.

—Y es una gran escritora —añade Axel mirando de reojo a Leo—. O eso me han dicho. Tendré que leerme tu libro.

—No lo hagas por compromiso —respondo.

—Para nada. Es simple curiosidad. Todo lo que le interesa a mi amigo despierta mi interés. Quiero saber si eres tan buena como él dice.

Leo lo atraviesa con la mirada. Aisha lo mira boquiabierta porque cree que su grupo favorito está interesado en la carrera literaria de su hermana. Y yo no entiendo por qué todos los amigos de Leo parecen saber tanto sobre mí. En cuanto la limusina aparca en la puerta trasera del hotel, agarro a Aisha del brazo con más fuerza de la necesaria. Ella suelta un quejido cuando la saco a rastras de la limusina.

—Gracias por todo, chicos. —Estoy a punto de añadir algo educado en plan: «¡Un concierto estupendo!», pero me controlo justo a tiempo y opto por decir—: Que tengáis una buena noche.

Aisha comienza a protestar en cuanto entramos en el hotel. No veo el momento de quedarme a solas con ella para echarle la bronca.

—¡Suéltame! —Tiene los ojos vidriosos cuando nos paramos delante del ascensor—. ¡Ha sido el mejor momento de mi vida! He estado en el palco, en su camerino y he viajado en limusina con mi grupo favorito. ¡Mis amigas no se lo van a creer!

Pulso el botón del ascensor y me masajeo las sienes.

—Tu mejor momento —repito sin dar crédito—. ¿Te haces una idea de lo preocupada que estaba por ti? ¡Por poco me da un infarto! Y todo por seguir a un grupo de rock. Pensé que eras más madura, pero te has comportado como una cría. Siempre te defiendo para que mamá te dé un poco de vía libre, y me lo pagas de esta manera.

Aisha resopla.

—Mira quién fue a hablar. Tú siempre haces lo que te da la gana.

—¡Yo tengo veintitrés años! Y no me hables así, mocosa. Estás bajo mi responsabilidad.

Aisha está a punto de replicar, pero se queda con la boca abierta cuando ve algo detrás de mí. Siento su respiración cálida en mi nuca. Sé de quién se trata. Cuento hasta tres antes de darme la vuelta y enfrentarme a Leo.

—No es un buen momento —le advierto irritada.

—Cinco minutos.

—Yo... te puedo... esperar en la habitación... —titubea mi hermana—. Para que habléis de vuestras cosas.

Antes de que pueda retenerla, Aisha se cuela en el ascensor en cuanto las puertas se abren. Se despide de Leo con timidez y él le devuelve el saludo con la mano. La boca de mi hermana murmura un «guau» justo cuando las puertas se cierran.

—¿Qué quieres? —pregunto con sequedad.

—¿Tú qué crees? Hablar contigo.

Leo se pasa la mano por la espesa mata de pelo castaño. Es tan guapo que me duele no poder tocarlo. Quiero enterrar mis dedos en su pelo. Apartarle el flequillo de la cara y deslizar mi boca por su cuello. Estoy furiosa conmigo misma porque debería rechazarlo, pero no puedo.

Lo malo de ser una persona impulsiva es que siempre te dejas llevar. Algunos impulsos se convierten en aciertos y otros en errores catastróficos. Todavía no sé a qué categoría pertenece Leo.

—Solo será un momento si dejas de huir de mí.

—No estoy huyendo de ti. —Me hago la digna.

—Te largaste sin avisar y me dejaste una nota. Te seguí hasta la estación de autobuses, pero llegué tarde. Te envié un mensaje, pero me bloqueaste en WhatsApp. Te llamé, pero me has restringido las llamadas. ¿Y quieres que me crea que no estás huyendo de mí?

—No estoy huyendo de ti. —Pulso el botón del ascensor—. Estoy pasando de ti. Son conceptos distintos. Asúmelo de una vez. Que seas una estrella del rock no te convierte en un hombre irresistible para todas las mujeres.

Leo se queda momentáneamente fuera de juego y aprovecho para entrar en el ascensor y pulsar el botón de mi planta. Se cuela dentro antes de que las puertas se cierren. La cabina es minúscula. Pego la espalda a la pared y clavo la mirada en la puerta.

—Para todas las mujeres no lo soy, pero a ti te gusto. De lo contrario, no te habrías largado de aquella manera. Lo sé. La fastidié. Me acojoné porque quería hacer las cosas bien.

—¡Si quieres hacer las cosas bien no besas a una chica cuando tienes novia! —exclamo dolida—. Te lo dije, Leo. Lo nuestro no podía funcionar. Y tú me seguiste a Tarifa porque eres…

—Tonto.

—Eso lo has dicho tú.

—Dios…, Nura. ¿Por qué es tan difícil hablar contigo? Estoy jodidamente arrepentido, ¿vale? Me habría gustado cortar con mi novia antes de irme contigo a Tarifa, pero estaba cagado de miedo. Si buscas a un chico perfecto, ya sabes que no lo soy. ¿Tú nunca has tenido miedo? Porque yo estoy acojonado cada vez que te tengo cerca. Y lo que más me asusta es la posibilidad de no volver a verte. Te he echado de menos. Mucho. Tanto que no podía parar de pensar en ti. Creía que me estaba volviendo loco.

—Para —digo con un nudo en la garganta.

—No.

Leo pulsa el botón de parada de emergencia y el ascensor da una sacudida. No me caigo porque él me sujeta por los hombros. Su mirada me traspasa. Veo vulnerabilidad y algo más intenso para lo que no estoy preparada.

—He leído Harry Potter por ti.

—¿Qué? —pregunto confundida.

—Que me he leído los tres primeros libros en un par de semanas.

—No te entiendo.

—Sí me entiendes —dice con voz temblorosa—. Leí Harry Potter porque quería tener una excusa para charlar contigo. Nura, eres una de las mujeres más inteligentes que conozco. Lo que intento decir es que me gustas. —Hace una pausa, respira profundamente y me mira a los ojos—. Mucho.

30
Leo

Nura se queda paralizada después de mi confesión. El ascensor sigue bloqueado después de haber pulsado el botón de parada de emergencia. No iba a desaprovechar la oportunidad de hablar con ella. Ahora se está mordiendo el labio y me mira con los ojos entornados. No estoy acostumbrado a esta faceta suya y su reacción me produce un súbito ataque de esperanza. Se ha puesto nerviosa. Ella, la chica de la personalidad arrolladora que desprende seguridad en sí misma.

—¿Te ha gustado?

—¿Qué?

—Que si te han gustado los libros.

—¡Ah! —Se me afloja una sonrisa—. Sí, no he podido parar de leer. Voy por *El cáliz de fuego.*

—No me puedo creer que los empezaras para hablar conmigo.

—Pues créetelo. —Me encojo de hombros con las manos metidas en los bolsillos—. Es patético, pero es la pura verdad. Pensé que algún día me desbloquearías de WhatsApp. A lo mejor cuando se te pasara el enfado. Entonces te hablaría de los libros y podríamos iniciar una conversación de las nuestras.

—No estoy enfadada contigo.

—Yo creo que estás enfadada y dolida. Lo entiendo. Me porté fatal.

—Estoy enfadada conmigo misma. No debería haberte pedido que fueras conmigo a Tarifa.

—No digas eso. —Saco una mano de mi bolsillo y contengo el impulso de tocarla. No sé si me rechazaría—. Estar contigo en aquella playa fue increíble.

—Si fue increíble, no sé por qué terminó de aquella manera.

—Por mi culpa.

Nura se cruza de brazos en actitud defensiva y apoya la espalda en la pared del ascensor. Le cuesta mirarme a los ojos. Tiene las mejillas encendidas y sé que está dudando. La atracción es real. Tan real que me duele la distancia que se interpone entre nosotros. Un puñado de centímetros repleto de reproches y desconfianza.

Nura levanta la cabeza y me mira con esos ojos castaños y rasgados en los que llevo pensando demasiado tiempo.

—¿Por qué tus amigos saben quién soy?

—Les he hablado de ti. En realidad, le hablé de ti a mi hermana. Y también un poco a Axel. Pero mi hermana ha sido la encargada de ponerlos en contexto. Necesitaba desahogarme con alguien.

—Suele pasar cuando metes la pata hasta el fondo.

—Ya te he dicho que me equivoqué. ¿Cuántas veces tengo que repetirlo para que me creas? —Hago acopio de valor y acorto la distancia que nos separa—. Me moría de ganas de verte. No he podido parar de pensar en ti.

—Yo tampoco —admite de mala gana—. Pero sabes dónde vivo. Podrías haber llamado a mi puerta.

Enarco una ceja. ¿Eso es lo que quería? No puedo resistir el impulso de tocarla y mi corazón se acelera cuando ella no se aparta. Le acaricio la mejilla con el pulgar. Ese pequeño lunar sobre el pómulo.

—No sabía que querías que fuera a verte. Quería respetar tu decisión. Pensé que, si me plantaba en tu casa, me mandarías a la mierda o llamarías a la policía. ¿Eso es lo que querías?

—Sí —responde con sinceridad—. Pero ¿cómo ibas a saberlo si no te di la oportunidad de explicarte?

—Ahora estoy aquí.

Clavo una mirada hambrienta en su boca. Mi otra mano se coloca sobre su cintura. Me inclino para comprobar que quiere lo mismo que yo. Nura entreabre los labios y se le escapa un suspiro. Un suspiro cálido que me acaricia la boca y que provoca que me hierva la sangre. Pone su mano derecha sobre mi pecho y me mira con una mezcla de deseo e indecisión.

—Te voy a complicar la vida —me advierte.

—Prefiero una vida complicada a una vida sin ti.

Actúo por instinto y me dejo llevar. Mi boca sobre la suya me produce un millón de sensaciones vertiginosas. Una calidez en el centro del pecho. Los latidos de mi corazón se disparan cuando ella responde a mi beso con una necesidad que me enloquece. Si esto es complicarse la vida, entonces somos un problema perfecto. Una ecuación de tercer grado. El salto desde un acantilado. La emoción que sientes antes de caer en picado en una montaña rusa. Lo noto todo. El roce de su pelo en mi cara. Sus manos al deslizarse por mis hombros. Y su boca carnosa y experta que se rinde a mis labios.

—Nura —murmuro contra sus labios—. Echaba de menos tu olor a vainilla y los rizos de tu pelo.

Dice algo que no llego a procesar porque ahora es ella quien me besa. Me gusta que tome la iniciativa. Que tenga experiencia y sepa lo que hace. Su seguridad y su entrega. Pone sus manos en mi nuca y me besa hasta dejarme sin aliento. Los dos respiramos con dificultad entre beso y beso. Como si la vida fuera demasiado corta y no quisiéramos desperdiciarla en otra actividad que no fuera besarnos. De hecho, podría pasarme toda la vida pegado a sus labios y sentiría que todavía me quedan ganas de más.

El ascensor se pone de nuevo en funcionamiento, pero no le doy importancia porque seguimos besándonos. Subimos a mayor velocidad que el ascensor, acariciándonos por encima de la ropa mientras nuestras lenguas se enredan.

Nura y yo nos separamos con la respiración acelerada. Nos miramos y yo siento que el corazón se me va a salir del pecho. Sus manos continúan en mi cuello y las mías sostienen su cara con delicadeza.

—He roto con mi novia.

Lo que debería ser un alivio, una frase que la tranquilizara o una verdad que la hiciera confiar en mí se convierte en una sorpresa que la deja estupefacta. De repente, Nura me mira de una forma que no sé discernir. Hasta que me da un empujón y sus ojos echan chispas.

No entiendo nada.

—¿Qué has dicho?

—He roto con mi novia —repito confundido—. Se acabó.

Nura sacude la cabeza sin dar crédito y me fulmina con la mirada.

—¿Has roto con tu novia por mí? ¿Porque quieres acostarte conmigo? ¿Crees que solo por eso voy a correr a tus brazos?

Son demasiadas preguntas. Estoy desconcertado.

—No he dejado a mi novia por ti —respondo, pero en el fondo sé que no es del todo verdad—. He roto con ella porque ya no la amaba.

—Es increíble… —Nura se aparta de mí como si de repente le diera asco respirar el mismo aire que yo—. Debería haber sabido desde el principio lo que querías de mí.

—No te entiendo.

Nura abre la boca para responder, pero entonces mira por encima de mi espalda y se queda pálida.

—¡Os estabais enrollando! —exclama su hermana. Me doy la vuelta y me encuentro con los ojos de Aisha abiertos de par en par—. ¿De verdad has dejado a tu novia por mi hermana?

Nura sale del ascensor sin rozarme. Luego coge del brazo a su hermana y la arrastra por el pasillo a pesar de sus protestas. Le ordena que se calle mientras busca la tarjeta de su habitación dentro del bolso. Las puertas del ascensor están a punto de cerrarse cuando logro reaccionar. Salgo a toda prisa y consigo interceptarlas antes de que entren en la habitación. Aisha me mira impresionada cuando le toco el hombro a su hermana. Nura se tensa.

—Tenemos una conversación pendiente —le susurro al oído—. Llámame, Nura. No quiero presentarme en tu casa sin avisar.

Nura abre la puerta y empuja dentro a su hermana mientras esta exclama «¡Qué fuerte!». Justo cuando creo que va a cerrarme la puerta en las narices, se vuelve hacia mí con una expresión llameante.

—Ya hablaremos.

—Llámame. Lo digo en serio.

—¡Te llamará! —Aisha asoma la cabeza por la puerta y me mira sin dar crédito—. ¡Qué fuerte! ¡No me lo puedo creer!

—Yo tampoco —sisea Nura antes de fulminarme con la mirada y cerrar.

Me quedo mirando la puerta durante unos segundos. No entiendo nada. No sé en qué momento hacer lo correcto se volvió en mi contra, pero iba en serio cuando le he dicho que tenemos que hablar. Le daré unos días de margen. Si no me llama, me plantaré en su casa y tendrá que escucharme. No puedo obligarla a que me dé una oportunidad, pero no pienso permitir que se escaquee de la conversación que tenemos pendiente. La sinceridad es lo mínimo que nos merecemos después de lo que hemos vivido.

31
Nura

—¡Qué fuerte! —exclama Aisha. Parece una niña hiperactiva con una sobredosis de azúcar. Está saltando en la cama—. ¡Tú y Leo Luna! ¡Qué fuerte!

—Para.

Tengo un incipiente dolor de cabeza que me impide pensar con claridad. O quizá se deba al beso. El beso de Leo. El chico del que prometí olvidarme. Pero, en cuanto me ha dicho dos frases bonitas, he caído en sus brazos. Pensé que estaba por encima de esa dependencia emocional que tanto me saca de mis casillas, y resulta que soy igual de boba que la típica protagonista de una serie juvenil romántica. No solo he dejado que Leo me besara, sino que también he participado en ese beso con muchas ganas. No lo entiendo. No me entiendo. Mi corazón y mi cabeza quieren buscar caminos diferentes. Mi corazón da saltitos de emoción cuando lo tengo cerca y me exige que le dé una oportunidad, pero mi cabeza enumera una larga lista de razones por las que debo alejarme de él.

—Por eso rechazaste a Pol. ¡El que te gustaba era Leo! —Aisha continúa saltando en la cama—. ¡Leo Luna! Y ha dejado a su novia de siempre por ti. ¿No te parece romántico?

«Es absurdo».

«Irracional».

Algo impropio de un chico tan sensato como Leo. Y por eso estoy tan enfadada con él. No me parece justo hacerme una idea de alguien y que luego esa persona actúe de una forma contradictoria para sorprenderme. Porque, en mi cabeza, Leo es un chico prudente, racional y previsible. Alguien que me atrae, pero con el que sé que no puedo funcionar.

—¡Os he visto besaros! ¿Por qué le has dicho que no vas a correr a sus brazos? ¿Por qué siempre tienes que complicarlo todo? ¿Te das cuenta de lo afortunada que eres? ¿Sabes cuántas chicas querrían estar en tu lugar?

Me siento en la cama.

—¿Te crees que lo que ha pasado te va a librar de la bronca que voy a echarte? Deja de saltar en la cama. —Aisha se queda inmóvil—. Eres una inmadura y una egoísta. ¡Me mentiste! Dijiste que querías venir a Madrid para ver El Retiro y el Museo del Prado y te escapaste para ver al grupo.

—Sí, pero...

—Pero ¡nada! —exclamo fuera de mí—. ¡Estaba muerta de miedo! ¡Me has dado un susto terrible! No sabía dónde estabas y no me cogías el teléfono. Has sido muy irresponsable. Siempre te defiendo para que mamá te dé un poco de libertad y, en cuanto confío en ti, ¿me lo pagas de esta manera?

—Yo solo quería verlos de cerca —musita con los ojos vidriosos—. Tú no lo entiendes.

—Por supuesto que no lo entiendo. Solo son personas corrientes, como tú y como yo.

—Ya, por eso te estabas morreando con el guitarrista.

—¡Aisha! Ese no es el tema. Si me hubieras dicho que querías verlos, quizá te habría comprado una entrada. Pero te has escapado y has perdido toda mi confianza. ¿Y para qué? ¿Para darte cuenta de que Pol no es tan maravilloso como pensabas?

—Me he llevado un chasco, pero aun así... ha valido la pena.

La miro sin dar crédito.

—Se lo voy a decir a papá y a mamá. Atente a las consecuencias. Supongo que te castigarán.

—Y yo les voy a decir que te has morreado con Leo. Seguro que a mamá tampoco le hace ni pizca de gracia.

—Haz lo que te dé la gana. ¿Sabes cuál es la diferencia entre tú y yo? Que tú tienes trece años y yo soy una adulta. ¿Quieres disgustar a mamá? De acuerdo, ¡que el disgusto sea doble!

—Tú siempre has sido rebelde y te metías en líos. Como aquella vez que te encerraron en un calabozo y papá tuvo que ir a buscarte a las cuatro de la mañana.

No me siento orgullosa, pero no es el momento de traer viejos recuerdos a colación.

—Que yo cometiera errores cuando era una niña no significa que tú también tengas que cometerlos. Y yo al menos no dejo de lado mi vida para fantasear con una banda de pop.

—Rock —me corrige indignada—. Y solo lo estás pagando conmigo porque estás enfadada con Leo. El primo Pablo tiene razón. Te crees mejor que nadie. Por eso no tienes novio y no le haces ni caso a Jorge.

—Aisha...

—Y le gritas a mamá y criticas a Amina y a Dan por alisarse el pelo. Nunca respetas las decisiones de los demás.

—Ya basta.

—Te vas a quedar sola.

—Y tú vas a estar castigada de por vida. Dentro de unos días, te arrepentirás de las gilipolleces que estás soltando por la boca y vendrás a pedirme perdón. —La señalo con un dedo cuando está a punto de rebatirme—. Ni se te ocurra contarle lo sucedido a tus amigas del instituto. Podrías meterme en un buen lío. A Leo y a mí.

—No pensaba hacerlo. No soy tonta. Ya sé que los periodistas no os dejarían en paz. A mamá le daría un infarto —responde un tanto arrepentida.

—Por si acaso.

—Por favor, no se lo cuentes a papá y a mamá —suplica con las manos juntas.

La observo irritada. Después de lo que me ha dicho, estoy al límite de mi paciencia.

—¿No estabas tan orgullosa de lo que has hecho? Pues apechuga con las consecuencias. Cuando no tienes remordimientos, no tienes miedo de que los demás se enteren de la verdad.

—¿Y tú tienes remordimientos de haberte enrollado con un chico que tiene novia? ¿Por eso no quieres que nadie se entere?

Me froto las sienes. No pienso hablar de ello con una niña de trece años. Esto es el colmo. Apago la lamparita de la habitación y digo:

—Vete a dormir.

—Pues claro que no te arrepientes —susurra entre dientes—. Lo estabas besando con muchas ganas.

«Qué sabrá esta mocosa».

No lo besaba con ganas, sino con una necesidad que me enloquecía por completo. Porque mi cerebro se desconecta cuando mi cuerpo entra en contacto con el de Leo. Yo no sabía que era posible que te acariciaran el alma con un beso hasta que lo conocí.

En cuanto creo que Aisha se ha quedado dormida, me encierro en el baño para enviarle un mensaje a Paula. No quiero llamarla por teléfono para que mi hermana no escuche la conversación. No estoy del todo convencida de que esté durmiendo.

Yo

No te lo vas a creer. Mi hermana se ha escapado del congreso y se fue al concierto de Yūgen. Leo se la encontró y la invitó al *backstage* porque sabía que algo iba mal. Han saltado chispas cuando nos hemos reencontrado. Nos hemos besado en el ascensor. Da la casualidad de que nos alojamos en el mismo hotel. ¿Me estoy volviendo loca o el universo confabula en mi contra para arrastrarme a sus brazos?

Paula

Espera, te llamo. 😮

Yo

¡No! Creo que Aisha está escuchando detrás de la puerta. Todavía sigue flipando porque su hermana se ha besado con el guitarrista de su grupo favorito.

Paula

Tía, estoy alucinando. Yo creo que el universo ya no sabe cómo lanzarte señales. ¿Qué más necesitas? ¿Una bengala? ¿Fuegos artificiales? ¿Desde cuándo te piensas tanto las cosas? ¿Quién eres y qué has hecho con mi amiga? Esa a la que le da un pronto y decide irse de escapada a Ámsterdam con una mochila para dormir en una pensión mugrienta.

Yo

Todo iba bien entre nosotros hasta que me dijo que ha cortado con su novia. Primero me dice que se está leyendo Harry Potter para tener algo en común conmigo...

Paula

Jo, qué mono. ¿Por qué no me pasan estas cosas a mí?

Yo

Y luego me sale con el cuento de que ha dejado a su novia.

Paula

¿Eso es un problema?

Yo

Lo es. ¿No te das cuenta?

Paula

Me he perdido. Leo está libre y os habéis besado. ¿Cuál es el problema? ☹

Yo

Ha dejado a su novia de SIEMPRE. Tía, eso no es normal. ¿De qué va? Creo que está perdido. Me parece que tenemos una atracción brutal y que se ha dejado llevar. Se arrepentirá en cuanto se enfríe y querrá volver con ella.

Paula

Así que tienes miedo...

Yo

No tengo miedo. No confío en él y punto.

Paula

No confías en él porque tienes miedo. Resulta que te estás pillando por un chico que acaba de dejar a su novia para conocerte. Y encima el chico no es uno cualquiera, sino un guitarrista famoso y que tiene a las adolescentes de media

España enamoradas de él. Yo en tu lugar estaría cagadita
de miedo. Te entiendo perfectamente.

Quiero responderle que no sabe de lo que habla, pero comprendo que Paula tiene razón. Soy irracional cuando estoy asustada.

Yo
De todos los hombres de este planeta,
me he tenido que fijar en él. 😳

Paula
Bienvenida al club del amor. ♡ ¿No querías saber lo que
es? Pues ahí lo tienes. Te voy a dar un consejo que no me
has pedido, pero que mi amiga Nura (la que no duda tanto)
seguiría a rajatabla: déjate llevar. El tiempo dirá si merece
la pena.

No sé si voy a hacer caso de su consejo. Lo único que tengo claro es que ser una cobarde no me pega nada. No me gusta no reconocerme, por eso inspiro profundamente antes de enviarle un mensaje a Leo. Tiene razón. Tenemos una conversación pendiente.

Yo
Nos vemos el próximo miércoles. A las cinco
de la tarde en mi casa.

Leo no tarda ni medio minuto en responder.

Leo
Allí estaré.

Mi corazón se acelera cuando leo su respuesta. Vaya, me ha pegado fuerte. Quedan setenta y dos horas para que nos veamos y ya estoy hiperventilando.

32
Leo

Han pasado tres días desde que me reencontré con Nura. Tres días en los que me he dedicado a componer y a correr para mantener la mente en blanco. Sigo sin comprender lo que sucedió en el ascensor. A ver, sí lo entiendo. Nura y yo nos besamos y fue increíble. El problema vino después. Pensé que se sentiría aliviada de saber que había roto con mi novia, pero su reacción me dejó descolocado.

Cuando creo que empiezo a conocerla, le da un giro de ciento ochenta grados a todo lo que creía saber de ella. Eso debería asustarme, pero en realidad aumenta mi curiosidad. Quiero conocerlo todo de ella. Quién es. Qué la hace sonreír. Cómo sería hacer el amor con la chica del lunar en la mejilla y los ojos rasgados. Por qué huele a vainilla y por qué yo estoy tan obsesionado con todo lo que tiene que ver con ella.

Estoy en el jardín, sentado en la hamaca que cuelga de la pesada rama del cedro mientras toco la guitarra. Gabi se acerca y se sienta en el césped recién cortado. Cierra los ojos y me escucha tocar hasta que termino. Luego sonríe; sé que le ha gustado. Conozco a mi hermana mejor que nadie.

—Suena bien.

—Solo es el inicio de algo.

—Llevas tres días componiendo y todavía no me has enseñado nada.

—No estoy seguro de lo que quiero contar en las letras. Solo estoy improvisando y probando cosas nuevas.

—Papá cree que deberíamos contratar a un par de compositores. Los de la compañía discográfica propusieron varios nombres. —Gabi se levanta y se sienta en la hamaca. Apenas cabemos y termina con la cabeza recostada en mi pecho—. Cree que nos estamos retrasando con el nuevo disco, pero le he dicho que confío plenamente en ti. No quiero cantar nada que no hayas escrito. Me gustan tus letras.

—Menos mal, porque tendríamos un problema si estuvieras de acuerdo con él.

Gabi echa la cabeza hacia atrás y pone los ojos en blanco.

—Somos un equipo. —Me aprieta la mano—. De no ser por la letra que compusiste para aquella serie, ninguno de nosotros habría llegado tan alto. Todos estamos de acuerdo en que te debemos mucho.

—Venga, no digas tonterías. Yūgen eres tú. Tu voz hace magia con las letras de mis canciones.

—Supongo que los dos somos indispensables. No te quites mérito. ¿Por qué estás enfadado con papá?

—No estoy enfadado con él.

—Yo siempre he echado de menos a mamá, y lo sabes. Pero tuve la impresión de que tú lo tenías más superado. Como si con papá te bastara y no supieras cómo agradecerle todo lo que ha hecho por nosotros. Y, de repente, estás muy frío con él.

—No es eso, Gabi —respondo con desgana. No quiero hablar con ella sobre el chasco que me llevé por la reacción de mi padre. Sé que le rompería el corazón—. Además, tú eres la que nunca quiere cogerle el teléfono a mamá.

—Porque la necesito y no quiero demostrárselo. A ella le damos igual.

—No creo que le demos igual —respondo pensativo—. Creo que eligió una vida en la que no cabíamos.

—Es una egoísta.

—Pero sigue siendo nuestra madre.

Gabi suspira. Sé que tiene una espina clavada en el pecho. Cuando era niña, le preguntaba a nuestro padre por qué nuestra madre trabajaba tan lejos. Mi padre se inventaba mil excusas para contentarla. Hasta que, un día, Gabi dejó de preguntar por ella. Supongo que creció y comprendió la dolorosa verdad.

—Estás raro desde que te reencontraste con Nura. ¿Qué pasó entre vosotros después del concierto?

—Nos besamos.

Gabi se sobresalta, pierde el equilibro y se cae de la hamaca. Me río. Ella también.

—¡No me lo habías contado!

Me encojo de hombros.

—Eres una bocazas. Luego se lo chivas a Axel y Pol.

—Te prometo que esta vez me estaré calladita. ¿Por qué tienes esa cara? Te besaste con la chica que te gusta. Es un primer paso.

—Se puso hecha una furia cuando le conté que había roto con Clara. Me quedé hecho polvo porque no me esperaba esa reacción. Me preguntó entre gritos que si me pensaba que iba a correr a mis brazos solo por haber dejado a mi novia para estar con ella. Me parece que piensa que solo quiero acostarme con ella o… yo qué sé. No entiendo nada.

—Leo, tienes veintiún años —dice con tono burlón—. ¿No quieres acostarte con ella?

—No voy a hablar contigo de eso.

Gabi pone los ojos en blanco.

—Ya no soy una niña.

—Pero eres mi hermana pequeña.

—Tu hermana pequeña sabe algo sobre la reacción de Nura.

—Ilumíname.

—Tiene carácter.

—Dime algo que no sepa.

—Y me cae bien.

Sacudo la cabeza sin dar crédito y me entra la risa floja.

—¿Te han bastado tres segundos para que se gane tu confianza, pero a Clara no pudiste concederle el beneficio de la duda?

—Yo no elijo quién me cae bien. Y se ganó mi confianza cuando logró sacar a Nico del baño. En el fondo puedo entenderla. —Ante mi cara de estupefacción, Gabi prosigue con naturalidad—: Le has dicho que has cortado con tu novia.

—Eso es bueno, ¿no? Estoy intentando hacer las cosas bien. He cortado con Clara porque ya no estoy enamorado de ella y quiero empezar a conocer a otra persona. ¿Qué he hecho mal?

—¿Liarte con Nura cuando todavía estabas saliendo con Clara? Por ejemplo.

—No puedo cambiar el pasado.

—Supongo que ella cree que es tu segundo plato y que volverás con tu ex cuando hayas probado algo nuevo.

—Pero eso no es... —Me tapo la cara con las manos—. No tiene ningún sentido. Yo no soy así.

—Explícaselo.

—Lo haré —le aseguro—. He quedado con ella dentro de un par de horas.

—Todo irá bien. —Gabi se pone de rodillas y me mira convencida—. Lo vi en su cara. Es evidente que le gustas.

No sé qué responder. Con ella nunca estoy seguro de nada. Llevo una vida estable, previsible y ordenada, y de repente me enfrento a un huracán llamado Nura que hace tambalear todas mis convicciones.

—¿Has visto los comentarios de Twitter? —pregunta para cambiar de tema—. Yo tengo mi último post de Instagram petado de comentarios.

—No los leas.

—Sabes que soy incapaz de no leerlos. Es superior a mí. Me encantaría ser la clase de persona a la que le resbalan las críticas, pero no puedo. El vídeo de nuestra actuación se ha hecho viral. Qué vergüenza.

—Se les olvidará.

—Me gustaría estar enfadada con Pol por arruinar nuestra oportunidad de colaborar con Maroon 5, pero no puedo. Estoy muy preocupada por él.

Yo también. Todos lo estamos. Lo he hablado con Axel, pero no sabemos cómo ayudar a un amigo que no quiere reconocer que tiene un problema. Incluso llamé por teléfono a su hermana Iris, aunque ella se limitó a responder con frialdad que toda la culpa era nuestra. «Vuestro ambiente no es sano para mi hermano», me dijo. Le habría preguntado a qué clase de ambiente se refería, pero no pude hacerlo porque me colgó el teléfono.

—¿Tú crees que Pol se curará algún día? —pregunta esperanzada.

—Solo si pone de su parte.

Gabi se tumba bocarriba sobre el césped y cierra los ojos. Una lágrima se desliza por su mejilla. Sé que Pol es muy importante para ella. No sé si está enamorada de él. No quiero preguntárselo porque me da miedo la respuesta. No quiero que mi hermana se enamore de alguien como Pol. Sí, es uno de mis mejores amigos, pero también es un adicto. Si estuvieran juntos, él la destrozaría emocionalmente. No quiero tener que elegir entre mi hermana y mi amigo. Tengo muy claro cuál sería mi elección.

Estoy nervioso cuando aparco el coche y camino hacia el portal de Nura. Llevo las manos en los bolsillos y una gorra calada hasta los ojos porque no quiero que nadie me reconozca. Justo voy a llamar al telefonillo cuando la puerta se abre de golpe. Nura sale agitada y con el portátil aferrado contra el pecho. Se sobresalta al verme.

—¡Leo!

—Hola.

—¿Hoy es miércoles? —pregunta confundida.

—Sí.

—No sé en qué día vivo. Llevo tres días sin salir de casa porque no he parado de escribir.

Estoy a punto de decirle que es una gran noticia, pero me hace un gesto con la cabeza para que la siga. Camina a toda velocidad y tengo que acelerar el paso.

—Lo siento, me había olvidado de que hoy es miércoles. Necesito ir a la tienda de informática. He escrito dos capítulos seguidos y, de repente, mi ordenador se ha bloqueado. Creo que he perdido el trabajo de hoy. ¡Me va a dar algo!

—Tranquila, seguro que está guardado en la nube.

—No utilizo la nube. Lo sé, parece que vivo en otro siglo. Estoy acostumbrada a guardar una copia de mi trabajo en un *pendrive.* Siempre lo guardo cuando termino un capítulo, pero hoy no podía parar de escribir y llevo un montón de cafeína encima. Necesito recuperar esos dos capítulos. Es la mejor parte de la novela.

Estoy a punto de pedirle que se tranquilice, pero Nura entra en la tienda como un vendaval. Deja el portátil sobre el mostrador y pulsa la campanilla sin parar hasta que el dueño, con expresión sombría, aparece.

—Estaba en el baño.

—He perdido un documento muy importante. —Habla acelerada—. El editor de texto se ha cerrado y mi ordenador se ha bloqueado. Necesito que lo recupere.

—¿Tienes el sistema operativo conectado a la nube?

—No.

—En ese caso, no sé si voy a poder ayudarte. Los procesadores de texto tienen una herramienta de autoguardado, pero no siempre funciona cuando el ordenador se colapsa. Le echaré un vistazo y ya te diré algo.

Nura agarra el portátil cuando el informático está a punto de cogerlo.

—Necesito que me lo devuelva lo antes posible y que recupere ese archivo.

—Quizá deberías buscarte otro informático. Haré lo que pueda —responde el tipo, que empieza a perder la paciencia.

—¡No tiene ni idea de lo importante que es para mí! ¡Le pagaré lo que sea!

—No es una cuestión de dinero.

—Pero necesito ese archivo.

—Y yo necesito su portátil para intentar recuperarlo.

Nura mantiene agarrado el ordenador como si fuera su posesión más preciada. Sé cómo se siente. Ha recuperado la inspiración y lo necesita para escribir. Le pongo una mano en el hombro.

—Dale el portátil, Nura. Seguro que este señor hará lo que pueda.

Se lo entrega de mala gana y lo persigue con la mirada hasta que lo guarda en el almacén. Luego le da sus datos de contacto y el informático le asegura que hará todo lo que esté en su mano para recuperar el archivo. Cuando salimos de la tienda, Nura tiene el rostro descompuesto.

—Me he comportado como una idiota.

—Estabas nerviosa.

—Deberías haber visto mi cara cuando la pantalla del ordenador se ha quedado en blanco. Estaba en el momento cumbre de la historia. No me podía creer que estuviera escribiendo semejante maravilla. Pensarás que soy una creída.

—Me alegra que estés orgullosa de tu trabajo. Has vuelto a escribir. ¿De verdad crees que no podrás reescribir los dos capítulos si el informático no consigue recuperarlos?

Nura abre la puerta del portal.

—No lo sé —responde indecisa—. Supongo que puedo intentarlo.

Se queda parada durante unos segundos delante del ascensor, pero entonces se lo piensa mejor y sube por las escaleras. Tiene razón. Los ascensores son peligrosos cuando los dos estamos dentro.

—Siento haberme olvidado de que habíamos quedado —se disculpa en cuanto entra en su apartamento—. En realidad, no me había olvidado, solo que pensé que hoy era martes. El mundo se para mientras escribo.

—Te entiendo. Me pasa lo mismo cuando compongo.

—Todo es un caos. Qué vergüenza. Debería haber pasado la aspiradora y recogido los envases de comida para llevar. —Señala la montaña de táperes que hay sobre la encimera de la cocina. Asur entra y me dedica una mirada felina y desafiante—. Mis gatos están soltando mucho pelo. Espero que no te importe. Asur, ni se te ocurra atacar a Leo.

El gato arquea el lomo y tiene el pelaje erizado, pero se tranquiliza en cuanto su dueña se lo ordena. Entonces se sube de un salto a la encimera y clava sus ojos verdes en mí, como si me evaluara. Nínive, por el contrario, se frota contra mis piernas y ronronea. Me agacho para acariciarla entre las orejas y se recuesta panza arriba.

—Ya me he ganado a esta. Algún día Asur dejará de mirarme como si quisiera matarme.

—Sigue soñando. Hay días en los que ni siquiera yo le caigo bien.

—¿Y yo qué tal te caigo?

Nura, que hasta ese momento estaba recogiendo los envoltorios de comida a toda velocidad, se detiene para mirarme.

—Depende del día.

—Entre los dos acabaremos antes.

—Eres mi invitado. No quiero que…

Al ver que comienzo a meter los táperes en el cubo de la basura, Nura suspira y hace lo mismo. En menos de dos minutos hemos recogido la cocina. Asur sigue subido a la encimera sin despegar los ojos de mí.

—Debería ofrecerte una taza de café, pero no me gusta y siempre me olvido de comprar para las visitas.

—¿Qué tal si preparo dos tazas de té y tú me esperas sentada en el sofá?

—Estás en mi casa.

—Podríamos haber quedado en cualquier otro sitio, pero me citaste aquí. Lo mío es la guitarra, aunque también sé encender el hervidor de agua. ¿Te fías de mí?

Nura pone los ojos en blanco.

—No seas bobo. —Coge a Asur en brazos. Creo que sospecha que está deseando clavarme las uñas en la espalda—. Guardo todos los tés en la cajita que hay encima del microondas. Mi favorito es el negro con vainilla.

No puedo reprimir una sonrisa. Nura también sonríe porque sabe lo que estoy pensando.

—No estoy obsesionada con la vainilla.

—Lo que tú digas.

—Lo quiero sin azúcar.

—Hecho. ¿Algo más?

—Sí. —Está apoyada en el marco de la puerta y me mira más tranquila—. Esta vez no vamos a discutir. Quiero escuchar lo que tengas que decirme, y también quiero que escuches lo que tengo que decirte.

—Me parece bien.

Cuando sale de la cocina, esbozo una sonrisa amplia. Ha dicho que no vamos a discutir, pero no ha dicho nada sobre besarnos. Y no hay nada que me apetezca más en este momento que besarla hasta que me falte el aliento.

33
Nura

Estoy nerviosa cuando Leo aparece en el salón con las dos tazas de té. Le he dicho la verdad. El mundo se para mientras escribo y me olvido de todo. Menos mal que hace un par de horas me di una ducha, porque llevo tres días sobreviviendo a base de comida para llevar y Coca-Cola. No me siento orgullosa de haberme comportado como una histérica en la tienda de informática, pero supongo que es mejor que Leo vaya descubriendo la clase de persona que soy: impulsiva, temperamental y despistada. Seguro que en un par de semanas llega a la conclusión de que somos incompatibles.

Leo se sienta a mi lado y la palabra «incompatible» desaparece de mi cabeza. En su lugar, un calorcillo me sube por las pantorrillas mientras mi pulso se acelera. Solo me ha rozado el brazo, pero el contacto es más que suficiente para que me invadan un millón de sensaciones intensas.

—Tú dirás.

Leo me mira con las cejas enarcadas.

—¿Yo?

—Eres tú el que quería hablar conmigo.

—Por supuesto. —Me mira a los ojos sin vacilar—. Tenemos que hablar de lo que pasó en Tarifa.

—En Tarifa se nos fue la cabeza.

—Y de lo que pasó en el ascensor.

—Se nos fue la cabeza otra vez.

—¿Se te suele ir la cabeza muy a menudo? —pregunta, y no me deja responder—. Porque a mí no me suele pasar.

—Constantemente. A lo mejor es contagioso.

—Nos gustamos —dice, y yo no puedo negarlo porque sería ridículo—. Sé que es recíproco. Me encantas. Me gustas desde la primera vez que te vi. No he podido parar de pensar en ti desde que nos conocimos en el concierto.

Quiero contestar algo, pero el impacto de sus palabras me deja boquiabierta. Me aparto el pelo de la cara y noto que me estoy poniendo colorada, aunque Leo está tan nervioso que no se da cuenta.

—Y, desde que nos reencontramos en el parque, no he parado de buscar la excusa más absurda para hablar contigo. Sé que tenía novia y que está fatal por mi parte. No me siento orgulloso, te lo prometo. Debería haber cortado con ella antes de irme contigo a Tarifa. Por eso no pude continuar con lo que empezamos en el sofá. No quería que mi relación acabara con una traición. Necesitaba cortar con ella sin sentirme como un miserable. Si te hice daño, te pido que me perdones.

—Yo ya sabía que tenías novia. No solo es culpa tuya.

—No —me contradice con vehemencia—. Tú estabas libre. Solo es culpa mía. Debería haber sido valiente, pero me aterraba la idea de hacerle daño a Clara. Necesito que entiendas que mi relación ya estaba muerta antes de que tú aparecieras en mi vida. No soy la clase de persona que...

—Lo sé.

Aprieto su mano. Sé lo que intenta decirme. Leo me mira esperanzado y me muerdo el labio.

—¿Le has contado toda la verdad?

—No fui sincero con ella cuando me preguntó si había otra persona —responde avergonzado—. No quería hacerle daño. Además, como te he dicho, nuestra relación ya hacía agua antes de que tú y yo nos conociéramos.

—Pero ¿habrías roto con ella si no me hubieras conocido?

—No lo sé —admite, y, aunque no es la respuesta que esperaba oír, me gusta que sea sincero—. ¿Por qué te enfadaste conmigo en el ascensor? Pensé que te alegrarías de saber que había roto con mi novia. Que así sabrías que no soy la clase de tío que juega a dos bandas. No me esperaba tu reacción.

—Estaba dolida —respondo con voz queda—. Y me pilló por sorpresa. Ya me había hecho a la idea de que me habías utilizado para divertirte. Y, de repente, me cuentas que has roto con tu novia y desbaratas todo lo que pensaba de ti. Me asusté.

—Yo nunca te voy a utilizar. —Leo acaricia el dorso de mi mano con su pulgar—. Quiero que seamos sinceros el uno con el otro. Que le demos una oportunidad a lo que nos está pasando. Conocerte ha sido lo más especial que me ha sucedido en mucho tiempo. No quiero dejarte escapar, Nura.

—¿Quieres que seamos sinceros el uno con el otro?

—Sí.

—Tengo la impresión de que estabas aburrido de tu vida monótona y de que me ves como algo nuevo. Y creo que, cuando te canses de mí, volverás con tu novia porque es la opción fácil. Yo soy complicada, Leo. No te convengo y tarde o temprano llegarás a esa conclusión.

Leo suelta mi mano y me mira entre sorprendido y dolido. Sacude la cabeza sin dar crédito.

—¿Crees que voy a volver con mi exnovia cuando me acueste contigo? No tienes ni idea, Nura. Con independencia de lo que suceda entre nosotros, no voy a volver con Clara porque ya no estoy enamorado de ella.

—Pues entonces no deberías atarte sentimentalmente a nadie después de una relación tan larga. Ahora te toca aprender a estar soltero, vivir la vida y follar mucho. Te van a sobrar las oportunidades.

—¿Y eso quién lo dice? —responde con voz crispada—. Creo que tengo derecho a decidir lo que quiero hacer con mi vida. Y das por hecho que quiero algo estable contigo, cuando lo que de verdad me apetece es conocerte.

—No te voy a gustar cuando me conozcas del todo.

—Eso déjame decidirlo a mí, ¿no?

—Tú eres de relaciones largas, y yo soy independiente y estoy acostumbrada a ir a mi bola. Lo nuestro no va a funcionar. Te haré daño o me lo harás tú a mí. Y, además, eres famoso y no estoy segura de saber lidiar con ello. Y…

—Creo que estás asustada —me interrumpe con suavidad—. No te lo esperabas.

—¿A qué te refieres?

—No esperabas sentirte atraída por el guitarrista de una banda de rock. Te molesta que tus convicciones se derrumben por mi culpa. Mira, me pasa exactamente lo mismo contigo. Pero ¿tan malo sería darnos una oportunidad?

—Malísimo.

Leo sonríe cuando se inclina hacia mí y no me aparto. Se me acelera el corazón cuando coloca sus manos sobre mis mejillas. Su pulgar me acaricia el lunar que tengo en el pómulo. Mis pulsaciones se disparan cuando sus ojos se clavan en mi boca durante una fracción de segundo.

—Eres la chica más alucinante que he conocido en mi vida.

—No me regales los oídos.

—Sabes de sobra que te estoy diciendo la verdad. Me pasaría todas las noches tocando el piano para ti si me lo pidieras. Haría maratón de Harry Potter contigo cada fin de semana solo por ver la cara de ilusión que pones. Y me pasaría horas y horas hablando contigo porque el tiempo vuela cuando estamos juntos. Y…

—¿Y qué?

—Y me muero de ganas de besarte. —Me acaricia la boca con la suya y me estremezco por completo—. Pero me intimidas un poco. Nunca sé a lo que atenerme cuando estamos juntos.

—No puede salir nada bueno de esto…

—No estoy de acuerdo y te lo voy a demostrar.

Mi corazón se salta un latido cuando Leo me besa. Suspiro contra sus labios y todo lo que hay a nuestro alrededor deja de existir. Solo somos él y yo. Besándonos hasta que nos falta el aliento en el sofá de mi casa. Una de sus manos desciende hasta mi nuca y la otra me roza el lateral del pecho antes de posarse en la curva de mi cintura. No sé durante cuánto tiempo nos besamos. Con Leo los segundos, los minutos y las horas pasan a una velocidad inidentificable. Creo que podría vivir pegada a sus labios y nunca me cansaría de él. Porque lo que me hace sentir es tan intenso que necesitaría toda una vida para descifrarlo.

—Eres... Guau —musita a escasos milímetros de mi boca.

—¿Guau?

Leo me da un pequeño mordisco en el labio.

—Eres esa canción que todavía no he compuesto porque me faltan las palabras. O... como la primera vez que conseguí tocar la guitarra sin ningún fallo y me sentí eufórico.

—Ay, Leo... —Mirarlo me produce una mezcla de ternura y anhelo—. Sigue besándome.

—Pero ¿has entendido lo que te quería decir?

—Sí.

—No me estás prestando atención. Solo me quieres por mi cuerpo.

Se me escapa la risa floja y lo atraigo por la sudadera para besarlo. Esta vez el beso es más intenso y peligroso. Leo pone las manos sobre mis caderas y acabo tumbada encima de él. Me gusta que entre beso y beso me huela el pelo. Que murmure que le encanta la vainilla desde que me conoce. Que una de sus manos se entierre en mi pelo y enrede los dedos en mis rizos.

—Eres preciosa.

—Tú no estás mal.

—Eres la chica más competitiva que me he echado a la cara. —Se aparta para mirarme con un deje de fascinación—. Dime algo bonito, anda.

—¿Necesitas mi aprobación? —me burlo de él.

—Necesito no sentirme como un tonto cuando te beso, porque yo creo que esto es demasiado bueno para ser real.

Su sinceridad me abruma. Me muerdo el labio antes de inclinarme para besarle el cuello. Siento sus pulsaciones aceleradas. Me encantaría decirle que me gusta todo de él. No es un chulo ni un egocéntrico ni nada por el estilo. Solo es un chico normal que me abre su corazón, y me gusta por ello.

—Me encantas, Leo. Quizá por eso tengo esta absurda necesidad de huir de ti.

—Entonces no dejaré que te vayas a ningún lado.

Me atrae hacia él y me derrito cuando termino recostada sobre su pecho. Leo huele a un montón de sensaciones maravillosas y que voy a ir descubriendo poco a poco.

—¿Me vas a obligar a estar contigo? —bromeo.

—Te voy a enamorar para que decidas que no quieres estar lejos de mí.

Estamos a punto de besarnos de nuevo cuando llaman a la puerta. Leo y yo nos sobresaltamos. Estoy confundida porque no espero visita. Debajo de mí, Leo está respirando de manera acelerada. Mi primer impulso es pedirle que ignore a quien sea que está llamando porque lo que estamos haciendo es más importante y placentero, hasta que escucho un par de vocecillas.

—¡Tita Nura! —exclaman al unísono.

Casi me caigo del sofá. Leo está a punto de hablar, pero le tapo la boca. Entonces me suena el móvil. Está sobre la mesita del salón y aparece el nombre de Amina en la pantalla.

—¡Abre! —me ordena—. Estoy escuchando tu móvil. Sé que estás ahí. ¡Sorpresa! Hemos venido sin avisar. Ya sé que no te gustan las sorpresas, pero ábrenos o tus sobrinas tirarán la puerta abajo.

Leo me observa desconcertado. Yo estoy aterrada. No sé cómo explicarle a mi hermana que uno de los hombres más famosos de España está en mi casa.

—Tus sobrinas… —musita.

—Escóndete.

—¿Lo dices en serio?

Me pongo de pie y miro a mi alrededor. Mi apartamento solo tiene dos habitaciones y mis sobrinas son muy curiosas. No me lo puedo creer. Amina viene poco y le da por presentarse sin avisar cuando me estoy reconciliando con Leo. ¡Qué oportuna!

—¿Quieres que salte por el balcón? —pregunta con retintín.

—Tienen seis años. ¿Quieres que le cuenten a todo el mundo que estás saliendo conmigo?

—¿Estamos saliendo juntos?

—¡No! —Lo empujo hacia mi habitación—. Es decir, ya lo iremos viendo. Nos estamos conociendo y no me apetece que mi hermana mayor y mis sobrinas saquen sus propias conclusiones. A no ser que a ti se te ocurra una explicación convincente sobre por qué estás en mi casa.

Leo me mira agobiado.

—Mejor me escondo.

Antes de que pueda cerrar la puerta, me atrapa por la cintura y me roba un beso. Se me afloja una sonrisa cuando nos separamos. Él me guiña un ojo y cierro la puerta. Cuando camino por el pasillo, escucho a mis sobrinas protestar mientras mi hermana les echa la bronca. Está exasperada cuando abro.

—¡Menos mal! —Me observa con los ojos entornados, como si sospechara que estoy ocultando algo—. ¿Por qué has tardado tanto en abrirnos?

—Me has pillado en el baño.

—¿Estabas haciendo caca? —pregunta Maya.

Nía se parte de risa, como si su hermana hubiera contado un chiste. Amina las reprende. Luego se quita el abrigo y el bolso y los cuelga en el perchero de la entrada. Me empiezo a poner nerviosa cuando mis sobrinas corretean por el pasillo.

—¿Os vais a quedar mucho?

—¿Qué manera es esa de recibir a tu hermana y tus sobrinas? —replica—. ¿No tienes modales?

—¿Por qué estáis en Sevilla?

—¿En qué mundo vives? —Amina observa con desaprobación el desorden que reina en mi casa—. Hoy es puente. Hemos aprovechado para venir de visita, y mis hijas solo querían estar con su tía preferida. ¡Y mira cómo nos recibes! Después te quejas de que nos pongamos de parte de mamá porque eres un poco borde.

—Yo no soy… ¡Maya! —Agarro a la niña del brazo justo cuando está a punto de correr por el pasillo que va hacia los dormitorios—. ¿A dónde vas?

—A cotillear —responde con naturalidad.

—Siéntate y no toques nada.

Amina pone los ojos en blanco.

—Ya habéis oído a vuestra tía favorita —pronuncia las dos últimas palabras con tono acusador—. Es antisocial y disfruta poco de las visitas.

—Pero ¡yo quiero ver tu colección de Harry Potter! —se queja Nía.

Me relajo de inmediato. Quizá se tranquilicen si entran en mi despacho y observan la colección de muñecos Funko. Al menos perderán el interés por desvalijarme la casa. No tengo ganas de que encuentren a Leo y lo sometan a un tercer grado.

—Está en mi despacho. La primera puerta. ¡No toquéis nada! —Responden con un poco convincente «vale» y me vuelvo hacia mi hermana con una creciente intranquilidad—. ¿Y si vamos a merendar? Aquí no tengo nada para picar. Llevo tres días seguidos escribiendo y tengo la despensa vacía.

—Con razón tienes ese aspecto.

Sé a lo que se refiere. Estoy vestida con un chándal, tengo el pelo revuelto y la expresión tensa.

—¿Has vuelto a escribir?

—¡Sí! —exclamo, y voy directa al perchero para recoger su abrigo y su bolso—. ¿Nos vamos?

—¿Por qué tienes tanta prisa por echarme de tu casa? ¿Puedo al menos ir al baño?

—Eh… claro.

Amina sacude la cabeza como si fuera un caso perdido. Aprovecho para escribirle un mensaje a Leo en el que le digo que me voy con mi hermana y mis sobrinas para que él pueda salir de mi casa sin ser visto. Estoy a punto de enviarlo cuando mis sobrinas exclaman:

—¡Mamá, mira lo que hemos encontrado!

Supongo que le van a enseñar alguna figurita que les ha llamado la atención, pero entonces mi hermana responde:

—¡Joder!

Me tapo la cara con las manos y me preparo para lo que está por venir.

34
Leo

Cinco minutos antes…

Estaba a punto de esconderme debajo de la cama cuando una niña ha abierto la puerta de la habitación de Nura. Se me ha quedado mirando con expresión desconfiada antes de decir:

—Me suena tu cara.

Entonces su hermana gemela ha entrado en la habitación y le ha dado un codazo.

—Claro que te suena su cara, tonta. ¡Es Leo Luna!

—Tonta tú.

—Boba.

—Cara de culo.

—Si yo tengo cara de culo, tú también tienes cara de culo. Somos iguales.

—Yo soy más lista.

—Si fueras más lista que yo, lo habrías reconocido.

Se han empezado a tirar del pelo y me he tenido que interponer entre ellas para que dejaran de pelearse. Antes de que pudiera darme cuenta de lo que estaba sucediendo, las gemelas se han abrazado a mis piernas.

—¡Soy tu mayor fan!

—¡No, yo soy tu mayor fan!

—No le hagas caso, ni siquiera te ha reconocido —ha respondido la otra—. Yo soy tu mayor fan. Me sé todas tus canciones.

Luego me han arrastrado por el pasillo mientras discutían y yo trataba de encontrar alguna diferencia física para distinguirlas. Entonces la que parece llevar la voz cantante ha gritado:

—¡Mamá, mira lo que hemos encontrado!

Y me he dado de bruces con la hermana de Nura, que primero se ha llevado un gran susto y ha retrocedido como si fuera un ladrón. Luego se me ha quedado mirando con los ojos abiertos de par en par.

—¡Joder!

—Hola —la he saludado con educación—. Encantado de conocerte. Soy Leo.

—¡Ya sé quién eres!

Medio minuto después, Nura ha aparecido en el pasillo y yo he puesto cara de circunstancias. Su hermana nos miraba de manera alternativa y parecía que le fuera a dar un infarto.

Media hora después, estoy sentado entre Maya y Nía. Maya es la que me ha reconocido y la que parece más espabilada. He conseguido diferenciarla de su hermana gemela porque tiene una peca diminuta en la punta de la nariz. Nía me da la manita y me mira con los ojos abiertos como platos. Y luego está la hermana de Nura, que no me quita los ojos de encima mientras trata de comportarse con naturalidad.

—Dejad de acaparar a Leo —les pide Nura—. Por eso no quería que lo conocierais. Lo estáis agobiando.

—No, estoy bien.

—Niñas, vuestra tía tiene razón.

Pero las gemelas no se separan de mí y me acribillan a preguntas: «¿Conoces a Orlando Bloom?», «¿Te gusta *Ladybug*?», «¿Podemos hacernos una foto contigo?». Después de hacerme un puñado de fotos con ellas, todavía les queda guerra por dar. Amina se encoge de hombros y dice: «Lo siento, es la primera vez que conocen a un famoso».

—¿Eres el novio de mi tía?

—¿Sabes que es nuestra tía favorita? —añade Maya—. Si eres su novio, entonces nosotras somos tus sobrinas. ¿Nos puedes llevar a Disney World y presentarnos a Ariana Grande?

—Lo siento, no la conozco.

—¡Niñas! ¿Por qué no os vais un rato al despacho de Nura y le desordenáis todas sus figuritas?

Las gemelas no se mueven del sitio.

—No.

—Leo es más interesante que la colección de Harry Potter de Nura —responde Maya—. ¿Eres su novio? ¿Os estabais besando?

—Haciendo cosas de mayores. —Nía se tapa la boca y las dos se ríen.

—Es un amigo —interviene Nura—. Nos conocimos en el concierto al que llevé a Aisha.

—Un amigo —responde Amina, y por la forma en la que lo dice es evidente que no la cree—. Encantada de conocerte, Leo. Siento haber reaccionado de una forma tan brusca. Pero, cuando venía a visitar a mi hermana, no esperaba encontrarme con el guitarrista de Yūgen.

—Eso te pasa por venir sin avisar —murmura Nura con desdén.

—Mi hermana es un encanto, como ya habrás podido comprobar.

No sé qué responder y me limito a sonreír con prudencia. Las niñas vuelven a acapararme. Al final termino sentado en la alfombra y jugando una partida de UNO con las gemelas mientras Amina y Nura preparan chocolate y se encierran en la cocina, supongo que para hablar de mí.

—¿Quieres que te demos un consejo para conquistar a mi tía? —pregunta Maya.

—Somos amigos.

—Mamá dice que la tía Nura es un poco complicada. —Nía baja la voz—. Nosotras no sabemos lo que significa eso, pero la tía Nura se pone de buen humor cuando come chocolate.

—Sí, regálale chocolate Milka.

—¡Y mantequilla de cacahuete! Le encanta la mantequilla de cacahuete.

—Siempre que venimos de visita, nos lleva a Isla Mágica y nos deja acostarnos supertarde y comer palomitas con mantequilla. Pero no se lo digas a mamá.

—Sí, no se lo digas a mamá.

—Eso ya se lo he dicho yo. —Maya le da un empujón—. ¡Boba!

—¡Tonta!

—No os peleéis, por favor. Las hermanas tienen que llevarse bien y ser buenas amigas.

—¿Tú te llevas bien con tu hermana? —pregunta Maya.

—Por supuesto.

—¡Nos encanta Gabi! —Maya se pone de pie y comienza a cantar—: «Soy experta en tomar malas decisiones, pasiones pasajeras y un montón de aviones…».

No es una canción apropiada para una niña, pero supongo que no tiene ni idea de lo que significa la letra. Nía aprovecha que su hermana está cantando para sentarse en mi regazo y observarme con un exceso de curiosidad, algo que solo le perdonas a una niña.

—Nunca la molestes mientras lee —dice en voz baja—. A la tía Nura nunca se la puede interrumpir cuando lee.

—¡Sí! —Maya se sienta a nuestro lado—. ¡Se enfada!

—¿Algo más que deba saber? —pregunto intentando contener la risa.

—¡Le encanta la comida china!

—¡Y el sushi!

—Y la comida mexicana y la india. La abuela dice que es porque no sabe cocinar.

—Sí, es un desastre. Una vez quemó la comida porque intentó preparar una tarta de queso. —Se ríen—. Lo único que sabe cocinar son sándwiches de queso y beicon. Si quieres que sea tu novia, deberías invitarla a cenar.

—¡A un restaurante muy chulo!

—Deberías pagar tú. Mamá dice que los hombres caballerosos ya no existen.

—No seas mema. La tía Nura se enfadará si Leo paga su comida —responde Maya con tono sabihondo—. La abuela dice que es muy independiente y testaruda. No le cuentes que te lo hemos dicho.

—Sí, no seas un chivato.

Finjo que tengo una cremallera en la boca y ellas se parten de risa. En ese momento, Nura y su hermana aparecen con una bandeja repleta de tazas de chocolate y una caja de galletas.

—Son de mi obrador favorito de Barcelona —me dice Amina—. Espero que te gusten. ¿Mis pequeñas revoltosas te han dado mucha guerra?

—Se han portado fenomenal.

Maya y Nía esbozan dos amplias sonrisas y se abrazan a mi cintura. Nura está incómoda. Sé que no le apetece que conozca a su familia. Supongo que no puedo culparla. Estamos empezando algo que todavía no tiene nombre. Lo lógico sería que conociera a su familia cuando ambos decidiéramos que queremos ir en serio.

—Me encanta tu grupo.

—Gracias.

Nura la observa de reojo y frunce el ceño.

—No le hagas ni caso. Está intentando hacerte la pelota.

—¡Para nada! —Amina se pone colorada—. Cuando salió vuestro primer disco, lo escuché en bucle durante una semana.

—Tu hermana no me reconoció. La primera vez que me vio, me confundió con un trabajador del concierto y se despachó a gusto sobre mi grupo.

—¿Por qué será que no me sorprende? —replica Amina con tono burlón—. Es una esnob musical.

—¿Disculpa? —Nura se hace la ofendida.

—Es un poco estirada. Ya la irás conociendo.

—No hables así de su novia, mamá.

—Es de mal gusto —añade Nía.

—De muy mal gusto —repite Maya—. Se van a casar y yo llevaré los anillos. ¿A que sí, Leo?

Ante mi cara de estupor, Amina y Nura se ríen mientras las gemelas se pelean porque ambas quieren llevar los anillos. Luego su madre les explica que por ahora su tía y yo no tenemos planes de boda y las gemelas sueltan un suspiro de decepción.

Después de permanecer durante un rato haciendo frente a las preguntas de las niñas, decido que ya es hora de marcharme. Amina ha viajado desde Barcelona para darle una sorpresa a su hermana y sé que yo no pinto nada aquí. Además, conozco a Nura lo suficiente para saber que está incómoda. Ella me acompaña a la puerta y me observa con gesto compungido.

—Lo siento.

—No podías saber que venían.

—¿Quedamos otro día?

Su pregunta me acelera el corazón. Ni siquiera me he despedido de ella y ya estoy deseando volver a verla. Me encantaría ser la clase de tipo que se hace el difícil para captar su interés, pero ese no es mi estilo. Nura me gusta y ella lo sabe.

—Cuando quieras. —Le doy un beso en la mejilla porque sé que su hermana y sus sobrinas nos están vigilando—. Hasta pronto, Nura.

35
Nura

Mis sobrinas se han quedado dormidas en el sofá. Ha sido un día muy intenso. Sé que mi hermana estaba deseando preguntarme por Leo, pero no ha podido hacerlo porque las niñas estaban delante. Hemos pedido pizza para cenar y hemos visto *Frozen*. Les encanta esa película.

En cuanto las gemelas se han quedado dormidas, Amina me ha pellizcado el brazo.

—¡Eh!

—Qué calladito te lo tenías. Tú y Leo Luna. Eres una caja de sorpresas, hermanita.

—De Leo Luna y yo nada.

—¿Pretendes hacerme creer que no te estabas morreando con él cuando os hemos interrumpido?

Me encojo de hombros para restarle importancia.

—Yo me morreo con un montón de hombres.

Mi hermana hace un aspaviento con la mano.

—Es Leo Luna.

—Lo sé.

—Me parece que no tienes ni idea. Estamos hablando del guitarrista del grupo más famoso del momento. ¡Es una estrella!

—Ya sé que es famoso. Y no sé lo que crees que hay entre nosotros, pero solo nos estamos conociendo.

—¿Estás segura de lo que estás haciendo? —pregunta preocupada—. Parece majo, pero no quiero que sufras. Y, además, tiene novia.

Me parece increíble que Amina crea saber tanto sobre la vida personal de Leo. Supongo que se trata de algo habitual en el caso de una persona famosa. Todos creen conocerte porque ya se han formado una imagen de ti.

—Tenía —puntualizo.

Amina abre los ojos de par en par.

—O sea que vais en serio.

Suspiro. Yo no lo tengo tan claro, pero nunca he sido la clase de persona que oculta lo que siente para quedar bien.

—No lo sé —respondo con sinceridad—. Por favor, no se lo cuentes a mamá y papá. Leo y yo no somos pareja. Solo nos estamos conociendo y es complicado. No tienen por qué saberlo.

—Piénsatelo bien. Ser la novia del guitarrista del grupo más famoso de España no va a ser fácil. Te conozco. Si quieres echarte novio, tienes a Jorge. Te quiere, te conoce y tenéis un montón de cosas en común.

—No empieces —le pido irritada—. No seas como mamá. A Jorge solo lo veo como un amigo.

Amina aprieta los labios y me coge las manos. Sé que solo intenta ayudarme, pero no me gusta que todos crean saber lo que es mejor para mí. Si yo no sé lo que quiero, ¿cómo van a saberlo los demás?

—No estoy segura de que Leo sea bueno para ti.

Me molesta que hable de él así y tengo la inesperada necesidad de defenderlo.

—Leo es una buena persona. ¿Te ha caído bien? Pensé que te había gustado.

—Parece un buen chico —admite dándome una palmadita afectuosa en la mano—. Un buen chico famoso y con una vida en la que no sé si tú podrías encajar.

Las palabras de mi hermana me dan que pensar. Nunca he sido alguien que le da demasiadas vueltas a la cabeza. Me gusta improvisar sobre la marcha, dejarme llevar y vivir el momento. Por eso no entiendo mis reticencias con Leo. Me gusta muchísimo. Me gusta más que el helado de vainilla, la mantequilla de cacahuete y las películas de Harry Potter.

No me reconozco, y supongo que mis dudas se deben a que lo que siento por él es nuevo para mí. He conocido a un montón de chicos interesantes, pero ninguno conseguía que se me acelerara el corazón ni me llenaba de dudas y expectativas. Y ahora Leo está soltero. Y nos gustamos. ¿A qué estoy esperando para dar el primer paso?

Decido enviarle un mensaje en cuanto Amina y mis sobrinas se marchan. Son las once menos cuarto de la noche. Me muerdo el labio porque no sé qué escribirle. ¿«Hola»? ¿O mejor me curro un saludo ocurrente? Me tumbo bocarriba en el sofá y me da por reír. No puede ser. De todos los chicos del mundo, me he tenido que colgar del guitarrista de Yūgen. Me gusta más de lo que imaginaba y por eso tengo esta absurda necesidad de impresionarlo.

Yo

¡Ey! Ya se han ido. Menuda forma de cortarnos el rollo. 

Me muerdo de nuevo el labio cuando pasan los minutos y Leo no contesta. No está en línea. Me preparo un té y me sorprende estar pegada al teléfono mientras espero con ansiedad su respuesta. No es un comportamiento típico de mí. Yo soy la que siempre hace esperar a los tíos. La que se muestra inaccesible y pasa de ellos cuando ya se ha cansado. Mi corazón se acelera cuando recibo su respuesta. Ha trascurrido casi media hora desde que le envié el mensaje.

Leo

¡Hola! Estaba componiendo y tenía el móvil en silencio.
Sí, vaya forma de cortarnos el rollo. 😆 Aunque me ha gustado conocer a tu familia. Tus sobrinas son muy graciosas.

Yo

Te has ido. He dado por hecho que te sentías incómodo.

Leo

¡No! Pensé que tú estabas incómoda porque no querías que las conociera. Además, tu hermana vive bastante lejos

y había venido a visitarte. Yo no pintaba nada. Por eso me
he ido. Para que pudierais pasar más tiempo juntas.

Me olvido del té y me tumbo bocarriba con los ojos cerrados y una sonrisa en los labios. Qué mono es. En ese momento, Asur suelta un bufido porque he tenido la osadía de tumbarme a su lado mientras estaba dormido. Me observa con su mirada felina cargada de desdén.

—¿Qué? ¿Tú nunca te has encaprichado de alguien? —le digo indignada—. Te recuerdo que le hacías ojitos a la gata de la vecina.

Menos mal que nadie me ve, porque darían por hecho que estoy loca. Puede que se me haya ido la cabeza y que mi hermana tenga razón. Yo no encajo en la vida de Leo, pero me trae sin cuidado y estoy dispuesta a ir a por todas.

Yo

Reconozco que me habría gustado que las hubieras conocido más adelante.

Leo

¿Eso quiere decir que te estás planteando darme una oportunidad?

Yo

Sí.

Leo

¿Te apetece ir a cenar mañana?

Yo

¿Me estás pidiendo una cita?

Leo

Sí.

Yo

¿Y a dónde me va a llevar uno de los tipos más famosos de España? Me pica la curiosidad. Nunca he salido con un famoso.

Leo

Te sorprenderé para bien. 😉

Yo

Ya veremos. Soy muy exigente.

Leo

¡No me digas!

Yo

Adivina qué película he visto con mis sobrinas. ¡*Frozen*!
He tratado de convencerlas para ver *Mulán*,
pero no ha habido manera.

Leo

Frozen es una película buena. Y la banda sonora es de la
mejores de Disney. A veces me pregunto si te gusta llevarle
la contraria a todo el mundo porque así te sientes
especial...

Yo

Atrévete a decirme eso a la cara.

Leo

Mañana.

Yo

¿A qué hora?

Leo

Te recojo a las diez.

Yo

Y a las doce en casa, como Cenicienta.

Leo

Me parece que no vas a querer volver tan pronto.

Yo

Qué creído te lo tienes. 🙄

Leo

Es porque tengo razones para sospechar que mis
sentimientos son compartidos.

«Sentimientos». La palabra se me antoja extraña. Nos gustamos, es verdad, pero no estoy enamorada de Leo. Aunque en realidad no sé lo que es el amor. Para él es más fácil porque ha tenido una relación. Al pensar en su novia se me revuelve el estómago.

Vaya, no sé lo que es el amor, pero estoy convencida de que lo que siento ahora mismo es un ataque de celos.

Yo
¿Ibas en serio cuando me dijiste que te pasarías todas las noches tocando el piano para mí?

Leo me llama en ese momento. Descuelgo enseguida y lo primero que escucho es su risa. Me encanta cómo es. Varonil y sincera. Es el sonido más erótico que he oído en mi vida.

—A lo mejor exageré un poco cuando te dije que tocaría todas las noches para ti...

—Qué decepción. Todavía no estamos saliendo juntos y ya me has colado la primera mentira.

—Qué cara más dura. —Sigue riéndose—. ¿Qué quieres que toque?

—¿Puedo elegir?

—Hoy me has pillado complaciente.

—*La lista de Schindler.*

—Voy a poner el altavoz.

—¿Te la sabes?

—Hace mucho que no la toco. Voy a buscar la partitura en internet. No te quejes si desafino.

—No lo voy a notar.

—Qué alivio —bromea—. ¿Por qué *La lista de Schindler?*

—Siempre lloro con esa película.

—No te creo. ¡Con lo dura que eres!

—Tengo mi corazoncito.

La introducción a piano de la película siempre me ha parecido una melodía muy triste. Cierro los ojos y me imagino los dedos largos de Leo sobre las teclas. Su espalda ancha y erguida. Los hombros relajados y la expresión de concentración. Mi respiración se relaja mientras la canción llega a su fin.

—Ha sido precioso —digo con los ojos vidriosos—. ¿Con qué edad aprendiste a tocar el piano?

—Empecé con siete años. En realidad, soy mejor con la guitarra. Con el piano me considero un tanto mediocre.

«Mediocre».

Sacudo la cabeza sin dar crédito. A mí me ha parecido soberbio. Se nota que pone el alma en todo lo que hace. Cuando tu trabajo es tu pasión, se convierte en algo tan indispensable como respirar o comer.

—¿Puedes tocar algo más? —pregunto ilusionada—. Nunca he conocido a un pianista y pienso aprovecharme de ti todo lo que me dejes.

—Me has pillado facilón.

Esta melodía es más alegre que la anterior, pero no deja de producirme una profunda nostalgia. La extraña sensación de que Leo está muy lejos y es inalcanzable. Aparto ese pensamiento y lo arrojo a la basura. No quiero dar por hecho que lo nuestro es un cuento con final triste. Quiero darnos una oportunidad. Quiero descubrir si soy capaz de dejarme conocer, aunque al hacerlo exponga una parte de mi vida privada, puesto que al salir con Leo resultará inevitable.

Cuando la melodía llega a su punto cumbre, tengo el corazón palpitando y los ojos entornados. Ojalá Leo estuviera aquí conmigo para tocar mi cuerpo como si fuera ese piano. Sé que, si se lo pidiera, Leo se plantaría aquí en cuestión de minutos. Pero no quiero abusar de él y tengo ganas de descubrir lo que la vida nos depara.

—¿Qué has tocado?

—«Sonata húngara». Es una de mis canciones favoritas de Richard Clayderman.

—No sé quién es.

—Un pianista francés. Uno de los más conocidos del mundo.

—Ni idea. La música no es lo mío.

—Pues tuviste la poca vergüenza de compararnos con los Rolling Stones.

Me parto de risa.

—¿Cuándo se te va a olvidar?

—Nunca.

—Rencoroso.

—Qué va, es porque me importa mucho tu opinión.

—¿Te importa la opinión de una neófita en música?

—¿Qué diantres significa «neófita»?

—«Inexperta».

—¿Los escritores soléis utilizar palabras raras para intimidar a vuestros futuros novios?

—Todo el tiempo. Así los ponemos a prueba y nos vengamos de ellos porque tocan el piano como unos dioses y encima emplean la modestia con los que no sabemos ni tocar la flauta dulce. —Me quedo callada y frunzo el ceño—. ¿Vas a ser mi futuro novio?

—Tiene toda la pinta.

—Eso lo dirás tú.

—Te voy a convencer mañana.

—Lo que tú digas.

—¿No pensarás que toco el piano de manera gratuita? Espero conseguir algo a cambio.

—Eres tonto.

—¿Porque no sé cuál es el significado de «neófito»?

—Porque vamos a ir despacio y lo sabes.

—Ah, si es por eso…, no importa. Tengo toda la paciencia del mundo, sobre todo cuando se trata de ti.

—Te tomo la palabra. Te va a hacer falta.

—No eres tan dura.

—Buenas noches, Leo.

—Buenas noches, Nura. Estoy deseando volver a verte.

Leo cuelga y sus últimas palabras flotan a mi alrededor. Está deseando verme y solo han pasado unas horas desde la última vez que estuvimos juntos. Guau, el sentimiento es mutuo.

36
Leo

Me estoy abrochando la camisa cuando mi hermana entra en el baño de mi habitación sin avisar. La privacidad en esta casa brilla por su ausencia. Tengo que apagar Spotify porque no entiendo ni una palabra de lo que dice. Es una pena. Estaba sonando Scorpions a todo volumen mientras yo tarareaba *Still Loving You.* Me ha cortado el rollo.

—¡No te lo vas a creer! —exclama. Tiene las mejillas coloradas y las pupilas dilatadas por la emoción—. ¡Papá lo ha conseguido! Los de la discográfica acaban de llamarlo. ¡Vamos a hacer una colaboración con Millie Williams!

Millie Williams. La sorpresa me impide reaccionar durante unos segundos. Se trata de una cantante inglesa que está muy de moda. Su música comienza a sonar en Estados Unidos y Latinoamérica.

—Querrás decir que tú vas a hacer una colaboración con Millie Williams. ¡Enhorabuena!

Gabi parpadea extrañada.

—No, Leo. Millie quiere colaborar con Yūgen. Lo ha dejado bastante claro.

—No entiendo qué pinto yo en esta colaboración —respondo algo irritado por no estar al tanto de las novedades de mi carrera musical—. Millie canta en inglés y yo compongo en español. Me limitaré a tocar lo que otros compongan para vosotras.

—¡Va a cantar en español! ¿No es una noticia maravillosa? Y quiere que tú seas el compositor de la canción. Colaborar con ella nos abrirá las puertas del mercado inglés. Y, con suerte, llegaremos a Estados Unidos. ¿Y si ganamos un Grammy? ¿Te imaginas coincidir en la gala con Beyoncé o Taylor Swift?

No sé qué decir. Todavía estoy procesando la noticia. Por un lado, me siento agradecido de que una artista de la talla de Millie Williams haya pensado en mí como compositor. Pero, por otro, me agobia la posibilidad de que los sueños de Gabi se cumplan. Hay días en los que la fama me abruma y solo quiero ser un chico normal.

—¡Te tienes que poner con ello cuanto antes! Quieren que les envíes un tema dentro de dos semanas. Todavía no me puedo creer que vaya a cantar con Millie Williams. ¿Daré la talla? Los de la discográfica piensan que será una de las mejores colaboraciones de este año. Y ella está emocionada de cantar en español. Por lo visto, parte de su familia materna es de Asturias. —Mi hermana habla de manera acelerada y se queda callada cuando no reacciono. Sacude una mano delante de mis ojos—. Eooo, ¿estás ahí? Pensé que te alegrarías. Han pensado en mí para la voz y en ti para la letra. ¡Es una gran noticia!

—Lo es.

Gabi se apoya en el mueble del lavabo y se cruza de brazos. Lo malo de estar tan unido a tu hermana es que te lee la mente. No puedo mentirle. Sabe que no estoy del todo emocionado con la noticia.

—¿Tendrás la letra lista para dentro de dos semanas?

—Sí.

—Leo..., es muy importante para mí. Papá va a llamar a Pol y a Axel para comunicárselo. Yo confío en ti. ¿Qué hay de esa canción que estás componiendo? La de la chica del lunar en la mejilla. Podríamos utilizarla.

—No.

Gabi resopla.

—¿Por qué no?

—Porque no me da la gana. Es mía y todavía no sé lo que quiero hacer con ella. Se llama propiedad intelectual. ¿Lo entiendes?

—¡Tampoco te pongas a la defensiva!

—Es una buena noticia —digo para que lo deje estar—. Pero me gustaría que papá nos consultara las cosas antes de tomar una decisión.

—Es nuestro mánager.

—¿Tú crees que los mánager de otros artistas toman decisiones sin consultarles? Por supuesto que no. Pero, como es nuestro padre, se aprovecha de ello.

—Está consiguiendo que nuestra carrera llegue a lo más alto.

Me gustaría decirle que hay cosas más importantes que nuestra carrera musical, pero sé que no me entendería. Y tampoco quiero hacerla partícipe del problema que tengo con nuestro padre. Lo último que deseo es que sufra.

—¿A dónde vas tan guapo? —pregunta con tono jocoso—. Tú nunca te pones camisa.

—He quedado con Nura.

—Deberías enseñarle tu canción. A mí se me caerían las bragas si alguien me compusiera una. —No lo niego porque resultaría absurdo. Tiene razón. He compuesto esa canción pensando en Nura—. ¿Dónde la vas a llevar?

—De crucero por el río. Quiero que tengamos intimidad y no se me ocurría dónde llevarla.

—Te gusta mucho.

—No te haces una idea.

Gabi se abraza a mi cintura.

—Seguro que os lo pasáis genial. ¿Has comprado condones?

Me aparto avergonzado y mi hermana se ríe. Es lo peor. No me puedo creer que le saque tres años.

—Leo, en las primeras citas también se folla.

—Cállate, mocosa.

—¿No quieres acostarte con ella?

—No voy a hablar de mi vida sexual contigo.

—¿Por qué no? Tenemos confianza. El último chico con el que estuve…

Le tapo la boca porque no me interesa. Gabi me muerde la mano y yo le tiro del pelo. Al final, termino pidiéndole consejo para elegir la americana y ella me dice que me desabroche los dos primeros botones de la camisa. Estoy un poco nervioso cuando abro la puerta de mi habitación.

—Es una chica muy afortunada —dice mi hermana.

Pero, cuando salgo, pienso que yo soy el afortunado por haberla conocido. Desde que Nura entró en mi vida, pintó el lienzo gris de una paleta de colores alegres. Nunca me había sentido tan vivo.

—Estás preciosa.

Es lo primero que digo cuando ella abre la puerta. Nura se ha puesto un vestido de satén verde oliva y un kimono negro con flores de cerezo estampadas. Lleva el pelo suelto y rizado por encima de los hombros. Me encanta su pelo. La tela resalta cada una de sus curvas y se ciñe a sus caderas. Contengo la respiración porque me habría gustado decirle que está espectacular o que es la chica más impresionante que me he echado a la cara.

—Gracias. —Cierra la puerta y me da la mano—. No sabía qué ponerme. No me has dicho a dónde vamos, así que he estado un par de horas delante del armario sin saber lo que elegir. ¿Se supone que debo decir que he cogido lo primero que he encontrado?

—Estarías guapa aunque te pusieras una bolsa de basura. Y me gusta cuando dices lo primero que se te pasa por la cabeza. —A ella se le ilumina la expresión y le aparto un rizo de la cara—. ¿Lograste recuperar los capítulos?

—Sí —responde aliviada—. Y el informático me ha enseñado a utilizar la nube para que no vuelva a sucederme.

—Con lo espabilada que eres y lo poco que sabes de tecnología —le tomo el pelo.

—¿De verdad quieres asumir el riesgo de burlarte de mí en nuestra primera cita? —pregunta divertida.

—Y en la segunda, tercera, cuarta…

—Das por hecho que voy a querer tener otra cita contigo.

—Soy un chico optimista. —El comentario le hace gracia y me dedica una de esas sonrisas que le iluminan la cara—. Me encantas, Nura. Todas las citas que tengamos me parecerán pocas.

Nura entrelaza sus dedos con los míos y me da un beso. Uno breve y que me sabe a poco. Lleva los labios pintados de rojo coral y me borra la mancha de pintalabios con el dedo pulgar.

—No he podido resistirme —dice con una sonrisa de disculpa—. ¿Ascensor o escaleras?

—¿Puedes bajar las escaleras con esos tacones?

—Saldría a correr con estos tacones. —Para demostrármelo, suelta mi mano y baja varios escalones a toda prisa—. ¿Lo ves? Son supercómodos.

—¿Tanto miedo te dan los ascensores?

—Solo si me subo contigo. No estoy segura de que lleguemos intactos a nuestro destino.

Por cómo la miro, sabe que tiene razón. Así que me limito a seguirla y la cojo de la mano antes de que baje otro escalón.

—Por si acaso. No quiero que te tropieces.

—No me voy a tropezar. No tienes ni idea de cuánto he bailado subida a estos tacones.

Se pone a mi lado y estira la espalda. La miro de reojo y frunzo el ceño.

—¿Qué haces?

—Comprobar que con los tacones soy más alta que tú —responde satisfecha—. Somos como Zendaya y Tom Holland.

Le suelto la mano y la miro ofendido. Ella se ríe.

—¿El que hace de Spiderman? Yo soy mucho más alto. Además, solo me sacas medio centímetro con los tacones. En realidad, soy más alto que tú.

—¡Te has picado!

—Tú eres la que está compitiendo conmigo.

—¿Por qué para los hombres es tan importante que la mujer sea más baja?

—Y yo qué sé. Complejo de ego. No es nuestro caso. —Le doy la mano porque no quiero que se tropiece. Al llegar al rellano del sexto piso, tiro de ella en dirección al ascensor y pulso el botón—. Ascensor, sin lugar a duda.

—No te enfades.

Entramos en el ascensor y una vecina se cuela dentro cuando las puertas están a punto de cerrarse. Saluda a Nura y luego me mira con expresión desconcertada. Creo que me ha reconocido. Me señala con un dedo.

—¿Tú eres...?

—No, pero se le parece mucho —la interrumpe Nura—. El famoso es más alto.

—Ah, pues, ahora que lo dices, tienes razón.

—¡Adiós, Carmen!

—Adiós, guapetona. ¡Pasadlo bien!

Nura tira de mí en cuanto las puertas del ascensor se abren. Salimos del portal y la fulmino con la mirada. Ella se ríe. Es lo peor.

—Mi estatura está por encima de la media.

—Que sí. —Pone los ojos en blanco—. ¿Sabías que Nicole Kidman es más alta que Tom Cruise? Tenía prohibido ponerse tacones para no sobresalir en las fotos. Se rumorea que él utilizaba alzas cuando estaba con ella. A lo mejor por eso se divorciaron...

—Sé lo que intentas, listilla. —Le abro la puerta del coche—. Cuidado con la cabeza, chica superalta.

—Entonces ¿me puedo poner tacones cuando salgamos juntos?

—Te puedes poner lo que quieras. Pero, sinceramente, no sé si me apetece salir con una mujer tan guapa, alta y competitiva.

Nura se ríe y cierro la puerta. Lo está toqueteando todo cuando subo al coche. Sintoniza la emisora que le gusta y se abrocha el cinturón.

—¿Cuándo me dejarás conducir tu coche?

—Sigue soñando.

—Y luego yo soy la que se pica...

Arranco y ella me mira de reojo. No sé lo que está pensando, pero viniendo de ella me puedo esperar cualquier cosa.

—¿A dónde vamos?

—Ya lo verás.

—¿Está muy lejos?

—No, ¿por?

—Porque conduces como una tortuga y estoy muerta de hambre.

«¡Será posible!».

Finjo que su poca vergüenza no me afecta. En el fondo, me hace gracia que sea tan espontánea. Estoy acostumbrado a que me hagan la pelota y sienta de maravilla conocer a alguien tan sincero.

—No soy un conductor lento, soy…

—Precavido. —Acaba mi frase con tono burlón.

—Buen intento para que te deje conducir.

Nura hace un puchero.

—Me gusta tu BMW. Tenía que intentarlo. ¡Oh, me encanta esta canción! —Sube el volumen de la radio y canta—: «Like a virgin… Touched for the very first time…».

Canta fatal y lo sabe, pero le da lo mismo.

—Prométeme que me presentarás a Madonna si la conoces algún día.

—Vamos a colaborar con Millie Williams, ¿te vale?

—¿Quién?

Lo pregunta totalmente en serio. A veces no sé en qué mundo vive. Es ajena a las redes sociales y no sigue a los artistas musicales del momento. Nura huye de las modas y va a su rollo. Supongo que por eso me gusta tanto. Es auténtica.

—Una cantante londinense.

—Ni idea. Es una buena noticia, ¿no?

—Lo es. La discográfica quiere que yo componga la letra.

Le hablo del proyecto y del plazo que me han dado. Y también le confieso que estoy mosqueado con mi padre por no haberme informado antes. Nura me escucha sin pestañear. Estoy aparcando el coche cuando dice:

—No deberías pedirle consejo a alguien que siempre hace lo que le da la gana.

—¿Por qué?

—Corres el riesgo de parecerte a mí. Mi madre siempre se queja de que nunca le hago caso. Y a vosotros os va bien como grupo. Así que tal vez deberías plantearte qué es más importante para ti, lo que quieren ellos o lo que quieres tú.

Nura se baja del coche y observa boquiabierta el barco. Es un yate que he alquilado para la ocasión. El capitán nos está esperando a bordo. Quería una velada íntima y sé que dentro de este barco solo seremos dos personas anónimas que navegan por el río.

—Es...

—¿Me he pasado? —pregunto nervioso porque temo que dé por hecho que solo pretendo impresionarla.

—¡No! —exclama eufórica—. Nunca he subido en barco. Será mi primera vez.

Respiro aliviado. Luego le entrego las llaves del BMW al aparcacoches y una azafata nos conduce hacia la plataforma. Lo he dispuesto todo para que nadie nos moleste. No habrá camareros ni personal a bordo. Solo nosotros y el capitán del barco. Nura me da la mano cuando la ayudo a caminar por la plataforma. Luego la cojo por la cintura para subirla. Mi boca le roza la mejilla antes de que sus pies toquen el suelo.

—Quiero que esta noche sea perfecta —le confieso.

—No importa dónde me lleves, Leo. Contigo siempre me lo paso bien.

La miro embelesado y ella se quita los tacones porque le cuesta mantener el equilibrio. Hace una broma sobre que vuelve a ser más bajita que yo y luego se asoma a la barandilla. Le hago un gesto al capitán para que el barco se ponga en marcha y me preparo para una noche que sé que será inolvidable.

37
Nura

—Te odio… —murmuro cuando abro la puerta.

Llevo más de veinte minutos encerrada en el baño. Empecé a marearme en cuanto el barco zarpó. Me he enjuagado la boca y luego me he mojado la nuca antes de salir del baño, pero tengo mala cara y los ojos vidriosos. Espero que Leo no me haya escuchado vomitar, aunque su expresión compungida me confirma lo contrario. Qué vergüenza.

—¿Estás bien? —pregunta preocupado—. ¡Biodramina!

Leo sube las escaleras a toda prisa y regresa al cabo de medio minuto con una botella de agua y una pastilla. Pongo cara de asco sin poder evitarlo. Lo último que me apetece en este momento es beber agua.

—Te sentirás mejor cuando te la tomes.

Hago un esfuerzo y le doy un sorbo al agua para tragar la pastilla. Reprimo una arcada. Acabo de descubrir que soy la clase de persona que se marea al viajar en barco.

—Mejor no hablo de la cena, ¿no?

Se me revuelve el estómago de solo imaginar que tengo que probar bocado. Leo pone cara de circunstancias y me acaricia la espalda. Pobrecillo. Se ha currado una cita especial y mis náuseas le han arruinado los planes.

—Voy a pedirle al capitán que pare el barco.

—No. —Le cojo la mano y fuerzo una sonrisa—. Parece que la Biodramina está haciendo efecto. Me siento un poco mejor.

Leo me observa poco convencido, así que lo arrastro fuera del camarote. El exterior del yate tiene calefacción y hay una mesa repleta de platos cubiertos por campanas que desprenden aroma a comida recién hecha. En cuanto me llega el olor, se me revuelve el estómago. Me apoyo en la barandilla e intento disfrutar del paisaje.

—Dicen que lo mejor para evitar un mareo es permanecer en el exterior y no quedarse encerrado en el camarote.

—Estás helada. —Leo me frota los brazos y luego se quita la americana. La coloca sobre mis hombros y me da un beso en la nuca—. Si quieres, regresamos a tierra firme. Solo tienes que pedírmelo.

—Me estoy recuperando.

Es verdad. Me siento reconfortada desde que me ha puesto su chaqueta. Huele a él y, a diferencia de la comida, el olor de Leo me produce una oleada de calma. Como si ya me hubiera acostumbrado a su aroma y fuera como regresar a casa después de un largo viaje.

—Lo siento.

—¡No es culpa tuya! —Apoyo la cabeza en su hombro. Estamos navegando por el río Guadalquivir y a lo lejos se divisa el puente de Triana—. No podías saber que me iba a marear. Ni siquiera yo lo sabía.

—¿De verdad te encuentras mejor?

—Sí.

Me gusta que Leo pase un brazo por mi cintura y me acerque a él. Me muerdo el labio. No sé si algún día me acostumbraré a las sensaciones que me embargan cuando lo tengo cerca. A ese calor reconfortante e intenso que me sube por los muslos. A la necesidad de besarlo como si la vida fuera demasiado corta para desperdiciarla haciendo otras cosas.

La iluminación dorada del puente se funde con el agua y parece que navegamos por un río de oro. Se me escapa un suspiro trémulo cuando Leo me aparta un rizo de la cara y me da un beso en la sien. Sé que ya no estoy pálida porque un intenso rubor se apodera de mis mejillas. Pongo mi mano derecha sobre la barandilla y la deslizo sutilmente hasta que encuentro su otra mano. Nuestros dedos se rozan y un chispazo de electricidad me recorre las yemas de los dedos.

—Qué vista tan preciosa —digo.

—Bellísima.

Me percato de que Leo me está mirando fijamente. Sonrío sin poder evitarlo y entrelazo mis dedos con los suyos. No sé qué tiene que consigue desarmarme con una sola palabra. Si uno de mis ligues me hubiera subido a un yate, habría dado por hecho que se trataba del típico egocéntrico del que debía huir como de la peste; pero sé que Leo ha planeado esta cita para que podamos tener intimidad.

—Canta algo —le pido.

—El barco tiene hilo musical. —Suelta mi mano para coger su móvil—. ¿Qué quieres escuchar?

—A ti.

—¿Me prefieres a los Rolling Stones?

Se me escapa la risa floja. Ya empezamos.

—Sí. Creo que estoy empezando a perder el buen gusto.

—Me alegra ver que ya estás recuperada del todo.

—Es tu americana. Tiene superpoderes.

—Te la regalo.

—Cómo sois los millonarios. Primero me regalas tu camiseta térmica y ahora la americana. ¿Qué será lo próximo?

—Te encanta vacilarme. —Leo apoya la espalda en la barandilla. Sus ojos brillan de diversión—. ¿Eres así con todos tus novios?

—No sé, nunca he tenido novio.

—Yo seré el primero. Qué honor.

—Todavía no he decidido si quiero salir contigo.

—Te estás haciendo la difícil.

—¿Para captar tu interés?

—Por supuesto.

—No es mi estilo.

—Ni el mío. Tampoco hace falta. Ya me tienes completamente intrigado.

Me arrebujo dentro de su americana y sonrío. Me gusta que sea sincero. Cuando levanto la cabeza, Leo me mira con una emoción indescifrable.

—¿De verdad que no vas a cantar? Si yo tuviera tu voz, estaría todo el tiempo cantando.

—Ya lo haces.

—¿Y qué tal se me da?

—Fatal.

Le doy un empujoncito.

—Qué poca vergüenza.

—Qué va. Me pasa desde que estoy contigo. Yo soy un bienqueda. —Se adelanta cuando estoy a punto de interrumpirlo—. Lo dijiste tú. Ahora no te retractes, listilla.

—Si eres un bienqueda, deberías cantar para cumplir mis exigencias.

—Qué morro... —Leo sacude la cabeza, pero su mirada divertida lo traiciona—. ¿Alguna petición en especial?

—«City of Stars» de *La La Land.* Ryan Gosling es mi amor platónico. Cerraré los ojos e imaginaré que eres él.

—Eres lo peor.

Leo echa la cabeza hacia atrás y se ríe. Cualquier otro me habría mandado a la mierda por mis salidas de tono, pero a él le gusta mi sentido del humor. Y a mí me encanta no tener que fingir que soy otra persona para gustarle.

—Ven, Emma Stone. —Me da la mano y me arrastra hacia el otro extremo de la cubierta—. Voy a tocar y cantar para ti. ¿Te estarás calladita?

—¡Hay un piano!

—Por supuesto.

Me emociono cuando Leo me hace un hueco en el banco para que me siente a su lado. Ahora sí puedo verlo tocar. Ya no tengo que imaginarme cómo se deslizan sus dedos con destreza por las teclas. Me deja alucinada cuando toca y clava los ojos en mí. Es mejor de lo que dice. Ni siquiera necesita mirar el teclado.

—«City of stars, are you shining just for me? City of stars, there's so much that I can't see...».

Me muerdo el labio porque me pongo nerviosa cuando me mira. Me aparto el pelo de la cara. Estoy asistiendo a un concierto de Leo Luna. Soy una privilegiada. Un concierto privado en el que canta a bordo de un crucero por el río mientras las estrellas brillan en el cielo. Es un momento mágico que atesoraré para siempre en mi memoria. No sé cómo terminará nuestra historia, pero esta será la clase de anécdota que me gustaría contar algún día a mis hijos. Aplaudo cuando termina la canción. Leo me guiña un ojo.

—No ha sido para tanto.

—¡Soy tu mayor fan!

—Mentirosa.

—Tengo derecho a cambiar de opinión. Ahora creo que tienes mucho talento.

—¿Y antes qué pensabas?

—Que eras del montón.

—Sinvergüenza. —Leo se levanta y salgo corriendo—. ¡Ven aquí!

—¡No es justo! Llevo tacones.

Me quito los zapatos y corro por la cubierta. Me parto de risa cuando Leo intenta alcanzarme. Al final terminamos dando vueltas alrededor de la mesa y él me atrapa por la cintura. Forcejeamos durante unos segundos en los que terminamos respirando con dificultad. Mi boca está a escasos centímetros de la suya y él me aparta el pelo de la cara con delicadeza.

—En este momento te besaría.

—¿Y por qué no lo haces?

—Porque sabes a vómito, obviamente.

Le doy un empujón y él se ríe.

—Imbécil.

—No te enfades.

Le doy un manotazo e intento hacerme la dura durante un par de minutos. Luego se me abre el apetito en cuanto huelo de nuevo la comida. Ya no tengo náuseas. Ahora la cena desprende un olor delicioso. Me siento delante de Leo y él me mira impresionado.

—¿Tienes hambre?

—Sí.

Leo descubre los platos. Hay comida china, india, mexicana, italiana y sushi. Se me hace la boca agua y no sé por dónde empezar. Leo descorcha una botella de vino blanco y sirve dos copas.

—Me flipa la comida extranjera.

—Lo sé.

Enarco una ceja cuando estoy a punto de probar el *chop suey.*

—¿Y eso?

—Me lo chivaron dos pajaritos muy habladores.

—Ah... —Sonrío. Está hablando de las mequetrefas de mis sobrinas—. ¿Y qué más te dijeron?

—Que tienes mal genio y que no te interrumpa mientras lees.

—Exageradas. No tengo mal genio. Todo el que me conoce sabe que tengo un carácter fácil de llevar.

—Y mucha paciencia.

—Un montón. —Cierro los ojos al saborear la comida china—. Pero no me interrumpas mientras leo. Eso es verdad.

—No se me ocurriría.

—Tienes que probar esto. Oh, lasaña... —Me sirvo una generosa ración—. Es mi plato favorito. Mi padre es un gran cocinero, pero al pobre no le sale igual que a mi abuela. Creo que le gustarías a mi abuela. Tiene debilidad por los artistas.

—¿Y a tus padres?

Estoy a punto de atragantarme con el vino.

—¿Quieres oír la verdad o lo que deseas escuchar?

—La verdad —responde sin dudar.

—Mi madre se llevaría un disgusto si se entera de que estoy saliendo contigo. No soy médica, me he independizado y no salgo con Jorge. Soy una experta en darle disgustos. Dudo que le seduzca la idea de que seamos novios. Me parece que ni siquiera se tomaría la molestia de conocerte porque eres el guitarrista de una banda de rock. Ya se encargaría de sacar sus propias conclusiones.

—Entonces tendré que esforzarme para ganármela.

—Suerte.

—Lo digo en serio.

Dejo la copa sobre la mesa y le dedico una mirada tirante. No vamos a seguir con el tema de mi madre. Ni hablar. Pero Leo no capta la indirecta e insiste.

—Tengo toda la intención de ir en serio contigo. Y algún día conoceré a tus padres. Me adorarán.

—Porque tú lo digas.

—No, porque voy a esforzarme para ganarme su confianza. Es lo que haces cuando alguien te importa. Vas a por todas.

Es la primera vez que alguien me deja sin palabras. Me he quedado sin argumentos. Frunzo el ceño y me acabo la copa de vino. No sé qué decir. Leo parece muy convencido de que tenemos un futuro juntos. Y yo... En fin, no voy a negar que mis expectativas están por las nubes.

De repente empieza a llover con furia. La lluvia nos pilla desprevenidos y nos encerramos a toda prisa en el camarote. Estamos empapados y jadeando. Leo me da una toalla y me quito la americana y el kimono. La tela del vestido se me pega al cuerpo. Cualquier otro ya habría aprovechado el momento para arrancarme la ropa, pero parece que Leo quiere hacer las cosas con calma.

—¿Qué tiene la lluvia en contra de nosotros?

—No le caen bien las listillas.

Le tiro la toalla a la cara. Leo entra en el baño y me tiende un albornoz seco y limpio.

—Por si quieres cambiarte de ropa.

No sé si sentirme decepcionada o halagada. Es evidente que le gusto. Se está tomando muchas molestias para que todo salga perfecto. Mi parte impulsiva dejaría caer el vestido al suelo para provocarlo, pero decido seguirle la corriente y me encierro en el baño para cambiarme. Cuando salgo, Leo se ha quitado la camisa y está tumbado en la cama. Tiene la espalda bronceada, el pelo mojado y algunas gotas de agua se deslizan por sus omoplatos.

—No puede ser... —Me acerco a la cama y señalo la tele. Acaba de poner *Mulán*—. ¿En serio?

—El plan B por si hacía mal tiempo.

—Siempre lo tienes todo planeado.

—Lo tenía todo planeado hasta que tú apareciste en mi vida.

—Siento haberte desbaratado los planes.

—Yo no.

—¿No?

—En absoluto.

—Estás chiflado.

—Estoy un poco loco por ti. Supongo que tienes razón. —Leo abre el minibar y me enseña un generoso surtido de chocolate—. Sírvete lo que quieras.

—Chocolate Milka. —Cojo una tableta de chocolate con galletas antes de tumbarme a su lado—. Juegas con ventaja. Mis sobrinas son unas chivatas.

—No te metas con mis futuras sobrinas.

—Tus futuras sobrinas... —Me recuesto sobre su pecho y siento que todo encaja cuando apoyo mi mejilla sobre su piel desnuda—. Eres tan...

—Calla. —Me pone un dedo en los labios—. Es mi parte favorita. Ahora sale Mushu.

38
Leo

Nura se convierte en una niña pequeña a la que han llevado al parque de atracciones. Se sabe la letra de todas las canciones y no para de cantar. Se parte de risa en la escena del entrenamiento militar. Durante la hora y media que dura la película, yo estoy embobado mirándola. Nura tiene la cabeza apoyada en mi pecho y, a veces, me da un golpecito en el hombro y exclama: «¡Oh, no te pierdas esta escena! ¡Es buenísima!». Entonces aprovecho para fingir que presto atención y enredo el dedo índice en uno de sus rizos. Me gusta que me deje tocarle el pelo. Me gusta el sonido de su risa. Me gusta que se coma una tableta de chocolate y luego diga con falso arrepentimiento: «Lo siento, debería haberte preguntado si querías». Y me gusta su piel de seda con olor a vainilla. Ese olor dulzón y que me deja atontado durante ochenta y ocho minutos.

Se tumba bocarriba cuando la película termina. Suelta un profundo suspiro. Tiene los ojos entrecerrados y una sonrisa de oreja a oreja.

—No vuelvas a comparar esta obra maestra con *Frozen.*

—Sobre gustos no hay nada escrito.

—Mulán es un personaje increíble. Y Li Shang es mi amor platónico.

—¿En qué quedamos, Li Shang o Ryan Gosling?

—Los dos. —Se queda pensativa durante un instante—. ¿Soy una loca por estar enamorada de un personaje de dibujos animados? Es que Li Shang es increíble. Él admira a Mulán cuando cree que es un hombre, y se enamora de ella cuando ve lo que es capaz de hacer. Confía en ella, la apoya y la respeta. Jamás se sintió intimidado cuando se convirtió en una heroína respetada por su país.

—Me sigo quedando con *Frozen.*

Nura suelta un bufido.

—Solo lo dices para picarme.

—Es fácil picarte.

—No es verd... —Nura se calla y se apoya en los codos. Me mira con una sonrisa traviesa—. Soy un poquito competitiva. Lo admito.

—¿Un poquito?

Estiro el brazo para limpiarle una mancha de chocolate que tiene sobre el labio superior. Nura entreabre los labios y se me escapa el aliento. La tengo encima, con un albornoz que se abre por los muslos. Sería muy fácil meter la mano entre sus piernas y acariciarla como me muero de ganas de hacer. Nura toma la iniciativa, apoya las manos en mi pecho y me besa.

Mis pulsaciones se disparan cuando su boca se aplasta contra la mía. No es un beso inocente o tranquilo. Es un beso repleto de intenciones y cargado de expectativas. Ella se sienta a horcajadas encima de mí y me acaricia el torso. Me muerde el labio inferior antes de enredar su lengua con la mía. Nura me besa con una entrega que me desarma. Con una pasión salvaje que me enloquece.

Me gusta que lleve la voz cantante. A lo mejor soy como Li Shang, que acaba de conocer a una mujer extraordinaria y no se siente intimidado por ella. Quiero decirle un montón de cosas, pero ella me impide hablar entre beso y beso. No sé dónde poner las manos y me abrumo por todo lo que me hace sentir. Me acaricia los hombros. Sus manos se deslizan muy despacio por mis brazos y juegan con la cinturilla de mis pantalones.

—Leo... —Me muerde el lóbulo de la oreja—. Me muero de ganas de hacerlo contigo.

Su pelo me hace cosquillas en la cara cuando inclina la cabeza para volver a besarme. Nuestros besos tienen su propio vocabulario. Le digo que yo siento exactamente lo mismo. Que me enloquece.

Que lo quiero todo con ella. Que desde que la conocí no he podido quitármela de la cabeza.

Me desabrocha el botón de los pantalones y murmura que la toque. Su boca me acaricia el cuello. Son besos cortos y cálidos. Soy incapaz de pensar con claridad. Me gustaría estar a la altura de la situación, pero con Nura a veces me siento pequeño. Es difícil manejar mis sentimientos cuando siempre he tenido el control. Quiero dejarme llevar y disfrutar del momento, aunque también quiero demostrarle que soy la clase de hombre que sabe responder a su experiencia.

—Para.

Nura se ríe y me da un beso en la barbilla. Pongo mis manos sobre sus hombros y la aparto con delicadeza. Al principio cree que estoy bromeando, pero se queda congelada cuando observa mi expresión tajante. Entonces frunce el ceño y se aparta sin entender nada.

—¿No quieres acostarte conmigo?

—Sí.

—¿Cuál es el problema? —pregunta irritada.

—Que quiero ir despacio.

Nura se sienta en la cama y me mira de reojo. Sé que se lo está tomando como un rechazo. Es demasiado transparente para fingir que no está enfadada.

—Es la segunda vez que me rechazas.

—No te estoy rechazando.

—Leo, no somos dos críos. Vamos a llamar a las cosas por su nombre. La primera vez me paraste en el sofá, y ahora me rechazas aquí. No entiendo nada.

—¿No entiendes que quiera ir despacio?

—No.

Me siento a su lado en el borde de la cama. Nura tiene la expresión tensa y se niega a mirarme. Le pongo dos dedos en la barbilla para que lo haga. Su mirada es un centelleo de decepción e incertidumbre.

—Me gustas mucho.

—No me digas lo que quiero oír —responde con aspereza—. Si te gusto, ¿cuál es el problema?

—No hay ningún problema. Solo quiero estar preparado. Acabo de salir de una relación muy larga y…

—¿Te vas a acostar conmigo pensando en tu ex?

Nura se levanta de la cama y me atraviesa con la mirada.

—¡No!

Mierda. No debería haber mencionado mi relación con Clara. No me ha entendido. Me refería a que necesito ir despacio después de haber roto con mi novia de tres años y medio. No tiene nada que ver con Clara. Ni siquiera me acuerdo de ella porque soy incapaz de pensar en otra mujer desde que conocí a Nura.

—Pues explícate. —Se cruza de brazos—. Me estoy empezando a sentir como una tonta.

—Me has malinterpretado.

—Suele pasar cuando rechazas a la chica que te gusta y le mencionas a una ex.

—No era mi intención. —Me froto la cara—. Olvídate de Clara, ¿vale? Ella no tiene nada que ver con nosotros.

—La has nombrado tú.

—Lo que quería decir… —Respiro profundamente. No quiero que esta noche acabe así—. Es nuestra primera cita. Quizá para ti sea una tontería, pero yo no quiero acostarme contigo en nuestra primera cita.

—¿Por qué no?

—Porque me encantas. Porque quiero ir en serio contigo. Porque aspiro a algo más y quiero que nos conozcamos poco a poco. Para mí no se trata solo de sexo. Pensarás que soy un anticuado, pero me apetece ir muy despacio. Esta noche quiero dormir en mi cama y echarte de menos. Mandarnos mensajes y ese tipo de cosas.

—Flirtear.

—Llámalo así.

—Eres un anticuado.

—Lo siento si te estoy decepcionando.

Nura parece confundida. Se sienta en el borde de la cama y me da la mano. Creo que la he medio convencido.

—Es la primera vez que conozco a un chico que no quiere acostarse conmigo en la primera noche.

—Sí quiero —la corrijo.

—No te entiendo, Leo.

—Somos muy diferentes. —Le acaricio la mejilla—. Por eso me voy a esforzar para que lo nuestro funcione.

Nura está más tranquila cuando aparco delante de su portal. Sé que ella es más lanzada que yo. No se lo piensa cuando quiere algo. Yo sigo mi propio ritmo y necesito que entienda que este soy yo.

—Te has llevado una decepción.

—Ha sido una noche maravillosa —responde sin dudar—. Pero me has dejado con las ganas, Leo. Aunque, si quieres hacer las cosas a tu manera, no seré yo quien te presione.

—No te vayas sin darme un beso.

Nura se quita el cinturón y se inclina para besarme. Es un beso corto, como si quisiera castigarme por no haberme acostado con ella. La retengo durante un instante para que se quede pegada a mis labios.

—Me gustas muchísimo y lo sabes. No eres una chica insegura. No te montes una película en la cabeza. Ni se te ocurra desconfiar de mí.

Nura suspira contra mi boca. Está sonriendo.

—Retiro lo que te dije sobre mi madre. Si te conociera, le encantarías. Eres la prudencia y la sensatez que a mí me faltan.

—Buenas noches, Nura.

—Buenas noches, Señor Prudencia.

No arranco el coche hasta que la veo entrar en su portal. De todos modos, le escribo un wasap cuando han pasado un par de minutos.

Yo

¿Has entrado en casa?

Nura

En serio, eres la responsabilidad en persona. ¿Qué te crees que puede pasarme dentro de un ascensor?

Yo

Ni idea. Solo soy un buen chico que se preocupa por la chica que le gusta.

Nura

La chica que te gusta se está cansando de que seas tan bueno...

Yo

Ten un poco de paciencia conmigo.

Nura

¿Merecerá la pena?

Yo

Te lo prometo. 😉

Cuando llego a mi casa, estoy sonriendo como un idiota. Son las tantas de la noche y no hay nadie. Supongo que mi padre ha salido con Carmen y Gabi se habrá ido de marcha con alguna amiga. Aprovecho que estoy inspirado para componer. Le quito el amplificador a la guitarra para no molestar a los vecinos. Al principio solo son un par de frases sueltas. Luego se convierte en algo que me tiene toda la noche en vela.

Está amaneciendo cuando Gabi entra en mi habitación. Lleva los tacones en la mano y me guiña un ojo.

—¿Qué tal la noche?

—Increíble.

—¿Te has acostado con ella?

—No es asunto tuyo.

—O sea, no. —Se ríe—. Eres más antiguo que Matusalén. No sé a quién has salido...

Ignoro su crítica porque sé que he hecho lo correcto. No me arrepiento de haber seguido los dictados de mi corazón porque llevaba demasiado tiempo ignorando mis sentimientos. Es la primera vez que siento que he tomado las riendas de mi vida. No pienso darle explicaciones a nadie por las decisiones que tome, sobre todo si me siento orgulloso de ellas.

—¿Y eso? —Gabi me arranca el folio de las manos.

—Estaba inspirado. Es la letra para la colaboración con Millie Williams.

—¿Cuál es la entonación?

Toco la guitarra y comienzo a cantar mientras Gabi me observa sin pestañear.

Un nuevo amanecer.
El sol se cuela por la ventana,
ya ha dejado de llover…
Y esta vez nadie me dirá lo que tengo que hacer.
Las dudas que antes tenía sin resolver
se convierten en planes que ya no voy a posponer.

Empezar de nuevo,
extender las alas sin miedo.
Como el pájaro herido que consigue alzar el vuelo.

No importa si estás asustado,
la vida es efímera,
el miedo es humano,
pero mis ganas son más grandes.
Por eso quiero equivocarme y levantarme.
Esta vez, todos los errores y victorias serán míos.

Bajo el cielo estrellado
siento que hay un nuevo comienzo.
Empezar de nuevo,
extender las alas sin miedo.
Como el pájaro herido que consigue alzar el vuelo.

Gabi no dice nada cuando termino. Dejo la guitarra sobre la cama y la miro expectante.

—Solo es el boceto inicial. Quizá le haga algunos cambios.

—No —responde de forma automática—. Está perfecta. Es... ¿En serio la has compuesto en un par de horas?

—Sí.

—Te ha dado fuerte.

—¿El qué?

Gabi pone los ojos en blanco.

—Ya sabes, Nura.

—Esta canción no tiene nada que ver con Nura.

—Lo que tú digas.

Gabi coge el folio y comienza a tararear la melodía. Toco los primeros acordes y pienso que mi hermana no tiene ni idea de lo que dice. Esta canción no va de Nura, aunque tengo la impresión de que, si no la hubiera conocido, jamás la habría escrito. Esta canción va sobre el hombre en el que voy a convertirme porque, por primera vez, estoy siguiendo mi instinto en lugar de hacer lo correcto. Y me siento de puta madre.

39
Nura

—Me siento un poco tonta por ir detrás de él.

Paula ha venido a mi casa. Llevamos tres cervezas y ha abierto un paquete de Doritos. A Paula le encantan los Doritos, pero el paquete está casi intacto porque es una cotilla que apenas ha pestañeado desde que he empezado a contarle los detalles de mi cita con Leo.

—Te puso *Mulán.*

—Sí.

—Y tuvisteis una cita en un yate.

—Ajá.

—Y encargó tu comida favorita y compró chocolate Milka porque sabe que te gusta. Pero, en vez de acostarse contigo en vuestra primera cita, encima el tío quiere ir despacio. —Paula deja escapar un suspiro repleto de envidia—. ¿Por qué estas cosas no me pasan a mí? Debería ser heterosexual. Las mujeres son todas unas liantas.

—Los hombres son complicados.

—¡Tú eres complicada! —Me tira un dorito que no llega a darme en la cara porque Asur lo captura de un salto—. Estás viviendo un sueño, pero eres demasiado arrogante para disfrutar de él. Y todo porque Leo no es el típico chico que solo quiere echar un polvo. En conclusión, estás más cachonda que una perra.

—¡Tía!

Paula se parte de risa cuando le tiro un cojín.

—¿Me he equivocado?

—¿Soy complicada por no entender que quiera ir despacio? Le he dicho que iba a respetarlo. ¿Qué otra cosa puedo hacer? No pienso ser la clase de tía patética que presiona a un chico para que se acueste con ella.

—Seamos honestas. Si Leo fuera una chica y tú fueras el hombre que lo presiona para que se acueste contigo, nos pondríamos de parte de la chica y diríamos que el tipo es gilipollas. Cada persona tiene su propio ritmo. Y supongo que quiere ir despacio porque acaba de salir de una relación muy larga.

—Ni la menciones.

—¿Cómo se llama? ¿Clara? —Pongo mala cara cuando mi amiga pronuncia el nombre de la ex—. ¡Estás celosa!

—No estoy celosa.

—Estás celosa de su exnovia. ¡Te gusta un montón!

Pongo los ojos en blanco.

—Pues claro que me gusta. De lo contrario, lo habría mandado a la mierda por marearme con sus dudas.

—Yo no pienso que tenga dudas. Te ha dicho que quiere algo serio contigo y que prefiere ir despacio. El chico lo tiene muy claro. A lo mejor el problema lo tienes tú. ¿Le has dicho que no estás convencida de salir con él?

Hago una mueca. Paula suelta un grito de júbilo.

—¡No fastidies! ¿Te lo estás planteando? ¡Qué fuerte!

—Nunca me había sentido tan a gusto con alguien. Eso es todo.

—¿Cuándo volvéis a veros?

—No lo sé. Ahora está en Barcelona. Leo ha estado bastante liado con el trabajo. Durante esta semana solo hemos podido hablar por teléfono. Su grupo va a colaborar con Millie Williams.

—Qué pasada.

—¿La conoces?

—¿Tú en qué mundo vives? —Paula me enseña su móvil. En la pantalla aparece la cuenta de Instagram de una chica muy atractiva—. Es una de las cantantes más famosas de Reino Unido. A Lola le encanta.

—Ni idea.

—No me extraña que Leo flipe contigo. Pensará que te has escapado de otro planeta. ¿No te ha dado por cotillear sus redes sociales?

—No.

—¿En serio? —pregunta extrañada.

—¿Para qué voy a cotillear sus redes sociales? No tengo Instagram. Además, si quiero saber algo de él, puedo preguntárselo. Así funcionan las parejas, ¿no?

—¿Sois novios?

—Tú ya me entiendes.

—Cielo, la mitad de las veces no te entiendo. Si yo fuera tú…

—¿Qué?

—¡Aquí está! —Paula me enseña el Instagram de Leo. No es muy activo en redes sociales y me alivia saber que no hay fotos antiguas con su novia. Se limita a subir posts relacionados con su trabajo—. Aquí anuncia la colaboración con Millie Williams. Si yo tuviera un novio famoso, estaría todo el día pegada al móvil.

—No es mi novio. ¿Y para qué voy a estar cotilleando su Instagram si puedo hablar con él? No tiene ningún sentido. Qué forma de pensar tan tóxica.

—Te envidio —dice muy seria—. Eres la tía más segura de sí misma que me he echado a la cara.

—¿Por qué lo dices?

—Porque estás saliendo con uno de los chicos más deseados de España. Yo estaría aterrada. Y muy celosa. Mejor no mires esta foto.

—¿Qué foto?

Le quito el móvil porque ahora me pica la curiosidad. Es del Instagram de la tal Millie Williams. Sale abrazada a Leo como si lo conociera de toda la vida. Están posando en los estudios de grabación que la discográfica tiene en Barcelona. Hace un par de días Leo me contó que Yūgen se reuniría con la cantante para conocerse en persona.

—¿Estás enfadada con él? —Paula me mira preocupada.

—No —respondo con sinceridad—. Conozco a Leo. Solo es trabajo.

—Mejor que te lo tomes así. —Paula se guarda el móvil en el bolsillo—. No quiero verte sufrir por él. Salir con un famoso debe de ser muy difícil. ¿Estás preparada para todo lo que te viene encima?

—Hablas como mi hermana.

—Creo que no eres consciente de con quién estás saliendo.

—Que yo sepa, por ahora sigo soltera. Y por supuesto que soy consciente de a quién estoy conociendo. Es un chico estupendo. Lo entenderás cuando te lo presente.

Estoy almorzando con mis padres cuando Leo me llama por teléfono. Pongo la excusa de que se trata de mi editor y me levanto de la mesa. La mirada reprobatoria de mi madre me persigue hasta que me encierro en el cuarto de baño. Aisha también me mira con curiosidad. No ha parado de intentar sonsacarme sobre Leo desde que nos reencontramos en Madrid. Al final no les conté a mis padres que se había escapado para ir al concierto. Por lo visto, soy una blanda.

—¡Hola!

—Qué ganas tenía de hablar contigo —dice mientras se escucha un gran alboroto de fondo—. ¿Me oyes bien?

—Regular.

—Estamos en un pub. Los chicos se han empeñado en venir a celebrar el contrato.

—¿Ya lo habéis firmado?

—Sí. A los de la discográfica les ha gustado la canción.

—¡Enhorabuena! —exclamo feliz de que las cosas le salgan bien—. ¿Y a Millie?

—Está satisfecha con la letra —dice, y noto que se le tensa la voz—. Mañana vuelvo a Sevilla. ¿Sabes que me muero de ganas de verte?

—Y yo… —le confieso. Agradezco no tenerlo delante para que no pueda ver cómo me ruborizo—. Por cierto, te he estado *stalkeando*.

—¿Qué?

—Cotilleando tus redes sociales.

—No te creo.

—Mi amiga Paula no se creía que no supiera quién es Millie Williams. Dice que me he escapado de otro planeta. —Leo se ríe—. Y luego me ha enseñado tu cuenta de Instagram y me ha puesto la cabeza como un bombo.

—¿Por?

—Dice que ella estaría celosa todo el tiempo.

—Pero tú no eres así.

—¿Tengo que preocuparme por Millie Williams? —bromeo.

Leo se queda un par de segundos en silencio y me extraña que no responda. Al final dice:

—No.

Parece preocupado. Supongo que solo es una percepción ridícula. No ha parado de trabajar y está deseando volver a Sevilla. Confío en él.

—¿Estás bien?

—Perdona —Contesta. Lo noto un poco tenso—. Aquí hay mala cobertura y apenas te escucho. Hablamos después, ¿vale?

—Claro.

—Adiós, listilla.

—Adiós, Señor Prudencia.

Estoy descolocada cuando cuelgo. Me quedo mirando mi reflejo en el espejo y frunzo el ceño. Leo parecía distinto, pero supongo que la presión del trabajo le está pasando factura. No quiero ser la clase de chica celosa y posesiva que él no se merece. No me ha dado motivos para desconfiar. Además, ni siquiera estamos saliendo juntos. Supongo que no puedo reprocharle nada si se enrolla con alguna chica. Pero ¿qué estoy diciendo? Leo quiere ir despacio conmigo porque le gusto de verdad. No voy a montarme una película. No es mi estilo.

Cuando regreso al salón, mi mirada se cruza con la de mi hermana. Sé que se está preguntando si he hablado por teléfono con Leo, pero no pienso contarle la verdad. Es una bocazas. Si le hablo de mi cita, mañana lo sabrá la mitad de Sevilla. Nunca le cuentes un secreto a un adolescente.

—¿Tan importante era para levantarte de la mesa? —me cuestiona mi madre.

—Es trabajo.

—Tu editor debería saber que la hora del almuerzo se respeta.

—Estaba hablando con su novio —murmura Aisha.

Mi padre deja de comer y me observa con curiosidad.

—¿Estás saliendo con alguien?

—¡No!

—Si tienes novio, me gustaría conocerlo —dice mi madre—. No somos unos padres tan chapados a la antigua.

«Claaaro».

Me limito a seguir comiendo, y, cuando todos me miran con gesto inquisitivo, refunfuño que sigo estando soltera. Mi madre no despega los ojos de mí durante el resto del almuerzo. Para colmo me acompaña a la puerta cuando pongo la excusa de que tengo que irme para terminar mi libro.

—¿No se trata de Jorge?

—¡Mamá!

—Solo preguntaba —responde con una calma impropia de ella—. Si algún día te enamoras de un chico, me gustaría conocerlo.

—¿Para juzgarlo?

—Para comprobar que te hace muy feliz. —Su respuesta me sorprende. Me da un beso en la mejilla que me descoloca—. Eres lista. Sabrás elegir bien.

Fragmento de la revista *¡Escándalo!*

¿A que no sabéis qué famoso guitarrista ha roto con su novia de siempre? ¡No os lo vais a creer! El mismísimo Leo Luna, componente de Yūgen. Parece que Leo ha pasado de ser un chico discreto a un rompecorazones adicto a los escándalos. Fuentes muy cercanas a la pareja nos confirman que el integrante de una de las bandas más famosas de nuestro país habría roto de manera definitiva con su novia, con la que llevaba más de tres años saliendo. Hemos intentado contactar con ella, pero ha rehusado hacer declaraciones al respecto.

Ahora Leo está en Barcelona porque Yūgen va a colaborar con Millie Williams. Hace un par de días, algunos testigos los vieron muy acaramelados en el reservado de una discoteca. ¿Están colaborando de manera más personal? La verdad es que hacen una pareja preciosa. Los dos son jóvenes, guapos y exitosos. Según un testigo «Ella no paraba de acariciarlo y él no parecía incómodo». ¿Es Millie Williams la tercera en discordia? ¿Ha roto el guitarrista con su novia para iniciar un romance con la cantante? El tiempo lo dirá, pero, por las últimas *stories* que la británica ha subido a Instagram, se nota que entre ellos hay mucha química...

40
Leo

Me siento fatal cuando cuelgo el teléfono. No soporto haberle mentido a Nura, pero no sé si contarle la verdad habría empeorado la situación. Nos estamos conociendo y no quiero darle un motivo para que desconfíe de mí. Ahora me arrepiento de no haber sido sincero con ella cuando me ha preguntado si debía preocuparse por Millie. Porque Millie ha resultado ser una veinteañera caprichosa que no me deja en paz. Al menos no le he mentido cuando le he dicho que estoy deseando volver a Sevilla, porque así me la quitaré de encima. Al conocerla, supe que me causaría problemas. Pero no me imaginaba cuántos.

—¿Qué te pasa? —pregunta Axel.

Ha salido a la terraza privada del pub. Lleva una cerveza en la mano y parece que se lo estaba pasando bien hasta que me ha visto la cara. Soy un aguafiestas.

—Era Nura.

—Creí que entre vosotros iba todo bien.

—Va todo bien —respondo inseguro—, pero no sé si las cosas seguirán igual. Estoy preocupado por la colaboración. La propuesta de la discográfica me sacó de mis casillas.

—Ya te has negado. Y dudo que tu padre insista. A todos nos pareció absurdo.

Aprieto los puños cuando recuerdo lo que sucedió ayer. Estábamos reunidos para firmar el contrato. El mánager de Millie hablaba con mi padre y ella se sentó a mi lado. Puso su mano sobre mi muslo con todo el descaro del mundo. Luego me miró a los ojos y exhibió una sonrisa traviesa antes de decir: «Me ha chivado un pajarito que estás soltero». Me encogí de hombros porque no me apetecía hablar de mi vida sentimental con una extraña. Entonces Millie no paró de insinuarse y me pidió que la acompañase a su habitación para pasarlo bien. Me negué y ella puso mala cara. A la media hora, me sorprendió que mi padre llamara a la puerta de mi habitación. No se anduvo por las ramas.

—A Millie le gustas.

—Ya me he dado cuenta.

—Y a los de la discográfica les gusta la buena pareja que hacéis.

Enarqué una ceja.

—No hacemos buena pareja. Ni siquiera la soporto.

—Sería una gran estrategia de marketing para promocionar la colaboración.

—¿A qué te refieres? —pregunté irritado.

—Ya me entiendes. Pol no tuvo ningún reparo en fingir que salía con Tina Gonzales cuando estabais empezando. Es bueno que hablen de vosotros.

—Pol estaba soltero y le pareció buena idea. Pero yo no soy Pol, y lo sabes.

—Seríais la pareja de moda. Todo el mundo hablaría de vosotros.

—¡Yo no quiero que hablen de mí! —exclamé furioso—. Quiero que hablen de mi música. ¿Entiendes cuál es la diferencia?

Mi padre torció el gesto, como si estuviera hablando con un crío díscolo que no entra en razón. Su reacción me sulfuró.

—Además, estoy conociendo a alguien.

—¿No crees que es un poco pronto para iniciar una relación cuando acabas de romper con Clara?

—Ahora resulta que te interesa mi vida —ironicé.

—Por supuesto que me interesa tu vida.

—Solo en la medida en que sirva para sacar provecho a nuestra carrera discográfica. A la vista está.

—A los de la discográfica les va a molestar tu decisión.

—Me importa una mierda. Eres nuestro mánager, pero también eres mi padre. ¿Por qué no empiezas a actuar como tal?

Mi padre se limitó a sacudir la cabeza con desaprobación y salió de mi habitación dando un portazo.

A la mañana siguiente se lo conté a mi hermana y a los chicos. Pol y Axel no se lo podían creer, pero Gabi estaba furiosa y tuvo una bronca monumental con nuestro padre. De todas formas, los de la discográfica no dejaron de insistir y Millie empezó a perseguirme con el móvil para hacerse fotos conmigo. No ha parado de subir *stories* mientras yo intentaba quitármela de encima.

—¿Qué hacéis aquí? —Pol sale a la terraza. Se está comportando y espero que esta vez la abstinencia le dure bastante—. La fiesta está dentro.

—Tengo ganas de irme a casa.

—Eres un aburrido.

—Está agobiado porque teme que las tonterías de Millie le pasen factura con Nura —le cuenta Axel.

—Tío, ¿por qué nunca podéis guardar un secreto? —le recrimino indignado.

—Seguro que Nura te entiende. Parece inteligente. ¿La has notado enfadada?

—No, pero tampoco le he contado la verdad.

—Mejor. —Pol me da una palmadita en la espalda—. No la preocupes.

—¿Qué pasa? —Gabi aparece en la terraza. Tiene mala cara—. No me dejéis sola con esa egocéntrica. No la soporto. ¡Ahora resulta que voy a tener que bajar un tono porque ella no llega a las notas altas! Pensé que era más profesional, pero está obsesionada con no quedar por debajo de mí.

—¿Y no será al contrario? —bromea Pol.

Gabi lo atraviesa con la mirada.

—Vocalmente no me llega ni a la suela del zapato. Y yo no soy la que está poniendo condiciones ridículas. Es una petarda. ¿De qué estabais hablando?

—Tu hermano está agobiado. Cree que Millie le va a causar un problema con Nura.

—Tío, en serio. ¿Por qué siempre tenéis que hablar de mí? —me quejo.

—Pasa de ella —me aconseja Gabi—. Solo es una niñata caprichosa y le fastidia que no le hagas caso. Papá se equivocó al plantearte la opción de fingir una relación, pero él no sabía que estás saliendo con alguien.

—Aunque estuviera soltero, tampoco debería presionarme para que haga algo que me hace sentir incómodo.

—Ya... —admite Gabi, que es incapaz de criticar a nuestro padre—. Yo solo digo que él siempre intenta hacer lo mejor para nuestra carrera musical. No se lo tengas en cuenta.

—Yo creo que has hecho bien en no decirle nada a Nura —añade Pol.

—Yo también —dice Axel.

—¿Os habéis vuelto locos? —Gabi pone el grito en el cielo—. Millie no para de subir fotos a Instagram dando a entender que entre vosotros hay algo. Por supuesto que deberías hablar con Nura y contarle que estás en una situación muy complicada. Al menos lo entenderá cuando lea la prensa.

—¿De qué hablas? —pregunto confundido.

—Leo... —Mi hermana frunce los labios y me enseña su móvil. Una revista sugiere que Millie y yo estamos liados—. A esto me refiero. Y no será la única. Ya conoces nuestro mundo. La verdad no les importa cuando la mentira es más interesante.

Se me corta el cuerpo al leer la noticia. Genial, lo que me faltaba.

—No has hecho nada malo —responde Pol—. Hablar con Nura es justo lo que no tienes que hacer. Las mujeres siempre sacan sus propias conclusiones. Pensará que se lo estás contando porque has hecho algo malo.

—Las mujeres no somos tontas —replica Gabi—. Sabemos sumar dos más dos. No somos seres influenciables que no saben pensar por sí mismos.

—Yo creo que tampoco deberías hablar con ella. La vas a preocupar por una tontería.

—¡Axel! —exclama horrorizada Gabi—. No me puedo creer que seáis tan cenutrios. Leo, hazme caso. Yo sí soy una mujer. Nura y tú estáis empezando, y te aseguro que lo vas a fastidiar todo si no eres sincero con ella desde el principio.

—¿Cuántas relaciones has tenido, Gabi? —le pregunta Pol con tono burlón—. Y los rollos de una noche no cuentan.

—Las mismas que tú, idiota.

—Porque tú no quieres, guapa.

—No tengo tan mal gusto.

—Me está empezando a doler la cabeza —respondo agotado—. Me voy al hotel.

Salgo de la terraza y voy en dirección al guardarropa para recoger mi abrigo. Le estoy pidiendo al guardia de seguridad que llame a un taxi cuando alguien me abraza por la espalda. Reconozco el perfume empalagoso de Millie y me aparto con brusquedad. Me hace sentir incómodo, pero le da igual.

—¿Ya te vas? —pregunta en un perfecto español con un marcado acento británico.

—Sí.

—¿Quieres que te acompañe a tu habitación? —pregunta, y retrocedo cuando intenta rodearme el cuello con las manos—. Lo pasaremos bien.

—No vamos a pasarlo bien —respondo con voz tajante—. Lo que haces se llama acoso. Déjame en paz, Millie. No quiero tener que volver a repetírtelo.

Millie pone mala cara. Cualquier otra persona se daría por vencida, pero es una chica acostumbrada a tener todo lo que quiere. Se hizo famosa con cuatro años por protagonizar una serie de televisión infantil. Adora la fama.

—Eres un exagerado.

—Y tú una pesada que no conoce límites.

Millie me suelta una retahíla de palabrotas en inglés antes de darse la vuelta y dedicarme una peineta. Respiro aliviado cuando se larga. Supongo que ya lo ha pillado. Al salir de la discoteca, el taxi ya me está esperando en la puerta trasera. Recibo un mensaje en cuanto me siento. Estoy desconcertado porque se trata de Clara. No he vuelto a hablar con ella desde la última vez que nos vimos.

Clara
¿Ahora te van las cantantes operadas?

Mi primer impulso es ignorarla, pero no puedo hacerlo porque he compartido tres años y medio de mi vida con ella. Siento que debo ser amable.

Yo
Ya no somos pareja y no te debo explicaciones,
pero entre Millie y yo no hay nada.

Clara
¿Sabes lo que se siente cuando los periodistas te esperan
a la salida de la academia para acribillarte a preguntas?
Me entran ganas de decirles que eres un mentiroso que va de
bueno, pero que en el fondo es un falso.

Yo
Siento que te estén molestando. Estoy seguro de
que se cansarán tarde o temprano.

Clara
¡Muchas gracias!
A lo mejor un día me da por hablar con ellos y les cuento
que me estuviste engañando con otra. ¿Qué te parece?

Yo
Si es una amenaza, pienso que tienes derecho a hablar de
lo que te apetezca. Pero, cuando cruzas esa línea,
no vuelves a ser una persona anónima.

Clara
El bueno de mi exnovio, que siempre hace lo correcto y da
consejos que no se aplica.

@martita28: Está gorda. ¿Cómo puede haber cambiado a Millie Williams por esta tía?

@esmiopinión79: Y encima es negra. 🤮

Cierro el portátil porque he llegado al límite. Estoy temblando cuando intento coger mi teléfono móvil. Tengo tropecientos wasaps de Paula, mis hermanas y Jorge. A estas alturas, casi todo el mundo debe haberse enterado de la historia. Cuando pestañeo, me doy cuenta de que me estaba aguantando las lágrimas. Sé que no debería importarme la opinión de un montón de desconocidos, pero los comentarios me escuecen. Desde los que piensan que estoy con Leo por un minuto de fama hasta los que me envían mensajes racistas. Aunque la gota que colma el vaso es la llamada de Jorge. Descuelgo sin mirar la pantalla porque supongo que es Leo.

—Es una broma, ¿no? —Está enfadado.

Justo cuando más necesito su apoyo, mi mejor amigo viene buscando pelea.

—Jorge, no es el momento...

—¿Estás saliendo con él? —pregunta hecho una furia—. Me dijiste que estabas conociendo a alguien, pero no que se trataba de Leo Luna.

—Pues ya lo sabes —respondo agotada.

—No te pega nada.

—¿Qué se supone que es lo que no me pega? —replico irritada.

—El guitarrista ese.

—Se llama Leo.

—¡Todos saben cómo se llama! Por eso lo digo. No te pega liarte con un famoso. ¿Tú estás leyendo las barbaridades que dicen de ti en Twitter?

—¡Claro que sí! —exclamo airada—. Me están mencionando. Por supuesto que las estoy leyendo.

—¿Y es eso lo que quieres? ¿En serio has trabajado tan duro para echarlo todo por la borda por un tío? Porque a partir de ahora te van a conocer como «la novia de» y no como la joven promesa de la literatura de terror.

—Vete a la mierda, Jorge.

—Me lo podrías haber contado. Pensé que tenías mejor gusto. ¿Cuánto tiempo crees que tardará en cansarse de ti? ¡Es una estrella del rock!

—Ni siquiera lo conoces —respondo indignada—. Y puede que para ti solo sea una estrella del rock, pero para mí es mi novio. Y lo quiero. Voy a colgar.

—Nura, espera.

—¡No! —exclamo furiosa—. Estoy harta de medir mis sentimientos por miedo a herir los tuyos. Adiós, Jorge.

Paula se presenta en mi casa veinte minutos después de llamarla. Trae cervezas, un paquete de Doritos y una tarrina de helado de *brownie* de chocolate. Me da un abrazo y no sé durante cuánto tiempo estoy llorando en su hombro. Solo sé que cuando nos separamos estoy sentada en el sofá mientras ella despotrica de todos los que me critican en Twitter.

—¡Que les jodan! No tienen vida propia. Son una panda de amargados que descargan sus frustraciones contigo porque no tienen nada mejor que hacer. Se escudan en el anonimato de las redes sociales. Pasa de ellos. Tienes que hacerlo si quieres que esto no arruine tu relación con Leo.

—Lo sé…

—No me gustaría estar en tu lugar. Lo siento. Me cabrea que tengas que leer esas cosas. Twitter es la red social donde escribes «Me gusta el batido de chocolate» y, acto seguido, alguien responde: «¿Tienes algo en contra del batido de fresa?», y luego otro imbécil añade: «Pídele perdón al batido de vainilla». No merece la pena que pierdas tu tiempo con un montón de gente que jamás te diría esas barbaridades a la cara. Para ellos es más fácil ocultarse detrás de la pantalla de su teléfono móvil. Deberías desconectarte de Twitter por un tiempo. Ahí tan solo hay un montón de sabandijas acomplejadas y que descargan su frustración atacando a gente que no conocen.

—Y tú no deberías volver a enviarme capturas de pantalla.

Paula me da la mano.

—Te juro que ya no lo haré, pero no me pidas que no les conteste cuando te ponen a parir. Sacan lo peor de mí. Quiero matarlos a todos.

Se me escapa una sonrisa débil.

—Jorge me ha llamado. Hemos discutido.

—Mira, nunca pensé que diría esto porque es mi amigo y lo adoro, pero que le den a Jorge. Si no te va a aportar nada bueno en este momento de tu vida, deberías replantearte vuestra amistad. Os quiero a los dos, aunque quizá os vaya mejor por separado.

Sé que Paula tiene razón y me duele en el alma no ser capaz de llevarle la contraria. Pero ya no puedo más. Si mi mejor amigo quiere algo que yo no puedo darle, será mejor que nos alejemos antes de que nos hagamos más daño.

—¿Has hablado con Leo?

—Uf, no. —Le enseño el móvil. Tengo seis llamadas perdidas y varios mensajes de él—. No quiero que me vea así. Sé que se va a rayar. Se sentirá culpable. Prefiero hablar con él cuando me tranquilice.

—Vale. —Paula abre dos cervezas y me tiende una—. No dejes que lo que diga un puñado de desconocidos afecte a vuestra relación. Si has decidido que quieres estar con él, lucha por lo vuestro. No seas cagona. Eso no te pega.

Me siento algo mejor cuando Paula se marcha, tres horas después. Tiene razón, no soy una cobarde y no pienso permitir que la opinión de un montón de desconocidos condicione mi relación con Leo. Aunque decirlo es muy fácil y llevarlo a la práctica resulta más complicado.

Leo

Hola, ¿estás bien?

No quiero agobiarte. Sé que eres la clase de persona que necesita su espacio, pero llámame cuando puedas, ¿vale?

Y no mires Twitter. Solo dicen gilipolleces.

Te quiero, Nura.

Perdona, ya sé que he dicho que no quería agobiarte..., pero me preocupa que los comentarios de Twitter te hayan afectado. Si esta relación se va a pique, que sea porque uno de los dos la caga, y no porque un montón de imbéciles se interpone entre nosotros. No me apartes de ti. Quiero estar a tu lado.

Leo descuelga al primer tono y me siento culpable por hacerlo esperar, pero estaba hecha polvo y no quería que lo notara. Lo conozco lo suficiente para saber que se echaría la culpa de todo.

—¿Qué tal estás?

—Hola —respondo con fingida naturalidad—. Estoy bien. Paula se pasó a verme. Siento no haberte contestado antes, pero nuestras charlas pueden ser eternas. Y traía cervezas.

—Pero ¿estás bien?

—Sí —miento como una bellaca—. No he mirado Twitter. Paula me ha contado que me están poniendo verde, así que ya sabes lo que dicen: «Ojos que no ven, corazón que no siente». Estoy pasando del tema.

Leo permanece en silencio durante unos segundos y me pregunto si lo he convencido. Al final suspira aliviado. Me siento fatal porque fui yo quien le pidió que siempre fuéramos sinceros, pero me temo que a veces la sinceridad no es la solución para todos los problemas.

—Dios, me estaba volviendo loco. Pensé que estarías enfadada o triste o yo qué sé, y que tenías la absurda necesidad de apartarme porque estaban diciendo cosas horribles sobre ti. Y todo por salir conmigo. Dijiste que me ibas a complicar la vida y al final soy yo el que te la complica a ti.

—No digas eso. —Me tumbo bocarriba en el sofá y mis gatos se recuestan en mis piernas—. Tú no me complicas la vida. Me gusta muchísimo estar contigo. ¿Por qué iba a apartarte?

—Porque es la opción más sencilla.

—¿Y desde cuándo una escritora de novelas de terror elige la opción más sencilla? Me gusta hacer sufrir a mis personajes. Y, si quiero ser tu novia, lo seré, aunque el mundo entero tenga algo que opinar al respecto.

—Eres...

—¿Increíble? ¿Carismática? ¿Inteligente?

—Iba a decir cabezota.

Nos reímos. Leo hace que los buenos momentos sean maravillosos y que los malos se conviertan en regulares. No puedo ni quiero perder a un chico como él.

—Toca algo de ese pianista francés.

—¿Richard Clayderman?

—Ese.

—Solo si me prometes que mañana pasaremos todo el día juntos. Para que pueda ver con mis propios ojos que estás tan bien como dices.

—Eso es chantaje.

—Qué va. Son las ganas que te tengo.

—En ese caso, te lo prometo.

Asur se tumba de lado y suelta un bufido.

—¿Ese ha sido Asur?

—No te soporta.

—Mañana le llevaré galletitas. Es cuestión de tiempo. A su dueña me la gané y era más guerrillera.

—¿Te estás autoinvitando a mi casa, idiota?

—Te voy a preparar lasaña.

—La última la quemaste.

—Porque alguien abusó de mí en la bañera. Así no se puede cocinar.

—Entonces te invito solo si me preparas lasaña y no la quemas. Pero te advierto que conseguir el beneplácito de mi gato va a ser más complicado. Es muy selectivo.

—Como su dueña.

Leo comienza a tocar el piano y reconozco la canción a la tercera nota. Me muerdo el labio porque sé que la ha elegido para alegrarme la noche.

—¡Es la canción de *Mulán!*

—Por favor, no la estropees cantando.

Intento contenerme, pero es imposible. De lo contrario no sería yo.

—«No puedo ya ni respirar, despedirme de mi gente. Di, ¿por qué falté a la escuela, a entrenar? Ya la veo renunciar, que no vaya a descubrirme. ¡Cómo desearía hoy saber nadar!». —Canto a pleno pulmón.

Leo deja de tocar. Lo puedo ver sacudiendo la cabeza mientras sonríe.

—Eres lo peor.

—¡Canta conmigo!

Leo se hace el duro durante aproximadamente cuatro segundos antes de acompañarme:

—«Seré más raudo que un río bravo. ¡Con valor! Tendré más fuerza que un gran tifón. ¡Con valor! Con la energía del fuego ardiente. ¡Con valor! La luna sabrá guiar el corazón...».

Aplaudo cuando termina la canción. Leo y yo nos reímos. He sido una tonta. Ojalá lo hubiera llamado para que estuviera aquí conmigo.

—Entonces ¿mañana me vas a preparar lasaña?

—¿Crees que te la mereces después de haber dado semejante concierto?

—Lo importante es la actitud.

—De actitud y gallos ibas sobrada.

—Un respeto a tu novia.

—Buenas noches, listilla.

—Buenas noches, Rolling Stone.

48
Leo

Hoy cumplo veintidós años y siento que mi vida ha dado un giro de ciento ochenta grados. Cuando la banda empezó a despegar, me imaginé una vida con Clara, muchos hijos y una casa a la que volver después de una gira. Pero entonces conocí a Nura y comprendí que la vida que había planeado no me hacía feliz. Y ahora estoy loco por ella y no pienso permitir que un puñado de periodistas nos arrebate lo que tenemos.

Mi padre insistió en celebrar una fiesta por todo lo alto, pero me negué porque, tal y como está el panorama, sabía que Nura no se sentiría cómoda si la invitaba a un cumpleaños repleto de estrellas de la música y famosos que en realidad no me aportan nada. Así que he decidido celebrarlo en casa con mis amigos de verdad. Axel, Pol y su hermano Nico (siempre acompañado por la controladora de Iris), Gabi, mi padre y Nura.

—Al menos podrías haber invitado a Millie —dice mi padre mientras da órdenes a los del catering. Ha insistido en contratar uno a pesar de que solo somos siete personas. Al final va a ser verdad que el dinero cambia a la gente.

—A Millie prefiero tenerla cuanto más lejos mejor —respondo irritado por su insistencia en el tema—. Y te agradecería que no la mencionaras durante el cumpleaños. Nura está a punto de llegar.

—Supongo que será mejor que tampoco nombre a Clara —dice intentando hacerse el gracioso.

—Clara está rumbo a Honduras y no se merece ni un minuto de nuestro tiempo —interviene mi hermana—. Ojalá le piquen todos los mosquitos de esa isla. ¿Os imagináis que es la primera expulsada? Le va a durar poco la fama.

—Me da igual —respondo con sinceridad—. Ojalá le vaya bien. Lo único que quiero es que me deje en paz.

—Me caía bien —dice mi padre antes de marcharse para seguir dando órdenes a los empleados del catering.

Gabi me mira con el ceño fruncido.

—¿De verdad que va todo bien?

—¿Por qué lo preguntas?

—Ya sabes, por todo lo que han dicho sobre Nura. La pobre debe de estar pasándolo fatal.

—Ah, eso. —Pongo mala cara cuando recuerdo todos los comentarios ofensivos que le dedican en las redes sociales. Estuve a punto de publicar un comunicado en mi perfil de Instagram para pedir respeto hacia mi pareja, pero me contuve porque me lo desaconsejaron. Entonces habría avivado el interés por ella y tendría a los periodistas pegados a la puerta de su casa—. Creo que lo está llevando bien. Se ha desconectado de Twitter, y tampoco era muy asidua a las redes sociales, así que...

—¿Y tú la crees?

Me sobresalto.

—Por supuesto. Nuestra relación es muy sincera.

—Ay, Leo... —Mi hermana sacude la cabeza como si fuera un caso perdido—. Si yo fuera ella, lo estaría pasando fatal. Y antes de que me digas que Nura y yo somos muy diferentes, te recuerdo que tiene sentimientos, aunque sea una persona muy segura de sí misma. Es normal que las críticas le afecten. Debe de sentirse sobrepasada. Este no es su mundo y de repente un montón de extraños la están poniendo a parir.

—Cuando intento hablar con ella le resta importancia y me saca otro tema de conversación. Di por hecho que lo estaba llevando bien, pero ahora me haces dudar.

—Lo siento, no era mi intención. Pero noto lo mucho que te gusta y no quiero que vuestra relación se estropee porque no sepas ver las señales de alarma. A veces los tíos podéis ser unos negados.

—Muchas gracias.

—Solo intento ayudarte. —Gabi se cuelga de mi brazo y me da un beso en la mejilla—. A lo mejor no tengo razón y Nura es más fuerte que una roca, pero yo lo paso fatal cuando se ceban conmigo en las redes sociales. Si yo fuera ella, me gustaría desahogarme con mi pareja.

—¿De qué habláis? —Pol aparece en ese momento y roba un canapé de la bandeja de un camarero.

—De ti no —responde Gabi—. Cosas de hermanos.

—¡Como nosotros! —exclama Nico abrazándose a su hermano pequeño—. Pol me ha prometido que me va a llevar este verano a Disney World.

—A Pol le cuesta cumplir sus promesas. No te fíes de él —dice Gabi con tono acusador.

—No te pongas celosa, Gabi. Si quieres, te metemos en la maleta y te vienes con nosotros. Pero te tienes que portar bien y no poner mala cara cuando una chica guapa me pida una foto. —Pol le guiña un ojo.

Mi hermana se suelta de mi brazo y pone los ojos en blanco.

—¿Lo ves, Leo? El 99 por ciento de los tíos que conozco son unos capullos.

—¿Qué es un capullo? —pregunta Nico.

Gabi le da la mano y se lo lleva al jardín mientras le explica que un capullo es una flor que todavía no se ha abierto. Pol los persigue con la mirada y me doy cuenta de que en realidad tiene la vista clavada en el trasero de mi hermana.

—Deja de mirarle el culo a Gabi —le ordeno, y me sale el hermano sobreprotector que llevo dentro.

—¿Sabes si es verdad que está saliendo con el batería de Orión?

—¿Qué más te da?

Pol se encoge de hombros.

—Aunque nos llevemos a matar, en el fondo es mi amiga y tengo entendido que ese tío es un picaflor.

—Entonces ya tenéis algo en común.

—¡Mira quién fue a hablar! El rompecorazones que aparece en todas las revistas.

—No me hace gracia.

—Ahí va un consejo de amigo: tómate las críticas con humor. —Pol señala a Iris, que está sentada con la espalda erguida mientras mira de reojo a Axel como si fuera un piojo—. Siento que hayas tenido que invitarla, pero, de lo contrario, no me habría dejado traer a Nico. Cree que soy una mala influencia para mi hermano. Envidio la relación que tienes con Gabi porque yo nunca tendré algo parecido con Iris. Doña Perfecta es demasiado repelente y mandona.

—Te quiere y se preocupa por ti a su manera.

—Venga ya, es una estirada.

—Todos nos preocupamos por ti.

—Si te refieres a lo que sucedió en aquel concierto... —Pol coge otro canapé de la bandeja—. Mezclé un poco de hierba con alcohol. Reconozco que iba pedo. No volverá a pasar. ¡Mírame! Estoy de puta madre. Deja de preocuparte por mí y disfruta de tus primeras semanas de noviazgo. Dicen que los primeros meses son los mejores.

—¿Hablas por experiencia? —bromeo.

—Tengo el corazón demasiado grande para dárselo a una sola mujer.

Estoy a punto de responder que algún día llegará la chica que le calle esa bocaza —y que espero por el bien de nuestra amistad que esa chica no sea mi hermana—, pero en ese momento llaman a la puerta y lo dejo hablando solo. Es Nura, y todo lo demás deja de importarme en cuanto aparece.

A pesar de que Nura tiene un círculo de amistades muy reducido porque es muy selectiva y directa, consigue integrarse con mis amigos sin mucho esfuerzo. A todos les gusta su humor políticamente incorrecto y su personalidad arrolladora. Estoy incrédulo porque

Gabi nunca soportó a mi ex, pero con Nura habla como si se conocieran de toda la vida. No me sorprende lo bien que se desenvuelve con Pol, pues sabía que no iba a dejarse intimidar por sus salidas de tono. Incluso charla distendidamente con Axel y consigue sacarle conversación a Iris, quien se muestra más accesible de lo normal. Luego permanece un buen rato charlando con Nico y hacen una competición de preguntas para ver quién sabe más sobre Harry Potter. Nura lo deja ganar y me guiña un ojo.

—No soy tan competitiva —me susurra al oído.

Después de soplar las velas, recibo la llamada de rigor de mi madre. Gabi pone mala cara cuando le enseño la pantalla, y mi padre está demasiado ocupado acaparando a Nura con una anécdota de cuando conoció a Alejandro Sanz y este le dijo que era una gran pérdida para la industria musical que alguien con su talento se hubiera dedicado a criar a sus hijos. Entro en la casa para responder con desgana a la llamada de mi madre. Con el paso del tiempo he aprendido a no necesitarla. Nuestra relación se ha vuelto más fría y distante.

—Felicidades, Leo.

—Gracias, mamá.

—Quería enviarte un regalo, pero no sabía qué podía gustarte porque sé que tienes de todo —se excusa como de costumbre—. ¿Qué tal tu hermana?

—Bien.

—¿Y tú?

—Genial.

—He oído que has cortado con tu novia. ¿Cómo se llamaba?

—Da igual, mamá. Ya es agua pasada.

—He pensado que podrías venir a San Gimignano a hacerme una visita. ¿Por qué no se lo comentas a tu hermana?

Me froto las sienes. En otro momento de mi vida habría sido condescendiente con ella. Pero estoy cansado de ser ese chico bueno que siempre antepone los sentimientos de los demás. Mi madre nunca actuó como tal y no puede aparecer en nuestra vida cuando le venga en gana y fingir que somos una familia perfecta.

—Yo no voy a ir —respondo tajante—. Tienes el teléfono de Gabi, así que puedes comentárselo a ella. Pero, sinceramente, creo que te va a responder lo mismo.

—Leo, ya sé que me marché cuando erais unos niños, pero...

—No, mamá —la corto exasperado—, te largaste y he aprendido a vivir sin ti. Te necesitaba antes y no ahora. Voy a colgar.

Me siento liberado cuando cuelgo el teléfono. Acabo de quitarme otro peso de encima. Durante los tres últimos años, he recibido chantaje emocional por parte de mis padres. Siempre he sentido que estaba en deuda con mi padre por haberse ocupado de nosotros y que en el fondo tenía que perdonar a mi madre por todo ese rollo de pasar página y no guardar rencor. Pero ya no soy el chico que siempre hacía lo correcto y trataba de no herir a los demás. Quizá la vida consiste en equivocarse y aprender de los errores, en lugar de caminar de puntillas por miedo a meter la pata. No soy perfecto ni quiero serlo. De lo contrario, solo sería un impostor que está viviendo una vida prestada.

—Vaya, eso ha sido bastante fuerte —dice Nura, y levanta las manos a modo de disculpa—. No quería espiarte. Estaba volviendo del baño y te he escuchado sin querer. ¿Estás bien?

—Sorprendentemente sí. Ya he decidido que no quiero tener relación con mi madre. Ojalá me hubiera pedido que fuera a visitarla cuando era un niño y la echaba de menos. Pero ya no la quiero en mi vida. Aunque suene egoísta, creo que me he ganado el derecho a decidir qué personas quiero que estén en ella.

—No eres egoísta —responde sin vacilar—. Puedes ser muchas cosas, pero no egoísta. Yo jamás saldría con un chico así.

Le tiemblan las manos cuando me enseña un paquete envuelto. Se muerde el labio.

—Felicidades.

Rasgo el envoltorio mientras ella me mira indecisa.

—No sabía qué regalarte. Si no te gusta..., puedes decírmelo.

Es un paquete de púas de guitarra. Por delante tienen grabado mi nombre y por detrás una fecha.

—Nuestro primer beso.

—Sí. —Esboza una sonrisa tímida—. Si me lo propongo, puedo ser casi tan cursi como tú.

—Ven aquí. —La abrazo con fuerza y le doy un beso en la frente. Sé que le gustan los besos en la frente—. ¿Estás bien?

Nura me mira confundida y está a punto de responder cuando mi padre nos interrumpe.

—Ven aquí, hijo. Sois muy jóvenes, ya tendréis tiempo para eso. Quiero darte mi regalo de cumpleaños.

Le dedico una mirada de disculpa a Nura y salgo al jardín cogiéndole la mano. Mi padre, al que le encanta ser el centro de atención, golpea una copa con el tenedor hasta que todos se callan.

—Tengo una gran noticia que anunciaros. El mejor regalo que le podía hacer a mi hijo mayor. —Me mira con orgullo y dice—: ¡Vais a hacer una gira por Estados Unidos!

Mi primera reacción es soltar la mano de Nura y quedarme paralizado por la impresión. Gabi suelta un gritito de emoción y se abraza a Pol. Axel se rasca la barbilla y clava una mirada sombría en el plato. Y yo permanezco inmóvil, en el centro de todos, intentando digerir lo que acaba de decir mi padre.

—Los de la discográfica creen que es el momento de aprovechar el tirón mediático que Millie tiene en Norteamérica. Solo serán unas cuantas ciudades, pero estoy convencido de que Yūgen va a ser conocido en todo el mundo.

Pol se deja caer en la silla. Está conmocionado y murmura:

—Guau.

Axel respira profundamente, como si todavía no fuera capaz de creérselo. La única que está absolutamente feliz es Gabi. Y yo…

—¿Ya has firmado el contrato? —pregunto con impotencia.

Mi padre me observa con una sonrisa de oreja a oreja.

—¿Tú qué crees? Soy vuestro representante. No podía dejar pasar semejante oportunidad. Es ahora o nunca.

—¿Por qué no me lo has consultado? —Nos señalo a todos—. ¿Por qué no nos lo has consultado?

—Porque es lo mejor para el grupo.

—¿Y qué hay de mí? De Axel, de Pol y de Gabi. ¿Les has preguntado lo que quieren? ¿Acaso te has parado a pensar qué es lo mejor para nosotros?

—Leo, no digas tonterías —dice Gabi—. Papá ha hecho un gran trabajo.

—Cállate, Gabi, todos sabemos que estás muy entusiasmada con la noticia porque quieres ser mundialmente famosa. Pero Yūgen no solo eres tú. Somos todos. Y los demás también tenemos algo que opinar al respecto.

Mi hermana se encoge sobre sí misma y Pol le da la mano.

—¿A ti también te hace ilusión? —le pregunto.

—Pues... —Pol duda, pero entonces mira a los ojos a Gabi y cede—. Supongo que sí. Es decir, es una gran noticia para nuestra carrera.

—Sois un par de egocéntricos. No me extraña —respondo fuera de mí, y entonces me centro en Axel—. ¿Y tú? Se te ha cambiado la cara.

—Yo... no sé. Queríamos triunfar y lo estamos haciendo. Todavía necesito digerirlo, pero...

—De maravilla. —Me vuelvo hacia mi padre con un resentimiento impropio de mí—. Tú ganas, papá. Enhorabuena. Os vais a tener que buscar otro guitarrista porque yo paso de esta movida.

—Te estás comportando como un crío —me recrimina mi padre con aspereza—. Tus compañeros no se lo merecen.

—¿Y qué hay de lo que yo me merezco? —Todo lo que llevo guardado durante años sale a borbotones—. Estoy harto de fingir que Gabi y yo fuimos un lastre para tu carrera. Estoy harto de tener que agradecerte constantemente que ejercieras de padre. Y estoy harto de que vivas tu sueño frustrado de ser músico a través de nosotros. Estoy harto, maldita sea. Y no pienso consentir que me mantengas al margen de mi propia carrera musical. Tengo derecho a decidir lo que quiero hacer con mi vida. Eres mi mánager y mi padre, pero no te pertenezco.

—Estás sacando las cosas de quicio —dice completamente rojo de humillación.

—¡No! Por primera vez lo tengo todo muy claro.

—Leo, espera. —Axel intenta detenerme cuando me doy la vuelta—. Es cierto que tenemos que hablarlo entre todos. Deberíamos dejar pasar unos días antes de…

—A todos os hace ilusión, es un hecho. —Me aparto de él cuando intenta tocarme—. Yo no voy a ser un lastre para vuestra carrera. Hay guitarristas de sobra que estarán encantados de acompañaros en vuestra gira por Norteamérica. Buena suerte.

49
Nura

Leo tira de mí mientras camina con paso apresurado hacia la salida. Estoy tan impactada por lo que acaba de suceder que no consigo reaccionar. Se ha pasado tres pueblos y está muy alterado. Entiendo que no es plato de buen gusto que tu padre maneje tu carrera como si fueras una marioneta, pero ha perdido las formas.

—¡Leo, para!

—¿Dónde has aparcado? Necesito salir de aquí.

—Leo.

Ignora mi mirada y encuentra mi Escarabajo amarillo. Tira de mí para que vayamos directos al coche y resopla cuando no me muevo. Le aprieto la mano con suavidad y entonces se queda paralizado.

—Quiero que nos vayamos, por favor —dice con voz rasposa.

—De acuerdo. —Suelto su mano y busco las llaves del coche dentro del bolso—. Hablaremos de lo que ha pasado cuando te tranquilices.

Leo permanece con los ojos cerrados y la expresión tensa durante todo el trayecto. Al llegar a mi casa, se deja caer en el sofá como si sostuviera el peso del mundo sobre sus hombros. Asur apoya la cabeza sobre su muslo y Leo se sobresalta.

—Hola, colega.

Ha conseguido ganarse al gato tal y como prometió. Le hicieron falta varias latas de atún y un ratón de peluche atado a una cuerda. Los gatos son animales muy perceptivos y Asur se muestra más cariñoso de lo habitual. Leo se calma cuando lo acaricia entre las orejas. Cuando creo que ha pasado un tiempo prudencial, me siento a su lado con los brazos cruzados. Jamás seré la clase de novia que le da la razón a su pareja cuando no la tiene.

—Lo siento —dice avergonzado.

—No es a mí a quien tienes que pedir perdón.

—Me refería a que siento que hayas tenido que verme así. Pero todo lo que dije era muy sincero.

—No lo dudo, pero hay maneras de explicarse y tú te has pasado tres pueblos. Antes de que me lleves la contraria —me adelanto cuando abre la boca para protestar—, sé de lo que hablo porque yo avergoncé a mi madre en público. Puede que en parte llevara razón, pero lo que hice estuvo fuera de lugar y todavía le debo una disculpa. Créeme, no quieres ser el tipo de persona que humilla a su padre delante de sus amigos. No te voy a decir lo que debes hacer porque eres tú quien tiene que decidir si quiere disculparse, pero no se merecían que los tratases de esa manera.

—Odio no tener ni voz ni voto en mi carrera musical —me confiesa—. Me siento impotente cada vez que mi padre toma una decisión sin consultarme. Pero tienes razón, he sido demasiado vehemente.

—¿De verdad no quieres cruzar el charco y que tu música sea conocida en otro continente?

—No lo sé —responde indeciso—. Me agobia, Nura. Tanta fama y tan poca privacidad. Me encantaría visitar el Carnaval de Nueva Orleans como una persona anónima. Hacer la Ruta 66 en un Mustang descapotable. Tener un lugar al que llevarte sin que la gente nos reconozca y tú te sientas incómoda.

—No lo hagas por mí. —Le cojo la mano—. Tu carrera no tiene nada que ver conmigo. Aprende a separar tu vida profesional de tu vida privada.

—¿No te gustaría hacer la Ruta 66 conmigo?

—Me encantaría —respondo con una sonrisa—. Pero no quiero que renuncies a vivir tu sueño por mí.

—Eso no es…

—Leo… —Lo miro a los ojos—. No lo hagas por mí. Piensa en lo que de verdad quieres. Sé honesto contigo mismo, y, cuando llegues a una conclusión, habla con tus amigos y tu padre. Yo te apoyaré sea cual sea tu decisión, pero no puedo permitir que renuncies a ser un gran músico solo porque yo no…

—Prometimos que seríamos sinceros. Adelante.

—Solo porque no me gusta ser la chica de Leo Luna.

—¿No te gusta? —pregunta apenado.

—Me encanta ser tu novia, pero no «la chica de». No sé si me entiendes. Estoy luchando para construirme una carrera como escritora, y de repente me reducen a ser la novia del famoso guitarrista de Yūgen. Es frustrante. Y todas esas cosas que dicen de mí… Intento que no me afecten, de verdad, pero me duelen.

Leo me mira preocupado.

—Me dijiste que lo llevabas bien.

—Porque sabía que te echarías la culpa.

—Me siento un poco culpable —reconoce con voz queda.

—¿Lo ves? —Me pego a él y su calor corporal me reconforta—. Has estado a punto de desaprovechar una gran oportunidad laboral porque piensas que voy a dejarte tirado si te haces más famoso.

—¿Y no vas a dejarme tirado?

—No.

Leo coge el paquete de púas que lleva guardado en el bolsillo de la sudadera. Luego se incorpora y va a mi habitación para buscar la guitarra. La trajo hace unos días porque cada vez pasamos más tiempo juntos y todas las noches le pido que toque para mí. El piano, por desgracia, no cabía en mi apartamento.

—¿Vas a estrenar mi regalo?

—Compuse esta canción hace algún tiempo, cuando tú y yo todavía no estábamos saliendo. La terminé cuando no querías saber nada de mí. Mi hermana dice que es muy buena.

Apoyo las rodillas contra el pecho y lo miro con una expresión de ilusión difícil de disimular. No puedo creer que me haya escrito una canción.

—Es mi forma de pedirte permiso para incluirla en el disco.

—Vale.

Leo comienza a tocar la guitarra y mi corazón se acelera antes de que cante. Ya me he acostumbrado a su arruga de concentración y a la forma en la que entorna los ojos mientras toca la guitarra. Su voz grave y varonil me deja hechizada.

La chica del lunar en la mejilla,
con los ojos rasgados,
boca de diosa y olor a vainilla.
Tiene un porqué para todo en los labios,
fuego en la mirada
y alma de pájaro que alza el vuelo huyendo de tus manos.

Su piel es un refugio embriagador de borracheras.
Un libro con final ambiguo,
tardes de lluvia y pompas de jabón en la bañera.
Puestas de sol en la playa,
charlas hasta las tantas de la madrugada.
Nos gustamos, quedamos y fingimos que hemos perdido la batalla.

La chica del lunar en la mejilla,
con los ojos rasgados,
boca de diosa y olor a vainilla.
Prefiero pensar que tenemos un final de puntos suspensivos,
de puntos suspensivos…
Una canción sin escribir,
un libro sin abrir,
mil noches por vivir.

Tengo la boca seca y el corazón paralizado por la emoción cuando Leo termina de cantar. Me mira expectante e indeciso. Estoy abrazando mi cojín de Hermione Grainger y noto que me sudan las manos. Tengo los ojos vidriosos cuando me levanto y mi boca busca la suya con desesperación. Leo entierra su mano en mi pelo y me devuelve el beso con una ferocidad que me enloquece. Sus labios saben a sal y a noches hablando entre susurros hasta que me quedo dormida. Sus dedos me acarician de una forma tan íntima que me reconforta el alma. No sé cuánto tiempo pasamos besándonos porque no es posible medirlo cuando estamos juntos. En el momento en el que Leo se aparta y pone sus manos en mis mejillas, su mirada va directa a mi corazón y me doy cuenta de lo enamorada que estoy de él.

—¿Significa que te ha gustado?

—Mucho —respondo, y luego le doy un empujoncito—. Excepto la parte de los puntos suspensivos.

—La escribí cuando me bloqueaste en WhatsApp y me dijiste que no querías volver a verme.

—Ah.

—Puede ser solo nuestra si así lo decides.

—No puedo privar al resto del mundo de algo tan bonito.

—Me habrías partido el corazón si no me hubieras dejado incluirla en el disco. Gracias.

Me encojo de hombros.

—En realidad, estoy siendo un poquito egoísta. Tengo un novio que me ha escrito una canción y quiero que todos me tengan envidia.

—A cambio quiero que me dediques tu libro.

—Ni de coña.

—¿No? Venga, no seas así. ¿Qué te cuesta?

—Debería salirme del corazón. Si me lo pides..., lo estaría haciendo por complacerte.

Leo se lleva una mano al pecho y finge hacerse el ofendido.

—Eres oficialmente la peor novia del mundo.

Me río. Me tumba sobre la alfombra de Frida Kahlo para hacerme cosquillas y me retuerzo como una lagartija.

—¡Para! ¡Para! Por favor... ¡Te dedicaré dos libros!

—Qué poca vergüenza tienes.

—¡Tres libros!

Me entra un ataque de risa cuando encuentra mi punto débil. Entonces le doy una patada en el estómago sin querer y Leo suelta un aullido de dolor. Pongo cara de arrepentimiento cuando cierra los ojos.

—No hacía falta que me pegaras.

—Te quiero.

—No lo digas para que me sienta mejor. Me duele. Muchísimo. Me estoy muriendo.

—Exagerado.

—Peleona.

—Te quiero —repito.

Leo abre los ojos y me mira tratando de comprender si le estoy tomando el pelo. Pongo los brazos alrededor de su cuello y lo atraigo lentamente hacia mí. Luego pronuncio contra sus labios:

—Te quiero, Leo.

—Ya lo sabía. —Me da un beso corto en la boca—. En realidad, no, a quién quiero engañar. Estaba deseando oírlo.

—Soy de las que se toman su tiempo.

—Eres lenta, pero te perdono. Dilo otra vez, por favor. Para que me vaya acostumbrando…

Pongo los ojos en blanco.

—Estoy enamorada de ti, idiota.

—Ahora sin insultar.

—Te quiero —digo acariciando su boca con la mía—. Como Mulán a Li Shang.

—Eso es un montón. Ya no hace falta que me dediques un libro. ¿Ves cómo soy un conformista?

—Imbécil…

Me río antes de que me robe un beso y comprendo que no podemos tener un final de puntos suspensivos porque quiero pasar el resto de mi vida con él.

50
Leo

La felicidad por lo sucedido con Nura me dura poco. Sé que tengo que hacer frente a mi cagada monumental y decido regresar a mi casa para intentar solucionar las cosas. En realidad, quería quedarme a pasar la noche con Nura, pero le he hecho caso cuando me ha aconsejado que hablara con los demás.

—Hola —digo con tono cauteloso al entrar en casa.

—Os dije que volvería. —Pol está visiblemente aliviado de verme.

Gabi me atraviesa con la mirada y Axel permanece impasible. Mi padre, sentado en el sofá, se levanta en cuanto me acerco.

—Será mejor que os deje a solas para que charléis...

—No, quédate, papá. Tengo que hablar con todos vosotros.

—¿También con la egocéntrica de tu hermana? —replica Gabi con tonillo resentido.

—Lo siento —me disculpo avergonzado—. He perdido las formas.

—¡Nos has dicho que buscásemos a otro guitarrista! —exclama dolida—. Somos un equipo. Hace tres años nos prometimos que ninguno de nosotros dejaría tirado al resto. ¿Sabes de quién fue esa idea tan brillante, Leo?

«Mía».

—Venga, Gabi, déjalo que se explique. —Pol le pone una mano en el hombro y ella se calla.

—¿De verdad quieres dejar el grupo? —pregunta Axel preocupado.

—Sí y no —respondo con la sinceridad que se merecen. Entonces me vuelvo hacia mi padre, que me observa con mala cara—. No quiero seguir siendo parte de Yūgen si tomas decisiones sin consultarnos. Quiero que todos estemos de acuerdo antes de que tú firmes un contrato. No es algo negociable, papá.

—¡Ahora resulta que yo tengo la culpa!

—Papá, Leo tiene razón —dice Gabi, y su inesperada ayuda me deja atónito—. Todos lo hemos estado hablando. Aunque te agradecemos enormemente que luches de esa manera por nuestra carrera, eres nuestro mánager y debes consultarnos las decisiones antes de tomarlas. Creo que todos estamos de acuerdo en eso...

Gabi echa una mirada a su alrededor. Pol y Axel asienten y mi padre se queda tan sorprendido como yo. Luego suelta un bufido y se mete las manos en los bolsillos.

—De acuerdo. ¿Algo más, hijo?

—Sí. —Me envalentono y decido tomar las riendas de mi carrera—. Sé que Gabi es la voz de Yūgen, pero me gustaría cantar un par de canciones que he compuesto. No pretendo robarle el protagonismo a mi hermana, pero necesito cantar. Joder, lo necesito y es lo que quiero.

—Lo que me faltaba por oír... —Mi padre sacude la cabeza sin dar crédito—. Gabi es vocalmente superior a...

—¡Papá! —exclama irritada mi hermana—. Déjalo cantar. Tiene mucho talento. Y a mí también me haría muy feliz hacer un dúo con Leo.

Gabi me coge la mano y agradezco en el alma su apoyo.

—A mí me parece bien —dice Pol.

—Y a mí —añade Axel.

—Entonces no hay más que hablar. ¿Para qué queréis un mánager si no os dejáis asesorar por él? —se queja mi padre antes de encender un cigarro y salir al jardín.

Gabi me frena cuando intento ir detrás de él.

—Deja que se calme. No es el momento de echaros cosas en cara.

Por primera vez mi hermana me parece la voz de la razón y no la adolescente mimada y narcisista que está encantada de ser el centro de atención.

—Lo siento muchísimo —les pido disculpas—. No os merecíais que os tratara de esa forma.

—Ya está olvidado —zanja Pol.

—¿De verdad no te ilusiona hacer una gira por Estados Unidos? —me pregunta Axel—. Porque todos estamos de acuerdo en que es lo mejor para nuestra carrera, pero tampoco queremos presionarte si a ti no te parece bien.

—Estaba acojonado.

—Todos lo estamos —admite Pol.

—Yo no —responde Gabi—. Yo estoy encantada de la vida.

—Lo sabemos, Britney Spears.

—Ahora resulta que tú no estás encantado de que te conozcan todas las mujeres de Estados Unidos. A mí no me engañas. Eres más egocéntrico que yo. ¿A que sí, Leo?

—Vais empatados —bromeo.

—Estamos hechos el uno para el otro, princesita del pop. Te lo he dicho mil veces —la provoca Pol—. Admite de una vez que solo estás saliendo con ese batería idiota para llamar mi atención.

—Dios mío, eres más tonto de lo que pensaba.

—Es un cretino, Gabi. Díselo tú, Axel. A ti te hace más caso.

—Paso de vuestras movidas —responde él.

—Sois una pesadilla —les digo antes de salir al jardín.

—¡Una pesadilla es tener que aguantar a este idiota! —se queja mi hermana.

Se enzarzan en otra de sus innumerables discusiones y cierro la puerta del jardín para dejar de oírlos. Mi padre está de espaldas, pero nota mi presencia. Expulsa una bocanada de humo y se vuelve hacia mí con una expresión indescifrable.

—No te acerques. No quiero que el humo afecte a tu voz.

—Venga ya, papá. ¿Por qué te fastidia tanto que quiera cantar?

—Intento protegerte.

—¿De qué? —pregunto confundido.

—De todos los que te criticarán porque tu hermana tiene una voz extraordinaria. Van a decir que no estás a su altura. ¿De verdad no puedes conformarte con ser el guitarrista y el compositor de una de las bandas con más futuro de este país?

Sus palabras me dejan conmocionado porque siempre di por hecho que no lo hacía por mí, sino por Yūgen. Porque mi padre creía que Gabi era la esencia del grupo y no estaba dispuesto a permitir que yo le estropeara la clave del éxito.

—No se trata de conformarme. Me gusta cantar, papá. Y algunas de las canciones que he compuesto para este disco son muy importantes para mí. Necesito tener la oportunidad de subirme a un escenario y cantar. No quiero robarle protagonismo a mi hermana.

—Lo sé. —Mi padre apaga el cigarro—. Lo sé, hijo. Te conozco lo bastante bien. Soy tu padre. No soy perfecto y he cometido muchos errores, pero lo único que pretendo es que triunféis. ¿De verdad crees que intento vivir mi sueño a través de vosotros?

Es una pregunta incómoda, pero ambos necesitamos ser sinceros.

—A veces sí. Sé que te alegras de nuestros éxitos como si fueran tuyos, pero me cabrea que nos dejes al margen de nuestra carrera. Y llevo muchos años enfadado contigo porque insinúas constantemente que no triunfaste en la música por nuestra culpa. Como si ser nuestro padre hubiera sido un hándicap para tu carrera.

—Ser vuestro padre ha sido lo mejor que me ha pasado en la vida. Creo que no te lo digo lo suficiente, pero estoy orgulloso de ti y de tu hermana. Por igual, Leo. Nunca lo dudes.

—Vale.

—No triunfé en la música porque no tenía vuestro talento —admite con desgana—. Esa es la verdad. Por eso nunca os consulto las decisiones, porque busco para vosotros lo que me habría gustado conseguir a mí. Pero a partir de ahora las cosas van a cambiar. Te lo prometo.

Mi padre se acerca y me abraza con torpeza. Es un abrazo que dura un par de segundos, pero que se me queda grabado en el corazón para siempre.

51
Nura

Salir con Leo es más difícil de lo que me imaginaba. De repente vamos paseando por la calle y la gente nos mira y cuchichea. Le hacen fotos mientras merendamos en mi heladería favorita o un grupo de chicas nos interrumpe en mitad de una cena en el mexicano que hay en la esquina de mi casa y le preguntan si pueden hacerse una foto con él. Intento no sentirme ofendida cuando una de ellas me dedica una mirada desdeñosa y me entrega su móvil: «¿Puedes hacerla tú?». Yo sonrío con falsedad y hago varias fotos mientras finjo que no me irrita que nos incordien durante la cena. Leo, por el contrario, está más que acostumbrado y sabe lidiar con su fama. Atiende a todos sus fans con educación y siempre tiene una respuesta amable para cualquiera que se le acerque.

Es agotador.

Jodidamente agotador.

No podemos pasear cogidos de la mano sin que alguien lo pare por la calle. No podemos ir al cine porque Leo acapara toda la atención. No podemos hacer vida normal sin que un montón de desconocidos escudriñe cada uno de nuestros pasos. Me siento intimidada. Como si alguien me hubiera lanzado a la calle completamente desnuda.

Por eso prefiero quedar con él en mi apartamento. Se ha convertido en nuestro refugio y aquí me siento a salvo de las miradas indiscretas. He aprendido a pasar de los comentarios mezquinos de las redes sociales. Paula intenta animarme y mi hermana mayor, con la que me desahogué hace un par de días, termina hartándose y me espeta: «Te dije que no estabas preparada para salir con una estrella del rock. A mamá le va a dar un infarto cuando se entere».

Un día, sin venir a cuento, Leo insinúa que tal vez podría conocer a mis padres. Yo lo miro a los ojos y comprendo que no está bromeando. Entonces me pongo seria y le respondo que apenas llevamos un mes saliendo. Él lo deja estar.

Somos felices, pero…

Siempre hay un pero. Soy feliz, pero siento que mi felicidad puede desmoronarse como un castillo de naipes. Soy feliz, pero tengo la impresión de que no va a durar eternamente. Soy feliz, pero camino de puntillas por el alféizar de un rascacielos. «Me voy a llevar una hostia de realidad, ¿a que sí?», le pregunto un día a Paula. «Entonces disfruta mientras puedas, ¿no?», me responde ella.

Y eso hago. Disfruto cada segundo de la vida que estoy construyendo con Leo mientras intento sobrevivir al acoso de sus fans, a las críticas en las redes sociales y al borrador de mi libro, el cual estoy a punto de terminar.

Estamos tumbados en el sofá mientras hacemos *zapping* porque no nos ponemos de acuerdo sobre qué serie empezar en Netflix. Entonces su ex aparece en la pantalla de mi televisor.

Su ex.

En mi tele.

Parece una broma pesada, pero Leo se atraganta con la Coca-Cola cuando la ve. Es una chica delgada y bronceada en una paradisiaca isla de Honduras y está intentando partir un coco mientras despotrica.

—No creo que mi ex esté viendo el programa. A él nunca le gustaron los *realities*. Tiene un gran concepto de sí mismo. Ya sabes a lo que me refiero, se cree mejor que nadie. Él no hace pop, sino rock indie. Él no es un simple guitarrista, sino un compositor de la talla de Bob Dylan. —Su interlocutora, una presentadora de televisión venida a menos, suelta una risilla maliciosa—. Pero si él estuviera en esta isla no duraría ni tres días. Se ha acostumbrado a que se lo sirvan todo en bandeja. Él y su hermana son un par de niños malcriados.

—Bruja mentirosa —digo sin poder contenerme.

Leo me quita el mando de la tele y cambia de canal.

—Al menos estamos de acuerdo en que no queremos ver ese programa.

—¿*Resacón en las Vegas*?

—La primera.

—Hecho.

Y entonces nos reímos durante diez minutos hasta que me duele tanto la tripa que me tumbo bocarriba. Leo me da un masaje en las pantorrillas. Estoy en la gloria. El fantasma de su ex termina flotando sobre nosotros como un mal recuerdo y comprendo aliviada que para él ya no significa nada.

—¿Tú crees que algún día se le pasará? —pregunta.

—¿La maldad que tiene? Con eso se nace. Lo dudo.

—Me refiero al rencor.

—Ah, ni idea. Puede. Tal vez. —Intento ponerme en su lugar y le digo lo que necesita escuchar—. Cuando se enamore de alguien se le pasará el cabreo. Supongo.

—Eso espero.

Y esa es la última vez que hablamos de ella.

Lo bueno de no tener redes sociales es que no te enteras de que te están poniendo a parir porque estás saliendo con Leo Luna. Decidí no entrar en Twitter durante un tiempo y fue una decisión muy sana para mi salud mental. Lo malo de no tener redes sociales es que vives en la ignorancia y, por tanto, no te enteras de nada. Así que estoy desconcertada cuando salgo a correr y un montón de cámaras me deslumbran. Retrocedo conmocionada y me tapo la cara.

«¿Qué diantres…?».

Llevo un chándal viejo, el pelo recogido en una coleta y ni una gota de maquillaje. No es el aspecto con el que me apetece aparecer en televisión y me doy la vuelta cuando los paparazis me acorralan en mitad de la calle. Una periodista me pone el micrófono delante de la cara.

—Hola, Nura. ¿Qué opinas sobre los rumores que dicen que Leo estaba saliendo contigo y Millie Williams a la vez? ¿Te sientes traicionada? ¿Crees que te ha engañado como hizo con su ex?

—Yo... —balbuceo conmocionada.

—Hablando de su ex, ¿qué tienes que decir sobre las palabras que te dedicó en el programa en el que está participando?

—Perdona, me gustaría... —Intento abrirme paso, pero me lo impiden.

—Dijo que Leo no es de fiar y que pronto te olvidaría con otra chica. ¿Qué tienes que decirle?

—Nada. Por favor, dejadme en paz.

—¿Qué tienes que decir a todos los que te acusan de romper su relación? ¿Te sientes culpable? ¿Has sido la otra?

Estoy mareada, angustiada y se me nubla la vista. Consigo retroceder en dirección al portal y aprovecho que un vecino abre la puerta para entrar. Estoy hiperventilando cuando me encierro en el ascensor. Entonces me dejo caer al suelo y rompo a llorar como si fuera una niña pequeña.

Nunca había necesitado tanto a mi madre.

Es curioso. Creces y te pasas el 90 por ciento del tiempo criticando a tu madre, pero de repente la vida te pone en tu sitio y corres a refugiarte en los brazos de mamá. Y eso es lo que hago. No sé cómo consigo bajar al garaje, subirme al coche y conducir a casa de mis padres. Por la expresión con la que me reciben, sé que están al tanto de todo.

—Hija, sales en la tele —dice mi padre.

Aisha está sentada en el sofá y, por primera vez, tiene la boca cerrada. Mi madre me mira con una expresión indescifrable y, justo cuando creo que va a echarme la bronca, abre los brazos y dice:

—Ven aquí, cariño.

No había llorado tanto en toda mi vida. Durante más de media hora, lloro sobre el hombro de mi madre mientras murmuro una retahíla de incongruencias. Por suerte, mi hermana es una gran traductora:

—Nura está saliendo con Leo Luna, el guitarrista de Yūgen, y por eso la están poniendo a caldo en las redes sociales. Ahora la ex de Leo está participando en un concurso de supervivencia y le está criticando. Ah, y los periodistas dicen que engañó a Nura con Millie, una cantante inglesa. Pero es todo mentira. Yo vi cómo se enrollaban en el ascensor. Es evidente que Leo está coladito por mi hermana.

—Vete a tu habitación, Aisha —le ordena mi madre.

—¡Pero...!

—Pero nada.

Aisha resopla y obedece de mala gana. Mi madre me prepara una tila y durante unos minutos permanecemos sentadas a la mesa de la cocina compartiendo un silencio apaciguador. Luego pone su mano sobre la mía y me mira de una forma impropia de ella. Es una mirada comprensiva.

—¿Estás mejor?

Respiro profundamente y se me escapa un hipido antes de responder.

—Sí.

—¿Lo quieres?

No es la pregunta que me esperaba. Pensé que haría una cargada de recriminaciones. Que me diría que soy una idiota por salir con un famoso.

—Sí —respondo con sinceridad.

—¿Por qué no nos lo habías contado? —pregunta suavemente.

—Llevamos poco tiempo saliendo. Es mi primer novio. Quería presentároslo cuando fuera algo más estable. Él sí quiere conoceros, pero ya sabes cómo me pongo cuando me llevan la contraria.

—¿Cómo es?

Se me escapa una sonrisa y mi madre también sonríe.

—No hace falta que respondas. Tu cara lo dice todo.

—¿Esta cara? —Señalo mis ojos hinchados.

—Sí, esa cara. No habrías venido a vernos si no fuera importante para ti. Y no estarías saliendo con él si no creyeras en vuestra relación. Eres muy lista. Estoy convencida de que es un buen chico.

—Lo es. Todo lo que dicen de él es...

—Me da igual.

Estoy atónita. Mi madre se ríe y me deja todavía más sorprendida.

—¿Quién eres y qué has hecho con mi madre?

—¿Prefieres que te eche la bronca?

—No... —respondo turbada—. Es solo que... No sé, pensé que serías más dura.

—No pienso regañarte por enamorarte. No me importa que sea famoso. Me preocupa que a ti te afecte su fama, pero no a lo que él se dedique. Si dices que es un buen chico, te creo. —Me da una palmadita en la mano cuando abro los ojos de par en par—. Tus abuelos fueron muy duros conmigo cuando me enamoré de tu padre. No querían que saliera con un inmigrante negro. Así lo llamaron. Durante los dos primeros años no les dirigí la palabra. Los hijos tendemos a repetir los patrones familiares, pero yo me prometí que jamás cometería esos errores con mis hijas.

—Yo siempre... —titubeo—. Yo siempre pensé que tú preferías que saliera con un chico negro. Que por eso estabas empeñada en emparejarme con Jorge. Y que por eso no te caía bien el ex de Amina.

—El ex de tu hermana le fue infiel varias veces. Ella no habla del tema porque está avergonzada. Las mujeres de esta familia tenemos un orgullo enorme. Y supongo que estaba empeñada en emparejarte con Jorge porque él lleva muchos años enamorado de ti. Pero el amor no se puede forzar. Así es la vida. —Me acaricia la mejilla con ternura—. No tengo nada en contra de las parejas mixtas. Yo me casé con un hombre negro y tuve que enfrentarme a los prejuicios raciales de un montón de ignorantes. Reconozco que siempre me ha asustado la idea de que vosotras tuvierais que pasar por lo mismo que yo. Pero tú eres fuerte, Nura. Mírate. Siempre te ha dado igual lo que piensen los demás. ¿De verdad vas a permitir que te afecten las mentiras que dicen de ti?

—No lo sé.

—Tú sabes quién eres. No necesitas que nadie te lo diga.

—Lo siento mucho, mamá. Siento haberte gritado esas cosas tan horribles aquel día. Pero el primo Pablo…

—Es tonto, lo sé.

Me río sin dar crédito.

—Solo lo dices para animarme, ¿no?

—Me gustaría que le dieras una oportunidad. No es mal chico.

—Sabe sacarme de mis casillas y me provoca constantemente.

—Te tiene envidia, cariño —dice con naturalidad—. ¿Quieres chocolate?

—Sí, por favor.

Mi madre prepara dos tazas de chocolate caliente y el olor dulzón me calma el ánimo.

—Sé que no me vas a creer porque piensas que soy una vieja estirada y chapada a la antigua, pero eres igual de temperamental que yo. Me recuerdas mucho a mí cuando tenía tu edad. Creo que habríamos sido grandes amigas. Reconozco que me he vuelto muy controladora desde que soy madre, pero mi intención siempre ha sido protegeros de un mundo que a veces os tratará de forma diferente por vuestro color de piel.

—¿Por eso fingías que no te importaban los comentarios de la gente?

Mi madre asiente.

—Quería demostrarte que la única opinión válida es la de las personas que te quieren. Y, en ocasiones, tan solo la tuya. ¿Qué harías si te digo que quiero que cortes con Leo?

—No te haría caso.

—¿Lo ves? —Mi madre me ofrece una taza de chocolate—. Que nadie te diga qué debes hacer con tu vida o a quién amar. Es el mejor consejo que puedo darte como madre.

52
Leo

Me saca de mis casillas que Nura pase de mí. No quiero que finja que todo va bien cuando es evidente que todo va mal. Estaba almorzando con mi hermana y mi padre cuando la he visto en la tele. Estaba aterrada y he perdido el apetito.

—¡Buitres! —exclamó mi hermana.

—Tengo que hablar con ella.

—A lo mejor no quiere hacerlo en este momento… —dejó caer mi padre.

—¿Por qué no va a querer hablar conmigo? Es mi novia.

—Porque está alterada —respondió con tono apaciguador—. Hazme caso. Yo entiendo de mujeres.

—Sí, claro. Tú ahora eres don Juan Tenorio.

Pero resultó que mi padre tenía razón y Nura no me cogió el teléfono. Ni contestó a mis mensajes. He pasado cuatro horas sin saber nada de ella hasta que me ha devuelto la llamada. Descuelgo al primer tono.

—¿Estás bien?

—Estoy en casa de mi madre. He hecho las paces con ella. Me ha preparado chocolate.

—¿Por qué no me cogías el teléfono?

—No me apetecía hablar contigo.

A veces Nura es tan sincera que resulta muy cruel.

—¿No te habrás creído lo que dicen de Millie y de mí?

—No es eso, Leo —responde, y noto la crispación de su voz—. Ya te dije que te creo. ¿Por qué vuelves a preguntármelo?

—Porque no entiendo que no quisieras hablar conmigo.

—Necesitaba mi espacio. Esto es nuevo para mí. Salgo a correr y de repente me encuentro con una horda de periodistas. He pasado cuatro horas en casa de mis padres llorando como una niña pequeña. ¿Es eso lo que querías saber?

—Joder, no. Yo solo quería saber si estabas bien.

—Pues no lo estaba. Por eso no te he cogido el teléfono. No quería pagar mi rabia contigo.

—Tiene mucho sentido.

Nura suspira.

—Leo, no quiero discutir.

—Ni yo.

—Pues entonces no me presiones cuando acabo de vivir uno de los peores momentos de mi vida, por favor.

«Uno de los peores momentos de su vida. Por mi culpa».

—No quería presionarte. Estaba preocupado por ti. Ya sabes, somos una pareja y, cuando a uno de los dos le pasa algo malo, lo normal es que el otro se preocupe por él. ¿No crees?

—Tener pareja, que los periodistas me esperen en el portal... ¡Todo es nuevo para mí! Siento no estar a la altura de tus expectativas —dice con ironía.

—Sí que estás pagando tu rabia conmigo.

—¡Por eso no quería cogerte el teléfono!

—Tranquila, voy a colgar y hablamos cuando se te pase.

Nura es más rápida que yo y cuelga antes. No soporto que siempre necesite tener la última palabra. Me entran ganas de arrojar el móvil contra la pared. Gabi asoma la cabeza por la puerta de mi habitación y pregunta:

—¿Qué tal ha ido?

—Como una mierda. Resulta que soy un gilipollas por preocuparme por ella. ¿Qué te parece?

—Que mejor le envíes un mensaje dentro de un par de horas.

—No lo entiendo. No la entiendo.

—Este mundo es difícil. A veces lo es incluso para nosotros. No la culpes por sentirse sobrepasada.

Me tumbo bocarriba en la cama y respiro profundamente. Intento componer, pero no estoy centrado y al final termino tocando el piano mientras mi hermana me acompaña cantando. Después de un par de horas se me pasa el enfado y decido enviarle un wasap. No sé muy bien qué escribirle, así que le mando lo primero que se me pasa por la cabeza.

Yo

Qué emoción. Nuestra primera discusión de pareja.

Nura

Te lo dije. No quería pagarlo contigo y al final es justo lo que he hecho. Lo siento.

Yo

Yo también lo siento. ¿Por qué no escribes un libro en el que los matas a todos?

Nura

Me encantaría. 🙂

Yo

¿Estamos bien?

Nura

Solo si no te conviertes en el típico novio acaparador que no me concede mi espacio cuando lo necesito.

Yo

Joder, qué palo. Y yo que pensaba que estaba siendo un buen novio al preocuparme por ti.

Nura

Deberías haber captado la indirecta cuando no he respondido a tus llamadas. 😒

Yo

Lo pillo, Wonder Woman.

Nura

No estoy diciendo que yo pueda sola con toda esta mierda, pero hoy necesitaba mi espacio para digerir lo que me ha pasado.

Yo

Lo entiendo.

Nura

Estamos bien. Te quiero.

Yo

Yo también te quiero. Pero prométeme que no me alejaras en tus peores momentos. Quiero estar ahí si me necesitas.

Nura

Cuando lloro me pongo muy fea.

Yo

Imposible.

Nura

No me hagas la pelota y tócame algo del pianista ese…

Yo

Richard Clayderman.

Nura

¡Ese!

Yo

Las cosas que uno hace por amor…

53
Nura

Las últimas dos semanas han sido muy complicadas. De repente estoy metida de lleno en un circo en el que no quiero participar. Tengo a los periodistas acampados en el portal las veinticuatro horas del día. No puedo tirar la basura o salir a correr sin que me acosen, así que, cuando quiero dar una vuelta, opto por coger el coche y salir por el garaje. Y luego corro a toda velocidad por algún rincón recóndito de la ciudad hasta que me duele el pecho.

Paula dice que ya se cansarán de mí, pero yo siento que voy a convivir durante el resto de mi vida con esta pesadilla. Incluso mis vecinos me han dejado una carta en el buzón. Cuando la leí, mi primera reacción fue reírme, porque no daba crédito:

> Estimada vecina del séptimo A:
>
> La atención que está recibiendo últimamente perturba la convivencia de los vecinos de este edificio. Muchos de nosotros nos sentimos incómodos por la presencia de la prensa. En esta comunidad viven niños pequeños y personas de la tercera edad que se alteran al entrar o salir del edificio y encontrarse con un grupo de periodistas que violan su intimidad. Le agradeceríamos que tomara cartas en el asunto.
>
> Atentamente,
>
> Sus vecinos

¿De verdad creen que estoy disfrutando de la situación? ¿En serio piensan que puedo hacer algo al respecto? Ojalá fuera tan fácil. Me encantaría salir a encararlos y gritarles que me dejen en paz, pero sé que al hacerlo solo recibiría más atención por parte de la prensa. Mi familia y Paula me han aconsejado que no haga ninguna declaración porque llegará un momento en el que se olvidarán de mí. Espero que ese momento llegue lo antes posible porque me estoy volviendo loca.

Para colmo, no puedo concentrarme en la escritura. Esta situación me sobrepasa y cuando me pongo delante del ordenador me entran ganas de asesinar a todos los personajes de mi libro. Estoy irritada porque estaba disfrutando muchísimo de este proyecto y, de repente, he perdido las ganas de escribir. Me siento como si me hubieran devuelto a la casilla de salida.

No es justo.

No me lo merezco.

Pero estoy enamorada de Leo y supongo que es el precio que tengo que pagar por estar con él. A lo mejor soy una ilusa y siempre idealicé el amor. Pensé que era una ecuación fácil: conoces a alguien, te enamoras de esa persona y decides compartir el resto de tu vida con ella porque sabes que estáis hechos el uno para el otro. Hasta que descubres que ese alguien es Leo Luna, un famoso guitarrista con una vida en la que no encajas.

Estoy cenando con él en un restaurante japonés que me encanta, pero hoy no tengo apetito. Se ha empeñado en sacarme de casa porque dice que no puedo permitir que un puñado de extraños condicionen mi vida. Al final he aceptado a regañadientes porque necesito desahogarme con él. Esta mañana he tenido un desacuerdo con mi editor. Leo solo ha tenido que descolgar el teléfono para conseguir una mesa en el lugar más discreto del local. Salir con un famoso tiene al menos alguna ventaja.

—¿No quieres probar las bolitas de pulpo? Están deliciosas.

—Tengo el estómago revuelto.

—¿Qué te ha pasado con tu editor? —pregunta con tono comprensivo.

Dejo los palillos sobre la mesa y suspiro con pesadez.

—Esta mañana me llamó por teléfono. Pensé que sería para preguntarme cómo llevaba el manuscrito porque me he retrasado con la fecha de entrega. Pero no estaba interesado en mi libro. En absoluto.

—¿Y para qué te ha llamado? —pregunta desconcertado.

—No te lo vas a creer… —Sacudo la cabeza y siento cómo la humillación se apodera de mis mejillas—. Me ha felicitado por salir contigo.

—Y eso es… ¿malo?

—¿Desde cuándo le interesa mi vida privada?

—No lo sé. ¿Sois amigos?

—¡No! —exclamo irritada—. Y ahora viene lo peor. Resulta que se le ha ocurrido proponerme la *maravillosa* idea de utilizar mi «situación sentimental». Así lo ha llamado. Me ha dicho que está convencido de que el libro va a ser un bombazo. No sé por qué está tan seguro. Ni siquiera lo ha leído. Pero, por lo visto, ya no le interesa el contenido. Cree que cuento con una gran ventaja.

—No te sigo.

—Tú.

—¿Yo?

—Sí —respondo indignada—. Dice que es una estupenda campaña de marketing para el libro. Que podríamos contar contigo como invitado estrella en la presentación. ¿Qué te parece?

Leo me mira con cautela y toma un sorbo de vino antes de responder.

—Me parece bien. Estaré encantado de ayudarte a promocionarlo.

Pestañeo sin dar crédito. Leo continúa cenando como si no acabara de asestarle un golpe a mi orgullo. Me siento como si me hubiera arrancado el ego del pecho y lo hubiera tirado al cubo de la basura.

—¿Has escuchado una palabra de lo que te he dicho? —pregunto intentando no perder la calma.

Leo deja de comer y me mira desconcertado.

—Sí. Y quiero ayudarte.

—No se trata de lo que tú quieras. —Tiro la servilleta de mala manera sobre la mesa. Si no estuviéramos en un restaurante repleto de gente, alzaría la voz—. Me he sentido humillada cuando mi editor me ha propuesto utilizar mi relación para promocionar mi libro. Mi vida privada no tiene nada que ver con mi carrera profesional. ¡Pensé que tú me entenderías mejor que nadie!

—No soy tu enemigo. —Leo intenta cogerme la mano, pero lo rechazo. Me mira dolido—. Solo pretendía ayudarte, Nura. No sé por qué te pones así.

—¿Cómo quieres que me lo tome?

—Como lo que es, una forma desinteresada de ayudar a mi pareja porque quiero que ella triunfe.

—¡Si tú apareces en la presentación, de lo último que se hablará será de mi libro!

—Baja la voz.

—Lo siento, no estoy acostumbrada a no poder expresarme con libertad. Olvidaba que tenemos público. —Echo una mirada asqueada a nuestro alrededor—. Yo solo quería quedarme en casa y desahogarme contigo. Te dije que no me apetecía salir.

—Pensé que te vendría bien despejarte. Lo he hecho con mi mejor intención.

—¿No te cansas de ser el centro de atención?

—Lo dices como si tuviera opción de elegir.

—Yo tampoco tengo opción, ¿no? Si mi novio, el guitarrista famoso, se ofrece desinteresadamente a participar en la presentación de mi libro, yo tengo que limitarme a sonreír como una idiota.

—Nura, estás sacando las cosas de quicio. Ya sé que todo lo que te está pasando no es justo, pero yo no tengo la culpa de…

—No te estoy culpando —lo corto irritada—. Simplemente te estoy pidiendo que me entiendas.

—Y yo trato de ponerme en tu lugar. Joder, de acuerdo. No iré a la presentación de tu libro si piensas que es mala idea. ¿Por qué me tratas como si de repente fuera tu enemigo?

—Porque, si me conocieras, sabrías que lo último que quiero es mezclar mi vida personal con mi carrera.

Leo se frota la cara con las manos. Está a punto de responder cuando una madre y su hija adolescente nos interrumpen.

—¿Puede hacerse una foto contigo? —le pregunta la madre.

Me adelanto antes de que Leo pueda responder.

—Disculpe, no es un buen momento. Estamos manteniendo una conversación privada.

Leo me ignora y se levanta.

—Por supuesto.

Lo atravieso con la mirada cuando se hace una foto con la chica y luego charla con ella y su madre durante unos minutos que se me hacen eternos. Cuando se sienta, tengo que hacer un gran esfuerzo para contenerme.

—Estábamos hablando —le recrimino.

—Tú no eliges con quién me hago fotos. Lo siento, pero por ahí no paso.

—No se trata de... —Se me escapa una risa amarga—. ¿Lo ves? Salgo contigo y tengo que fingir que no me importa que nos interrumpan cada dos por tres. Estábamos discutiendo, Leo. Podrías haberles dicho que estabas ocupado.

—Siempre soy amable con mis fans.

—Entonces no me invites a cenar si vas a pasar de mí —digo mosqueada—. Voy al servicio.

Me encierro dentro del cuarto de baño y me echo agua en la cara. Respiro profundamente y cuento hasta diez. Sé que en parte estoy pagando mi frustración con Leo, pero él tampoco me ayuda con su actitud. No necesito su fama para hacerme un hueco en la industria editorial. Es mi novio. Lo único que quiero es que nos comportemos como una pareja normal que mantiene una conversación sin que los interrumpan. ¿Es mucho pedir?

Cuando salgo del servicio, me doy de bruces con un hombre muy alto. Va acompañado de otro tipo y este le da un codazo cuando me reconoce. No estoy de humor y pongo mala cara.

—Si me disculpáis...

El más alto me corta el paso cuando intento echarme a un lado.

—Tú eres la chica esa. La que sale por la tele.

«La chica esa». Intento mantener una expresión neutral y me cruzo de brazos.

—Me gustaría pasar, gracias.

—La novia del guitarrista. El que tiene la hermana que está tan buena —apunta el otro, y luego me dedica una mirada cargada de lascivia—. Aunque tú tampoco estás mal. No me extraña que tu novio dejara a su chica por ti. Tienes pinta de ser una fiera.

—Parece que le van más las negras —dice el más alto.

Su amigo le ríe la supuesta broma. No es la primera vez que tengo que enfrentarme a un comentario racista. Puedo con este par de cromañones. Solo son dos imbéciles con la capacidad intelectual de una piedra.

—Supongo que no erais los más listos de vuestra clase. Los tontos siempre se sienten más cómodos en compañía porque así no se dan cuenta de lo idiotas que son. Enhorabuena por haber encontrado a vuestra media naranja.

—Nos ha salido peleona —dice el más alto—. Hay que reconocer que tu novio tiene buen gusto. Nosotros no tenemos tanta pasta como él, pero te haríamos pasar un buen rato.

—Eso es lo que dicen todos los que no saben ni hacerse una paja. Lo que me producís es mucho asco.

—Uy, la negrita tiene agallas.

—«Yo soy aquel negrito, del África tropical…» —canta el otro con sorna.

Estoy a punto de mandarlos a la mierda y abrirme paso de un codazo cuando ocurre algo inesperado. Leo le da un empujón al más bajo y se interpone entre su amigo y yo.

—Vuelve a insultarla y te parto la cara.

—Tranquilo, tío, solo estábamos de broma. —El más alto levanta las manos en son de paz.

Agarro a Leo del brazo y le susurro al oído:

—Vámonos.

—Primero que te pidan disculpas.

—No hace falta —le digo angustiada antes de que la situación se descontrole.

Pero Leo no está por la labor de ceder y aprieta los puños. No se mueve del sitio cuando intento arrastrarlo conmigo hacia la salida. Observa al más alto con una expresión rabiosa e impropia de él.

—Te deben una disculpa —insiste.

—Lo sentimos. —El más alto se lleva una mano al corazón—. No pretendíamos ofenderte. ¿Verdad, Manu?

—Desde luego que no.

Tiro del brazo de Leo para que nos larguemos y, justo cuando él empieza a darse la vuelta, uno de ellos murmura lo suficientemente alto:

—Adiós, negrita.

Y lo que sucede es demasiado rápido y caótico para que mi mente consiga procesarlo. Leo le pega un puñetazo a uno de ellos, que cae desplomado sobre su amigo. El otro intenta intervenir, pero Leo está fuera de sí y le da un empujón.

—¡Hijos de puta!

—Leo, ¡por favor! —le grito aterrada mientras intento arrastrarlo en dirección a la puerta—. Vámonos.

En ese momento, los empleados y algunos comensales se acercan a curiosear. El restaurante se queda en silencio y todos nos miran. Al tipo alto le sangra la nariz y comienza a chillar como un animal moribundo.

—Será mejor que salgáis por detrás —me aconseja una camarera—, la puerta delantera está repleta de periodistas.

—Yo no tengo nada que ocultar —replica Leo.

—Saldremos por detrás —respondo, y no sé cómo consigo encontrar mi voz—. El espectáculo ha llegado a su fin.

—¡Te voy a demandar! —amenaza el tipejo.

—Me importa una mierda. Ha merecido la pena —responde Leo.

Estoy temblando cuando consigo convencerlo de que nos marchemos. Leo tiene los nudillos rojos y algunos periodistas nos interceptan al salir por la puerta trasera. Los fogonazos de las cámaras me nublan la vista e intento llegar al coche mientras una marabunta de periodistas me pone los micrófonos en la cara. Nos persiguen y golpean las ventanillas. Tengo ganas de vomitar cuando Leo pisa el acelerador. No hablamos durante todo el trayecto, y me doy cuenta de que hemos llegado a mi casa en el momento en el que él comienza a aparcar.

—No.

—¿Qué?

Leo tiene el pelo enmarañado y los ojos rojos por culpa de la adrenalina. Me desabrocho el cinturón y abro la puerta con el coche todavía en marcha.

—Hoy quiero dormir sola.

—Nura...

—No. —Pongo un pie en la acera y él detiene el coche—. ¿Cómo has podido hacer algo así?

—¡Te estaba defendiendo! ¿Qué querías que hiciera? ¿Ignorar que te estaban insultando?

—Tenía la situación controlada.

—No es verdad.

—¿Te das cuenta de que gracias a lo que has hecho ahora sí que no me dejarán en paz?

—No me arrepiento.

Lo miro como si no lo reconociera. Es evidente que ambos estamos sobrepasados por todo lo que estamos viviendo.

—No quiero que seas esa clase de novio.

—¿El que te defiende? ¿Prefieres que sea un cobarde?

—¡Yo no necesito que me defiendan! No es la primera vez que alguien me insulta. Estoy acostumbrada a ese tipo de comentarios. Sé lidiar con ellos. Me estaba largando cuando tú te has puesto en plan bruto.

—Así que soy un bruto por defender a mi novia.

—Y un inmaduro.

—¿Algo más?

—No. —Salgo del coche, pero me lo pienso mejor y le digo antes de cerrar la puerta—: Bueno, ¡sí! Eres un bruto, un inmaduro y un torpe. Yo solo necesito que me escuches. Solo eso. Si quisiera al típico macho alfa que me defendiera a base de puñetazos, me habría buscado a otro.

—Siento no ser tu novio perfecto —responde con desdén.

Cierro la puerta del coche y voy directa al portal. Por primera vez, agradezco que Leo no me siga ni me envíe un mensaje. En este momento no soportaría ni mirarlo a la cara. No lo reconozco. No nos reconozco.

Una dolorosa pregunta se apodera de mi mente cuando me encierro en casa: «¿Qué nos está pasando?».

Fragmento de la revista *¡Aquí Hay Tema!*

¿Quién es Leo Luna y dónde se ha dejado al chico bueno de la música? Esa es la pregunta que todos nos hacemos después de ver las imágenes en las que sale de un famoso restaurante japonés tras haber cenado con su novia. Por lo visto, al chico bueno del rock no le gustó que un par de hombres intentaran ligar con su chica. Las imágenes hablan por sí solas. La cara de Nura Yusuf, novelista de terror, es un poema. Y los nudillos ensangrentados del guitarrista lo dicen todo.

¿Es Leo Luna un novio celoso? Nos encantaría preguntárselo a su ex, pero ella está en Honduras pasando hambre mientras despotrica de su expareja. Querida, ahora todos te entendemos.

Hemos hablado con algunos testigos del restaurante y las opiniones son tan variopintas como el amor/odio que genera esta pareja.

«Ella es una antipática. Le pedí a Leo que se hiciera una foto con mi hija y ella me soltó que estaba interrumpiendo una conversación privada», cuenta una de las comensales de aquella noche. «No puedo quejarme. Dejaron una propina muy generosa y fueron educados en todo momento. Yo creo que hacen una pareja preciosa», nos explica la camarera que los atendió aquella noche. «Fijo que lo estaban dejando. Ella apenas probó bocado y parecía enfadada. Los oí hablar de Millie, ¡lo juro!», dice otro testigo. «Ella intentó frenarlo, pero Leo estaba fuera de sus casillas. Creo que se enfadó porque ellos la insultaron. Sinceramente, estaba demasiado lejos para escuchar lo que le dijeron, pero ella parecía incómoda. Lo que sí vi con total claridad fue el puñetazo que Leo le dio al más alto. ¡Menudo gancho de derecha!», nos cuenta otro cliente.

No tenemos ni idea de lo que sucedió aquella noche. ¿Estaban discutiendo? ¿Leo es un novio celoso y un pelín posesivo? Juzgad vosotros... La pareja ha rehusado hacer declaraciones al respecto. Lo que sí es evidente es que no es oro todo lo que reluce. Parece que la nueva pareja de moda está viviendo su primera crisis. ¿No sería una lástima que el amor les durase tan poco?

54
Leo

Nura y yo llevamos tres días sin dirigirnos la palabra. Las cosas tampoco andan muy bien en casa. Gabi cree que soy un cenutrio y mi padre me ha echado la bronca por perder los nervios. De nada ha servido explicarles que aquellos dos tipejos se lo merecían por insultar a mi novia.

«Eres un bruto, un inmaduro y un torpe».

Me siento como una mierda. Sé que debería haber enfrentado la situación de otra forma, pero me pudo la rabia. Se me nubló el juicio cuando comprendí que Nura está metida en una situación muy complicada por salir conmigo. Lo que sucedió en aquel restaurante fue la gota que colmó el vaso. Una reacción visceral porque sentí que la perdía.

Estoy muerto de miedo. Nunca he estado tan sobrepasado. Cuando salía con Clara lo tenía todo muy controlado. Dios, era jodidamente fácil y aburrido. Sabía que podía cometer errores y que ella siempre encontraría la excusa para disculparme. Pero Nura es diferente y por eso estoy loco por ella. Espera que esté a la altura de las circunstancias y a veces... Uf, a veces todo se me hace cuesta arriba cuando estamos juntos.

—Llámala —me aconseja Gabi.

Estoy escribiendo la letra de una canción con los cascos inalámbricos puestos y finjo que no la he escuchado. Mi hermana me quita uno.

—Que la llames.

—Ella también tiene mi número.

—Tú la avergonzaste en público.

—La defendí.

—Supéralo de una vez, Leo. Las mujeres no necesitamos que el príncipe azul nos salve, y resulta que tu novia sabe apañárselas muy bien sola.

—Así que debería haber pasado del tema...

—¿Te has parado a pensar que os habéis puesto en el centro del huracán mediático? —me pregunta mi hermana con tono crítico—. Nura no quiere ser famosa. Asúmelo de una vez. Y tú vas y montas una escena en medio del restaurante. ¿Te recuerdo lo que pensabas sobre perder las formas en público? Me has echado la bronca un montón de veces por meter la pata o perder los nervios. Aplícate el cuento, ¿no?

—La llamaron...

Gabi hace un aspaviento con la mano.

—Siempre me aconsejabas que fuera más inteligente porque me tropezaría constantemente con personas que intentarían sacarme de quicio. ¿De repente te has vuelto tonto?

—Déjame en paz.

—*Dijimi in piz* —repite con tono infantil—. Llama a tu novia, tonto del culo.

—Estoy cansado de ceder. Siempre me toca a mí.

—Bueno, pero esta vez la has cagado.

—No valora que me preocupe por ella.

—Tu manera de preocuparte por ella deja mucho que desear.

—¿Eres mi hermana o mi enemiga?

—Estoy madurando. —Apoya la cabeza en mi hombro y sonríe con suficiencia—. Por cierto, he roto con Adri.

—¿Con quién?

—Con el batería de Orión.

—Ni siquiera sabía que estabas saliendo con él.

Mi hermana pone los ojos en blanco.

—¿Ves como no te enteras de nada? —Me da una palmadita cariñosa en la rodilla antes de levantarse—. Habla con ella. Hazme caso. En cuestión de mujeres, los tíos siempre estáis muy verdes. El patriarcado os ha metido unas ideas absurdas en la cabeza sobre lo que esperamos de vosotros.

—¿Qué?

—¡Me voy de fiesta!

Mi hermana desaparece mientras yo trato de digerir que haya utilizado la palabra «patriarcado» en una frase. Y lo peor de todo es que tenía mucho sentido. Mierda, algo va mal si mi hermana pequeña es la que me da consejos. Se supone que yo soy el maduro de los dos. Al final, decido aparcar mi orgullo y llamo por teléfono a Nura. Para mi sorpresa, me lo coge al tercer tono.

—Hola —saluda con frialdad.

No me esperaba una respuesta entusiasmada, pero supongo que es una buena señal que haya respondido.

—Hola, ¿te pillo en mal momento?

—Si me hubieras pillado en mal momento, no habría contestado.

Nura siendo Nura. Esto tampoco me sorprende.

—Tenemos que hablar.

—Llegas con tres días de retraso.

—Al menos he dado el primer paso.

—Porque tú fuiste quien metió la pata hasta el fondo —me recrimina con aspereza.

—Ah, olvidaba que tú eres la perfección en persona.

—A mí no me vengas con esas. ¿Me has llamado para disculparte o para hacerte el ofendido?

—Pues llamaba para disculparme, pero se me están quitando las ganas por culpa de tu actitud.

—Perdona por no aplaudir cuando te atreves a llamarme por teléfono.

—Joder, Nura, que estoy intentando solucionarlo.

—Lo que deberías es asumir tus errores.

—Y tú deberías asumir que aquella noche lo pagaste conmigo porque estabas cabreada con el mundo.

—Tú no me escuchaste.

—Por supuesto que te escuché.

—No.

—Sí.

—Ni de coña. Te estaba contando lo frustrada que me sentía y a cambio te ofreciste a promocionar mi libro.

—¡Intentaba ayudarte! —exclamo exasperado—. Porque me importas. Porque me importa todo lo que a ti te importa.

Nura se queda en silencio y me envalentono.

—Siento no haber descifrado lo que necesitabas de mí. Resulta que no soy adivino. La primera vez que hicimos el amor tú me prometiste que seríamos la clase de pareja que afronta los problemas hablándolos.

—Sí…

—Sé que te sientes superada por todo. Y siento haberte presionado para que salieras de casa. Lo hice con la mejor intención. Del mismo modo que tampoco pretendía restarle mérito a tu talento cuando me ofrecí a actuar en la presentación de tu libro.

—Vale.

—¿Me vas a contestar con monosílabos cuando te estoy abriendo mi corazón?

—No, perdona… —Nura suspira—. En realidad, sí me has pillado en mal momento. Estoy haciendo las maletas.

—¿Te vas de viaje?

—Sí.

—¿A dónde?

—A París. Esta noche.

Un silencio incómodo se apodera de la conversación durante cinco interminables segundos. Luego Nura habla de carrerilla.

—Necesito terminar mi libro y aquí no me concentro.

—Vale, lo entiendo. Y no tienes por qué darme explicaciones. Es solo que… me ha pillado desprevenido. Eso es todo.

—Quería contártelo. Ya sabes que soy muy impulsiva. Anoche tomé la decisión y compré un billete de avión. He reservado una habitación en un hostal con vistas a la Torre Eiffel. Me estaba volviendo loca, Leo. Justo cuando estaba en la mejor parte de la historia…

—¿Quieres que te acompañe?

—No —responde, y su sinceridad se clava como un puñal en mi pecho—. Necesito ir sola o nunca terminaré mi libro. No te lo tomes a mal, pero contigo lo último que haría es escribir. Los dos lo sabemos.

Sonrío. Tiene razón.

—No pasa nada. Creo que has tomado una buena decisión. Necesitas alejarte por un tiempo y centrarte en tu trabajo. Lo entiendo perfectamente.

—¿De verdad?

—Claro.

Nura deja escapar un suspiro cargado de alivio.

—Menos mal. Porque no quería irme sin decírtelo. Te voy a confesar una cosa: si no me hubieras llamado tú, lo habría hecho yo dentro de un par de horas.

—¿Y qué me habrías dicho?

—Que eres un idiota.

—Me cuadra.

Nos reímos.

—Siento haber pagado mi frustración contigo. Aquella noche yo tampoco estuve a la altura.

—Somos dos idiotas. Estamos hechos el uno para el otro. ¿Qué te parece?

—Que hacemos una pareja de idiotas muy bonita.

—En ese caso prométeme que no apartarás a este idiota de tu vida cuando te pasen cosas malas. Porque resulta que te quiero tanto que estoy dispuesto a lidiar con todo. Con las cosas buenas, regulares y malas. Lo quiero todo contigo, Nura.

Creo que está llorando porque tarda más de lo normal en responder y percibo su respiración acelerada. Justo cuando estoy a punto de preguntarle si se encuentra bien, dice:

—¿Quieres venir a mi casa para despedirte de mí?

—Estaré allí dentro de quince minutos.

—Vale.

—Aunque no voy a despedirme de ti.

—Pero si me voy de viaje…

—Solo es un hasta luego, listilla. Porque tú y yo somos almas gemelas y las almas gemelas nunca se dicen adiós.

Y en ese instante tengo la impresión de que juntos podemos con todo.

Fragmento de la revista *¡Escándalo!*

¡Leo Luna pillado *in fraganti* dándose un morreo con la cantante Millie Williams! ¡Mira las fotos!

El chico bueno de la música no es tan santo ni tan inocente como nos hizo creer. ¿Te moriste de envidia cuando viste el reportaje de la romántica escapada a la playa que compartió con su nueva novia? En fin, creo que en este momento ninguna de nosotras querría estar en su piel... Y hablando de ella, ¿cómo se habrá tomado Nura Yusuf que su novio le haya sido infiel con Millie Williams? No tenemos ni idea porque su perfil de Twitter, la única red social que utiliza, permanece inactivo desde hace varios días. Pero seguro que se ha llevado un chasco. Querida, los infieles son reincidentes. Y, si no, que se lo digan a Clara, la ex de Leo que está siendo devorada por los mosquitos en una paradisiaca playa de Honduras mientras hace manitas con Javier Reyes, su compañero de *reality* y ganador de la última edición de *Gran Hermano*...

Las fotos no dejan lugar a dudas. Así que si Leo quiere ganarse el perdón de su chica, no le va a quedar más remedio que contarle la verdad. Aunque teniendo en cuenta que su novia es escritora de terror, yo me andaría con ojo. ¿No creéis?

Todo sucedió en la presentación del *single* que Yūgen ha lanzado en colaboración con la artista inglesa. En la fiesta de una conocida discoteca, suponemos que sobró el alcohol y la tensión sexual. Millie está sentada en el regazo de Leo y lo está besando en la boca. No queremos malmeter, así que mirad las fotos y juzgad vosotros mismos. Leo, ¡te hemos pillado! A ver cómo se lo explicas a tu novia...

55
Nura

Acabo de poner el punto final a mi manuscrito. Suspiro aliviada. ¡Por fin! Creí que no lo acabaría nunca. Estoy orgullosa de mi trabajo. Sé que es una historia diferente y arriesgada, pero estoy muy satisfecha del resultado. Al final, los siete días de encierro en este hostal de París han dado sus frutos. Durante una semana he vivido en los quince metros cuadrados de una habitación con una minúscula terraza con vistas a la Torre Eiffel. Solo he salido para comprar mi sándwich favorito —un *croque monsieur*— en una panadería que está a la vuelta de la esquina, cenar un par de veces en un restaurante parisino donde preparan un *ratatouille* exquisito y estirar las piernas dando un paseo vespertino por las callejuelas del barrio rojo. Abro el ventanal y me apoyo en la barandilla con una sonrisa de suficiencia: «Que os den, periodistas. Que os den, *haters* de las redes sociales. Que os den a todos porque no habéis podido conmigo y he conseguido terminar mi libro».

Extiendo los brazos hacia atrás y grito a pleno pulmón:

—¡Lo he conseguido! ¡Soy libre!

Durante unos minutos permanezco con los brazos apoyados en la barandilla mientras observo cómo el sol se va escondiendo detrás de la Torre Eiffel. Es una estampa preciosa y repleta de romanticismo. Luego entro en la habitación, escribo un email y se lo envío a mi editor con el asunto: «Creo que la espera ha merecido la pena». Por una vez voy a permitir que el orgullo se apodere de la escritora con complejo de impostora de la que espero deshacerme algún día.

Me apetece celebrarlo yendo a cenar a un restaurante que está justo enfrente del Moulin Rouge. Ojalá Leo estuviera aquí para acompañarme, pero ayer tuvo la presentación de su nuevo *single* y supongo que estará agotado. Después de la comparecencia la compañía discográfica había organizado una fiesta en una conocida discoteca de Madrid. Lo animé a asistir a pesar de que él no estaba muy convencido: «Tú no conoces a Millie. No soporto estar cerca de ella». «Ni que te fuera a violar», bromeé para quitarle hierro al asunto. Y luego lo convencí para que fuera, porque no es justo que una cantante que no significa nada para él le amargue un día muy especial. «Yo no lo permitiría», le dije. Escuché un murmullo de voces y reconocí a Pol gritando: «¡Que le den a Millie! ¿Hace cuánto que no nos vamos de fiesta? ¡Hola, Nura! Este pesado no puede vivir sin ti». Leo se puso a discutir con él y nos despedimos entre risas y con la promesa de que lo llamaría cuando terminara el libro.

—Quiero celebrarlo contigo.

—Y yo quiero que seas el primero en leerlo.

—Qué honor. ¿Me vas a invitar al restaurante que hay en la cima de la Torre Eiffel?

—¿Te refieres al que está fuera de mis posibilidades y en el que hay que reservar con nosecuantos meses de antelación? Ni de coña. Confórmate con un *pain au chocolate*, una botella de champán del supermercado y una habitación cutre pero con unas vistas increíbles.

—En primer lugar, no tengo ni idea de lo que es un *pain au chocolate* —respondió con tono burlón—. Y, en segundo lugar, sabes de sobra que puedo conseguir una mesa en ese restaurante. Es lo bueno de ser mi novia. ¿Qué te parece?

—Que no todo iba a ser malo. —Lo escuché despotricar y me entró la risa floja—. Es una napolitana de chocolate, tonto.

—No todos hablamos francés, listilla.

Recuerdo nuestra última conversación con una sonrisa simplona. Estoy a punto de llamarlo para contarle la buena noticia cuando me percato de que mi móvil está ardiendo. No es broma.

Tengo un montón de mensajes y llamadas perdidas, pero no me he dado cuenta porque puse el teléfono en silencio mientras estaba trabajando. Mis hermanas, Paula e incluso Jorge me han bombardeado a wasaps. Tengo un mal presentimiento y decido abrir el primer mensaje. Es Amina.

Amina

Lo siento, al final ha resultado ser un cerdo. Sé que te harás la fuerte, pero llámame si necesitas desahogarte. Puedes venir a Barcelona y quedarte con nosotros todo el tiempo que necesites.

Frunzo el ceño. No entiendo nada. El wasap de mi hermana Dan es más críptico.

Dan

¿Te encuentras bien? No te merece. ¿Cuándo vuelves a Sevilla?

El de mi hermana Aisha me deja mal cuerpo.

Aisha

¡Menudo imbécil! ¿Cómo se atreve a hacerte algo así? No voy a volver a escuchar ninguna de sus canciones. En este momento dejo de ser fan de Yūgen. Mamá no quería que te enviase un mensaje, así que me he encerrado en el baño para escribirle. Ella no te va a llamar. Dice que eres lo bastante lista para sacar tus propias conclusiones y pedir ayuda si la necesitas. ¿Tú la entiendes? ¡Porque yo no! Por cierto, les he dado de comer a tus gatos. Nínive es una glotona y Asur un gruñón.

Lo único que entiendo es que semejantes mensajes están relacionados con Leo. Me estoy mareando antes de leer el wasap de Jorge. Llevamos un par de semanas sin hablarnos. Para mí es una eternidad, pero no pienso ceder hasta que se disculpe por juzgar a mi pareja sin conocerla de nada.

Jorge

Te lo dije. Es un gilipollas.

Jorge me ha enviado una foto. Y entonces lo entiendo todo. En la foto, Leo aparece sentado en el sofá de una discoteca. La iluminación es tenue. Hay botellas de alcohol por todas partes. Una joven muy atractiva está sentada sobre su regazo y le sostiene la cara. Parece que lo está besando.

Tengo ganas de vomitar y dejo el teléfono sobre la mesita de noche. Luego me tumbo bocarriba en la cama y cierro los ojos, como si así pudiera borrar la imagen de mi cabeza. Mi corazón comienza a agrietarse mientras lo veo todo negro y me pregunto por qué diantres Leo haría algo así. Las lágrimas me corren por las mejillas y saboreo el regusto amargo y salado de la traición.

No sé durante cuánto tiempo permanezco hecha un ovillo y llorando. ¿Minutos? ¿Horas? ¿Días? Lo único que sé es que tengo el corazón repleto de incertidumbre. He pasado por todas las fases posibles. Ojalá hubiera algún manual que explicara cómo deberías sentirte cuando tu novio aparece en la portada de una revista dándose el lote con una cantante mundialmente famosa: rabia, humillación, negación, dolor, estupor… Y, cuando por fin he conseguido calmarme después de lo que me ha parecido una eternidad, he obligado a la parte más racional de mi cerebro a entrar en acción.

«Leo jamás me engañaría», he repetido en voz alta hasta que me lo he creído.

«Leo me quiere».

«Leo no es un cabrón».

Y lo más importante: «Confío en él».

Me suena el móvil y descuelgo sin mirar la pantalla. Estoy convencida de que es Leo. Me tranquilizará con una explicación coherente y luego cogerá un vuelo con destino a París. Haremos el amor en esta cama, cenaremos en un restaurante de un callejón escondido y todo volverá a la normalidad. A la mierda la prensa y mis inseguridades.

—¡Leo!

—Soy yo.

Es la primera vez que no me alegro de escuchar la voz de mi mejor amiga. Guardo silencio porque acabo de quedar como una pringada. Y, lo que es peor, me siento como una pringada.

—Cielo, ¿estás bien?

—Mentiría si te digo que sí.

—Lo siento, Nura. No sabes cuánto lo siento. Al menos estás en París y no tienes que hacer frente a los periodistas. Puedo estar allí dentro de un día. Tengo algo de dinero ahorrado y en la academia me deben un par de días de vacaciones. Olvídate de Leo con el primer parisino buenorro que te tire los tejos.

—¿Tú crees que me ha puesto los cuernos?

Se produce un tenso silencio.

—Nura, ¿has visto la foto? Yo no quería enviártela para no hacerte daño.

—Jorge ya se ha encargado de hacerlo. Supongo que se alegra de que me haya llevado una buena hostia de realidad. Salúdalo de mi parte. ¿Está ahí?

—Está en el salón y se muere de ganas de hablar contigo, pero le he dicho que no era buena idea. También le he echado la bronca por enviarte la foto. Si te sirve de consuelo, está enfadadísimo y no se alegra de lo que te ha pasado. Pero, ya sabes, está colado por ti y no ha podido evitarlo...

—Pues yo no creo que Leo me haya sido infiel —digo con vehemencia.

Paula se calla. Estoy enfadada con ella y con el resto del mundo por tratar de convencerme de que Leo no es el chico del que me enamoré. Lo conozco y no necesito que nadie me explique cómo es. Aunque me siento... como una mierda.

—Nura..., creo que estás un poquito cegada —responde con suavidad—. No te culpo. No estoy para dar consejos porque yo soy la primera que justifica constantemente a Lola. Pero el amor te ciega. Tú me lo dijiste un día.

—¡Yo no estoy cegada! Lo veo tal cual es. Conozco a Leo. Debe de haber alguna explicación. La iluminación es una porquería y no se les ve la cara. Puede que la foto se haya tomado desde un ángulo en el que parece que se están besando. ¡Yo qué sé!

—Nura...

—No, Paula. Por favor, no me trates como si fuera una tonta que no se quiere enterar de que su novio se ha enrollado con otra. Sé que Leo no es esa clase de chico. Él me quiere. ¡Me quiere muchísimo!

—¿Y entonces por qué tenía el trasero de Millie justo encima de su polla?

—No lo sé —respondo con la voz quebrada—. Me contó que ella lo estaba acosando, y, en vez de darle la importancia que merecía, lo animé a ir a esa fiesta.

—Qué coincidencia, ¿no? Te ha allanado el terreno por si los pillaban juntos.

—No —respondo enfurruñada—. Leo está enamorado de mí. Tú no lo conoces. En serio, es un chico increíble. Si lo conocieras, serías incapaz de pensar que me ha traicionado.

—Nura, lo siento, pero estás siendo una ilusa. Eres una mujer tan segura de sí misma que piensa que este tipo de cosas siempre le pasan a otra persona.

—No es verdad.

—Si no ha hecho nada malo, ¿por qué no te ha llamado?

—No lo sé —admito con un hilo de voz—. A lo mejor está durmiendo y todavía no ha visto la foto. Me llamará.

—No te va a llamar —responde sin un atisbo de duda—. Porque sabe que no puede justificarse. Es un cobarde, cariño. Por eso no te ha llamado ni lo va a hacer. Siempre tienen a otra antes de dejar a la anterior.

—No hables así de él.

Paula suspira como si me estuviera comportando como una cría que no atiende a razones.

—Mañana voy a verte.

—No hace falta que…

—Y pasamos unos días en París. Que le den a Leo.

—Me va a llamar, Paula. Y estaremos unos días en París celebrando que acabo de terminar mi libro. Confío en él. Siento que Lola no te merezca, pero Leo y yo nos queremos y no voy a permitir que un puñado de periodistas con ganas de meter cizaña arruinen nuestra relación. Estoy convencida de que hay una explicación.

—No hay más ciego que el que no quiere ver —se lamenta Paula—. Pero estaré contigo cuando decidas mandarlo a la mierda. Para eso estamos las amigas.

Me tumbo de lado y aprieto el teléfono. Paula no tiene ni idea. Leo me va a llamar. Y, cuando lo haga, nos reiremos de este malentendido. No soy la típica novia malpensada y celosa que no lo dejará explicarse. Le prometí que nuestra relación se cimentaría en la sinceridad y la comunicación. Lo mínimo que puedo hacer por él es permitirle que se explique.

Las horas pasan. Lentas. Crueles. Enchufo el cargador del móvil porque sigo pensando que Leo me llamará, pero son las doce de la noche y no ha dado señales de vida. Me resulta más fácil descifrar un jeroglífico en arameo que explicar cómo me siento en este momento. ¿Cabreada? ¿Dolida? ¿Humillada? Un poco de todo, aunque principalmente decepcionada con él.

De repente decido que no se me ha perdido nada en París y hago la maleta a toda prisa. Compro el primer billete de avión con destino a Sevilla y me doy una larga ducha hasta que el agua comienza a salir fría. Entonces recibo un mensaje inesperado de una persona inesperada. Un mensaje que me aclara por qué Leo no ha dado señales de vida. Sacudo la cabeza sin dar crédito y digo en voz alta:

—Eres un imbécil, Leonardo Luna.

56

Leo

Todavía estoy conmocionado por lo que sucedió anoche. La actuación fue un éxito y los medios de comunicación alabaron la canción. En apenas una hora superamos el millón de reproducciones en YouTube y nos colamos en la lista de los más escuchados de Spotify. Todo estaba saliendo de maravilla, e incluso Millie se mostró profesional y distante.

Hasta que nos fuimos de fiesta.

Estábamos en el reservado de aquella discoteca. Debería haberlo visto venir porque Millie actuaba de una forma extraña. Apenas me dirigió la palabra y se limitó a posar en el *photocall* y a firmar autógrafos. Pero solo era una estrategia para que yo bajara la guardia. Me lo estaba pasando bien con mis amigos y me tomé más cervezas de la cuenta. No estoy acostumbrado a beber en exceso, así que me mareé un poco y me quedé sentado en el sofá mientras Pol se burlaba de mí.

—Tío, ¿ya estás KO?

—Necesito un segundo.

—Y yo necesito hablar con esa morena que no me quita la vista de encima.

Puse los ojos en blanco. Ambos sabíamos que solo lo hacía para llamar la atención de mi hermana, que estaba ligando con el actor de una conocida serie de televisión. Justo en el momento en el que Axel se levantó para ir al servicio, me quedé solo y Millie aprovechó la oportunidad. Me sobresalté cuando se sentó a mi lado y me tocó el hombro.

—¡Hola!

—Hola —respondí por educación.

—¿Qué tal?

—Bien.

—La canción ha sido todo un éxito. A todos les encanta la letra. Enhorabuena.

—Todos hemos hecho un gran trabajo.

—No seas humilde… —Sus dedos se deslizaron por mi brazo y me tensé por el contacto—. Esta noche apenas hemos hablado.

—Millie, no empieces —le pedí irritado.

Me aparté de ella y me senté en el otro extremo del sofá. Me maldije por haber bebido demasiado porque lo que en realidad quería era largarme de allí, pero sabía de sobra que me marearía en cuanto me pusiera de pie. Y ella también lo notó y decidió aprovecharse.

—Me encantan los retos —me susurró al oído.

—Yo no soy tu puto reto —respondí mosqueado—. Así que déjame en paz. Tengo novia. Y, aunque estuviera soltero, jamás me fijaría en alguien como tú.

—Tonterías… En el fondo, te pongo un montón.

Antes de que pudiera ser consciente de lo que estaba sucediendo, Millie se subió en mi regazo y me acarició el mentón. Me eché hacia atrás y ella se inclinó hasta rozarme la boca. Asqueado, aparté la cara y le di un empujón. No me di cuenta de que acababan de hacernos una foto. Fue una encerrona en toda regla. Cuando conseguí ponerme de pie, estaba completamente avergonzado y fuera de mí.

—¿Tú de qué cojones vas? —le grité.

—¡Tampoco ha sido para tanto! —Se le escapó una risilla—. Solo estaba jugando. No te pongas así.

—¿Qué pasaría si fuera al contrario? ¿Si tú fueras la que está sentada en el sofá y yo intentara besarte sin tu permiso?

Millie soltó un bufido.

—Exagerado.

En aquel momento Axel apareció y se interpuso entre nosotros. Su expresión me reveló que había sido testigo de todo.

—Tía, estás loca. Lo que haces tiene un nombre.

—¿Marketing? —preguntó con tono jocoso.

—Acoso —replicó mi hermana, y se puso a mi lado—. Como vuelvas a tocar a mi hermano, te juro que te arranco todas las extensiones. ¿Qué te parece mi campaña de marketing?

Millie nos miró con odio.

—Gracias a mí vais a cruzar el charco. Deberíais estarme agradecidos. —Millie se echó el pelo hacia atrás con ademán de diva—. Los de la discográfica piensan que tú y yo somos la fórmula del éxito. ¡Soy una profesional!

Si mi padre no hubiera aparecido en aquel instante, mi hermana le hubiera pegado un puñetazo a Millie. Estaba aturdido e indignado cuando regresamos al hotel. Axel, Pol y Gabi intentaron calmarme en vano. Me puse a caminar en círculos por la habitación mientras despotricaba en voz alta.

—Me estaba acosando. Está chiflada. No pienso volver a subirme a un escenario con ella. ¡Se acabó!

—Todos pensamos lo mismo —intervino Pol.

—Desde luego —respondió Axel—. No vamos a volver a actuar con ella.

—Deberíais haberme dejado que la pusiera en su sitio —dijo Gabi con tono iracundo—. ¿Quiere publicidad? ¡La va a tener!

—Ha estado completamente fuera de lugar —admitió mi padre—. Le dejé muy claro a su mánager que no ibais a fingir ningún tipo de relación.

—Quiero demandarla.

Todos me miraron boquiabiertos. Su reacción me enfureció. Estaba ebrio y una chica había intentado besarme en contra de mi voluntad. Seguro que no habrían puesto semejante cara si yo fuera mujer.

—Me ha estado acosando. Todos lo sabéis.

—Sí, pero… —murmuró mi padre, y se rascó el brazo—. Las cosas no funcionan así en este mundo.

—¿Se supone que debo quedarme de brazos cruzados mientras me trata como un monigote?

—Creo que Leo tiene razón. Todos hemos visto que Millie se sobrepasaba con él. Si me hubiera pasado a mí, todos os pondríais de mi parte. —Gabi me cogió la mano.

—Este mundillo se va al carajo. —Pol sacudió la cabeza—. Pero estoy contigo, colega. Alguien tiene que pararle los pies a esa tía.

Mi padre suspiró con pesadez. Éramos cuatro contra uno. Así que salió de la habitación antes de asegurarnos que trataría de solucionarlo. Al cabo de una hora, regresó con expresión sombría.

—¿Qué pasa? —pregunté.

—He hablado con el mánager de Millie y con los de la discográfica. Os juro que he hecho todo lo que he podido, pero, en cuanto he pronunciado las palabras «demanda por acoso», me han advertido que ya os podéis despedir de vuestra gira por Norteamérica. He intentado razonar con ellos, pero me han dicho que, si demandas a Millie, ella también te demandará a ti por acoso. Ya sabéis lo influyente que es. Acaba de ganar un Grammy Latino. No he podido hacer nada. Es la estrella mimada de la discográfica.

—Es una broma, ¿no? —La voz me tembló por culpa de la impotencia.

—En absoluto. Lo siento mucho, hijo.

—Todos hemos sido testigos. Que se vaya a la mierda. —Pol me puso la mano en el hombro—. Y a tomar por culo la gira por Estados Unidos.

—Tienes derecho a demandarla, Leo. Se ha pasado de la raya —dijo Axel.

—La gira es lo de menos —respondió mi hermana—. Ya cruzaremos el charco en otro momento.

—No puedo haceros eso. —Sacudí la cabeza con vehemencia—. Ni hablar.

—No tienes que volver a subirte a un escenario con ella. Ninguno de vosotros tiene que hacerlo —nos tranquilizó mi padre—. Y Millie se ha comprometido a pedirte disculpas personalmente.

—Que se meta sus disculpas por donde le quepan. No quiero volver a verla.

—Leo, ¿estás bien? —preguntó preocupada mi hermana—. Si quieres demandarla...

—No, olvidaos del tema. ¿Quién me va a creer? Mi exnovia está participando en un concurso y me pone verde, y tengo a Millie Williams como enemiga... No tengo fuerzas para sentarme en un tribunal y destapar toda la mierda de la industria musical. Paso.

En realidad, me sentía humillado y completamente vulnerable cuando me fui a la cama. No pude pegar ojo. Estaba anímicamente destrozado. Sentía que todo era una mierda. Una injusticia contra la que no podía luchar porque jamás ganaría. Así que me limité a cerrar los ojos e intenté pasar página.

Acabamos de llegar a Sevilla y lo único que me apetece es tumbarme en la cama, llamar a Nura y preguntarle qué tal lleva su libro. ¿Conoces esa sensación de pensar que la vida ya se ha cebado lo suficiente contigo como para que te caiga más mierda encima? Pues es justo lo que yo daba por hecho cuando mi hermana asoma la cabeza por la puerta de la habitación.

—Tengo malas noticias. Lo siento, pero tienes que ver esto.

Se me corta el cuerpo cuando veo la foto. Alguien nos la hizo y parece que me estoy enrollando con Millie. El corazón se me va a salir del pecho. Si yo no fuera el protagonista, daría por hecho que se está besando con ese tipo.

—Joder...

—Leo, tienes que hablar con Nura. A estas alturas ya habrá visto la foto. Está circulando por internet. Dicen que le has puesto los cuernos con Millie. Seguro que esa bruja llamó a algún periodista para que os hiciera la foto.

—Mierda.

—No has hecho nada malo. Todos estábamos allí. Yo se lo puedo explicar.

—¿Y te creerá? Eres mi hermana.

—A lo mejor da por hecho que solo lo hago para protegerte, pero Axel y Pol también estaban allí. Y papá...

—Déjalo, Gabi. Pensará que todos me estáis encubriendo.

—Eso no lo sabrás hasta que no hables con ella.

—Sinceramente, si tú fueras ella, ¿qué pensarías al ver esta foto?

—Me entrarían ganas de matarte y me daría un ataque de celos —responde con sinceridad—. Pero yo no soy ella. Parece una chica bastante cabal. Si se lo explicas…

—Estoy cansado. —Me tapo la cara con las manos y me da por reír—. Intento hacerlo bien con ella, pero es como si el mundo estuviera empeñado en separarnos. Nura se ha ido a París porque los periodistas la estaban acosando. Salir conmigo le complica la vida. A lo mejor debería…

—Ni se te ocurra.

—Le estoy amargando la vida. Es la verdad.

—Estás loco por ella. Esa es la verdad.

—La quiero demasiado para obligarla a pasar por toda esta mierda. No es justo.

—Yo creo que lo justo sería que le permitieras tomar esa decisión a ella.

—Esa foto solo es la punta del iceberg. ¿Cuál será la próxima mentira que se inventen? Nura ni siquiera soporta ir a cenar conmigo porque los fans me piden autógrafos. Mañana surgirá otro escándalo. Y pasado otro. Se cansará de salir conmigo. Mi fama la horroriza y no puedo culparla.

—¿En serio no vas a hablar con ella?

Movido por un impulso, decido comprar un billete de avión con destino a París. Voy a hacer algo mejor que hablar con ella por teléfono. Voy a ir a verla, la voy a mirar a los ojos y le diré que todo lo que dicen de mí es mentira. Me pongo a hacer la maleta mientras el tiempo pasa. El vuelo sale a las nueve y media de la noche. Han transcurrido más de cinco horas desde que la foto vio la luz y Nura no se ha puesto en contacto conmigo. Ni una recriminación. Ni un «no quiero saber nada de ti». Estoy que me subo por las paredes cuando cierro la cremallera de la maleta.

—Gabi —llamo a mi hermana.

Está tumbada en el sofá mientras cotillea Instagram.

—Si conocieran a Millie, no dirían que hacéis buena pareja. ¡Qué panda de idiotas! —Mi hermana me mira—. ¿Ya te vas a París?

—Quizá Nura no ha visto la foto.

Gabi frunce el ceño.

—Por supuesto que ha visto la foto. Y, si no la ha visto, ya se habrán encargado de hacérsela llegar.

—¿Por qué no me ha llamado?

Mi hermana se encoge de hombros.

—Y yo qué sé.

—¿Tú me habrías llamado?

Gabi resopla.

—Nura y yo somos muuuy diferentes. Yo ni siquiera habría dejado que te explicaras porque ya habría llegado a la conclusión de que todos los tíos sois iguales. ¿Satisfecho?

—Yo la habría llamado. Porque estoy locamente enamorado de ella y si la viera en esa foto me daría un infarto.

—Ya, Leo, pero todo el mundo no es igual. Sinceramente, no sé a dónde quieres ir a parar.

—No me ha llamado porque no quiere saber nada de mí. En este momento me odia.

—Eso no lo sabes. Quizá está esperando que le des una explicación.

—O a lo mejor no me ha llamado porque, en el fondo, yo estoy más enamorado que ella.

—Ahora resulta que el amor se mide en una balanza…

—No, Gabi, hablo en serio. Siempre soy el que cede, el que va detrás de ella, el que siente que no está a la altura. A su lado me veo pequeñito. No tienes ni idea de lo que es poner a alguien en el centro de tu mundo y caminar de puntillas porque tienes miedo de perderlo.

—Creo que estás sacando las cosas de quicio. Lo de Millie ha sido un mal trago. Los de la discográfica se han portado fatal con nosotros. Y, para colmo, os hacen una foto y lo tergiversan. Es normal que estés cabreado.

—No voy a ir a París. —Decido en un impulso.

—Leo…

—Que me llame ella.

—La estás cagando.

—No he hecho nada malo. —Me pongo los cascos inalámbricos y decido salir a correr para despejarme—. Se acabó. Esta mierda me supera. Por una vez, que sea ella quien dé el primer paso.

Mi hermana me observa atónita cuando salgo por la puerta. Ella no puede entender cómo me siento porque nunca se ha enamorado. No sabe lo que se siente cuando le entregas tu corazón en bandeja a alguien.

Son las doce y cuarto de la noche y sigo sin tener noticias de Nura. Somos, oficialmente, la pareja más cabezota de este planeta. A las doce y dieciséis minutos, Gabi asoma la cabeza por la puerta de mi habitación.

—Lo siento —musita—. Creo que la he cagado.

—¿Qué has hecho ahora?

—Le he enviado un mensaje a Nura porque no quería que pensara que eres un gilipollas. Es justo lo que yo habría pensado si fueras mi novio, así que di por hecho que te estaba haciendo un favor.

—¿Por qué te metes donde no te llaman? —replico hecho una furia—. ¿Qué le has dicho?

—¡La verdad! Que Millie te hizo una encerrona y que yo estaba allí y vi cómo la rechazabas.

Me llevo la mano al pecho y respiro aliviado. Vale, podría ser peor.

—¿Y qué te ha respondido?

—Creo… que deberías hablar con ella.

—Suéltalo, Gabi.

Mi hermana se limita a enseñarme el mensaje.

Nura

Llevo horas esperando una llamada de tu hermano porque no quería ser la típica novia malpensada y celosa que no le permite explicarse. Sabía de sobra que no me había sido infiel porque confío ciegamente en él. No sé a qué está jugando, pero, cuando se canse, dile de mi parte que se puede ir a la mierda.

57
Nura

Estoy empapada en sudor cuando cruzo la puerta del garaje. Los periodistas siguen acampados en el portal de mi casa, supongo que a la espera de que «la cornuda nacional» salga de su escondite. Así es como me llaman en Twitter. Podría fingir que no me afecta porque estoy por encima de las habladurías, pero estaría mintiendo. No es agradable ser la comidilla de todo el mundo. Ni tampoco estar en el súper y que un par de chiquillas se den un codazo y cuchicheen entre risas cuando me reconocen. Aunque lo que de verdad me duele es la actitud de Leo. Jamás me habría esperado que se comportara como un imbécil. No le pega nada. No es el chico del que me enamoré. Y me duele que una persona por la que lo he apostado todo me decepcione de esa manera.

Estoy metiendo la llave en la cerradura cuando alguien me toca el hombro. Me sobresalto y doy por hecho que algún periodista ha conseguido colarse dentro. Estoy a punto de gritarle que está haciendo algo ilegal cuando me vuelvo hacia él. Es Leo. Mi corazón se paraliza y se me caen las llaves al suelo. Han pasado dos días desde que su hermana me envió aquel mensaje. Dos putos días sin tener noticias suyas. Leo ignora mi expresión furiosa y se agacha para recoger las llaves. Nuestros dedos se rozan cuando me las devuelve y me odio por permitir que el contacto me afecte de una manera tan intensa; pero mi corazón va por libre y no recibe órdenes de mi cerebro, a pesar de que este le recuerda lo mal que Leo se ha portado conmigo.

—Hola.

—Que te den.

Estoy temblando cuando consigo abrir la puerta. Antes de que Leo pueda seguirme dentro, me planto en el umbral y lo atravieso con la mirada.

—Ni se te ocurra.

—Tenemos que hablar.

—Has tenido un montón de tiempo para hacerlo.

—Solo han sido dos días, ocho horas y un puñado de minutos.

—Dos días que se me han hecho eternos —le recrimino, y noto que me escuecen los ojos—. No tienes ni idea de lo que sentí cuando me enviaron aquella foto. Estaba sola en París.

Leo agacha la cabeza.

—Yo tampoco lo he pasado bien.

—Me importa una mierda.

No cierro la puerta porque Leo apoya la mano en el quicio. Le lanzo una mirada de advertencia, pero él no se aparta.

—¿Podemos hablar como dos personas civilizadas?

—¿¡Ahora quieres hablar!?

—Sí.

Respiro profundamente. Sé que tenemos una conversación pendiente. Me encantaría echarlo a patadas de mi casa, pero no me apetece seguir postergando este momento. Han sido dos días horribles y necesito que me entienda. Y, sobre todo, necesito que se justifique, porque una absurda parte de mí está deseando perdonarlo. Uf, odio estar enamorada. ¿Es normal que piense que es lo mejor y lo peor que me ha pasado en la vida? Porque nuestro amor está repleto de emociones contradictorias. A veces estoy en la cima de una montaña rusa y otras cayendo en picado sin cinturón de seguridad. Si esto es el amor, no sé si lo quiero. O, mejor dicho, no sé si puedo lidiar con este amor que destruye la poca sensatez que tengo.

—De acuerdo, hablemos —respondo de mala gana y me aparto para dejarlo pasar—. ¿Cómo has conseguido entrar?

—Uno de tus vecinos me ha dejado colarme por el garaje a cambio de firmarle un autógrafo a su hija.

Sacudo la cabeza sin dar crédito. Se comporta como un capullo y el mundo se rinde a sus pies. No es justo.

Me estremezco cuando Leo me toca el brazo. Cierro los ojos, giro la cabeza y aprieto los dientes. Es increíble que la rabia no me arrebate todo lo bueno que siento por él.

—Nura…

—No me toques.

—No me mires así.

—¿Y cómo quieres que te mire? —Me tiembla la voz y me aparto de él—. Voy a darme una ducha. Ponte cómodo. Ya conoces mi apartamento.

Me encierro en el cuarto de baño con la esperanza de que una ducha me calme el ánimo, pero lo único que obtengo a cambio es un poderoso desasosiego. En el fondo, no me habría importado que Leo tardase más en llamar a mi puerta. Lo conozco. Sabía que tarde o temprano se pondría en contacto conmigo. Aun así, tengo la impresión de que a ninguno le va a gustar lo que tiene que decir el otro.

Leo está de pie en el salón mientras Asur intenta llamar su atención. Me cruzo de brazos e intento protegerme de mis sentimientos.

—No te fíes de él, Asur. En el momento menos pensado, te dejará tirado.

—No seas así.

—¿Así de sincera?

—Así de dura conmigo.

—Perdón por herir tus sentimientos —digo con ironía—. Debería ser más comprensiva con el infiel de mi novio.

—Sabes de sobra que no te he engañado con Millie.

—No lo sé.

—Venga ya, Nura.

No doy crédito. Al mirarlo a los ojos, me percato de que está tan enfadado como yo. Y siento la necesidad de competir con él para demostrarle que yo tengo más razones para estar cabreada.

—¿De qué vas? —pregunto indignada—. ¿Por qué no me has llamado? ¿Te haces una idea de cómo me he sentido? ¿De todas las personas con las que he tenido que discutir para defenderte? ¡En ningún momento he dudado de ti! Porque te conozco, te quiero y confío en ti. ¿Y tú me lo pagas sin dar señales de vida?

—Tú también podrías haberme llamado —dice con voz queda.

—¿En serio vamos a discutir sobre quién debería haber descolgado primero el teléfono?

—¿Por qué no me llamaste?

—¡Porque sabía que no tenía nada que reprocharte! Esta conversación es absurda. ¿De verdad estás enfadado conmigo porque no me he puesto celosa? ¿Qué demonios esperabas de mí? ¿Que te montara un espectáculo? ¿Que me enfadara y no te permitiera explicarte?

—Pues a lo mejor sí. —Extiende los brazos y me mira sin tapujos—. Quizá necesitaba que me demostrases que te importo. Yo me habría vuelto loco si hubiera visto esas fotos.

Sacudo la cabeza sin dar crédito.

—Somos muy diferentes.

—Desde luego.

—Estás probando que eres un egocéntrico.

—Si fuera un egocéntrico, no habría ido tantas veces detrás de ti.

—Si no la hubieras cagado tanto, no habrías tenido que pedirme disculpas. Así funciona la vida: te equivocas, asumes tus errores y pides perdón. El mundo no gira de una forma diferente porque seas Leo Luna.

—No estoy diciendo que…

—¿Querías que me pusiera celosa? —lo interrumpo con acritud—. ¿En serio? ¿Crees que los celos son una forma válida de demostrar el amor? Porque entonces te has enamorado de la persona equivocada. Yo no soy así. Los celos son una muestra de inseguridad y falta de confianza en uno mismo. Estar celoso no significa que quieras más a tu pareja, sino que te quieres muy poco a ti mismo.

—Ya sé que tú eres perfecta y estás muy segura de ti misma. Todo lo haces bien.

—A mí no me vengas con esas. —Tengo que contenerme para no romper algo—. No te haces una idea de lo que sentí cuando me enviaron aquella foto. Me quería morir. Tuve que lidiar con un montón de gente que se supone que me quiere y que intentó convencerme de que eras un traidor. Pero no les hice caso. Los ignoré a todos porque estoy enamorada de ti. Confío ciegamente en ti, Leo. Aunque el mundo entero se ponga en tu contra y trate de demostrarme lo contrario. Esa es mi forma de probar mi amor. ¿Te parece poco?

Leo abre la boca, pero lo único que sale de sus labios es aire. Lo miro con la esperanza de que diga algo que consiga curar lo herida que me siento, aunque solo obtengo un silencio que me rompe por dentro.

—Me fallaste, Leo. —Levanto los brazos para que no se acerque a mí—. Lo único que esperaba es que me llamases. No necesitaba que me dijeras que no habías metido la pata. Me bastaba con oír tu voz. Quería celebrar contigo que acababa de terminar mi libro. Quería reírme contigo por lo que había sucedido.

—Pues resulta que a mí no me apetecía reírme porque estaba hecho polvo —me confiesa, y noto cómo lo carcome la vergüenza—. Millie se aprovechó de mí porque llevaba un par de copas encima y apenas me tenía en pie. Fue una encerrona. Y no puedo hacer nada porque ella es la gallina de los huevos de oro de la discográfica. No tienes ni idea de lo que se siente cuando te ningunean y debes agachar la cabeza para dedicarte a lo que te gusta. Me amenazaron con cancelar la gira de Estados Unidos si me iba de la lengua. Si no fuera por Gabi y mis amigos, habría mandado a la mierda mi carrera. Pero no puedo hacerles eso. ¿Querías que te llamara? Lo siento, cariño. Resulta que yo también te necesitaba porque estaba pasándolo fatal.

Sus palabras me descomponen. De repente, me fijo en lo que cuarenta y ocho horas pueden hacerle a una persona. Leo está pálido y ojeroso. Tiene muy mal aspecto.

—Lo que han hecho contigo es una injusticia —le digo apenada—. No tenía ni idea. Estaba demasiado ocupada compadeciéndome de mí misma. Lo siento.

—Yo también lo siento, Nura. Ya sé que debería haberte llamado.

Nos hemos ido acercando sin ser conscientes de ello y ahora estamos a escasos centímetros. No me atrevo a tocarlo a pesar de que me muero de ganas. Sé que él siente lo mismo.

—Me hubiera gustado que me llamaras. Deberíamos haber estado ahí para el otro. Eres mi pareja y mi amigo. Se supone que tenemos que apoyarnos el uno en el otro cuando las cosas van mal.

—Yo no podía. No tenía fuerzas.

—No quiero que esto se convierta en una competición, pero yo tampoco podía.

—Lo sé. —Leo me mira con tristeza—. Porque te fuiste a París para alejarte de mí.

—Me fui a París para terminar mi libro.

—Te fuiste a París porque necesitabas alejarte de todo —me corrige con suavidad—. Y lo entiendo perfectamente. Pero me duele, no puedo evitarlo. Me duele que tengas que soportar toda esta mierda por mi culpa. Me duele que me mires como si fuera un neandertal cuando te defiendo de un par de gilipollas.

—No volvamos a eso. Yo no necesitaba que me defendieras. Creí que ya lo habíamos aclarado.

—Entonces ¿por qué tengo la sensación de que te estoy haciendo tan infeliz?

—No es eso, Leo.

Él me aparta el pelo de la cara con delicadeza. Por primera vez, soy incapaz de sostenerle la mirada y él suspira con tristeza.

—Ojalá pudiera ser la clase de novio que necesitas.

—Yo no necesito que seas de ninguna forma. Me enamoré de ti siendo tal cual eres. ¿Por qué iba a querer cambiarte?

—No quieres cambiarme a mí, pero desearías encerrar a Leo Luna en una burbuja. Estás enamorada de mí, pero no soportas al guitarrista de Yūgen. Aunque somos la misma persona. Me encantaría dejarlo al margen cuando estoy contigo, pero los dos sabemos que es imposible. Un día nos interrumpirán mientras cenamos en un restaurante, y al siguiente empezarán a pedirte fotos y hurgarán sin piedad en tu vida.

—Puedo soportarlo.

—A veces ni siquiera yo puedo soportarlo. Sería injusto que te pidiera que lo dejaras pasar para estar conmigo. No es la vida que quieres. Lo sé.

—¿Y tú cómo sabes cuál es la vida que quiero?

—No quieres una vida en la que tengas que salir por el garaje.

Voy a protestar, pero cierro la boca porque en el fondo tiene razón. Es cierto que no quiero esta vida, aunque quizá vivir consista en aprovechar todo lo bueno y aprender a sobrevivir con lo malo. En saborear los instantes dulces y lidiar lo mejor posible con los momentos amargos.

—No es justo.

—Las relaciones no son perfectas —digo con un hilo de voz—. Elijo estar contigo, Leo. ¿Cuál es el problema?

—El problema es que te fuiste a París porque yo te complico la vida.

Entorno los ojos y comprendo por dónde va. Sin poder evitarlo, retrocedo un paso y me abrazo a mí misma. Hay una verdad dolorosa encerrada en esa frase.

—Por eso no me has llamado —comprendo apenada—. Te estás alejando de mí porque piensas que me estás haciendo un favor.

—Te estoy haciendo un gran favor, Nura —responde convencido—. Ni siquiera puedes salir de tu piso. No soportas ir a sitios públicos conmigo. Has cerrado tu perfil de Twitter porque las críticas te superan. La idea de que tu carrera profesional se mezcle con tu vida privada te aterra. Pero, seamos sinceros, es algo inevitable si sales conmigo. ¿Me he dejado algo?

—No eres el centro de mi mundo.

—Sin embargo, tú eres mi mundo cuando estamos juntos.

—Leo...

—Y no puedo permitir que sufras porque te quiero.

—¡No tienes ningún derecho a alejarme solo porque es la opción más fácil!

—¿Fácil? —Leo pone sus manos sobre mis mejillas y clava los ojos en mi boca—. Romper contigo es lo más difícil que he hecho en mi vida.

—No lo entiendo... —Mi voz se quiebra y noto que las lágrimas me corren por las mejillas—. ¿Por qué me haces esto?

—Porque estoy enamorado de ti.

—No tiene ningún sentido.

—¿Y desde cuando nuestra relación es lógica?

Intento apartarme de él, pero me lo impide. Me acaricia la cara con los pulgares mientras me mira a los ojos. Tengo la vista nublada por las lágrimas, y siento que lo quiero y lo odio a partes iguales. No me puedo creer que Leo esté cortando conmigo.

—¿De verdad quieres esta vida? —Me roza la boca con la suya y mi corazón se salta un latido—. Porque, si de verdad la quieres, te prometo que no voy a separarme de ti mientras respire.

Me quedo callada. Leo sabe que soy una persona muy sincera. Él estudia mi reacción y sacude la cabeza.

—Vendrán más escándalos —añade.

—Me da igual.

—Los periodistas seguirán hablando de ti.

—No me importa.

—Nunca tendrás la vida normal a la que aspiras estando conmigo. Se acabó ir al cine o cenar tranquilamente en ese mexicano que te gusta. Prepárate para lidiar con la prensa y leer cualquier mentira que inventen sobre ti.

—Leo...

—Sería un egoísta si te pidiera que renunciaras a tu anonimato. Pero ¿de verdad crees que podrás tener una vida anónima si sigues conmigo? —pregunta, y me quedo callada porque realmente pensaba que terminarían hartándose de mí—. Esto no se va a acabar, Nura. Solo es el principio. Irá a más. Cada vez te reconocerá más gente, y no precisamente por tu trabajo. De hecho, tu trabajo será lo último que les interese de ti.

—¡Ya basta!

—No te da igual.

—Es solo que…

Leo me acaricia la mejilla con ternura.

—No quiero vivir encerrado contigo en este apartamento. No quiero que te insulten por salir conmigo. No quiero que huyas de una fama que no has buscado. No quiero hacerte daño.

—Me lo estás haciendo.

—Nos estamos haciendo mucho daño. No soy bueno para ti.

—Puedes esperar sentado a que te dé las gracias por romperme el corazón. Dijiste que somos almas gemelas. Dijiste que las almas gemelas nunca se dicen adiós.

—Te mentí —responde con voz queda—. Eres mi alma gemela, y precisamente por eso no soporto la idea de hacerte daño.

Leo aplasta su boca contra la mía e intento darle un empujón, pero me derrito en cuanto sus labios me rozan. Noto su desesperación y su anhelo. Siento lo difícil que es para él tomar una decisión que nos duele a ambos. Por eso intento retenerlo cuando se aleja de mí. Tiene los ojos cerrados y apoya su frente sobre la mía durante una fracción de segundo antes de soltarme.

—Eres lo más real que me ha pasado en la vida, Nura.

—Y tú eres un cobarde.

Leo se da la vuelta y sale de mi apartamento fingiendo no haberme oído. Pero ¿cómo se puede llamar a una persona que huye del amor?

58
Leo

Estoy destrozado cuando salgo del apartamento de Nura. Romper con ella es lo más difícil que he hecho en mi vida, pero ¿qué alternativa tenía? ¿Fingir que encajamos en la vida del otro? ¿Permitir que los periodistas la sigan acosando por mi culpa? Si no vine a verla antes fue porque estaba reuniendo el valor necesario para hacer lo correcto. No fue una cuestión de ego, sino de miedo. No hay nada más aterrador que ser consciente de que le estás complicando la vida a la persona que amas. Por supuesto que me moría de ganas de abrazarla, pero...

Nuestra relación siempre ha estado llena de peros. Estoy loco por ella, pero el mundo se empeña en ponérnoslo difícil. Lo quiero todo con ella, pero sé que todo es imposible cuando se trata de nosotros. Me encantaría caminar cogido de su mano, pero sé que Nura es incapaz de vivir en un mundo que aborrece.

No sé si he tomado la mejor decisión, pero estoy convencido de que es la más sensata. Me digo que lo he hecho por ella. Solo por ella. Aunque me sigo sintiendo como una mierda. Acabo de romper con una chica increíble y que me hacía sentir de maravilla. Así que mi parte más irracional me grita que acabo de cometer un gran error.

«Eres un cobarde».

Las palabras de Nura se me quedan grabadas en el alma. Si renunciar al amor de mi vida me convierte en un cobarde, entonces lo soy. Pero sé que ella jamás encajará en mi mundo y sería un egoísta si le pidiera que hiciera un esfuerzo por adaptarse.

Aunque no voy a negar que me muero de ganas de hacerlo. Me encantaría mirarla a los ojos y pedirle una segunda oportunidad, porque estoy convencido de que nos la merecemos. ¿De verdad no puede haber futuro para dos personas que se quieren tanto?

Salgo del garaje y observo a lo lejos el puñado de periodistas que hay agazapados en su portal. No quiero que esta sea la vida a la que Nura tenga que acostumbrarse. No quiero que tenga que pagar un precio por estar conmigo. He hecho lo correcto. O eso me digo.

He aparcado el coche a tres calles de distancia para pasar desapercibido. Me pongo las gafas de sol y camino con la cabeza gacha. No me puedo creer que acabe de renunciar a la chica del lunar en la mejilla que huele a vainilla y que con cada beso desata una tormenta de emociones en el centro de mi pecho.

Delante de mí un señor de avanzada edad empuja con esfuerzo una silla de ruedas. Al adelantarlo, me percato de que se trata de un matrimonio mayor. Ella le va contando que quiere abandonar el taller de costura porque le falla el pulso, y la respuesta de él me abruma: «Si te tiemblan las manos, yo te ayudaré con las agujas. Pero no voy a permitir que renuncies a algo que te gusta».

Me quedo paralizado y ellos me adelantan. La mujer se ríe cuando su marido hace una broma sobre el taller de costura. Luego le advierte que será el único hombre del taller y él se encoge de hombros. Los observo con una pizca de envidia. Nura y yo podríamos ser esa clase de pareja si yo no fuera un idiota que acaba de renunciar a ella.

¿Por qué nos empeñamos en complicar el amor? Tenemos algo maravilloso y lo estropeamos con nuestras dudas. Por eso me doy la vuelta y deshago mis pasos. Estoy enamorado de Nura. Esa es la única verdad que conoce mi corazón. Así que voy a pedirle una oportunidad a la chica que nunca debí dejar escapar, porque no soy un cobarde.

59
Nura

Tengo la garganta atenazada por las lágrimas y el corazón roto en mil pedazos. Me encantaría odiar a Leo. Ojalá el amor y el odio no fueran dos sentimientos irracionales, porque entonces todo sería más sencillo; alguien te hiere y decides que vas a expulsarlo del hueco que se ganó en tu corazón. Pero el amor no funciona de esa manera. Y, a pesar de que Leo acaba de hacerme mucho daño, no puedo odiarlo porque el amor que siento por él supera a la rabia.

«Eres un cobarde, Leo Luna».

Asur está asustado y se mete en su cama. Me da por reír como una histérica. Me he enamorado de un cobarde. No pienso darle las gracias por elegir qué es lo mejor para mí. Se equivoca si cree que me ha hecho un favor. Soy una mujer adulta que sabe tomar sus propias decisiones. ¿Quién se cree que es para arrebatarme ese derecho? ¿Cómo se atreve a coger algo tan bonito y tirarlo a la basura?

Es un cobarde, un inmaduro y un egocéntrico, pero lo quiero de todos modos. Y se me olvida lo enfadada que estoy con él cuando llaman al timbre. Me encantaría hacerme la dura y, sin embargo, corro a abrir la puerta. Leo es un idiota, pero prefiero a un idiota que sabe rectificar a tiempo que a un idiota a secas.

—¡Jorge!

—¿Esperabas a otra persona?

—Sí —admito apesadumbrada.

Mi amigo entra sin invitación. Mi cara es un poema. Pensé que se trataba de Leo. No me molesto en cerrar la puerta porque sigo enfadada y ahora no estoy de humor para mantener una conversación con él.

—Menuda fiesta tienes montada en el portal. Me he colado detrás de un vecino. ¿Cómo sobrevives a todos esos periodistas? ¿No te sacan de quicio?

—¿Tú qué crees? —replico con aspereza—. ¿Qué haces aquí?

—Si no te lo digo, reviento. Nura...

—No es un buen momento —le advierto—. En absoluto.

—Me da igual. —Jorge se planta en el pasillo y comprendo que me va a resultar muy difícil echarlo—. Estoy harto de guardarme lo que siento.

—No digas nada, por favor.

—¿De verdad no estoy a la altura de un guitarrista que te pone los cuernos a la primera de cambio? Porque puede que no sea famoso, pero estoy enamorado de ti desde que tenía seis años.

Me muerdo el labio. Jorge se tambalea cuando intenta acercarse a mí y huelo el rastro de alcohol en su ropa.

—Estás borracho.

—Eso no le quita ni un ápice de verdad a lo que he dicho. Y de algún modo tenía que reunir el valor para contarte lo que siento.

Jorge extiende el brazo y me acaricia con torpeza la mejilla. Apoyo mi mano sobre la suya con la intención de apartarla con delicadeza. Él me mira con un hálito de esperanza.

—Te quiero.

—Lo sé.

—Te quiero.

—Que me lo repitas más veces no va a hacer que yo sienta lo mismo —respondo con tono firme y a la vez suave—. Lo siento.

—No me pidas disculpas —añade compungido, e intenta contener las lágrimas—. Ya sabía que no sentías nada por mí. Pero tenía que sincerarme. No quería quedarme con la duda de lo que habría sucedido si te lo hubiera contado. Soy patético.

—Eres mi mejor amigo.

—Eso hace que me sienta más patético.

—No sé qué decir…

—Entonces no digas nada.

Si no lo hablamos, esta situación nos perseguirá durante el resto de nuestra vida. Puede que no esté enamorada de él, pero sí aspiro a que en el futuro podamos seguir siendo amigos.

—Algún día hablaremos de esto con normalidad. Porque sé que te vas a enamorar de una chica increíble que te querrá como te mereces. Y volveremos a ser buenos amigos. Ya lo verás.

—Creo que no puedo seguir siendo tu amigo.

Me encantaría convencerlo de lo contrario, pero sé que Jorge necesita aceptar este rechazo en soledad. Si le ofrezco mi amistad, se lo estaré poniendo más difícil.

—Es una pena, porque resulta que ahora más que nunca necesito a mi mejor amigo —respondo con sinceridad—. Aunque te entiendo perfectamente. Y estaré aquí cuando decidas retomar nuestra amistad. Porque te quiero muchísimo. Sé que no es lo que esperabas oír, pero…

Jorge me abraza con fuerza y su boca se posa en mi mejilla. Durante unos segundos llora sobre mi hombro y me siento fatal por ambos. Luego se aparta avergonzado y evita mi mirada. A lo mejor no lo quiero como él necesita, pero lo sigo queriendo un montón.

—Te has pasado con la ginebra —intento bromear para distender la tensión.

—Perdí la cuenta al tercer gin-tonic. Llevaba demasiado tiempo guardándomelo dentro. Me iba a volver loco si no era sincero contigo.

—¿Por qué no te cambias de camiseta antes de irte? —pregunto con tacto—. Debe de haber alguna tuya en mi habitación. Así tendrás una excusa para volver a mi casa cuando te des cuenta de que no soy la chica indicada para ti.

—Me va a costar asimilarlo.

Ignoro lo que ha dicho y lo ayudo a desnudarse porque está demasiado borracho. Solo soy una amiga que le echa una mano a un amigo. Le estoy sacando la camiseta por la cabeza cuando percibo una silueta por el rabillo del ojo. Me doy la vuelta con la camiseta de

Jorge en la mano. En el umbral de la puerta, inmóvil como una estatua, se encuentra Leo. Y me observa como si le estuviera gastando una broma pesada.

—Has vuelto —digo en un susurro.

—En mal momento, por lo que veo.

Leo retrocede y clava una mirada furiosa en Jorge. Respiro profundamente porque entiendo que se ha hecho una idea equivocada de la situación. No quiero perder la calma, aunque lo que de verdad me apetece es gritarle que es un malpensado.

—No es lo que crees.

—Tranquila, eres libre. Aunque reconozco que me ha pillado desprevenido que te enrolles con otro cuando solo han pasado quince minutos desde que lo hemos dejado.

—Oye, tío... —comienza a decir Jorge.

—Tú ni te me acerques —le advierte Leo, y acto seguido comienza a bajar las escaleras.

Jorge me da un empujoncito.

—A lo mejor deberías ir detrás de él y aclararle que ha sido un malentendido.

—¡Leo! —Tardo tres segundos en reaccionar y lo persigo escaleras abajo—. Leo, no seas imbécil.

—Olvídame, Nura.

—Te lo puedo explicar.

—Ya he visto cómo le estabas quitando la ropa. Bonita manera de ahogar las penas.

—No te debo explicaciones, pero de todos modos...

—En eso estamos de acuerdo —responde con la voz impregnada por la rabia—. Ni me las debes ni las quiero.

—¡Estás siendo un inmaduro!

—Prefiero ser un inmaduro que una exnovia despechada que se enrolla con su mejor amigo porque acaban de partirle el corazón.

Me agarro a la barandilla porque no quiero entrar en su juego, pero es como si me hubiera abofeteado. Se está comportando como un crío y no voy a permitir que se marche hasta que me escuche. Es lo mínimo que me merezco. Sin embargo, Leo es más rápido y, cuando reanudo el paso, ya está saliendo por la puerta que conduce al garaje. Bajo a toda prisa mientras le grito que es un neandertal. Entonces apoyo mal el pie en el borde del escalón, pierdo el equilibrio y mi tobillo se tuerce. Se me escapa un alarido. La vista se me nubla por el dolor. Creo que acabo de partírmelo.

—Esto no te lo perdono en la vida, Leo —prometo en voz alta.

Estoy hablando muy en serio. Leo y yo hemos terminado para siempre. No quiero volver a verlo.

Fragmento de la revista *¡Aquí Hay Tema!*

¡Leo Luna ha roto con su última novia!

¿No os parece que hacían una pareja estupenda? Por desgracia, el amor les ha durado muy poco. Parece que Nura no ha querido saber nada de Leo después de que él apareciera en aquellas fotos con Millie. Pero nosotros no entendemos nada. Hace un par de días Millie Williams hizo unas declaraciones en las que se mostraba tajante: «No estaba besando a Leo. Fue una broma entre amigos. Nunca ha existido nada entre nosotros».

¿Vosotros entendéis algo? Yo tampoco.

Nura se ha mostrado en su línea y no ha querido hacer declaraciones al respecto, pero su ex sí ha sido más abierto y ha publicado un comunicado en Instagram: «Los rumores son ciertos: Nura y yo hemos terminado nuestra relación sentimental. Por eso pido respeto para una persona que quiere ser anónima. Nura es una escritora maravillosa y solo debería ser reconocida por su talento. Agradecería que los medios de comunicación la dejaran en paz».

En fin, chicas, parece que Leo Luna vuelve a estar soltero. ¿Quién será la siguiente joven que conquiste su corazón? Se abren las apuestas.

60
Leo

Tres meses después...

Acabamos de aterrizar en Madrid. Nuestras caras de agotamiento lo dicen todo. Hace un mes y medio que sacamos el nuevo disco. Fue todo un éxito y en menos de una semana conseguimos un disco de platino. Los resultados fueron tan buenos que la discográfica adelantó la gira por Estados Unidos para aprovechar el tirón. Tocamos como teloneros de Maroon 5 y debutamos con éxito en los escenarios de un puñado de ciudades. El público estadounidense empezó a adorarnos y «Todas las veces que me enamoré de ti» se convirtió en el *single* estrella.

Probablemente soy la única persona que detesta esa canción. Tiene gracia. Escribí la letra cuando rompí con Nura porque necesitaba desahogarme. «La chica del lunar en la mejilla» y «Todas las veces que me enamoré de ti» son los dos únicos temas que canto con Gabi. No sé qué me sorprendió más, si el cálido recibimiento del público o el hecho de que la crítica no me lapidara la primera vez que decidía subirme al escenario como cantante. Pero lo que de verdad me fascina es ser capaz de cantar dos canciones que escribí para una chica que me rompió el corazón. Porque, cuando grabamos el disco en el estudio, se me quebró la voz y tuve que hacer varias pausas. Nadie dijo nada porque todos sabían que la canción habla de ella.

Es curioso que todos tengan una versión de nuestra historia. Sé que Nura y yo rompimos, aunque todavía no comprendo por qué. Cuando regresé a su apartamento para recuperarla, la encontré en brazos de su mejor amigo. Sé que nunca debería haberla dejado escapar, pero sigo furioso con ella. ¿Cómo pudimos estropear algo tan increíble?

Nunca le conté a nadie lo que sucedió entre nosotros. Gabi insistió, pero se encontró con un muro. Durante varias semanas aguardé una llamada de Nura que nunca llegó. A veces me sorprendo porque sigo esperando una explicación. Y otras me limito a mirar las fotos que tengo en el móvil y no comprendo por qué soy incapaz de odiarla. Joder, la quiero. La sigo queriendo como si después de tres meses mi corazón se negara a olvidarla. Creo que algunas personas llegan a tu vida para dejar huella independientemente del resultado de vuestra historia. Y me fastidia porque soy consciente de que no voy a volver a enamorarme de esa manera. Puede que lo nuestro no fuera perfecto, pero la intensidad con la que saboreaba la vida a su lado no tenía precio.

Me pregunto qué habrá sido de ella.

Me pregunto si estará saliendo con alguien, y si ese alguien será Jorge.

Me pregunto si habrá sido capaz de olvidarme, y me duele que quizá lo haya hecho.

Y me pregunto...

Me quedo parado delante del escaparate de una tienda del aeropuerto. Axel va detrás de mí y deja de empujar su maleta de mano. Me mira de reojo cuando comprende lo que ha llamado mi atención. Hay silencios que valen más que mil palabras y este es uno de ellos.

Silencio en la noche, una novela de Nura Yusuf.

No lo pienso. Cojo el libro y lo compro. No es solo curiosidad, sino la ridícula sensación de que Nura está a mi lado cuando acaricio su nombre en la portada. Porque más de siete mil kilómetros de distancia no han conseguido borrarla de mi cabeza.

Me planteo enviarle un mensaje cuando termino el libro, pero sé que es una completa locura. Nura ha dejado bastante claro que no quiere saber nada de mí. De lo contrario, no se habría enrollado con su mejor amigo. Por eso me limito a tumbarme bocarriba en la cama mientras intento asimilar que el protagonista de su libro soy yo. Y sé que, si se lo preguntara, ella jamás lo negaría, del mismo modo que sería ridículo que yo intentara negar que «Todas las veces que me enamoré de ti» habla de nuestra historia.

—¿Te lo puedes creer? —Arrojo el libro sobre la tumbona en la que mi hermana está tomando el sol—. El protagonista es pianista.

Mi hermana le echa un vistazo a la portada.

—Es el libro de Nura.

—¡Sí!

—¿Crees que está inspirado en ti?

—Le gusta la misma música que a mí y toca por teléfono para una chica de la que está enamorado. Y no te lo pierdas… ¿Sabes qué canción toca? «Lucha de gigantes».

—¿Te ha matado? —Gabi intenta aguantar la risa—. Es decir, ¿ha matado al protagonista?

—Pensé que la iba a palmar, pero al final del libro sobrevivo. Un detalle por su parte.

Gabi se pone seria cuando percibe mi malestar.

—Tú también le has escrito un par de canciones. Creo que vais empatados.

—No es lo mismo.

—En el fondo, me parece muy romántico. Ambos habéis servido de inspiración para el otro. Sabrías valorarlo si no estuvieras tan dolido con ella.

—No tiene derecho a utilizarme para su libro —digo, aunque sé que es ridículo porque yo le he escrito dos canciones.

—¿De verdad estás enfadado con ella? Porque visto desde fuera parece la historia de un par de imbéciles que no se ponen de acuerdo sobre lo mucho que se quieren.

—Si me quisiera, no se habría enrollado con su mejor amigo.

—Ostras. —A mi hermana se le desencaja la expresión—. ¡Eso fue lo que pasó!

—Ignora lo que he dicho —le pido irritado.

Pero, obviamente, Gabi es incapaz de dejarlo correr.

—¡No te creo! ¿Por qué haría algo así? Estaba colada por ti. Lo noté en tu cumpleaños. Desprendíais mucha complicidad. No tiene sentido que se enrollara con su mejor amigo.

—Pues no lo sé, Gabi. Si quieres, la llamo y se lo pregunto.

—A lo mejor fue un malentendido...

—La pillé quitándole la camiseta. Quince minutos antes, yo la había dejado, pero soy tan gilipollas que me arrepentí y regresé para pedirle una segunda oportunidad.

—Qué fuerte.

—Te agradecería que para variar mantuvieras la boca cerrada. No me apetece que Axel y Pol me den la brasa.

—Alucino contigo. Primero la dejas y luego vuelves a por ella. Eres tonto.

—Se te olvida la parte en la que ella me pone los cuernos.

—La habías dejado. No cuenta como infidelidad.

—Pero ¿tú de parte de quién estás? —Me doy la vuelta porque no sé si me apetece saberlo—. Necesito salir a despejarme.

Me pongo los cascos y salgo a correr por las afueras de la urbanización mientras escucho un temazo de AC/DC. No puedo parar de darle vueltas a la cabeza. Soy el protagonista del libro de Nura. No hay más. Y he de reconocer que ha clavado mi personalidad; inseguro, reflexivo y experto en meter la pata. Una joyita literaria. La narración es en tercera persona y es evidente que a la escritora no le cae bien el personaje, pero por alguna misteriosa razón le perdona la vida.

«Muchas gracias, Nura».

Estoy regresando a la urbanización cuando me tropiezo con un rostro conocido y que creí que no volvería a ver. Camino más despacio y me rasco el codo. Clara me saluda con la mano y se acerca a mí con expresión indecisa.

—Hola, Leo.

—Hola.

Ella fuerza una sonrisa débil.

—Enhorabuena por el nuevo disco y la gira.

—Gracias —respondo, y noto que viene en son de paz—. Enhorabuena por quedar finalista.

—¿Viste el programa?

—No, pero mi hermana me lo contó.

—Supongo que te preguntarás que estoy haciendo aquí...

—Pues sí.

Clara se aparta el pelo de la cara. Parece nerviosa.

—Lo he estado pensando mucho, y hay varias cosas de las que no me siento orgullosa. Cuando estuve en aquella isla durante varios meses tuve mucho tiempo para pensar, y llegué a la conclusión de que me había portado fatal contigo. No debería haber dicho cosas tan horribles sobre ti. Estaba enfadada y dolida, pero no fui sincera. Tú siempre fuiste bueno conmigo hasta que... ya sabes, te enamoraste de otra.

—No pasa nada —digo con las manos metidas en los bolsillos del pantalón de chándal—. Yo tampoco me siento orgulloso de cómo gestioné la situación. Debería haber sido sincero contigo desde un principio, cuando empecé a sentirme atraído por otra persona. Ojalá hubiera encontrado el valor para decírtelo, pero me daba miedo hacerte daño. Por eso no te lo conté cuando rompimos. Pensé que si te decía toda la verdad solo te causaría más dolor.

—Lo sé. Lo comprendí cuando me enamoré de Javi. Él tenía novia cuando estaba concursando conmigo en la isla. Fue un shock enamorarme de alguien que ya tenía pareja. Entonces te entendí porque pasé a ser «la otra» y me llovieron palos por todos lados.

—Vaya, lo siento.

—Da igual, ahora estamos genial. Al principio fue bastante difícil. Qué te voy a contar a ti. La fama es...

—¿Complicada?

—Iba a decir que es una mierda.

Nos reímos.

—Me alegro de que las cosas te vayan bien.

—Lo sé. Eres buena persona. —Clara me observa sin una pizca de rencor—. Mi sobrina te echa de menos y no para de hablar de ti. Estaría bien que le hicieras una visita si te apetece.

—¡Claro!

—No me importa que vengas acompañado.

—Estoy soltero.

—Lo sé. Las revistas estuvieron un tiempo hablando de vosotros. Pero lo digo por si lo arregláis. He escuchado tu disco. Ojalá me hubieras escrito algo tan bonito a mí. Se nota que estás loco por ella.

No sé qué decir, así que me limito a encogerme de hombros. Clara me pilla desprevenido cuando me da un abrazo breve y sincero.

—Sienta bien hacer las paces contigo. Te deseo lo mejor, Leo.

—Y yo a ti, Clara.

Cuando se marcha, respiro aliviado porque me he quitado un peso de encima. Lo necesitaba. Luego me pregunto si algún día seré capaz de hacer lo mismo con Nura. «Ni de coña», pienso. Porque a Clara la siento como una ex, pero por desgracia me siguen removiendo un montón de sentimientos por Nura. ¿Cómo miras a la cara a alguien que significó tanto en tu vida? ¿Cómo te enfrentas a una persona a la que ya no te une nada salvo un puñado de buenos recuerdos y un amor que te acelera el corazón cuando piensas en ella? Clara tiene razón, estoy loco por Nura. ¿Y sabes qué? El amor no correspondido es una mierda.

61
Nura

Tres meses pueden dar para mucho. Rompí con Leo, me hice un esguince de segundo grado, publiqué mi libro y mi vida volvió a la normalidad. Durante un par de semanas, los periodistas siguieron molestándome hasta que se hartaron de mí. He de reconocer que el comunicado de Leo ayudó bastante. Al principio estuve furiosa con él porque no me pidió permiso, pero luego comprendí que me había hecho un favor.

Y la vida siguió…

No me sorprendió descubrir que no era más feliz que antes de conocerlo. Ni siquiera me sentí aliviada cuando los periodistas desaparecieron de mi portal, porque tuve que hacerme a la idea de que con ellos también se iba Leo. La gente dejó de reconocerme por la calle y en las redes sociales se cebaron con otra persona. Y las canciones al piano y los maratones de Harry Potter llegaron a su fin.

Las emociones son muy complejas. Durante estos últimos tres meses, he descubierto que soy capaz de estar enfadada con Leo y al mismo tiempo echarlo de menos. No quiero estar con él. No quiero compartir mi vida con una persona que primero me aparta y luego desconfía de mí. Pero, a pesar de lo dolida que estoy, no puedo parar de pensar en él. Así es como comprendo que la decepción y la nostalgia están muy relacionadas. Que echar de menos no implica necesariamente que quieras a esa persona de regreso, y que un corazón roto no siempre sana con el paso del tiempo.

Leo me ha dado una gran lección: las relaciones no son perfectas. Aun así, no puedo evitar echarlo de menos. Quizá porque las cosas buenas de la vida siempre exigen un sacrificio, y yo estaba dispuesta a renunciar al anonimato para estar con él.

Sé que puedo vivir perfectamente sin tenerlo a mi lado, pero se me acelera el corazón cuando recuerdo que Leo es el único chico que me incendiaba el pecho con sus besos. El único del que me he enamorado y con el que encajaba sin necesidad de esforzarme.

Y sí, sé perfectamente que podría haberlo solucionado con una simple llamada de teléfono, pero no estaba dispuesta a traicionarme. Leo decidió no creer en mí, aunque lo que más me duele es que decidió no creer en nosotros. Él escribió el final de nuestra historia. Mancilló algo precioso con un montón de dudas absurdas.

—Las segundas partes nunca son buenas.

—¿Qué has dicho? —pregunta Dan.

Estoy en casa de mi hermana mientras sostengo a mi sobrina en brazos. Ni siquiera me he dado cuenta de que he hablado en voz alta.

—Que Elsa es muy buena.

Dan arruga la frente.

—Eso lo dices porque duerme de día y llora de noche.

Mi hermana acaba de ser madre y me encanta hacer de canguro. Elsa es un bebé de ojos enormes y mejillas rechonchas a la que no puedo dejar de achuchar. Cuando estoy con ella, casi me olvido de Leo. Casi.

—Menos mal que no fue niño.

—Pensé que habías hecho las paces con Pablo.

Tiene razón. No soy una persona rencorosa, y he de reconocer que mi primo se esforzó para que lo perdonara. Un día se presentó en mi casa sin avisar con un manuscrito encuadernado y me dijo: «Siento haber sido un gilipollas contigo. ¿Me puedes dar algún consejo para mejorar como escritor? A cambio te prometo que empezaré a respetarte como te mereces y que nunca volveré a meterme contigo. Aunque te cueste creerlo, te tengo muchísimo aprecio y algún día me gustaría llegar tan lejos como tú». E, increíble pero cierto, comenzamos una extraña amistad. Me sigue sacando de mis casillas, pero mi primo se está esforzando para que nos llevemos bien y las reuniones familiares ya no son una tragedia.

—Nos llevamos bien, pero me encanta sumar otra mujer Yusuf a la familia. ¿Crees que se parecerá un poquito a mí? Amina dice que Maya y Nía han sacado mi carácter.

—Espero por el bien de mi pequeñita que no sea tan complicada como su tía.

—¡Eh! —Protesto, y en ese momento Elsa se despierta y me vomita encima—. Uf, huele fatal…

—Anda, trae.

Dan coge a Elsa en brazos y voy directa al baño para intentar limpiarme el vómito. Cuando regreso al salón, está sonando la canción. Esa canción que soy incapaz de escuchar porque me trae demasiados recuerdos.

—Apaga la radio —le pido.

—A mí me gusta.

—Es una porquería.

—No lo dices en serio. Es preciosa y habla de…

Cojo el mando inalámbrico y cambio de emisora. Dan me observa sin pestañear, pero lo deja estar. Todos saben que no pueden hablarme de Leo. Se ha convertido en un fantasma del que no quiero oír ni su nombre. Me digo que así es más fácil, aunque en realidad es complicado olvidarte de tu exnovio cuando te ha compuesto dos canciones que suenan constantemente en la radio…

Estoy dando un paseo de regreso a mi casa mientras escucho mi emisora favorita. Al menos, no todo es malo. La semana pasada se publicó mi libro y estoy recibiendo buenas críticas. Mañana tengo mi primera presentación, a la que vendrá toda mi familia, y Jorge acaba de confirmarme su asistencia. Hace un par de semanas, me llamó por teléfono. Me contó que estaba saliendo con su nueva compañera de trabajo y me invitó a cenar. El buen rollo entre nosotros regresó como si nunca hubiera estado colgado por mí. Recuperé a mi mejor amigo y perdí al chico del que estaba enamorada. Así es la vida…

«Y, ahora, la canción que está sonando en todas partes —dice el locutor—, "Todas las veces que me enamoré de ti", de Yūgen».

En cuanto comienza a sonar la melodía, me quedo paralizada y mi primer impulso es cambiar de emisora. Nunca he sido capaz de escuchar la canción hasta al final y me pregunto si él habrá podido leer mi libro. Solo por eso cierro los ojos y respiro profundamente. Las lágrimas atenazan mi garganta cuando escucho la voz grave de Leo.

Somos algo casi perfecto,
pero si pudiera reescribir nuestra historia
te juro que no cambiaría ni un solo momento.
Porque todas las veces que me enamoré de ti
fueron increíbles.
Porque todas las veces que me enamoré de ti
me hiciste sentir que podía tocar el cielo.

Todas las veces que me enamoré de ti,
absolutamente todas,
volvería a vivirlas de nuevo.

La primera en el backstage *de un concierto,*
eras un torbellino de pelo rizado y lengua afilada.
Tuve la impresión de que juntos éramos fuego.
La segunda en aquel sendero de hojas infinitas,
te juro que si no te besé fue por miedo.
La tercera hablando por teléfono,
porque contigo siempre fue fácil desnudarme por entero.
La cuarta volando una cometa en la playa.
La quinta en un karaoke,
y después amándonos en un sofá,
fingiendo que no me estremecías hasta los dedos.
La sexta viéndote reír.
La séptima va por todas las veces en las que te tocaba el pelo.

Porque todas las veces que me enamoré de ti,
en las que no fuimos perfectos...
Porque todas las veces en las que intenté no enamorarme de ti
fallé de lleno.

—¿Creéis que la canción está inspirada en alguna exnovia del guitarrista de Yūgen? —pregunta el locutor de radio con tono irónico—. Yo creo que algo tan bonito debe haberlo inspirado alguna de sus novias. Seguro que no le faltó inspiración. Por lo visto estuvo ocupado. Entre la finalista del *reality*, Millie Williams y... ¿cómo se llamaba la otra?».

«Está inspirada en mí, idiota», pensé.

Me muerdo el labio hasta que me hago daño. Intento no ablandarme porque no se lo merece. Seguro que a estas alturas Leo ya se ha olvidado de mí y está con alguna chica menos complicada. Una que sea comprensiva y paciente; que siempre le dé la razón y corra a sus brazos cuando se equivoque. Yo nunca seré esa chica. Por eso me duele tener que escuchar una canción que siempre será eterna, a diferencia de nuestra historia.

62
Leo

«¿Qué estoy haciendo aquí?».

Estoy dentro del coche y observo la larga cola de lectores que hay en la puerta de la librería. Parece que le va muy bien, y me alegro por ella porque se lo merece. Golpeteo el volante con los dedos. No debería estar aquí. Ha sido un error venir. No voy a entrar, lo que me lleva a la siguiente pregunta: ¿Por qué he venido?

Porque me muero de ganas de verla.

Porque la echo mucho de menos.

Porque no he dejado de pensar en ella desde que bajé a toda prisa aquellas escaleras.

Me calo la gorra hasta las orejas cuando un grupo de personas se para justo enfrente de mi coche. No quiero llamar la atención, ni mucho menos arruinar la presentación de su libro, pero necesitaba cerciorarme de que no se trataba de una broma. Ayer estaba haciendo unos largos en la piscina climatizada cuando mi hermana se arrodilló en el bordillo para que me acercara.

—Te ha llegado una carta —dijo. Y añadió con tono misterioso—: Es de Nura.

Salí de la piscina y se la arrebaté de las manos. Ni siquiera me molesté en secarme con la toalla. Era un sobre certificado con el nombre de Nura Yusuf. Lo observé con los ojos entornados. Mi hermana me dio un codazo.

—¿No la abres?

—No sé por qué me ha escrito una carta.

—Si no la abres tú, lo haré yo. ¿No te mueres de curiosidad por saber lo que pone?

Por supuesto que me moría de curiosidad. Era la primera vez en tres meses que tenía noticias de Nura. Se me aceleró el pulso y rasgué el sobre. Dentro había una cartulina amarilla, su color favorito. Aquello era una señal. La leí con el corazón en un puño.

Estimado Leo:

Tengo el placer de invitarte a la presentación de mi libro, *Silencio en la noche.* El evento tendrá lugar el jueves, 3 de marzo, a las 18.30 p. m.

Me gustaría contar con tu presencia.

NURA YUSUF

—Es mañana.

Observé la invitación con el ceño fruncido.

—No entiendo nada.

—¿Vas a ir?

—Por supuesto que no.

En fin, aquí estoy.

A mi hermana no le costó convencerme de que viniera. Solo tuvo que formular las preguntas adecuadas para que diera el primer paso: «¿No tienes ganas de volver a verla?», «¿No quieres saber por qué te ha invitado?», «¿Y si quiere aclarar las cosas contigo?». Así que aquí estoy, sin saber por qué Nura me ha invitado a la presentación de su libro cuando es evidente que no soportaría que Leo Luna le hiciera sombra un día como este. Por eso me limito a esperar en el coche durante dos horas que se me hacen eternas. Cuando la librería se queda casi vacía, cojo mi ejemplar, salgo del coche y me acerco con cautela al escaparate de la tienda. Está repleto de libros y no puedo verla.

Es una locura.

Me doy la vuelta con la intención de largarme. La invitación no tiene ningún sentido. Durante tres meses, Nura me ha dejado bastante claro que no quiere saber nada de mí. ¿Por qué de repente ha cambiado de opinión?

Me tropiezo con ella y la sostengo por los hombros cuando está a punto de caerse de espaldas. Mi corazón se salta un latido… hasta que me doy cuenta de que no se trata de Nura. Solo es un cartel a tamaño real. Lo coloco en el suelo y me siento idiota. Estoy a punto de acariciar su sonrisa cuando alguien carraspea y dejo caer el brazo como si me hubieran pillado haciendo algo malo.

—La de verdad está dentro.

Se me cambia la expresión cuando reconozco a Jorge.

—Ya me iba —digo con sequedad.

—Antes de que te largues, hay algo que deberías saber.

—No me digas.

—Sí.

Sacudo la cabeza porque estoy convencido de que nada de lo que salga de la boca de este tipo puede interesarme, pero, entonces, una chica se acerca a él y me mira con los ojos abiertos de par en par.

—Ay, ¡tú eres Leo!

—Sí, pero ya me voy. No quiero arruinar la presentación de Nura.

—Ya se marcha. Acaba de firmar el último libro.

—Da igual, será mejor que me vaya.

—Oye, tío, no quiero meterme donde no me llaman… —empieza Jorge—. De hecho, Nura se cabrearía muchísimo si se entera de que he hablado contigo. Pero tienes que saber una cosa.

—¿Que estáis saliendo juntos? —pregunto con ironía.

La chica se cruza de brazos y esboza una sonrisa burlona.

—Jorge ya está pillado. Yo soy su novia.

En ese momento, Jorge y yo cruzamos una mirada que lo cambia todo. La mía, de incredulidad, y la suya de tranquilidad cuando la chica se cuelga de su brazo y le da un beso en la mejilla.

—Te escucho —digo agobiado porque tengo la impresión de que he metido la pata hasta el fondo.

Cuando Jorge termina de contármelo todo, aprieto contra el pecho el ejemplar de *Silencio en la noche.* Lo que siento es una mezcla de culpabilidad y esperanza. Soy un imbécil por dejar escapar a la chica más alucinante que he conocido en mi vida, pero sé que tengo una oportunidad que no pienso desaprovechar.

—¿Te vas? —pregunta la novia de Jorge.

—No. —Me envalentono—. Voy a recuperar a Nura.

Jorge me da una palmadita en la espalda antes de que cruce la puerta.

—Buena suerte. No te lo pondrá fácil.

63
Nura

Acabo de firmar el último libro. La presentación ha sido un éxito y tengo los dedos de las manos agarrotados. Respiro aliviada y me vuelvo hacia mi padre, que está charlando con mi hermana pequeña. Mi madre regresa en ese momento con una lata de Coca-Cola y me guiña un ojo. Toda mi familia está aquí. Mis hermanas, mis padres, mi tía, mis abuelos... Incluso mi primo se ha animado a venir y me ha aplaudido al terminar la presentación como si fuera mi mayor fan.

—¿Cuántas veces me has dicho que la Coca-Cola es perjudicial para la salud? —bromeo.

—Necesitas cafeína para mantenerte en pie. Lo has hecho muy bien. Estoy muy orgullosa de ti.

Mi madre me tiende el refresco, pero entonces algo capta su atención y retrocede con cara de sorpresa. Estoy a punto de preguntarle si ha visto un fantasma, pero ella se limita a esbozar una sonrisilla que no le pega nada y señala con la cabeza hacia delante.

—Te queda un lector.

—Oh, creí que había firmado a todo el mundo —digo con tono de disculpa. Me doy la vuelta y cojo el bolígrafo—. ¿A quién se lo dedico?

—Leo.

El bolígrafo se me cae y mantengo la vista clavada en la mano que sostiene mi libro. Reconozco la piel bronceada y los dedos largos. Me muerdo el labio mientras intento mantener todas mis emociones a raya, pero mi corazón palpita con fuerza y los ojos me pican cuando levanto la cabeza muy despacio.

Debe de ser una broma...

Pero ahí plantado, mirándome a los ojos, está Leo.

Me aparto el pelo de la cara con la mano temblorosa. De repente, en la librería reina el silencio y me percato de que toda mi familia nos está observando. Se me escapa el aire por los labios cuando intento decir algo. Así que carraspeo y frunzo el ceño. No obstante, mi intento por mantener la compostura se queda en nada cuando noto que me empiezo a ruborizar hasta las orejas. Entonces me clavo las uñas en las palmas de las manos y me levanto con tanta energía que tiro la silla al suelo.

—¿Qué haces aquí? —pregunto con un hilo de voz.

Leo me mira desconcertado.

—Recibí tu invitación.

—¿Qué invitación? ¿De qué hablas?

Leo saca una cartulina amarilla del bolsillo trasero de su pantalón. Estoy a punto de cogerla, pero me lo pienso mejor porque no quiero tocarlo. Me cruzo de brazos y me limito a mirarlo con frialdad.

—No es mía.

Aisha levanta el brazo y pone cara de arrepentimiento.

—La escribí yo —musita—. Pensé que no vendrías. Me alegro de volver a verte, Leo.

—Igualmente, Aisha.

—¡Aisha! —exclamo irritada—. ¿Por qué lo has invitado?

—Porque pensé que todavía teníais muchas cosas de las que hablar...

—Leo es la última persona a la que me apetecía ver el día de mi presentación —respondo furiosa.

Leo se encoge como si lo hubiera golpeado, pero me da igual. Es la verdad. No quiero verlo. Aunque esté guapísimo y me muera de ganas de darle un abrazo.

—Vaya..., tiene bastante sentido. Me preguntaba por qué me habías enviado una invitación si durante tres meses no has dado señales de vida.

—Yo no corté contigo —respondo con aspereza.

—Volví.

—Ojalá no hubieras vuelto.

—No lo dices en serio.

Lo atravieso con la mirada.

—Me dejaste —le reprocho.

—Y tardé quince minutos en arrepentirme.

—Me da igual. —Cojo mi bolso y me percato de que todos nos observan sin pestañear—. Ya he terminado aquí. Me voy.

—Al menos fírmame el libro.

—¿Es una broma? —levanto la voz.

—Creo que me lo merezco. El protagonista está inspirado en mí.

—Tú me has escrito dos canciones. Seguro que has ganado mucho dinero con ellas.

—Sabes de sobra que no las escribí para ganar dinero. Las escribí porque no podía sacarte de mi cabeza.

—A mí me parecen muy bonitas… —interviene mi madre.

—¡Mamá! —protesto.

—Y a mí —añade mi padre con tono prudente.

Resoplo. Esto no puede estar pasando. Dan levanta la mano y pongo los ojos en blanco.

—¿Puedo decir algo?

—¡Claro! ¿Por qué no? —digo con retintín.

—Creo que deberías hablar en privado con él. Se ha tomado la molestia de venir hasta aquí. ¿Por qué no lo escuchas?

—Oh, claaaro. Se ha tomado la molestia de venir hasta aquí. El tiempo de Leo Luna es muuuy valioso —digo con ironía.

Mi amiga Paula le arrebata el libro a Leo y me lo pone sobre el pecho.

—No seas terca. Fírmale el libro.

—No me da la gana.

—Yo creo que, si pudiste perdonarme a mí, y todos saben que fui un capullo contigo, también puedes perdonarlo a él. Solo tienes que dejar a un lado tu orgullo. Además, se nota que estás hecha polvo. Deja de hacerte la dura y dale una oportunidad —dice Pablo.

—¿Y tú quién eres? —pregunta Leo con curiosidad.

Pablo le tiende la mano.

—Su primo Pablo.

—¡Sebas!

Pablo se pone colorado y me lanza una mirada acusadora.

—¡Lo sabía! Os lo dije. El personaje de Sebas está basado en mí. Nura, ¡te has reído de mí! —protesta mi primo.

Me tapo la cara con las manos. Dios mío, esto es una pesadilla.

—Muchas gracias, Leo.

—Perdón. Se me ha escapado.

Cuando me pone una mano en el hombro, me aparto como si quemara y él me mira apesadumbrado.

—No me toques. Eres experto en meter la pata. Estoy harta de ti.

—No digas eso, por favor.

Cuando Leo me mira, algo se retuerce en mi interior. Intento apartar ese sentimiento y trago con dificultad, pero es tan intenso que lo único que consigo es que un tsunami de sensaciones se desparrame por todo mi cuerpo. Le doy la espalda y abro los ojos porque no quiero llorar delante de mi familia. Esto es el colmo. ¿Cómo se atreve a presentarse aquí para derribar todas mis convicciones? Es mi exnovio. Me ha hecho daño. Y quiero odiarlo..., pero no puedo.

Leo me agarra de la mano y me pilla desprevenida cuando me arrastra hacia el servicio. Antes de que pueda darme cuenta de lo que sucede, cierra la puerta y se planta delante de ella.

—¿Qué haces? Quítate de ahí —le ordeno nerviosa.

—No.

—¿No? —Enarco una ceja—. Te aseguro que no quieres verme enfadada, Leo.

—Ya te he visto enfadada un montón de veces. No me impresionas.

—No quiero darte un empujón.

—No vas a darme un empujón.

Aprieto el bolso contra mi costado.

—Ah, ¿no?

—No.

—¿Y eso por qué?

—Porque tengo que pedirte perdón por ser un gilipollas que desconfió de ti. Te lo mereces.

Abro la boca, pero la cierro porque no tengo nada que rebatir. Me tiembla la barbilla y agacho la cabeza. Sé que si lo miro a los ojos estoy perdida.

—Lo siento.

Leo se acerca a mí, pero pongo los brazos en alto para que guarde la distancia. Se mete las manos en los bolsillos y reconozco ese gesto de autocontrol tan suyo. Se muere de ganas de tocarme.

—Vale, ya me has pedido perdón. Y ahora apártate de la puerta.

—No he terminado.

—Pues date prisa.

—Jorge me lo ha contado todo.

Me da por reír. Ahora resulta que mi familia y mis amigos se van a meter en mi vida. Deben de verme muy hundida si creen que necesito su ayuda. Pero se equivocan. Llevo veintitrés años apañándomelas muy bien sola. No necesito a nadie.

—Ya lo entiendo. Jorge te ha contado que no sucedió nada entre nosotros, y ahora te das cuenta de que has metido la pata hasta el fondo. De lo contrario, seguirías pensando que soy… ¿Qué fue lo que me dijiste? Ah, sí: «Que era una exnovia despechada que se enrolla con su mejor amigo porque acaban de partirle el corazón».

—No me lo repitas, me da muchísima vergüenza.

—En parte tenías razón, Leo. Porque me partiste el corazón y desde entonces le he cogido asco a todos los tíos. Pero ¿sabes qué? Estoy mejor sola que mal acompañada. Ya puedes quitarte de la puerta.

Leo se echa a un lado, pero me toca la muñeca cuando estoy a punto de abrir.

—Yo no estoy mejor solo.

—Es tu problema.

—Una vez te dije que las almas gemelas nunca se decían adiós.

—Para. —Cierro los ojos—. Me mentiste.

—Qué va. Lo nuestro no fue un adiós, fue un hasta luego. Porque siempre he tenido la esperanza de que volveríamos a encontrarnos. Y sé que tú en el fondo sientes lo mismo porque quieres odiarme, pero no puedes.

Apoyo una mano en mi cadera y me vuelvo hacia él.

—¿Ahora me lees la mente?

—Somos almas gemelas. No hace falta. Sé que lo que siento es recíproco.

—Si fuéramos almas gemelas, no habrías desconfiado de mí. Dios, Leo. —Me tapo la cara con las manos cuando se me quiebra la voz—. ¿Por qué tuviste que estropearlo?

—Porque soy un idiota.

Intento resistirme cuando me toca, pero rompo a llorar en cuanto me rodea con sus brazos. Es surrealista que la única persona que puede consolarme sea la misma que me rompió el corazón. Y me doy cuenta de que es ridículo luchar contra mis sentimientos cuando me da un beso en la frente y murmura:

—Hueles a vainilla.

—Ya no te quiero.

—Mentirosa.

—Pues aprenderé a no quererte.

—Entonces yo me esforzaré el doble para entrar de nuevo en tu corazón.

Levanto la cabeza y lo miro con los ojos empañados por las lágrimas. Leo pone sus manos en mis mejillas. Justo como sabe que me gusta. Sus pulgares me acarician la piel y me mira con un intenso deseo. Sé que solo tengo que inclinarme para que decida besarme. Por eso sacudo la cabeza y él entrecierra los ojos, resignado.

—Soy tan imbécil como el protagonista de tu libro.

—Él no es imbécil. Solo es un chico asustado que se equivoca. Eso es todo.

—Pero en el libro al final se queda con la chica.

—Quería escribir un final feliz. Para variar.

—¿Y no existe la posibilidad de que nosotros tengamos un final feliz? —pregunta esperanzado—. Como Thiago. Un final en el que la chica lo acepte a pesar de sus múltiples fallos y él intente mejorar como persona.

—Es ficción, Leo.

—Puedo esforzarme para que sea real.

Me muerdo el labio. Leo inclina la cabeza y, justo cuando estoy a punto de rogarle que no me bese, apoya su frente sobre la mía y dice:

—El problema es que yo soy más imperfecto que Thiago, ¿no? Porque teníamos algo increíble y lo arruiné. Todavía no entiendo cómo fui capaz de romper con la única chica con la que podía ser yo mismo. Pero te prometo que lo hice porque tenía la impresión de que te estaba haciendo muy infeliz. Solo quiero que sepas que cuando regresé a tu apartamento lo hice para pedirte una segunda oportunidad, porque romper contigo fue el mayor error de mi vida. Lo siento, Nura. Siento que te hicieras un esguince por ir detrás de mí. Y entiendo… entiendo que no me llamaras para sacarme de mi error porque tú no tenías que darme ninguna explicación. Joder, ojalá pudiera retroceder en el tiempo y enmendar todas mis meteduras de pata. Será mejor que me vaya.

Leo me suelta y tarda varios segundos en agarrar el pomo de la puerta.

—Me gustaba estar contigo porque sacabas lo mejor de mí. De los errores me hago cargo porque son mérito propio. Lo siento.

Leo abre la puerta y, justo cuando está a punto de marcharse, comprendo que no quiero que se vaya a ningún lado. Llevo tres meses luchando contra mis sentimientos y anteponiendo mi orgullo. Estoy cansada.

—Me gusta que no seas perfecto.

Leo se vuelve hacia mí y me mira desconcertado.

—Soy absolutamente imperfecto, te lo juro. No tiene cura.

—Yo también.

—Podemos ser imperfectos juntos —sugiere, y esboza una sonrisa esperanzada.

—¿Y si vuelves a huir de mí?

—No pienso irme a ningún lado —promete, y corta la distancia que nos separa—. Porque te quiero, Nura. Y, si no es suficiente, quiero que sepas que…

Lo agarro de la camiseta y aplasto mi boca contra la suya. Había echado tanto de menos sus besos que durante un instante floto en una nube. No puedo ni quiero renunciar a él. Lo sé en cuanto mi boca captura la suya y nuestra química explota. Leo me rodea la cintura y se apropia del beso como si hubiera sido idea suya. No me importa. Tenemos el resto de nuestra vida para besarnos y sabe que soy muy competitiva. Además, me vuelve loca cuando lo hace y sería ridículo negarlo. Han pasado tres meses, pero siento que todo vuelve a encajar porque me reconozco en sus labios.

—Hablas demasiado —digo respirando con dificultad cuando nos separamos.

—Eres tan…

—¿Habéis hecho las paces? —grita mi hermana mayor.

—Shhh, ¡no oigo nada! —se queja Paula.

Es obvio que están escuchando detrás de la puerta. Leo y yo nos reímos. Entrelazo mi mano con la suya y lo miro a los ojos.

—Tú ganas. Te voy a presentar a mis padres.

Fragmento de la revista *¡Escándalo!*

¡Triunfó el amor!

¡El amor está en el aire! Y si no que se lo digan a Leo Luna y Nura Yusuf. Recientemente, la pareja decidió darse una segunda oportunidad. Ya no esconden su relación y pasean cogidos de la mano por las calles de la ciudad. ¿Sabéis una cosa? Cuando el amor es verdadero, se nota. ¡Yo creo que hacen una pareja estupenda!

Incluso les ha salido un club de fans. Las redes sociales están que arden con la pareja de moda del momento. Y a Leo le llovieron los *likes* cuando hace un par de semanas subió una foto de su chica junto con un fragmento de «Todas las veces que me enamoré de ti». Definitivamente, la canción habla de su historia. ¿No os parece romántico? Pero no os pongáis celosas, chicas. Por lo visto, Axel y Pol todavía no están pillados. Y, quién sabe, quizá uno de ellos le escriba una canción a una de las lectoras de esta revista... ¡Soñar es gratis!

Fuentes cercanas a la pareja comentan que están tan enamorados que han decidido dar un paso más en su relación e irse a vivir juntos. ¿Dónde habrán instalado su nidito de amor? Lo único que sabemos es que ni los rumores ni las críticas ni las terceras personas han sido capaces de destruir esta pareja. ¿Será verdad que el amor todo lo puede?

Leo

Seis meses después…

Estoy subido a la tabla de surf y desde aquí puedo ver a Nura correr por la playa. Lanza la pelota y una bola de pelo negra sale disparada y levanta una polvareda de arena. Nura extiende los brazos cuando el perro se pone de pie sobre sus patas delanteras. Cae de espaldas y la puedo oír quejarse. Me río sin poder evitarlo. Desde aquí veo cómo me fulmina con la mirada. Tumbo el pecho en la tabla y remo hacia la orilla.

—¡No, Buster! ¡Perro malo!

Clavo la tabla en la arena y me acerco mientras intento disimular una sonrisa.

—¿Qué ha hecho esta vez nuestro granujilla?

—Se ha comido los sándwiches de atún. —Me enseña la bolsa vacía—. Tu perro es un tragón.

—Siempre es mi perro cuando se porta mal. Pero, cuando te da la patita, misteriosamente vuelve a ser tuyo.

—Es tu culpa. Lo consientes demasiado.

—No es verd…

Buster mordisquea el tobillo de mi traje de neopreno e intento ponerme serio.

—¡Quieto! ¡No!

El perro, una mezcla de labrador y mastín que adoptamos hace un par de meses, pone cara de pena y agacha la cabeza. Comienza a gemir y Nura resopla cuando le acaricio.

—Eres un blando.

—No puedo enfadarme con él cuando me pone ojitos.

—Pues eso, un blando.

—Tú también me pones ojitos para salirte con la tuya.

—No es cierto. Discutimos hasta que consigo lo que quiero.

—Tienes razón, listilla. Eres muy competitiva.

—Finge que no te encanta.

—Me da dolor de cabeza escucharte. Por eso siempre dejo que ganes.

—¡Retira eso!

—¿¡Qué hay de todo ese rollo de tener una relación sana y sincera!?

—¡Buster! —dice Nura, y el perro levanta las orejas—. ¡A por él!

Buster me derriba y ella se abalanza sobre mí para hacerme cosquillas. Termino retorciéndome sobre la arena mientras nuestro perro me lame la cara y Nura me hunde los dedos en el costado. No se queda satisfecha hasta que le suplico que pare.

—Eres un traidor —le digo, y el perro se tumba bocarriba para que le rasque la barriga.

—Buster siempre va con el equipo ganador. ¿Quién es el perrito más guapo del mundo, eh?

—Y luego yo soy el blando…

Me desabrocho el traje de neopreno y Nura se tumba a mi lado. Recuesta la cabeza en mi pecho y se muerde el labio. Esbozo una sonrisa ladina. Sé que se pone tontorrona cuando me ve surfear, pero es demasiado orgullosa para admitir que se muere por mis huesos cuando me subo a la tabla.

—¿De verdad no quieres que te enseñe a surfear?

—Con un intento tuve suficiente.

—No soportas que sea mejor que tú en algo.

—Oh, cállate.

Le doy un tirón del pelo y ella protesta. Entonces enredo mi dedo anular en uno de sus rizos. Puedo permanecer horas tocándole el pelo. Me fascina y a ella le encanta. Nura cierra los ojos y sospecho que está a punto de quedarse dormida.

—Ni se te ocurra. Me prometiste que íbamos a ver *Parque Jurásico* esta noche.

—Vaaale.

—Ese «vale» ha sonado muy poco convincente.

Se ríe porque sabe que tengo razón. Luego se pone seria cuando algo llama su atención. Levanta la cabeza y señala hacia la derecha.

—Tenemos compañía.

—¿Periodista?

—Sí. ¿Deberíamos saludarlo?

Levanto la mano y Nura se parte de risa. Es increíble que esté empezando a adaptarse. Mentiría si digo que ha sido fácil, pero poco a poco lo va sobrellevando. Al principio, me conformaba con hacer planes en su casa o en la mía. Pero llevábamos un par de semanas juntos cuando Nura me pilló desprevenido al invitarme a salir a cenar fuera. Aquella noche nos hicieron fotos y, cuando la llamé para preguntarle qué tal estaba, respondió que no era el fin del mundo y que no iba a esconderse porque no estábamos haciendo nada malo.

—¿Sigues pensando que no quieres contratar a un decorador? —pregunto para provocarla.

—No tengo tan poca personalidad como para no saber decorar mi casa, Leonardo.

Solo me llama Leonardo cuando se enfada. Hace un par de meses, le pregunté si quería vivir conmigo. Pensé que me respondería que estábamos yendo demasiado deprisa, pero ella se lanzó a mis brazos y añadió: «Quiero tener un perro contigo». Es lo más bonito que me han dicho en la vida. Luego adoptamos a Buster y alquilamos una casa a las afueras de la ciudad. Tuvimos una pequeña discusión porque ella quería subir a Nínive y Asur a la cama y yo no (*spoiler:* se salió con la suya). Y ahora solo tenemos que intentar no matarnos para elegir los muebles y el color de las paredes.

—El blanco está prohibido en nuestra casa.

—Porque tú lo digas.

—El blanco es aburrido.

—No quiero que mi casa parezca un cuadro de Andy Warhol.

—Y yo no quiero que mi casa parezca un hospital.

—Puedes elegir el color de tu despacho. Ahí no me meto.

—Amarillo, obviamente. —Pone los ojos en blanco—. Y el verde menta quedaría genial en nuestro dormitorio. ¡Y el salón estaría precioso pintado de azul turquesa!

—Querrás decir horroroso —respondo para picarla, pero sé que en el fondo la dejaré que pinte cada habitación de un color porque me encanta hacerla feliz—. ¿Y dónde piensas poner tu colección de Harry Potter? Deberías tirar todas esas figuritas a la basura. Ya no eres una niña.

—Leo… —Se pone seria—. Harry Potter es sagrado.

—¿Sabes qué es más sagrado que Harry Potter?

—¿Qué?

—La paciencia que tengo para aguantarte.

—¡Leo!

Intenta hacerme cosquillas, pero esta vez soy más rápido y termino tumbado encima de ella. Nura me llama de todo, así que la callo con un beso. Entre beso y beso le digo que puede pintar hasta el techo de las habitaciones si quiere, y a ella se le escapa la risa floja y rodea mi cuello con sus brazos.

—Creo que estoy loca.

—No me digas.

—Hablo en serio. Tus besos me siguen acelerando el corazón como el primer día.

Le doy un mordisquito en el labio y meto la mano dentro de su camiseta.

—Leo, que tenemos público…

Justo cuando estoy a punto de pedirle que nos vayamos a un lugar más tranquilo, escucho a mis amigos bromear. Nos saludan desde la distancia. Se han apuntado a pasar el fin de semana con nosotros en la playa. Buster corre hacia ellos y Gabi suelta un gritito cuando el perro se le encarama.

—Par de pervertidos, ¿no podéis dejar de meteros mano? —dice Pol.

—Eres un envidioso. —Nura le saca la lengua.

—Pues sí. Me siento muy solo. ¿Dejáis que me una a vosotros?

—Lo siento, soy de las que piensan que tres son multitud.

—No sabes lo que te pierdes. —Pol le tira la pelota a Buster, que en ese momento se olvida de Gabi y se lanza a perseguirla—. Salvada, princesita.

—¡Leo, tu perro me ha llenado de babas! —se queja mi hermana.

—Vamos, Gabi. Se parece mucho a tu último novio. ¿De qué te quejas? Yo lo veo incluso más mono —bromea Pol.

Gabi lo fulmina con la mirada.

—¡Aguantar a este memo no tiene precio!

—¡Eh, Gabi!

Pol hace una bola de arena mojada y mi hermana retrocede con los brazos en alto.

—Ni se te ocurra.

—Cuando tenías diez años me caías mejor. No eras tan remilgada. Sabías divertirte.

Pol le lanza la bola de arena y mi hermana no consigue esquivarla. Se pone hecha una furia cuando observa sus shorts vaqueros manchados.

—¡Estos pantalones me costaron una pasta! ¡Te vas a enterar!

—Mira cómo tiemblo. Tendrás una gran voz, pero los dos sabemos que no tienes puntería.

Gabi persigue a Pol, que se mete en el agua con la ropa puesta mientras ella comienza a despotricar que es un niñato y que lo va a ahogar cuando lo pille. Axel los observa con el ceño fruncido.

—Lo de estos dos no tiene cura —dice antes de meter la mano en la nevera para coger una cerveza.

Nura los mira con una sonrisa enigmática.

—Tal para cual.

—Espero que no —respondo preocupado, y luego la atraigo hacia mí—. Nosotros sí que somos tal para cual.

Nura apoya la cabeza en mi hombro, cierra los ojos y esboza una sonrisa.

—Me encanta cuando te pones cursi.

Este libro
se terminó de imprimir en España
en el mes de julio de 2023